I0649257

Marco Reuther

HALANA
und der Bruder des Schlafenden Gottes

ARMBRUSTVERLAG

ISBN: 978-3-946966-02-9

ARMBRUSTVERLAG

# HALANA

## UND DER BRUDER DES SCHLAFENDEN GOTTES

Marco Reuther

*Für meine liebe Frau Carmen*

»Du armer Narr.
Du hast keine Bedeutung gefunden. – Nur den Tod.«

*Barrkaron*

# Inhaltsverzeichnis

Prolog: Stahl und Fleisch – schon wieder . . . . . . . . . . . . . . . . . . . . . 6
1. Stahl und Klauen – Nichts entspannt mehr als ein Dampfbad
                         – außer der Tod . . . . . . . . . . . . . . . . . . 8
2. Stahl und Gefahr – Der Weg ins Ungewisse . . . . . . . . . . . . . . . . . 18
3. Stahl und Knochen – Ein Wolf mit Wanderstab . . . . . . . . . . . . . . 28
4. Stahl und Kälte – Ein Name in der Nacht . . . . . . . . . . . . . . . . . . . 44
5. Stahl und toter Dachs – Ein Besuch beim Schlafenden Gott . . . . . . 52
6. Stahl und Dunkelheit – Der Bruder des Schlafenden Gottes . . . . . . 75
7. Stahl und Speisefolge – Das Wesen . . . . . . . . . . . . . . . . . . . . . . . 102
8. Stahl und Angst – Die Macht des Schwarzen Herzogs . . . . . . . . . . 149
9. Stahl und Wehen – Geburt, Tod und ein Wolf im Schafspelz . . . . . 188
10. Stahl und Krieg I – Die letzte Verteidigung. . . . . . . . . . . . . . . . . . 219
11. Stahl und Krieg II – Der letzte Tag. . . . . . . . . . . . . . . . . . . . . . . . 267
     Epilog: Das Schweigen des Generals – ganz ohne Stahl . . . . . . . . 327

Nachwort . . . . . . . . . . . . . . . . . . . . . . . . . . . . . . . . . . . . . . . . . . 334

Der Anfang . . . . 337
Der Autor . . . . . 338
Impressum . . . . 339

# STAHL UND FLEISCH
## ... schon wieder

Halana rührte sich nicht vom Fleck.

Was bei näherer Betrachtung kaum verwunderte, denn es ist ziemlich schwierig sich zu bewegen, wenn man gerade von einem Pfeil an einen Baum genagelt wurde. Der Pfeil war unterhalb des Schlüsselbeins durch ihre linke Schulter gedrungen und steckte jetzt tief im Holz der Eiche.

Pech.

Oder Dummheit. – Jedenfalls hatte die Kriegerin nicht damit gerechnet, dass ihre Verfolger hier, trotz des dichten Baumbestandes, die Langbögen einsetzen würden. Also wohl doch Dummheit. Schließlich hatte sie ja gewusst, dass sich der Herzog für seine unfreundliche kleine Truppe gute Leute leisten konnte, bei all dem Gold, für das seine Leibeigenen in den Minen des Taron ihr Blut ließen.

Teufel auch. Allenfalls 80 Gramm wog so ein Eschenpfeil, doch wenn dieses Ding mit 180 Stundenkilometern angerast kam und sich rund 80 Pfund Stoßkraft ganz auf den vordersten, nadelfeinen Punkt der Stahlspitze konzentrierten, dann hatten Haut, Fleisch, Knochen und Blut dem recht wenig entgegenzusetzen. Nun ja, der Knochen schien unverletzt.

Halana wunderte sich nicht, dass sie keine Schmerzen spürte. Sie hatte schon zu viele Wunden davongetragen, um nicht zu wissen, dass der Schock den Schmerz für einen Augenblick betäubte. Aber kommen würde er schon noch, der Schmerz. Die Pfeilspitze, schätzte sie, dürfte knapp zehn Zentimeter in den Baum gedrungen sein. Das Teil mitsamt Spitze aus dem Baum zu ziehen, sollte sie also gar nicht erst versuchen.

Sicher, sie könnte das aus ihrer Schulter ragende Stück Eschenholz einfach abbrechen und sich nach vorne fallen lassen. Aber wenn der Holzstab die Wunde nicht mehr verschloss, dann würde sie stärker bluten.

Der Korken musste also noch drin bleiben, denn größeren Blutverlust wollte sie vermeiden, solange sie die Jäger des Herzogs noch nicht abgeschüttelt hatte. Und genau die hörte sie jetzt durch das Unterholz näher kommen. Also genug Zeit mit unnützen Gedanken verschwendet.

Denn hier war nicht der richtige Platz zum Sterben. Dafür würde sie bei der Verteidigung Engalands noch bessere Möglichkeiten finden. Halana biss die Zähne zusammen und schob ihre Schulter ein paar Zentimeter vor. Jetzt spürte sie den Schmerz, während das Holz durch ihr Fleisch glitt. Sie musste sich etwas verdrehen, um das Schwert hinter ihrer Schulter vorbeizuführen, doch mit einem kurzen, harten, schmerzhaften Schlag hatte sie den Pfeil durchtrennt.

Dann rannte sie, Haken schlagend, zwischen die Bäume davon, während sie gleichzeitig das vorne aus ihrer Schulter ragende Pfeilende abbrach. Ihre Verfolger waren schon bedenklich nahe. Aber durch schnelle Richtungswechsel schaffte sie es, den Abstand wieder zu vergrößern.

Doch lange würde sie das nicht mehr durchhalten. Vor sich sah sie eine größere Lichtung. Sie warf das Pfeilende, das sie noch in der Hand hielt, nach vorne, dann zog sie sich mit zusammengebissenen Zähnen auf den untersten Ast einer Buche mit tief hängenden Zweigen und wartete auf ihre Verfolger. Konnte sie es mit nur einem Arm gegen vier kampferfahrene Männer aufnehmen? Sie musste es versuchen. Mal ganz abgesehen davon, dass es doch irgendwie schön wäre, am Leben zu bleiben, hielt es Halana für völlig unpassend, sich in irgendeinem unbedeutenden, namenlosen Wäldchen von einer dahergelaufenen Bande Kopfgeldjäger abschlachten zu lassen, nachdem sie schon so viel Blut, Schweiß und Tränen vergossen hatte.

Oh, natürlich hatte es auch viele gute Momente gegeben. Und sie hatte wunderbare Menschen kennengelernt: Prim, den ängstlichen Magier, der über so viel Mut verfügte. Dann die unglaublichen Artisten der Sipp, die ihr Leben für sie riskiert hatten. Und nicht zuletzt das tapfere Mädchen Rrrricka, die Häuptlingstochter, die Halana und ihre Freunde nach Jahren der Gefangenschaft aus dem Turm des Schwarzen Herzogs befreit hatten, und die inzwischen wieder in die Steppe der Reiterstämme zurückgekehrt war. Dort erging es ihr sicher besser als Halana in diesem Moment.

# 1. STAHL UND KLAUEN
## Nichts entspannt mehr als ein Dampfbad – außer der Tod

Rrrricka rannte.

Die brennende Lunge, die aufgeschürften Arme, die kleinen, blutenden Schnitte an den Füßen… egal – sie musste unbedingt den See der Ahnen erreichen. Sie musste ihn erreichen, bevor die Wölfe sie einholten. Ansonsten wäre innerhalb weniger Minuten nicht der kleinste Krümel von ihr übrig. Und sie hörte das jaulende, fast kichernde Heulen der hungrigen Biester schon ganz in ihrer Nähe.

Wären es Wald- oder gar Bergwölfe gewesen, dann stünden ihre Chancen weitaus besser, denn die wagten sich nur in der größten Hungersnot an einen gesunden Menschen und ließen sich selbst dann noch mit etwas Mut und einem harten Knüppel in die Flucht schlagen. Doch sie hatte keinen Knüppel. Genau genommen hatte sie überhaupt nichts, außer dem großen Schwitzlaken, in das sie sich gewickelt hatte. Und mit den Steppenwölfen war es ohnehin eine ganz andere Sache. Die waren zwar kleiner als jede andere Wolfsart und sahen mit ihrem glatten, braunschwarzen Fell und ihrer gedrungenen, am Hinterleib gekrümmten Form etwas missgestaltet aus, doch davon durfte man sich nicht täuschen lassen. Denn wenn sie im Rudel angriffen, dann kannten sie keine Angst, und ihre messerscharfen Zähne konnten den dicksten Beinknochen eines Stierkadavers mit einem einzigen Knacken durchtrennen.

Rrrricka war heute Morgen in die Schwitzhütte am See der Ahnen gegangen, um eine Lösung für ihr Problem zu finden. Aber an eine so finale Lösung all ihrer irdischen Probleme hatte sie nun wirklich nicht gedacht. Da! Schon wieder das Heulen. Und diesmal noch näher.

Rrrricka war zwar zierlich, aber stark für ihre inzwischen 15 Jahre.

In der Gefangenschaft hatte sie fast täglich trainiert, um ihre Muskeln nicht verkümmern zu lassen – viel mehr war ihr ohnehin nicht zu tun geblieben. Und seit Halana und ihre Freunde sie vor einigen Monaten befreit hatten, war sie noch kräftiger geworden.

In der Ferne erkannte sie bereits die großen Bäume am Rande des Ahnensee-Kraters. Vielleicht konnte sie es ja doch schaffen… Also schneller, schneller!

Die Hoffnung gab ihr die Kraft, ihre müden Muskeln noch weiter anzutreiben und die gallenbittere Übelkeit zu ignorieren. Eine Übelkeit, die sie dem mit Drogen versetzten Rauch verdankte, den sie eingeatmet hatte. Die kurzen Locken ihres rotbraunen Haares waren so vom Schweiß niedergedrückt, dass man sie nur noch erahnen konnte. Ihr angestrengtes Keuchen war alles, was hier in der Einsamkeit der Steppe zu hören war – natürlich abgesehen von dem Heulen, das schon wieder ein wenig näher ertönte.

Rrrricka verschwendete nicht wertvolle Sekunden damit, sich umzudrehen. Sie wusste auch so: Sollte sie in den kommenden fünf Minuten plötzlich nicht nur das Heulen, sondern auch das Hecheln der Tiere hören, dann würde sie als nächstes nicht den womöglich rettenden Felsboden am Kraterrand unter ihren Fußsohlen spüren, sondern die Zähne der Wölfe in ihrem Fleisch.

Nach Jahren der Gefangenschaft im Turm des Schwarzen Herzogs und ihrer abenteuerlichen Befreiung war sie, gemeinsam mit ihrem Onkel Barrkaron, endlich wieder zu ihrem Stamm zurückgekehrt. Die Lrrrk waren der größte Nomadenstamm im großen Meer der Steppe, und Rrrrickas Mutter, Nuré, war der Stammeshäuptling. Doch entsetzt hatten Rrrricka und Barrkaron erkennen müssen, dass Nurés Körper zwar noch auf dieser Welt weilte, nicht jedoch ihr Geist, der sich eine andere, eine unbekannte Heimstatt gesucht hatte.

Einst ein angesehener Häuptling, hatte die Sorge um ihr verschlepptes Kind ihren Verstand verzehrt und sie zuletzt in ihrer Verzweiflung dazu getrieben, ihre ganze Hoffnung in einen Scharlatan zu setzen: Mrrr Drack, der oberste Schamane des Stammes, hatte sie mit immer neuen Versprechungen in die angeblichen Kräfte seiner Beschwörungen umgarnt. Zuletzt, als die klaren Momente Nurés immer seltener wurden, hatte der Häuptling den Oberbefehl über den Stamm tatsächlich »für die Zeit ihrer Abwesenheit«, wie ihre Geisteskrankheit in Anbetracht ihrer Häuptlingswürde höflich umschrieben wurde, in die Hände des Mrrrs gelegt.

Und Rrrrickas Heimkehr hatte daran auch nichts ändern können.

Noch immer fehlten ihr fast drei Jahre, bis die Häuptlingswürde mit dem Erreichen der Volljährigkeit auf sie übergehen würde. Drei Jahre, die Rrrricka erst einmal überleben musste. Denn so einfältig der dicke, kleine Mrrr auch war, wenn es um seine Pflichten und das ehrenhafte Führen des Stammes ging, so verschlagen war er, wenn er seine einflussreiche Stellung bedroht sah, die ihm ein Leben wie die sprichwörtliche Made im Speck ermöglichte.

Gestern nun hatte ihre ehemalige Amme Lakte Rrrricka auf den Gedanken gebracht, dass vielleicht eine kleine Plauderei mit ihren Ahnen in der Schwitzhütte hilfreich sein könnte. Denn die Ahnen könnten womöglich für die richtige Idee sorgen, wie man entweder Mrrr Drack wieder loswurde oder ihrer Mutter einen Weg aus der Geisterwelt zeigen könnte. Nun war Rrrricka, die ihre Heimat mit fünf Jahren verlassen hatte, alles andere als überzeugt, dass man tatsächlich mit seinen verstorbenen Vorfahren in Verbindung treten konnte und ob es diese ominöse Geisterwelt überhaupt gab. Andererseits wusste sie aber durch ihren Onkel Barrkaron, dass die richtigen Kräuterdämpfe in der Schwitzhütte einen geheimen Weg im eigenen Kopf öffnen konnten, so dass Träume der Nacht in die Gedanken des Tages fluteten und seltsamerweise dafür sorgten, dass man Probleme frei von jeder Ablenkung von allen Seiten betrachten konnte – auch von ungewöhnlichen und neuen Seiten, was durchaus schon zu guten Ideen geführt hatte.

So hatte Rrrricka Lakte schließlich darum gebeten, Vorbereitungen für den kommenden Tag zu treffen, damit sie das Traumritual gleich nach Sonnenaufgang beginnen konnte – ohne zuvor feste Nahrung zu sich zu nehmen, denn dann sollte das Ritual noch besser wirken.

Lakte hatte sich gleich auf den Weg gemacht, um den Sud des Traumkrautes zu besorgen. Nun war Lakte eine wirklich nette, sehr hilfsbereite Nomadenfrau, doch ihre Lebenswelt war sehr, sehr weit entfernt von jeder Art politischer Ränkespiele und gefährlicher Intrigen. So dachte sie sich nichts dabei, als sie bei Tatock, dem Dorf-Mrrr, eine mit dem Aufguss gefüllte Schweinsblase gegen ein Huhn tauschte und dabei erwähnte – wie alle Nomaden plauderte sie gerne – , dass der Sud für die Tochter des Häuptlings bestimmt sei. Und natürlich bekam sie es auch nicht mit, als der Dorf-Mrrr dem Stammes-Mrrr nur wenig später erzählte, dass dieses seltsam lockenköpfige Mädchen, das tatsächlich Häuptling werden wollte, obwohl sie doch eigentlich gar keine richtige Lrrrk war, offenbar ein Traumritual in der Schwitzhütte plante.

Am Morgen war Rrrricka, mit knurrendem Magen neben der fröhlich schwatzenden und an einem Fladenbrot knabbernden Lakte reitend, zur Schwitzhütte aufgebrochen. Gerne hätte sie Barrkaron bei ihrer Unternehmung dabei gehabt, doch der war seit zwei Tagen mit einer Gruppe von Jägern unterwegs, da zwei Wolfsrudel in der Nähe mehrerer Herden der Lrrrk aufgetaucht waren. Aber andererseits fühlte sie sich inzwischen in ihrer alten Heimat sicher genug, zumal sie in kurzer Zeit viele Freunde gefunden hatte. Und dieser blöde Mrrr versuchte zwar ständig, sie lächerlich zu machen oder als Hochstaplerin darzustellen, doch er hatte nie den Mut aufgebracht, sie ernsthaft zu attackieren. Also hatten Rrrricka und Lakte nicht gewartet und waren ohne Barrkaron losgeritten.

Eigentlich wären die Pferde ja gar nicht notwendig gewesen, denn am Rande eines jeden Wandernden Dorfes wurden immer vier, fünf Schwitzhütten gegraben. Doch für die Tochter des Häuptlings, darauf hatte Lakte bestanden, sollte es etwas Besonderes sein: Etwa eine halbe Pferdestunde im Süden lag der See der Ahnen, der den Lrrrk als eine Stätte galt, an der die Verbindung zu den Vorfahren besonders eng war.

Wer den See sah, der konnte verstehen, warum das Steppenvolk, das sonst fast nur wogende, manchmal hügelige Graslandschaften kannte, zu dieser Überzeugung gekommen war: Mitten in der Steppe tat sich, in einem schmalen Ring aus Geröll und kleinen Steinblöcken, ein fast kreisrunder, gut 40 Meter durchmessender und über 30 Meter tiefer Krater auf, dessen Wände beinahe senkrecht zu einem kleinen See hinunter führten. Und besonders in den Morgenstunden stieg oft ein mal zarter, mal dichter Nebel aus dem See empor, der schon von Weitem zu sehen war und leichtgläubige Menschen durchaus an Geister denken lassen konnte.

Im Laufe der Zeit waren am Rande des Geröllkreises fünf verschieden große Schwitzhütten entstanden, die von den Lrrrk gerne benutzt wurden, wenn ihre Wandernden Dörfer in der Nähe aufgeschlagen waren. Neben jeder Schwitzhütte waren zudem ein paar Esskastanien- und Walnussbäume gepflanzt worden – wer eine längere Anreise hatte, fand so immer ein kleines Zubrot für seinen Proviant.

Als die beiden Reiterinnen den Ort erreichten und, noch auf den Pferden sitzend, seine besondere Atmosphäre in sich aufnahmen, da war Lakte dem Mrrr Tatock richtig dankbar, dass er gestern Nachmittag extra noch mal zu ihr gekommen war, um sie darauf hinzuweisen, dass für eine Häuptlingstochter der See der Ahnen der einzig angemessene Ort für ein Traumritual sei, zumal der See doch gerade so schön nahe liege.

Auch Rrrricka konnte sich dem Zauber des Ortes nicht entziehen und wurde erst durch Laktes Worte aus ihrem staunenden Starren gerissen:

»So, ich bereite schon mal eine Hütte vor – siehst du die kleine da hinten? Die wird es tun. Und für dich gibt es jetzt erst mal ein bisschen Arbeit.«

»Arbeit? Was für Arbeit?«

»Na, wegen der Waschung.«

»Ah, natürlich. Äh – welche Waschung?«

Lakte seufzte: »Oh, ich vergesse manchmal, dass du mit deinen eigenen Traditionen nicht sonderlich gut vertraut bist. Komm mit, ich zeig es dir.«

Sie ritten noch um den halben Krater herum, saßen ab, banden die Pferde an einen Baum und Lakte führte Rrrricka an den Rand des Kraters, wo dem Mädchen beim Blick in die Tiefe ein sonderbarer Schauer das Rückgrat hinunter rieselte. Die steilen Wände des Kraters waren aus schwarzem, porösem und stark zerklüftetem Stein. Zwischen dem Ufer des kleinen Sees und der Felswand gab es einen allenfalls einen Meter breiten, steinigen Streifen Land. Das leicht grünliche Wasser des Sees war glatt wie ein Spiegel.

Welche Laune der Natur diesen sonderbaren See mitten in der Steppe hervorgebracht haben mochte? War hier eine Höhle eingestürzt? Oder war es vielleicht… es gab da so ganz alte Geschichten, in denen behauptet wurde, es habe einst Feuer speiende Berge gegeben, in deren Mitte nach dem Feuerstoß ein tiefes rundes Loch blieb. Aber ein Berg war das hier natürlich nicht… Ihr Blick war so in die Tiefe gezogen worden, dass Rrrricka gar nicht auf die sonderbare Holzkonstruktion am Rande des Kraters geachtet hatte, auf die Lakte sie nun, das Mädchen erneut aus seinen Gedanken reißend, aufmerksam machte. Vier kräftige Holzpfosten ragten paarweise nebeneinander gut einen Meter aus dem Boden heraus. Zwischen den Pfosten war in einem Meter Höhe eine vier Meter lange Wasserrinne festgezurrt, die aus einem der Länge nach halbierten Buchenstamm gefertigt war. Die Rinne stand etwa zwei Meter über den Kraterrand hinaus und damit auch über den See. Am Ende der Rinne war ein etwa 25 Zentimeter großes Loch in deren Boden gebohrt worden, durch das ein neben der Rinne verlaufendes Seil in der Tiefe verschwand.

Lakte erklärte: »Siehst du das Seil, das hier an dem Pfosten gesichert ist? Das reicht bis in den See hinunter, und an dem Seil hängt ein großer Lederbeutel mit einer Eisenscheibe darin. Wenn du den Beutel heraufziehst und er oben durch das Loch kommt, ergießt sich das Wasser des Beutels in die Rinne. Die Eisenscheibe verhindert, dass der Beutel komplett durch das Loch gezogen wird und sorgt dafür, dass er schnell wieder im See versinkt, wenn du ihn wieder hinablässt. Hier oben fließt das Wasser des Sees inzwischen in den Holzeimer dort am Ende der Rinne, und den trägst du dann dort hinten hin und schüttest das Wasser in diese tiefe Mulde im Fels am Rande des Kraters.«

»Aha. Und dann?«

»Dann wiederholst du das Ganze noch genau 21 Mal.«

Rrrricka starrte die ältere Frau nur ungläubig an, doch die erklärte unbeeindruckt: »So wurde es hier schon immer gemacht, und so wirst es auch du machen: das Wasser des Ahnensees aus eigener Kraft heraufholen.«

»Ja aber wozu?«

»Na, was denkst du denn? Natürlich, um dich zu waschen.«

»Moment mal – der Dampf in der Schwitzhütte dient doch auch…
ich soll mich also reinigen, damit ich mich reinigen kann?«

»Also wirklich«, antwortete Lakte nun ernsthaft entrüstet, »du willst doch wohl nicht ungewaschen vor deinen Ahnen erscheinen?«

Rrrricka protestierte und fand mindestens zehn Einwände, doch Lakte blieb hart. So machte sich Rrrricka schließlich unter leisem Schimpfen daran, die schweren Wasserbeutel, Hand über Hand am Seil ziehend, 30 Meter hinaufzubefördern und die vollen Eimer zu dem Steinbecken zu schleppen, um sie dort zu entleeren. Bereits nach dem fünften Eimer hatte sie das Gefühl, die Schwitzhütte nicht mehr nötig zu haben. Nach dem zehnten Eimer dachte sie daran, sich langsam von ihren Armen zu verabschieden. Doch nach dem fünfzehnten Eimer stellte sich etwas Merkwürdiges ein: Die vollen Gefäße schienen auf einmal leichter zu sein, oder besser gesagt: Rrrricka bemerkte ihre Arbeit plötzlich kaum noch, während ihre Gedanken klarer und konzentrierter wurden.

War diese ganze Plackerei vielleicht schon ein Teil der Reinigung?

Oder ein Teil des Schwitzhütten-Rituals selbst?

Allerdings sollte Rrrricka ihren Zustand der Leichtigkeit sehr schnell wieder verlieren – als sie nämlich nach einer guten halben Stunde harter Arbeit tatsächlich in dem gefüllten Steinbecken stand. Das Wasser war eiskalt, und dass der Winter zwar mild, aber noch immer nicht ganz zu Ende war, trug auch nicht gerade zur Gemütlichkeit bei.

Bibbernd und zitternd schäumte sich Rrrricka so schnell wie möglich mit der Kräuterseife ein, die Lakte bereitgelegt hatte, und vergaß fast das Atmen, als ihre ehemalige Amme schließlich mehrere Eimer Wasser über ihr ausgoss. Schließlich wickelte sie sich mit der Hilfe Laktes dankbar in das große Schwitzlaken, das um den Bauch und unter den Armen mit einem Strick zusammengebunden wurde, und ließ sich, ein etwas kleineres Tuch über den Kopf und um die Schultern gelegt, von ihrer Begleiterin zu der Schwitzhütte führen, in der sie eine wohlige Wärme empfing.

Die Schwitzhütte war eigentlich nichts weiter als ein kreisrundes, zwei Meter durchmessendes Loch von eineinhalb Meter Tiefe, über das eine mit Pflöcken verankerte Kuppel aus engmaschigem Weidengeflecht gelegt worden war. Im Zentrum der Kuppel gab es ein Loch und an der Seite eine kleine Klappe, von der aus eine Sprossenstange hinunter führte. Lakte hatte schon alles vorbereitet: In der Mitte des festgestampften Lehmbodens gab es einen kleinen Steinkreis, und in dem waberte die rotglühende Hitze eines Holzkohlefeuers, das die Luft darüber zum Flimmern brachte. In der glühenden Kohle stand ein hoher Topf, dessen Dampf den kleinen Innenraum bereits mit einem zarten, heißen Nebel geflutet hatte. Ansonsten gab es dort unten nur noch vier alte Sitzbretter, die auf dem Boden lagen.

Vorsichtig – das Laken ließ den Beinen nicht viel Bewegungsfreiheit – stieg Rrrricka die Sprossen hinunter, die mit dem Kräutersud gefüllte Schweinsblase mit den Zähnen am Knoten haltend. Kaum hatte sie sich mit untergeschlagenen Beinen auf einem der Sitzbretter niedergelassen, schloss Lakte auch schon die Einstiegsklappe, und Rrrricka war alleine mit der Hitze, dem Dampf und ihren Gedanken.

Das Licht war eigenartig. Zwar kam von dem Holzkohlefeuer ein glühendes Strahlen, doch wurde es von dem Dampf gleich wieder verschluckt, so dass die runde Wand der Schwitzhütte fast im Dunkeln lag.

Der Schatten des Dampfes waberte, mehr zu erahnen als zu erkennen, wie ein dunkleres Schwarz über die grauschwarze Wand, wodurch der Eindruck entstand, als würde sich die ganze Wand in kräuselnden Wellenbewegungen nach oben bewegen.

Da Rauch und Dampf nach oben durch die kleine Öffnung im Dach austraten, kam von dort auch nicht viel Tageslicht herein.

Dann hörte Rrrricka, wie Lakte zurück ins Dorf ritt – das Mädchen sollte wissen, dass es alleine war und vollkommen ungestört mit den Ahnen plaudern konnte.

Nachdem die letzten Hufschläge verklungen waren, merkte Rrrricka erst, wie still es in der Erdhütte war. Das leise Blubbern des Wassers, ab und an das Verrutschen von Holzkohlestückchen und ihr eigener Atem war alles, was sie hier hören konnte. Das Laken war schon jetzt von einer schweren, feuchten Wärme durchdrungen, Schweiß und Dampf mischten sich in Rrrrickas Gesicht, auf ihrem Hals und auf ihren Armen. Eine behagliche Schläfrigkeit überkam sie, und beinahe hätte sie vergessen, den Traumkraut-Sud in das Wasser zu kippen. Als sie es schließlich mit einer langsamen Bewegung doch tat, veränderte sich der Geruch in der Hütte fast augenblicklich, wurde würzig, leicht scharf auf der Zunge und gleichzeitig angenehm süß. Und er wurde schwerer… viel… schwerer…

In diesem Moment hätte es Rrrricka nicht im Geringsten verwundert, wenn tatsächlich einer ihrer Ahnen aus dem Kessel gestiegen wäre. Ein Plauderstündchen mit ihren Großeltern – an den einen Großvater konnte sie sich kaum noch erinnern, den anderen hatte sie, genau wie die Großmütter, nie kennengelernt – wäre sicher sehr interessant.

Und bevor sie es verhindern konnte, kamen auch schon die Worte über ihre Lippen: »Hallo, Opa Barrka, willst du nicht mal vorbeischauen?«

– Augenblicklich erschrak sie vor ihrer eigenen Stimme, musste gleich darauf über ihre Einfältigkeit kichern und war froh, dass Lakte nicht draußen stand und zuhörte.

Nein, natürlich kam ihr Großvater nicht. Leise begann sie, eine Melodie zu summen. Der Text dazu wollte ihr nicht einfallen. Sie summte auch noch, als sich ihre Augen schlossen und ihr Oberkörper ganz sanft, ganz sachte hin und her zu wiegen begann und sie seltsamerweise das Feuer trotz der geschlossenen Augen noch sah. Das Weiß des Feuers wurde größer, kam auf sie zu – würde sie jetzt verbrennen?

Nein, es war nur eine absolute, unendliche Wärme, die sie durchdrang und jeden Muskel, jeden Knochen, jede Zelle ihres Körpers, jedes Tröpfchen Blut ausfüllte. Dann kam etwas aus dieser weißen Wärme heraus.

»Opa?«, hörte sie eine Stimme fragen, ohne zu merken, dass es ihre eigene war. Doch es war keiner ihrer Ahnen, der kam, sondern ein Bild… nur ein Bild. Und gedämpfter Hufschlag, das Schnauben von Pferden. Von vielen Pferden.

Sie sah sich selbst, für den Krieg gerüstet und zu Pferde sitzend, wie sie an der Spitze von Tausenden ihrer Krieger ritt. *Ihrer* Krieger? Aber wie sie dort zu Pferde saß, war sie doch kaum einen Tag älter als jetzt, in diesem Moment. Also konnte sie nicht die Anführerin sein, denn sie war ja noch keine 18 Jahre alt, und genau das war das Problem, um diesen verflixten Mrrr loszuwerden. Das Gesetz des Stammes erlaubte es nun mal nicht, dass ein Häuptling jünger als 18 Jahre war. Und sich nicht an das Gesetz zu halten, war völlig undenkbar. Nun zog ein anderes Bild herauf.

– Hätte sie bloß nicht an ihn gedacht! Diesmal war es dieser schreckliche Mrrr Drack, diese bösartige Witzfigur in ihrem kegelförmigen Hermelin-Mantel und mit dem hohen Hermelin-Hut, so wie sie ihn zuerst gesehen hatte. Und er biss genüsslich in eine Hühnerkeule und verhöhnte sie.

»Geh weg!«, rief Rrrricka, »das hier ist mein Schwitzhüttenritual. Ich will dich hier nicht haben!« Doch plötzlich erstarrte sie einen Moment und rief: »Nein, halt, warte! Hast du… Du hast da eine Sorgenfalte auf der Stirn, oder? Und warum schneidest du jetzt so blöde Grimassen?

– Du bist besorgt! Wirklich besorgt! Das heißt also – es gibt tatsächlich einen Weg, wie wir dich loswerden können!«

Und dann kam, noch sehr faserig und verschwommen, ein neues Bild heraufgezogen, das den sich sträubenden Mrrr beiseiteschieben wollte.

Rrrricka begann zu lachen, denn sie wusste, dass dieses Bild die Lösung bringen würde, während sich von oben, durch die Öffnung in der Weidenkuppel, ein kleiner Schwall einer dunkelgrünen Flüssigkeit in den Wassertopf ergoss. Der Dampf bekam augenblicklich einen anderen Geschmack, und draußen vor der Hütte murmelte leise ein kleiner, dicker Mann: »Kleine, eingebildete Schlampe! Das Lachen vergeht dir gleich!«

Nun zog der Mann die lange Stange zurück, an deren Ende eine kleine, jetzt leere Tonamphore befestigt war, dann watschelte er schnaubend zu dem Steinbecken hinüber, neben dem, fein säuberlich in einem Stapel und beschwert von ihrem kurzen Schwert, Rrrrickas Kleider lagen. Mit einer weit ausladenden Bewegung schleuderte der Mann das Schwert in die Mitte des Sees, durchstöberte mit flinken Fingern die Hosen- und Jackentaschen, blickte schließlich missmutig auf ein paar kleine Silberstücke in seiner Hand und murmelte verächtlich: »Und so was will eine Häuptlingstochter sein?«

Während er die Münzen in die eigene Tasche gleiten ließ, sah er sich nach geeigneten Steinen um. Dann wickelte er alle Kleider Rrrrickas zusammen mit ihrem Messer und fünf faustgroßen Steinen in ihre Jacke, band das Bündel mit ihrem Gürtel zusammen und schleuderte es mit einem Ächzen so weit er konnte in den See hinaus, wo es mit einem satten Klatschen aufschlug und in wenigen Sekunden versunken war.

Zuletzt zog der Mann ein totes, blutiges Huhn aus einem Packsack an seinem Pferd und warf es vor die Schwitzhütte. Und als er schließlich mit Rrrrickas Pferd im Schlepp davonritt, gönnte er sich ein lang anhaltendes, überaus zufriedenes Lächeln, weil nun aus der Hütte kein Lachen mehr drang, sondern Stammeln, Weinen und verzweifeltes Wimmern.

Der Mrrr war zu mächtig, viel zu mächtig! Wie hatte sie nur einen Moment glauben können, ihn zu besiegen? Keine rettende Idee hatte das Bild hinter ihm gebracht, sondern einen ins Unendliche anwachsenden Trümmerhaufen – die Trümmer ihrer Welt.

Der Dampf hatte inzwischen einen Geschmack von verfaultem Fleisch bekommen, roch wie schlechter Atem und brannte nun wirklich auf der Zunge, in der Nase, in den Augen, auf der Haut. Nie wieder würde ihre Mutter gesund werden, das zeigte ihr der Mrrr mit seinem Lächeln. Und Barrkaron war tot, gestorben, zermalmt, so wie alle ihre Freunde. Und tot solle auch sie sein, so abscheulich wie sie war, verachtet und gehasst von ihrem ganzen Stamm, vollkommen allein, ein Schandfleck auf der Erde. Aber der Mrrr in seiner überwältigenden Güte sagte ihr, dass er ihr helfen würde, die Welt von ihrem Anblick zu erlösen. Rrrricka wollte schon den Tod begrüßen, doch es war nicht der Tod, den der Mrrr gerufen hatte, sondern einen mächtigen Freund, der nun aus dem roten Feuer kam und schon große Sehnsucht nach einem Wiedersehen mit Rrrricka hatte. Und als Rrrricka klar wurde, wer sich da aus einer Schwärze mitten in dem Feuer näherte, als sie ihn erkannte, obwohl in dem Schwarz noch keine einzige Kontur sichtbar war, hörte ihr Herz für einen Augenblick auf zu schlagen. Der Schwarze Herzog war da. Er würde sie holen. Er würde sie wieder in den Turm stecken. Unumstößlich. Auf ewig.

Auch wenn ihr klar war, dass sie dem Zugriff Cosas niemals entgehen würde, so konnte Rrrricka in ihrer lodernden Panik nichts anderes machen als zu fliehen. Sie kroch, sie schrie, sie tastete, sie weinte, sie kratzte, sie riss, sie kletterte, sie rannte und rannte weiter und noch weiter und noch weiter ohne Empfinden für Zeit und Raum, gejagt von unergründlichen, nicht erkennbaren Bildfetzen, von Tod und Verderben, bis plötzlich nur noch Schwärze in ihrem Kopf war. Dann nichts mehr.

# 2. STAHL UND GEFAHR
## Der Weg ins Ungewisse

Halanas Augen waren die einer Kriegerin, doch Ruben hatte die Augen und die Orientierung eines Spähers. So ritt er voran, Prim wurde in die Mitte genommen, Halana übernahm das Ende ihres kleinen Trupps.

Ruben war ein erfahrener Kundschafter, doch selbst für ihn bedeutete dieser Ritt ein hohes Risiko, denn nur ein Hauch Mond- und Sternenlicht drang durch das Blätterdach bis zum Waldboden hinunter.

Hätten sie es sich erlauben können, gemütlich zu Fuß zu gehen, wäre es wohl kein Problem gewesen. Doch sie mussten den Wald in einer einzigen Nacht durchqueren. Zum einen, weil der Gelb nur in dieser Nacht durch das klitzekleine Täuschungsmanöver der 5000 Äxte schwingenden Steppenkrieger abgelenkt war, zum anderen, weil sie im Gebirge möglichst viel Zeit unter der Sonne haben wollten. Wenn man nämlich bedachte, was dort nachts lauern mochte…

So trieben alle drei ihre Pferde trotz des Risikos an, umkurvten, fast im Galopp, Bäume, deren Stämme sie mehr erahnten als sie zu sehen.

Sie konnten jedenfalls gut darauf verzichten, einem Gelb hier bei Nacht über den Weg zu laufen. Wie so ein Wesen aussah und was sie von ihm zu erwarten hatten, wussten sie von Halanas Sohn – Ruff hatte schon zwei Mal Bekanntschaft mit einem Gelb gemacht und erstaunlicherweise beide Begegnungen überlebt. Knapp zwei Meter groß war er, der Gelb, und er hatte auf den ersten Blick die Form eines Menschen: einen Körper mit Armen, Beinen, Kopf. Doch diese äußere Form war alles, was an einen Menschen erinnerte. Kleidung gab es nicht, auch keine Zehen oder Finger, keine Gelenke, keine Haare – und auch kein Gesicht. Da war überall nur diese sonderbare, schmutziggelbe Haut. Es war ein dunkles, fast eitriges Gelb, von feinen schwarzen und braunen Linien durchzogen und mit winzigen dunkelbraunen Einsprengseln durchsetzt, die sich auf dieser seltsamen, feucht schimmernden Haut hin und her bewegten.

Das seltsame Wesen konnte sogar, in einer sehr, sehr begrenzten Art, denken und eine raspelnde Stimme erzeugen. Die wenigen Worte, die so zustande kamen, entstammten seltsamerweise nicht der Sprache der benachbarten Steppenvölker, sondern sie waren eine altertümliche Form des Engal, der Sprache also, die im Schwarzen Land, in Engaland und selbst bei den Zauberern gesprochen wurde.

Wenn Aussehen und Sprache noch entfernt an einen Menschen erinnern mochten, so waren doch die Fähigkeiten dieses Gelb ganz andere als die eines Menschen. Halana hatte jedenfalls noch nie von einem Menschen gehört, der plötzlich aus dem Boden wachsen kann und der sich nur gleitend bewegt, dessen Arme und Beine im Körper verschwinden und sich an anderer Stelle wieder hervorstülpen und der, wenn er von einem Schwert getroffen wird, zwar auseinanderspritzt und in schleimige Pfützen zerfällt, die dann allerdings wieder aufeinander zufließen und sich zu einem neuen Gelb vereinen.

Seine Berührung war tödlich: Tingli, einem Chrrrr-Mädchen, das Ruff bei seiner erster Begegnung mit dem Gelb gerettet hatte, war nur ein wenig dieser gelben Schleimmasse auf den Fuß geraten. Das hatte zu üblen Verbrennungen und beinahe zu einer Amputation geführt. Nur durch den glücklichen Umstand, dass auch Halanas mütterliche Freundin Giula, die kräuterkundige Hebamme, zusammen mit Ruff zu dem Steppenvolk gelangt war, konnte der Fuß des Mädchens gerettet werden.

Und dann erst die Essgewohnheiten des Gelb: In seinem nicht vorhandenen Gesicht tat sich ein großes Loch auf, das sich über seine Nahrung stülpte – wobei es keine Rolle spielte, ob diese Nahrung tot war oder vielleicht noch lebte. Eine Erfahrung, auf die Halanas Erzfeind Berthold sicher gerne verzichtet hätte, schoss es der Kriegerin durch den Kopf, ohne dass sie sich dabei eine gewisse Genugtuung verkneifen konnte.

Berthold war der Anführer und letzte Überlebende der kleinen Gruppe gewesen, die Ruff und Giula entführt hatte. Und er war es auch gewesen, der Halanas Schwertschwester Lusian hinterrücks mit dem Schwert getötet hatte. Oh, wie gerne hätte Halana Berthold selbst gegenüber gestanden. Doch es war Ruff gewesen, der ihn in den Wald des Gelb gelockt hatte. Der Gelb war von einem Baum auf seine Schulter getropft und hatte sich, aus dem Boden kommend, um seine Beine gewunden. Das war das Letzte gewesen, was Ruff von Berthold gesehen hatte, bevor er, von den Schreien des Verräters begleitet, panisch aus dem Wald gerannt war.

Nur eines gab es, das der Gelb nicht mochte und das ihn besiegen konnte: Feuer. So war Sssnrk, der Stammeshäuptling der Chrrrr, zu Beginn der Nacht mit 5000 Kriegern vor dem Wald aufgezogen, und sie hatten mit Äxten und Feuer begonnen, eine tiefe Schneise durch die Bäume zu schlagen – das Ablenkungsmanöver fand die volle Aufmerksamkeit des Gelb, während Halana und die beiden Männer an einer anderen Stelle in den Wald eingedrungen waren.

Hinter diesem Wald, so behauptete es der Verfasser einer uralten Karte, würde in einer Höhle an der »Diamantstraße« der Bruder des Schlafenden Gottes zu finden sein – leider aber auch irgendetwas sehr Bedrohliches, zu dem der Plan dummerweise keine näheren Angaben machte.

Nun, sie würden es wohl sehr bald herausfinden, vermutete Halana und dachte an Prim, der vor ihr ritt und wegen dem sie dieses Abenteuer auf sich genommen hatte: Der junge Zauberer hatte Halana bei der Rettung Ruffs zur Seite gestanden, und nun würde sie ihm helfen, den Bruder des Schlafenden Gottes zu finden. Falls es ihn wirklich gab.

Und falls sie die Suche überlebten.

Als Halana den jungen Mann mit den braunen Haaren und braunen Augen zum ersten Mal gesehen hatte, da war sein ovales Gesicht noch blass gewesen – ein eindeutiges Zeichen, dass der Zauberer zu viel Zeit in der Studierstube und zu wenig unter der Sonne verbracht hatte. Doch inzwischen sah seine Gesichtsfarbe viel gesünder aus, und er war eindeutig kräftiger geworden. Sogar – und das grenzte fast an ein Wunder – seine Angst vor Pferden hatte er abgelegt. Aus Sicht eines engaländer Kriegers waren seine Reitkünste zwar auch jetzt nur mit gutem Willen als passabel zu bezeichnen, doch wenn man daran dachte, wie sie das Land der Zauberer verlassen hatten… Prim wollte die Reise tatsächlich auf einem dieser unglaublichen Luftflöße antreten, das über den Boden gleiten konnte – und das natürlich sofort die Aufmerksamkeit der ganzen Welt und insbesondere des Schwarzen Herzogs auf ihre dann ganz und gar nicht mehr unauffällige Reisegruppe gelenkt hätte. So hatte Halana ihn anfangs fast zwingen müssen, sich auf ein Pferd zu setzen, – und so gesehen war sein Umgang mit Pferden inzwischen nahezu sensationell.

Prim machte sich im Augenblick keine Gedanken über seine Reitkünste. Denn dafür war er viel zu sehr mit Reiten beschäftigt. Er versuchte, möglichst genau den Bewegungen des schwarzen Schattens vor ihm zu folgen. Er traute Ruben zwar noch immer keinen Meter über den Weg, doch was hätte er tun sollen? Hätte Prim, neben der Konzentration aufs nächtliche Reiten, gleichzeitig auch noch die Orientierung behalten müssen, er wäre vollkommen verloren gewesen.

Prim bewunderte an Ruben, dass er, obwohl groß und muskulös, bei jeder Bewegung eine ungeheure Geschmeidigkeit an den Tag legte und sein Schwert, wenn er es zog, ein Teil seines Körpers zu sein schien.

Aber Prim hätte sich lieber eigenhändig die Zunge herausgerissen, als dies vor Ruben zu erwähnen, und er war Halana gegenüber noch immer eingeschnappt, dass sie diesen Barbaren, wenn auch angeblich unter Vorbehalten, wieder in ihre Gruppe aufgenommen hatte. Ruben war Halanas Liebhaber gewesen (und auch darin hatte er sicher ein gewisses Talent gezeigt, aber daran wollte Prim noch nicht einmal denken), doch der Krieger hatte damals Halanas Freundschaft nur gesucht, weil er doppeltes Spiel spielte und im Dienst des Schwarzen Herzogs gestanden hatte. Nur mit Rubens Hilfe war Berthold die Entführung von Halanas Sohn gelungen. Und dass Ruben später versicherte, es sei nie geplant gewesen, dass Halanas Schwertschwester Lusian bei der Entführung sterben sollte, machte die Sache auch nicht besser.

Halana hatte Ruben einzig aus dem Grund verschont, weil er sie am schnellsten zu Herzog Cosa bringen konnte. Als sie schließlich alleine ins Land der Zauberer eingedrungen war, hatten sie sich aus den Augen verloren und erst wiedergesehen, als die Befreiung des Kindes aus dem Turm beinahe schief gegangen wäre. Bei dieser Gelegenheit hatte sich Ruben, offiziell noch immer im Dienste des Herzogs stehend, allerdings seltsam ungeschickt angestellt. Fast hatte man den Eindruck haben können, dass er den Kriegern des Herzogs immer irgendwie im Weg stand, wenn sie Halana unschädlich machen wollten. Halana schien jedenfalls zu glauben, dass es Ruben mit seiner Reue ernst war. Prim allerdings traute ihm nicht. Und so war er keineswegs erfreut gewesen, als klar war, dass Ruben sie auf ihrer Suche nach dem Bruder des Schlafenden Gottes begleiten würde. Eigentlich war Olav das Rohr für diese Rolle vorgesehen gewesen, doch der Späher aus der Armee König Róges war verletzt worden. Der zweite Begleiter von Halana und Prim, Hanumann, einst Krieger und dann Koch im Heer des Königs, kam ohnehin nicht in Frage, da er einst ein Bein auf dem Schlachtfeld gelassen hatte und somit bei ihrer Reise ins Rote Gebirge kaum mithalten konnte.

So war es nun also Ruben, der voranritt. Und offenbar war Ruben – auch diese Erkenntnis versetzte Prim einen kleinen Stich – ein ausgezeichneter Kundschafter und Späher, denn er machte seine Sache gut, als sie hier in halsbrecherischem Tempo zwischen den kaum als Schatten zu erkennenden Bäumen hindurch ritten.

Dumpfes Hufgetrappel, das angestrengte Schnauben von Pferden, knirschendes Zaumzeug und drei Schatten, die durch den fast finsteren Wald huschten: Meist hatten die Reiter den Oberkörper dicht über dem Pferdehals liegen, um das Risiko einer unliebsamen Bekanntschaft mit einem Ast zu vermindern. Nur ein einziges Mal, als sie einen größeren Bach überquerten, hielten sie in der unheimlichen Stille des nächtlichen Waldes an, um die Pferde saufen zu lassen. Und nur ganz selten ließen sie die Rösser im Schritt gehen, um Tier und Reiter eine Verschnaufpause zu gönnen. Erst gegen vier Uhr wechselten sie dauerhaft zu einem langsameren Tempo, nachdem Ruben doch einen Ast gestreift hatte und aus einem kleinen Riss in der linken Wange blutete.

In der letzten Stunde ihres schnellen Ritts waren die drei Reiter fast schon in eine Art Trance gefallen – ausweichen, weiter, ausweichen, weiter, ausweichen, weiter –, während die Pferdehufe dumpf über den schneefreien Waldboden polterten. Eine Trance, die gefährlich war, weil sie unaufmerksam machte, wie Rubens kleine Verwundung zeigte.

So hatten sie sich stillschweigend dazu durchgerungen, die Pferde nun nur noch Schritt laufen zu lassen.

Fast war schon eine leichte Rötung des Himmels über den Baumwipfeln zu erahnen, als Ruben schließlich leise erklärte: »Der Boden!

Er steigt stärker an. Und ich meine, ab und an schaut etwas Fels aus dem Waldboden. Wir haben den Fuß des Gebirges erreicht! – Ganz vorsichtig jetzt!«

Sie schlossen enger zueinander auf. Halana bemühte sich darum, sich trotz ihrer Erschöpfung für die letzten Minuten der Nacht zusammenzureißen. Sie schüttelte den Kopf, um die Müdigkeit aus ihren Gedanken zu verscheuchen… und riss plötzlich ihr Schwert heraus, noch bevor sie genau wusste, was sie da aus den Augenwinkeln gesehen hatte. Irgendetwas sehr Großes, Weißes bewegte sich parallel zu ihnen, nur zwei, drei Baumreihen weiter rechts. Und jetzt meinte sie auch, das sachte Auftreten eines großen Körpers zu hören… nur eines?

Rubens Ohr war nicht entgangen, wie Halana ihre Klinge gezogen hatte, und auch er hielt schon sein Schwert in der Hand, nur Prim ahnte noch nichts von ihren Besuchern. Die, so schien es Halana, seitlich näher kamen.

»Vorsicht!«, brüllte die Kriegerin, »Feind von rechts!«

In diesem Augenblick kamen auch schon sieben, acht laut grunzende und röhrende Schreie von dieser Seite, und ein weißer Schatten stürzte auf Prim zu, der dies jedoch gar nicht bemerkte, da er sich in diesem Moment, nach der anderen Richtung, fragend zu Halana umgewandt hatte. Mit einem schrillen Schrei hieb die Kriegerin ihrem Pferd die Fersen in die Seiten, so dass es einen erschrockenen Satz nach vorne machte, Halana nun nahe genug heran war und ihr Schwert kraftvoll in den weißen

Schatten stieß. Wieder war ein grunzender Schrei zu hören, diesmal jedoch ein Schmerzensschrei, während weitere weiße Gestalten hinter den Bäumen hervorbrachen.

»Flucht nach links vorne!«, brüllte Halana und versetzte gleichzeitig Prims Pferd einen kräftigen Schlag aufs Gesäß.

Sie holten das Letzte aus ihren Pferden heraus. Einen Hauch von Licht gab es bereits, als sie vor den weißen Schatten flohen, die sie hechelnd hinter sich herjagen hörten. Da traf etwas mit Wucht die Hinterseite von Halanas Helm, so dass sie nach vorne geschleudert wurde und sich gerade noch mit dem rechten Arm am Hals des Tieres halten konnte.

Mit aller Macht kämpfte sie dagegen an, die Besinnung zu verlieren, denn ein Sturz vom Pferd, da gab sie sich keiner Illusion hin, hätte ihren sicheren Tod bedeutet. *»Wenn man nicht selbst als Nahrung enden will«*, kam ihr die Warnung aus der alten Karte in den Sinn, was ihr aber half, die Schwärze abzuschütteln, die sie niederwerfen wollte.

»Stopp! Haltet an!«, hörte sie plötzlich Rubens Stimme schräg vor sich.

»Aber sie kommen! Wir müssen fliehen«, war Prims ängstliche Antwort.

»Nein – uff! – , nein, wir haben's geschafft«, entgegnete Ruben, erschöpft sein schäumendes Pferd zügelnd, »wenigstens im Augenblick.

Sie sind weg. Der Tag bricht an!«

Halana konzentrierte sich und merkte durch das Dröhnen in ihrem Schädel hindurch, dass es wirklich heller geworden war. Dem Großen Zerstörer sei Dank! Zumal ihnen nun ohnehin nichts anderes übrig blieb als abzusteigen, wollten sie ihre Pferde nicht umbringen. Die Tiere waren am absoluten Ende ihrer Kräfte angelangt.

Halana glitt vom Pferd, ließ sich am nächstbesten Baum zu Boden rutschen und zog sich stöhnend den Helm vom Kopf. Der hatte eine gewaltige Delle an der Rückseite, wo ihn etwas Schweres, Rundes getroffen haben musste. Entsprechend zur Delle in ihrem Helm erblühte an Halanas Kopf eine mächtige Beule, auf die sie zunächst aufstöhnend ihre Messerklinge drückte, später ein mit dem Wasser aus ihrem Proviant befeuchtetes Tuch.

Prim war mehrere Sekunden zitternd stehen geblieben und fragte schließlich: »Was… was war denn *das?* «

»Etwas Unfreundliches«, antwortete Ruben, »etwas *sehr* Unfreundliches.«

»Unfreundlich – aber was immer es ist, es kann bluten«, ergänzte Halana, die nochmals ihr Schwert hervorgezogen hatte und nun versonnen den dunklen Fleck an dessen Spitze betrachtete.

Nach nur kurzer, stiller Verschnaufpause meinte Ruben: »Lasst uns weitergehen. Noch ein Stück weiter hoch, dann dürften wir bald den Wald verlassen. Ich sehne mich nach der Sonne auf meinem Gesicht. – Ach ja, und, Zauberer...«

»Ja?«

»Wenn wir das nächste Mal angegriffen werden, würde es mich kein bisschen stören, wenn du deinen magischen Stab hervorholst und ein paar Kugelblitze gegen unsere Feinde schießt, oder so was in der Art!«

»Aber gerne doch...«, entgegnete Prim aufgebracht, »...wenn ich erstens weiß, wo dieser Feind überhaupt steckt, er sich zweitens möglichst wenig bewegt und du mir drittens vorher bitte eine dritte Hand wachsen lässt. Zwei davon habe ich nämlich gebraucht, um mich auf dem vermaledeiten Pferd festzuhalten!«

»Zauberer«, schnaubte Ruben, »hat dir eigentlich schon mal jemand gesagt, dass du mit diesem Kuhhorn-Helm auf dem Kopf ziemlich lächerlich aussiehst?«

Keine halbe Stunde später traten sie aus dem Wald heraus in eine Landschaft, die ganz anders war als jene, durch die sie ihn am Abend zuvor betreten hatten.

Zunächst einmal stieg hier eine mit Kiefern und Felsen durchsetzte Almmatte steil an, auf der hier und da etwas Schnee lag. Nach etwa 300 Metern endete diese Wiese ziemlich abrupt vor einem zwar sehr langen, aber nicht sehr hohen Felsabbruch, der fast senkrecht aus dem Wiesengelände herauswuchs. Was direkt hinter dieser Felskante auf sie wartete, konnten Halana, Prim und Ruben von ihrem Blickwinkel aus nicht erkennen. Sie sahen nur weiter hinten mächtige Bergspitzen in den Himmel ragen. »Wenn das nur das *Vor*gebirge ist«, murmelte Ruben,

»dann möchte ich mich niemals durch das eigentliche Rote Gebirge kämpfen müssen.«

»Und wie geht's jetzt weiter?«, wollte Prim wissen.

Halb zweifelnd, halb hoffnungsvoll meinte Ruben mit einem Achselzucken: »Vielleicht finden wir ja schon an dieser niedrigen Felswand da vorne einen Eingang zu den Höhlen, die wir offenbar suchen?«

»Siehst du hier irgendwo eine Straße aus Diamanten?«, stellte Prim die Gegenfrage.

»Was für eine Straße?«

Leise und versonnen zu den Bergen hinüberstarrend, zitierte Halana aus dem alten Dokument, das Prim entdeckt hatte: » *...am Tor zur kalten Diamantstraße, die den Weg zu den Höhlenlabyrinthen unseres Brudergottes weist.* «

»Aber das wird ja wohl keine Straße aus *echten* Diamanten sein, oder?«, wollte Ruben wissen.

»Wahrscheinlich nicht«, entgegnete Halana nachdenklich in Richtung Berge, »andererseits: Wenn du all die Dinge gesehen hättest, die ich im Land der Zauberer gesehen habe, dann würdest du auch eine Straße aus reinen Diamanten nicht für vollkommen ausgeschlossen halten.«

Sie verschnauften noch kurz, aßen jeder etwas Trockenobst, Brot und Käse aus ihren Vorräten und gaben den Pferden Gelegenheit, ein wenig zu grasen. Der Tag versprach sonnig zu werden, der Frühnebel hatte sich bereits verzogen, und nur ab und an querten ein paar Wolken den kalten blauen Winterhimmel. Schließlich machten sie sich, noch immer ermattet durch den nächtlichen Gewaltritt, auf den Weg, zuerst hinauf und dann, unterhalb der Felskante nach Norden, um einen Aufstieg zu finden, der für ihre Reittiere gangbar wäre.

Nach etwa zehn Minuten kamen sie an eine Stelle, an der es eine Verwerfung im Fels gab: Ein vermutlich Jahrtausende zurückliegendes Erdbeben hatte den nordwärts gelegenen Bereich des Bruchs etwa zwei Meter nach vorne gedrückt. An der Bruchstelle gab es, mit etlichem vorgelagertem Geröll, eine schräg nach oben führende Spalte – zwar recht steil, aber gangbar, um auf diesem Weg die etwa drei Meter höher liegende nächste Ebene zu erreichen.

Sein widerstrebendes Pferd hinter sich her zerrend, machte Ruben den Anfang. Als er soweit nach oben gekommen war, dass er über die Bruchkante hinausblicken konnte, sahen die anderen, wie sich sein Körper versteifte. Dann rutschte Ruben gar, die Konzentration verlierend, auf dem Geröll zwei, drei Schritte zurück.

Automatisch griff Halana nach ihrem Schwert, doch da drehte sich Ruben mit leuchtenden Augen um und rief: »Grandios! – Das glaubt ihr nicht, wenn ihr's nicht selbst gesehen habt! Kommt schnell hoch!«

Damit zerrte er energisch am Zügel seines Pferdes und verschwand, ein leises Lachen ausstoßend, aus dem Sichtfeld der anderen.

Gespannt folgten erst Prim, dann Halana dem Späher. Er hatte nicht übertrieben. Es war grandios.

Schweigend standen sie, die Pferde am Zügel haltend, nebeneinander und betrachteten die Landschaft, die sich vor ihnen auftat: Sie standen auf einer weiten, leicht nach Süden abfallenden Ebene. Weit vor ihnen, in Richtung Westen, wuchsen einige Berge empor, die sich, je weiter der Blick nach Norden wanderte, zu einem gigantischen, unüberschaubaren Gebirgsmassiv in den Himmel zu schrauben schienen, mit schroffen Gipfeln und fast bis in die Täler hinab mit Schnee bedeckt.

Doch das zweifellos Beeindruckendste an der Aussicht war der majestätische, an seinem Ende nahezu einen Kilometer breite Gletscher, der sich ihnen aus nordwestlicher Richtung entgegenschob. Das riesige bläulich-weiße Band aus Eis und Schnee brach mit einer weit hervorspringenden Zunge aus einem sanft ansteigenden Tal hervor, dessen unterer Bereich, eingeklemmt zwischen den felsigen Rändern der Berge, mit Abermillionen Tonnen des Gletschereises ausgefüllt war. Etwa zwei Kilometer des fast stählern schimmernden und nach hinten zu steiler ansteigenden Gletschers konnten sie überblicken, dann drehte sich das Gletscher-Tal in einer ziemlich scharfen Kurve nach Norden und verschwand aus ihrem Blickfeld in das unendliche Gebirgsmassiv hinein.

Von der Gletscherzunge ausgehend, verlief eine Art breites, flaches und mit zermalmtem Geröll bedecktes Flussbett bis zu ihnen herüber und dann weiter in Richtung Süden. Zurzeit schlängelte sich in der Mitte des Flussbettes allerdings nur ein kleiner, munter aus dem Gletschertor heraussprudelnder Bach. Wenn im kommenden Frühjahr die Schneeschmelze begann, würde hier vermutlich ein breiter Fluss vorbeiströmen.

Plötzlich stutzte Halana, riss sich von dem überwältigenden Anblick los und schaute über ihre Schulter zurück in Richtung der noch tief stehenden Sonne. Sie war gerade von einem kleineren Wolkenhaufen verdeckt, der sie aber gleich wieder freigeben würde. Schnell sah Halana wieder zum Gletscher hin und sagte leise zu den andern: »Passt auf und seht genau hin. In ein paar Sekunden haben wir unseren Weg.«

Die Wolken gaben die Sonne langsam frei. Ihre Strahlen tanzten, Meter um Meter, immer höher den Gletscher hinauf. Und mit jedem Meter blitzte und leuchtete es, funkelten Milliarden von Eiskristallen…

»…wie Diamanten!«, rief Prim verblüfft, und dann, mit großen Augen zu Halana gewandt: »Sollte das wirklich die kalte Diamantstraße sein, die jener unbekannte Schreiber erwähnt?«

»Aber sicher! Es kann nicht anders sein! Unglaublich, was für ein poetischer Pilzsucher euer Vorfahre gewesen ist! Einen Gletscher in der

Randbemerkung eines Pilz-Buches als ›kalte Diamantstraße‹ zu bezeichnen… Doch Recht hat er. Was für ein Leuchten!«

»Aber war in der Schrift nicht von einem Tor die Rede, an dem die kalte Diamantstraße beginnt?«, wandte Prim zweifelnd ein.

Halana suchte das Gelände vor der Gletscherzunge mit den Augen nach irgendetwas ab, das als Tor durchgehen könnte. Da lachte Ruben auf und erklärte: »Kriegerin, lass dich bloß nicht von diesem Zauberer irre machen. Der mag ja Blitze schleudern können, doch seine Beobachtungsgabe… na ja. Seht mal da runter, ganz im Süden, die beiden hohen Felsnadeln zu beiden Seiten dieses Flussbettes!«

»Hm, gut, unser unbekannter Poet mag die als Tor gesehen haben, aber sind die nicht viel zu weit weg vom Gletscher?«, fragte Prim.

»Heute vielleicht… Aber sieh dir mal die auf der Oberseite blank gescheuerten Felsen in diesem Flussbett an. Ich schätze, in jener Zeit, als unser Pilzfreund seine Informationen sammelte, war der Gletscher noch ein gutes Stück länger gewesen.«

»Also dann«, Halana klatschte in die Hände, »worauf warten wir noch?«

Was mochte dort auf sie warten? Das fragte sich Halana, als sie auf den Gletscher zu ritten. Kurz sah sie nach links und rechts, zu ihren beiden Begleitern. Dumm, dass Olav mit einem Armbrustpfeil im Bein ausgefallen war. Kurz dachte sie auch an Barrkaron. Seine Zähigkeit, seine Gerissenheit und vielleicht auch seine Messerkünste wären hier ein echter Zugewinn gewesen. Womöglich hätte sie den Steppenkrieger doch nicht aus seinem Versprechen entlassen sollen, ihr zu helfen. Aber nein, sie hätte ihn niemals von Rrrricka trennen können, seiner Nichte, die sie gemeinsam aus dem Turm des Schwarzen Herzogs befreit hatten. Und das Mädchen mitzunehmen wäre natürlich viel zu gefährlich gewesen. Es war das einzig Richtige gewesen, sie zurück in das Stammesgebiet ihrer Mutter zu schicken. Dort war sie in Sicherheit.

# 3. STAHL UND KNOCHEN
## Ein Wolf mit Wanderstab

Sie fror erbärmlich. Und sie stank erbärmlich.

Das war das Erste, was Rrrricka spürte und roch, als sie wieder zu sich kam. In ihrem Rachen war ein Geschmack von Blut und ein kratzender Schmerz, als hätte sie lange und laut geschrien.

Wo war das warme Feuer? Wo kam der Wind her? Und warum lag sie… auf Gras? Sie schlug die Augen auf, setzte sich auf und musste sich heftig übergeben, bevor sie ihre Umgebung genauer in Augenschein nehmen konnte. Viel zu sehen gab es nicht. Sie saß mitten auf einer kleinen Bodenerhöhung in der Steppe und rundherum war genau das – Steppe. Sonst nichts.

Wie war sie hierher gekommen? Und warum fühlte sie sich wie zweimal durchgekaut und wieder ausgespuckt, wo doch das Schwitzbad eine wohltuende Wirkung… die Schwitzhütte!

Mit einem Schlag war alles wieder da, und ihr Zittern kam jetzt nicht mehr von der Kälte allein. Wie konnte das passieren? Wieso hatte der Sud des Traumkrautes, der doch völlig ungefährlich sein sollte, eine so schreckliche Wirkung gehabt? Sie wusste es nicht. Aber eines war ihr klar: Wenn sie nicht bald aufstehen, sich bewegen und den Rückweg finden würde, dann würde sie hier ganz einfach erfrieren.

Mühsam rappelte sich Rrrricka hoch. Sie musste in blinder Panik aus der Erdhütte geklettert und davongerannt sein – ein Glück, dass sie nicht in den Krater des Sees gestürzt war. Und so wie ihre Arme aussahen, war sie wohl mehrfach hingefallen, bis irgendwann das Laken bis zu den Knien gerissen war und sie besser laufen konnte.

Langsam drehte sie sich um die eigene Achse und suchte mit den Augen den Horizont ab.

Nichts.

Oder doch?

Es war mehr eine Ahnung, dass dort hinten, Richtung Norden, ein zarter Nebel ganz dicht über dem Horizont lag. Konnte dort der Ahnensee sein? Ohne zu zögern ging sie in diese Richtung. Sie war zwar alles andere als in der Verfassung für einen strammen Marsch, woran sie auch ihr knurrender Magen erinnerte, doch die Kälte ließ sie so schnell wie möglich ausschreiten.

Als sie über die nächste Bodenerhebung kam, sah sie ein Stückchen weiter vorne eine Spur im Gras, die von einem Pferd stammen mochte.

Einem Pferd, dass ein wenig weiter links noch mehr Gras niedergetrampelt hatte, weil dort womöglich ein Reiter abgestiegen war. Als Rrrricka an dieser Stelle vorbeikam, sah sie etwas im Gras liegen.

Das war doch...

Wieso, um des Großen Zerstörers willen, hatte hier jemand ein frisch geschlachtetes Huhn hingelegt? Langsam stieg in ihr die Ahnung auf, dass irgendetwas nicht stimmte. Und sie war sich dessen sogar ganz sicher, als nur einen Moment später das Heulen von Wölfen zu ihr herüberwehte – noch hinter ihr, noch nicht ganz nahe – noch nicht.

Rrrricka rannte los.

*

Der Ahnensee kam näher.

Das Wolfsrudel auch.

Doch Rrrricka schaffte es – fast.

Keuchend rannte sie bis zu dem Holzgestell am Krater, wollte weiter zum Wasserbecken, um ihr Schwert zu holen, sah aber schon von Weitem, dass Schwert und Kleider und auch ihr Pferd weg waren. – Natürlich.

Und dann war es hinter ihr.

Das Hecheln.

Rrrricka fuhr herum. Welche Ehre. Das ganze Rudel war gekommen.

Etwa 25 Wölfe waren es, die sich nun langsam von allen Seiten näherten. Wieso auch sollten sie jetzt noch rennen? Die Tiere waren klug.

Klug genug jedenfalls, um zu erkennen, dass ihr Mittagessen keine Fluchtmöglichkeit mehr hatte.

Zu den nächsten Bäumen durchbrechen?

Unmöglich.

Rrrricka tat das Einzige, was zu tun blieb: Sie sprang auf die hölzerne Rinne, die über den See ragte, und wich langsam zurück. Vielleicht würden sich die Wölfe ja nicht hier hinauf, über den Rand des Kraters... Eine junge Wölfin sprang leichtfüßig in die Rinne hinein, gefolgt vom Leitwolf, dem größten der Tiere.

Rrrricka wich weiter zurück. Bis es nicht mehr weiter ging. Sie stand nun ganz am Ende der hölzernen Rinne, 30 Meter unter ihr der See, die

Wölfin kam, knurrend und Zähne fletschend, langsam hinterher. Doch einen Meter vor ihr blieb sie unschlüssig stehen und knurrte noch wütender. Dem Tier musste klar sein, dass, falls es dieses zweibeinige Ding anspringen würde, damit auch seine Mahlzeit in der Tiefe verschwand.

Eigentlich hatte Rrrricka nie eine wirkliche Chance gehabt, aus dem Turm des Schwarzen Herzogs zu fliehen. Und sie war doch geflohen.

Nutze die Chance, die du nicht hast.

Rrrricka stieß einen wütenden Schrei aus, der den Blutgeschmack zurück in ihren Mund brachte, sprang vor und trat der Wölfin mit aller Kraft, die sie noch aufbringen konnte, seitlich gegen den Kopf. Der Tritt des erschöpften Mädchens konnte den harten Wolfsschädel nicht verletzen. Doch das Tier, das keinen Angriff erwartet hatte, zuckte erschrocken zur Seite, stolperte am Rand der Rinne, verlor das Gleichgewicht, kippte, ein letztes Mal verzweifelt über das Holz kratzend, über den Rand hinweg und stürzte aufjaulend in die Tiefe, während Rrrricka nach hinten fiel und mit dem Hosenboden direkt in der Rinne landete.

Fast hatte sie den Eindruck, der Leitwolf würde einen Moment seiner abgestürzten Wölfin ungläubig hinterher starren. Doch als von unten ein Platschen und kurz darauf ein schmerzhaftes Aufheulen zu hören war, traf Rrrricka ein Blick animalischer Wut. Es war der Blick eines wilden Tieres, das sich durch nichts in der Welt von einem Angriff abhalten lässt.

*

Barrkaron und die 24 Krieger, die mit ihm gekommen waren, waren da schon deutlich erfolgreicher gewesen. Trotz der Hirten war es ihnen vor zwei Nächten gelungen, ein paar Rinder von ihrer Herde weg zu treiben. Jedenfalls hatten die Steppenreiter gestern drei Langhorn-Kadaver gefunden – nicht viel mehr als blanke Knochen und von gewaltigen Kiefern aufgeknackte Wirbel, um an das Rückenmark zu gelangen. Am Nachmittag waren sie dann, die von den Kadavern wegführenden Spuren verfolgend, tatsächlich auf ein paar Wölfe gestoßen

– vermutlich nur ein kleinerer Teil eines Rudels. Doch das Steppengras war hier hoch gewesen, und noch dazu hatte der Wind im unpassenden Moment die Richtung gewechselt und den Geruch der Jäger zu den Tieren hinübergeschickt. Immerhin konnten die Lrrrk noch zwei der Wölfe mit ihren Bögen erlegen, doch den anderen war in dem tiefen Gras die Flucht gelungen – es stand also 3:2 für die Wölfe.

Barrkaron hatte über zehn Jahre als Hofnarr getarnt am Hof der Herzöge des Schwarzen Landes gelebt. Aber nachdem er, gemeinsam mit Halana und Prim, Rrrricka aus Herzog Cosas Turm befreit hatte und nach Hause zurückgekehrt war, da hatte er sich schnell wieder an das Nomadenleben in der Steppe gewöhnt. Nein – genau genommen hatte er nicht einmal eine Eingewöhnungszeit gebraucht. Es war eher so gewesen, als wäre eine Kugel des Ztlock-Spiels nach einigen Fehlwürfen endlich genau in der Mulde gelandet, die für sie gemacht worden war.

Und etwas war sogar ganz eindeutig besser als früher: Sein Aussehen war kein Ziel mehr für Spott und Verachtung. Der junge Mann war nicht sonderlich groß, jedoch mit breiten, kräftigen Schultern ausgestattet.

Das war es aber nicht, was ihn unter den anderen Lrrrk zu einem ungewöhnlichen Anblick machte. Die Krieger der Steppenvölker hatten eine hell- bis dunkelbraune Hautfarbe und meist schwarze Haare. Barrkarons mit Sommersprossen gesprenkelte Haut war dagegen fast weiß, sein Haar weißblond. Dass er ein Albino war, hatte ihn unter seinen Leuten einst fast zu einem Aussätzigen gemacht.

»Weiße Schande« war er als Kind gerufen worden. So standhaft und aufrecht die Steppenreiter sonst sein mochten, so grausam konnten sie gegen Unbekanntes sein, das sie nicht verstanden und das viele als Strafe – wofür auch immer – aus der Welt der Ahnen gedeutet hatten.

Doch als er vor wenigen Monaten tatsächlich die neun Jahre vermisste und von den meisten für tot gehaltene Häuptlingstochter nach Hause gebracht hatte, da gaben sich die Lrrrk alle Mühe, ihn wie einen der Ihren zu behandeln – um schließlich erstaunt festzustellen, dass er tatsächlich einer der Ihren war.

So war es schließlich auch gekommen, dass man ihn nicht nur bat, an der Wolfsjagd teilzunehmen, sondern ihm sogar die Führung des Jagdzugs angetragen hatte. Barrkaron vermutete nicht zu Unrecht, dass es Erran gewesen war, der die anderen überzeugt hatte, es mit ihm als Jagdführer zu versuchen – mit Erran, einem älteren Lrrrk-Reiter, hatte Barrkaron bei seiner Ankunft beinahe die Klinge gekreuzt, aber schon bald darauf war er ihm ein guter Freund geworden.

Barrkaron hatte sich schnell bereit erklärt – die Steppenkrieger mochten keine zögerlichen Entscheidungen – , das Angebot anzunehmen.

Allerdings war ihm nicht sonderlich wohl gewesen bei dem Gedanken, sich von Rrrricka zu trennen, solange auch der Stammes-Mrrr in dem Wandernden Dorf war. Er traute diesem hermelinbesetzten Idioten nicht so weit, wie man gegen den Wind spucken konnte. Doch bei genauer Betrachtung hatte er die Aufforderung, den Jagdzug zu leiten, unmöglich ablehnen können. Sie wollten ihm damit zu verstehen geben, dass seine Taten seinen Makel mehr als nur ausglichen. Das Angebot war also durchaus als Ehre zu verstehen. Zudem gab es Barrkaron die Gelegenheit zu zeigen, dass er führen konnte und das Vertrauen verdient hatte. Ohnehin waren die meisten Lrrrk aus dem Wandernden Dorf nicht gut auf den Stammes-Mrrr zu sprechen. Umso besser also, wenn Barrkaron Freunde gewann, die fest hinter Rrrricka und ihm stehen würden.

Die Wölfe hatten sich offenbar getrennt. Schlaue Biester! Den einzelnen Spuren konnte man kaum folgen. Die Jäger versuchten es trotzdem, fanden aber zunächst statt eines Wolfs ein totes Huhn. Waren die Biester schon so nah beim Dorf gewesen? Aber wieso hatten sie das Huhn nicht gleich gefressen? Jungtiere dürfte es jetzt doch noch gar nicht geben.

Erran lenkte Barrkaron ab, indem er zu einem in der Ferne aufsteigenden Nebel deutete und erklärte: »Wir sind gar nicht weit vom See der Ahnen entfernt. Vielleicht sollten wir dort mal vorbeischauen? Dort gibt es Schwitzhütten…«

Das war, nach zwei kalten Nächten im Freien, sehr verlockend. Barrkaron wollte gerade den unausgesprochenen Vorschlag aufgreifen, als Brrtrck, ein Fährtensucher, der den Boden in einem großen Kreis um ihre Gruppe herum abgesucht hatte, von Weitem rief: »Hier! Hier ist wieder eine Spur. Das muss ein Großer gewesen sein!«

Die Spur führte vom Ahnensee weg.

»Na, dann wird es wohl nichts mit dem Dampfbad«, stellte Barrkaron mit einer Geste des Bedauerns fest und gab Zeichen, der Spur zu folgen. Bis zum Nachmittag wollte er sein Glück noch versuchen und dann zum Dorf zurückkehren, länger wollte er Rrrricka wirklich nicht alleine lassen. Andererseits… vielleicht war er ja auch einfach zu besorgt, denn alleine war sie in diesem Moment wohl kaum. Schließlich bot ja auch das Dorf Schutz. Beinahe alle – bis auf Mrrr Drack natürlich – hatten sich aufrichtig gefreut, als die Häuptlingstochter zurückgekehrt war. Und Rrrrickas offene Art trotz all der Jahre Gefangenschaft hatte in nur wenigen Tagen dafür gesorgt, dass die Erwachsenen das Mädchen in ihr Herz schlossen und sie unter den Kindern und Heranwachsenden viele Freunde gefunden hatte. Wahrscheinlich hatte sie sich auch heute Morgen wieder mit Freunden aus dem Dorf getroffen und hing jetzt einfach irgendwo rum.

\*

Rrrricka baumelte 30 Meter über dem See.

Als der Leitwolf zum Sprung ansetzte, hatte sie sich seitlich aus der Rinne herausrollen lassen, wobei es ihr gerade noch gelungen war, ihre Finger um den Rand der Rinne zu klammern. Nun hing sie zwei Meter vom Kraterrand entfernt über dem Abgrund, aus dem noch immer das Winseln der verletzten Wölfin heraufdrang. Keuchend sah Rrrricka nach oben und blickte in die böse funkelnden Augen des Leitwolfs, der sie anstarrte – und dann begann, nach ihren Fingern zu schnappen.

Hektisch verschob Rrrricka immer wieder ihre Hände, verfolgt von den scharfen Zähnen des Wolfs. Doch sie war am Ende ihrer Kräfte.

Ihre rechte Hand rutschte ab. Mit einem entsetzten Aufschrei wollte sie noch einmal nachfassen, aber statt um den hölzernen Rand der Rinne krallten sich ihre Finger um etwas Warmes, Weiches, mit Fell Besetztes.

Und als sie nun feuchte Lefzen und spitze Zähne auf ihrem linken Handrücken spürte, ließ sie auch dort los.

Das Mädchen stürzte, den aufjaulenden Wolf an der Pfote mit sich reißend, hinab in die Tiefe.

Sicher, normalerweise sind 30 Meter eine Entfernung. Doch in diesem Fall waren sie Zeit – eine sehr lange Zeit.

Rrrricka überschlug sich in der Luft, sah sogar, dass es dem Wolf, von dem sie sich auf den ersten zwei Metern des Sturzes gelöst hatte, nicht anders ging und spürte, dass ihr Angstschrei von einem eiskalten Wind davongerissen wurde. Sie hatte sogar noch Zeit für den Gedankenblitz, dass sie gleich zerschmettert sein würde, falls der See nur einen Meter tief war. Dann sah sie nur noch die hellgrüne Wasseroberfläche auf sich zurasen, riss instinktiv die Arme über ihren Kopf und tauchte, Arme und Kopf nach vorne, mit ungeheurer Wucht in das Wasser ein.

Sie hatte das Gefühl, zu zerreißen und gleichzeitig in Flammen zu stehen, dann schrammte sie mit der linken Schulter über eine Mischung aus Schlamm und Steinen – aber nur leicht. Der See war tief genug. Das eiskalte Wasser half ihr, nicht die Besinnung zu verlieren. Prustend und benommen tauchte Rrrricka wieder an der Oberfläche auf. Ebenso der Wolf.

Die verletzte Gefährtin des Tieres hatte es bis zum Ufer geschafft, wo sie winselnd lag. Der Leitwolf dagegen schien den Sturz ohne nennenswerte Schäden überstanden zu haben und schwamm jetzt auf das Mädchen zu. Rrrricka war eine miserable Schwimmerin. Sie hatte zwar schon mit drei Jahren ein wenig die Kunst des Schwimmens gelernt, doch ab ihrem fünften Lebensjahr nie wieder Gelegenheit gehabt, es zu üben. Doch was hätte es ihr auch genützt, ans Ufer zu entkommen? An Land war sie dem Wolf noch weitaus mehr unterlegen als im Wasser.

Blieb also nur eine Frage.

Wer von ihnen konnte länger die Luft anhalten?

Als sie noch knapp zwei Meter vom Ufer entfernt war, hatte der Wolf sich schon bedrohlich genähert. Rrrricka tauchte unter seinen zuschnappenden Kiefern in das helle Grün hinein. Hier war der See keine zwei Meter tief. Und auch hier ragten Steine aus dem Schlamm, darunter ein schmaler, schräg stehender Felsblock. Rrrricka klammerte sich mit dem linken Arm an den Fels, griff mit der rechten Hand nach oben, bekam einen Hinterlauf des Wolfes zu fassen und zog ihn mit Macht nach unten.

Es war nicht einfach.

Es war nicht schön.

Reflexartig wollte das große Tier auch unter Wasser nach dem Mädchen beißen, doch augenblicklich fluteten sich seine Lungen mit Wasser. In Panik wollte der Wolf nach oben, zum Licht, zuckte und zerrte, aber Rrrricka hielt fest, bis sie selbst kein Quäntchen Sauerstoff mehr in der Lunge hatte und auftauchen musste. Doch da hatte der Wolf schon gut zehn Sekunden nicht mehr gezuckt.

Zu Tode erschöpft schwamm Rrrricka ans Ufer, der Kadaver des toten Wolfs trieb neben ihr. Als sie an Land gekrochen war, fehlte ihr fast die Kraft zum Aufstehen. Sie schlotterte wie Espenlaub und spürte ihre Füße kaum noch. Doch aufstehen musste sie, wenn sie nicht erfrieren wollte.

»Jetzt nicht aufgeben«, sagte sie sich, »ich hab's doch fast geschafft.

Muss nur noch in den nächsten fünf Minuten was gegen die Kälte unternehmen, dann die Felsen hochklettern, die restlichen Wölfe loswerden und zurück zum Dorf laufen – ganz einfach.«

Dann hörte sie ein paar Meter weiter ein böses Knurren, gefolgt von einem kurzen Winseln. Die junge Wölfin hatte sich erhoben und humpelte auf drei Beinen in Rrrrickas Richtung, musste sich aber nach ein paar Schritten wieder setzen. Ihr linker Vorderlauf war gebrochen.

»Verdammt, du bist ja auch noch da«, sagte Rrrricka mit zitternder Stimme zu dem Tier, das sie nicht aus den Augen ließ und die Zähne fletschte.

Eigentlich hatte die Wölfin ja nur etwas zu fressen gesucht. Und in diesem Augenblick war sie vermutlich genau so verzweifelt und voller Angst wie das Mädchen. Aber Rrrricka wollte leben. Sie bückte sich und hob einen fast scheibenflachen, besonders scharfkantigen Stein auf.

*

Müde, aber gut gelaunt kamen Barrkaron und seine Leute am Nachmittag in das Wandernde Dorf zurück. Die Spur des Wolfs hatte sie tatsächlich zu einem weiteren Teil dieses Rudels geführt. Und diesmal waren sie gegen den Wind gekommen. Sieben Wölfe hatten sie erlegen können, machte insgesamt neun. Kein schlechtes Ergebnis, zumal alle Männer und Pferde gesund zurückgekehrt waren – keineswegs eine Selbstverständlichkeit bei der Jagd auf Steppenwölfe. Wahrscheinlich hatten sie das Rudel sogar empfindlich genug geschwächt, dass es sich aus dieser Gegend trollte und die Herden wenigstens vor diesem Dorf in Sicherheit waren.

Mindestens ebenso gut für Barrkaron war es natürlich, dass er sich als Führer bewährt und gezeigt hatte, dass man ihm trauen konnte –

Albino hin oder her. Sogar diejenigen unter den Männern, die ihm gegenüber zu Beginn ihres Rittes – trotz aller Mühe, es den Retter der Häuptlingstochter nicht merken zu lassen – noch sehr zurückhaltend gewesen waren, hatten ihn auf dem Heimweg mit einbezogen in ihr ausgelassenes Reden und Lachen über den »großen Sieg«, den sie errungen hatten und der von Minute zu Minute größer wurde.

Natürlich hatten die Wachen, die selbst in Friedenszeiten um das Dorf postiert waren, die Annäherung der Reiter längst bemerkt. So wurden sie mit großem Hallo von vielen Lrrrk, insbesondere aus den Familien der Jäger, am Dorfrand empfangen. Allerdings… Rrrricka war ja gar nicht dabei. Aber der dicke Mrrr war da. Und er lächelte so seltsam.

Barrkaron sah Kerrick unter den wartenden Lrrrk stehen, den er als einer der Ersten seit seiner Rückkehr zu seinen Freunden zählen konnte. Auch das Wandernde Dorf eines Steppenvolks, in dem der Stammeshäuptling lebte, hatte einen eigenen Dorfhäuptling. Kerrick, ein großer, älterer Mann mit langen grauen Haaren und einer Geiernase, war der Häuptling von Nurés Dorf. Barrkaron saß ab, ging eilig auf ihn zu und fragte: »Hast du Rrrricka gesehen? Wie geht es ihr?«

Doch Kerrick schüttelte den Kopf und entgegnete, nun seinerseits alarmiert: »Nein, und jetzt, wo du fragst: Ich habe sie den ganzen Tag nicht gesehen. Nicht mal bei ihrer Mutter, mit der sie doch zur Mittagsstunde immer lange spricht – auch ohne Antwort zu bekommen.«

Doch da trat Lakte, die ehemalige Amme Rrrrickas, lachend auf die beiden Männer zu und verkündete freudestrahlend: »Ihr zwei Kerle stellt euch ja an wie die Waschweiber. Ihr müsst euch keine Sorgen um Rrrricka machen. Der geht es gut, der Guten. Sie ist wirklich ein tolles Mädchen! Ich hätte nie gedacht, dass sie es dort so lange aushält, und …«

Barrkaron unterbrach den Redeschwall der Frau: »Oh! Gut, dass es ihr gut geht. Aber... *wo* hält sie *was* aus?«

»Na, ich habe sie doch heute Morgen zum Ahnensee gebracht. Sie hat sich mit dem Sud des Traumkrautes in einer Schwitzhütte den Ahnen anvertraut, ihr wisst schon…« – sie schielte zu Mrrr Drack hinüber und fuhr leiser fort: »Um einen Weg zu finden, diesen Widerling da als Vertreter Nurés loszuwerden.«

»Heute Morgen?« – Barrkaron konnte sein Entsetzen nur mühsam zähmen – »Aber dann ist sie ja schon acht Stunden weg?«

»Ja, mindestens – wir sind sehr früh los. Aber mach dir doch keine Sorgen, die Schwitzhütte wird oft mehrmals hintereinander benutzt, und zwischendrin ruht man sich aus oder sammelt am See seine Gedanken.«

»Aber doch nicht, wenn man so was noch nie gemacht hat! – Waren wenigstens noch Krieger oder andere Lrrrk am See?«

»Äh… nein. Es ist auch besser, wenn man ungestört ist, um mit den…«

»Lakte!«, Kerrick brüllte es fast, »da draußen treiben sich Wölfe rum!«

»Aber Häuptling!«, sagte Lakte erst überrascht, dann immer langsamer redend und blass werdend, »das ist doch der Ahnensee! Da wird es doch kein Wolf wagen… o… oder doch?«

»Heilige Einfalt!«, stöhnte Kerrick, während Barrkaron schon rief:

»Los, sofort wieder aufsitzen, wir müssen augenblicklich…«

»Ein Wolf, ein Wolf!«, unterbrach ihn der laute Ruf eines Dorfwächters.

»Was!?«

»Da hinten! Ein Wolf! Er kommt auf das Dorf zu! Und… eh… ich glaube, er geht auf zwei Beinen!«

»Das kann doch nicht…!«

Alle drängten nach vorne und standen schließlich in einer Reihe vor dem Dorf, um der sonderbaren Gestalt entgegenzublicken, die sich, mehr wankend als gehend, dem Dorf näherte.

Ja. Aus der Ferne sah man einen Wolfsschädel und Fell. Aber irgendwie nicht richtig zusammenpassend. Und Barrkaron hatte auch noch nie von einem Wolf gehört, der sich beim Vorwärtshumpeln auf einen Stock stützt.

»Bleibt zurück«, rief er, und rannte, gefolgt von Kerrick, diesem sonderbaren Wesen entgegen. Nein, das war kein Wolf, merkte der Lrrrk, je näher er kam. Das war ein Mensch, der sich mit irgendwelchen Fetzen Stücke aus einem Wolfsfell um die Füße gebunden und den Rest davon umgehängt hatte. Das Wolfsfell musste zu diesem Zeitpunkt noch sehr frisch gewesen sein. Denn was Barrkaron von den Armen und Beinen der Gestalt sehen konnte, ließ unter einer dicken Schicht Dreck, Fett und geronnenem Blut keine Haut mehr erkennen, und Reste eines großen Tuchs, das man unter dem Fell sah, wirkten fast wie in Blut getränkt.

Der Kopf dieses Menschen war nach vorne gebeugt, so dass Barrkaron nur von oben den absonderlichen Helm sah, den sich dieser Verrückte auf den Kopf gesetzt hatte: den oberen Teil eines Wolfskopfes, dessen tote Augen den Lrrrk starr anblickten. Doch als Barrkaron bei diesem Geisteskranken – einem offensichtlich recht kleinen Geisteskranken – angekommen war, hob der seinen Kopf, und der Krieger sah in ein schmutziges, blutverkrustetes, fast zu Tode erschöpftes Gesicht.

Dann krächzte Rrrricka: »Wolf schmeckt ja so was von scheußlich«, und brach in Barrkarons Armen zusammen.

Jetzt war auch Kerrick heran, starrte auf das Mädchen, das der Albino in seinen Armen hielt, und keuchte außer Atem: »Das ist doch… ich glaub es nicht! Schnell, wir tragen sie zurück, die Arme muss sofort versorgt werden!«

Doch Rrrricka war nicht vollkommen weggetreten und murmelte jetzt: »Da vorne, bei den Leuten… ist da auch der Mrrr dabei?«

»Drack? Ja, warum…?«

»Dann stütz mich nur. Ich werde selbst gehen, wenn er mich sieht.«

Das Wissen, gerettet zu sein, half Rrrricka wieder auf die Füße, auch wenn sie die Kraft dazu eigentlich nicht mehr hatte. Schwer auf Barrkaron gestützt, erreichte sie schließlich die noch weiter angewachsene Gruppe der Wartenden, die sie mit staunenden Augen anstarrten. Vor Drack, der ihr mit zusammengekniffenen Augen entgegenblickte, blieb sie stehen und sagte: »Ich habe unterwegs etwas gefunden – müssen die Wölfe übersehen haben. Ich denke, es gehört dir.« Damit zog Rrrricka einen blutigen Hühnerflügel unter dem Wolfsfell hervor und warf ihn dem Mrrr vor die Füße.

»Die arme Kleine. Sie ist verwirrt«, knirschte der Mrrr, drehte sich um und stolzierte davon.

Sowie Drack außer Sicht war, konnte sich Rrrricka wirklich nicht mehr auf den Beinen halten. Barrkaron setzte sie auf sein Pferd, saß hinter ihr auf und ritt langsam zu Rrrrickas Zelt, während das Mädchen halb im Delirium murmelte: »Onkel, bitte Lakte, dass sie mir ein Bad macht. Aber, bei allen Ahnen, ein heißes Bad, hörst du? Es muss heiß sein! Und zu allererst will ich einen Schnaps...«

»Was? Du bist doch noch...«

»Egal! Ich sterbe, wenn ich diesen Geschmack nicht los werde... Und etwas trinken will ich, sauberes Wasser! Und etwas zu essen! – Viel zu essen! Aber um Himmels willen kein Huhn! Und Seife brauch ich, hörst du? – Viel Seife. Sehr viel Seife. Und Kleider. Saubere Kleider. Und ...«

Barrkaron wusste nicht so recht, ob er lachen oder weinen sollte.

Doch schließlich hörten er und Kerrick sich Rrrrickas Geschichte an, während sie aus einer großen Schale Rindersuppe schlürfend und in zahlreiche Decken gehüllt darauf wartete, dass eine sehr kleinlaute Lakte mit der Hilfe anderer Frauen einen Zuber brachte und über einem Feuer vor dem Zelt Eimer, Töpfe und Krüge mit Wasser erhitzte.

Um nicht zu erfrieren, hatte Rrrricka dem toten Leitwolf so gut es ging das Fell abgezogen und sich zudem mit dem Fett des Tieres eingerieben. Die Kraterwand war überaus zerklüftet, so dass es für einen kräftigen, gesunden Menschen sogar vergleichsweise gefahrlos sein mochte, dort hinaufzuklettern. Dass Rrrricka die 30 Meter – mit vielen zitternd am Fels klebenden Pausen – überstanden hatte, grenzte dagegen an ein Wunder. Mit dem Wolfsschädel, ein wenig Wolfsfleisch und auch dadurch, dass sie nun wegen des Fells und des Fettes nach Leitwolf stank, hoffte sie, den Rest des Rudels kurz fernhalten und in die Schwitzhütte fliehen zu können. Doch sie hatte Glück: Bis sie oben ankam, hatte sich die Meute verzogen – wer weiß? Vielleicht, weil ihr Anführer tot war oder weil sie schon damit beschäftigt waren, seine Nachfolge auszukämpfen.

In der Schwitzhütte glühte noch ein wenig Holzkohle. Rrrricka legte ein paar Zweige dazu, wärmte sich etwas auf und briet tatsächlich ein kleines Stück von dem Wolfsfleisch, konnte aber nur drei winzige Bissen herunterwürgen. Dann fand sie einen kräftigen Ast, der gut als Wanderstütze geeignet war. Mit großem Widerwillen setzte sie sich auch den halben Wolfskopf wieder auf, für den Fall, dass sie unterwegs doch noch anderen Tieren begegnen sollte.

Dann machte sie sich auf den langen Heimweg.

Barrkaron und Kerrick hatten schweigend und immer wieder kopfschüttelnd zugehört, bis Rrrricka geendet hatte.

»Du bist das unglaublichste Mädchen, das ich kenne«, sagte Barrkaron mit Bewunderung, »und ich würde dich auch sicher umarmen, wenn du nicht so stinken würdest…«

»Ha! – Sehr komisch!«

Dann waren die Frauen fertig mit dem Füllen des großen Zubers, aus dem dicke Dampfschwaden aufstiegen, und Barrkaron schickte sich an, gemeinsam mit dem Dorfhäuptling das Zelt zu verlassen. Doch Rrrricka rief ihn nochmals zurück und meinte: »Eine Bitte hab ich noch…«, dann gab sie ihm ein Zeichen, sich zu ihr zu beugen und flüsterte in sein Ohr.

Barrkarons Augen wurden immer größer, und als sie geendet hatte, starrte er sie zunächst nur eine Weile an. Dann sagte er: »Das meinst du nicht ernst? – Du meinst es ernst! – Ich fasse es zwar nicht, dass ich das jetzt sage, aber: Na gut, alles, was du willst.«

Vor dem Zelt wartete eine ganze Traube Leute, die neugierig wissen wollten, was geschehen war. Auch die Wolfsjäger waren noch da.

Barrkaron berichtete von Rrrrickas Abenteuer, und als er schließlich, von vielen Aaahs und Ooohs und Zwischenrufen unterbrochen, nach einer viertel Stunde geendet hatte, winkte er seine Jagdfreunde ein Stückchen beiseite und meinte: »Wir müssen morgen früh noch mal los… zum Ahnenkrater. Da unten ist noch eine verletzte Wölfin.«

»Klar bin ich dabei, wenn es darum geht, noch so ein Biest zu erlegen«, rief Erran, doch dann stutzte er und meinte: »Aber da unten stirbt die doch von allein, oder?«

»Ja, sicher, wenn sie die Reste ihres Leitwolfs aufgefressen hat…

aber… hm… wie soll ich das jetzt sagen? Also, eigentlich geht es nicht darum, sie zu töten.«

»Was willst du dann von ihr?«

»Sie retten.«

»Was!?!? Ist nicht dein Ernst?«

»Ich befürchte schon.«

»Und du glaubst, da würden wir mitmachen?«

»Nun… Ja.«

»Na dann. Davon werden sicher noch meine Kinderkindeskindeskinder erzählen!«

Ein anderer Jäger fragte allerdings – deutlich weniger enthusiastisch: »Könntest du wenigstens erklären, wozu du das Biest brauchst?«

»Ich? Gar nicht. Rrrricka will sie haben. Sie will die Wölfin zähmen.«

»Eine Wölfin?«, »Zähmen?«, »Wer hat so was schon gehört?«, riefen die Jäger durcheinander, doch dann sagte einer: »Verdammt, wenn unsere Häuptlingstochter den Mumm hat, einen Wolf zu zähmen – was ihr natürlich nie und nimmer gelingen wird! – , dann sollten wir uns nicht scheuen, das Vieh aus dem Krater zu holen. – Was für ein verrücktes Mädchen!«

»Genau«, ergänzte Erran, »die wird mal ein guter Häuptling! – Wie freue ich mich schon darauf, wenn sie den Mrrr ablöst!«

Es war ein schwieriges Stück Arbeit, aber längst nicht so schwierig, wie befürchtet – vermutlich weil die Wölfin verletzt und viel zu erschöpft war. Barrkaron und Drron, der Jüngste in der Gruppe der Jäger, kletterten an einem Seil den Krater hinunter und konnten schließlich mehrere Decken über die Wölfin werfen, so dass sie nur ein paar tiefe, blutende Kratzer abbekamen, bevor sie das Tier gefesselt und ihm die Schnauze zugebunden hatten. Dann wurde die Wölfin in den Decken wie in einem Sack verschnürt, vorsichtig nach oben gezogen, auf eine Schleif-Trage gebunden und zurück ins Dorf geschafft. Dort fand sich Lakte schließlich bereit – nachdem Barrkaron sie nochmals an ihre Rolle bei Rrrrickas unfreiwilligem Abenteuer erinnert hatte – , die Pfote der Wölfin zu richten und zu schienen, während vier kräftige Krieger das winselnde Tier festhielten. Dann wurde ein Pflock neben Rrrrickas Zelt in den Boden getrieben und die Wölfin mit einer zwei Meter langen Leine angebunden. Mit vier weiteren Pflöcken und einem Seil musste Barrkaron zuletzt noch eine Absperrung markieren, da sich die Neugierigen sonst zu dicht an das Tier heranwagten.

Rrrricka selbst hatte von all dem nicht das Geringste mitbekommen.

Sie schlief tief und fest bis zum späten Nachmittag, und dann hielt sie ein Fieber zwei weitere Tage auf ihrem Lager.

Zeit genug also für die Lrrrk, ein großes Fest vorzubereiten. Bei den Steppenvölkern nutzte man jede Gelegenheit zum Feiern. Die Rettung der Häuptlingstochter und ebenso deren Mut waren natürlich ein ausgezeichneter Grund dazu.

Ganz ohne Zweifel, die wichtigsten Bestandteile eines solchen Festes waren Essen und Trinken bis zum Abwinken. Alle hatten ihre Freude daran – mal abgesehen von ein paar Ochsen, die ihr Leben an großen Bratspießen beendeten, und abgesehen natürlich von Mrrr Drack. Der war in so manches Gespräch verwickelt worden, in denen seltsamerweise immer wieder die Rede darauf gekommen war, dass auch ein Stammes-Mrrr nicht vor Unfällen gefeit sei. Das habe natürlich überhaupt nichts mit den Gesetzen des Stammes zu tun, die selbstverständlich eingehalten werden müssten – aber Gesetze hin oder her, so ein Unfall ist halt schnell passiert. Und falls die Häuptlingstochter noch mal so ein Pech wie bei dem Zwischenfall in der Schwitzhütte haben sollte, dann wäre es ganz und gar nicht ausgeschlossen, dass auch Drack irgend so ein dummer Unfall ereilen könnte.

Und dieser impertinente Barrkaron, der inzwischen wohl glaubte, sich alles erlauben zu können, hatte ihm sogar ganz unverhohlen gedroht. Er war – natürlich gab es keine Zeugen – zu ihm ins Zelt marschiert und hatte ihm auf den Kopf zugesagt, dass er ihm das Herz herausreißen werde, falls seiner Nichte noch einmal irgendetwas zustoße.

Drack sagte sich, dass er noch vorsichtiger sein müsse. Außerdem blieben ihm ja auf jeden Fall noch fast drei Jahre im Amt. Vielleicht sollte er in dieser Zeit einfach seinen Besitz weiter mehren und sich dann rechtzeitig absetzen?

Die Nacht war bereits hereingebrochen am Abend des Festes und Rrrricka hatte, zum allerersten Mal in ihrem Leben, einen ganz kleinen Schwips. Barrkaron, neben ihr sitzend und an seinem vierten Stück Rind-im-Fladenbrot kauend, stupste sie an, nickte zu einer Gruppe junger Leute hinüber und meinte: »Irgendwie hab ich den Eindruck, dass dieser Drron öfter als die anderen zu dir rüberguckt – kann das sein?«

Rrrricka kicherte, meinte dann aber: »Ach, lass ihn gucken, interessiert mich nicht – hm… Drron, der hat doch mit dir zusammen Mäuschen aus dem Krater geholt?«

»Als wenn du das nicht wüsstest. Und ich bleibe dabei: Mäuschen ist ein bescheuerter Name für eine Wölfin. Was machen deine Erziehungsversuche?«

»Was erwartest du? Das kann nicht von heute auf morgen funktionieren. Sie lässt mich noch nicht an sich heran, ihr Essen muss ich ihr aus sicherer Entfernung zuwerfen. Aber ich habe Zeit…«

»Warum machst du das überhaupt?«

»Weiß nicht… Na ja, irgendwie saßen wir in derselben Patsche, da unten, und sie hat mir leid getan. Außerdem: Stell dir mal vor, das funktioniert, mit dem Abrichten, und Mäuschens Nachfahren werden wirklich zu Haustieren. Die können dann helfen, auf die Herden aufzupassen, und sie schützen die Nomaden vor wilden Tieren.«

»Wölfe? Zu Haustieren machen? Du hast vielleicht verrückte Ideen.«

»Na ja, mag sein… aber dann hätte mein kleines Abenteuer wenigstens doch noch was gebracht«

»Kleines Abenteuer? Hör mal, mach so was nie wieder, hörst du? Sonst muss ich dich noch neben deiner Wölfin… Was hast du?«

Rrrricka hatte plötzlich geistesabwesend ins Feuer gestarrt, nun schreckte sie hoch und meinte: »Aber vielleicht war es ja gar nicht vergeblich? Als ich in der Schwitzhütte war, direkt bevor diese dunklen, bösen Gedanken zu mir kamen, da hatte ich das Gefühl, als gebe es eine Lösung… Irgendeine Möglichkeit gibt es, diesen Mrrr schnell loszuwerden, da bin ich mir sicher. Und es hat irgendetwas mit den Stammesgesetzen zu tun.«

Rrrricka verfiel in angestrengtes Grübeln, gab es jedoch schließlich auf und meinte: »Ich werde wohl mit ein paar der Wissenden reden müssen, die die Stammesgesetze in ihren Köpfen aufbewahren. Vielleicht hilft das.«

»Ja, tu das«, antwortete Barrkaron, »denn irgendwie habe ich das untrügliche Gefühl, dass wir die drei Jahre nicht warten können, bis du 18 bist, um den Mrrr zum Teufel zu jagen. Die Zeichen stehen auf Krieg zwischen Engaland und dem Schwarzen Land, und ich will mich an Halanas Seite stellen, wenn es soweit ist.«

»Halana… meinst du, sie hat inzwischen ihren Sohn gefunden? – Ich wünsche es ihr so sehr.«

»Bestimmt – so wie sie an alles rangeht, wird ihr auch das gelungen sein.«

»Doch wenn sie Ruff wieder hat, dann wird sie sich gemeinsam mit Magier Prim auf den Weg machen, um für die Zauberer den Bruder des Schlafenden Gottes zu finden.«

»Ja, das wird sie. Sie hat ihr Wort gegeben, und daran wird sie sich halten.«

»Aber das wird ganz schön gefährlich, oder?«

»Ich befürchte… Ja.«

Rrrricka dachte an die junge Kriegerin, wie sie ihr – noch in ihrem Verlies – das erste Mal gegenübergestanden hatte: Das dunkle, kastanienbraune Haar, gut schulterlang und gelockt, war von einer Staubschicht bedeckt gewesen, nachdem Prim ein Loch in den Boden ihres Kerkers gesprengt hatte; so war Rrrricka der leicht rötliche Schimmer des Haares erst später aufgefallen. Die türkisgrünen Augen hatten verzweifelt und wütend geblitzt, die vollen Lippen waren wutverzerrt gewesen; ein muskulöser, sonnengebräunter Arm hatte wie von selbst das Schwert gezogen. Und einen kurzen Moment hatte Rrrricka tatsächlich gedacht, diese fremde Kriegerin würde sie töten, nachdem sie erkennen musste, dass es keineswegs ihr Sohn gewesen war, der da in einer zugemauerten Zelle auf Rettung wartete. Doch dann hatte diese Kriegerin nicht nur einmal ihr Leben riskiert, um sie, Rrrricka, aus diesem schrecklichen Turm zu befreien – verdammt, wie die kämpfen konnte!

Auf ihrer langen Flucht war Halana nicht nur ihre Beschützerin gewesen, sondern auch zu ihrer Freundin geworden, und nicht nur einmal hatte sich Rrrricka vorgestellt, wie es wohl sein würde, eine große Schwester zu haben, die genau so wie Halana wäre – mühelos wäre die mit dem fetten Mrrr fertig geworden.

Wenn sie sich nicht so sehr nach ihrer Mutter und ihrem Stamm gesehnt hätte, Rrrricka hätte alles daran gesetzt, Halana und Prim bei ihrer Suche nach Ruff zu begleiten, und sei es nur, um die Chance zu bekommen, sich für ihre Rettung zu revanchieren, denn diese Gelegenheit hatte sie nie gehabt.

Ob sie die Beiden wohl je wiedersehen würde? Die Chancen dazu standen nicht gerade gut, darüber war sich Rrrricka trotz ihres jugendlichen Alters im Klaren. Dass sie selbst sehr schnell ihr Leben verlieren konnte, das hatte sie ja gerade erst am eigenen Leib zu spüren bekommen. Und Halana und Prim? Wenn sie wirklich den Bruder des Schlafenden Gottes finden wollten – wer oder was das auch nun immer sein mochte – , dann würde der Tod vermutlich hinter jedem Baum lauern.

Und laut fragte sich Rrrricka: »Ob sie wohl schon unterwegs sind?«

# 4. STAHL UND KÄLTE
## Ein Name in der Nacht

Oh ja, es war ein grandioser Anblick, der sich ihnen bot. Aber das machte den Aufstieg auch nicht leichter. Zunächst waren sie bis dicht ans Zentrum der etwa vier Meter hohen Gletscherzunge herangeritten und konnten es nicht lassen, vor dem Gletschertor abzusitzen und ein paar Meter weit in die blaue Dunkelheit der Gletscherhöhle hineinzugehen. Der Schmelzwasser-Bach ließ zu beiden Seiten noch genügend Platz, dass alle drei bequem nebeneinander gehen konnten.

Fröstelnd meinte Prim: »Ob vielleicht das hier schon die Höhle….?«

»Nein«, entgegnete Halana und schüttelte den Kopf, »ich glaube kaum, dass wir den Bruder deines Schlafenden Gottes in dieser Eishöhle finden werden. Gletscher wechseln ständig die Form. Selbst kilometerlange Gletscherhöhlen können eines Tages plötzlich verschwunden sein. Ich denke, das ist selbst für einen Gott zu unsicher – und zu ungemütlich.«

So waren sie wieder aufgesessen, um an die westliche Seite der Gletscherzunge zu gelangen. Von dort aus ritten sie an der sanft ansteigenden Talseite neben der Eiskante auf den Gletscher hinauf. Doch das Gelände neben dem Gletscher wurde immer steiniger und unwegsamer, zudem auch stetig enger, weil aus der zunächst sanft ansteigenden Talwand nach und nach immer öfter und von Mal zu Mal größere Felswände hervorsprangen, die bald zu einer einzigen Felswand werden würden. Und auf dem Gletscher selbst gerieten die erschöpften Pferde auf dem ungewohnten Eis ins Straucheln.

Schließlich sagte Halana: »Stopp! Unsere armen Viecher sind am Ende. Wenn wir sie hier noch weiter hochtreiben, sterben sie vor Erschöpfung oder brechen sich die Beine und uns den Hals gleich mit.«

»Das heißt?«, fragte Prim.

»Zeit für Beinarbeit!«, entgegnete Ruben, »aber schaut, da vorne, etwa 50 Meter weiter, scheint noch mal eine kleine Einbuchtung mit Erdreich statt Fels zu kommen – bis dahin müssen sie's noch schaffen.«

Tatsächlich fanden sie dort einen kleinen freien Platz mit ein paar Büschen – und an dessen Ende eine Höhle. Doch als sie gespannt und mit zwei gezogenen Schwertern und einem gezogenen Zauberstab hineingingen, reichte sogar das Tageslicht um zu erkennen, dass die Höhle schon nach etwa zehn Metern endete.

»Aber immerhin: Ein besseres Versteck für die Pferde konnten wir nicht finden«, meinte Ruben.

Sie pflockten die Tiere an langen Leinen an, sattelten ab, schnitten noch ein paar der Büsche ab, um sie den Pferden als improvisiertes Futter zu hinterlassen. Dann schulterten sie ihre mit ein paar Vorräten aus den Satteltaschen gefüllten Riemensäcke, legten sich Seile um Hals und Schulter und machten sich auf den Fußmarsch an der Seite des Gletschers hinauf.

Der Weg war mühselig und anstrengend. Ihre Stiefel waren zwar gefüttert und für einen Winter im Flachland sicher bestens geeignet, doch nicht für eine Gletschertour. Immer wieder rutschten sie aus, stolperten und fielen manchmal sogar. Das alles kostete Kraft. Endlich, nach einem knappen Kilometer, wurde es leichter, denn ab hier lag über dem Gletschereis gut zehn Zentimeter Neuschnee, der ihren Schritten viel besseren Halt bot. Doch was die Drei bisher noch nicht gefunden hatten, das waren weitere Höhlen.

»Und wenn die Eingänge gar nicht hier, sondern drüben, auf der anderen Seite des Gletschers sind? Und wir sie von hier aus nur nicht sehen?«, keuchte Prim.

»Dann können wir's jetzt auch nicht ändern«, keuchte Halana zurück.

»Wenn wir hier nichts finden, dann suchen wir auf dem Rückweg die andere Seite ab.« Und nur in Gedanken fügte sie hinzu: »Falls wir den Raufweg überleben.«

Über eine Sache war Halana immerhin positiv überrascht: Eigentlich hatte sie erwartet, dass Prim schnell schlappmachen würde, weil er in Reinefreude – was ein Name für ein Land! – sicher nie wirklich körperlich gefordert war. Aber entweder hatten ihn die vergangenen Monate härter gemacht oder sie hatte ihn unterschätzt. Jedenfalls konnte er bisher bei ihrem Aufstieg durchaus mit der Kriegerin und dem Krieger mithalten.

Erst als sie schon fast den Punkt erreicht hatten, an dem sich der Gletscher aus ihrer Sicht nach rechts drehte, rief Ruben plötzlich: »Da! Knapp fünf Meter über uns links im Felsen! Fast hätte ich's nicht gesehen, aber da ist ein Eingang zu einer Höhle!«

»Ich sehe nach«, sagte Halana sofort, legte Rucksack und Seil ab und begann, die bereits ziemlich steilen Felsen emporzuklettern.

Als sie in die Höhle hineinblicken konnte, erstarrte sie. Ein ziemlicher übler Gestank wehte ihr aus der Schwärze entgegen. Vor allem aber war sie sich fast sicher, dass, kaum noch wahrnehmbar, weiter hinten in der Höhle irgendetwas Großes, sehr Helles stand… Bewegte es sich? War es ihr zugewandt? Da hörte sie ein kurzes, tiefes, grollendes Grunzen. Ein Grunzen, das man nicht anders als böse bezeichnen konnte. Und das Grunzen war sogar ganz eindeutig ihr zugewandt.

So schnell sie konnte, kletterte sie wieder hinunter, sprang den letzten Meter sogar, nahm eiligst ihre Sachen auf und sagte zu den anderen: »Schnell weiter – jedenfalls bis wir außer Steinwurf-Weite sind!«

»Was…?«

»Ja, da geht's in den Berg hinein, und, nein, wir können diesen Eingang nicht nehmen«, erklärte Halana, während sie die Anderen mit Gesten antrieb.

»Warum nicht?«

»Weil der Eingang bewacht wird.«

»Bewacht?! Von wem?«, wollte Prim wissen, »können wir da nicht fragen…?«

»*Fragen?* Oh, bitte, geh nur zurück und frag nach. Aber ohne mich. Eine Beule reicht mir für heute. Ich denke, diese Wache war einer von jenen netten… was auch immer, die uns heute früh im Wald angegriffen haben. Sicher, die müssen ja auch irgendwo leben…«

Abrupt war Prim stehen geblieben und fluchte: »Großer Zerstörer! Äh, ich meine natürlich: Beim Schlafenden Gott! Wenn wir diese Weißen so weit hier oben finden, heißt das dann, dass sich der Bruder des Schlafenden Gottes sein Höhlensystem mit denen teilt? Oder ist er gar nicht mehr hier, so dass *die* sich hier einnisten konnten? Oder hat er am Ende irgendetwas mit denen zu tun? – Verdammt, ich dachte eigentlich, es wäre schon kompliziert genug…«

»Was mir wirklich Sorgen macht«, seufzte Halana, »wir können es nie und nimmer schaffen, bis zum Einbruch der Nacht wieder zurück und durch den Wald zu sein – mal ganz abgesehen davon, dass wir dem Bruder des Schlafenden Gottes noch keinen Schritt näher gekommen sind. Und ich frage mich, wo wir uns hier in der kommenden Nacht wirklich gut verstecken können. Die Alternative scheint mir nämlich nicht sehr erfreulich. Jedenfalls nicht für uns.«

Zwei Meter weiter oben wuchs eine kleine Krüppelkiefer quer zwischen den Felsen heraus. Halana kletterte hoch, schnitt einige Zweige ab und reichte, als sie wieder unten war, ein paar davon den anderen.

Dann streifte sie sich eine ganze Handvoll Kiefernnadeln einschließlich einiger der harzigen Fruchtkörper ab und begann, ihre Kleider und ihr Gesicht damit einzureiben.

»Was soll das denn?«, fragte Prim, »das Harz geht doch nie wieder aus den Kleidern raus?«

»Ist aber besser, als auf irgendeine unerfreuliche Weise das Leben auszuhauchen, oder?«

»Bitte?«

»Ich frage mich halt, wie die uns letzte Nacht in dem Wald gefunden haben. Und dann vorhin dieses schnuppernde Grunzen... Jedenfalls möchte ich, wenn es dunkel wird, lieber nicht mehr nach Halana riechen, sondern mehr nach Bäumen und Erde.«

»Oh!« Eilig begann auch Prim sich einzureiben und meinte: »Also sollten wir bis heute Abend alles an uns schmieren, was wir unterwegs noch an Kräutern, sonstigem Grünzeug und Erde finden?«

»Wenn's sein muss auch Steinbock-Kacke. Obwohl: Lieber nicht, denn ich vermute, die essen auch Steinböcke.«

»Na, da bin ich ja beruhigt.«

Schweigend und langsam, um ihre Kräfte zu schonen, gingen sie weiter. Schließlich waren sie so weit in den Bogen des Gletschers hineinmarschiert, dass sie auch die nachfolgende Strecke des Eisiganten überblicken konnten. Und der Anblick wurde noch beeindruckender: Zwischen immer schroffer und steiler werdenden Felsen und noch breiter werdend, erstreckte sich der Gletscher vor ihnen geradeaus in nördliche Richtung, bis er sich in etwa sechs Kilometern Entfernung um einen kleinen Berg herum teilte. Der schmalere Arm des Gletschers verschwand dort nach rechts, der größere in einem Bogen links um den Berg herum.

Es regte sich kein Wind, und als sie einen Moment innehielten, war die Stille so tief, dass sie in den Ohren knisterte. Doch für die Schönheit und Faszination der Landschaft hatten alle drei keinen Blick mehr. Nach der vorangegangenen Nacht und dem bisherigen Aufstieg war die Erschöpfung bis tief in ihre Knochen hineingeklettert, und die Sorge, ob sie die kommende Nacht überstehen oder vielleicht – wenn man an die Warnung in dem alten Plan dachte – ihr Leben als Mahlzeit beenden würden, tat ein Übriges. Außerdem begannen ihre Augen zu schmerzen und manchmal tanzten sonderbare Punkte davor. Ja, der diamantfunkelnde Gletscher war wunderschön, aber das weißglitzernde Gleißen war auch gefährlich. Unermüdlich die Zähne zusammenbeißend, gingen sie weiter an der Seite des Gletschers hinauf.

Es war schon früher Nachmittag, als Prim seufzend meinte: »Gegen ein Schälchen warme Pilzsuppe hätte ich jetzt nichts einzuwenden.«

»Pilzsuppe? – Wie kommst du jetzt ausgerechnet auf Pilzsuppe?«, wollte Ruben wissen.

»Na, weil's hier so riecht. Merkt ihr es denn nicht?«

Als seien sie vor eine Mauer gerannt, stoppten Halana und Ruben und sahen Prim entgeistert an, bis Halana vorsichtig fragte: »Wie lange riechst du das schon?«

»Na ja, zwei, drei Minuten. Wieso fragst du?«

»Zauberer! Du machst mich noch wahnsinnig!«

»Oh! Du meinst… Wieso riecht's hier nach Pilzsuppe?«

Halana und Ruben schnupperten nun auch in der klaren Luft, und Ruben meinte, verblüfft, dass es der Zauberer vor ihm bemerkt hatte: »Tatsächlich! Er hat Recht! Da ist ein hauchzarter, kaum wahrnehmbarer Geruch nach Pilzsuppe in der Luft. Ich würde fast sagen – Champignons! Champignons in einer ziemlich cremigen Suppe… Wo kommt das her?«

Suchend blickten sie sich um, konnten aber in der Weite des Gletschereises und in den grauen Felswänden nichts entdecken, das ihnen irgendeinen Hinweis gab. Dann sprach Prim wie zu sich selbst: »Wenn es das Auge alleine nicht schafft, dann sollte man vielleicht den Kopf einschalten…« Damit ging er einige Meter vom Rand weg und weiter auf den Gletscher hinaus, blieb schnuppernd stehen und kam, noch immer laut und deutlich schnuppernd, zurück. Dann sagte er: »Weiter draußen riecht man es kaum noch. Wenn man sich aber wieder der Felswand nähert, wird's stärker. Es kommt also von irgendwo da oben, von dem Absatz über dieser Felswand.«

»Wieso von oben? Versteh ich nicht«, wollte Ruben wissen.

»Na ja, wenn irgendwo ein Süppchen gekocht wird, würde der Rauch zwar in der Regel aufsteigen. Aber an solchen Felsenstürzen kann es Fallwinde geben. Die bringen dann auch Gerüche wieder mit nach unten.«

Halana biss sich auf die Unterlippe und meinte: »Hmmm… Vielleicht sage ich das ja jetzt nur, weil ich Hunger habe, aber ich denke, wir sollten da hoch.«

Doch dort, wo sie standen, war der Fels nur die ersten zwei, drei Meter noch nicht so steil und daher bezwingbar, ging dann aber in eine etwa dreißig Meter hohe Felswand über, die sie sicher nicht erklimmen konnten. So blieb ihnen nichts anders übrig, als weiterzustapfen. Erst als sie den Pilzsuppengeruch schon wieder aus der Nase verloren hatten, tat sich unvermittelt zu ihrer Linken ein Kamin im Fels auf, der zerklüftet genug war und die richtige Breite hatte, um darin emporzusteigen.

»Schaffst du das, Prim?«, fragte Halana besorgt.

»Nach unserer Flucht aus der Burg des Herzogs? Ist das hier ein Klacks!« Dann stieg er als Erster in die Felsspalte ein und kletterte behände hinauf. Halana kratzte sich am Kopf, während sie mehr zu sich selbst als zu Ruben meinte: »Dieser Zauberer überrascht mich immer wieder.« Dann folgten sie Prim.

Dort, wo sich oben in der Felswand einst die Kamin-Spalte aufgetan hatte, war ein mächtiges Stück Fels aus der Wand herausgebrochen und vermutlich schon vor Jahrtausenden vom Gletscher fortgespült worden.

Jedenfalls hatte sich hier, etwa drei Meter unterhalb der Felskante, eine gut zwei Meter durchmessende Mulde in der Felswand gebildet, die mit verharschtem Schnee gefüllt und mit Gestrüpp bewachsen war. Oben stand die Felswand ein wenig über, so dass weiter hinten kein Schnee auf dem Boden lag, und auf Bodenhöhe gab es zudem an der Rückwand noch eine vertikale, gut eineinhalb Meter in den Fels reichende Vertiefung. »Uff!«, meinte Halana, als sie alle drei in der Mulde standen, »ich glaube, wir haben gerade unser Versteck für die Nacht gefunden!«

Dann half Halana dem Krieger, auf die Schultern des leise schimpfenden Magiers zu klettern, von wo aus sich Ruben recht bequem auf den Überhang hinaufstemmen konnte. Halana folgte ihm und gemeinsam zogen sie den Zauberer am Seil hinterher.

Der Felsabsatz war, sachte ansteigend, etwa 30, 40 Meter breit und ging dann in ein sehr steiles Kiefernwäldchen über, das knapp 150 Meter weiter oben an einer weiteren, weitaus mächtigeren Felswand endete, die vermutlich eine Seite eines gewaltigen, nach Nordwesten aufstrebenden Berggrades war. Der Himmel hatte sich inzwischen ein wenig zugezogen. Die Kriegerin, der Zauberer und ihr Ersatzspäher wandten sich nun auf ihrem Felsgrad wieder in die Richtung, aus der sie weiter unten gekommen waren. Schon bald hatten sie ihn wieder in der Nase, den Geruch nach Pilzsuppe, der schnell intensiver wurde.

Zuerst sah es Ruben. »Da vorne!«, flüsterte er und duckte sich unwillkürlich, »das ist das Erste, was ich hier oben sehe, bei dem nicht die Natur alleine gewurschtelt, sondern irgendjemand nachgeholfen hat!«

Vier ganz am Rand des Wäldchens wachsende Kiefern waren nach unten, über den Felsabsatz gebogen worden. Ihre Spitzen hatte man mit starken Seilen an Felsen festgezurrt, so dass die Bäume nicht mehr zurückschnellen konnten. Zudem waren die Bäume auch wechselseitig miteinander verzurrt. Dadurch war ein dichtes, mehr oder minder halbrundes

Dach aus Stämmen, Ästen, Zweigen und Kiefernadeln entstanden. Dass hier jemand nachgeholfen hatte, wäre aber weder von unten, vom Gletscher aus, noch von dem Berggrad weit oben zu erkennen gewesen.

»Ich ahne, was von diesem Dach abgedeckt wird!«, sagte Halana, während sie vorsichtig näher heran gingen. Bald sahen sie es im Schatten der überhängenden Zweige: Es war ein fast drei Meter durchmessendes, unregelmäßiges Loch im Boden, das von einer niederen Reihe unbearbeiteter Steine umrandet war. Und nun sahen sie auch den Dampf aus diesem Loch aufsteigen. Als sie angelangt waren, blickten sie ganz, ganz vorsichtig über den Rand. Prim riss seinen Kopf augenblicklich wieder zurück. Senkrecht ging es zwischen schroffen Felswänden in die Dunkelheit hinab, aus der nun auch undefinierbare Geräusche zu ihnen aufstiegen. Unten sah man Helligkeit, aber offenbar nicht von einem Feuer, sondern eigentümlich matt leuchtend, so dass das Ende des Schachtes fast nur zu erahnen war. Es ließ sich kaum schätzen, wie tief es hier hinabgehen mochte, doch 30, 40 Meter waren es allemal, dachte Halana.

Dann winkte sie den anderen, wieder weiter zurückzutreten, und verkündete: »Sehr schön. Wenn diese *Weißen* uns nicht durch die Tür hereinlassen, dann kommen wir eben durch den Kamin!«

Prim wurde blass und meinte: »Können wir nicht doch lieber unten durch eine Höhle…?«

»Wie schmeckt eigentlich Zaubererfleisch?«

»Gut. Durch den Kamin. – Äh. Jetzt? Sofort?«

»Nein, sicher nicht«, seufzte Halana erleichtert mit der Aussicht auf eine ausgedehnte Pause, »ich jedenfalls bin nach der schlaflosen Nacht, dem Gewaltritt durch den Wald und unserem Aufstieg fertig wie ein Brot. So zerschlagen möchte ich da nicht runterklettern, sonst könnten wir verdammt viel schneller unten sein, als uns lieb ist. Nein, wir gehen zu unserem Versteck, schlafen uns aus und statten dann morgen der Höhle einen Besuch ab. Der Bruder eures Schlafenden Gottes hat jetzt schon Jahrtausende darauf gewartet, wiederentdeckt zu werden. Da kommt's auf eine Nacht mehr auch nicht an.«

So gingen sie zurück zu der Mulde unter dem Felsabsatz, und gerade, als sie sich hinunterließen, begann es erst sachte, dann immer heftiger zu schneien. »Gut!«, sagte Ruben, »im Augenblick scheint das Glück mit uns zu sein!«

»Wieso?«, wollte Prim wissen.

»Weil der Schnee alle unsere Spuren schnell überdeckt haben wird und auch die letzten unserer eigenen Gerüche, die wir möglicherweise trotz unserer Kräutereinreibung noch irgendwo hinterlassen haben.«

Ein Feuer wagten sie nicht zu machen, doch nachdem sie im Schutz des Überhangs von ihren Vorräten gegessen und getrunken hatten, polsterten sie die kleine horizontale Vertiefung am Ende ihrer Mulde mit Zweigen aus, anschließend schoben sie Schnee vor der Vertiefung zusammen und formten ihn zu einer Mauer, so dass an einem Ende nur ein kleiner Einschlupf blieb. Dann krochen sie mit ihren Rucksäcken hinein. Hier war es windgeschützt, und auf diesem engsten Raum sorgte die Körperwärme der drei schnell für eine erträgliche Temperatur, so dass sie die Nacht, eingehüllt in ihre Mäntel und Decken und mit Wollmützen auf dem Kopf, gut überstehen konnten.

Noch bevor sich das Tageslicht ganz verabschiedet hatte, war Halana, die direkt an der Felswand lag, schon eingeschlafen. In der Mitte lag Prim, der plötzlich merkte, wie die Kriegerin nochmals halb aus dem Schlaf hochschreckte, eine Handfläche auf den Fels neben sich legte und »Kalt!« murmelte. Dann rückte sie weiter vom Felsen ab. Was zwangsläufig bedeutete, dass sie sich dichter an Prim drückte. Schlaftrunken schlüpfte sie schließlich mit unter Prims Decke, zog ihre eigene über sie beide und war schnell wieder eingeschlafen. Allerdings benutzte sie nun nicht mehr ihren Rucksack, sondern Prims Schulter als Kissen. Der hielt zuerst starr den Atem an, doch schließlich – und natürlich nur, weil sein rechter Arm in jeder anderen Position ja irgendwie im Weg gewesen wäre – legte er seinen Arm ganz sachte um die Schulter der Kriegerin und zog sie sanft an sich. Halana stieß im Schlaf ein leises, wohliges Murmeln aus, und Prim war mit der Welt zufrieden…

Moment mal! Was hatte sie da gerade gemurmelt? War das »Ruben« gewesen, was sie da so sanft schnurrend geflüstert hatte? Nein, sicher nicht. Da musste sich Prim wohl verhört haben. Ganz bestimmt sogar – und hoffentlich hatte es dieser verflixte Ruben links neben ihm nicht gehört. Trotz seiner immensen Erschöpfung dauerte es noch fast eine Stunde, bis auch Prim eingeschlafen war.

# 5. STAHL UND TOTER DACHS
## Ein Besuch beim Schlafenden Gott

»Bitte *was?* Ein *toter Dachs?* Ihr glaubt allen Ernstes, ein Dachs-Kadaver bringt uns die Lösung all unserer Probleme??«, – dass Puth'O seine Worte nicht laut herausbrüllte und keinen seiner häufigen Wutausbrüche bekam, war ein deutliches Anzeichen dafür, wie abgrundtief seine Fassungslosigkeit war.

»Aber mein lieber Puth'O,« antwortete der betagte Zauberer mit zufriedenem Lächeln, »selbstverständlich ist es nicht einfach so ein gewöhnlicher Dachs, sondern, wie ich Euch ja bereits erklärte, ein Dachs, dessen Geist durch das Ritual des Zembeloth aus dem Reich des Todes in das Reich des Traumes überwechseln kann, wo er dann…«

»Ja, ja, ich hab Euch durchaus gehört, Rottelt'O. Und das bringt mich ernsthaft auf den Gedanken, dass wir es womöglich ganz einfach verdient haben auszusterben.«

Puth'O war, wie es das angehängte »O« am Ende seines Namens zeigte, ein Magier des ersten Gürtels. Und sein vorzeitig gealtertes Gesicht war beinahe ebenso zerknittert wie das seines gut 40 Jahre älteren Kollegen. Wobei es durchaus von Vorteil für Rottelt'O war, dass er bereits 94 Lenze zählte, weil dies im Moment das Einzige war, das Puth'O davon abhielt, ihn zu verprügeln.

Diese alten Narren! Sie konnten einfach nicht abwarten, ob Prim und Halana bei ihrer Suche Erfolg haben würden. Nun gut, natürlich war das Problem der Zauberer schon ein klein wenig drängend… Es war ein Problem, bei dem seit Jahrhunderten sowohl ihr magisches Wissen als auch ihre medizinischen Fähigkeiten versagt hatten: Sie starben aus.

Immer weniger Kinder kamen zur Welt. Die Zahl der Menschen in Reinefreude, wie die Zauberer ihr Land nannten, war von einst 45 Millionen auf unter 200000 gesunken, und von diesen waren bloß noch ein paar Tausend Zauberer, denn schon immer war es nur eine Minderheit gewesen, die im Reich der Magier den Zauberstab tragen durfte.

Niemand wusste zu sagen, woher »die Krankheit« kam, wie die Reinefreudianer, die sonst kaum eine Krankheit kannten, die Kinderlosigkeit nannten. Und die große Kraft, die ihnen einst bei allen Problemen geholfen hatte… nun, diese Kraft hatte ein kleines Päuschen eingelegt – offiziell jedenfalls. Während in Engaland und im Schwarzen Land der Große

Zerstörer verehrt wurde, war die Gottheit der Magier der Schlafende Gott. Nur leider hatte er einen überaus gesunden Schlaf, denn seit geschlagenen 6784 Jahren war er nicht mehr aufgewacht, und rein gar nichts konnte sein Nickerchen beenden. Dabei ersehnten die Magier von ihm doch so sehr eine Erneuerung ihrer schwindenden Kräfte und ein Ende der fast schon vollständigen Kinderlosigkeit.

Es hatte sogar eine Zeit gegeben, da war Puth'O selbst alles andere als zimperlich in der Wahl seiner Mittel im Kampf gegen ihr Aussterben gewesen. Puth'O war 25 Jahre zuvor einer der elf Verschwörer unter den Zauberern des Ersten Gürtels – der jüngste unter ihnen – , die im Geheimen jenes abscheuliche Experiment gestartet hatten, das ihrem Volk die Rettung bringen sollte und das doch alles nur noch schlimmer werden ließ. Alle moralischen Bedenken hatten sie dafür über Bord geworfen. Sie hatten Frauen aus den Barbarenländern entführen lassen mit dem Ziel, unterstützt durch Magie und Medizin die Samen von Zauberern in ihnen reifen zu lassen, um so das Aussterben ihres Volkes zu verhindern. Ein Volk, in dem kaum noch Kinder geboren wurden.

Doch unendlich schmerzhaft hatte Puth'O lernen müssen, dass sie einen falschen, einen grausamen und unmenschlichen Weg eingeschlagen hatten. Die Liebe zu Ranjia, einer der gefangenen Frauen, hatte erste Zweifel in ihm geweckt, ob die Barbaren wirklich so tief unter ihnen standen, dass man ganz nach Belieben über sie verfügen konnte.

Aus den Zweifeln war schließlich Gewissheit geworden, und so handelte Puth'O, als sein Lehrmeister Fulk'O den grausamen Plan fasste, jeden Zeugen des letztlich gescheiterten Experimentes zu beseitigen und die Frauen zu töten. Puth'O hatte alle hundert der nur den obersten Magiern bekannten Grenzsteine an sich genommen. Die kleinen Anhänger ermöglichten das gefahrlose Passieren der ansonsten tödlichen Grenze von Reinefreude. Puth'O wollte die Gefangenen in die Freiheit führen und auch selbst in die Barbarenländer überwechseln, um dort mit Ranjia ein neues Leben zu beginnen – mit Ranjia und ihrem gemeinsamen Sohn, denn es war ihm tatsächlich vergönnt gewesen, mit seiner Geliebten auf natürlichem Weg ein Kind zu bekommen.

Aber ihre kurze Freiheit brachte den Frauen nur Schmerz und Tod.

Fulk'O hatte die Engaländer- und die Schwarzländerinnen in aller Heimlichkeit und ohne einen Hauch Bedenken längst vergiftet gehabt.

Nur dass ihr tägliches Essen mit einem Gegengift versetzt war, hatte den Tod ferngehalten. Doch das Gegengift hatten sie an jenem Tag schon nicht mehr bekommen, und so waren die Frauen, kurz nachdem sie in der Nacht über die Grenze geflohen waren, gestorben.

Auch Ranjia und ebenso die Mutter eines kleinen Mädchens namens Halana.

Puth'O, der die Untat seines ehemaligen Mentors schließlich erkannt hatte, überwältigte Fulk'O und setzte ihn in dem von ihm so verachteten Land der Barbaren aus. Nach Reinefreude zurückgekehrt, zerstörte er die Grenzsteine, damit nie wieder ein Magier den Menschen in den Nachbarländern Gewalt antun könnte. Zuvor hatte er noch die Bewohner eines nahen Dorfes auf die Kinder aufmerksam gemacht, die schlafend oder weinend bei ihren toten Müttern lagen und der Hilfe bedurften. Sogar seinen eigenen Sohn hatte er bei den Frauen zurückgelassen, da ihm damals selbst das gefahrvolle Leben als Waise in einem Barbarenland noch besser erschien als das Leben in seinem sterbenden Land und bei einem Vater, der die Qualen und den Tod so vieler mit zu verantworten hatte.

Nie hatte ein anderer Zauberer erfahren, wer die Grenzsteine wirklich zerstört hatte. Ohnehin hatten nur die Magier des Konkur – des obersten Gremiums im Rat der Zauberer – von der Existenz dieser Steine gewusst. Und diese Zauberer hatte Puth'O in dem Glauben gelassen, dass es Fulk'O gewesen wäre, der die Steine zerstört und mit dem letzten von ihnen aus Reinefreude geflohen sei. Erst im vergangenen Jahr hatte Puth'O diese ganze tragische Geschichte erstmals anderen Menschen offenbart: jenem verqueren jungen Zauberer des Zweiten Gürtels namens Prim, der in seinem sonderbar tickenden Kopf seltsamerweise die richtigen Gedanken fand, und einem Geist aus der Vergangenheit.

Das kleine Mädchen Halana war eine erwachsene Frau und Kriegerin geworden. Und sie war zurückgekommen. Puth'O hatte damals nicht daran gedacht, der letzten Gruppe Frauen, die er über die Grenze geführt hatte, die Grenzsteine wieder abzunehmen. Und da Halana den kleinen, an einer Kette befestigten Anhänger, den ihr ihre sterbende Mutter umgelegt hatte, ständig am Hals trug, war sie auch als erwachsene Frau unbeschadet über die Grenze in das Land der Zauberer gelangt.

Als die Kriegerin sich schließlich gemeinsam mit Prim auf den Weg gemacht hatte, um zuerst ihren Sohn zu befreien und dann den Bruder des Schlafenden Gottes zu suchen, da hatten sie dem Konkur einen Auftrag hinterlassen: Die Zauberer sollten den Rest des Volkes darauf vorbereiten, dass es Veränderungen geben würde…

Ha! Ebenso gut hätten sie eine Maus bitten können, sich schon mal auf den Besuch der Katze vorzubereiten. Das Leben in Reinefreude verlief seit Tausenden Jahren derart gleichförmig und behütet, dass allein das Wort »Veränderungen« bei einigen Zauberern des Konkur Panikattacken ausgelöst hatte. Nicht zuletzt deshalb, weil es die Zauberer waren, die seit besagten Jahrtausenden auch das Sagen im Reich hatten – und wer das Sagen hat, ist nun mal kein großer Freund von Veränderungen.

Oh ja, der Rat der Zauberer beschloss tatsächlich und sogar einstimmig, das Volk vorzubereiten – doch, doch, man müsse es über die aktuellen Entwicklungen in Kenntnis setzen, das wäre ganz gewiss wichtig.

Aber wenn man das in die Tat umsetzen würde, auch da war man sich einig, dann müsse man mit äußerster Vorsicht zu Werke gehen. Nicht, dass man die Bürger, deren Schutz man ja schließlich verpflichtet sei, unnötig belaste oder gar eine Panik heraufbeschwöre – oder dass irgendjemand auf die Idee käme, unangenehme Fragen zu stellen. Das war der Punkt, an dem die nachfolgenden Entscheidungen nicht mehr einstimmig fielen. Allerdings waren die wenigen Gegenstimmen von Puth'O und einer Handvoll jüngerer Zauberer praktisch zu vernachlässigen, als der Rat mit großer Mehrheit beschloss, einen geheimen Ausschuss zu bilden, der »in angemessener Zeit« einen Plan erarbeiten solle, um ihn dem Konkur irgendwann in einer ersten Lesung vorzustellen – am Besten gleich zusammen mit ein paar Alternativplänen, um eine umfangreiche Debatte zu ermöglichen und dann das Für und Wider der einzelnen Pläne zu erörtern.

Und da es natürlich von eminenter Bedeutung war, welche Zauberer einem so wichtigen Ausschuss angehörten, wurde zunächst einmal eine Ausschussmitgliederfindungskommission ins Leben gerufen, die in Gesprächen mit einzelnen Zauberern »ausloten« sollte, wer denn für so ein Amt geeignet sei. Leider vergaß man, einen Termin für die erste Zusammenkunft der Findungskommission festzulegen, und so gab es auch ein Jahr später noch keinen Vorschlag, wer denn nun dem geheimen Ausschuss angehören könnte.

Während sich also die Magier mit Informationen für ihr Volk vornehm zurückhielten, waren einige von ihnen in einer anderen Angelegenheit wesentlich schneller: Kaum waren Prim und Halana abgereist, da hatten sie nichts Eiligeres zu tun als ihre Anstrengungen im Kampf gegen die Kinderlosigkeit zu verdoppeln. Würde man selbst eine Lösung finden und Prim zuvorkommen, dann bedürfte es ja sicher auch keiner Neuerungen in Reinefreude...

Und wie immer seit Tausenden von Jahren, setzte so mancher Zauberer seine Hoffnung darauf, dass es doch endlich gelingen möge, den Schlafenden Gott aufzuwecken.

»Mit einem toten Dachs! Mit einem toten Dachs wollen sie den Schlafenden Gott wecken!« – Bereits zum vierten Mal hatte es Puth'O fassungslos erzählt und in dieser Zeit fünf Gläser Wein heruntergestürzt. »Ich werde da ganz bestimmt nicht hingehen!«

»Aber Ihr müsst«, sagte Timtom eindringlich. Timtom war Prims Diener gewesen, bis dieser ihn, beim Antritt seiner Reise mit Halana, aus seinen Diensten entlassen hatte.

Timtom, der langsam auf sein 60. Lebensjahr zuging, hatte in Prims Diensten ganz den Eindruck erweckt, dass ihm eindeutig mehr an geregelten – und häufigen – Mahlzeiten sowie an gesundem Schlaf gelegen war als daran, seinem Herren zu dienen. Obwohl selbst kein Zauberer – Zauberer dienten nicht – , hätte man den Mann mit den zu einem Pferdeschwanz zusammengebundenen langen grauen Haaren, der aristokratisch geraden Nase und dem leicht zerfurchten dunklen Teint durchaus mit einem Zauberer verwechseln können (was Halana auch wirklich getan hatte), denn fast noch mehr als seinen Schlaf liebte er elegante Kleidung im klassischen, Jahrtausende alten Stil der Magier, der heute selbst von diesen nur noch zu besonderen Gelegenheiten wie den Ratsversammlungen gepflegt wurde. So hatte Timtom auch gerne mit einer gewissen Hochnäsigkeit auf seinen jungen Herren hinabgeschaut, der jedes Stilgefühl vermissen ließ und dem es sogar an Stolz auf sein doch so überragendes Heimatland zu mangeln schien.

Man hätte also erwarten können, dass sich Timtom beglückt zeigen würde, seinen Herren endlich loszusein und seine neu gewonnene Freiheit zu genießen. Doch überraschenderweise kam es anders: Timtom war freiwillig und ohne zu Murren zu einem Helfer Puth'Os geworden.

Und obwohl ihn die Arbeit in der Bibliothek der Zauberer alles andere als glücklich machte, so hatte er es doch übernommen, dort nach Unterlagen oder irgendwelchen Hinweisen auf jenes geheime Experiment der elf Magier zu forschen, um vielleicht doch noch etwas über Halanas Herkunft, vielleicht gar den Namen ihres Vaters herauszufinden, so wie es Puth'O jener erstaunlichen Kriegerin versprochen hatte.

Dass diese Suche kein einfaches Unterfangen war, wird man verstehen, wenn man weiß, dass die Bibliothek einen kompletten Flügel im Palast des Schlafenden Gottes beanspruchte und der Palast wiederum das weitaus größte Gebäude in Reinefreude war – und Häuser außerhalb des Zaubererreiches konnten ohnehin nicht damit konkurrieren.

Gerade jetzt hatte sich Timtom wieder bei Puth'O eingefunden, um ihm Bericht von seiner erneut erfolglosen Suche zu geben und sich Rat zu holen, in welchen Archiven vielleicht doch ein Hinweis liegen könnte.

Doch Timtom hatte seine Fragen vorerst einmal vergessen, als er Puth'O derart aufgelöst vorgefunden hatte. Jetzt beschwor er ihn:

»Wirklich, so hart es auch für Euch sein mag, Ihr solltet Euch nicht von dem Ritual ausschließen. Ihr geltet, mit Verlaub, trotz eures Einflusses als ein Sonderling. Also sondert euch bitte nicht noch mehr ab, denn ich habe das untrügliche Gefühl, dass wir noch jedes bisschen Einfluss brauchen werden, um unsere Nation spätestens dann wachzurütteln und zum Handeln zu bringen, wenn Prim mit wem oder was auch immer zurückkommt. – Falls er zurückkommt.«

»Aber ein toter Dachs! Es gab ja schon eine ganze Menge verrückter Einfälle, wie man den Schlafenden Gott wecken könnte, – man denke nur an den von Masik'O komponierten Balzruf für Götter. Doch das Ritual des Zembeloth… das schlägt wirklich der Amphore den Boden aus.«

»Warum soll das schlimmer sein als die anderen Versuche?«, fragte Timtom, »immerhin gilt doch Zembeloth als einer der Urväter der Magier?«

»Ha, ha, natürlich, der berühmte Zembeloth… Mein lieber Timtom, du magst zwar die Robe eines Zauberers tragen, aber hier hast du dich gerade als ein Mitglied unseres hoch geschätzten gemeinen Volkes verraten.«

»He! Ich darf doch sehr…!«

»Halt die Luft an! Ich sage nur, wie es ist. Zembeloth ist nichts weiter als eine Sagengestalt, von der nicht einmal klar ist, ob es sie jemals wirklich gegeben hat. Ich befürchte zwar, dass mittlerweile auch viele Zauberer den Unterschied nicht mehr erkennen zwischen echten Persönlichkeiten aus den Tiefen der Geschichte und solchen, von denen man sich nur wünscht, dass es sie gegeben haben möge. Aber einst erfüllten all diese Sagen und Erzählungen um die überwältigenden magischen Kräfte und Heldentaten von Zembeloth, Trilivan, Bingelo und wie sie alle heißen mögen, vor allem den Zweck, dem Volk etwas zum Staunen zu geben.

So zeigte man den Menschen, was für eine große Freude es doch für sie ist, von Zauberern regiert zu werden – die natürlich ebensolche Lichtgestalten sind wie Zembeloth und diese ganze Bande heldenhafter Zausel.«

Timtom sah den Magier ein paar Sekunden sprachlos an, dann meinte er mit einem Seufzer: »Die Helden meiner Jugend sind also nichts weiter als eine etwas vornehmere Form der Marktschreierei? – Ich glaube, jetzt brauche ich auch einen Wein… Danke. Aber fast überrascht es mich schon nicht mehr – jedenfalls nicht so, wie es das noch vor ein paar Monaten getan hätte.«

»Du hast dich also weiterentwickelt?«, warf Puth'O mit mattem Lächeln ein, »na das ist doch schon mal gut.«

»Gut? Eigentlich sollte ich Halana alle Knochen im Leib verfluchen.

Seit jenem Moment, als sie die Grenze überschritten hatte, werde ich das Gefühl nicht mehr los, dass mein geliebtes Land der Zauberer von Tag zu Tag… nun ja, ein Stückchen mehr entzaubert wird.«

»Prima«, meinte Puth'O, während er Timtom zuprostete, »dann müssen wir jetzt also bloß noch die übrigen 200000 Reinefreudianer überzeugen, dass ihre Heimat vielleicht doch nicht das einzig wahre Maß aller Dinge ist. Nur wenn uns das gelingt, haben wir wenigstens eine kleine Chance auf eine Zukunft.«

»Aber ist eine bittere Wahrheit denn wirklich besser als eine angenehme Lüge?«

»Nun ja, wenn du anderer Ansicht bist, dann brauchst du ja bloß dein altes Leben wieder aufzunehmen. Tritt in den Dienst eines Zauberers – ich kann dir da sicher behilflich sein – und gib dich weiter der Illusion hin, dass du in der besten aller möglichen Welten lebst, wir Zauberer uneigennützig über dich wachen und alles bestens ist. Unser drohendes Aussterben verdrängst du einfach, wie es die meisten tun – du brauchst auch keine Angst zu haben, dass du unser endgültiges Aus noch persönlich miterlebst – dazu bist du zu alt.«

Plötzlich verlor Puth'O den sarkastischen Unterton in seiner Stimme, sah Timtom direkt in die Augen und fragte ernst: »Du hast die Wahl: Für welchen Weg entscheidest du dich, den einfachen oder den harten?«

Timtom grübelte eine Weile, dann fragte er: »Kennt Ihr einen Zauber, mit dem Ihr all die Dinge, die ich in den vergangenen Monaten erfahren und gelernt habe, wieder aus meinem Kopf ziehen könnt?«

»Nein.«

»Dann habe ich wohl doch keine Wahl,« seufzte Timtom, hob seinen Weinkelch und sagte: »Auf die bittere Wahrheit!«

»In dir steckt wirklich mehr, als ich erwartet hatte«, sagte Puth'O mit leisem Lachen, während er ebenfalls den Kelch hob.

»Oh, noch lacht Ihr«, meinte Timtom mit einem Hauch Bosheit in der Stimme, »aber denkt daran: Als Vorsitzender im Club der bitteren Wahrheiten müsst Ihr sie genau so akzeptieren wie ich. Und die nächste bittere Wahrheit für Euch lautet: Ihr müsst zu dieser Zeremonie gehen.«

»Oh je«, seufzte Puth'O, »na ja, vielleicht wird's ja auch ganz lustig?«

Wurde es nicht.

*

In feinsten Ornat herausgeputzt schritten die 30 Zauberer des Konkur – 28 Männer und zwei Frauen – auf den Palast des Schlafenden Gottes zu. Mit ihrer klassischen Tracht erinnerten sie an die Wächter-Statuen an der Grenze. Männer wie Frauen trugen silbergraue, seidig glänzende, den Körper fließend umschmeichelnde Hemden ohne Knöpfe, die bis über die Knie reichten, dazu weit ausgestellte Hosen aus dem gleichen Material und feine lederne Halbstiefel, die in derselben Farbe schimmerten. Ihre wallenden grauen Umhänge hatten einen goldenen Glanz, der aus dem Stoff selbst hervorzuleuchten schien. Und unter den spitz zulaufenden Helmen aus weißem Leder kamen lange, wallende weiße Haare hervor.

Ein würdevoller Auftritt – wäre es gewesen, wenn nicht einige der Gestalten, obwohl sie sich doch sehr darum bemühten, keineswegs würdevoll daherschritten, sondern vielmehr leicht gebückt wankten. Die Last der Jahre ließ sich selbst von Zauberern nicht dauerhaft verbergen.

Und dass einige der Zauberer ständig ihre Helme anhoben, um sich am Kopf zu kratzen, war auch nicht wirklich würdevoll. Doch es tat gut. Denn kein einziger der 30 Magier hatte tatsächlich weiß wallendes Haar – die meisten trugen es aus Bequemlichkeit recht kurz. So wurde bei den Gelegenheiten, zu denen man sich mal wieder in die alte Tracht zwängte, auch die Perücken ausgepackt – und unter Helm und Perücke konnte die Kopfhaut recht unangenehm jucken. Der einzige der dreißig, der sich ohne Perücke der Zeremonie angeschlossen hatte, war natürlich dieser griesgrämige Puth'O – selbst 29 böse Blicke konnten daran nichts ändern.

Natürlich waren die Zauberer auch deutlich kleiner als die etwa drei Meter großen Grenzstatuen. Was sie aber besonders klein erscheinen ließ, war die Ehrengarde von je zehn D'Goristi zu beiden Seiten der paarweise schreitenden (oder humpelnden) Magier des Konkur. Jeder Mensch sieht klein aus, wenn er neben einem gut vier Meter großen, meist aufrecht gehenden Wesen läuft.

Die D'Goristi hatten gedrungene, überaus kräftige und von zottigem Fell bedeckte Körper. Die meisten hatten weißes, beige- oder cremefarbenes Fell, es gab aber auch schwarze, braune, gefleckte und sogar, wenn auch ganz selten, orangene D'Goristi. Allen gemein und für jeden Menschen nahezu identisch aussehend waren die fellfreien, ziemlich flachen Gesichter über stiernackigen Hälsen, mit ausladenden, kantigen Unterkiefern, dickwulstigen Lippen, sehr flachen Nasen und kleinen dunklen Augen mit nachtschwarzen, ovalen Pupillen. Die leicht grau wirkende, ledrige Haut dieser Gesichter war durch vertiefte Linien in Rechtecke unterteilt, die entfernt an die Segmente von Schildkrötenpanzern erinnerten. Die starken Arme dieser Wesen mussten einem Menschen überproportional lang erscheinen. Die bräunlichen Schraubstock-Hände waren an den Handflächen unbehaart, ebenso die breiten Füße am Ende der Baumstamm-Beine. Was die D'Goristi zusätzlich noch ein gutes Stück größer erscheinen ließ, waren zwei 60 Zentimeter lange, kuhhornähnliche Hörner, die oben aus den breiten Schädeln herauswuchsen.

D'Goristi gab es ausschließlich in Reinefreude. Was kein Wunder war, da die Magier ihre Schöpfer waren. Lange bevor es den Zauberern gelungen war, die Magie der tödlichen Grenze zu wirken, waren es die D'Goristi gewesen, die die Zauberer beschützt hatten – denn einzig aus diesem Grund waren sie erschaffen worden. Von ihrem Wesen her waren sie etwas einfältig, auch wenn der ein oder andere unter ihnen durchaus ein gerüttelt Maß an Bauernschläue entwickeln konnte, was allerdings noch nie dazu ausgereicht hatte, die Befehle der Zauberer zu hinterfragen. Und da sie, obwohl doch eigens für den Kampf in diese Welt geworfen, im Grunde sehr friedlich gestimmt waren, hatten sich die Zauberer entschlossen, die D'Goristi auch nach Fertigstellung der Schützenden Grenze in ihren Diensten zu behalten – was eine freundliche Umschreibung für den Beschluss war, die großen Wesen nicht zu töten. Stattdessen setzte man sie nun für alle möglichen Arbeiten ein, sogar für solche, die eigentlich durch Magie erledigt werden konnten, denn den D'Goristi, deren 23 nur ein paar Tausend Köpfe zählende Clans in kleinen Kolonien außerhalb der Zaubererstädte lebten, machte das Arbeiten tatsächlich Freude.

Und eine dieser Arbeiten war es eben, eine Ehrengarde für Zeremonien zu stellen. Was natürlich ebenfalls vollkommen unnötig war.

Langsam bewegte sich die große Prozession durch die von Tausenden Schaulustigen gesäumte Straße des Wonnigen Wirkens. Die Route war so berechnet, dass die Zauberer im Licht der untergehenden Sonne vor dem

Palast des Schlafenden Gottes erscheinen sollten. An der Spitze des Zuges gingen in zwei Reihen die 30 Zauberer des Konkur mit ihrer übergroßen Ehrengarde. Die beiden Reihen marschierten weit genug auseinander, dass zwischen ihnen, ganz vorne im Zug, ein mit roter Brokatdecke überzogenes Luftfloß schweben konnte, in dessen Mitte eine goldfarbene Truhe unter einem Baldachin ruhte.

Den 30 Zauberern folgten zehn Musiker, die eine getragene Weise spielten, dann eine Gruppe von siebzehn Jungfrauen. Wobei letzteres eine eher symbolische als eine den Fakten entsprechende Aussage war.

Jedenfalls waren es siebzehn hübsch anzusehende junge Frauen, die Tuniken aus dem gleichen goldschimmernden Stoff trugen, aus denen die Zauberer-Umhänge gefertigt waren.

Dass die Zauberer unter den wenigen Jugendlichen ohne Probleme siebzehn Freiwillige für den Job der Jungfrauen gefunden hatten, zeigte, wie ungebrochen die Macht der Magier über ihr Volk noch immer war. Denn da es nur noch wenige junge Leute gab, genossen sie eine Sonderstellung in Reinefreude. Darüberhinaus waren fast alle von ihnen Einzelkinder und als solche sehr behütet und umsorgt, um nicht zu sagen verwöhnt. Das hatte bei nicht wenigen zu einer gewissen Arroganz geführt und auch dazu, eventuelle Wünsche und Anordnungen der Eltern schlicht zu ignorieren. Doch das Ansehen und der Status der Zauberer waren so tief verwurzelt, dass es die Jugend nach wie vor als eine Ehre ansah, den Zauberern dienen zu dürfen. So war es zu einem kleinen Disput gekommen, als die siebzehn ein paar Tage zuvor ausgewählt worden waren. Selbstgefällig hatte Rottelt'O zu Puth'O gemeint: »Tja, selbst die verzogensten dieser Gören, die sich nur zu gerne mit ihren Eltern anlegen, mucken nicht auf, wenn sie für ihre Weisen Rituale vollziehen sollen.«

»Da kann man mal sehen, wozu es führt, wenn Menschen nur lange genug immer wieder dieselben Sachen ins Hirn getrichtert bekommen, – dann glauben sie sogar alten Zauseln.«

Da er gerade sehr damit beschäftigt gewesen war, sich in seiner eigenen Bedeutung zu sonnen, waren Puth'Os Worte erst mit ein paar Sekunden Verzögerung in Rottelt'Os Hirn gedrungen. Als er sich schließlich irritiert nach ihm umwenden wollte, hatte sich Puth'O schon auf die Suche nach dem nächsten Wirtshaus gemacht, wo er auch seinen 358. Vorsatz, weniger zu trinken, ignorieren würde. Immerhin war er bis zur Zeremonie wieder nüchtern gewesen.

Hinter den Jungfrauen folgten diejenigen der Zauberer, die zwar nicht dem Konkur angehörten, aber doch Mitglieder des Hohen Rates waren, 270 an der Zahl, zumeist Magier des Ersten, aber auch einige des Zweiten Gürtels. Jeder von ihnen wurde von einem ZIA (Zauberer in Ausbildung) begleitet, der eine rote Fahne mit dem Familienzeichen des Zauberers vor sich her trug. Danach folgten wieder zehn Musiker und dann eine lange Reihe von Magiern, die mit ihren Zauberstäben unter dem Beifall der Menge ein buntes, zischendes Tagesfeuerwerk in die Luft schossen.

Einst waren die Magier bei ihren Prozessionen durch Reinefreudestadt mindestens eine Stunde unterwegs gewesen. Doch da seit ein paar Generationen immer mehr recht betagte Zauberer den Führungskreisen angehörten, waren die Umzüge aus Rücksicht auf die Führungs-Greise auf eine halbe Stunde verkürzt worden.

Dass tatsächlich Tausende Schaulustige in dem entvölkerten Land den Straßenrand säumten, lag ganz einfach daran, dass die Reinefreudianer zusammengerückt waren. Nachdem die um sich greifende Einsamkeit in den Städten nicht mehr auszuhalten gewesen war, waren mit Ausnahme der Farmbewohner nach und nach fast alle Menschen nach Reinefreudestadt gezogen. So blieb wenigstens die Hauptstadt des Zaubererreiches belebt, und wenn man sich etwas Mühe gab, dann konnte man verdrängen, dass in all den vielen anderen Städten des Reiches nur noch der Wind durch die Straßen zog. Zwar gab es auch an den Rändern der Hauptstadt schon die ersten leeren Bezirke, doch nach wie vor hatte Reinefreudestadt nichts von seiner grandiosen Pracht eingebüßt.

»Die fließende Stadt« hatte einmal ein längst vergessener Dichter das politische und kulturelle Zentrum des Reiches genannt – nicht ganz zu unrecht: Der Blick des Betrachters glitt über alle Gebäude und Brücken hinweg wie ein sanft fließender Bach über die Kieselsteine auf seinem Grund. Denn nirgends gab es Ecken, Kanten oder harte Linien, die den Blick aufhielten. Alles war rund oder doch zumindest abgerundet.

Die Wohnhäuser waren bis zu zehnstöckige Türme, erbaut über runden, ovalen oder sternartig geschwungenen Grundrissen. Meist trugen kannelierte Säulen die Etagenböden, wobei die Außenwände erst zwei, drei Meter hinter den Säulen begannen, so dass um jede Etage ein großzügiger, oft begrünter Umlauf blieb. Die Farben der Säulen waren von Haus zu Haus unterschiedlich. Gerne wurde ein helles Taubenblau genommen, aber auch Sonnenblumengelb oder Nebelgrau. Die Wände selbst bestanden aus einem glatten, weißen Material mit vielen großen Fenstern darin.

Die Dächer schienen in Anlehnung an Pilzkappen konstruiert – nicht rund wie Champignons, sondern ausladend wie Pfifferlinge.

Auf knapp halber Höhe waren die Häuser durch Straßen miteinander verbunden, die auch größere Entfernungen ohne jeden Pfeiler überbrückten. Zwischen den Türmen befanden sich immer wieder niedrigere, dafür weitläufige Gebäude mit den verschiedensten öffentlichen Funktionen. Dazu gab es Parks und Bäche, die munter durch die Straßen flossen, zudem Brunnen mit kunstvollen Wasserspeiern.

Die Prozession schritt über Rasen. Da keine schweren Fahrzeuge, sondern schwebende Luftflöße als Transportmittel dienten, bedurfte es auch keiner befestigten Wege, zumal auch bei starkem Regen das Wasser unverzüglich durch verborgene Drainagen ablaufen konnte.

Ja, die alten Generationen der Zauberer hatten Vorzügliches geleistet.

Es war jedoch bezeichnend für die derzeitigen Zauberer, dass ihr Zug den Palast des Schlafenden Gottes nicht wie vorgesehen punktgenau mit dem Sonnenuntergang erreichte, sondern schon einige Minuten zu früh.

Doch auch wenn er nicht in das Licht der untergehenden Sonne getaucht war, so blieb der Palast ganz ohne Zweifel das beeindruckendste Gebäude in der Stadt – und es war eine Stadt, in der man ständig auf beeindruckende Dinge stieß.

Der Palast war das mit Abstand größte Bauwerk der Zauberer, und außerhalb ihres Reiches konnte ohnehin nichts, was von Menschenhand geschaffen war, mit diesen gigantischen Ausmaßen mithalten. Der Mitteltrakt war ein riesiger Rundbau, gekrönt von einer einzigen, den kompletten Bau überspannenden Kuppel, deren Konstruktion allein jedem Nichtmagier wie Zauberei erscheinen musste. An das Hauptgebäude schlossen sich nach allen vier Himmelsrichtungen vier ebenfalls kreisrunde Flügel an, in deren Mitte es vier herrliche Gärten mit Pavillons gab. Und alles war in strahlendem Weiß gehalten, allerdings von sich diagonal kreuzenden Kanneluren durchzogen, die im Laufe des Tages für ein mit der Sonne wanderndes Schattenspiel sorgten.

Doch trotz seiner Pracht erinnerte der Palast des Schlafenden Gottes auch an das Dilemma des ganzen Reiches, denn er war fast unbewohnt.

In seinen endlosen Gängen empfand man immer Kälte, ganz egal zu welcher Jahreszeit und wie sehr man auch heizen mochte. So waren fast alle der zahlreichen Wohnungen im Palast längst verwaist. Nur noch ein paar Hausmeister mussten hier mit ihren Familien, im Erdgeschoss des Nordflügels, ausharren. Prim, der in der Nähe seiner geliebten Bücher bleiben wollte, war einer der Letzten gewesen, die freiwillig eine Wohnung im Palast bezogen hatten – während sein Diener Timtom definitiv unfreiwillig die Wohnung gegenüber bezogen hatte.

Wenn auch niemand mehr hier wohnte, so war der Palast dennoch nicht unbelebt: Die Parks in den vier Rundflügeln waren gerne besuchte Ausflugsziele. Zudem gab es im Palast ein großes Theater und einen nicht minder großen Konzertsaal. Auch die gigantische Bibliothek im Ostflügel wurde noch hin und wieder aufgesucht – hin und wieder, weil sie den Zauberern vorbehalten war, Nichtmagier brauchten eine Genehmigung.

Dann befand sich im Palast natürlich noch die Halle des Großen Rates für die Versammlung der Zauberer und die Räume des Konkur, in denen das oberste Gremium der Magier seine Sitzungen abhielt.

Und selbstverständlich gab es auch noch IHN im Palast – schließlich war das prunkvolle Gebäude ja eigens für IHN gebaut worden: Der Schlafende Gott residierte hier. Wobei man ehrlicherweise sagen musste, dass er in den vergangenen 6784 Jahren weniger residiert als vielmehr geschlafen hatte.

Wo genau in den Weiten des Palastes sich der Thronsaal verbarg, wussten nur die Zauberer des Ersten Gürtels. Jedenfalls offiziell. Puth'O hatte allerdings Prim und Halana den geheimen Aufenthaltsort offenbart: Die Gemächer des Schlafenden Gottes nahmen im 4. und 5. Stock ein großes Rechteck im Zentrum des Mittelbaus ein, dessen Ecken fast an die Außenwand des Gebäudes stießen. Und Prim hatte nicht schlecht gestaunt, dass ein geheimer Eingang zum Thronsaal in einer leeren Nachbarwohnung neben seiner eigenen Unterkunft nach oben geführt hatte.

Der Thronsaal war das Ziel der Prozession und die Kenntnis des Eingangs selbstverständlich nur den 30 Zauberern des Konkur vorbehalten.

Da aber die 17 Jungfrauen ein fester Bestandteil im Ritual des Zembeloth waren, mussten sie natürlich auch mitkommen. Es gab ein leichtes Geschubse unter den Zauberern, als es darum ging, wer den jungen Frauen die Augen verbinden und sie führen durfte. Was bestimmt nur daran lag, dass junge Leute etwas so Besonderes und Kostbares waren und sicher nicht daran, dass die 17 jungen Dinger mit ihren kurzen Tuniken, die die linke Schulter frei ließen, recht luftig gekleidet waren.

Vor dem Palast trennten sich jedenfalls die 30 Zauberer des Konkur, die 17 Jungfrauen mit sich führend, unter den Jubelrufen der Masse vom Rest der Prozession und schritten in den Palast hinein. Einziger Begleiter war einer der D'Goristi, der die goldene Truhe auf einer Hand mit sich trug.

In die Wohnung, von der aus der geheime Aufgang in den Thronsaal führte, passte der D'Goristi allerdings nicht hinein. So übernahmen nun zwei noch etwas jüngere Zauberer die Truhe, und Rottelt'O befal dem große Wesen mit dem weißen Fell, vor der Tür Wache zu halten – das fühlte sich in so einem erhabenen Moment für den alten Zauberer einfach richtig an. Auch wenn es natürlich niemanden gab, der den Zauberern folgen oder gar eine Art von Bedrohung für sie darstellen würde. Dann schritten die Zauberer, die 17 jungen Frauen nach wie vor mit sich führend, in die bis auf ein paar schwebende Leuchtkugeln leere Wohnung, und Rottelt'O öffnete mit einem Befehl und einer Bewegung seines Zauberstabs den verborgenen Schacht in der getäfelten Decke.

Vier der großen Täfelungen rutschten ein kleines Stück in die Decke hinein und verschwanden dann geräuschlos zu den Seiten. Vier der Zauberer traten nun unter den Schacht, und auf einen weiteren Wink mit einem Zauberstab löste sich exakt unter dem Schacht ein quadratisches Stück aus dem Fußboden, der an dieser Stelle genau genommen gar kein Fußboden war: Das nahtlos in den Boden eingearbeitete Luftfloß, das statt für horizontale für vertikale Bewegungen erschaffen worden war, trug die vier Zauberer sanft empor, durch den Schacht hindurch und direkt in den Saal hinein. In der nächsten Gruppe war, neben den beiden Zauberern mit der goldenen Truhe und dem vierschrötigen Zauberer Beral'O, auch Puth'O dabei, der jedes Mal wieder fasziniert war, wenn er durch den Schacht nach oben glitt.

In dem Schacht selbst gab es kein Licht, und wer erstmals hinauffuhr, der wurde schier erschlagen, wenn er oben im Thronsaal stand und in einem Moment noch nicht die Hand vor Augen erkennen konnte, während im nächsten Hunderte schwebender Lichtkugeln aufflammten und den Saal in seiner ganzen Herrlichkeit zeigten. Aber auch wer, wie Puth'O jetzt, hinauffuhr, während oben schon alles taghell erleuchtet war, der erlebte noch immer ein überwältigendes Schauspiel, wenn er aus dem schlichten Schacht mitten hinein in eine schimmernde Pracht auffuhr. Doch vermutlich war genau dies der Grund, warum alles so geschaffen war, wie es war: Das große Ziel war es gewesen, die Besucher des Schlafenden Gottes zu überwältigen. Und das war gelungen.

Für jeden Menschen, der in den Thronsaal trat, löste sich sofort aus der Armada unter der Decke schwebender Lichtkugeln eine heraus, um herabzugleiten in eine Position über dem Kopf des Neuankömmlings und ihn während seines ganzen Aufenthalts zu begleiten. Mit jeder Lichtkugel, die sich herauslöste, begannen all die anderen einen kleinen Tanz aufzuführen, um sich wieder in eine neue, geometrisch gleichmäßige Ordnung einzupassen.

Uralte, überlebensgroße Gemälde mit Szenen aus Sagen und Geschichten schmückten die strahlend weißen und fensterlosen Wände.

Marmorne Halbsäulen an den fünf Meter hohen Wänden trugen die Querrippen des stark abgeflachten Tonnengewölbes. Zahllose edle Teppiche bedeckten den Boden. Tische aus wertvollem Holz, umstellt mit brokatbezogenen Stühlen, standen entlang der Wände, dazu mit Schnitzereien verzierte Truhen und Schränkchen, die überreichlich bestückt waren mit glitzernden Karaffen, antiken Schriftrollen, goldenen und silbernen Pokalen und kunstvollen Kerzenständern.

Doch trotz der Teppiche und obwohl nun immer mehr Zauberer und Jungfrauen heraufkamen, erzeugte jede Bewegung, jedes Geräusch, immer auch einen Hall trauriger Leere. Besonders deutlich war dieser Hall, als erst ein erschrockenes Quieken, dann ein heftiges Klatschen aus dem Schacht herauftönte, aus dem dann Tumpel'O und Ustlt'O, zwei schon sehr betagte Zauberer, nebst einer hübschen rothaarigen Jungfrau auftauchten. Die Rothaarige hatte sich die Augenbinde heruntergerissen und rieb sich die Kehrseite, während sie Ustlt'O böse anstarrte, der einen möglichst unbeteiligten Eindruck zu erwecken suchte, was ziemlich schwierig ist, wenn gerade ein roter Fleck auf der rechten Wange immer deutlicher wird. Puth'O seufzte leise, aber sehr tief.

Einige der Zauberer sahen ebenfalls irritiert herüber, andere hatten nichts von dem Vorfall mitbekommen, da sie viel zu gefangen waren von der Ausstrahlung des Ortes und der Macht, die er über sie hatte. Ein Ort, der nicht geschaffen war, um zu hinterfragen, sondern um zu akzeptieren.

Rottelt'O jedenfalls richtete seinen träumenden Blick in die Ferne, zum Ende des gigantischen Saals, wo ein riesiger Säulenbaldachin stand.

Was darunter ruhte, wurde noch durch rote Samtvorhänge verborgen.

Mühsam riss Rottelt'O seinen Blick los, sah, dass inzwischen alle den Saal erreicht hatten und rief ergriffen: »Lasst uns beginnen!«

Dann wandte er sich an die Mädchen und sprach: »Jungfrauen, nehmt eure Augenbinden ab und erschauert vor der Macht des Schlafenden Gottes!« Dabei stellte er irritiert fest, dass so eine Rothaarige die Binde offenbar schon ohne Aufforderung abgenommen hatte – diese jungen Dinger, einfach zu ungeduldig! Sie hatte es wohl nicht erwarten können, die Größe ihres Gottes in sich aufzunehmen.

Doch zutiefst überwältigt waren sie tatsächlich, die jungen Frauen, die, wie alle einfachen Bürger, noch nie den Thronsaal gesehen hatten.

Wie würden sie vor ihren Freundinnen angeben können.

Dann verlief die Zeremonie des Zembeloth so, wie sie zuvor einstudiert worden war. Zunächst jedenfalls.

Rottelt'O selbst war es gewesen, der in einem verstaubten Buch auf das Erweckungsritual gestoßen war, der dieses Ritual für die Rettung hielt und viele der Zauberer mit seiner Hoffnung angesteckt hatte. Auch wenn es in dem Ritual natürlich nicht um die Erweckung eines Gottes gegangen war. Zembeloth, so stand in der Schrift, habe das schon in seiner Zeit uralte Ritual aus noch tieferer Vergangenheit erhalten, von einem Magier namens Viagro.

Langsam schritt die Prozession nun auf den Baldachin zu, vorneweg zwei der Jungfrauen mit der kleinen goldenen Truhe zwischen sich, hinter ihnen immer zwei Zauberer mit je einem Mädchen in der Mitte. Als sie die Hälfte der Strecke überwunden hatten, zogen die Zauberer ihre Stäbe, hielten sie in die Höhe, Rottelt'O sagte einen Spruch, und die Vorhänge des Baldachins glitten zur Seite. Die Prozession kam leicht aus dem Takt, als nicht nur den jungen Frauen der Atem stockte.

Da lag er.

Der Schlafende Gott.

Was die Zauberer sahen, war ein Wesen in glänzender Rüstung. Vermutlich fähig zu fliegen (wenn es wach wäre), denn unter seiner großen, teils eckigen, teils gebogenen Form waren keine Beine zu erkennen.

Aber wozu brauchte er auch Extremitäten, wo doch für einen Gott die Kraft der Gedanken vollkommen ausreichend war? Und Platz für Gedanken war eindeutig genug vorhanden, denn er hatte 17 Köpfe. Sie waren von elliptischer Form und hatten jeweils nur ein Auge, fast so groß wie der Kopf selbst. Nur dieses Auge gab es in jedem Gesicht, sonst nichts. Nicht einmal Augenlider. Was wohl bedeuten musste, dass der Gott immer wach war, wenn er wach war. Über diese Dialektik des wachen Schlafes waren im Laufe der Jahre Hunderte Bücher von sehr gelehrten Magiern verfasst worden, die allerdings von einer Minderheit mit nicht weniger gelehrten Schriften bekämpft wurde, für die es hier ganz eindeutig nicht um waches Schlafen, sondern um die Dialektik des wachen Wachens ging, – ein Ende der Debatte war noch nicht abzusehen. Doch wie auch immer, jetzt waren die großen Augen schwarz.

Dicke, lange Tentakel führten von den 17 Köpfen zum Körper. Die Köpfe selbst ruhten auf eleganten Kirchholztischchen, die den silbern schimmernden Körper im Halbkreis umstanden.

Die goldene Truhe wurde in drei Meter Abstand vor dem neunten Auge abgestellt. Wobei eine der beiden Jungfrauen ein erleichtertes Seufzen nicht ganz unterdrücken konnte, denn die Kiste war schwer.

Dann stellte sich jedes der Mädchen vor eines der Augen, und auf ein Klatschen von Rottelt'O hin drehten sich alle nach links und verharrten, während sich der alte Magier selbst mit einem leisen Ächzen vor der Truhe auf die Knie sinken ließ und ein Pergament aus der Tasche zog.

Kurz hielt er es triumphierend den anderen entgegen, dann las er, die Truhe ansprechend, den Satz ab: »Im Namen des Großen Zembeloth und durch die Kraft der Magier sei dir aufgetragen: Hole deinen Geist zurück von den Toten und schicke ihn in den Traum unseres Gottes, auf dass sich, was lange darniederlag, wieder erheben kann.«

Dann klappte er mit einem Befehl seines Zauberstabes den Deckel der Truhe zurück und ließ den Innenboden der Kiste, der wie ein kleines Schwebefloß funktionierte, emporsteigen. So kam ein rotes Samtkissen zum Vorschein und was darauf lag: ein toter Dachs.

Es war ein großes, aber, wie an den vielen grauen Haaren zu erkennen, auch ein altes Exemplar. Er war vermutlich bereits etwas länger tot, denn er müffelte schon ein klein wenig. Dass ihn aber trotz des hohen Alters kein natürlicher Tod ereilt hatte, zeigte sich an dem kleinen Loch in seiner Flanke und an dem um dieses Loch herum verkohlten Fell, das vermutlich auch einen gewissen Anteil am Müffeln hatte.

Rottelt'O ließ sich aufhelfen, klatschte erneut, und die 17 nominellen Jungfrauen schritten einmal um den Schlafenden Gott herum, bis sie wieder die Ausgangsposition erreicht hatten, dann wiederholten sie die Prozedur in die andere Richtung, dann umkreisten sie ihn noch zweimal in beide Richtungen, diesmal allerdings rückwärts gehend. Als sie schließlich wieder auf ihren Plätzen standen, entlockten fünf der Zauberer ihren Stäben einen leisen, zart vibrierenden Rhythmus, zu dem die Jungfrauen vor den Köpfen des Gottes einen Tanz aus sanft gleitenden Bewegungen und Drehungen zeigten.

Rottelt'O hatte unterdessen seinen Zauberstab auf den Dachs gerichtet und murmelte leise Beschwörungen. Man hatte den Eindruck, ein leichtes Flimmern lag in der Luft zwischen Zauberstab und Dachs. Und plötzlich sprang das Tier von der Plattform.

Vielleicht war es aber auch einfach heruntergefallen.

So oder so – ein Raunen ging durch die Reihen der Zauberer. Erneut nahm Rottelt'O das tote Tier ins Visier. Es erhob sich und glitt auf den Schlafenden Gott zu, sah dabei allerdings noch immer ziemlich tot aus.

Der Körper schwebte gerade so hoch in der Luft, dass die Krallen der herabbaumelnden Beine leise klackernd über den Boden schleiften. Der Kopf hing, mit sachten Pendelbewegungen, ebenfalls herab, und die Zunge war aus dem Maul gerutscht. Einer der jüngeren Zauberer murmelte fassungslos: »Er läuft, er läuft!«, ein anderer weinte ergriffen.

Puth'O war es speiübel. Am liebsten hätte er seine Wut laut herausgeschrien und den toten Dachs am Schwanz gepackt, um ihn den anderen Erstgürtlern mit Macht um die Ohren zu hauen. Doch stattdessen tat er etwas, das er eigentlich überhaupt nicht gut konnte. Er hielt sich zurück, die mahnenden Worte Timtoms im Kopf. Wenn er diese Verrückten, die hier diese lächerliche Beschwörung vollzogen, erneut vor den Kopf stieße, dann könnte er jeden weiteren Versuch, sie vielleicht doch noch auf seine Seite zu ziehen, gleich komplett vergessen – auch nachdem sich dieses Experiment hier als Fehlschlag herausgestellt haben würde.

Schweißperlen auf der Stirn, manövrierte Rottelt'O den Dachs an den Tischen mit den Köpfen vorbei, bis die Nase des Tieres den Körper des Schlafenden Gottes berührte, dann ließ er den Kadaver ziemlich unsanft zu Boden sinken. Noch einmal wiederholte Rottelt'O mit erbebender Stimme: »Auf dass sich, was lange darniederlag, wieder erheben kann.«

Dann ließ er die Jungfrauen noch weitere fünf Minuten tanzen, klatschte schließlich erneut laut in die Hände und rief: »Es ist vollbracht! Mein Gott, erwacht!«

Jede der jungen Frauen ging vor ihrem Götterkopf in die Hocke, vom Tanz und der gleichförmigen Melodie eingelullt, den Kopf demütig gesenkt. Die Zauberer dagegen starrten gebannt auf den Schlafenden Gott. Und dann tat sich… nichts.

Als sich auch nach fünf weiteren Minuten, in denen die Gesichter der meisten Zauberer immer länger geworden waren, nach wie vor nichts gerührt hatte, rief plötzlich Rottelt'O: »Seht! Da ganz rechts! Ich glaube, der Kopf hat gezuckt!«

»Quatsch, hat er nicht«, konnte sich Puth'O einen energischen Zwischenruf nun doch nicht länger verkneifen, denn er hatte inzwischen ganz eindeutig mehr als genug von dieser ganzen Sache.

»Aber… aber ja!«, widersprach Rottelt'O, dessen Eifer langsam wieder in seinen alten Augen zu glänzen begann, »ich meine, ich bin fast sicher….!«

»Ja, was denn jetzt?«, knirschte Puth'O, »meinst du, oder bist du sicher?«

»Aber könnte doch sein…?«, warf nun Haptec'O hoffnungsvoll ein, während Druniak'O ergänzte: »Aber ja, ich hab's auch gesehen!«

»So?«, knurrte Puth'O giftig, »schon toll, wie du das gesehen hast, während du gleichzeitig der Kleinen da vorne auf den Hintern gestarrt hast.«

Inzwischen war das von ihm herbeigesehnte Zucken für Rottelt'O schon zu einem mit unumstößlicher Gewissheit stattgefundenen Zucken geworden. Und hatte gerade eben, nach Puth'Os Bemerkung, nur eine der jungen Frauen alarmiert zu den Zauberern zurückgeschaut, so taten es nun auch die anderen 16, als Rottelt'O heiser in den Raum hinein flüsterte: »Ein Zucken! Es war ein Zucken! Aber das ist nicht genug… wir hätten es doch anders herum machen sollen… den Dachs am Leben lassen und die Jungfrauen opfern.«

»Mädchen«, sagte Puth'O ruhig, »ihr geht jetzt sofort zum Schacht zurück. Die Plattform wird euch nach unten bringen. Los, sofort, und beeilt euch.«

»Aber… du kannst sie doch nicht ohne Augenbinde gehen lassen?!«, wollte sich ein knochiger Magier Puth'O widersetzen, während die Jungfrauen schon losrannten.

»Doch, das kann ich, Durmni'O«, entgegnete Puth'O mit leise klirrender Stimme und hob seinen Stab nur andeutungsweise in Richtung des anderen Zauberers. Nur kurz hatte es den Anschein, als wollte Durmni'O selbst seinen Stab heben, aber als er in Puth'Os Augen sah, begnügte er sich damit, den jungen Frauen hinterherzurufen: »Zu niemandem ein Wort, oder ihr werdet es bereuen…«

Rottelt'O hatte unterdessen, den Schlafenden Gott anstarrend, weiterhin hektisch vor sich hin gemurmelt und gedankenverloren die Runen an seinem Zauberstab bewegt. Als er jedoch Durmni'Os Ruf hörte, wandte er sich irritiert um und bemerkte jetzt erst die davoneilenden Mädchen.

»Kommt augenblicklich zurück!«, brüllte er und lief ein paar Schritte hinterher, doch da waren die ersten zehn schon auf dem Weg nach unten.

Mit einem Zornesschrei auf den Lippen fuhr Rottelt'O herum und brüllte: »Puth! Das ist deine Schuld! Wir hätten dich schon längst… Ketzer!«

Mit einer Geschwindigkeit, die nur sein heiliger Eifer dem Greis noch schenken konnte, schwenkte er seinen Zauberstab auf Puth'O und schrie: »Feuerblitz!«

Puth'O konnte nicht mehr reagieren. Doch heiliger Eifer mag für einen Adrenalinschub sorgen, allerdings nicht für verbesserte Treffsicherheit eines Schützen mit wässrigen Augen und arthritischen Fingern. Das war Puth'Os Glück. Nicht jedoch das des Schlafenden Gottes.

Ein dünner, feuriger Blitz war links an Puth'O vorbei gezischt und mitten in den neunten Kopf des Schlafenden Gottes eingeschlagen. Die Folgen waren ein berstendes Splittern, ein durchgehendes Loch, das fast so groß war wie der Kopf selbst, und Rottelt'Os Tod.

Etwa drei Sekunden starrte der greise Zauberer das Loch an, über dessen Ränder noch kleine Flämmchen hinwegzuckten, dann traf ihn die Erkenntnis, dass er gerade seinen Gott erschossen hatte, und sein Herz hörte auf zu schlagen. Steif wie ein Brett kippte er nach hinten und war schon tot, bevor er auf dem Boden aufschlug.

Zwei der anderen Zauberer fielen ebenfalls um, waren allerdings nur ohnmächtig geworden, was daran zu erkennen war, dass ihre Leuchtkugeln noch über ihnen in der Luft hingen, während die von Rottelt'O wieder unter die Decke schwebte und dort ein Tänzchen unter den anderen Kugeln auslöste.

Die übrigen Zauberer reagierten sehr menschlich: Da gab es zunächst schockiertes Schweigen, dann eine Melange aus fassungslosem Entsetzen, stillem Weinen, Haareraufen, Fluchen und jammerndem Wehklagen. Drei der Zauberer liefen sogar so hektisch und ziellos durcheinander, dass ihre Leuchtkugeln in der Luft zusammenstießen, zerbarsten und einen feinen Glassplitter-Staub über die drei Magier herabregnen ließen.

Als schließlich nach mehreren Minuten einer der Zauberer mit zitternder Hoffnung in der Stimme fragte: »Braucht... braucht ein Gott eigentlich unbedingt 17 Köpfe?«, da wandte sich Puth'O müde ab und ging mit schweren Schritten zum Schacht zurück. Ein wütender Blick folgte ihm.

*

Auch Puth'O hatte das Loch im Kopf seines Gottes gesehen. Doch selbst ihm, dem Denker und Spötter, wollte es sich nicht gleich erschließen, was er da gesehen hatte, zu sehr war auch er ein Kind seines Landes. Als er langsam durch die leere Wohnung unter dem Thronsaal ging, blieb er plötzlich stehen, den Blick ins Leere gerichtet. Ja, er hatte das Loch gesehen und ebenso die Reste des göttlichen Gehirns, die der Einschlag des Blitzes herausgesprengt und über den Boden verteilt hatte. Metallische Reste.

Dass ihr Gott nicht nur schlief, sondern nicht mehr lebte, das hatte Puth'O schon lange befürchtet, auch wenn selbst er es nicht offen auszusprechen wagte. Aber das... War das womöglich noch viel mehr und gleichzeitig auch viel weniger als ein toter Gott? War das nicht mehr und nicht weniger als eine gigantische, Jahrtausende alte Lüge? Und wenn das hier wirklich die Mutter aller Lügen war, was mochte dann erst der Bruder des Schlafenden Gottes sein?

Kopfschüttelnd ging Puth'O weiter und hatte große Bedenken, dass in dieser Nacht selbst seine großen Weinvorräte nicht für Vergessen sorgen könnten. Als er gerade die Tür zum Korridor erreicht hatte und sie öffnete, hörte er, wie die Hebeplattform einen Raum weiter wieder im Boden einrastete und ihm eilige Schritte folgten. Während Puth'O auf den Korridor trat, kam ihm Durmni'O fast hinterhergerannt. Es war jener Zauberer, der ihn vorhin daran hindern wollte, die Mädchen in die Freiheit zu schicken und der, so schoss es Puth'O durch den Kopf, Halana damals, bei ihrem ersten Auftritt vor dem Konkur, in seiner wilden Panik fast umgebracht hatte. Mit wütend verzerrtem Gesicht kam er jetzt auf Puth'O zu, schubste ihn vollends in den Gang hinaus und hatte diesmal seinen Zauberstab schon auf sein Gegenüber gerichtet, so dass er sich nicht vor ihm fürchten musste. Dann schnaubte er Puth'O an:

»Rottelt'O hatte Recht. Du und dein Sarkasmus gegen unsere Jahrtausende alten Wahrheiten... du und dein Unglaube... und du hast da oben die Kettenreaktion in Gang gesetzt, die zu Rottelt'Os Tod, und, noch viel schlimmer, zur Beschädigung des Göttlichen geführt hat...«

» *Ich!?* – Ich soll daran schuld sein? Hättest du es etwa wirklich zulassen können, dass der alte Trottel den Mädchen wirklich etwas antut?

– Glaube mir, diese Schuld würdest du nicht mit dir herumtragen wollen, und ich weiß, wovon ich rede.«

Doch Durmni'O fuhr einfach fort, als hätte er den Einwand gar nicht gehört: » *Du bist schuld!* Schändlicher Neuerer! Und wenn du es genau wissen willst: Ich konnte dich noch nie ausstehen.« Kleine Speicheltröpfchen flogen aus seinem Mund, als er schließlich brüllte: »Es ist höchste Zeit, dass dir jemand deine Ketzerfresse stopft!«

Seinen Zauberstab in Richtung Puth'O vorgestoßen, begannen Durmni'Os Lippen ein Wort zu formen, seine Finger die Runen zu verschieben, als von rechts eine riesige Faust herangeschossen kam, der Zeigefinger aus der Faust herausschnippte, und der Zauberstab, in zwei Teile zerbrochen, in hohem Bogen davonflog. Dann packte die große Hand, deren Rücken mit kurzem weißem Fell bedeckt war, Durmni'O

am Kragen und hob ihn einen Meter in die Höhe. Schließlich blickte ihm der D'Goristi aus etwa 40 Zentimeter Abstand ins Gesicht und meinte freundlich: »Keine Gewalt gegen Zauberer. Ihr werdet verstehen, dass ich das nicht zulassen kann.«

Durmni'O zappelte und kreischte panisch: »Lass mich sofort runter, du Tier!«

Da wurden die Augen in dem gerade noch freundlichen Gesicht zu schmalen Schlitzen, und zwischen den gebleckten Zähnen kam ein ganz leises Grollen hervor. Augenblicklich erschlaffte der Zauberer, und in der Luft verbreitete sich der Geruch von frischem Urin, während ein dunkler Fleck auf Durmni'Os Beinkleid erschien und immer größer wurde.

Doch kaum war der Zorn im Gesicht des D'Goristi aufgeblitzt, da war er auch schon wieder verschwunden, als das große Wesen schließlich sagte: »Es scheint, Ihr habt Euch wieder gefasst... nun gut.«

Damit stellte er Durmni'O sachte gegen die Wand, an der er augenblicklich hinunterrutschte und zitternd in einer kleinen Pfütze sitzen blieb, die Augen starr auf den Riesen gerichtet. Der D'Goristi beachtete ihn schon nicht mehr, sondern wandte sich nun an Puth'O und meinte freundlich: »Ich denke, ich werde Euch vorsorglich nach Hause begleiten.«

»Aaaah... Hm, ja, das ist nett. Ich vermute zwar, wenn Durmni'O wieder bei Sinnen ist, sein Zorn und seine Verzweiflung etwas abgekühlt sind, dann wird er kein Problem mehr sein – dazu ist er viel zu feige. Aber für heute Abend ist Geleitschutz vielleicht gar nicht so verkehrt.«

Dann, als sie langsam davongingen, wollte Puth'O noch wissen: »Warum hast du mir überhaupt geholfen?«

»Nun. Ich bin ein D'Goristi. Es ist meine Aufgabe, Zauberern zu helfen.«

»Aber der andere war auch ein Zauberer?«

»Na ja... er war sehr unfreundlich. Außerdem hatte mich Prim gebeten, ein Auge auf Euch zu haben.«

Überrascht hielt der Magier an, dann ging ihm ein Licht auf: »Du musst Skramps sein? – Er hat mir von dir erzählt!«

»Skrumps. – Er hat von mir erzählt? Wie nett.«

»Ihr seid… äh… befreundet?«

»Sind wir das?«, – nun hielt der D'Goristi an und schien angestrengt nachzudenken, – »ja, ich glaube, wir sind befreundet. Was überraschend ist. Aber im Gegensatz zu den meisten von euch interessiert sich Prim tatsächlich für uns, hält manchmal an, um mit mir zu sprechen und fragt, ob wir etwas brauchen.«

»Nun. Sieht so aus, als muss ich ihm dankbar sein. Und dir nicht minder, Skrumps. Zu den vielen Fehlern in meinem Leben kommt offenbar der hinzu, auch deinem Volk gegenüber nicht die nötige Achtung an den Tag gelegt zu haben. Aber das lässt sich ändern… Ich muss heute Abend Wein trinken. Viel Wein. Möchtest du mit mir trinken?«

»Wein? Hab ich noch nie probiert. Könnte interessant sein… aber auch schwierig, mit euren winzigen Gläsern.«

»Keine Sorge, meine Weinvorräte sind groß, und ich kann ohne Probleme ein paar Eimer füllen.«

»Na dann.«

Sie gingen wieder weiter und Skrumps fragte im Plauderton: »Nachdem, was ich gerade gehört habe… der Schlafende Gott ist verletzt?«

»Verletzt, tot, beschädigt, eine Lüge… ich weiß nicht. Such dir halt einfach etwas davon aus. Nur eines weiß ich: Wir hier werden das Volk der Zauberer nicht retten können. Wenn es Prim da draußen nicht irgendwie gelingt, dann gnade uns… wer auch immer.«

»Dann ist also Prim eure letzte Chance?«

»Nicht gut, oder?«

»Wieso? Er ist doch nett?«

» *Bitte?* Ja, sicher, er ist nett, aber ich bin keineswegs überzeugt, dass ihn das wirklich dafür qualifiziert, den Bruder des Schlafenden Gottes zu finden, und schon gar nicht dazu, all das zu überstehen, was da draußen auf ihn lauern mag. Wer weiß? Falls er überhaupt noch lebt, wird er vielleicht gerade in diesem Moment von tödlicher Gefahr umarmt.«

# 6. STAHL UND DUNKELHEIT
## Der Bruder des Schlafenden Gottes

»*Unbequemes Bett*« war das Erste, das Halana, noch ganz schlaftrunken, durch den Kopf schoss, als sie aufwachte. Das Zweite, das sie bemerkte, noch bevor sie die Augen aufschlug: Sie lag in den Armen eines Mannes. »*Ruben!*«, dachte sie, schlug die Augen auf und blickte aus fünf Zentimetern Entfernung in das Gesicht des Zauberers, der ebenfalls gerade zu sich kam.

Gut drei Sekunden, in denen Prims Gesicht von einer leichten Röte heimgesucht wurde, starrten sie sich an, dann lösten sie sich langsam voneinander, wobei der Zauberer nur zwei unverständliche Worte hören ließ, die in einem gequälten Hüsteln untergingen, während Halana schließlich mit einem leicht schiefen Grinsen meinte: »…hat immerhin schön warm gehalten!«

»Na, ihr Turteltäubchen, auch schon munter?«, kam Rubens Stimme vom äußeren Schlafplatz, – die Stimme klang dabei belustigt, doch irgendwie… ein wenig zwanghaft belustigt, fand Prim. Das gefiel ihm.

»Ich bin mindestens schon 20 Minuten wach, wollte euch aber nicht stören – wo ihr doch so schön im Schlaf miteinander gekuschelt habt!«

Augenblicklich hatte Ruben die volle Aufmerksamkeit der beiden.

»Ha… Haben wir?«, stotterte Prim, während Halana gleichzeitig und entschieden sagte: »Haben wir nicht!«

»Nein, nein, meine tapfere Kriegerin, natürlich habt ihr das nicht«, lachte Ruben, während sich ein bedauernder Ausdruck in Prims Gesicht schlich, »ich hab nur Unsinn geredet.«

»Will ich doch meinen!«, sagte Halana erleichtert, wobei sie sich aufsetzte und reckte, während Ruben dem Zauberer schnell einen bösen Blick zuwarf. Aha! Also doch! Prim lächelte wieder, wenn auch nur still in sich hinein. Er hatte zwar geschlafen und nichts davon mitbekommen, aber immerhin…

»Ach ja, und bevor ich's vergesse«, sagte Ruben beiläufig, »wir hatten heute Nacht *fast* so etwas wie Besuch gehabt.«

»Erzähl!«

»Ich bin irgendwann mitten in der Nacht aufgewacht, weil ich dachte, ich hätte was gehört. Ich hab also vorsichtig meinen Kopf rausgestreckt, und tatsächlich: Ich konnte noch den Rest einer Unterhaltung hören. Über uns, auf dem Vorsprung. Und sie sprachen *Engal*, na ja, nicht ganz genau so wie wir es sprechen, aber doch sehr gut zu verstehen.

Es waren raue, tiefe Stimmen, die auf einen voluminösen Brustkorb schließen lassen. Und einer sagte gerade:›…aber Ortrok hatte mit ein paar Jungs auf der anderen Seite des stillen Weißflusses Wache in der Schlabber-Höhle, und Ortrok meinte, er habe irgendetwas hier hochklettern sehen – vielleicht *gutes* Essen!‹

›Aaaach, Ortrok is'n Arsch und so kurzsichtig wie ein Olm. Und wenn ich ihn sehe, hau ich ihm seinen blöden Schädel zwischen die Schultern. Und wegen diesem schrumpfhirnigen Schlammwurm, der eh nur noch fürs Schlachtfest taugt, sind wir hier rausgejagt worden… Ich brauch nur dran *denken*, dass wir aus irgendeinem Grund nicht mehr reinkommen, bevor das Große Himmelsfeuer erscheint, und schon wirft meine Haut Blasen. Ortrok kann sich auf was gefasst machen…‹«

»Tja und dann«, fuhr Ruben fort, »hab ich nichts mehr verstanden und nur noch gehört, wie sie schimpfend abgezogen sind. Und ich habe dem Großen Zerstörer gedankt, dass keiner von euch beiden das Schnarchen angefangen hat, während die – wer immer *die* auch sein mögen – über uns standen.«

»Lasst uns möglichst schnell aufbrechen«, stöhnte Prim, »bevor ich mir die ganze Sache hier anders überlege.«

Nachdem sie sich wieder aus ihrer engen Unterkunft herausgearbeitet hatten, rieben sie sich, unter dem Überhang stehend, mit etwas Schnee den Schlaf aus dem Gesicht. Dann nahmen sie im noch frühen Licht des Tages aus ihren schon merklich geschrumpften Vorräten ein schnelles Frühstück zu sich. Der Himmel schien weiß zu sein, denn es schneite wieder – zwar nicht sehr stark, »aber stark genug, dass uns Herr Ortrok oder wer auch immer von der anderen Talseite aus sicher nicht sehen kann«, hoffte Halana. Dann kletterten sie wie am Vortag auf den Felsvorsprung hinauf und stapften durch inzwischen gut 30 Zentimeter hohen Schnee zu der Öffnung, die sie gestern entdeckt hatten.

Und wieder drang, diesmal sogar noch intensiver, Pilzsuppengeruch zu ihnen herauf, dazu eine Geräuschkulisse…

»Das sind klappernde Schüsseln! Und ein Murmeln, als würden sich sehr viele Leute unterhalten«, flüsterte Ruben. »Schätze, wenn wir uns jetzt abseilen, landen wir mitten in einer Art Speisesaal.«

»Also, ich fänd's ziemlich unhöflich, da so unangemeldet reinzuplatzen…«, meinte Prim.

»Keine Angst«, knurrte Halana, »ich bin überzeugt, die haben uns zum Fressen gern und laden uns gleich zum Bleiben ein.«

»Egal ob als Hauptgang oder als Nachtisch, das würde ich doch lieber vermeiden.«

»Dann«, schlug Halana vor, »sollten wir noch ein, zwei Stündchen warten, bevor es mit uns abwärts geht.«

»Nur was soll das nutzen?«, wandte Ruben ein, »wenn ich an unsere Heerlager denke, da ist es an den Essensplätzen nie ganz leer.«

»Tagsüber nicht, aber nachts schon.«

»Falls es dir entgangen ist: Wir haben Tag!«

»Für uns ist es Tag. Aber für die da unten? Wenn die nur nachts rauskommen, weil sie sonst Ärger mit dem ›Großen Himmelsfeuer‹ bekommen, dann ist die Nacht wohl deren Tageszeit... Ich schätze, was da unten gerade stattfindet, ist auf gewisse Weise deren Abendessen.«

»Der Gedanke gefällt mir«, seufzte Prim, »dass dort unten alles schläft, wenn wir kommen, und wir uns ungestört umsehen können.«

»Ja, wie Einbrecher«, kicherte Ruben.

»...die dann hoffentlich diesen Bruder des Schlafenden Gottes klauen werden«, ergänzte Halana.

Dann ließen sie sich neben der Öffnung unter dem Kieferndach nieder, wo sie nicht nur geschützt, sondern wegen der aufsteigenden Kochdämpfe auch recht warm saßen und warteten ab.

Nach einer Stunde – etwa kurz vor neun Uhr – war die Geräuschkulisse von unten schon deutlich leiser geworden. Nach einer weiteren Stunde hörten sie nichts mehr.

»Lust auf ein bisschen Höhlenforschung?«, meinte Halana, während sie ihren Schwertgürtel ablegte, »ich gehe zuerst.«

Sie banden ihre drei dünnen, aber festen Seile zusammen und machten eine Schlaufe in ein Ende, die sie über einen der überhängenden Kiefernstämme warfen. Halana angelte sich, von Ruben gehalten (was von Prim misstrauisch beäugt wurde), die Schlaufe wieder heran, setzte sich hinein und gleichzeitig an den Rand des Loches. Dann ließ sie sich, nach einem letzten Blick in die Augen ihrer Kameraden, von ihnen abseilen.

Sie musste eigentlich nur darauf achten, dass sie nicht an der zerklüfteten Felswand hängen blieb, die ansonsten nichts Interessantes bot. Nur beim Blick nach unten sah sie, dass sich auf dem Boden unter ihr eine Art riesiger flacher Kessel aus dem seltsamen Licht herausschälte, und ein kochendes Blubbern war nun zu hören.

Erst als sie fast das Ende des Schachtes erreicht hatte, klammerte sie sich an einem schmalen Riss im Fels und einer kleinen Felsnase fest.

Als Prim und Ruben merkten, dass kein Gewicht mehr am Seil zog, zogen sie es vorsichtig nochmals einen halben Meter an, bis sie Gegendruck spürten und hielten es dann still.

Dreißig Meter weiter unten vertraute Halana ihr Gewicht erneut dem Seil an, saß freischwebend in der Schlinge und ließ den Oberkörper, sich mit einer Hand am Seil haltend, langsam nach hinten kippen, bis sie mit dem Kopf nach unten hing und aus dem Schacht herausspähen konnte.

Die Kriegerin blickte in eine riesige Halle mit unzähligen steinernen Tischen und Bänken, aber ansonsten trist und fast leer. Mit Ausnahme eines großen Wandbildes war die Halle ohne erkennbaren Schmuck.

Und glücklicherweise war sie auch menschen- oder was-auch-immer-leer. Schnell richtete sie sich wieder auf und nahm noch zweimal kurz hintereinander das Gewicht vom Seil – ein Zeichen nach oben, sie nun ganz herabzulassen. Auf den letzten fünf Metern vom Schachtende bis zum Höhlenboden begann sie hin und her zu schwingen, weil sie eigentlich kein Bedürfnis verspürte, in der großen Schüssel zu landen.

Doch sie konnte es nicht vermeiden und stand schließlich achselzuckend auf einer dicken Kruste aus festgebackenem Pilzeintopf. Schnell schlüpfte sie aus der Schlinge, eilig wurde das Seil hochgezogen, und kurz darauf schwebte der Zauberer in der Schlinge sitzend herunter – mit ziemlichem Tempo, sich krampfhaft am Seil festhaltend und leise Ruben verfluchend. Dann wurde die zweite Hälfte des verlängerten Seils herabgeworfen, dessen Mitte ja noch oben über einer der niedergebogenen Kiefern hing. Leise surrend rollte es sich auf, während es durch den Kamin sauste. Als sie das freie Ende greifen konnten, zogen Halana und Prim die Schlinge zu Ruben hinauf, der die drei Rucksäcke und Halanas Schwertgürtel an die Schlaufe hängte, sich selbst hineinsetzte, und dann von Halana, Prim und der Schwerkraft herabgelassen wurde.

Ruben, der mit seinem linken Schuh in einer kleinen Pfütze aus einem Rest Pilzsuppe gelandet war, sah mit gerümpfter Nase unter sich und meinte flüsternd: »Ich hoffe, das ist kein schlechtes Omen.«

»Was?«

»Na, dass wir hier mitten in deren Futternapf gelandet sind.«

»Mir gibt etwas ganz anderes zu denken«, meinte Prim ebenso leise und deutete auf das Seil: »Hängen lassen können wir's nicht, weil sonst der Erste, der reinkommt, gleich erkennt, dass es ungebetene Gäste gibt.

Aber wenn wir es runterziehen, können wir den Kamin als Rückweg vergessen...«

Achselzuckend begann Halana, das Seil einzuholen, bis es vor ihre Füße klatschte, und Ruben murmelte: »Mit euch beiden bleibt das Leben echt spannend... Ich hoffe doch sehr, die Höhlenbewohner achten beim Bewachen ihrer Eingänge mehr auf das, was von draußen rein will, und nicht so sehr darauf, was von drinnen wieder raus möchte.

Dann können wir vielleicht durchbrechen. Wenn's draußen schön hell ist! Um des Großen Zerstörers willen, Halana, was machst du da?!?«

Halana hatte in den Rest der Pilz-Pampe gegriffen und verrieb etwas von der Soße auf ihrem Wams und ihren Hosenbeinen, während sie erklärte: »Ich bin immer noch sehr bemüht, geruchstechnisch gerade hier unten nicht allzu sehr aufzufallen.«

»*Bah!*«, meinte Ruben, »also Zauberer, ob du kommende Nacht noch mal mit *der da* kuscheln möchtest, würde ich mir gut überlegen!«

Doch er tat es Halana gleich und Prim ebenso.

Dann stiegen sie aus dem Topf und sahen sich um. Gut 400 auf 250 Meter mochte die Höhle groß sein. »Ihr« Riesentopf war nicht der einzige, es gab noch mehr an den Wänden verteilt.

Prim fiel sofort etwas auf: »Hier ist ja gar keine Feuerstelle unter dem Super-Suppentopf! Ich hatte mich oben schon gewundert, warum aus dem Kamin kein Rauch, sondern nur Dampf rauskommt, wenn die hier unten ihr Essen zubereiten. Aber die kochen tatsächlich ohne Feuer!

Können die zaubern? Hm... der Eisentopf ist in ein großes Steinbecken eingepasst«, Prim bückte sich und berührte den Stein am Rand des Beckens, »und der Stein ist *warm*. Komisch. Überhaupt ist es hier unten ziemlich warm, wenn man bedenkt, dass es draußen schneit...«

»Und dieses seltsame Licht!«, sagte Halana fasziniert, während sie weiter durch den Saal schritten.

Plötzlich blieb sie abrupt stehen und musste sich beherrschen, um es nicht laut zu rufen: »Eure Augen! Eure Zähne!«

»Deine auch!«

Überrascht sahen sie sich an und vergaßen vor lauter Staunen ein paar Sekunden sogar die Gefahr, in die sie sich begeben hatten. Unter dem Kamin, wo noch ein wenig Tageslicht eingedrungen war, hatten sie es nicht gleich bemerkt. Doch hier gab es nur noch dieses dunkle, bläulich-lila Licht, das aus den Wänden und der Decke zu kommen schien.

Und in diesem Licht konnten sie ihre dunkle Kleidung auch nur sehr schwach und konturenhaft erkennen, die helleren Gesichter und Hände waren schon recht deutlich. Die weißen Augäpfel und Zähne aber stachen fast leuchtend aus der Dunkelheit heraus.

»Großer Zerstörer!«, hauchte Halana, »das glaubt uns kein Mensch!«

Dann gingen sie zur nächsten Wand, um sich die Lichtquelle näher zu betrachten. Aus kurzer Distanz merkten sie, dass es nicht die ganze Wand war, die leuchtete, sondern dass das Licht von dünnen, hellen Geflechten auszugehen schien. Kreuz und quer überzog dieses löchrige, ausgefranste Geflecht alle Wände der Halle. Prim wagte es und tippte eine dieser Adern kurz an. Als er nichts spürte, ließ er seinen Finger länger auf ihr liegen und schilderte überrascht: »Es ist *nicht* heiß! Aber richtig kalt auch nicht… Es ist fast so… als würde es leben!«

»Da!«, wies Ruben ein Stückchen weiter nach rechts. In die Unterseite eines dicken Aststücks war ein kurzer Eisenstab gehämmert worden, die andere Seite des Eisens hatte man, in zwei Meter Höhe, in ein kleines Bohrloch in der Felswand gesteckt, so dass der Ast schräg nach oben ragte. Das Holz des Astes war morsch, fast schon verrottet – und es war komplett durchsetzt und umwuchert mit den leuchtenden Fäden.

Ruben bemerkte: »Da sind noch viel mehr von diesen Dingern – in der ganzen Höhle verteilt. Scheint so eine Art Fackel zu sein.«

Alle paar Meter standen an den Wänden zudem größere Ansammlungen von etwa eineinhalb Meter hohen und ebenso breiten geflochtenen Körben, die auch einen Deckel aus Flechtwerk hatten. Prim hob einen Deckel an, spähte hinein und sagte: »Ratet mal, was drin ist...«

»Pilze?«, antworteten Ruben und Halana gleichzeitig.

»Wie seid ihr bloß darauf gekommen?«

Schließlich standen sie vor dem großen Wandgemälde. Und keiner sagte etwas. Weil keiner etwas damit anzufangen wusste. Das gut vier Meter hohe Bild war nur in hellen und damit hier unten leuchtenden Farben gemalt. Es zeigte offenbar eine Art Krönungszeremonie. Aber wie! Und mit welchen… *Menschen?*

In der Mitte stand, alle anderen überragend, ein breiter, gedrungener Kerl mit kurzen weißen Haaren, flachem, breitem Gesicht, flacher Nase, teigigweißer Haut, kleinen Ohren, einem großen Mund und vor allem mit riesigen Fischaugen. Diese Augen waren etwa doppelt so groß wie die Augen eines Menschen von draußen, die Iris im Augapfel war allerdings fast nicht vorhanden, dafür waren die Pupillen gewaltig.

Der große Kerl trug einen purpurnen Umhang und reckte mit der linken Hand einen Zepter in die Höhe, der, stellte Prim überrascht fest, durchaus eine gewisse Ähnlichkeit mit seinem Zauberstab hatte. Die kleineren Wesen, die um den Großen herumzutanzen schienen, hatten nackte Oberkörper, und auch ihre Haut war noch weißer als die von Barrkaron. Ihre Augen hatten ebenfalls die Größe kleiner Kinderbälle.

Einer dieser kleineren Männern mit den kurzen Hälsen, der eine sonderbare Fellkappe trug, reichte dem Großen eine gezackte, goldene Krone, die dieser mit der Rechten entgegennahm. Aber das vielleicht Sonderbarste war: Jede einzelne der dargestellten Figuren schien herzhaft zu lachen. Ein paar machten sogar den Eindruck, als würden sie sich vor brüllendem Lachen kaum halten können, eine Figur wälzte sich wirklich auf dem Boden. Der König selbst hatte seinen Kopf etwas zurückgelegt, so dass man die ganze Flachheit seines Gesichts bewundern konnte. Sein Mund war so weit aufgerissen, dass man meinte, ein dröhnendes Lachen zu hören.

Schließlich riss sich Halana, fasziniert und abgestoßen zugleich, von dem Bild los und meinte: »Wir können hier nicht den ganzen Tag stehen. Schließlich haben wir noch einen Gott zu finden… also los.«

Sie hatten die Wahl zwischen mehreren Gängen, die aus der Höhle herausführten. Die Entscheidung, welchen sie nehmen sollten, wurde ihnen allerdings leichter gemacht, als ihnen lieb war: »Da kommen welche!«, zischte Ruben durch die Zähne und deutete auf den ihnen am nächsten liegenden Gang. Sie hatten gerade noch Zeit, hinter einer Ansammlung von Pilzkörben in Deckung zu gehen.

Dann sahen sie ihre ersten leibhaftigen Höhlenmenschen.

Etwa 20 Stück waren es, die sich laut und mit grollenden Worten unterhielten, während sie die Halle betraten. Und sie sahen wirklich so aus wie auf dem Bild, nur dass jetzt die echten Größenverhältnisse sichtbar waren: Diese Kerle und auch die Frauen überragten selbst die größten Krieger, die Halana kannte, noch um einen Kopf. Zudem hatten sie so breite Brustkörbe, dass ihre wulstigen Arme ein wenig zur Seite abstanden. Ihre komplette Kleidung schien aus dem gleichen braunen, groben Flechtmaterial zu sein: Schuhe, Hosen und die ohne Knöpfe offen getragenen Westen, so dass man in der Mitte die käsig weißen Brustbeine sehen konnte.

Die gedrungenen Körper mit den braunen Flügeln der Westen, die abgespreizten Arme, die kurzen Hälse, die Stoppelfrisuren, die flachen Gesichter und die überdimensionalen Augen. – »Die sehen irgendwie aus wie Eulen«, flüsterte Halana.

Kaum vernehmbar flüsterte Prim zurück: »Ja, sehr große und sehr böse Eulen, und jetzt bleib *bitte* ruhig!«

Als die Höhlenbewohner an dem Bild vorbeikamen, blieben sie kurz stehen und verbeugten sich leicht. Halana glaubte sie dabei murmeln zu hören: »Lang lebe der große Morlock« und: »Gepriesen sei der, der täglich warm isst.« Dann hob einer von ihnen eine Steinplatte im Boden neben einem der Riesentöpfe an. Aus dem so geöffneten Schacht ertönte ein blubberndes Brodeln. Ein Ledereimer wurde hinabgelassen und, mit dampfendem Wasser gefüllt, wieder heraufgezogen. Das Wasser wurde in den flachen Riesentopf gekippt, zwei der Glubschaugen stiegen hinein und begannen, den Topfboden mit einer Art Schrubber zu bearbeiten.

»Genial!«, konnte sich jetzt Prim nicht zurückhalten, »die können kochendes Wasser unter die Töpfe leiten! So garen sie ihr Essen ohne offenes Feuer!« Ruben murmelte unterdessen: »Das hier ist wohl die Frühschicht – oder Spätschicht, wie man's nimmt – , die fürs Saubermachen nach dem großen Futtern zuständig sind! Los, wir verschwinden hier.«

Damit schlichen sie in den einzigen Gang hinein, den sie im Schutz der großen Körbe erreichen konnten, ohne von den Arbeiterinnen und Arbeitern gesehen zu werden. Es war ein langer, breiter Gang, und auf beiden Seiten folgte eine mit Fellen verhangene Türöffnung nach der anderen. Hinter den meisten Fellen war es ruhig, hinter ein paar drang schnorchelndes Schnarchen hervor, und hinter einigen war auch leises Grunzen und Quieken von zwei Stimmen zu hören. »Was sind *das* für Geräusche?«, flüsterte Prim.

»Ich schätze«, flüsterte Halana zurück, »da werden kleine Eulenmenschen gemacht.«

»Oh?! – Hätt ich bloß nicht gefragt. Das Bild werde ich nie mehr aus meinem Kopf bekommen!«

»Was machen wir, wenn einer von denen mal muss oder aus einem anderen Grund herauskommt?«, wollte Ruben wissen, ergänzte aber gleich: »Da! Da zweigt ein kleinerer Gang ab, der nach unten führt.

Vielleicht ist es da weniger belebt.«

So betraten sie den Gang, der spiralenförmig in der Tiefe verschwand.

Immer wieder kamen sie an Abzweigungen vorbei, in die sie kurz hineinschauten, doch jedes Mal trafen sie auf die gleichen, einförmigen Gänge, angefüllt mit den stets gleichen, fellverhangenen Durchgängen.

Irgendwann murmelte Ruben fassungslos: »Es muss Zehntausende von denen geben!«

Je tiefer sie stiegen, umso wärmer wurde es. Auch wehte ständig ein trockener Wind von unten nach oben durch die Gänge. Längst hatten sie ihre Umhänge, Jacken und Wämser in die Rucksäcke gestopft.

Endlich, 24 Etagen unter der großen Halle, kamen sie an das Ende der Abwärts-Spirale. Dort unten gab es nur einen Ausgang, der in einen langen, breiteren, vor allem aber auch dunkleren Tunnel führte.

Während die Gleichförmigkeit der oberen Gänge darauf schließen ließ, dass sie von den Eulenmenschen im Laufe von Jahrtausenden aus dem Fels geschlagen worden waren, schienen sich Halana und die anderen hier unten in einer Höhle natürlichen Ursprungs in den Eingeweiden des Berges zu befinden. Halana lief schnell nochmals in den über ihnen liegenden Gang und zog drei dieser seltsamen kalten Fackeln aus der Wand, um unten für mehr Licht zu sorgen.

»Nach links oder nach rechts?«, fragte sie, als sie wieder bei den anderen angekommen war.

»Woher willst du wissen, ob wir hier unten überhaupt richtig sind?«, entgegnete Prim leicht entmutigt.

»Ich weiß es nicht. Aber ich denke, dass dieser göttliche Bruder sicher nicht in irgendeiner Schlafkammer mitten unter diesen Eulenmenschen haust. Und wenn er vor Jahrtausenden hier angekommen ist, dann doch sicher in einer der ursprünglichen Höhlen.«

»Vor Jahrtausenden... da hat er ja wohl Zeit genug gehabt, sich irgendwann wieder einen anderen Platz zu suchen. Und woher weißt du, was an den anderen Enden dieser Behausungs-Gänge folgt?«

»Ich hab jedenfalls den sicheren Eindruck, dass es keine Theater und Bibliotheken sind...«

»Und woher weißt du, dass es hier unten nicht noch an ganz anderen Stellen Hunderte von Kilometern natürlicher Höhlen gibt?«

Halana seufzte und meinte: »So pessimistisch warst du nicht, als wir losgezogen sind... Irgendwo müssen wir ja mit der Suche beginnen, oder? Wir halten die Augen offen, ob wir irgendwelche interessanten Anhaltspunkte entdecken. Wenn uns das heute nicht gelingt, wird uns nichts anderes übrigbleiben, als uns eine Nacht lang zu verstecken. Und in Anbetracht unserer zur Neige gehenden Vorräte würde ich auch vorschlagen: Falls wir heute erfolglos bleiben, fangen wir uns morgen einen dieser Eulenmenschen und quetschen ihn aus. Damit wir vorankommen.«

»Oh Schlafender Gott! Einen Eulenmenschen will sie fangen! Mitten unter Tausenden von seinesgleichen! Also manchmal gibt es noch diese

Momente, in denen ich mir wünsche, ich wäre in Reinefreude geblieben. Jetzt gerade ist so ein Moment!«

»Still!«, zischte plötzlich Ruben.

Die anderen hörten es auch.

Ein ganz, ganz leises, schlurfend bröslig knisterndes Rauschen.

»Was ist das? Wo kommt das her?«, flüsterte Prim besorgt.

»Keine Ahnung«, entgegnete Ruben horchend, »wenn ich's nicht besser wüsste, würde ich sagen, aus der Wand… Kommt, da schräg gegenüber ist eine kleiner Torbogen, lasst uns besser verschwinden.«

Sie eilten los, bereuten den Entschluss aber schnell, denn aus jenem kleinen Nebengang schlug ihnen ein starker und vor allem sehr übel riechender Wind entgegen. Doch da sie lieber in Deckung bleiben wollten, gingen sie trotz des Gestanks weiter.

Als sie schließlich um eine Ecke bogen und in einem wieder deutlich helleren kleinen Saal standen, wussten sie, woher der Gestank kam: Ein gutes Stück mehr als die rechte Hälfte der niedrigen Saaldecke war über und über mit Eisenhaken gespickt, und daran baumelten, langsam im trockenen Wind schaukelnd, tote Hasen, Fasane, Ratten, Murmeltiere, ja sogar Rehe und Wildschweine und dazu noch eine ganze Menge einer sonderbaren, kleinen und glitschigen Tierart in Form einer etwa 30 Zentimeter langen, schuppigen Raupe, die weder Halana noch ihre beiden Begleiter kannten.

»Buah!«, entfuhr es Prim, »hier werden erlegte Tiere abgehangen! Na, der trockene Wind ist günstig…«

»Ich frage mich nur«, entgegnete Halana nachdenklich, »wie die ganze Wildschweine erlegen können, wenn sie keine Bögen, sondern Wurfsteine benutzen…«

Die Antwort folgte auf dem Fuß.

Nur ein kleines Stück weiter befand sich in der linken Wand, etwa einen Meter über dem Boden, eine rechteckige Öffnung. Von dort ertönte ein surrendes Geräusch, das schnell lauter wurde. Dann polterte ein totes Reh aus der Öffnung und schlug hart auf dem Felsboden auf.

Halana spähte kurz in das Loch und meinte: »Da führt eine Rampe nach oben… Achtung! Da kommt noch etwas!«

Sie traten zurück und erwarteten ein weiteres Tier. Doch stattdessen klatschte ein riesiger, gelber, schleimiger Klumpen auf den Steinboden.

Ein Klumpen, der sich plötzlich zusammenzuziehen, größer zu werden und auszuformen schien…

Statt wegzulaufen oder die Waffen zu ziehen, starrten Halana und die anderen mit großen Augen auf dieses gelbe Ding, das, leicht schwankend, noch größer wurde und schließlich Gliedmaßen und einen Kopf bekam...

»Ein Gelb!«, hauchte Halana fasziniert und angewidert. Die Beschreibungen ihres Sohnes hatte sie nur allzu gut im Kopf.

Das seltsame Wesen hatte ihnen den Rücken zugewandt, doch als es Halana hörte, stülpte sich sein Pseudogesicht mit einem schlürfenden Geräusch einmal durch den Kopf hindurch und formte sich an der anderen Seite wieder aus.

Dann war eine Art Schnüffeln zu hören, ein kurzes Zögern zu bemerken... Doch schließlich verbeugte sich das Wesen leicht, und eine raspelnde Stimme fragte langsam und schwerfällig: »Wie – kann – Gelb – Herren – dienen?«

Nach einigen Sekunden des Schweigens, in denen sich die Drei wechselseitig angestarrt hatten, räusperte sich Halana schließlich und sagte: »Wir machen nur einen Kontrollgang. Außerdem wollen wir den Gott etwas fragen. Sag uns, wo er gerade ist.«

Erst geschah gar nichts, dann... »Gelb – versteht – nicht.«

»Na ja, war ein Versuch. Und wo können wir...«, Halana überlegte krampfhaft, wie ihn die Eulenmenschen in dem großen Saal genannt hatten, »...wo können wir den Großen Morlock finden?«

Nach kurzem Zögern kam die Antwort: »Es – ist – Tag. Der – , der – immer – warm isst – , schläft.«

»Klar, natürlich, wissen wir doch. Aber *wo* tut er das?«

Ein kurzes Zittern schien durch den gelben Schleim-Menschen zu laufen, dann sagte er: »Gelb – nicht – weiß, bei – welchem – Weib – der – Große Morlock – heutetag. – Ihr – jetzt – Strafe – für – Gelb?«

»Strafe? Weil du es nicht weißt? Nein, nein, ist ja auch nicht so wichtig. Und morgen, wo können wir den Großen Morlock dann treffen?«

»Beratung – neben – Thronsaal.«

»Und welcher Weg führt am schnellsten dorthin?«

Es schien, als ahme der Gelb die Geste des angestrengten Denkens nach. Dann sagte er langsam: »Durch – Trockenkammer – ganz. Durch – Gang. Eishöhle. Davor – Wendel. Hoch. Ganz.«

»Gut. Nun fahre fort mit deiner Arbeit.«

Ohne ein weiteres Wort stülpte der Gelb sein Gesicht wieder in die ursprüngliche Richtung, nahm das tote Reh auf – dessen Haut dort, wo er es anfasste, Auflösungserscheinungen zeigte – und hängte es an einen freien

Haken. Schließlich stellte er sich vor den Schacht, durch den er vorhin gekommen war, ließ seinen Oberkörper nach vorne auf die Schräge klatschen, sog seine Beine in den sich auf der Rutsche verbreiternden Körper und begann, in raschem Tempo fließend, nach oben zu schleimen.

Ruben blinzelte zweimal und bat: »Kann mich mal jemand kneifen?«

Prim dagegen schüttelte sich und meinte: »Schnell weiter, ich will bloß raus aus dieser Totenkammer!«

Er eilte sogar voraus und verschwand um eine Biegung – und keine Sekunde später hörten die anderen ihn einen schrillen Schrei ausstoßen.

Augenblicklich rannten sie, die Schwerter ziehend, hinterher, doch da kam Prim auch schon wieder um die Ecke geschossen, Mund und Augen entsetzt aufgerissen. Und er wäre wohl an Halana vorbeigestürmt, hätte sie sich ihm nicht in den Weg gestellt, um ihn mit großer Kraftanstrengung aufzuhalten. Eine Sekunde sah es so aus, als wolle er ihr deswegen an die Gurgel. Doch dann schien er wieder zur Besinnung gekommen, deutete in die Richtung, in der er gerade verschwunden war, bekam aber nur ein zittriges » Da-da-da-da! « über die Lippen. Vorsichtig ging Halana voran und spähte um die Kurve. Dann zuckte auch sie zusammen und erstarrte.

Hier hingen keine toten Tiere mehr von der Decke. Sondern tote Eulenmenschen. Nackt, mit den Köpfen nach unten, die Arme herabbaumelnd. Massenweise.

Es dauerte eine ganze Weile, bis sich alle Drei wieder so weit gefasst hatten, dass sie weitergehen konnten. Aber die Augen konnten sie dabei nicht von den Toten abwenden, die sachte an ihren Haken schaukelten.

»Die meisten sind offenbar alt«, bemerkte Halana schließlich.

»Dann… dann sind das keine getöteten Feinde, sondern ihre eigenen Toten? Ich meine diejenigen, die das Alter geholt hat? Seltsame Art der Bestattung«, entgegnete Prim mit nach wie vor wackeliger Stimme.

»Was heißt hier *bestatten?* Denkst du, die Wildtiere, an denen wir vorbeigekommen sind, werden *bestattet?* «

Prim blieb entsetzt stehen: »Du meinst… die landen im Kochtopf?«

»Scheint ganz so, als würden unsere lieben Eulenfreunde alles für ihren Speiseplan verwerten, was nur irgendwie essbar ist. Und wenn ich alles sage, dann meine ich alles. Ist vermutlich nicht einfach, so viele Mäuler hier unterm Berg satt zu bekommen, zumal wenn man allenfalls in der Nacht nach draußen kann. Kommt weiter, ich möchte nicht länger als nötig… Oh! Der da ist jünger. Und er hat eine Wunde in der Seite.«

Sie dachte an den nächtlichen Überfall, dem sie im Wald knapp entkommen waren, und dass sie dabei einem ihrer Angreifer einen Stich verpasst hatte. Sie sah genauer hin, »…aber der Stich war sicher nicht tödlich… Verdammt! Sie haben ihm den Schädel eingeschlagen, statt ihn zu verarzten! Großer Zerstörer! Die sind mehr drauf aus, ihre eigenen Leute zu fressen als ihnen zu helfen! Was sind das bloß für Wesen?«

Ein Schütteln überlief sie, als sie eilends weitermarschierte.

Schließlich kamen sie noch durch eine Passage, in der seltsame blinde Fische und schlangengleiche Wassertiere in der Luft trockneten, und zu guter Letzt passierten sie einen Abschnitt, in dem in großen Bündeln Wildkräuter aufgehängt waren. Dann endlich endete die Trockenkammer in einem weiteren natürlichen Höhlengang, von dem immer wieder große, breite Höhlen abzweigten, deren sandige Böden über und über mit den verschiedensten Pilzsorten bedeckt waren.

»Scheint, als würde diese Ebene hier ganz der Nahrungsgewinnung dienen«, vermutete Halana.

Ruben feixte: »Ehrlich, dass wir den Bruder des Schlafenden Gottes in einer Speisekammer der Eulenmenschen finden, glaube ich irgendwie auch nicht. Und deren Beratungs-Höhle ist oben, während wir unten sind… danke auch, Halana.«

Irgendwann wollte Prim wissen: »Hat einer von euch noch den Hauch einer Ahnung, in welchem Bereich des Berges wir uns befinden? Und in welcher Richtung unsere Pferde stehen?«

»Nicht die geringste«, antworteten Halana und Ruben unisono.

Nachdem sie noch eine Weile gegangen waren, meinte Prim plötzlich: »Es wird merklich kühler!«

Sie kamen an eine Stelle, an der rechts ein kleiner Gang abzweigte, während ihr Hauptgang schon bald leicht schräg nach links abbog, geradeaus aber ein steinernes und gut mit Fellen abgehängtes Portal durch den Fels geschlagen war. Sie schoben die Felle beiseite und blickten in einen schmalen, jedoch sehr langen Saal, dessen Boden mit Schnee bedeckt und dessen Wände hinter einer dicken Eisschicht verborgen waren.

»Schätze, irgendwo von hier führt eine Verbindung hoch und mitten in den Gletscher hinein. In dem Eis hier sind irgendwelche *Dinge* eingefroren – und wenn ich an die Trockenkammer von vorhin denke, möchte ich lieber nicht so genau wissen, um was es sich da handelt… Das hier dürfte jedenfalls die Eishöhle sein. Dann führt der kleine Gang, an dem wir gerade vorbeigekommen sind, sicher zur ›Wendel‹, na denn los.«

Wieder zweigten von dem spiralförmigen Aufgang etliche Gänge ab, die sie allerdings nicht genauer untersuchten. Der Grund dafür war, abgesehen von ihrer Müdigkeit, ganz einfach: Sie hatten hier unten ihr Zeitgefühl verloren und wussten daher nicht, wie lange sie noch einigermaßen ungestört sein würden, bevor die Eulenmenschen erwachten.

Schließlich endete der Aufweg in einem kreisrunden Raum mit gewölbter Decke, auf der sie zum ersten Mal, seit sie den großen Saal verlassen hatten, wieder auf ein Zeichen von Kultur stießen (abgesehen von Esskultur natürlich): Auf einem die ganze Decke überziehenden und nicht sonderlich kunstfertigen Bild war der Große Morlock zu sehen, wie er im Schneidersitz vor einer Schüssel saß, über die einige senkrecht aufsteigende Schlangenlinien gemalt waren, was wohl heftiges Dampfen bedeuten sollte. Im rechten Arm hielt der Morlock eine sehr spärlich bekleidete Eulenmenschenfrau (ein Anblick, bei dem Prim der Gedanke kam, ihr ein paar Kleider zu malen), in der Linken hielt er eine Art Flasche, mit der er auf einen Gelb zeigte, der in unterwürfiger Haltung vor ihm kniete. Und der Morlock lachte. Sieben Gänge zweigten von dem runden Raum ab.

»Und in welche Richtung jetzt?«, fragte Ruben mit müder Stimme.

Halana schritt an den Eingängen vorbei. Bei ihrer zweiten Runde blieb sie schließlich vor einem stehen, der sich in nichts von den anderen unterschied, und meinte: »Der hier ist es. Die Luft hier ist anders. Irgendwie… kühler, frischer und echter – und weniger stinkig.«

»Das is'n Argument!«

»Und ich glaube, ich höre Wasser rauschen – und mein Trinkbeutel ist leer.«

»Das Argument ist sogar noch besser.«

Sie brauchten nicht sehr weit zu gehen, bis sie zum ersten Mal den überwältigenden Eindruck hatten, nun wirklich und wahrhaftig mitten in einem Berg zu stehen: Der Gang endete auf einer kleinen Galerie, und die befand sich an der Seitenwand einer gigantischen Tropfsteinhöhle, deren andere Wände sich irgendwo in der Dunkelheit verloren.

Aus der Ferne drang das nun deutlichere Rauschen eines unterirdischen Flusses zu ihnen herüber.

Hier waren die Wände auch nicht von jener seltsamen, leuchtenden Pflanze überwuchert. Alles Licht kam von unzähligen jener sonderbaren kalten Fackeln, die verschiedene Wege auf dem Boden der Höhle kennzeichneten. Die Wege führten vorbei an wunderbar geformten Kalksteingebilden, die im Laufe zehntausender Jahre Tropfen um Tropfen gewachsen waren. Die meisten dieser Pfade schlängelten sich auf ein Zentrum zu: einen großen Platz, auf dem die Eulenmenschen alle Stalagmiten zerstört und eingeebnet hatten, wodurch Raum für Versammlungen geschaffen worden war. Lediglich ein einziger Tropfstein, ein drei Meter durchmessender Gigant, war am Rande dieses Platzes stehen geblieben. Genau genommen waren es mehrere zusammengewachsene Stalaktiten und Stalagmiten, herrlich weiß glänzend, ineinander verdreht und mit Kanneluren versehen, die sich bis zur Höhlendecke in etwa 40 Meter Höhe emporschraubten. Am Fuß dieses nach unten noch deutlich dicker werdenden majestätischen Gebildes waren fünf Stufen und ein imposanter Thron in den Kalkstein gemeißelt.

Von ihrer Galerie führte ein steinerner Weg nach unten. Sie eilten hinab und fanden etwa in Höhe des Thrones einen Durchgang zu einer kleinen Nebenhöhle. In der Mitte stand ein großer, runder Steintisch mit massiven Hockern drumherum. Lediglich an einer Stelle war eine aus dem Boden gewachsene Kalksteinsäule zu einem kleinen, gut mit Fellen gepolsterten Gegenstück des großen Thrones draußen im Saal gemacht worden.

»Na bitte!«, meinte Halana zufrieden, »dann wollen wir mal auf den Großen Morlock warten und hören, was er zu beraten hat. Lasst uns ein Versteck suchen!«

Sie steckten ihre Leuchtholz-Fackeln zu den anderen, die schon in Felsritzen klemmten, und kletterten eine Kalksteinkaskade hinauf, die in gut vier Metern Höhe und hinter Tropfsteinen die Möglichkeit bot, sich vor Blicken von unten verborgen zu halten.

Sie mussten sich noch eine knappe Stunde in Geduld fassen, bis unten die ersten Eulenmenschen eintrafen. Es waren genauso hässlich-plumpe Gestalten, wie sie sie schon im großen Speisesaal gesehen hatten, jedoch mit besser vernähter und grün eingefärbter Kleidung.

Als der letzte von ihnen saß, kam das Oberhaupt der Eulenmenschen, der Große Morlock persönlich. Zwei besonders starke Exemplare der Höhlenbewohner trugen ihn in einer schmalen, oben offenen hölzernen Sänfte herein. Vor und hinter der Sänfte gingen je zwei monströs große Leibwächter mit breiten, kurz vor der Spitze um 90 Grad gekrümmten Eisenschwertern, deren Griff nichts weiter als eine runde Verlängerung aus dem gleichen Stück Metall war. Diese Waffen waren sicher alles andere als hochwertige Schmiedekunst, sahen dafür aber sehr bösartig aus.

Der Morlock selbst, neben dem noch ein vergleichsweise dünner Diener lief, war etwa einen Kopf kleiner als seine Untertanen. Seine Kleidung war ganz ähnlich geschnitten wie die seiner Leute (wenn man denn überhaupt von einem Schnitt sprechen wollte), jedoch war sie purpurn eingefärbt. Sein weißes Haar war etwas länger als das der anderen, und auf dem Kopf trug er einen goldenen, nach oben hoch gezackten Reif. Drei, vier Zacken dieser Krone waren allerdings schon leicht verbogen.

Wie alt der Herrscher des Eulenvolkes sein mochte, ließ sich für die versteckten Beobachter nur schwer ausmachen, da all diese unförmigen, madenweißen Leiber und pfannkuchenähnlichen Gesichter mit den weißen Haaren darüber für sie mehr oder minder gleich aussahen.

Schließlich stieg der Morlock aus der Sänfte und versuchte, möglichst würdevoll zu seinem Platz zu gelangen, was bei seinen Spreizfüßen recht schwierig war. Als er saß, begannen die anderen ein herzhaftes Gelächter, in das der Morlock nach einem Blick in die Runde einfiel, bis er mit einer abrupten Handbewegung augenblicklich Ruhe einkehren ließ. Dann klatschte er in die Hände, und zwei Dienerinnen trugen an einem auf ihren Schultern ruhenden Stock einen Kessel herein, aus dem es mächtig dampfte. Eine weitere brachte einige unförmige kleine Tonschüsseln.

Zuerst griff der Morlock in den Kessel, zischte kurz, als er sich die Finger verbrannte, fischte aber dennoch ein großes, offenbar sehr weich gekochtes Stück Fleisch heraus und begann, mit Lauten des Wohlbehagens große Stücke herauszubeißen und zu verschlingen. Die anderen taten es ihm gleich, wobei ab und an einer mit seiner Schüssel die Brühe aus dem Topf schöpfte und schlürfend trank.

»Das ist wirklich sehr gut, oh du, der du immer warmes Essen hast. Was ist das für Fleisch?«, fragte einer aus der Runde.

»Ja, lecker, nicht?«, sagte der Morlock leutselig, »das ist Pferd. Die Viecher standen direkt in der Vorhöhle am unteren kleinen Nachtausgang...«

Die drei versteckten Beobachter sahen sich alarmiert an, und Prim konnte gerade noch eine Hand vor seinen Mund pressen, um einen Würgelaut zu unterdrücken.

»...und wenn die fünf Wachen, die dort in der versteckten Hinterkammer postiert waren, nicht solche Memmen gewesen wären, nur weil ein klein wenig Licht von der großen Feuerscheibe in die Höhle fällt, dann hätten wir nun auch die Besitzer der Pferde. Na ja, die fünf Wachen sind jetzt natürlich auf Eis gelegt und ergänzen unsere Wintervorräte... Hat man etwas Neues von diesen drei Andersmenschen gehört, die in unser Gebiet eingedrungen sind, Hauptmann?«

Einer der am Tisch Sitzenden schluckte hastig einen großen Bissen hinunter, rülpste herzhaft und antwortete: »Nein, Morlock, die ganze Nacht über haben zweihundert Zehner-Gruppen die Bergränder am Gletscher und den Saum des Waldes durchkämmt, aber keine einzige Spur gefunden. Da sie noch nicht einmal etwas von diesem leckeren Geruch der Andersmenschen wahrgenommen haben, müssen die wohl außerhalb unserer Reichweite auf den Berg hinaufgestiegen sein. Ich frage mich allerdings, warum sie das tun sollten... zumal ohne ihrer Pferde.«

»Nun ja«, sagte der Morlock, »es wurden neue Wachen in der Höhle postiert – und zwar diejenigen, die die alten Wachen ins Eis gebracht haben, das wird ihnen ein kleiner Ansporn sein... Wenn diese drei Andersmenschen zu ihren Pferden zurück wollen, dann haben wir sie.

Interessant ist jedenfalls – das hatten die Wachen noch berichtet –, dass diese Andersmenschen nicht dieses komische Kauderwelsch brabbeln wie die Reiter, die in der Steppe hinter dem Wald leben. Die drei Gesuchten sprechen die richtige Sprache, so wie wir.«

»Ach?«, meinte einer am Tisch, »dann gehören sie vielleicht zu den gleichen Andersländlern wie unser... unser... Essen? Nein, Moment... unser Gefangener? Nein... verdammt, wie war noch gleich das Wort?«

»Ich glaube, *Gast* heißt es«, half ein anderer aus.

»Mag sein«, sagte der Morlock, »ich habe jedenfalls schon nach unserem Göst...«

» *Gast!*«

»...nach unserem Gast schicken lassen, um ihn zu befragen.«

Dann sprachen sie noch davon, dass die Pilze in allen Höhlen gut gediehen, und auch darüber, dass die nächste große Halle, an der gerade gebaut wurde und die über zwanzig Kochplätze verfügen sollte, wohl doch erst mit zwei, drei Monaten Verspätung fertig werden würde.

»Hm«, brummte der Morlock ungehalten, »wenn die nicht bald fertig sind, dann bedeutet das bei unseren vielen Geburten, dass jeder Orika hier im Abschnitt nur noch alle 27 statt alle 26 Tage warmes Essen bekommen kann. Das wird dem Volk gar nicht gefallen... Hauptmann, sorg dafür, dass der Bauleiter in die Trockenkammer kommt, das wird ein Ansporn für seinen Nachfolger sein.«

»Gut... Ah! Morlock, der Bauleiter ist aber Ortranack...«

»Und?«

»Na ja, einer eurer Schwäger...«

»Wie? Mit welcher meiner Schwestern ist der denn…? Ach ja, ich entsinne mich, mit Lupkna. Ist die eigentlich von *meiner* Mutter? Ach, egal, dann brecht diesem Ortranack eben nur einen Arm und packt fünf Vorarbeiter in die Trockenkammer, das wird reichen.«

In dem Moment waren Schritte und ein schleifendes Geräusch aus einem der Gänge zu hören, dann kam ein weiterer Orika – wie sich die Eulenmenschen offensichtlich selbst nannten – herein, der eine Art kurzen Schlitten mit hoher Lehne hinter sich herzog. Und auf diesem Schlitten saß etwas… ein Mann – ein Mann war es wohl einmal gewesen. Doch nun fehlten ihm beide Beine bis zum Unterleib herauf, und von seinem linken Arm war bloß ein kurzer Stumpf übrig. Auch war seine linke Gesichtshälfte nur noch eine einzige Narbenmasse, das Auge fehlte, die nach unten hängenden Lippen waren auf dieser Seite auch nicht mehr vollständig vorhanden, so dass man das Weiß der Zähne hindurch schimmern sah.

Und diesmal war es Halana, die sich, mit aller Kraft, in die Hand beißen musste, um nicht laut aufzustöhnen, sondern nur ganz leise ihren überraschten Begleitern zuzischte: » *Berthold! Wie viele Leben hat dieser Bastard?* «

Unten wurde der Neuankömmling inzwischen mit einem kurzen Höflichkeitslachen begrüßt, dann sagte der Morlock zu ihm: »Hallo, *Gast* Berthold. Ich sehe, du kannst dich wieder bewegen?«

»Bewegt werden trifft es eher«, krächzte Berthold mit einem hasserfülltem Lächeln seiner rechten Gesichtshälfte, »aber ja: Dank der – hm – phantastischen Hilfe eurer Leute und ihren Künsten im Amputieren von Gliedmaßen und Ausbrennen von Wunden werde ich leben. Doch ich will nicht undankbar sein. Schließlich war der Schmerz der Amputation gar nichts im Vergleich zu dem Schmerz, den die Berührung eines Gelb hervorruft. Und wäre einer eurer Arbeiter nicht so erstaunt gewesen, dass das *Essen*, das dieser Gelb gerade in die Trockenkammer schleifte, seine Sprache spricht…, aber die Geschichte kennt ihr ja.

Jedenfalls ist es gut, dass ich lebe, denn ich möchte unbedingt noch zwei, drei Menschen tot sehen, bevor ich diese Welt verlasse…«

»Nun, dein Mund scheint jedenfalls wieder gut zu funktionieren«, sagte der Morlock, »und es wird Zeit, dass du uns dein kleines Experiment zeigst, das du uns versprochen hast. Wenn es wirklich funktioniert, lassen wir dich zu deinem Herzog aufbrechen, und du kannst ihm sagen, dass er mächtige Verbündete für seinen Krieg gewonnen hat.«

»Es wird funktionieren!«, sagte Berthold mit Bestimmtheit, »aber ihr wisst, dass ich, zumal in meinem Zustand, Pferde brauche, um zurückzugelangen.«

»Ja, in der Sache haben wir gute Nachrichten: Wir haben Pferde. Drei Stück… nein, warte mal«, der Morlock sah kurz auf den großen Kessel, »zwei Stück, meine ich. Das muss genügen.«

»Sehr schön. Und wo habt ihr sie her?«

»Es sind tatsächlich, nach langer, langer Zeit, wieder Fremdmenschen in unser Gebiet eingedrungen. Leider scheinen sie sich auf den Weg ins Gebirge aufgemacht zu haben und außerhalb unserer nächtlichen Reichweite zu sein. Nur ihre Pferde haben wir bisher… Aber wir haben uns gefragt, ob diese drei vielleicht auch aus deinem Volk stammen? Denn sie sprechen, genau wie du, unsere Sprache.«

»Ach?«, Bertholds lebendiges Auge verengte sich zu einem Schlitz, »sehr interessant. Könnt ihr mir Genaueres berichten?«

»Nun, unsere Leute, die sie belauscht hatten, waren sich mit der Unterscheidung nicht ganz sicher, aber sie vermuteten, dass es zwei Männer und ein Weibchen… eine Frau waren. Die beiden Männer nannten die Frau… Moment… ich glaube, Halana.«

»*Arrrrgh!*«, kaum hatte Berthold den Namen gehört, stieß er einen gewaltigen Schrei aus, stemmte sich so gut er konnte in seinem Stuhl hoch und begann mit hochrotem Kopf und Speichel vor dem Mund zu toben und zu kreischen, so dass einer der Berater dem Morlock zuflüsterte: »Ich glaube nicht, dass sie befreundet sind.«

Schließlich hatte sich Berthold wieder ein wenig beruhigt, fuhr aber den Morlock keuchend und hitzig an: »Von wegen, sie sind außer Reichweite! Ich kenne dieses Biest! Und ich verwette meinen Kopf, dass ich weiß, wo sie ist!«

»Nun, viel mehr zum Verwetten hast du ja auch kaum noch, nicht?«, kicherte der Morlock, »wo soll sie denn deiner Meinung nach sein?«

»Sie will etwas. Und wenn sie deswegen hierher kommt, dann ist es nicht draußen zu finden, sondern hier, hier unten in euren Höhlen. Und wenn sie sich vorgenommen hat, hier reinzukommen, dann ist sie auch hier.«

»Machst du Witze? Alle Eingänge sind bewacht.«

»Glaub mir, sie hat irgendein Schlupfloch gefunden. Es würde mich gar nicht wundern, wenn sie uns genau jetzt, in diesem Augenblick beobachtet und uns zuhört.«

Beunruhigt sahen sich die Eulenmenschen um. Dann befahl der Hauptmann den Dienern: »Bringt den Bottich und die Essensreste raus, damit man hier besser riechen kann!«

Kaum war das erledigt, begannen sich die Nüstern der breiten Eulenmenschen-Nasen zu blähen und nach allen Seiten hin zu schnuppern.

Mit einem Schlag wurden bei einigen die ohnehin riesigen Augen noch ein bisschen größer.

»Er hat recht!«, sagte einer leise und mit gehetztem Blick, »irgendetwas ist hier, hinter einer ungewöhnlichen Mischung aus Pilzen und Kräutern, das nicht hierher gehört...«

*Krrrrrrrach!!!!*

Ein Kugelblitz sprengte den großen Steintisch in tausend Splitter, Staub stob auf, ein paar der Orika, die von Trümmern getroffen wurden, schrieen schmerzerfüllt. Auch die anderen kreischten auf, vor Schreck und Schmerz, als sie die kleine Lichtkugel blendete, und schlugen panisch die Hände vor die Augen. So sahen sie nicht die drei Gestalten, die in zwei Sprüngen von der Kalksteinkaskade unten waren und zum Durchgang in den Krönungssaal hinaushetzten – die *Orika* jedenfalls sahen sie nicht, allerdings...

»Da sind sie! Da sind sie!«, kreischte Berthold und fiel aus seinem Schleppstuhl, weil er ihnen hinterher wollte und vor Hass vergessen hatte, dass er keine Beine mehr besaß. Dennoch brüllte er weiter: »Drei Stück! Und die Hure ist dabei! Ihnen nach, ihnen nach – in den Thronsaal!«

Halana, Prim und Ruben rannten um ihr Leben.

Fatalerweise war inzwischen der Tag vorbei, und damit auch die Schlafenszeit der Orika: Etliche Eulenmenschen waren nun in der Tropfsteinhöhle unterwegs. Der einzige Grund, warum die drei Flüchtenden noch nicht überwältigt waren, bestand darin, dass die Orika mit allem rechnen mochten, aber sicher nicht damit, dass Andersmenschen die Dreistigkeit besitzen würden, mitten in ihr Höhlensystem einzudringen – lebendig und nicht etwa als Nahrung. Aber die Leibwächter des Morlock hatten die Verfolgung aufgenommen. Und so ungelenk sie auch wirkten, so konnten sie doch verdammt große Schritte machen.

Halana, Prim und Ruben rasten einen der Hauptwege entlang, der in unbelebtere Regionen der großen Tropfsteinhöhle und größere Dunkelheit zu führen schien. Nur ein kleines Stück vor ihnen waren zwölf Frauen und ein Mann mit gefüllten Pilzkörben auf den Rücken unterwegs – die Frauen jedenfalls, der Mann war der Aufseher der Gruppe.

Doch jetzt hatten sie wegen des Tumults hinter ihnen angehalten und glotzten verständnislos zurück. Halana stürmte auf sie zu und brüllte: »Aus dem Weg! Wir haben's eilig!«

Gehorsam traten alle 13 zur Seite und ließen sie vorbeirennen, als einer der Verfolger brüllte: »Nein, nein, nicht den Weg frei machen!«.

Gehorsam traten die 13 wieder auf die Straße, und die vier Leibwächter krachten mitten in sie hinein, während sich die Flüchtenden schon ein paar Meter hinter dem Knäuel befanden. Sie hetzten schwitzend und mit zunehmendem Seitenstechen weiter auf dem gewundenen, leicht ansteigenden Weg, kamen schließlich an eine Brücke, die einen etliche Meter weiter unten durch die Felsen schäumenden Fluss überspannte.

Vier Eulenmenschen standen an der Brücke, doch sie waren unbewaffnet, und als Halana und Ruben mit drohenden Rufen ihre Schwerter schwangen, machten sie eiligst Platz, um diese sonderbaren und offenbar gefährlichen Wesen passieren zu lassen. Fast am Ende der Brücke angekommen, blieb Prim plötzlich stehen, schnellte herum, breitete die Arme aus und brüllte den ihm am nächsten stehenden Orika an: »Du kannst nicht vorbei!«, dann hetzte er, vier verdutzt dreinblickende Eulenmenschen zurücklassend, hinter den anderen her, während Halana keuchend wissen wollte: »Verrückter Zauberer, was sollte das jetzt?«

»Weiß auch nicht«, keuchte der zurück, »mir war irgendwie danach.«

Als die Flüchtenden schließlich hinter großen Tropfstein-Ablagerungen endgültig aus der Sicht des Thronsaals verschwunden waren, bogen sie in eine Nebenhöhle, aus der ein Bach in Richtung des Höhlenflusses sprudelte. Sie waren inzwischen so außer Puste, dass sie gar nicht anders konnten als langsamer zu werden. Und das Schlimme war: So schnell sie auch gerannt waren, das Rufen und Schreien der Eulenmenschen war schneller gewesen. Zudem schallte nun auch noch ein dröhnendes Klingen wie von einem gigantischen Xylophon hinter ihnen her, denn die Orika verbreiteten die Nachricht auch auf ihren klingenden Tropfsteinen: »Eindringlinge! Drei Andersmenschen! Um jeden Preis stoppen!«

»Verdammt!«, keuchte Halana, »war wohl doch keine so gute Idee, das mit dem Belauschen von diesem Morlock.«

»Still!«, unterbrach Ruben und wies die anderen mit einer Geste an, augenblicklich zu stoppen. Dann lauschte er und fluchte leise: »Der Zerstörer soll sie holen! Von vorne nähern sich uns etliche trampelnde Füße, und zurück können wir auch nicht mehr…«

Gehetzt sahen sie sich um. Die Höhle war nicht sonderlich breit und die Tropfsteine zu beiden Seiten des Weges nicht groß genug, um ein sicheres Versteck zu bieten... »Da! Diese Rinne, die vom Bach wegführt und mit einem Schieber von ihm abgetrennt ist... die führt zu einem Loch in der Felswand!«

Sie spurteten hinüber und blickten hinein. »Da soll doch der Zerstörer dreinschlagen!«, fluchte Halana, »die Rinne führt steil nach unten und ist gerade breit genug für uns – aber der Einstieg ist zu eng!«

»Zurück!«, rief Prim, zog den Zauberstab und feuerte eine gleißende Kugel auf den Fels am Eingang des kleinen Tunnels. Mit einem Krachen barsten ein paar Felsbrocken nach allen Seiten, andere verschwanden polternd nach unten. Doch das Krachen war nicht das einzige Geräusch gewesen: Ein erschrockener Aufschrei kam von sechs bewaffneten Orika-Männern, die gerade um die nächste Biegung gekommen waren. Nachdem sie sich von ihrem Schreck erholt hatten, stürmten sie mit ihren langen, eisenbeschlagenen Knüppeln auf die drei Flüchtenden zu. Ruben sprang Kopf voran in die Röhre, landete auf glitschigem Moos und sauste bäuchlings auf dem weichen Untergrund in die Tiefe.

Prim wollte folgen, merkte jedoch, dass Halana keine Zeit mehr haben würde, die rettende Röhre zu erreichen, ohne einen Knüppel abzubekommen. Schon hatte sie ihre Schwerter gezogen, wehrte keuchend zwei wütende Hiebe ab und konnte einem dritten Angreifer einen Stich in den Arm versetzen. Doch von der anderen Seite näherten sich noch weitere Eulenmenschen... Prim ging in die Hocke, zielte und schrie: »Wenn von oben was kommt, dann renn!«

Sein kleiner Feuerball traf einen großen Stalagmiten an der Wurzel, der augenblicklich herunterkrachte und, gefährlich nahe an der Kriegerin in tausend Stücke zerschellend, zwischen Halana und ihren Gegnern einschlug. Die sprangen erschrocken zurück, ebenso Halana, die sich aber augenblicklich herumwarf und in die Röhre hechtete. Sofort folgte auch Prim, die Füße voran und auf dem Rücken rutschend nach hinten blickend, ebenso die Rechte mit dem Zauberstab nach hinten gereckt, um gegebenenfalls den Weg für Verfolger oder *mit* einem Verfolger sperren zu können. Er sah auch noch einen angriffslustigen Eulenmenschen hinterherhechten. Doch der blieb mit seinem massigen Oberkörper, ein Schmerz- und Wutgeheul ausstoßend, am Eingang der Röhre stecken.

In jetzt fast kompletter Dunkelheit blickte Prim wieder nach vorne.

Hoffentlich wurde das hier nicht auch zu eng... Doch die Rutschpartie sollte nicht lange dauern. Nach nur zwei Biegungen sah er von unten schon wieder Licht und den Ausgang. Mit ziemlicher Geschwindigkeit kam er aus der Röhre heraus, landete mit den Füßen voran auf einem nur eineinhalb Meter breiten Absatz vor einem großen Wasserbassin, stolperte nach vorn und wäre sicher hineingefallen, wenn nicht Rubens Hand von der Seite herangeschossen wäre, die er gerade noch mit seiner Rechten ergreifen konnte.

Dumm nur, dass er in der Rechten auch seinen Zauberstab gehalten hatte. Als er seine Finger öffnete, um die rettende Hand zu ergreifen, war der Zauberstab in hohem Bogen davongesegelt. Alle drei starrten ihm hinterher. Die Zeit schien sich verlangsamt zu haben, als sich der schwere Stab viermal in der Luft drehte, mit einem satten Platsch auf der Wasseroberfläche aufschlug, um langsam und schimmernd in der Tiefe zu verschwinden. Als der Stab schließlich in gut sieben Metern Tiefe und fast in der Mitte des zehn Meter durchmessenden, mehr oder minder quadratischen Beckens den steinernen Grund erreicht hatte, starrten sich alle drei an, ohne ein Wort zu sagen. Worte waren auch nicht notwendig, denn es war jedem klar: Hatten sie schon mit Zauberstab kaum eine Chance, aus den Höhlen zu entkommen, so ging ihre Chance ohne Zauberstab gegen Null. Schließlich atmete Halana einmal tief durch und sah sich um. Diese Höhle zählte eindeutig zu den künstlich geschaffenen: Es gab keine Tropfsteine, die Wände waren ziemlich glatt und auch wieder mit jenen sonderbaren Leuchtpflanzen überzogen.

Einschließlich der, durch die sie gekommen waren, zählte Halana sieben Zuleitungen zu dem Becken, aber derzeit floss nur aus vieren, teils gemächlich, teils schnell rauschend, Wasser hinein. Unterhalb der Wasseroberfläche sah man noch Öffnungen in dem Becken, durch die das Wasser wieder abfloss. Die Höhle selbst war nicht sehr groß. Nach drei Seiten des Beckens gab es nur den Absatz, auf dem sie gelandet waren, auf der vierten Seite waren noch etwa fünf Meter Platz bis zur Wand, nur dort gab es eine mit Fellen verhangene Türöffnung. Und nirgends war irgendetwas zu entdecken, womit man den Zauberstab wieder hätte herausfischen können – natürlich nicht.

Halana seufzte zu Prim: »Du hast nicht zufällig irgendeinen schlauen Spruch auf Lager, mit dem du den Stab wieder aus dem Wasser schweben lassen kannst? Lingardium Viviosa, oder so was?«

Prim blickte nur verdattert zurück, was Antwort genug war.

Halana bückte sich, hielt kurz die Hand ins Wasser, zog sie aber gleich wieder zurück und zischte: »Großer Zerstörer! Ist das kalt! Da muss Schmelzwasser drin sein! Aber es hilft nichts. Wie sieht es denn mit euren Schwimmkünsten aus?«

»Wie 'n Fisch in der Wüste«, meinte Ruben verkniffen, während Prim mit den Schultern zuckte und schlicht »lausig« sagte.

Ohne ein weiteres Wort begann Halana eilig, ihre Kleider abzulegen.

Da das sonderbare Pflanzenlicht die hellere Haut viel deutlicher hervorhob als die dunkle Kleidung, sah es so aus, als würde Halana mit jedem weiteren Kleidungsstück, das sie beiseite legte, immer stärker aus ihrem Inneren heraus leuchten. Ein Anblick, dem die beiden Männer, trotz der Gefahr, in der sie schwebten, durchaus Positives abzugewinnen wussten.

Zögern brachte nichts, und so sprang Halana, kaum dass sie fertig war, mit einem Kopfsprung ins kalte Wasser, wo ihr leuchtender Körper in die Tiefe schoss und sich auf den Zauberstab zukämpfte. Kaum war sie in das eisige Wasser eingetaucht, hatte sie das Gefühl, ihr Herz würde stehen bleiben und die Luft in ihrer Lunge gefrieren. Doch eisern kämpfte sie sich mit kräftigen Stößen in die Tiefe. …Wollte es jedenfalls, aber etwa zwei Meter über dem Boden wurde sie plötzlich von einem Sog erfasst und unerbittlich auf eine runde Öffnung in der Beckenwand zu gerissen, aus der mit Macht das Wasser abfloss. Alle Kraft musste sie aufwenden, um nicht in dem Loch zu verschwinden und wieder genug Höhe zu gewinnen, so dass sie dem Sog entkommen konnte. Wütend stemmte sie sich aus dem Becken, rannte, an ihren verblüfften Begleitern vorbei, schnatternd Richtung Ausgang. Aber nur, um Anlauf zu nehmen.

Nach einem hohen Sprung tauchte sie kerzengrade und tief in das Becken ein, diesmal nicht direkt über dem Zauberstab, sondern ein gutes Stück daneben, auf der dem Sog abgewandten Seite. Wieder wurde sie angesogen, erreichte aber diesmal in der Mitte des Beckens den Boden, griff sich den Stab, wendete und stieß sich mit aller Kraft vom Boden ab. Es reichte gerade, um mit heftigem Strampeln, Armrudern und brennenden Lungen an der gefräßigen Öffnung vorbei zu kommen.

Prustend und keuchend durchstieß sie die Wasseroberfläche und rief lachend: »Ich hab's geschafft! Ich hab' ihn!«

Dann erst sah sie, dass Ruben mit einer blutenden Wunde am Kopf auf dem Boden lag, Prim von einem großen Orika-Soldaten die Hände auf den Rücken verdreht waren und drei andere Eulenmenschen mit Knüppeln und Messern in den Händen darauf warteten, dass sie das Becken verließ, während ein fünfter Orika gerade ihre Schwerter an sich nahm, die sie oben auf ihren Kleidern abgelegt hatte.

Einer der Soldaten trat jetzt näher an das Becken heran und meinte mit einem hämischen Grinsen im breiten Gesicht: »Was für ein ungewöhnlicher Fisch in unserem Verteilerbecken! Gib mir das, was du da in der Hand hast, ganz, ganz vorsichtig, und dann kannst du meinetwegen da drin erfrieren oder, noch viel vorsichtiger, aus dem Wasser kommen.«

Wassertretend hielt Halana Abstand vom Beckenrand und überlegte kurz, ob sie den Zauberstab einfach wieder fallen lassen sollte. Doch das würde möglicherweise Prim und Ruben nicht gut bekommen. Außerdem hätte es sie sehr gewundert, wenn die Eulenmenschen etwas mit dem Stab anfangen könnten. Und nicht zuletzt begann die Kälte schon in ihre Knochen einzudringen. Also tat sie wie geheißen und musste es über sich ergehen lassen, dass sie von zwei Soldaten an den Armen gepackt wurde, während die anderen zuerst Prim und Ruben die Hände auf den Rücken fesselten und dann Ruben mit zwei, drei Schwall kaltem Wasser wieder halbwegs zu sich brachten. Schließlich wollten sie gerade auch Halanas Hände fesseln, als Neuankömmlinge eintrafen: der Große Morlock höchstpersönlich in seiner Sänfte und in Begleitung zweier Soldaten, kurz dahinter Berthold auf seinem Zugschlitten.

»Gut gemacht!«, lobte der Morlock die Soldaten, denen es gelungen war, diese Andersmenschen zu fangen, »dafür bekommt jeder von euch drei Extra-Termine für warmes Essen!« Das löste einen kleinen Jubel bei den Soldaten aus und Dankesbekundungen, die der Morlock mit einem Lächeln entgegennahm, während Berthold ein Überraschungsruf entfuhr, als er sah, dass einer der Gefangenen sein ehemaliger Waffenbruder war. Inzwischen betrachtete der Morlock eine ganze Weile schweigend und neugierig die gefangene Kriegerin und meinte schließlich: »Du bist es also, die es gewagt hat, in mein Reich einzudringen?

Das hat in Tausenden von Jahren niemand getan. Ich muss zugeben, ich bin beeindruckt. Und es ist nicht leicht, den Morlock zu beeindrucken.

Fast hätte ich es interessant gefunden, dir einen Tag mit dem Großen Morlock zu gewähren, bevor du gegessen wirst. Na ja, aber jetzt, wo ich dich vor mir sehe, muss ich sagen…« Dann wandte er sich an Berthold:

»Also, nichts für ungut, mein, äh, *Gast*, aber eure Weibchen sind ja wirklich erschrecklich hässlich! Seht euch nur ihre Brüste an: so glatt und straff und fast nach oben zeigend – ist ja widerlich! Der Große Morlock könnte niemals einen Tag bei einem Weibchen verbringen, dessen Brüste nicht mindestens bis an den Nabel heranreichen... Und dann dieser ekelhaft flache Bauch und die absonderlich langen Beine... beinahe könnte sie einem leid tun.« Schließlich gab er den Soldaten, die Halana festhielten, die Anweisung: »Bevor ihr sie fesselt, soll sie sich schnell wieder anziehen. Damit ihr Anblick meine Augen nicht länger beleidigt.«

Halana hatte die ganze Zeit gewaltsam ihre Kiefer zusammengepresst, erst als sie wieder angekleidet war, ließ der Drang nach, mit den Zähnen zu klappern, und so fragte sie: »Woher wusstet ihr, wo ihr uns suchen musstet?«

»Ach, sie kann auch reden? Nun, mal abgesehen davon, dass inzwischen Tausende meiner Leute nach euch suchen, war den Soldaten, die euch oben in der Röhre verschwinden sahen, natürlich klar, dass die zu einem unserer Wasserverteiler führt. Und zu dem hier kann man nur auf einem einzigen Weg gelangen.«

»Ganz schön gerissen. Und das ist auch gut so. Dumme Verbündete können wir schließlich nicht gebrauchen. Denn wisst Ihr, Großer Morlock, jener da, der sich als euer Gast eingeschmeichelt hat, ist nichts weiter als ein Mörder, Verbrecher und Lügner, der in seiner Hinterlist und Bosheit nur noch von seinem Herrn, dem Schwarzen Herzog, übertroffen wird. Deswegen sind wir ja überhaupt gekommen: Um Euch vor der Hinterlist des Schwarzen Herzogs zu warnen, und um Euch einen Pakt mit *meinem* König anzubieten, der...«

»*Schweig!*«, donnerte der Herrscher der Orika dazwischen, »du solltest nicht versuchen, den Morlock für dumm zu verkaufen! Allein schon die Art eurer Annäherung spricht gegen euch! Außerdem können uns unser, äh, *Gast* und sein Gebieter etwas ganz Besonderes bieten: die Freiheit von diesen Höhlen!«

»Das würde mich aber sehr wundern!«

»Tja«, sagte der Morlock, »wisst ihr was? Unser Gast ist wieder soweit hergestellt – der Rest von ihm jedenfalls –, dass er uns morgen einen kleinen Beweis seiner Behauptungen liefern will. Ich lade euch ein, Zeuge dessen zu werden, bevor ihr in unserer Speisekammer landet. Und sollte es ihm nicht gelingen... nun, dann wird die Speisekammer noch ein wenig voller.«

Berthold hatte bisher kein Wort gesagt und nur alles mit einem Ausdruck höchster Glückseligkeit beobachtet (soweit man das von seinem halben Gesicht ablesen konnte). Jede Sekunde seiner Rache hatte er ausgekostet. Jetzt lachte er und erklärte: »Ja, sie soll es sehen. Dann wird das

Letzte, was sie unter der Sonne sieht, der Anfang vom Untergang Engalands sein! Denn nun, meine hübsche Halana, brauchen wir dieses blöde Zaubererland gar nicht mehr so dringend. Und du und deine Brut, ihr wart es letztlich, die mich hierher gebracht haben, um Verbündete für den Herzog zu finden, die dein Land überrennen werden!«

Halana lief es eisig den Rücken runter. Und das hatte diesmal nichts mit der frostigen Kälte zu tun, die noch immer in ihr steckte.

# 7. STAHL UND SPEISEFOLGE
## Das Wesen

Der Morlock genoss die Nacht mit seinen Gefangenen sichtlich. Die meiste Zeit saß er im Großen Thronsaal auf seinem Tropfstein-Thron und ließ sich von seinen Untertanen huldigen, weil es ihm gelungen war, diese dreisten Andersmenschen zu fangen, die in sein Reich eingedrungen waren. Genaugenommen waren sie natürlich nicht durch ihn persönlich, sondern durch seine Soldaten gefangen worden, aber wer wollte da schon so haarspalterisch sein?

Die drei Gefangenen genossen ihre derzeitige Lage dagegen weniger.

Zu Füßen seines Thrones hatte der Morlock drei schwere Holzböcke aufstellen lassen. Die Gefangenen mussten sich, mit den Rücken an den in etwa einem Meter Höhe verlaufenden Querstangen, vor die Böcke knien und die Arme nach hinten über die Querbalken strecken. Dann wurden ihre Hände unterhalb der Balken wieder nach vorne gezogen und mit festen Stricken vor den Körpern so nahe wie möglich zusammengebunden.

Schon nach wenigen Minuten wurden durch die engen Fesseln die Hände taub, Oberarme und die Rückenmuskulatur begannen zu schmerzen. Vor allem aber waren sie so gezwungen, die ganze Nacht zu Füßen des Höhlenherrschers zu knien, während ein nie versiegender Strom von Eulenmenschen an ihnen vorbeipilgerte, die mit staunenden Glubschaugen diese abscheulichen Andersmenschen betrachteten und sich, ein leises falsches Lachen ausstoßend, ehrfürchtig vor dem Großen Morlock verneigten. Einige der Mutigeren ließen sich sogar dazu verleiten, ihre mit Pilz-Ausdünstungen behafteten Finger tastend über die Gesichter der Gefangenen wandern zu lassen oder an ihren Haaren zu zupfen. Ein paar, die es gar zu doll trieben, mussten von den mit Lanzen bewaffneten Soldaten, die neben den Gefangenen standen, in ihre Schranken verwiesen werden. Schließlich sollten sie ja das Spielzeug des Morlock nicht kaputt machen.

Der Herrscher selbst, dem die ganze Nacht über kaum jemals das zufriedene Grinsen aus dem teigig-blassen Gesicht weichen wollte, ließ sich unterdessen ununterbrochen mit kleinen Portionen dampfender Mahlzeiten verwöhnen. Von seinen Untertanen, die in langen Reihen anstanden, hatten auch viele Wegzehrung mitgebracht, wie Halana feststellte: dicke rohe Pilze, an denen immer etliche der Eulenmenschen in der blassweißen Masse vor ihr am Nagen oder Kauen waren, so dass bald der ganze

Boden vor ihnen mit Pilz-Krümeln übersät war. Das hatte immerhin den Vorteil, sinnierte Halana, dass ein Hungergefühl nicht so recht aufkommen wollte, obwohl sie inzwischen schon so lange ohne Pause unterwegs waren und als Gefangene nichts zu Essen bekommen hatten.

Wenn es einen gab, dessen Gesichtsausdruck noch mehr von hämischer Zufriedenheit kündete als der des Morlock, so war das Berthold.

Einen Versuch von Ruben, ihn anzusprechen, hatte er abgesehen von einem deutlich hörbaren Ausspucken ignoriert. Fast nie ließ er Halana aus den Augen und suchte ununterbrochen ihren Blick, was diese doch recht nervtötend fand. Und als der Große Morlock dann doch einmal seine Sänfte bestieg und für ein halbes Stündchen verschwand (und damit den im Höhlenreich gebräuchlichen Spruch widerlegte, dass es zumindest einen Ort gebe, an den auch der Große Morlock zu Fuß hingeht), da ließ Berthold seinen Schlitten seitlich hinter Halana postieren, um heiser flüsternd zu ihr zu sprechen: »Weißt du, mein Täubchen, was mich wirklich überrascht hat? Wie einfach es war, deine Freundin zu durchbohren. Ich hatte ja auch so heftig zugestoßen, dass mein Schwert sie durchdrang, als sei sie ein Stück billige Butter. Wie hieß diese Hure gleich noch mal? – Aber wen interessiert's.«

Das war der einzige Moment in dieser Nacht, in dem Halana versuchte sich loszureißen, obwohl sie um die Hoffnungslosigkeit dieses Unterfangens wusste. Ihre Muskeln spannten sich zum Zerreißen, die Seile und das Holz knirschten, doch sie erreichte nur, dass ihr die Fesseln noch tiefer in die Handgelenke einschnitten und dass Berthold in ein kicherndes Glucksen verfiel. Als sie das hörte, beendete sie ihre Bemühungen und sagte stattdessen: »Bemühe dich nicht. Ich weiß genau, dass du Lusians Namen behalten hast. Ruff hat mir erzählt, dass er dich noch unmittelbar vor deiner Begegnung mit dem Gelb an diese große Kriegerin erinnert hat. So möchte ich meinen, dass sich ihr Name geradezu in dich *eingebrannt* hat. Und du weißt auch, dass sie keine Hure war – schließlich hat sie dich ja nicht rangelassen, oder? Sie hat wohl erkannt, was für ein erbärmlicher Wicht du warst – selbst als du noch alle deine Glieder hattest. Sag mal, wie viele hat der Gelb dir eigentlich genommen?«

In diesem Moment war es Berthold, der ein wütendes Keuchen ausstieß und seine verbliebene Hand in Halanas Haare krallte, um daran zu zerren. Das brachte ihm jedoch von einem der Soldaten einen Stoß mit dem Lanzenschaft und eine Ermahnung ein.

Es dauerte eine ganze Weile, bis sich Bertholds Keuchen wieder etwas beruhigt hatte und er fortfahren konnte: »Ganz beachtlich, wie du in deiner Lage noch das Maul aufreißen kannst. Aber im Gegensatz zu dir weiß ich, wer zuletzt lacht.«

Halana glaubte zwar nicht, dass ihr Leben im Augenblick auch nur einen Pfifferling wert war – schon wieder diese verdammten Pilze! – aber es konnte nichts schaden und lenkte zumindest ab, wenn sie aus dieser menschlichen Qualle ein paar Informationen herauslocken würde.

»Klar, Berthold, der Schwarze Herzog wird mit Hilfe dieser glotzäugigen Kretins Engaland und die anderen Freien Völker niederwerfen. Ganz bestimmt, so wird es sein.«

»Ihr armen Würstchen habt immer nur den Schwarzen Herzog im Blick und merkt dabei gar nicht, dass ihr noch einen viel mächtigeren Feind habt… und der kann sehr wohl dafür sorgen, dass die Orika dein geliebtes Engaland in Grund und Boden stampfen.«

Einen mächtigeren Feind als Herzog Cosa? Jetzt wurde es wirklich interessant.

»Diese Pilzfresser, die nicht einmal in die Sonne können, sollen Engaland überrennen? Kannibalen, die sich mit *Lachen* begrüßen?«

»Ja, es sind schon sonderbare Vögel, aber in ihrer Masse sehr nützlich… Ich habe hier unten schon einiges über sie gelernt.

Das Begrüßen und Huldigen mit Gelächter ist übrigens allein dem Großen Morlock vorbehalten. Weißt du auch warum? Nein, natürlich nicht. Aber ich werd's dir sagen: Sie haben diese Legende. Es ist eine ihrer ältesten. Sie handelt davon, wie das Höhlenreich zu seinem allerersten Morlock kam: Man beratschlagte, wie denn der Herrscher des neuen Reiches heißen solle, genauer gesagt: welchen Titel er tragen solle. Man wollte mit allen vorherigen Herrschaftsformen brechen. König, Doge oder Tribun durfte es also nicht sein. Schließlich schlug einer den Namen Morlock vor, und das löste bei allen derart große Heiterkeit aus, dass sie in ein ungeheures Gelächter ausbrachen, so dass manche kaum noch Luft bekamen und einige japsend zusammenbrachen. *Warum* sie so lachten, wissen wohl selbst die Orika nicht wirklich, aber man nahm es anscheinend als gutes Zeichen und blieb bei diesem Titel.

Seither legt jeder neue Herrscher seinen ursprünglichen Namen ab und heißt fortan nur noch der Große Morlock. Die Morlocks hat man dann einfach durchnummeriert. Doch selbst das wurde eines Tages aufgegeben. Kannst du dir denken, warum? Nein, du hübscher Spaßvogel, dem das

Lachen noch im Halse stecken bleibt, wie solltest du Spatzenhirn auch…? Sie haben die Nummerierung aufgegeben, weil sie damit *durcheinander* gekommen sind. Und sie sind damit durcheinander gekommen, weil es manchmal mehrere Große Morlocks zur gleichen Zeit gab, die sich gegenseitig bekämpften, vor allem aber, weil es *zu viele* geworden sind.

Die Nummer unseres sehr geschätzten derzeitigen Großen Morlock müsste jedenfalls sehr weit jenseits der 2000 liegen.«

»Über 2000 Große Morlocks hintereinander? Du machst Witze? Wie viele gibt es denn dann inzwischen von diesen Eulenmenschen?«

»Ah! Jetzt nähern wir uns langsam dem entscheidenden Punkt! Du weißt, wie gigantisch das Rote Gebirge ist? Hier, wo wir sind, hatte ihr Reich einst seinen Anfang genommen. Doch wie die Maden haben sie sich in all den Jahren immer tiefer in das Rote Gebirge hinein gewühlt, haben auch andere Ausgänge geschaffen… Gut, ihre Frauen zählen sie nicht mit, und auch hier unten gab es Kriege um Macht, und es gab Krankheiten, und immer wieder stürzen ganze Höhlenkomplexe ein und begraben Zehntausende unter sich. Aber sie haben hier nicht viel Abwechslung, und so sind sie sehr vermehrungsfreudig.

Jedenfalls könnten sie inzwischen ganz bequem weit über eine Million Soldaten mobilisieren, vielleicht nicht sonderlich gut bewaffnet, aber stark und ausdauernd. Und dann diese Masse! Welche Chance hätte Engaland wohl, wenn das ebenbürtige Heer des Schwarzen Herzog angreift – und dazu eine Million dieser Tiere? Und wie es der Zufall so will, sehnen sich diese – wie hast du sie genannt? Eulenmenschen? – sehnen sich diese Eulenmenschen seit Jahrtausenden danach, in einem Land unter der Sonne zu leben – obwohl sie nichts mehr fürchten als die Sonne. Aber genau diese Furcht wird ihnen der Herzog dank des Erleuchteten nehmen können. Und er wird ihnen auch ein Land anbieten können – *dein* Land.«

»Was, mit Verlaub, auch etliche Jahre dein Land war, kleiner Verräter«… Aber mit ihren Gedanken war Halana bei einer ganz anderen Sache: Der Erleuchtete? Der Orden der Elf Gebote? Das also war die unbekannte Nummer hinter Herzog Cosas verrückter Großmutter.

Liebrose von Burgis, klein, zierlich, alt und bösartig bis ins Mark, war der einzige Mensch, der Herzog Cosa beeinflussen konnte. Ja, fast hatte Halana den Eindruck gehabt, dass der Schwarze Herzog, ohne es wirklich selbst zu bemerken, Angst vor seiner Großmutter hatte.

Halana und ihre Verbündeten hatten zudem Anzeichen entdeckt, dass Liebrose nicht nur die Sache ihres Enkels vertrat, sondern dazu auch noch ein eigenes unangenehmes Süppchen am Kochen hatte. Doch die Mittel, die sie dafür einsetzte – wie jenes unglaubliche Rohr, mit dem man in die Ferne sehen konnte – , waren unmöglich dem Erfindungsgeist dieser Frau entsprungen, so dass Prim schon vermutet hatte, dass noch eine weitere Kraft hinter dieser blutrünstigen Frau zu finden wäre.

Dass es ausgerechnet der Erleuchtete, das Oberhaupt des Ordens der Elf Gebote sein sollte... nun, früher war die Bruderschaft, die einst die Regeln zur Anbetung des Großen Zerstörers aufgestellt hatte und die für sich in Anspruch nahm, dessen Willen auszulegen, strikt neutral gewesen. Schließlich waren die spirituellen Dienste im Namen des Großen Zerstörers ja auch viel einträglicher, wenn man in mehreren Ländern wirken konnte und es dabei vermied, irgendeine Herrscherfamilie vor den Kopf zu stoßen. Doch der jetzige Erleuchtete, der schon seit vielen Jahren an der Spitze des Ordens stand, hatte das mit der Neutralität wohl etwas schleifen lassen. Halana meinte sich jedenfalls zu entsinnen, dass Fürst Ludgar – oder war es Fürst Rudgar gewesen? – einmal davon gesprochen hatte, dass im Königshaus die Frage aufgekommen war, ob der Erleuchtete womöglich mit der Tradition der Neutralität gebrochen habe.

Denn entgegen des ungeschriebenen Gesetzes, nach dem sich alle seine Vorgänger gerichtet hatten, hatte er nicht mehr abwechselnd seine prachtvollen Residenzen in den verschiedenen Ländern mit seiner Anwesenheit beglückt, sondern er weilte fast ständig in seinem Palast in der Hauptstadt des Schwarzen Landes. Allerdings schien man dieser Frage, ob der Erleuchtete seine Neutralität aufgegeben hatte, in Engaland letztlich kaum Bedeutung beizumessen – was sich nun als Fehler herausstellen mochte.

Bekannt war nicht sehr viel über diesen Mann an der Spitze der Bruderschaft. Er war relativ spät in den Orden eingetreten, hieß es, doch er habe sich ungeheuer schnell, mit einem überragenden Verstand und unglaublichem Wissen an die Spitze gearbeitet. Nachdem er dann erst einmal zum Erleuchteten geworden war, hatte ohnehin niemand mehr sein Gesicht zu sehen bekommen – das war nichts Besonderes, denn jeder Erleuchtete verhüllte vom Zeitpunkt seiner Ernennung an sein Gesicht mit einer Maske vor den Normalsterblichen, die sein Antlitz nicht mehr sehen durften.

Die Maske musste sein, denn seine Ernennung erhob ihn über die herkömmlichen Menschen, da diese Ernennung direkt durch den Großen Zerstörer persönlich erfolgte – das sagten jedenfalls die Erleuchteten und ihre Anhänger. Unklar blieb dabei allerdings, wieso der Große Zerstörer bei der Wahl eines Erleuchteten durch den Führungszirkel des Ordens meist auch eine Minderheit der hohen Ordensbrüder *gegen* den künftigen Anführer stimmen ließ, und warum es schon vorgekommen sein soll, dass vor den Abstimmungen große Summen den Besitzer wechselten.

Aber vermutlich verstand Halana das bloß deshalb nicht, weil sie in diesen spirituellen Angelegenheiten ein Laie war, während ein Ordensbruder sicher die Möglichkeit gehabt hätte, in einem der zahlreichen Werke über den Großen Zerstörer eine passende Antwort zu finden. Und im Zweifelsfall würde halt das Elfte Gebot herhalten. Die GEBZ – die Gebote Eins bis Zehn – waren allgemein bekannt. Es handelte sich um diverse Verhaltenskodizes für die Menschen untereinander und gegenüber dem Großen Zerstörer. Doch um das Elfte Gebot machte der Orden ein großes Geheimnis – so groß, dass es nicht einmal die normalen Ordensbrüder kannten, sondern ausschließlich die Mitglieder des Führungszirkels, die mit Hilfe dieses Gebotes das Gleichgewicht der Welt aufrechterhalten – sagten die Mitglieder des Führungszirkels.

Dafür, dass tatsächlich der Erleuchtete die Macht hinter Liebrose von Burgis war, sprach auch ein weiteres Indiz: Jedermann wusste, dass Liebrose eine glühende Anhängerin des Großen Zerstörers war, und als sie unter Cosas Vater für einige Jahre aus dem Palast verbannt gewesen war, da hatte sie in dieser Zeit in einem Ordenshaus gelebt.

Aber das erklärte alles nicht, wieso, um des Großen Zerstörers willen, sich der Erleuchtete nun in die Politik und in den Krieg zwischen Engaland und dem Schwarzen Land einmischte. Dem Orden wurde zwar noch eine gewisse spirituelle Kompetenz zugesprochen, jedoch schon lange keine weltliche mehr. Obwohl natürlich, wie es hieß, der aktuelle Führer über mehr Machtbewusstsein verfüge als seine Vorgänger. Und unter seinen Anhängern galt er als ganz große Nummer, ja sogar als wundertätig, womit er dem Orden wieder stärkeren Zulauf gebracht hatte.

Halana fragte sich, ob sie Berthold zu verstehen geben sollte, dass er sich verplappert und den großen Unbekannten verraten hatte? Würde sie dann mehr erfahren? Andererseits sollte sie ihm vielleicht nicht einen weiteren Grund geben, sie kalt zu machen. So beleidigte sie ihn lieber noch ein bisschen, um ihn von seinem Fauxpas abzulenken.

Als der Große Morlock zurückkam, ließ sich Berthold wieder ein Stück beiseiteziehen. Halana nutzte die Gelegenheit, um ihre Begleiter flüsternd zu fragen: »Ruben, was macht dein Kopf?«

»Is noch dran«, brummte dieser, »dröhnt aber gewaltig. Ich schätze, ich war wohl etwas zu sehr damit beschäftigt, dir bei deinem Tauchgang in die Tiefe hinterherzustarren. Selbst unter Wasser hast du noch geleuchtet… Jedenfalls hab ich gar nicht gemerkt, wie diese Eulen-Kerle hereingekommen sind.«

»Hätte ich das geahnt, dann hätte ich meine Kleider doch anbehalten… aber dann wärst du jetzt vermutlich tot, weil du dich gewehrt hättest und sie dich dann gleich massakriert hätten.«

»Was sich, zu einem gar nicht mehr allzu fernen Zeitpunkt, als die bessere, aber leider nicht mehr zu erreichende Variante herausstellen mag.«

»Abwarten. Und du, Prim? Wie geht's dir?«

»Hab mich schon besser amüsiert. Und dieser Ober-Eulerich hat meinen Zauberstab in seinem Gürtel stecken. Falls wir die Höhlen nicht mehr lebend verlassen, kommt er hoffentlich auf die Idee, an den Runen herumzuspielen…«

»Wieso? Manche verschiebst du doch selbst?«

»Ich bin ja auch gelernter Zauberer. Wenn man aber nicht mit dem Ding umzugehen weiß, versehentlich die Sperre löst und ihn dann falsch behandelt….«

»Was dann?«

»*Kawumm!* – Was meinst du, was wir während unserer Ausbildung aufs Genaueste lernen?«

»Oh! Die Sache mit dem ›Zauberer des zweiten Gürtels‹?«

»Da geht es eigentlich um etwas Anderes… aber scheint jetzt ja ohnehin egal zu sein. Bisher ist die Mission, zu der ich dich angestiftet habe, jedenfalls nicht wirklich ein Erfolg. Und vom Bruder des Schlafenden Gottes weit und breit keine Spur.«

»Wenigstens das können wir vielleicht ändern…«

Halana überstreckte ihren Kopf nach hinten und fragte den Großen Morlock: »He, du, Ober-Morlock, der du immer warmes Essen hast, ah ja, und *ha, ha,* und so weiter… welchen Gott verehrt ihr eigentlich hier unten? Oder laufen hier mehrere rum?«

»*Welchen Gott…?* Wieso will mein Spielzeug das wissen? Glaubst du, so einer könnte dir helfen? Pech, denn ich werde dir nicht helfen.«

»*Du?*«

»Nicht mal das weißt du, du dummes Tierchen? Selbst der Dümmste unter den Millionen meines Volkes weiß es!« Der Morlock richtete sich in seinem Thron auf und erklärte mit geschwellter Brust: »Vor vielen Tausend Jahren mussten wir noch einem Gott gehorchen. Doch der Morlock war stärker als der Gott und wollte kein Diener mehr sein. So erhob sich der Große Morlock, tötete ihn und wurde selbst zum Gott, der das Göttliche an jeden neuen Morlock weitergibt. So sind all die Tausende Großen Morlocks vor mir auch in mir, und so gibt es, trotz ihrer großen Zahl, letztlich nur einen einzigen Großen Morlock.«

Vor Halana nickten die Orika eifrig, die diese kleine Rede gehört hatten, während einige von ihnen herzhaft und ein leises Quietschen verbreitend in ihre kalten Pilze bissen.

Halana und Prim dagegen sahen sich mit großen Augen an: den Gott getötet? Das hörte sich gar nicht gut an.

Irgendwann, als sie ihre Hände schon nicht mehr spürten, ihre Knie wundgerieben waren und die Schmerzen in Schultern und Armen immer wieder in nagende Krämpfe übergingen, wurden die drei Gefangenen endlich losgebunden und hochgezerrt, wobei sie trotz zusammengebissener Zähne ein Stöhnen nicht verhindern konnten, als ihre so lange unbewegten Muskeln aus der Starre gerissen wurden. Draußen, vor der Höhle, musste »die große Feuerscheibe« schon vor einer Weile aufgegangen sein, denn der Morlock meinte fröhlich: »So, bevor ich die glückliche Orika auswähle, die mich heute Tag beherbergen darf, wollen wir das kleine Experiment sehen, das uns unser, äh, *Gast* versprochen hat.«

Den Gefangenen wurden nun, wenigstens nicht mehr ganz so fest, die Hände auf den Rücken gebunden. Zudem legte man ihnen Schlingen an kurzen Halteseilen um den Hals. Zunächst wurden Halana und die anderen halb gestützt, halb grob vorangezerrt, denn es dauerte eine ganze Weile, bis ihr Blut wieder richtig zu zirkulieren begann. Sie verließen die große Höhle und marschierten einige Zeit durch künstlich angelegte Gänge, bis sie auf eine weitere, recht niedrige und nur etwa zwölf Meter breite und 50 Meter lange Höhle trafen. Eine Höhle, an deren Ende Tageslicht durch den verengten Eingang fiel. Etwa 20 Soldaten warteten bereits im gehörigen Abstand zu der Grenzlinie, die von den hereinfallenden Sonnenstrahlen auf den Boden gezeichnet wurde.

Nachdem die Soldaten den Morlock mit dem obligatorischen Lachen begrüßt hatten und dieser huldvoll mit einem kurzen Gegenlachen geantwortet hatte, kam er gleich zur Sache: »Wo ist der Freiwillige?«

Die Soldaten stießen einen wimmernden Orika-Mann nach vorne, der deutlich kleiner und schwächer war als sie.

»Sehr schön«, sagte der Morlock, » *Gast* Berthold? Du bist dran. Und mache es gut, wenn du nicht in der Trockenkammer landen willst.« Es hörte sich nicht einmal unfreundlich an, eher wie eine Feststellung.

Doch Berthold schien gelassen zu bleiben und fragte in Richtung Soldaten: »Der Schutzmantel…?«

»Wie du es wolltest«, sagte einer, und zwei stülpten dem Wimmernden einen Umhang aus dickem Stoff über, wobei er allerdings seinen nackten rechten Arm aus einem Schlitz in der rechten Seite schieben musste. Dann bekam er noch eine Haube auf den Kopf, um die rundherum ein dicker Stoff wie ein Vorhang befestigt war. Nur vorne war in Höhe der Augen ein kleiner ovaler Holzrahmen eingearbeitet, in den eine nur Millimeter dünne Bergkristall-Platte eingepasst war, die wiederum ein hauchdünner Rußfilm bedeckte. Der nun fast blinde Wimmerer wurde seitlich neben Berthold postiert, der jetzt eine gut zehn Zentimeter große Holzdose unter seinem Wams hervorzog, sie umständlich mit einer Hand öffnete, neben sich abstellte und seine Finger hineintauchte. Als er sie wieder herauszog, waren sie mit weißen, schmierigen Klumpen bedeckt. Dann begann er den Arm des zitternden Orika gründlich einzureiben, der nun noch fettiger glänzte als sonst.

Schließlich schenkte Berthold seinem Werk noch einen prüfenden, befriedigten Blick, dann gab er den Soldaten ein Zeichen. Die brachten nun eine fast fünf Meter lange, massive Stange herbei, aus deren einem Ende ein Seil herausragte, das sie dem kleineren Orika unbarmherzig um den Bauch schnürten, so dass das Ende der Stange in seinen Rücken zu liegen kam. Vier kräftige Soldaten ergriffen das andere Ende der Stange, sahen kurz zum Morlock hinüber. Der nickte, und die vier begannen zu drücken.

Jetzt schrie der Eulenmensch am Ende der Stange und begann, sich mit aller Macht gegen den Druck der vier zu stemmen, was jedoch zwecklos war. Erst schoben sie ihn über die Lichtgrenze in der Höhle, dann, ohne Zwischenstopp, zum Eingang und hinaus, direkt unter die grelle Wintersonne. Zuerst wurde das Gezeter des Mannes zu einem einzigen panischen Schrei – der abrupt und überrascht abbrach.

»Hat Pronak etwa schon schlapp gemacht?«, fragte einer der Soldaten in die Runde. Ein anderer brüllte daraufhin hinaus: »He, Pronak, was is? Gibt's dich noch?«

»Ja«, kam von draußen die Antwort, die genau so verwundert klang, wie sich die Eulenmenschen in der Höhle ansahen. Dann hörte man von draußen: »Es ist… warm, das Licht der Feuerscheibe. Es ist eine ganz andere Wärme als bei uns in der Höhle. Aber es brennt nicht! Kein bisschen!«

»Holt ihn wieder rein!«, befahl der Morlock aufgeregt.

Acht Hände zogen an der Stange, und der jetzt jauchzende und lachende Pronak kam rückwärts wieder hereingestolpert. Es war das erste echte Lachen, das Halana hier unten gehört hatte.

Der Morlock persönlich untersuchte nun, umringt von den staunend murmelnden Soldaten, Pronaks Arm und flüsterte dabei immer wieder: »Unglaublich! Einfach unglaublich!«

Schließlich verlangte er: »Los, die Gegenprobe!«

Die Soldaten zerrten nun auch Pronaks linken Arm heraus und banden seine Hände zusammen, so dass er seine Arme nicht einziehen konnte. Pronaks Lachen ging in Gestammel über: »Gegen... Gegenprobe? Was für eine Gegenprobe?« Doch da wurde er auch schon wieder gewaltsam aus dem Durchgang hinausgedrückt.

Diesmal endete der Schrei des Mannes nicht, bis er in ein lautes Wimmern überging, nachdem ihn die vier Soldaten wieder hereingezogen hatten. Während der eingecremte Arm noch genauso käsigweiß wie vorher aussah, war der andere krebsrot und mit Brandblasen übersät.

»Du siehst mich hoch erfreut und sehr angenehm überrascht, Gast Berthold«, sagte der Morlock und rieb sich die Hände, sah dann jedoch kurz indigniert zu Pronak, dessen lauter werdendes Jammern seine Rede unterbrochen hatte, deutete auf ihn und meinte beiläufig zu einem Soldaten: »Trockenkammer!«

Ein kurzer, heftiger Schlag mit einem eisenbewährten Knüppel und ein dumpfes Knacken beendeten Pronaks Schmerzen. Allerdings auch sein Leben. Während ihn zwei Soldaten hinausschleiften, beachtete der Große Morlock ihn schon gar nicht mehr, sonder wandte sich wieder an Berthold: »Wie oft, sagtest du, muss man sich damit einreiben?«

»Zwei, drei, vielleicht vier Mal am Tag. Und wenn ich bedenke, wie es sich in der Sonne mit der Haut von uns normalen... – hm, also, von uns Menschen verhält, die wir nicht in Höhlen leben, dann würde ich sagen: Je länger ihr eure Höhlen verlassen habt, umso weniger werdet ihr noch von dieser Paste brauchen. Ähnlich ist es mit den Schutz-Gläsern für die Augen, die mein Gebieter machen kann. In ein paar Generationen werden eure Nachfahren ganz normal unter der Sonne leben können. Und das wird dein Verdienst sein, Großer Morlock! Es würde mich gar nicht wundern, wenn man für dich einen eigenen Ehrentitel findet, um dich aus der Masse der anderen Morlocks herauszuheben.«

Einen Moment lang bekam der Morlock einen ganz träumerischen Gesichtsausdruck, dann fragte er: »Und die Menge dieses Einreibe-Mittels?«

»Nun, es wird seine Zeit brauchen, doch mein Herr kann die benötigten Mengen herstellen lassen. Außerdem werdet ihr noch weitere Hilfe von uns bekommen: Wenn ihr mit der Masse eurer Krieger kommt und wir mit unserem Heer, dann werden wir die Engaländer in Grund und Boden stampfen. Und wir können die Stämme der Steppe überrollen, die sich nicht freiwillig unterwerfen.« (»Und wir können euch das Wundermittel des Erleuchteten jederzeit wieder entziehen, wenn wir euch hässlichen Kröten wieder loswerden wollen«, das dachte Berthold allerdings nur.) Laut sagte er: »Ihr könnt jedenfalls soviel Land haben, wie ihr wollt.«

»Leben unter freiem Himmel…«, begann sich der Morlock auszumalen, während Berthold Halana und Prim vor seinen Schleppsessel zerren ließ und ihnen zuraunzte: »Und wenn Engaland erst erobert ist, dann werden wir auch die Steppenvölker schnell überrannt haben. Und dann, Halana, werden wir auch deinen Sohn, den süßen kleinen Ruff finden. Du wirst dann längst tot und gefressen sein und kannst ihn nicht mehr beschützen. Aber ich werde da sein. Und wenn wir Ruff haben, dann lasse ich ihn mir vorführen. Und dann leihe ich mir von meinen neuen Freunden einen Gelb, einen winzig, winzig kleinen, so dass es ein Jahr dauern wird…«

Doch der Morlock war nun aus seinen Tagträumen wieder im Hier und Jetzt angekommen und wurde langsam ungeduldig. So fragte ihn Berthold: »Mein Herrscher würde es sicher als freundliche Geste ansehen, wenn ich ihm diesen Zauberer und den Stab mitbringen könnte…?«

»Was?«, sagte der Morlock, »den Zauberer kannst du meinetwegen mitnehmen, aber der Stab bleibt hier. Diese Waffe möchte ich nicht in den Händen von irgendjemand anderem sehen. Das ist mein letztes Wort.«

»Gut, wie du wünschst«, entgegnete Berthold, der wegen des Stabes nicht seinen ganzen Erfolg gefährden wollte.

»So«, gähnte nun der Morlock zufrieden, »der Tag hat schon lange angefangen, höchste Zeit also für ein Schläfchen. – Moment!? Irgendwas hab ich vergessen? Ach ja!« Er wandte sich an seine Soldaten und fuhr beiläufig fort: »Sperrt den Zauberer ein, und die anderen beiden kommen jetzt gleich in die Trockenk…«

»Nein!«, unterbrach Berthold hastig, als zwei große Eulenmenschen schon ihre Keulen über Halana und Ruben gehoben hatten, »darf ich einen anderen Vorschlag machen, Großer Morlock?«

»Nun gut, wenn du einen Gefallen erbittest… ich bin heute gut gelaunt, dank deiner kleinen Vorführung.«

»Oh, es wird Euch sicher nicht schwerfallen, mir diesen Wunsch zu erfüllen… Euer Fleisch kommt ja, wenn ich das richtig verstehe, nicht nur in die Trockenkammer, sondern manchmal wird es auch gleich gekocht? Für ein paar Glückliche, die das Los trifft, oder für ein Fest oder für die Familie des Morlock?«

»Ja, so ist es.«

»Dann«, sagte Berthold und lächelte bitterböse zu Halana hinüber, »dann bitte ich Euch, Großer Morlock, dass Ihr diese Beiden am nächsten großen Kochen teilhaben lasst! Aber zunächst nur die Arme und Beine, so dass sie als Gäste beim Festmahl noch zusehen können, wie sie verzehrt werden. Und dann steckt den Rest von ihnen in den Topf. Aber lebend. Und dann leitet das kochende Wasser darunter.«

Der Morlock lachte und entgegnete leutselig: »Irgendwie habe ich das Gefühl, dass du diese Kriegerin nicht recht leiden magst, was? Gut, warum nicht mal ein wenig Abwechslung bei einer Mahlzeit. Ich werde eine Sänfte für dich bauen lassen und ein Gestell für ein Pferd, und wenn das in ein, zwei Nächten fertig ist, lade ich euch alle noch zu einem kleinen Abschiedsessen ein. Dich als Gast, den Zauberer als Gefangenen und die anderen als Speisefolge. – Bringt sie weg, schließt sie gut ein, aber fesselt und bewacht sie trotzdem Nacht und Tag. Und wehe, es isst sie jemand! Den werfe ich persönlich dem Himmelsfeuer zum Fraß vor!«

*

Trübselig saß Halana in der großen Zelle. Die Orika hatten sie, wie die beiden anderen auch, an Händen und Füßen gefesselt. Zudem befanden sie sich jetzt in einem der wenigen Räume mit einer stabilen Tür, die nun von außen verriegelt war. Gleichzeitig waren aber mit ihnen noch vier breitschultrige Soldaten eingesperrt worden, die am nächsten Abend ausgewechselt werden würden. An Flucht war so nicht zu denken.

»Hat jemand eine Idee?«, fragte Prim hoffnungslos.

»Schnauze!«, brüllte einer der Soldaten, »ihr dürft nicht reden! Noch ein Wort, und ihr werdet geknebelt. Oder wir kosten schon mal eure Zungen!«

Vor der Tür des Kerkers war es inzwischen ebenfalls ruhig.

»Zzzzt-Klack!« Was war das?

»Da hat jemand die Zellentür entriegelt!«, sagte einer der Wächter, »die sollte doch erst heute Abend wieder…«

In diesem Moment öffnete sich die Tür auch schon langsam und knarrend in die Zelle hinein. Dahinter stand… niemand.

Misstrauisch und mit erhobenen Knüppeln näherten sich die Soldaten der Tür. Einer spähte vorsichtig um die Ecke. Erst rechts, dann links, dann trat er, die Schultern entspannend, den Knüppel sinken lassend, ganz in den Gang hinaus, spähte nochmals, drehte sich um und verkündete in die Zelle hinein: »Hier draußen ist niem… *Mgh!*«

Von der linken Seite aus wurde er aus dem Sichtfeld der anderen gerissen, ein kurzes Strampeln und ängstliches Wimmern war zu hören.

Dann herrschte Ruhe.

Eilig stieß ein anderer Soldat die Tür mit dem Fuß wieder zu und verkeilte seinen Knüppel zwischen dem unebenen Boden und einem Querholz des Türblattes, dann meinte er zu den beiden anderen: »Keine blasse Ahnung, was da gerade Ranrod geholt hat, aber ich bin dafür, wir bleiben hier verbarrikadiert, bis die Wachablösung kommt.«

Was die anderen Wachen von seinem Plan hielten, sollte er allerdings nie erfahren. Denn während er sich ihnen zuwandte, trat direkt neben der Tür ein bräunlich-weißer Mann mitten aus der Wand heraus, griff sich den Knüppel, der die Tür blockierte und schlug ihn seinem Besitzer kurz aus dem Handgelenk heraus ins Genick. Der Orika brach augenblicklich ohnmächtig zusammen.

Nach einer Schrecksekunde stürmten die beiden anderen mit ihren Knüppeln auf den Eindringling los, doch der tat einfach einen Schritt zurück und war wieder in der Wand verschwunden, so dass die Knüppel bloß noch gegen den nackten Fels klatschten.

Mit panischem Entsetzen brüllte einer der beiden verbliebenen Soldaten: »Bloß weg hier!«, und stürmte zu der nun wieder offenen Tür hinaus. Doch er war noch nicht richtig über die Schwelle getreten, als auch schon von der Seite ein Knüppel horizontal angesaust kam und den Eulenmenschen an der Stirn traf, so dass er bewusstlos zurückgeschleudert wurde. Dann trat dieser seltsame Mensch, der durch Wände gehen konnte, ganz locker und ohne das geringste Zeichen von Kurzatmigkeit mit dem Knüppel in der Hand um die Ecke.

Vor Grauen keuchend wich der letzte der Soldaten immer weiter zurück. Nicht beachtend, dass er dabei in die Reichweite Halanas kam. Die zog ihre gefesselten Beine an, ließ sie vorschnellen und trat dem Wächter mit aller Kraft unter die Gesäßbacken, so dass er nach vorne geschleudert wurde und der Eindringling nur noch den Knüppel hinhalten musste.

Er hatte kaum eine halbe Minute gebraucht, um die vier Soldaten auszuschalten. Stumm betrachtete er nun die Waffe in seiner Hand, während Halana, Prim und Ruben mit angehaltenem Atem das Wesen anstarrten.

Einerseits schien es ein etwa 1,90 Meter großer Mann zu sein, gekleidet mit Hose, Hemd und Schuhen. Doch viel mehr hatte er nicht mit einem Mensch gemeinsam. So gab es keinen Unterschied und keinen greifbaren Übergang zwischen der Haut seiner Hände und seines Gesichtes zur Kleidung: Alles war irgendwie fast weiß, mit einem leichten Hauch von Hellbraun darin und ab und an etwas dunkleren braunen Streifen, deren Farbton allerdings nicht exakt von dem umgebenden Weißbraun abgegrenzt war, sondern sanft aus diesem hervorwuchs. Genauso sahen auch die kurzen, gescheitelten Haare aus, die bei genauerer Betrachtung eher eine aus dem Kopf wachsende Haube als einzelne Haare zu sein schien. Auch die geschlossenen Lippen waren aus von gleichem Material und gleicher Farbe, ebenso, was besonders seltsam wirkte, seine Augen: Es gab weder Iris noch Pupillen, sondern die gesamten Augäpfel waren, wie alles andere, von dieser weißbraunen Haut überzogen. Wenn es denn eine Haut war.

Endlich legte der seltsame Mann den Knüppel beiseite, bückte sich zu einem der bewusstlosen Soldaten hinunter, zog ein kleines Messer aus dessen Gürtel und näherte sich den Gefangenen. Dabei bemerkte Halana zum ersten Mal die seltsame Art seines Gehens: Nur auf den ersten Blick schien er wie ein Mensch zu laufen. Bei genauerem Hinsehen merkte man aber sofort, dass seine Füße den Boden nie auch nur um einen Millimeter verließen. Es sah aus, als würden sie am Boden festhaften und bei jedem Schritt lediglich über den Boden hinweg nach vorne geschoben. Wobei allerdings – und das war nun wirklich absonderlich – die gleiche Reichweite wie beim normalen Gehen dadurch erreicht wurde, dass die Beine unterhalb der Knie bei jedem Schritt etwa zwanzig Zentimeter länger wurden und sich gleich darauf wieder auf Normalgröße zusammenzogen.

Obwohl diese seltsame Gestalt mit dem Messer in der Hand auf sie zukam, hatte Halana keinen Augenblick das Gefühlt, dass dies für sie eine Bedrohung bedeutete. Tatsächlich bückte sich das Wesen schließlich nur deshalb, um die Fesseln zu durchtrennen, wobei es mit Prim den Anfang machte. Zunächst zerrten die nun offenbar gewesenen Gefangenen die vier Wächter auf eine Seite der Zelle, fesselten sie gründlich mit Streifen aus deren Hemden und schlossen auch die Tür, um ungestört zu sein. Erst dann wandten sie sich, nach wie vor verwirrt, dem sonderbaren Eindringling zu, der sie die ganze Zeit unbewegt angestarrt hatte.

Etliche Sekunden standen sie einfach vor ihm und starrten zurück, dann stellte Prim nervös die naheliegendste Frage: »Wer bist du?«

Der Mund des Wesens öffnete sich mit aufgeworfenen Lippen wie zu einem großen O und blieb in dieser Stellung. Schwingungen waren in der Luft zu hören, erst zaghaft, wie testend, dann folgte eine sich zunächst verändernde Stimme: »Üüüüü. Iiiiii. Chchchch.«

Pause.

Dann: »Ichhhh – binnnnn. Ich – bin. Ich bin. *Ich bin!*«

»*Wer* bist du?!«

»Ich bin.«

»Ja, natürlich bist du. Aber *wer?*«

»Ich – bin. Das – Wesen.«

Prim konnte die Aufregung in seiner Stimme nicht verbergen, die leicht zitterte, als er die nächste Frage stellte: »Bist du… bist *du* der Bruder des Schlafenden Gottes?«

»Ich – bin – das – Wesen.«

Langsam wurde die Stimme, die aus dem geöffneten Mund kam, flüssiger, klang bald, als stamme sie aus der Kehle eines jungen Mannes mit ruhiger, sonorer, jedoch auch recht eintöniger Stimmlage, was den Sinn der kurzen Sätze jedoch auch nicht verständlicher machte. So bohrte Prim drängend nach: »Aber hast du einen Bruder?«

»Ich *bin* mein Bruder.«

Prim verstand die Antwort zwar nicht, doch wollte er trotzdem wissen: »Außer dir selbst, gibt es da noch jemanden, dessen Bruder du bist?«

»Ich muss nachdenken…, ja, es ist möglich.«

»Dann bist *du* der unsterbliche Gott, den wir suchen!«

»Ich bin… nicht… unsterblich. Ich bin schon oft gestorben.«

»Dann… bist du immer wieder von den Toten zurückgekommen?«

»Nein. Denn ich bin nie gestorben.«

»Ich habe irgendwie das Gefühl, so kommen wir nicht weiter«, war es diesmal Halana, die sprach und es genau wissen wollte: »Bist du ein Gott?«

Kurzes Schweigen. Dann: »Nein.«

Frustration schüttelte Prims Stimme, als er es fast schrie: »Aber wenn du nicht der Bruder des Schlafenden Gottes bist, wer bist du dann?«

»Ich bin das Wesen. Ich habe kein Ich. Ich bin das Wesen.«

»Du hast *kein* Ich? Aber du existierst doch!«

»Ja. Doch das weiß ich nicht. Ich weiß nicht, dass es mich gibt. Was ihr hört, was zu euch spricht, ist nicht mein Ich, denn ich habe kein Ich.

Ich bin nur eine lebende Hülle. Eine Hülle für Gedanken, die keinen eigenen Körper haben. Gedanken von vielen Ichs. Gedanken, die noch immer lebendig sind, die sich weiter und neu denken, obwohl all die Tausende Ichs, die ihre Gedanken in mich gaben, schon seit vielen Tausenden von Jahren ihr Ich verloren haben.«

»Aber wir sehen dich doch vor uns«, betonte Prim verzweifelt.

»Nein. Ihr seht nur die Hülle. Das Wesen.«

»Oh Schlafender Gott! Nicht schon wieder! Aber was für ein Wesen bist du? Hast du… hast du einen Namen?«

»Habe ich einen Namen? Ich bin das Wesen. Ja… ein Gedanke, der sich in mir gefunden hat, weiß es. Eines der Ichs, die mich füllten, hat mir einen Namen gegeben. Ich bin das Wesen. Ich bin… Fungus.«

»Na, das ist doch mal was. Aber wenn du wirklich kein Gott bist, Fungus, wer bist du dann?«

»Ich bin das Wesen. Ich bin nicht wer.«

Halana hatte eine Eingebung: »Wenn du kein Gott bist und nicht wer, so sage mir: *Was* bist du dann?«

»Ein Pilz.«

Verstört sahen sich Halana, Prim und Ruben an. Prim war kreideweiß geworden, als er schließlich sagte: »Habe ich Reinefreude verlassen, habe ich alle, die mir helfen, in Gefahr gebracht, haben wir all dies auf uns genommen, nur um einen *Pilz* zu finden?«

»Reinefreude«, sagte der Fungus, und diesmal konnte man fast einen träumerischen Unterton heraushören: »Das alte, frühe Reinefreude war auch meine Heimat. Nicht die des Wesens, aber die Heimat der Ichs, die sich in das Wesen hineingegeben haben. Vor Tausenden von Jahren, als es zur Spaltung kam und mich die Orika jagten, habe ich mich in den Fels und den Boden zurückgezogen. Doch das Wesen schlief nicht. Nie.

Das Wesen sah und hörte und beobachtete. Und heute entschied es, wieder hervorzukommen. Denn es hörte den, der Prim genannt wird, von Reinefreude sprechen. Es scheint, als sei nun jene Zeit gekommen, in der Reinefreude die Hilfe des Wesens braucht. Genau so, wie es die, die ihre Ichs in das Wesen getan hatten, einst voraussagten.«

Dann fragte es: »Wie lange, Prim, der du Zauberer genannt wirst, wird es noch dauern, bis gar keine Kinder mehr in Reinefreude geboren werden und alles Leben erlischt?«

»Woher weißt du…?« Fassungslos starrte Prim das Wesen an, während Halana zu ihrem Begleiter meinte: »Es scheint, deine Sorge ist unbegründet. Mister Fungus ist jedenfalls alles andere als nur ein Pilz.

Und auch wenn wir nun ganz schnell die Gastfreundschaft der Eulenmenschen hinter uns lassen sollten, so würde ich ihn doch bitten, uns das Nötigste zu erzählen: Wieso er von den Problemen in Reinefreude weiß, wie er hierher gekommen ist, und was es mit den Eulenmenschen und dem Gelb auf sich hat?«

Und zu ihrer aller Überraschung fragte das Wesen Prim: »Wünschst du, dass ich tue, was die Kriegerin Halana vorgeschlagen hat?«

»Ja, bitte«, krächzte Prim, und das Wesen begann:

»Es war die Zeit des Wahnsinns. So jedenfalls nennen es die Gedanken der Ichs in mir. Es war die Zeit des Wahnsinns, die nahezu jedes menschliche Leben vernichtete.

Nie hatte wirklich die ganze Menschheit in Eintracht miteinander gelebt, doch immerhin war es viele Generationen lang einer ganzen Reihe von Nationen vergönnt gewesen, ihre Kinder in Frieden heranwachsen zu sehen. Aber rundherum gab es kleine Kriege in der Welt, die sich irgendwann ausweiteten. Rundherum ereigneten sich Katastrophen, die immer näher heranrückten. Und überall hatten die Länder im blinden und durch nichts zu erklärenden Vertrauen auf eine goldene Zukunft weit mehr Gold ausgegeben, als sie in ihren Schatzkammern hatten – Papier und Versprechungen und von Gier angefachte Leichtgläubigkeit hatten das Metall ersetzt. Doch sogar die großen Häuser der Wucherer brachen irgendwann zusammen, die Schuldenlast der Herrscherhäuser explodierte und ließ die Menschen verarmen. Die Armen hörten in ihrer Verzweiflung mit dem Denken auf und begannen, in Scharen Scharlatanen zu folgen, die ihnen Rettung und Heil versprachen und doch nur eigene, üble Ziele verfolgten. Kriege und Chaos wurden noch größer, während gleichzeitig die Mittel schwanden, die oft selbst verschuldeten Katastrophen aufzuhalten. In dem wilden Chaos, in dem Bildung nichts mehr zählte, begannen sich sogar die Grenzen und damit die Landkarten immer schneller zu verändern – durch Kriege, wechselnde Bündnisse und Katastrophen.

Es setzte eine Zeit ein, die manche beschönigend die zweite Völkerwanderung nannten. Jedoch es war keine Völkerwanderung, es war ein Völkersterben. Vielleicht hätte die Menschheit die endgültige Katastrophe noch abwenden können. Doch zwei Dinge standen dem im Weg: ihr Unvermögen, aus ihrer eigenen Geschichte zu lernen, und ihr Unvermögen zu erkennen, dass das Ich manchmal etwas abgeben muss für das Wir, denn nur dann kann das Wir auch das Ich stärken. Viele sagten zwar, sie würden das verstehen. Nur ihr Handeln war ein anderes. Statt die Kräfte gemeinsam gegen die Katastrophe zu richten, kämpfte erst jedes Volk für sich, dann jede Gruppe, die ihre eigene Vorstellung von der Welt durchsetzen wollte, schließlich jede Stadt und jedes Dorf. Zum Schluss kämpfte nur noch jedes Individuum um das eigene Überleben.

Es war zu spät, aus der Geschichte zu lernen, in der doch immer wieder Völker im Kampf um Religionen, Macht und Reichtum vernichtet worden waren.

Bei allem Niedergang glaubte man zunächst nicht an einen Untergang der ganzen Menschheit. Denn es waren im Laufe vieler Generationen komplizierte Techniken und mächtige Maschinen entwickelt worden, die fast wie das menschliche Gehirn funktionierten und die alles Wissen der Welt auf ewig bewahren sollten. Doch auch dies erwies sich als ein Irrglaube.

Die Kriege waren so entsetzlich, die Katastrophen so weitreichend geworden, dass auch all diese wunderbaren Maschinen nicht mehr helfen konnten. Viele dieser Denk-Maschinen wurden vernichtet, weil sie miteinander verbunden waren und eine zerstörerische Krankheit, die von Menschenhand ohne Sinn und Verstand geschaffen worden war, von Maschine zu Maschine sprang. Andere wurden nutzlos, weil die Kraft, die sie antrieb, versiegte. Wieder andere wurden zerstört oder bei den großen Fluchtwellen zurückgelassen oder gingen ganz einfach verloren.

Und verloren ging schließlich auch das Wissen, wie diese Maschinen am Leben zu halten seien. Denn diejenigen, die es wussten... sie starben.

Die Welt, wie man sie damals kannte, war verloren. Doch es gab noch Menschen, die wollten nicht aufgeben. Wenn schon nicht die ganze Menschheit, so sollte doch das Wissen und das, was sie Zivilisation nannten, in eine Zukunft gerettet werden, in der sich die Menschheit vielleicht erneut entfalten konnte. Selbst wenn diese Zukunft in sehr, sehr weiter Ferne liegen sollte.

Schließlich fand man tatsächlich neu aus dem Meer gestiegenes Land, das nicht verseucht war. Man sammelte die klügsten Geister um sich, die besten Erfinder, die angesehensten Ärzte, die noch am Leben waren.

Doch die Rettung des Wissens war nicht einfach.

Mechanische stählerne Giganten hatten in den Kriegen getobt, aber die Antriebe der meisten waren irgendwann erloschen, die Ressourcen für neue eiserne Kampfungetüme erschöpft oder unerreichbar. So musste der Mensch das Zerstören und Töten wieder mit eigener, brutaler Hand erledigen. Es gab Banden, die alles taten, um ihr verrottendes Leben zu erhalten, und die für ein Stück Brot bedenkenlos das Wissen der Welt hingegeben hätten, ohne überhaupt zu merken, was sie da taten. So konnte das neue Land nicht in Frieden heranwachsen, sondern musste von Anfang an verteidigt werden. Und das mit nur wenigen Ressourcen.

Doch es gab etwas, das keine künstliche Kraftquelle und keine komplizierte Mechanik brauchte, um als Kampfgerät zu dienen: Muskeln. Man verstand es in den Tagen vor der Zeit des Großen Wahnsinns, Tiere verschiedener Rassen durch medizinische Eingriffe zu neuen Rassen zusammenzufügen und sie in ihrem Wachstum und in ihrem Wesen zu manipulieren. Und unter den Gründern von Reinefreude gab es noch Heiler und Weise, die dieses Wissen bewahrt hatten. So schufen sie Wesen, die Angreifer fernhalten konnten.«

»Die D'Goristi!«, rief Prim überrascht dazwischen.

»Ach?«, fragte das Wesen, »die D-Reihe hat also bis heute überdauert? Interessant, würde ich sicher sagen, wenn ich Interesse empfinden könnte. In dieser Züchtung, die doch weit mehr war als nur eine Zucht, steckt ein Großteil einer damals eigentlich schon ausgestorbenen Affenart, dazu ein ordentlicher Anteil Stier und sogar ein Quäntchen Mensch, was ein paar Dutzend Jahre zuvor allein aus moralischen Überlegungen vollkommen undenkbar gewesen wäre. Das Ganze wurde dann noch mit einer permanenten Manipulation des Wachstums verbunden. Viele dieser riesigen Kampf-Wesen konnte man in der Kürze der Zeit nicht erschaffen, aber es gab schließlich genug von ihnen, um Eindringlinge fernzuhalten.

Einige der klugen Köpfe waren nicht für die Verteidigung, sondern für den Erhalt des Wissens und der Zivilisation zuständig. Doch ihnen war klar, dass ihr kleines Häuflein Überlebender eigentlich nicht fähig sein würde, all das überaus komplexe Wissen jener Zeit zu bewahren.

Zumal sich keineswegs nur Weise an jenem Ort des Überlebens versammelt hatten. Viele, die mit ihnen geflohen waren, gehörten zu ihren Familien oder waren ganz normale Menschen, die nicht mit besonderer Geistesgröße ausgestattet waren. Und die Denker konnten auch nicht wissen, ob ihre oder deren Kinder noch in der Lage sein würden, all das gerettete Wissen zu verstehen und zu verwalten. So trugen sie zusammen, was sie hatten, und schufen eine neue Maschine. Und es wurde *die* Maschine. Die beste, stärkste und robusteste Maschine dieser Art, die jemals geschaffen wurde. In ihr sammelten sie alles noch verfügbare Wissen, und in sie füllten sie alles Wissen aus jenen wenigen anderen Maschinen, die sie unbeschadet in ihr neues Land gerettet hatten.«

»Um des Schlafenden Gottes willen!«, schrie Prim entsetzt auf, während ihm Halana, die wusste, was kam, tröstend einen Arm um die Schulter legte, »unser Gott! Der Schlafende Gott! Er ist gar kein Gott? Er... er ist nur eine Maschine?«

»Es sollte auch nie ein Gott sein«, fuhr das Wesen ungerührt fort, »die Ichs in mir lassen mich vermuten, dass sich irgendwann eine Herrschaftsschicht in Reinefreude herausgebildet hat, bestehend aus jenen, die die Maschine noch bedienen konnten und die das Wissen der Maschine für sich allein beanspruchten, die sich zu den einzig befugten Interpreten der Maschine erklärten, und die sie schließlich zum Gott emporhoben, was ihre eigene Stellung erhöhte. Dadurch konnten die Interpreten selbst zu Priestern werden, was ihre Position noch unangreifbarer machte. Denn wer sie kritisierte, der kritisierte damit auch die Religion.«

»Nein«, seufzte Halana, »zu Priestern machten sie sich nicht, nur zu Zauberern.«

»Wohl über den Schamanen als Zwischenstation, und was ist dieser Magier dann anderes als ein Priester?«, ergänzte das Wesen und fuhr fort: »Aber auch das mit den Zauberern würde mich nicht wundern, wenn ich mich wirklich wundern könnte. Denn Prims Vorfahren schufen nicht nur die große Maschine des Wissens, sondern bewahrten und ergänzten in den ersten Generationen etliche Erfindungen und schufen phantastisch anmutende Verteidigungsanlagen. Da man aber nun mal fürchtete, dass das Wissen und die Fertigkeit zum Bau dieser Maschinen verloren gehen könnte, setzte man das Nonplusultra an Material und Wissen ein und erschuf dabei Geräte, die eine kleine Ewigkeit bestehen sollten. Dazu, und das war die absolute Meisterleistung an Erfindungskunst jener Zeit, erschuf man eine Steuerung für all jene Erfindungen, die obendrein noch als Waffe und als Symbol der Macht zu benutzen war.«

Wieder unterbrach Prim, und diesmal sprach das reine Entsetzen aus ihm: »Unsere Zauberstäbe! Auch sie sind in Wirklichkeit nichts weiter als... Maschinen?«

»So ist es.«

Mit flackernden Augen wandte sich Prim an Halana: »Das heißt ja, ich... *ich bin gar kein Zauberer?*«

»Nö.«

»*Keiner* in meinem Land ist ein Zauberer?«

»Sieht ganz so aus.«

Nun musste Halana den schwankenden Prim tatsächlich stützen, während der Fungus weiter Worte formte: »Es ist geradezu ironisch – würde ich sagen, wenn mein Ich Ironie verstünde –, dass der Zauberstab und all die anderen Errungenschaften nun das größte Problem für das ohne Zweifel komfortable Leben in Reinefreude darstellen. Funktionieren all diese Dinge noch?«

»Hm? Was?«, mühsam fing sich Prim wieder, »nein, manche Luftflöße wollen sich nicht mehr erheben, und ein, zwei Ho-Nebel wollen nichts mehr zeigen.«

»Fast erstaunlich, dass nach dieser Zeitspanne überhaupt noch einige der Holographischen Nebel funktionieren. Doch nach über 30000 Jahren können auch die besten Geräte ihren Dienst quittieren.«

»Über…!!!??«, Halana stand der Mund offen.

Der Fungus wandte sich nun wieder direkt an Prim: »Es ist also richtig, dass Reinefreude an Kinderlosigkeit stirbt?«

»Ja«, nickte Prim, »in drei, höchstens vier Generationen sind wir verloren. Es gibt im Volk der Zaub… es gibt in meinem Volk nur noch knapp 200000 Menschen, darunter nicht ganz 8000 Zauberer – oder solche, die sich dafür halten.«

»Diese Kinderlosigkeit hängt mit den Maschinen zusammen. Denn damit Maschinen funktionieren, muss man Kraft in sie stecken. Und damit sie über einen so langen Zeitraum funktionieren, muss man eine unvorstellbare Menge Kraft in sie hineinpressen. Die großen, unbeweglichen Geräte in Reinefreude – vor allem der Grenzzaun, das Heer der Holo-Wächter an der Grenze und auch die automatischen Feuer-Schleudern in den Grenzhügeln, sie erhalten ihre Kraft vom Berg Yumo…«

»Vom *Heiligen Berg?*«, unterbrach Prim.

»Ach, ist der jetzt auch heilig geworden?«

Halana glaubte, eine Spur Sarkasmus in dieser Stimme zu hören, die aus dem offenen Mund des Fungus drang. Der fuhr fort: »Natürlich kommt die Kraft nicht aus dem Berg selbst, sondern aus anderen Geräten, die auf der Spitze des Berges die Kraft der Sonne einfangen und dann durch Leitungen weiterschicken. Das funktioniert jedoch nicht für die Vielzahl der kleinen und beweglichen Geräte, schon gar nicht für die ›Zauberstäbe‹, die eine Unmenge an Kraft schlucken. Aber – und das hat nun fast wirklich etwas von Zauberei – in jenen Tagen konnte man Kraft aus bestimmten Teilchen gewinnen, die so klein waren, dass man sie mit bloßem Auge gar nicht sehen konnte. Teilchen allerdings, die bei falscher Nutzung überaus gefährlich sein konnten und auch zum Bau von Waffen mit unfassbarer Vernichtungskraft dienten. In der Luft freigesetzt, hatten die Bestandteile solcher Waffen einst die Bevölkerungen ganzer Städte vergiftet und selbst noch die Menschen des Umlandes und deren Nachkommen für den Rest ihres nun schmerzvollen Lebens erkranken lassen. Doch die Krankheiten, die aus diesen Teilchen entstanden, wurden schließlich fast alle erfolgreich bekämpft.«

»Es wurden Gegenmittel erfunden?«

»Nein, nie. Aber der menschliche Körper wurde gegen diese Vergiftung immun gemacht. Durch medizinische Eingriffe wurden *Dinge* in Kindern geändert... Wie könnte ich es, wenn ich ein Ich hätte, erklären?

Vielleicht so: Man hatte den Bauplan des Lebens im Menschen entdeckt, entnahm ihm kleine Abschnitte, veränderte sie und setzte sie wieder ein, was bewirkte, dass solche Krankheiten nicht mehr ausbrechen konnten. Und bekamen diese Kinder als Erwachsene selbst Kinder, dann wurde auch diese Fähigkeit, fast allen der Teilchen-Krankheiten zu widerstehen, weiter vererbt.

Eine dieser Krankheiten jedoch hatte man auch bis zur Zeit des Großen Irrsinns noch nicht bekämpfen können: Männer, die über einen langen Zeitraum hinweg Bestandteile dieser Teilchen einatmeten oder in ihre Körper dringen ließen, konnten irgendwann keine Kinder mehr zeugen.«

An dieser Stelle hielt das Wesen inne, um Prim anzustarren. Dem dämmerte es mit einem Schlag, und er flüsterte: »Dann... dann ist die Grundlage meiner Zivilisation auch ihr Untergang? Aber warum geschieht es erst jetzt?«

»Selbstverständlich war das Problem bekannt und alle diese Geräte erhielten eine ausgezeichnete, eine doppelte und dreifache Abschirmung, so dass diese Teilchen nicht nach außen dringen konnten. Doch nun, da selbst diese Maschinen langsam kaputt gehen, bekommen auch die eingebauten Schutzmäntel unmerkliche Risse. Und wenn ihr jahrelang defekten ›Zauberstäben‹, Luftbooten und anderen solcher Dinge ausgesetzt seid, dann verseucht ihr euch selbst.«

»Dann ist alles zu spät!«

»Aber nein. Es gibt eine ganz einfache Lösung: Ihr müsst euch nur von all diesen Dingen trennen, sie am besten in eine tiefe Höhle werfen, dann werden eure Männer sich in ein paar Monaten erholen. Insbesondere wenn ihr euer Land verlasst, in dessen Boden inzwischen auch unzählige dieser Teilchen eingedrungen sein dürften und ihn auf Jahrhunderte verseuchen.«

»*Unmöglich!* Das wird niemals… dann müssten wir ja all unser Wissen aufgeben!«

»Mal abgesehen davon, dass ihr anscheinend ohnehin nicht mehr viel von dem alten Wissen habt: Nein, ihr müsst es nicht aufgeben. Denn hier kommt mein nicht existierendes Ich ins Spiel. Als sich Reinefreude schon viele Jahre erfolgreich entwickelt hatte, kam eine Gruppe junger Leute auf die beiden Gedanken, über die wir hier gesprochen haben: Was würde geschehen, wenn die ganzen Maschinen und insbesondere die große Wissensmaschine doch irgendwann kaputt gingen? Würde dann alles Wissen verloren sein? Genauso wie die Zeugungskraft der Männer?

Eine Frau in dieser Gruppe besorgter Menschen hatte ein ganz besonderes Fachgebiet, das selbst damals noch große Entwicklungsperspektiven bot: Sie befasste sich damit, Wissen und Denken nicht mit Maschinen, sondern mit Hilfe von Pflanzen aufzubewahren. Die Grundlagen dazu waren lange vor ihr gelegt worden. Alles begann im Jahr 1994 einer längst vergessenen Zeitrechnung…«

»Es gab eine andere Zeitrechnungen als unsere?«, fragte Ruben verblüfft dazwischen.

»Mehrere. Und in jenem Jahr jener speziellen Zeitrechnung war es einem Weisen, der nach Wissen forschte, mit Namen Leonard Adleman zum ersten Mal in der Geschichte gelungen, eine Maschine zu konstruieren, die keine reine Maschine mehr war, sondern in deren Innerem lebende Teile eine Rechenaufgabe lösten. Es waren übrigens künstlich erzeugte Elemente aus jenen Bausteinen des Lebens, die ich gerade schon erwähnt hatte. Diese neuen Maschinen versprachen, Tausende von Malen schneller als die bisherigen zu werden, ja sogar, dass sie aus sich selbst heraus Neues lernen könnten und sich vielleicht sogar, wie die Evolution des Lebens, ohne fremdes Zutun weiterentwickeln würden. So jedenfalls die Theorie. Doch solche lebenden Maschinen auch tatsächlich zu bauen, erwies sich als ungeheuer schwierig und teuer, so dass die meisten Menschen ihre Hoffnungen auch weiterhin auf die alten Wissens-Maschinen setzten, zumal diese immer weiter verbessert wurden.

Aber immer gab es auch ein paar Weise, die den Gedanken an die lebende Maschine nicht aufgaben und schließlich auf die Idee kamen, dass man diese neue Art, damit sie wirklich funktionieren könne, vielleicht von jeder künstlichen Maschine trennen sollte. So suchte man nach einem lebenden Wirt für fremdes Wissen und fremde Gedanken.

Versuche mit bereits existierenden Tieren und Pflanzen wurden jedoch zu katastrophalen Fehlschlägen. Die Tiere starben, da ihr eigenes Ich die Überlagerung mit fremden Ichs nicht verkraftete, und ohnehin wäre ihre Lebensspanne viel zu gering gewesen, um Wissen dauerhaft zu bewahren. Nur einiges Leben in der Pflanzenwelt hatte Lebensspannen, die zunächst vielversprechend schienen. Jedoch die jahreszeitlichen Schwankungen und die örtliche Gebundenheit jener Großpflanzen erwiesen sich als zu große Hindernisse. Auch künstlich veränderte Tiere oder Pflanzen brachten nicht den gewünschten Erfolg.

Doch schließlich hatte jene Frau in den frühen Tagen von Reinefreude die entscheidende Idee: Nicht Tiere oder Pflanzen konnten die gewünschte Größe, Lebenspanne und Kontinuität bringen, aber es gab etwas anderes: Pilze.«

»Pilze?«, fragte Halana nun noch verwirrter, als sie es ohnehin schon war, »Pilze sind doch klein und leben nicht sehr lange?«

»Falsch. Das gilt allenfalls für die kleinen oberirdischen Teile von Pilzen. Tatsächlich gibt es unterirdisch zusammenhängende Pilzgeflechte, die zu den größten und ältesten Lebewesen der Welt gehören. Ihr kennt den unscheinbaren Hallimasch?«

»Ja. Der ist ganz lecker.« Das war Prim gewesen.

»*Lecker?* Auch jetzt, nach Tausenden von Jahren, würde ich noch immer jedes Mal Übelkeit empfinden, falls ich es könnte, wenn ich mit ansehe, wie einer meiner wilden Brüder *gegessen* wird. Sei's drum.

Jedenfalls wusste jene weise Frau von einer Entdeckung aus noch früheren Jahren: einem etwa 2400 Jahre alten Hallimasch, dessen unterirdisches Myzelium es auf eine Ausdehnung von 880 Hektar brachte – bei einem geschätzten Gewicht von 600 Tonnen. Das brachte die Frau schließlich auf die richtige Idee, welches Lebewesen zum Träger der körperlosen Gedanken werden konnte.«

»*Bitte?*«, rief Prim, »der Bruder des Schlafenden Gottes ist ein *Hallimasch?*«

»Nun, an meinem Bauplan wurden etliche Veränderungen vorgenommen... aber im Prinzip: Ja!«

»Aber du wiegst keine 600 Tonnen?«

»Nein, natürlich nicht.«

»Wie schaffst du es dann...«

»Ich wiege 3800 Tonnen. Ist dir aufgefallen, dass meine Füße, die keine Füße sind, sich nie vom Boden heben? Ihr seht nur einen winzigen Teil von mir. Der Rest steckt im Felsen und unter der Erde des Waldes.«

In die Sprachlosigkeit seiner Zuhörer hinein fuhr der Fungus fort: »Aber ich konnte mich nicht immer bewegen. In den Anfängen, als meine Evolution noch nicht fortgeschritten und ich noch unbeweglich war, gab man mir daher auch Diener zur Seite, Diener mit nur sehr geringem Wissen, jedoch sehr beweglich. Ihr Vorbild hatte man ebenfalls und in Anlehnung an meine eigene Schöpfung in der Natur gefunden.

Es ist ein überaus unscheinbares Lebewesen, das dennoch über eine faszinierende Eigenschaft verfügt: Der Gelbe Schleimpilz – und der Name verrät schon, wie er aussieht – ist ein mit dem bloßen Auge kaum wahrnehmbares Lebewesen, das jedoch mit anderen seiner Art zu einem einzigen, mehrere Zentimeter großen Lebewesen verschmelzen und sich auch wieder in seine Einzelteile trennen kann. Es gibt sogar Ausformungen, die, wenn sie sich zusammengeschlossen haben, wie eine kleine Nacktschnecke aussehen, die sich tatsächlich kriechend fortbewegt.«

»Lass mich raten«, sagte Prim mit einem Anflug von Erschöpfung, »aus diesen Schleimpilzen wurde der Gelb erschaffen?«

»Im Prinzip ja.«

»Aber wenn er doch *dein* Diener ist, warum macht er mit den Eulenmenschen gemeinsame Sache?«

Jetzt klang es wie ein Seufzen, als das Wesen antwortete: »Das liegt, wie so viele Übel, an der Dummheit von euch Menschen. Als ich geschaffen war, wollte man mich an einen anderen Ort bringen. Es sollte eine Art Kolonie von Reinefreude entstehen. Während in Reinefreude selbst Wissen und Kultur mit Hilfe von Maschinen die Zeiten des Irrsinns überstehen sollten, wollte man es in der Kolonie mit ›modifizierter Natur‹ versuchen, wie man damals sagte. Und würden die Maschinen eines Tages nicht mehr funktionieren – was ein paar Weise prophezeiten –, und es wäre auch keiner mehr da, um sie wieder zum Laufen zu bringen, dann könnte man Hilfe aus der Kolonie holen. – Oder umgekehrt, was ebenfalls prophezeit wurde. Also brach jene Forscherin mit ein paar Weisen und etlichen Männern als Beschützer zu einem Gebiet auf, in dem man, wie es hieß, gute Bedingungen für Pilze finden würde.

Wir entdeckten die Höhlen, sorgten mit veränderten fluoreszierenden Pilzen, wie etwa Ölbaumpilzen oder wiederum Hallimasch, für das nötige Licht und ließen uns nieder. Nur zwei Generationen ging es gut.

Doch dann wollte einer der Wächter nicht mehr Wächter sein, sondern Herr. Er wiegelte andere auf, und sie brachten die Wissenden um, die es gewagt hatten, über sie bestimmen zu wollen, obwohl sie doch viel geringere Körperkräfte hatten. Zwar hatte ich meine Gelb geschickt, um die Mörder aufzuhalten, doch die Männer hatten sich mit schmerzhaftem Pilzgift in Sprühflaschen eingedeckt, zwangen damit den Gelb ihren Willen auf und machten sie schließlich zu ihren willfährigen Sklaven. Auch heute noch haben alle Orika in den Randzonen, die mit den Gelb in Kontakt kommen könnten, so ein Fläschchen bei sich.«

Halana bückte sich neugierig zu einem der noch bewusstlosen Wächter hinunter, griff in die einzige Tasche seiner Weste und zog ein etwa fünf Zentimeter langes Stück Bambusrohr hervor, das an beiden Enden mit Kork fest verschlossen war und das, wie ein leichtes Schütteln zeigte, eindeutig eine Flüssigkeit enthielt.

»Vorsicht!«, rief das Wesen, »komm mir damit nicht zu nahe!«

Halana steckte das Röhrchen schnell in die Tasche, während der Fungus erklärte: »Auch mich wollten sie zwingen und bedrohten mich mit dem Tod, wenn ich mich nicht auf ihre Seite stellen würde. Doch jene, die einst ihre Ichs in mich hineingegeben hatten, waren in einer Sache und unter dem Eindruck des Großen Irrsinns ganz unmissverständlich gewesen: Ich würde keine Gewaltherrschaft unterstützen können. Und da ich mich nicht unterwerfen wollte, wollten sie nun auch mich töten.«

»Und all das Wissen in dir vernichten?«, fragte Prim entsetzte.

»Wissen, das ihnen ohnehin Angst machte.«

»Aber wie kann man sich vor Wissen fürchten?«

»Wenn ich ein Ich hätte und wenn ich denken könnte, dann würde ich jetzt denken: Es gibt immer Menschen, die sich vor Wissen fürchten.

Sei es, weil sie es nicht verstehen oder weil sie sich unterlegen fühlen oder weil sie ängstlich sind oder weil sie dann an ihrer Religion zweifeln würden oder weil sie sich einfach vor dem Unbekannten, Neuen fürchten. Es gibt so viele schlechte Gründe…

Sie attackierten mich mit ihren Waffen. Also zog ich mich in den Fels zurück und ließ die Wächter in dem Glauben, dass ich tot sei.

Dann begingen die Wächter, die nun die Herren waren, den nächsten Fehler. Damals lebten in der Gegend noch spärliche Reste eines anderen Volkes. Da es im Land der Wächter kaum Frauen gab, raubten sie sich, ohne zu zögern Frauen aus jenem Volk. Doch die Zeit des Wahnsinns war noch nicht ganz zu Ende.

Beide Seiten besaßen noch ein paar schreckliche Waffen. Und die setzten sie ein. Die Welt vor den Höhlen wurde, wie etliche andere Landstriche auch, für Tausende Jahre unbewohnbar, ja sogar unpassierbar, und die Wächter hatten sich einen neuen Herren geschaffen, der viel härter war als die Weisen, die sie getötet hatten: die Höhlen, in denen sie fortan leben mussten. Als es nach Jahrtausenden endlich so weit war, dass ihnen die Natur den Weg nach draußen wieder gestattet hätte, da konnten sie ihn nicht mehr gehen.«

»Und du hast all die Tausende Jahre hier allein und im Verborgenen gelebt?«

»Allein? Leider nein. Im Verborgenen? Ja. Glücklicherweise ist es mir nicht gegeben, Langeweile zu empfinden. Aber könnte ich Freude empfinden, dann wäre ich jetzt sehr, sehr froh, dass ihr gekommen seid.

Und das bringt mich zum nächsten Schritt: Eure Lebensspanne ist im Vergleich zu der meines Wirtes ohnehin schon geradezu lächerlich gering. Obwohl es also im Ganzen gesehen kaum ins Gewicht fällt, so sollten wir trotzdem dafür sorgen, dass eure Lebenszeit nicht in unmittelbarer Zukunft eine vorzeitige Kürzung erfährt.«

»Du willst sagen, wir sollten endlich hier verschwinden?«

»Genau. An manchen Stellen innerhalb des Höhlensystems werde ich euch begleiten und führen können. Solltet ihr tatsächlich lebend aus den Höhlen herauskommen, werde ich euch zunächst verlassen müssen, denn die nächsten Ausgänge führen zum Gletscher oder in andere Schnee-Regionen, und dort kann ich nicht an die Oberfläche kommen.

Aber ich werde unter der Erde aus dem Wald herauswachsen und euch spätestens bei dem Steppenvolk der Chrrrr wiedersehen. Falls ihr also lebend bei ihnen ankommt, bereitet sie bitte auf mein Kommen vor. Es würde mir nämlich nicht gefallen, einen Teil von mir in einer Pilzsuppe wiederzufinden.«

»Ich denke, du kannst nichts empfinden?«

»Trotzdem... Los jetzt, es wird Zeit.«

Als sie aus der Zelle getreten waren, führte sie das Wesen nach links einen leicht ansteigenden Gang hinauf, doch bald bog es in eine Abzweigung ein, der schnell weitere folgten. Halana und Prim, ja sogar Ruben hatten bald hoffnungslos die Orientierung verloren. Nachdem sie etwa zwanzig Minuten unterwegs waren, zischte Ruben leise: »Vorsicht! Ich höre was! Von vorne kommt wer!«

»Keine Angst«, sagte das Wesen, »das bin nur ich.«

»Aber du bist doch hier?«

»Nicht nur…«

Da kam auch schon vor ihnen ein Wesen um eine Biegung, das exakt so aussah wie jenes, das sie begleitete. Und auch genau so sprach: »Während ich mit euch in der Zelle geredet habe, hab ich schon mal eure Sachen besorgt. Sie waren in der Schatzkammer des Großen Morlock gelagert, die Wächter werden wohl einigen Ärger bekommen.«

Damit händigte das Wesen Nr. 2 ihnen ihre Rucksäcke und Schwerter aus und verschwand in der Wand, als auch schon Wesen 3 und 4 zu ihnen kamen, Wesen 3 mit ihren frisch gefüllten Wasserbeuteln, die sie gleich gierig zu drei Vierteln leerten, Wesen 4 mit einem Beutel frischer Champignons. – »Mir würde das Herz bluten… Aber ihr müsst etwas essen.«

Halana hatte während des Essens den Überblick verloren, welche der Lebensformen sie nun weiter begleitete. Aber eigentlich war es ja egal, weil es sich bei allen um ein und dasselbe Wesen handelte. Eine Vorstellung, die bei der Kriegerin für leichte Kopfschmerzen sorgte.

Schließlich kam auch noch eine fünfte Ausprägung des Wesens mit den entschuldigenden Worten: »Das hat etwas länger gedauert. Aber der Morlock hatte ihn bei sich, und er brauchte etwas Zeit, bis er seine übliche Morgenbetätigung beendet hatte – wirklich kein schöner Anblick – und eingeschlafen war.«

Damit übergab er Prim den Zauberstab. Der nahm ihn im ersten Moment erfreut entgegen, doch dann flackerten seine Augen, und er meinte:

»Eigentlich sollte ich ihn am besten jetzt gleich und hier wegwerfen…«

»Untersteh dich!«, zischten Halana und Ruben wie aus einem Mund, und das Wesen ergänzte: »Bis ihr eure kurzlebige Haut gerettet habt, solltest du nicht darauf verzichten. Auf ein paar Monate mehr oder weniger kommt es jetzt auch nicht mehr an. Während wir weitergehen, werde ich euch schon mal den Ausgang schildern, den ihr nehmen solltet.«

Sie waren fast drei Stunden unterwegs, die meiste Zeit davon auf deutlich ansteigenden Wegen. Es gab zwar eine schnellere Route, doch das Wesen wählte lieber Strecken aus, die nicht durch Schlafzonen der Eulenmenschen führten.

Schließlich gelangten sie in einer weiteren Tropfsteinhöhle an einen großen Teich, an dessen Ufer drei winzige Ruderboote von einfachster Form vertäut lagen. Genaugenommen waren es nur kreisrunde, etwa 1,5 Meter durchmessende, flache hölzerne Schüsseln. Wo sich der Bug befand, erkannte man nur an einem Ösen-Haken in der Bordwand, an der das Zug- und Halteseil festgebunden war. Zudem gab es noch ein Brett als Sitzbank und zwei Ruder, die links und rechts mit beweglichen Lederriemen festgezurrt waren, damit sie nicht verloren gehen konnten.

»Wozu sind diese Boote denn gut?«, wollte Prim wissen.

»Oh, die Orika verschmähen auch nicht die blinden Fische und die glibschigen Grottenolme, die es hier unten gibt. Aber das ist gut für euch. Ihr braucht euch von hier oben nur mit der Strömung treiben zu lassen und ein wenig zu korrigieren. Der Teich wird zu einem breiten Bach, der in eine enge Höhle ohne Platz links und rechts führt. Nach ein paar hundert Metern zweigt rechts über der Wasserlinie eine kleine Höhle ab. Dort müsst ihr anlegen. Die Höhle ist nur kurz und führt zu einem Ausgang ziemlich weit oben am Gletscher. Und dieser Ausgang ist nur selten von mehr als drei Orika bewacht, denn wer an dieser Stelle ihr Reich betritt, der kommt wegen des Höhlenbachs zu Fuß nicht weit. Ihr dürft diese Seitenhöhle nicht verpassen, denn nur ein paar hundert Meter hinter der Anlegestelle beginnt wieder ein großer Wohn- und Schlafbereich, wo es nur so von unseren glubschäugigen Freunden wimmelt.«

»Gut«, sagte Halana, »dann wollen wir keine Zeit verlieren – und dir, Fungus… danke, dass du uns gerettet hast.«

»Oh, erstens seid ihr noch nicht in Sicherheit, zweitens würde ich sagen, es war mir ein Vergnügen…«

»Wenn du Vergnügen empfinden könntest…«

»Genau! Und drittens würde ich mich in diesem Fall auch darauf freuen, dass endlich die Zeit gekommen ist, meine Aufgabe zu erfüllen und wieder Wissen nach Reinefreude zu bringen.«

»Aber wie soll das eigentlich gehen?« Das war natürlich Prim gewesen.

»Lass uns das besprechen, wenn wir uns draußen wiedersehen. Macht euch jetzt davon.«

»Na dann«, sagte Halana, »danke, nochmals«, und ganz automatisch reichte sie ihm die Hand, die der Fungus auch ergriff. Halana lief ein Schauer den Rücken herunter. Wegen der menschenähnlichen Form des Fungus hatte sie nicht damit gerechnet, etwas anderes zu ergreifen als eine warme Hand. Doch die Hand des Wesens war deutlich kühler und samtigweich.

Endlich stiegen die drei Flüchtenden vorsichtig in eines der Boote, dem der Fungus noch einen Schubs in Richtung Teich-Ausfluss versetzte, dann verschwand er im Boden.

Schweigend ließen sie sich dahintreiben, froh darüber, die erschöpften Muskeln ein wenig ruhen zu lassen. Schon bald tauchten sie, die Köpfe einziehend, in den niedrigen Höhlengang ein, der nach beiden Seiten komplett von dem Bach ausgefüllt wurde.

Hier wuchs nur wenig von dem fluoreszierenden Geflecht an den Wänden. So mussten sie sehr genau darauf achten, jene Höhle nicht zu verpassen, die sie in die Freiheit führen sollte.

Nicht lange, und sie merkten durch den etwas helleren Schein rechts vor ihnen, dass sie sich der Abzweigung näherten. Die »Anlegestelle«

bestand nur aus ein paar gerade mal faustgroßen Erhebungen am Rand des steinernen Bodens. Ruben lehnte sich ein Stück nach rechts aus dem Boot, während Halana, um das Gleichgewicht zu halten, das Gleiche auf der linken Seite tat. So gelang es dem Krieger ohne Probleme, beim Vorbeitreiben eine Schlinge des vorne am Boot befestigten Seils um eine der Erhebungen zu legen.

Leise gingen sie von Bord. Das heißt, sie versuchten es jedenfalls.

Doch als Prim sich als Letzter erhob und an Land steigen wollte, neigte sich die schwimmende Schüssel gefährlich in Richtung Anlegestelle. Zwar konnte Prim dem drohenden Kentern durch einen beherzten Sprung entgehen und landete auch nur mit einem kaum hörbaren Keuchen am sicheren Ufer, doch die linke Seite des Bootes, die sich ein Stück aus dem Wasser gehoben hatte, verursachte ein nicht zu überhörendes Platschen, als sie wieder auf das Wasser traf.

Gespannt hielten die Drei den Atem an und blickten in dem Höhlengang nach vorne, wo er in nur zehn Metern Entfernung einen Knick nach links machte. Da ertönte von dort auch schon eine leise nachhallende Stimme: »Habt ihr das gehört? Die Ablösung kann das noch nicht sein.« Dann rief eine andere, lautere Stimme: »Wer ist da?«

Nur den Bruchteil einer Sekunde sahen sich Halana und Ruben an.

Dann schritten sie gemeinsam nach vorne, während sie ihre Schwerter zogen und Ruben, das leise Sirren des Stahls übertönend, munter zurückrief: »Wir sind's nur!«

»Wer ist wir?!!«, war nun zu hören, und der Kopf eines großen Eulenmenschen linste um die Ecke.

Es gab ein hässliches Knacken, als Ruben mit einem gewaltigen Schrei sein Schwert nach vorne und genau zwischen die Augen des Höhlenmannes stieß, der wie ein gefällter Baum nach hinten fiel. Der Tote hatte den Boden noch kaum berührt, als Halana und Ruben auch schon mit einem widerhallenden markerschütternden Angriffsschrei um die Ecke und über den Eulenmann hinweg sprangen. Die Angreifer fanden sich in einer kleinen Höhle wieder, in der sie vier Orika-Soldaten gegenüber standen. Jeder einzelne der vier überragte Halana um gute Haupteslänge. Doch die mit eisenbeschlagenen Keulen bewaffneten Eulenmenschen waren vollkommen überrumpelt und durch den ungestümen Angriff eingeschüchtert. So sanken die ersten beiden tot zu Boden, noch ehe sie überhaupt an Gegenwehr dachten. Der dritte und kleinste der Soldaten (der aber immer noch eine halben Kopf größer als Ruben war) konnte einen Schwertstoß Halanas gerade noch ein kleines Stück nach unten und zur Seite schlagen, allerdings nicht weit genug.

So traf der Stich nicht das Herz, drang jedoch unter den Rippen tief in den rechten Lungenflügel ein. Keuchend und Blut spuckend taumelte der Getroffene zurück ans Ende der Höhle, wo der letzte und größte Orika-Soldat mit erhobener Keule stand und ihnen mit zusammengekniffenen Glubschaugen und gefletschten Zähnen entgegenstarrte.

Halana und Ruben hielten inne, um diesen letzten Wächter ohne Hast in die Zange zu nehmen. Jetzt, in der Überzahl, musste man ja nichts mehr riskieren. Doch unterdessen war der tödlich verwundete Wächter, nach Hilfe röchelnd, zurück zu seinem lebenden Kameraden getaumelt.

Der ließ tatsächlich seine Keule fallen und fing den Stolpernden mit beiden Armen auf. Überrascht stoppten Halana und Ruben. Eine solche Geste hätten sie gar nicht erwartet…

Da hob der große Soldat seinen Kameraden in die Höhe und schleuderte ihn mit einem Wutschrei auf die beiden Angreifer. Die wurden zur Seite gestoßen, der große Orika sprang durch die Lücke, rammte Prim beiseite und rannte um sein Leben – erfolgreich.

Halana und Ruben waren zwar augenblicklich hinterhergespurtet, doch da sprang der Soldat auch schon mit einem mächtigen Platschen in den tiefen Bach und wurde davon getrieben, während er bereits laute Alarm-Rufe ausstieß.

»Mist!«, fluchte Halana schwer atmend und hieb den Knauf ihres Schwertgriffs wütend gegen die Felswand.

»Beim Großen Zerstörer! Ein gerissener Kerl«, seufzte Ruben zwar anerkennend, aber nicht weniger alarmiert, »kann nicht mehr lange dauern, bis hier ein paar Glubschaugen angerudert kommen.«

»Na dann«, rief Prim, der inzwischen auch herangekommen war,
»würde ich vorschlagen: Nix wie raus hier!«

Sie rannten wieder in den kleinen Wachraum, durchquerten ihn eilig, liefen am Ende in einen Gang, der einen leichten Bogen beschrieb – und hatten nach zwanzig Metern Tageslicht vor sich. Nach all den Stunden im schwachen Höhlen-Licht mussten sie ihre Augen schützend mit den Händen abdecken, als sie noch nicht einmal ganz das Ende des Ganges erreicht hatten. Dann standen sie am Ausgang – und direkt am großen Gletscher, aber offenbar noch ein gutes Stück oberhalb der Stelle, an der sie ihn verlassen hatten. Langsam gewöhnten sich ihre Augen an die Helligkeit. Und wieder fluchte Halana: »Noch mal Mist!«

»Wieso?«, fragte Prim, »hier raus können sie uns doch nicht folgen?«

»Na, dann sieh mal zur Sonne.«

»Ja und?.... Oh!«

Es war schon Nachmittag, und eines war ganz klar: »Wir schaffen es niemals bis nach unten, geschweige denn durch den Wald, bevor die Nacht hereinbricht!«

Fast schon resigniert wollte Ruben von Prim wissen: »Na, hm, ›Zauberer‹, du hast nicht zufällig noch irgendeinen Trick im Ärmel? So wie die fliegende Kugel oder den schwimmenden Wagen? Möglicherweise hast du ja noch einen aufblasbaren Schlitten im Rucksack?«

»Nein«, seufzte Prim, »leider nicht.« Doch dann stutzte er, sein Gesicht hellte sich auf, und er rief: »Aber natürlich haben wir einen Schlitten! Los, schnell zurück in die Höhle!«

Und schon rannte er hinein.

»Ist er jetzt ganz wahnsinnig geworden?«, wollte Ruben wissen.

»Keine Ahnung, was er vorhat, aber wie ich ihn kenne... los, hinterher.«

Sie liefen wieder in die Höhle und sahen Erstaunliches, als sie um die letzte Biegung zu dem Flüsschen bogen. Gerade wollte ein mit drei Orika-Soldaten besetztes Schüssel-Boot anlegen. Der erste Krieger war schon halb aus dem Boot, allerdings noch so in gebückter Haltung, dass er Prim nicht abwehren konnte, der ihm aus dem Laufen heraus mit einem Schrei und den Füßen voran gegen die massige Schulter sprang.

Prim landete rücklings auf dem Uferfels, der Eulenmensch jedoch fiel mit einem Schrei nach hinten und brachte bei seinem Sturz das ganze Boot zum Kentern.

»Der Junge macht sich!«, keuchte Halana anerkennend, »aber was will er hier?« Doch da war Prim schon wieder auf den Beinen, deutete auf das Boot, mit dem sie hier angelegt hatten, und rief: »Los, zieht unseren

Schlitten aus dem Wasser. Ich halte die anderen auf«, denn aus dem Tunnel waren von rechts Rufen und das Schlagen mehrerer Ruder zu hören.

»*Schlitten?* Na, wenn das mal gut geht...«, sagten Halana und Ruben unisono, beeilten sich jedoch, das kleine Rundboot wieder loszumachen und an Land zu zerren. Prim zog unterdessen seinen Zauberstab, der kein Zauberstab war, aber einen anderen Namen hatte er sich noch nicht einfallen lassen. Er schwenkte den Stab nach rechts und schräg nach oben in die Flusshöhle hinein. Er zielte. Er feuerte. Vielleicht hatte Prim in der Aufregung die Kraft seiner Feuerkugel etwas hoch eingestellt. Jedenfalls folgten ein gleißender Lichtblitz und ohrenbetäubendes Krachen. Freund und Feind schrien gleichermaßen auf, und der Boden bebte, als ein großer Teil der Höhlendecke herunterkrachte, ein paar Orika unter sich begrub und die Höhlendurchfahrt rechts von Halana komplett blockierte.

»Wow!« Mehr brachte Ruben nicht heraus. Prim schüttelte kurz den Kopf, um das Dröhnen in seinen Ohren loszuwerden, dann rief er:

»Schnell wieder raus, bevor wir nasse Füße bekommen!«

Auch für das Wasser war der Weg versperrt, und gleich würde der kleine Fluss übers Ufer treten, dann aus der kurzen Höhle hinaus auf den Gletscher fließen.

»Nein, warte mal«, entgegnete Ruben, »versuch, auch die andere Seite zu sperren. Dann staut sich das Wasser bis in ihr Höhlensystem und wird einigen Eulen feuchte Füße bescheren. Und diejenigen, die mit der Bekämpfung der Flut beschäftigt sind, können uns schon mal nicht mehr verfolgen!«

Als das Wasser bereits übers Ufer schwappte, krachte es ein zweites Mal. Es gab noch eine große Welle, doch dann floss nichts mehr.

»Na, das wird einigen Orika feuchte Träume bereiten«, grinste Ruben, »nun aber ab hier!«

So schnell sie konnten, eilten sie, das kleine Boot zwischen sich tragend, unter heftigem Keuchen ins Freie.

»Und wie... pfffft... wie steuern wir das Ding?«, fragte Ruben außer Atem.

Halana zog ihr Schwert und schlug mit zwei kräftigen Hieben die Ruderblätter ab, dann erklärte sie: »Prim kauert sich hinter und zwischen uns, hilft durch Verlagern des Körpergewichts beim Steuern und ruft uns die Richtung zu, in die wir müssen. Du, Ruben sitzt rechts und drückst den Ruderstock tiefer in den Schnee, wenn wir nach rechts müssen, ich mache das Gleiche auf der linken Seite. Und wenn's zu steil und zu schnell wird, gibt Prim das Kommando ›Bremsen‹, dann verlangsamen wir die Fahrt. Gegebenenfalls lässt Prim uns auch in großen Bögen fahren, damit wir nicht einfach ungebremst nach unten rauschen und irgendwo dagegenknallen – und jetzt los, bevor ich's mir anders überlege.«

»Und was machen wir, wenn wir unten am Wald sind? Da kommen wir ja kaum mit diesem Ding hier durch, oder?«

»Falls wir jemals unten ankommen… nun, eins nach dem anderen, das sehen wir, wenn's soweit ist.«

»Beruhigender Plan…«

Dann schoben sie das Boot an und sprangen hinein.

*

»*Aaaaaargh!!*«

»*Großer Zerstiiiiih!*«

»Boote sind eindeutig keine Sch… *eißeeeeee!*«

Die steileren Passagen waren mörderisch. Hätte es in den Tagen zuvor keinen Neuschnee gegeben und sie wären auf vereistem Schnee talabwärts gerauscht, sie hätten wohl keine Chance gehabt. Ein Glück auch, dass der erste Kilometer ihrer höllischen Abfahrt vergleichsweise flach gewesen war, was ihnen die Gelegenheit gab, ihre Manövrier-Künste ein wenig zu üben.

»Vorsicht! Lenk nicht in die Bu-hu-hu-huckel!«

»Waaas?«

»Ega-ha-hal…!«

An den weniger steilen Stellen hätte die Abfahrt sogar fast Spaß machen können. Wenn ein Scheitern ihrer Fahrt nicht bedeutet hätte, in den Kochtöpfen der Eulenmenschen zu landen.

Bei den steileren Passagen war die holpernde Abfahrt echte Knochenarbeit. Aber Prim verlor nie den Überblick. Als sie sich einmal tatsächlich seitlich überschlugen, hatte dies an einem Steuerfehler der erschöpften Halana gelegen: Sie hatte ihren Steuer-Stock zu heftig in den Schnee gerammt, drei Körper flogen schreiend durch die Luft und ließen bei ihrer unsanften Landung eine Wolke aus Schnee und Eiskristallen in die Höhe schießen. Wie durch ein Wunder waren sie alle lediglich mit ein paar neuen blauen Flecken und einer gehörigen Ladung Schnee in den Kleidern davongekommen, und Ruben war es sogar gelungen, ihren sonderbaren Schlitten am Zugseil zu packen.

Zwar wurde der Krieger noch zehn Meter mitgeschleift, doch als er an Halana vorbeischlitterte, die, sich dreimal überschlagend, ein Stückchen weiter unten gelandet war, warf sie sich auf ihn, klammerte sich mit den Beinen fest und stieß ihr Schwert durch Schnee und Eis. Der Ruck in ihren Armen war kaum auszuhalten, doch der Schlitten kam zum Stillstand.

Keuchend blieben alle Drei minutenlang im Schnee liegen. Keiner von ihnen hatte seit gut 30 Stunden auch nur eine Sekunde geschlafen.

Doch die Fahrt musste weitergehen.

Also wieder rein und los.

Dann begann es zu dämmern. Und das Tageslicht verschwand schnell.

»Stoooopp!«, brüllte Prim.

Völlig erschöpft brachten Halana und Ruben mit den wenigen verbliebenen Kräften das Schlitten-Boot zum Stehen, so dass sie in ihre eigene beim Bremsen erzeugte Schneefontäne hineinfuhren.

Bis zum Ende des Gletschers waren es allenfalls noch 600, 700 Meter. Doch in der fortschreitenden Dämmerung strömten unter ihnen unaufhörlich klobige, weiße Gestalten von den Felshängen zu beiden Seiten des Gletschers aufs Eis.

»Mann, der Große Morlock muss ganz schön sauer auf uns sein, dass er seine Leute rausjagt, bevor es komplett dunkel ist!«

Die Soldaten der Eulenmenschen gingen geduckt und hatten ihre breiten, gerundeten Holzschilde dicht über ihre Köpfe gehoben, um sich vor dem wenigen Licht zu schützen, das noch da war. Aber sie kamen.

Und es waren viele. Und in den freien Händen hielten sie Lanzen, Äxte, Keulen, Messer…

»Durchbrechen?«, fragte Ruben.

»Schaffen wir nie«, entgegnete Prim.

»Oh, großer Mist des Großen Zerstörers! War's das jetzt? So kurz vor dem Ziel?«

»Dem Etappenziel«, entgegnete Halana, »aber, nein, vielleicht war's das noch nicht. Los, noch ein kleines Stück weiter runter und genau in die Mitte des Gletschers.«

»Und dann?«

»Dann wird uns Prim ein Loch in den Schnee schießen.«

»Pissen?«, fragte Ruben verblüfft, der sich ein wenig Schnee aus dem Ohr klopfte.

»Schießen!«

»Auch nicht weniger verrückt.«

»Und wenn's hilft, am Leben zu bleiben?«

»Worauf warten wir?«

Sie ließen sich noch ein Stück weiter ins Zentrum des Gletschers rutschen, kamen dabei aber den vordersten der Eulenmenschen, die nun langsam auf sie zumarschierten, schon gefährlich nahe.

Als sie wieder stoppten, sprang Prim vorne aus dem Schlitten, während Halana die Anweisung gab: »Schieß möglichst große Feuerkugeln exakt nach vorne und etwa im 45-Grad-Winkel nach unten in den Schnee – solange, bis ich stopp sage.«

Da inzwischen das wütende Angriffsgeheul der Höhlenmenschen schon beängstigend nahe klang, sparte sich Prim jede Diskussion und jagte eine Feuerkugel schräg nach unten in den Schnee. Fast explosionsartig schoss eine heiße Dampfwolke empor, was die Eulenmenschen erschrocken ein paar Schritte zurückweichen ließ. In schneller Folge schickte Prim noch drei Feuerkugeln hinter der ersten her. Nach der letzten war durch die so geschaffene Eisröhre herauf ein deutliches Zischen zu hören.

Halana rief: »Halt! Die Kugel ist auf Wasser gestoßen! Wir sind durch!«

»Durch?«, keuchte Prim, während Ruben schon schrie: »Die Gletscherhöhle mit dem kleinen Fluss…!«

Etwas Hartes knallte gegen das Holz ihres Bootes.

»Schnell! Sie sind schon in Wurfweite!«

Prim jagte einen letzten, besonders großen Feuerball nach unten, während Ruben schon hinter dem Behelfsschlitten stand. Prim sprang von vorne hinein, weitere Steine prasselten jetzt um ihn herum in den Schnee und gegen das Holz des Bootes, Ruben schob es von hinten fast über den Rand der Öffnung und hechtete bäuchlings hinein. Durch den Schwung kippte das Gefährt nach vorne, und ab ging die Fahrt: Das Boot rutschte etwa dreißig Meter durch eisige Dunkelheit, befand sich plötzlich im freien Fall – was einen Aufschrei aller drei Insassen nach sich zog – und landete nach zwei Metern klatschend und fast bis zum Rand eintauchend im Gletscherbach.

Sie befanden sich nun in völliger Dunkelheit, merkten aber, dass sie langsam und sich drehend vorangetrieben wurden. Ihr heftiges Keuchen hallte verzerrt von unsichtbaren Wänden zurück.

Zitternd zerrte Prim seinen Rucksack vom Rücken und holte eine der kalten Leuchtfackeln heraus, während er mit krächzender Stimme murmelte: »Hatte irgendwie vermutet, dass wir so was noch brauchen…«

Das wenige Licht hatte einen geradezu magischen Effekt: Um sie herum begann es stahlblau zu leuchten und zu glitzern, als sich das Licht an den Wänden und in den Fugen der Eishöhle brach, während ihr eigener Atem einen wabernden Nebel vor ihren Augen in die Höhe schickte.

»Jetzt schippern wir also einfach unter den Eulentypen durch«, atmete Prim auf.

»Ja, aber zu langsam«, stöhnte Halana und rieb sich den Kopf, mit dem sie bei der unsanften Wasserlandung heftig gegen eine Schulter gestoßen war, »und im Freien, wo er sich stärker ausbreitet, wird der Bach noch flacher und ist viel zu lahm.... Da! Bei dem Vorsprung da vorne...!«

Schon war sie auf das Eis neben dem Bach gesprungen, das Schleppseil des Bootes in der Hand, die beiden anderen folgten. Dann bat sie Prim: »Kannst du mit deinem Stab was tun, um den Bach vor uns anzustauen?«

»Hmmm... gefährlich.... Aber bitte...«

Prim ließ auch diesmal, allerdings viel vorsichtiger als in der Orika-Höhle, kleine Feuerkugeln weiter vorne in der Decke einschlagen, bis große Eisbrocken herausbrachen und sich zwischen den Höhlenwänden verkeilten.

»Recht so?«

»Ich denke schon....«

Halana opferte ihr Messer und rammte es in etwa anderthalb Meter Höhe schräg nach unten in die Eiswand, dann zerrte sie mit Hilfe der anderen ihr Gefährt an Land. Als sie wieder ins Boot stiegen, war der Bach schon übers eisige Ufer getreten und begann die Höhle zu füllen, während Halana mit Hilfe des Messergriffs das Fahrzeug in Position hielt.

Nach zehn Minuten hatte sich das Wasser auf ihrer Seite des Hindernisses schon gut einen Meter höher gestaut.

»So«, meinte Halana mit einem Blick zur näher rückenden Decke, »das sollte genügen... haltet euch gut fest, und dann, Prim, puste bitte das Hindernis weg.«

»Ich hatte befürchtet, dass sie irgend so was sagt«, seufzte Prim, »ich bin mir nicht sicher, wie der Eintritt ins Wasser den Aufprallwinkel der Feuerkugel verändert.«

»Dann lass es kräftig genug krachen, dass der Eisdamm auf jeden Fall wegfliegt...«

»Bist du verrückt? Dann kommt die *ganze* Höhlendecke herunter.«

»Mann, dann schieß unter Wasser, aber tu was! Die Decke....!«

»Oh!«

Nur noch ein knapper halber Meter trennte ihre Köpfe vom Dach der Höhle, und Halanas Hand, die den aus der Eiswand ragenden Messergriff umschloss, wurde schon vom Wasser überspült.

Prim klammerte sich mit dem linken Arm an die Sitzbank, lehnte sich seitlich hinaus und tauchte den rechten Arm mit dem Zauberstab ins eiskalte Wasser. Dann löste sich aus der Spitze des Stabes eine bläuliche Feuerkugel. Durch das Wasser geräuschlos und nur etwas verlangsamt, an der Wasseroberfläche jedoch einen Dampfstreifen hinter sich herziehend, jagte die Kugel auf das Hindernis zu. Die Höhle bebte, der Damm wackelte – und hielt. »Jetzt oder nie!«, rief Prim und schoss eine doppelt so große Kugel hinterher. Mit durchschlagendem Erfolg.

Der kleine Damm barst, glitzernde Eisklumpen zischten aus dem Wasser, das Boot schoss, umgeben von Eisbrocken und auf einer Flutwelle reitend, durch die zitternde Höhle davon.

*

Auf der Suche nach diesen verflixten, ihre Höhlen unter Wasser setzenden Andersmenschen, die so plötzlich von der Bildfläche verschwunden waren, hatten einige der Orika schließlich die richtige Idee gehabt und waren mit zwanzig Mann durch das Gletschertor in die Höhle vorgedrungen. Was ein Beweis dafür ist, dass eine richtige Idee nicht unbedingt auch eine gute Idee sein muss.

Von vorne hörten sie ein Bersten und Rauschen und drei sich rasend schnell nähernde Schreie. Dann schrien auch sie. Jedoch nur kurz.

Schon wurden sie von einer mit Eisbrocken durchmischten Wasserfront getroffen und davongerissen. Ein paar der vor dem Höhlenportal wartenden Eulenmenschen konnten sich noch durch einen Sprung in Sicherheit bringen, als schlagartig eine schäumend weiße Front aus der Höhle heraus in die beginnende Nacht schoss.

Man brauchte erst gar nicht daran zu denken, dem Boot auch nur annähernd irgendeine Richtung geben zu wollen. Wild schaukelnd, sich drehend und anstoßend, wurde es von der Welle in dem sich füllenden Flussbett vorangetrieben. Doch das Flussbett war hier wesentlich breiter, so dass sich das Wasser zu verteilen begann und die Fahrt endlich langsamer wurde.

»Oh Mann, ist mir schlecht!«, keuchte Prim.

»Bekommt ihr auch nasse Füße?«, wollte Ruben wissen.

Vom Boot war nicht mehr viel übrig, als es endlich mit sattem Knirschen auf eine Kiesbank auflief.

Während sie schließlich auf wackeligen Beinen auf den Kies sprangen, meinte Halana: »Hätte nicht gedacht, dass uns der seltsame Kahn so gute Dienste leistet – wo sind wir überhaupt?«

»Falls du mich fragst«, antwortete Ruben, »so weiß ich auch nicht mehr als ihr: Irgendwo rechts vom Fluss geht's tiefer ins Vorgebirge, nicht allzu weit nach links kommt der Felsenabsatz, hinter dem die kurze Bergwiese bis zum Wald führt.«

»Los dann! Ich höre sie schon.«

Tatsächlich war bereits aus Richtung des Gletschers – dem Zerstörer sei Dank in noch einiger Entfernung – das Wutgeschrei der Eulenmenschen zu hören. Also liefen die Flüchtlinge, so schnell die erschöpften Beine sie trugen, in Richtung des Felsabsatzes.

»Stopp! Da vorne ist etwas!«, bremste Ruben plötzlich seine Begleiter, als er unter dem schwachen Mondlicht ein paar sich bewegende Flecke im Schnee auszumachen meinte. »Etwas mehr Licht wär nicht schlecht!«

»Bitte«, sagte Prim und schoss vier kleine, sich langsam bewegende und gleißend rot leuchtende Sterne in den Nachthimmel.

»Bis du verrückt?«, knurrte Ruben, »jetzt wissen alle, wo wir…Oh!«

Vor ihnen hatte eine Patrouille aus neun Orika-Soldaten in der Dunkelheit am Rande des Felsabsatzes gewartet. Alle trugen gewölbte, runde Schilde am linken Arm, vier hielten zudem Wurfsteine, vier andere klobige Eisenschwerter und einer eine Axt in der rechten Hand.

Doch das gleißende rote Licht hatte sie geblendet. Überraschte Schmerzenslaute ausstoßend hoben sie ihre Waffenhände vor die Augen, während Ruben knirschte: »Nicht noch so kurz vor dem Wald«, dann stürzten er und Halana sich mit einem Schrei auf die Orika, die doch eigentlich die Angreifer sein wollten.

Sekunden später färbte das Blut der Stein-Schleuderer, die ihnen am gefährlichsten werden konnten, den Schnee rot. Dann standen Halana und Ruben Rücken an Rücken und erwehrten sich der Angriffe von vier der übrigen Orika, die sich wieder gefasst hatten. Da diese ihre großen Schilde hatten, wurde es eine höllisch gefährliche Sache und wäre wohl böse geendet, hätte Prim nicht ununterbrochen Leuchtsterne abgefeuert, deren Licht den Höhlenmenschen einen Teil ihrer Kraft zu rauben schien und sie nur durch zusammengekniffene Glubschaugen blinzeln ließ.

Prim musste allerdings, während Stahl auf Holz und Eisen traf, beim Feuern rückwärts laufend – denn der Axtträger näherte sich ihm grimmig – seinen Schild schützend gegen die Leuchtkraft über den Kopf halten.

Mit roher Gewalt war es Ruben schließlich gelungen, einen tiefen Riss in einen der hölzernen Schilde zu schlagen und kurz darauf, sich unter einem Hieb hinwegduckend, sein Schwert durch die Lücke zu stoßen.

Halana, mit zwei Schwertern kämpfend, wagte eine Finte: Mit einem Scheinausfall und erhobenem Schwert gelang es ihr, einen Soldaten zum Anheben des Schildes zu bewegen, während sie mit ihrer zweiten Waffe seinen Schwertarm blockierte. So kam sie nahe genug heran, um ihm ihr Knie in den Unterleib zu rammen. Als er sich vor Schmerzen krümmte, stieß sie ihm ihr Schwert durch den Hals. Gleichzeitig brachte sie durch eine tänzelnde Seitwärtsbewegung den Sterbenden zwischen sich und ihren zweiten Gegner, setzte ihren Fuß auf die Schulter des niedersinkenden Orika und schnellte sich in die Höhe. So konnte sie ihr nun wie ein Dolch geführtes Schwert über den Schild des Gegners hinweg tief in dessen Schulter rammen.

Rubens zweiter Angreifer, nun alleine stehend, tat das einzig Vernünftige: Sich herumwerfend ließ er Schild und Waffe fallen und rannte in Richtung der sich nähernden Eulenmenschen davon. Das rettete möglicherweise Prim das Leben. Ein Schrei des Ex-Zauberers ließ Halana und Ruben herumfahren. Prim war im tiefen Schnee gestolpert und nach hinten gefallen, sein Zauberstab davongerollt, der Axtmann mit bedrohlich erhobener Waffe schon fast heran…

Sich um die eigene Achse drehend, flirrte im Licht des letzten Leuchtsterns ein Schwert durch die Luft und traf den Axtschwinger mit Wucht im Genick. Er hatte Glück, dass es nur der Knauf des Griffes war, der ihn traf, dennoch kippte er augenblicklich ohnmächtig nach vorne. Die Axt schlug nur wenige Zentimeter neben Prims Kopf in den Schnee ein.

Noch vor einem halben Jahr wäre er erst einmal mehrere Minuten entsetzt liegengeblieben, schoss es Prim durch den Kopf, während er sich keuchend erhob und rief: »Danke, Halana.«

»Würdest du bitte mein Schwert mitbringen? Wir haben's eilig.«

Das war überraschenderweise Rubens Stimme gewesen.

Aber eilig hatten sie es auf jeden Fall. Denn jetzt waren die Schreie Hunderter aufgebrachter Eulenmenschen bedrohlich nahe.

»Schnell den Felsensturz runter und aus der Reichweite von diesen Steinen«, keuchte Ruben, »Prim! Licht!«

Doch das rote Leuchten zeigte nichts Gutes. »Verdammt, nur drei Meter... doch hier geht's nicht runter!«

»Aber die Wiese da unten ist ziemlich steil dem Wald zugeneigt, oder?«, rief Halana, den Fels hinunter blickend, und forderte: »Macht es wie ich!«

Sie schnappte sich einen Schild der Eulenmenschen, legte ihn mit der Vorderseite nach unten an den Rand des Felsensturzes, hakte ihren rechten Fuß unter einen der beiden Griffe und drückte sich mit dem linken Fuß ab.

Die Arme ausgebreitet, landete sie drei Meter tiefer auf der schneebedeckten Schräge, federte in die Hocke und rutschte auf den Wald zu.

»Wie vermisse ich Reinefreude«, seufzte Prim, während er noch eine Salve Leuchtsterne abschoss, die ersten Steine der Eulenmenschen um ihn herum den Schnee aufstieben ließen und er und Ruben sich je einen Schild griffen und Halana hintersprangen.

Weder Prim noch (zu Prims Genugtuung) Ruben konnten sich lange auf ihrem Schild halten. Schon kurz nach dem heftigen Aufsetzen fielen beide nach hinten und bremsten unsanft mit dem Gesäß. Prim versuchte gar nicht erst, sich wieder auf den Schild zu stellen, sondern nahm kurz Anlauf, warf sich bäuchlings darauf und schlitterte so die Wiese hinunter.

»Da hat er Recht«, keuchte Ruben achselzuckend und tat es ihm gleich.

Halana war inzwischen, mit leicht schlängelnden Bewegungen und hohem Tempo, bis dicht an den Waldrand gerutscht – aus dem ein Gelb in Menschenform heraustrat und ihr den Weg versperrte.

Den Fuß noch immer im Schildgriff verhakt, sprang Halana, den Schild nach vorne drückend, in die Höhe. Es gab ein sehr hässliches Geräusch, als der Gelb beim Aufklatschen des Schildes teils auseinanderspritzte, teils in den Schnee gerammt wurde. Da sich Halana im Sprung hinter dem Schild zusammengekauert hatte, musste sie keine Bekanntschaft mit dem brennenden Schleim des Gelbs machen. Dafür machte ihr Gesäß unangenehme Bekanntschaft mit dem Boden, als sie zwischen den ersten Bäumen hindurchflog und schließlich auf den fast schneefreien Waldboden krachte.

»Verdammt. Noch mehr blaue Flecken«, fluchte sie, während sie sich mühsam hochrappelte und ihre Kehrseite rieb.

»Aber an einer unzweifelhaft sehr hübschen Stelle«, keuchte Ruben von der Seite, »die ich auch ganz bestimmt gerne für dich reiben würde, wenn wir die Zeit hätten. Was jetzt?«

Nun war auch Prim angekommen, der Ruben einen erbosten Blick zuwarf und japste: »Erst mal weg und tiefer in den Wald, bevor sich das Schleim-Dings wieder zusammengeschleimt hat.«

Sie rannten schwer atmend weiter, doch plötzlich bremste Halana, so dass die beiden anderen fast auf sie aufliefen, und keuchte: »Stopp, stopp. Stopp! So geht das nicht. In unserem Zustand können wir die nicht abschütteln. Zumal dieser Gelb schon irgendwo vor uns im Wald sein dürfte. Und von unseren Eulenfreunden wird es hier auch gleich wimmeln.«

Ruben schnaufte: »Wäre dann nicht der rechte Moment gekommen für deinen So-schaffen-wir's-durch-den-Wald-Plan?«

Statt zu antworten fragte Halana: »Was macht die Schleimer fertig?«

»Feuer«, erwiderte Prim.

»Und die Höhlen-Heinis?«

»Licht.«

»Dann zünde den Wald an.«

»Wie? Aber was wird aus uns, wenn alle Bäume ringsherum…«

Von mehreren Seiten näherten sich Knacken und Rascheln. Fast im selben Moment hielt Prim den Zauberstab in der Hand und drehte sich, kopfgroße Feuerkugeln aus dessen Spitze ausstoßend, mehrmals um die eigene Achse, bestrich dabei sowohl die Baumkronen als auch den Waldboden.

Der Effekt war beachtlich.

Knapp 20 Baumkronen loderten wie Fackeln auf und tauchten den Wald in helles Licht. Etwa sechs Gelb konnten die Flüchtenden im Licht des Feuers ausmachen, die sich zischend in große Schlangen verwandelten und sich eilig aus dem Schein des Feuers herauswanden. Gleichzeitig gellte dutzendfach entsetztes Kreischen rund um sie herum auf, und sie sahen noch die muskulösen Rücken der hastig davontrampelnden Orika-Soldaten. Einige von ihnen waren so geblendet, das sie bei ihrer Flucht gegen Baumstämme krachten.

Vor ihnen hatte Prim nicht die ganzen Bäume, sondern nur deren Kronen in Flammen aufgehen lassen, so dass sie in diese Richtung unter den knackenden und lodernden Ästen hindurch flohen. Wirklich rennen konnten sie nicht mehr. Die vergangenen Stunden hatten ihren Tribut gefordert. So marschierten sie im schnellen Schritt, während ihnen ein großflächiges Feuer folgte und Prim weiterhin Feuerkugeln in die Baumkronen zischen ließ. Doch war das bald nicht mehr nötig. Ein frischer Wind fegte von den Bergen herunter und über den Wald hinweg, ließ das Feuer von

Wipfel zu Wipfel springen, so dass schon bald brennende Äste um sie herum zu Boden krachten, der Rauch immer dichter wurde und sie vor lauter Husten kaum noch reden konnten. Schließlich konnten sie ihre Richtung nicht mehr in gerader Linie beibehalten und mussten froh sein, überhaupt noch irgendwo hindurchschlüpfen zu können.

*

Die Flüchtlinge waren schweißgebadet, ihre Haut schien zu glühen, und sie konnten sich nur noch mühsam voranschleppen. Dabei hatten sie den Wald noch nicht einmal zur Hälfte durchquert.

»Da! Da!«, krächzte plötzlich Halana. Sie hatten den kleinen Bach erreicht, der durch den Wald sprudelte. Prim ließ ein paar Feuerkugeln in das Wasser einschlagen, um eine tiefere Mulde zu schaffen, dann warfen sich alle drei hinein.

Nach einer knappen viertel Stunde war das Feuer um sie herum weit genug niedergebrannt, dass sie sich wieder aus dem Bachbett herauswagen konnten. Viel länger hätten sie es in dem eiskalten Wasser ohnehin nicht ausgehalten.

Der Waldboden schien im Feuerschein zu dampfen, und noch immer lag drückende Hitze in der Luft, wodurch wenigstens ihre Kleider schnell trockneten. Doch um ihre Flucht weiter fortzusetzen waren sie nun schlicht zu erschöpft. Ganz in der Nähe waren zwei umstürzende Bäume gegeneinander gekracht, ihre ineinander verhakten Baumkronen boten noch immer ein gigantisches Lagerfeuer. Sie gingen so nahe wie möglich heran, Halana und Prim ließen sich sofort auf den rußgeschwärzten Boden fallen und waren fast augenblicklich eingeschlafen.

Ruben blieb stehen, um nicht ebenfalls vom Schlaf übermannt zu werden und hielt Wache. Nach einer Stunde weckte er Prim, der die nächste Stunde übernahm und danach seinerseits Halana mühsam wachrüttelte.

Erst als der Morgen dämmerte, brachen sie wieder auf, nachdem sie ausgiebig getrunken und ihre Wasserbeutel am Bach gefüllt hatten. Ihr Weg führte sie nun zwischen verkohlten Baumstümpfen hindurch, aber wenigstens würden sie bis Sonnenuntergang nicht mehr von den Eulenmenschen behelligt werden.

Erst am Nachmittag erreichten sie die Grenze, bis zu der sich das Feuer ausgetobt hatte, und traten wieder unter das Dach eines gesunden Winterwaldes. Dass während des Tages keine Eulenmenschen auftauchen würden, war ihnen klar gewesen. Allerdings waren sie ständig auf der Hut vor dem Gelb, der sie jedoch bisher in Ruhe gelassen hatte. Vielleicht mochte er sich ja nicht über Asche und durch verbrannten Boden bewegen. Tatsächlich bekamen sie ihn dann noch ein paar Mal zwischen den Bäumen zu Gesicht. Doch nach der Sache mit dem Waldbrand schien er sich nicht mehr so recht zu einem Angriff entschließen zu können.

Aber ihre Flucht war noch nicht vorbei, denn ohne Pferde brauchten sie viel länger, um den Wald zu durchqueren. Kurz vor Einbruch der Dunkelheit schufen die drei Flüchtlinge eine künstliche Lichtung, indem Prim ein paar Bäume umpustete. Dadurch konnte sich der Gelb während der Nacht nicht von oben auf sie herunterfallen lassen. Zudem entfachten sie an den Rändern der Lichtung einen Kreis aus zehn kleinen Feuern – Holz gab es ja genug – , in dessen Mitte sie abwechselnd schliefen. Dass die Eulenmenschen bis hierher vordringen würden, glaubten sie nicht, denn dann hätten sie keine Zeit mehr gehabt, vor der Morgendämmerung in ihre Höhlen zurückzukehren.

Am nächsten Tag ging ihr langwieriger Marsch in aller Frühe weiter.

Hin und wieder erkletterte einer von ihnen einen Baum, um sich aus dem Wipfel heraus einen Überblick über ihre Route zu verschaffen.

Als der Mittag in den Nachmittag überging, traute sich der Gelb ab und an näher heran, und die erschöpften Wanderer konnten froh sein, dass es Winter war, denn im laubfreien Geäst der Bäume konnte der Gelb keine rechte Deckung finden. Und so sah Prim ihn, trotz nachlassender Konzentration, fünf Mal in Baumkronen vor ihnen lauern, und fünf Mal setzte er, um das Schleimwesen in die Flucht zu treiben, die Baumwipfel in Brand. Doch hier und jetzt war es windstill, so dass diesmal wenigstens nicht der ganze Wald in Flammen aufging.

Vor Erschöpfung sprachen sie kaum noch während ihrer Wanderung.

Halana musste immer wieder über das Experiment nachgrübeln, dem der unglückliche Pronak zum Opfer gefallen war. Wenn es wirklich zu einer Allianz zwischen Cosa und Orika kam, und wenn die Eulenmenschen tatsächlich mit Hilfe jenes geheimnisvollen Mittels des Erleuchteten und seiner Bruderschaft ihre Höhlen verlassen und auch tagsüber angreifen konnten, dann mochte dies nicht weniger als den Untergang ihres Landes bedeuten. Eigentlich musste sie Berthold um jeden Preis aufzuhalten versuchen. Doch der dürfte – Krüppel hin oder her – mit Hilfe der Orika und der gestohlenen Pferde den Wald längst durchquert haben und war vermutlich schon auf dem Weg zum Schwarzen Herzog.

Auch Prim war am Grübeln. Aber wer würde nicht grübeln, wenn er gerade erfahren hatte, dass die Grundlage der eigenen Gesellschaft nichts weiter als eine große Lüge war? Es ist für niemanden einfach, wenn man feststellt, dass man keineswegs derjenige ist, für den man sich Zeit seines Leben gehalten hat. Irgendwann auf ihrem Weg sagte er schließlich zu Halana: »Komisch. Schon als Kind hatte ich meinen Spaß damit gehabt, mir vorzustellen, wie es wohl wäre, kein Zauberer zu sein. Und jetzt muss ich feststellen, dass ich es eigentlich die ganze Zeit wusste.«

Halana versuchte in ihrem mit einer Mischung aus Ruß und Schweiß verschmierten Gesicht ein Lächeln zustande zu bringen und meinte: »Also wenn du mich fragst: Für mich bist und bleibst du ein Zauberer.

Wenn ich an all das denke, was du auf unserer Reise bewirkt hast.

Meinetwegen können dich deine Reinefreudianer auch gleich zum Zauberer des Ersten Gürtels erheben.«

»Oh, lieb, dass du das sagst, aber dazu fehlen mir noch Fertigkeiten, und das hat nicht einmal so viel mit dem Zaubern an sich zu tun, denn…«

»Pst!«, unterbrach Ruben, »ich höre was!«

Tatsächlich näherte sich von vorne rasches Hufgetrappel – und es mussten eine ganze Menge Pferde sein. Schnell zogen sie ihre Waffen und versuchten, sich so gut wie möglich hinter Bäumen zu verbergen.

Doch…

»Sssnrk!«, rief Halana erleichtert.

Der Häuptling der Chrrrr kam mit gut 50 seiner Männer, die alle Fackeln trugen, zwischen den Bäumen hindurch auf sie zugeritten und rief schon aus ein paar Metern Entfernung: »Ich nehm an, irgendeiner von euch hat gehabt Feuerstein dabei? Wir hab uns dann überlegt, dass nicht wär schlecht, mal zu sehen nach dies Rauchzeichen.«

Von weiter hinten kam aus der Reihe der Reiter ein Freudenjauchzer, und ein mit zwei kleinen Gestalten besetztes Pferd preschte heran, während Sssnrk lachend rief: »Ich musste sie mitnehm, wenn ich nicht wollt riskieren, dass bei Rückkehr mein Dorf nur noch Schutt und Asch!«

Das Pferd hielt vor den drei Wanderern, und während Tingli strahlend sitzen blieb, sprang Ruff herab und umarmte stürmisch seine Mutter.

Ruben seufzte in Richtung Sssnrk: »Ihr habt nicht zufällig drei Pferde übrig?«

»Nein«, lachte Sssnrk, »nicht zufällig. Absichtlich!«

*

Es war noch ein langer Ritt, bis sie wieder im Wandernden Dorf des Stammeshäuptlings ankamen.

Direkt nach ihrer Rettung noch aufgekratzt, war Halana nun so unsagbar müde, dass sie es gerade noch schaffte, mit Prim und Ruben auf ihr überstandenes Abenteuer anzustoßen, wobei ihre beiden Begleiter, zumindest für den Moment, die Kriegslanze beerdigt hatten. Dann taumelte sie in ihr Zelt und war keine zehn Sekunden später auf ihrem Lager eingeschlafen. Sie merkte nicht einmal, dass Ruff noch ein wenig Holz in das kleine Feuer im Zentrum des Zeltes legte und sich dann an sie schmiegte.

Einen kompletten Tag und eine ganze Nacht schlief Halana durch und fühlte sich dennoch am Morgen wie gerädert. Erst ein schnelles Bad im eiskalten Wasser des kleinen Sees brachte sie halbwegs zur Besinnung.

»Du siehst ganz schön beschissen aus. – Genau so, wie ich mich fühle,« begrüßte sie Ruben, der bereits im Zelt des Häuptlings wartete.

Auch Giula war schon hier, die sich allerdings demonstrativ so weit weg wie nur möglich von Ruben platziert hatte. Wenig später trafen auch Prim, Hanumann und der noch immer humpelnde Olav ein. Prims verquollene Augen sprachen ebenfalls Bände. Die drei Heimkehrer wollten Sssnrk und ihren Freunden Bericht erstatten und sich beraten, zuerst jedoch fragte Prim den Häuptling: »Haben Eure Leute irgendeine Spur von Berthold entdeckt?«

Noch während ihres Rittes aus dem Wald heraus hatten sie darum gebeten, dass der Häuptling Krieger aussenden möge. Das hatte der auch getan, doch nun schüttelte er den Kopf: »Keine Spur bisher von einarmigem keinbeinigem Berthold in Pferdesänfte – aber Wege weit. Vielleicht kommt noch.«

Dann sah der Häuptling verblüfft, wie Prim einen der Teppiche, die den Boden bedeckten, ein Stückchen zusammenrollte, und er flüsterte zu Halana: »Was macht er?«

»Oh, wir erwarten noch Besuch.«

»Aha. Und der soll sitzen auf Teppichrolle? Kann doch ruhig nehmen Sitzkissen?«

»Wenn wir fertig berichtet haben, werdet Ihr schon verstehen.«

Der Stammeshäuptling war mit seinen vier engsten Beratern gekommen, zu denen auch der Dorfhäuptling gehörte. Ise von Fels war als Übersetzerin dabei. Sie alle kamen die nächsten zwei Stunden aus dem Staunen nicht mehr heraus.

Als Halana, Ruben und Prim, oft von Rufen des Unglaubens unterbrochen, endlich geendet hatten, machte sich zunächst Ratlosigkeit breit, dann schüttelte Sssnrk seinen Kopf, und er meinte: »Ihr soviel habt erzählt von Pilzen. Ganz ernst: Gibt auch Pilz, die mach wuschige Träume und Gedanken. Habt ihr vielleicht gegess davon? Ein Wesen, das besteht aus Pilz, aber denkt und spricht? Ist doch nicht möglich?«

»Doch, durchaus«, sagte das Wesen, während es im Augenblick eines Wimpernschlags aus dem Erdboden hervorwuchs. Dann zog es sich ein Sitzkissen heran, von dem gerade ein entsetzter Berater des Häuptlings heruntergeplumpst war, ließ sich darauf nieder und wartete, bis sich der Tumult gelegt hatte.

# 8. STAHL UND ANGST
## Die Macht des Schwarzen Herzogs

Sieben Tage warteten sie noch, bevor sie sich wieder auf den Weg in die Heimat machten. Sie warteten in der Hoffnung, dass die zahlreich ausgeschickten Späher und Krieger der Chrrrr doch noch eine Spur von Berthold und seinen sicher absonderlichen Begleitern melden würden. Doch der Verräter blieb wie vom Erdboden verschluckt.

Den »Bruder des Schlafenden Gottes« betrachteten die Chrrrr in diesen Tagen mit einer Mischung aus Staunen, Ehrfurcht und Angst. Seine Geschichte hatte sich zwar inzwischen herumgesprochen, und die Steppenkrieger hörten sie wohl, nur wirklich verstehen konnten sie sie nicht.

Selbst Prim, der sich in dieser Zeit viele Stunden mit Fungus unterhielt, fühlte sich wie eine Ameise, die versucht, das Rote Gebirge abzutragen.

Schnell wurde ihm klar, dass er nicht einmal an der Oberfläche des Wissens kratzen konnte, das der Fungus in sich trug. Aber war das ein Wunder? Sein Volk, und davon sogar nur die Zauberer (»*Ha!*«), hatten das letzte Mal vor 6783 Jahren Zugriff auf dieses Wissen gehabt, als der Schlafende Gott noch nicht eingeschlafen war. Seither waren sie nichts weiter als die Wächter des Schattens jenes Wissens gewesen, die eifersüchtig ein paar Überbleibsel längst vergangener Künste der Wissenschaft vor den anderen Völkern hüteten. Und diese Überbleibsel hielten sie auch noch für den Gipfel der Kultur, obwohl sie doch eigentlich nichts weiter als ein paar abgenagte Knochen eines längst aufgefressenen Tieres waren. Und was mussten erst Halana und ihre Freunde empfinden, wenn sie zum Beispiel beiläufig in einem belanglosen Nebensatz erfuhren, dass die Welt in Wirklichkeit eine Kugel war?

Eines war Prim jedenfalls schmerzlich klar geworden: Bisher hatte er immer gedacht, den Bruder des Schlafenden Gottes überhaupt zu finden und mit heiler Haut heim zu bringen, wäre der wirklich schwierige Teil ihres Abenteuers, und danach würde alles wie von selbst laufen. Doch dem war nicht so. Es würde nicht nur Jahre, es würde Generationen dauern, all die Kenntnisse, die in diesem Wesen steckten, in ihre Gesellschaft einfließen zu lassen. Erst dann wäre der Schlafende Gott auf gewisse Weise wieder geweckt. Na ja, immerhin konnte das Wesen für das derzeit Wichtigste sorgen: dafür, dass Prims Gesellschaft überhaupt erhalten blieb. Denn wer, wenn nicht Fungus, sollte den Zauberern klar machen, dass sie sich all ihrer »Zauberkräfte« entledigen, ja vielleicht sogar auswandern mussten, wenn sie wieder Kinderlachen um sich hören wollten.

Als Prim zu Halana über seine Ängste sprach, dachte sie lange darüber nach und sagte dann: »Aber ist es nicht gut, dass euer altes Wissen erst ganz allmählich wieder zu euch zurückfinden wird und ihr euch in der Zwischenzeit ein bisschen bewegen müsst? Auch wenn euer Leben in Reinefreude sicher sehr bequem ist: Nach all dem, was du in der freien Welt gesehen und erlebt hast, kannst du doch nicht wirklich einem Staatswesen nachtrauern, in dem eine Kaste verblendeter alter Narren mit einer Lebenslüge und ein paar Taschenspielertricks über ein ganzes Volk herrscht? Auch ein Gefängnis voller Luxus ist doch noch immer ein Gefängnis.«

Noch vor einem Jahr, das war Prim klar, hätte er sich bemüßigt fühlen müssen, auf das »verblendete alte Narren« mit einer zornigen Erwiderung zu reagieren. Doch nun nickte er und meinte leise: »Vielleicht hast du Recht.«

Das Wesen, das ihrer Unterhaltung zugehört hatte, sagte: »Prim, zwar ist mir selbstverständlich auch die Emotion des Trostes unbekannt, aber im technischen Sinn verstehe ich die Bedeutung dahinter. Und so mag es dich trösten, dass die Ichs in mir bei meiner Erschaffung vieles in mich hineingaben, was das Leben in euren Völkern ohne großen Aufwand und ohne generationenlanges Lernen und Verstehen besser machen kann.«

»Medizinen, die man auch mit unseren Mitteln schaffen kann, ohne den Grund ihres Wirkens zu kennen?«

»Nun, ja, solche Dinge auch. Aber ich dachte eigentlich an etwas anderes. An Geschichten.«

»*Geschichten?*«

»Geschichten. Romane, Märchen, Sagen, Fabeln, Briefe, Theaterstücke, Gedichte, Musik, Philosophien, Tragisches, Komisches… Ich habe sie alle: Tausende Jahre Literatur sind in mir gesammelt. Und auch das wird dieser Welt helfen, wird Impulse geben…«

»Und wie kommst du darauf, dass Geschichten so wichtig sind?«

»Ich habe es gesehen.«

»In den Tausenden Jahren deiner Existenz?«

»Nein. Gestern. Ich habe Ruff und Tingli ein Märchen erzählt. – Und sie waren hingerissen.«

Die Kinder verstanden natürlich noch viel weniger als die Erwachsenen, was für ein unglaubliches Wesen sie mit dem Fungus vor sich hatten.

Aber im Gegensatz zu den Erwachsenen war es ihnen, in ihrer beneidenswerten Unbekümmertheit, schon nach kurzer Zeit schlichtweg egal. So hatten sie auch keine Scheu davor, sich dem Fungus zu nähern und ihm weitere Geschichten abzubetteln. Und wäre es nicht ein Ding der Unmöglichkeit gewesen, so hätte man glatt meinen können, ein leichtes Lächeln in diesem seltsam glatten Gesicht zu erkennen.

Doch schließlich war der Tag der Abreise gekommen. Mit jedem Tag des Wartens war Halana unruhiger geworden. Sie mussten zurückkehren und Engaland warnen vor den Plänen des Herzogs und seiner absonderlichen neuen Verbündeten. Ihr Land würde sich rüsten müssen für den gewaltigsten Krieg, den es je zu bestehen galt.

Prim brannte zudem mit banger Erwartung darauf, seinen Leuten den Bruder des Schlafenden Gottes vorzustellen und seinem Volk zu erklären, was es unweigerlich opfern musste, um zu überleben.

Doch der Tag der Abreise sollte noch ein paar Überraschungen für einige von ihnen bereithalten.

Nachdem Halana erwacht war, bemerkte sie überrascht, dass Giula im Schneidersitz neben ihrer Bettstatt saß, ein Schreibbrett auf den Beinen, und konzentriert Schriftzeichen auf eine Pergamentrolle setzte.

Ruff war offenbar auch schon wach. Als Halana sich erhob, sah sie, dass sein Lager leer war. Aber sie hörte seine ziemlich nervöse Stimme vor dem Zelt. Offenbar hatte Tingli ihn aus den Federn geholt, denn das Mädchen hörte Halana auch. Es weinte leise und bitterlich.

Ja, es war der Tag des Abschieds.

»So«, sagte nun Giula, und das Knistern des Pergaments, als sie es eng zusammenrollte und verschnürte, schien einen eigentümlich endgültigen Klang zu haben. Dann erhob sie sich, ging mit dem Pergament zu der Kriegerin hinüber – und umarmte sie ganz unvermittelt heftig und lange. Eigentlich wusste es Halana in diesem Moment. Dennoch fragte sie fast ängstlich: »Giula, was ist mit dir?«

Die Hebamme und Amputiererin trat seufzend einen Schritt zurück, blickte Halana lange in die Augen und meinte dann: »Gestern Abend ist das geschehen, was ich eigentlich schon länger erwartet hatte. Aber große Krieger können ja manchmal solche Feiglinge sein… Sssnrk ist zu mir gekommen. Er hat mir erklärt, dass er gerne einen Platz im Hautzelt für mich reservieren würde.«

»Wie?«, fragte Halana, jetzt doch verwirrt, »ihr wollt euch im Zelt treffen?«

»Na ja, irgendwie schon… genaugenommen meinte er allerdings die *Zeltwand,* in der er gern einen Stückchen für mich vormerken würde. Ganz nahe dem Platz, wo einmal seine Haut in das Zelt eingenäht wird.«

Als Giula das Stammeszelt zum ersten Mal betreten hatte, da hatte sie noch Entsetzen und Abscheu empfunden. Inzwischen war ihr der Sinn dahinter klar geworden – offenbar konnten sogar die eigenen Moralvorstellungen in anderen Ländern auf den Kopf gestellt sein: Das Stammeszelt eines jeden Nomadenvolks, das immer im Zentrum des Wandernden Dorfes des Stammeshäuptlings aufgebaut wurde, bestand aus einem ganz besonderen Leder. Es war – *nach* deren Tod – aus gegerbten Hautstücken aller früheren Stammeshäuptlinge und ihrer Familien zusammengenäht worden, und wenn ein Chrrrr eine besondere Tat für sein Volk vollbracht hatte, dann konnte auch ihm die Ehre zuteilwerden, nach seinem Ableben einen Platz in der Zeltwand zu erhalten.

Das Stammeszelt war dadurch so etwas wie das Geschichtshaus, aber auch das Herz der Nation. Und nicht zuletzt war es als Hilfe bei den Krsch'n, den wichtigen, richtungsweisenden Beratungen gedacht, die in dem großen Zelt abgehalten wurden: Der Geist der Ahnen und der Blick auf die eigene Geschichte sollten zu weisen Entscheidungen verhelfen, durchaus auch durch ganz konkrete Geschichten (»Seht ihr das Stück von Häuptling Prrrkn da hinten, das langsam etwas ausfranst? Wie der damals von ein paar Lrrrk-Pferdedieben reingelegt wurde, das könnte noch heute meine Zähne beim Knirschen zum Abbrechen bringen. Das war so…«).

Sssnrk war zweimal verheiratet gewesen. Seine Jugendliebe Sssanara war bei der Geburt ihres ersten Kindes gestorben, seine zweite Frau Psiru war vor knapp zehn Jahren, zwei Wochen nach der Geburt des vierten Kindes, das sich noch spät eingestellt hatte, zu den Ahnen gegangen. Beide Frauen hatten, nahe beieinander, ihren Platz im Zelt gefunden.

Inzwischen hatte Halana verstanden: »Er hält dir einen Platz im Haut… äh, im Stammeszelt frei? Aha. Ich schätze, so sieht dann wohl der romantische Heiratsantrag eines Steppenkriegers aus.«

»Schätz ich auch. Jedenfalls habe ich ja gesagt. Sssnrk ist zwar hässlich wie ein Pferd, aber was für ein Mann! Außerdem bin ich in Engaland nur eine Hebamme von vielen, hier kann ich mit meinem Wissen wirklich etwas bewirken. Und wer hätte gedacht, dass sich in meinem Alter noch solche Chancen auftun?«

Halana war danach zumute, laut loszuschreien und zu rufen: »Aber was ist mit mir? *Ich* brauche dich doch!« Stattdessen sagte sie mit nur leicht bebender Stimme: »Giula. Meine liebe Giula. Du brauchst es mir nicht zu erklären. Du hast es verdient. Erinnerst du dich noch an jenes unmögliche achtzehnjährige Gör, das du vor neun Jahren unter deine Fittiche genommen hast? Was wäre wohl aus ihr und ihrem Sohn geworden, wenn du das nicht getan hättest?«

»Oh«, lachte Giula wehmütig, »du hättest es auch so geschafft. Das habe ich schon damals in diesem rotzfrechen, fluchenden Balg gesehen: Du trägst es in dir, das Richtige, das Gute zu tun. Aber ich bin so froh, dass ich dich dabei ein Stück des Weges begleiten und dir ab und an einen Schubs in die richtige Richtung geben konnte.«

Halana deutete auf die Pergamentrolle in Giulas Hand und meinte: »Ich werde dafür sorgen, dass deine beiden Söhne und ihre Familien deinen Brief bekommen.«

»Das ist meine Halana«, sagte Giula lächelnd, »in ihrem Köpfchen immer schon einen Schritt voraus. Ja, das ist ein Brief an meine Söhne. Und von meiner Tochter werde ich mich jetzt verabschieden.«

Halana fragte sich, warum sie dieses eine Wort noch nie zu Giula gesagt hatte, als sie sie lange umarmte und es sanft aussprach: »Mutter!«

Doch schließlich lösten sich die beiden Frauen voneinander, und Halana erklärte: »Aber um einen großen Gefallen werde ich dich, nun, da du hier bleibst, noch bitten müssen. Und ich glaube, dann wird Tingli da draußen auch bald nicht mehr weinen.«

Giula riss überrascht die Augen auf und konnte es nur flüstern: »Du... du willst Ruff hier lassen?«

»Oh nein. Ich will es ganz und gar nicht. Aber hier hat er noch eine gewisse Sicherheit. Engaland erwartet ein Krieg, den es, wenn wir nicht ein paar Verbündete auf unsere Seite ziehen, nicht gewinnen kann. Und ich möchte nicht, dass Ruff bei mir ist, wenn Berlundel überrannt wird.«

Giula verstand und hatte plötzlich diese wahnsinnige Angst, Halana nie mehr wiederzusehen. Sie schluckte und sagte: »Natürlich werde ich Ruff... Natürlich werde ich meinen Enkelsohn hier behalten. Es wird ihm gut gehen, und so lange ich lebe, werde ich ihm von dir erzählen.«

Halana nickte und ergänzte: »Und solange Engaland nicht gefallen ist, seid ihr hier in Sicherheit. Vielleicht halten wir den Schwarzen Herzog ja ein paar Jahre auf, so dass Ruff alt genug ist, um zu kämpfen, wenn sich Cosa schließlich gegen die unbotmäßigen Steppenvölker wendet. Dann soll Ruff ihn, mit schönen Grüßen von mir, den Schweinen zum Fraß vorwerfen. Aber vielleicht ist es auch schon in ein, zwei Jahren soweit...«

»Das möge der Große Zerstörer verhindern. Aber wenn es doch geschehen sollte… Nun, es gibt auch noch Länder jenseits der Steppe. Ich werde dafür sorgen, dass Ruff fliehen kann.«

»Danke.«

Mit ihrer Voraussage sollte Halana nicht wirklich Recht behalten.

Tingli hörte nur kurz mit dem Weinen auf, als sie hörte, dass Ruff hier bleiben sollte. Doch als nun Ruff heiße Tränen die Wangen herunterliefen, weinte auch Tingli wieder.

Als Halana aus dem Zelt trat, stellte sie mit milder Überraschung fest, dass der Fungus bei den Kindern stand und versuchte, das Mädchen zu trösten. Nun nahm das Wesen Tingli bei der Hand und erklärte ihr: »Du wirst noch viel Zeit für deinen Ruff haben. Aber jetzt brauchen er und seine Mutter ein paar Minuten für sich allein. Komm also mit, ich werde dir auch eine Geschichte erzählen. Sie wird dir gefallen…«

Mit schlechtem Gewissen versprach Halana ihrem Sohn, dass sie nur solange wegbleiben würde, bis der Krieg gegen den Schwarzen Herzog gewonnen wäre, und dass sie sich mit dem Siegen nun auch ganz besonders beeilen wolle. Außerdem wisse sie ja jetzt, wo ihr Sohn zu finden sei und dass er in guten Händen wäre, »…ganz besonders, wenn ich an die kleine Tingli denke!«

»*Mama!*«

Etwas Trost brachte Sssnrk mit seinem Abschiedsgeschenk – einem großen Käfig voller Tauben.

»Wegzehrung?«, fragte Hanumann, der Koch.

»Wenn du fress Brieftaub, dann ich fress dich«, lautete Sssnrks lakonische Antwort. Auf diese Weise konnte man in Verbindung bleiben, und der Häuptling versprach auch, durch Boten in Erfahrung zu bringen, wie es Rrrricka und Barrkaron inzwischen beim Stamm der Lrrrk ergangen war. Außerdem gab ihnen Sssnrk eine Eskorte von 100 Kriegern mit auf den Weg, so dass sie wenigstens innerhalb seines Einflussgebietes einigermaßen sicher reisen konnten – schließlich trieben sich immer noch irgendwo die überlebenden Kopfgeldjäger herum, die es auf Halana und Prim abgesehen hatten. Begeistert hatte Ruff vorgeschlagen, dass er und Giula – »na gut, Tingli, du auch« – Halana mit der Eskorte wenigstens bis zur Grenze begleiten könnten. Aber Halana blieb standhaft und verbot es. Sie wollte den Abschiedsschmerz nicht noch weiter verlängern.

Bevor sie sich endgültig auf den Weg machten, wurden sie noch alle Zeugen, wie der Bruder des Schlafenden Gottes nach Tausenden Jahren seine Heimreise antrat. Es kam ihnen etwas sonderbar vor, als sie sich, vor dem Dorf stehend, von ihm wie von einem Menschen verabschiedeten. Tingli hielt als Letzte sogar lange die Hand des Wesens und sagte: »Schade, dass du nicht hier bleiben kannst. Ich mag dich. Bitte, pass auf dich auf!«

Und jetzt lachte das Wesen doch tatsächlich, als es antwortete: »Aber ja, du wuschelige Steppenblume, das mache ich. Und du, wirst du auch auf mich aufpassen?«

»Versprochen!«

»Na, dann kann ja nichts passieren.«

Damit wandte er sich um und schritt auf seine sonderbar gleitende Art noch ein paar Meter weiter vor das Dorf, wo er stehen blieb, sich noch einmal umwandte und rief: »Genau bis hierher reicht meine Ausdehnung inzwischen – unterirdisch, natürlich. Von hier an beginnt sogar für mich auf gewisse Weise Neuland. Eine interessante Erfahrung, wenn ich so etwas wie Interesse empfinden könnte.«

Damit brachen in einer geraden Linie links und rechts von ihm gut hundert weitere identische Gestalten langsam aus der Erde. Als sie schließlich, wie an einer Perlenschnur aufgefädelt, nebeneinanderstanden, beugten sie sich wie eine einzige Person – was sie im Prinzip ja auch waren – in einem für einen echten Menschen unmöglichen, aber eleganten Bogen nach vorne, bis ihre Köpfe den Boden berührten und langsam, die Körper hinterherziehend, in der Erde verschwanden.

Gleichzeitig tauchten an der Stelle ihrer Pseudo-Füße hundert neue Wesen aus dem Boden auf, schritten zu der Stelle, wo gerade die letzten Reste ihrer Vorgänger in den Boden eingetaucht waren, und beugten sich von dort ihrerseits nach vorne, um einen knappen Meter weiter als die vorangegangene Reihe ebenfalls im Boden zu verschwinden, während sich hinter ihnen schon die nächste Reihe formierte. Auf diese Weise bewegte sich das ganze Wesen wie in großen Wellenbewegungen nach vorne.

»Wirklich ausgesprochen faszinierend«, murmelte Olav.

»Was leider nicht so faszinierend ist«, ergänzte Prim, »selbst er konnte nicht voraussagen, wann er in Reinefreude bei den Nachfahren seiner Erschaffer ankommen wird. Hier in der Steppe kommt er jedenfalls noch recht gut voran. Doch wenn er auf Fels stößt, den er noch nicht – wie in den Höhlen der Eulenmenschen in Jahrtausenden – durchdrungen hat, wird ihn das aufhalten. Wenn er auf Wasser trifft, braucht er auch länger, bis er darunter hindurchgewachsen ist. Und wenn er das Land Sssnrks verlassen hat, wird er ohnehin nur noch nachts reisen können, um unliebsame Begegnungen zu vermeiden. Er kann theoretisch und wenn alles wirklich gut laufen würde, in einem halben Jahr ankommen. Umgekehrt könnten, bei sehr schlechten Bedingungen, auch bis zu drei Jahre daraus werden.«

Doch schließlich, nach einem letzten Kuss für Giula und Ruff, folgten sie dem Wesen: Olav, der sein verletztes Bein immer noch schonen musste, saß auf dem Kutschbock von Prims großem Wagen, der sich noch immer so unglaublich leicht von nur zwei Pferden ziehen ließ. Halana, Ruben, Hanumann und sogar Prim saßen zu Pferde, wie natürlich auch ihr hundertköpfiger Begleitschutz.

Schon bald hatten sie das Wesen schweigend und weiträumig überholt. Und sie entfernten sich immer weiter von dem Wandernden Häuptlingsdorf der Chrrr, von Sssnrk, Tingli und ihren anderen neuen Freunden – und von Ruff.

*

Nach mehreren Tagesreisen standen sie wieder am Grenzfluss – natürlich nicht an einer der gängigen Furten oder gar Brücken. Halana konnte sich nur zu gut vorstellen, dass diese Übergänge von Männern des Herzogs zumindest überwacht wurden, seit sie mit Rrrricka aus dem Turm geflohen und in den Ländern der Steppe verschwunden war.

Tagsüber hatten sie sich, noch außerhalb der Sichtweite zur Grenze, ausgeruht und sogar ein wenig geschlafen. Mit Einbruch der Dunkelheit war es dann an der Zeit, sich von ihren Chrrr-Begleitern zu verabschieden und den restlichen Weg bis zum Fluss zurückzulegen. Eine Brücke brauchten sie nicht. Denn schließlich hatten sie ja noch immer Prims aufblasbare Schwimm-Kissen an ihrem Wagen. So setzten sie in der hereinbrechenden Nacht über den Fluss. Da er hier breit und die Strömung somit nicht besonders schnell war, ließen sie die mit Leinen an dem Wagen festgebundenen Pferde einfach hinterherschwimmen. Und als nach jener Nacht der Morgen dämmerte, waren sie schon tief in das Schwarze Land vorgedrungen, weit weg von neugierigen Blicken irgendwelcher Grenzpatrouillen. Sie hielten sich von den Hauptwegen fern und reisten oft nachts. Nach drei weiteren Wochen, der milde Winter wich inzwischen dem Frühling des Jahres 11807, überschritten sie eine weitere Grenze: die Grenze zu Engaland.

Fast ein Jahr war es nun her, dass Halana ihre Heimat verlassen hatte. Nur ein Jahr, und doch für Halana eine gefühlte Ewigkeit. Was war nicht alles geschehen, in jenem Jahr. Aber rechte Freude wollte sich bei der Kriegerin nicht einstellen, als sie jetzt wieder in ihre Heimat einritt. Denn war sie nicht ausgezogen, um mit ihrem Sohn heimzukehren? Und um den Ränkespielen des Schwarzen Herzogs einen Riegel vorzuschieben? Trotz all jener fast unglaublichen Erfolge, die sie in den zurückliegenden Monaten errungen hatte, waren ihr diese endgültigen Siege bislang verwehrt geblieben. – »Was hast du?«, fragten gleichzeitig die beiden Männer, die links und rechts neben ihr ritten. »Du siehst besorgt aus«, schob Prim nach. »Dabei solltest du dich doch freuen«, ergänzte Ruben.

Halana lächelte nach links. Und nach rechts. Dann erzählte sie, welche Gedanken sie bedrückten.

Ruben und Prim hielten dagegen, was sie doch alles erreicht hätte: Sie war tatsächlich ins Land der Zauberer eingedrungen, hatte einen Zauberer »entführt«, hatte Rrrricka gegen jede Chance aus dem Turm befreit und war einer haushohen Übermacht entkommen, sie hatte ihren Sohn und Giula wirklich lebend wiedergefunden, und – das Unglaublichste – tatsächlich den Bruder des Schlafenden Gottes entdeckt – selbst wenn er sich keineswegs als echter Bruder, sondern als Hallimasch erwiesen hatte.

»Und überdies«, räumte Prim mit einer gewissen Resignation ein, »scheint es letztlich auch dein Verdienst zu sein, dass Ruben wieder auf die richtige Seite in dieser ganzen Geschichte zurückgekehrt ist – und ohne ihn hätten wir es nicht geschafft.«

Worte, die der Genannte mit Überraschung, aber auch, nach kurzem Zögern, mit einem kleinen, dankbaren Nicken zur Kenntnis nahm.

Halana jedoch meinte: »Doch trotz allem, was wir erreicht haben, wird es zu einem großen, mörderischen Krieg kommen, werden Ströme von Blut vergossen, wenn der Schwarze Herzog zusätzlich zu seinem Heer gut eine Million Eulen-Krieger in die Schlacht werfen kann.«

»Ja, so ist es«, bestätigte Ruben, »aber noch hat Engaland Zeit, sich zu rüsten, sich vorzubereiten und vielleicht doch noch eine Lösung zu finden. Denn es wird sicher einige Monate dauern, bis Cosa die eigenen Vorbereitungen abgeschlossen hat. Man denke nur daran, wie viel Zeit vergehen mag, um genug von diesem Mittel herzustellen, das eine Million Eulen-Krieger vor den Strahlen der Sonne schützt.«

Und Prim fragte besorgt: »Halana, nach allem, was wir bisher schon durchgestanden haben, willst du doch jetzt nicht etwa aufgeben?«

»Aufgeben? Wie kommst du darauf ? Nein, ich werde niemals aufgeben. Nichts kann mich stoppen. Und darum werden wir uns jetzt trennen.«

Ruben passte es gar nicht, doch er wusste, dass Halana nicht von ihrem Plan abweichen würde: König Róge und sein Kriegskonvent mussten so schnell wie möglich von den drohenden Gefahren unterrichtet werden.

Also würden Hanumann, Olav und auch Ruben, da sie nun im eigenen und somit noch einigermaßen sicheren Land waren, so schnell wie möglich Fürst Rudgar oder dessen Sohn Ludgar aufsuchen und über einen von ihnen dem König berichten, vielleicht sogar ihm selbst.

Halana jedoch würde zunächst Prim nach Reinefreude begleiten. Zum einen wollte sie Prim bei seiner sicher überaus schwierigen Aufgabe beistehen, den Hohen Rat und das Konkur zu überzeugen, dass Prim zwar tatsächlich den Bruder des Schlafenden Gottes gefunden hatte, dass jedoch das Volk der Zauberer, die keine Zauberer waren, all seine Annehmlichkeiten aufgeben müsste, wenn es überleben wollte. Halana hoffte inständig, dass die Ankunft des Wesens nicht allzu lange dauern würde, denn dem Bruder des Schlafenden Gottes würde es mit seinem Wissen sicher gelingen, die obersten Gremien der Zauberer zu überzeugen.

Halana musste sich eingestehen, dass sie Prim gerne begleitete. Doch dies und ihre Hilfe für ihn waren nicht der einzige Grund ihrer Reise nach Reinefreude. Sie wollte auch keine Zeit verlieren, um die Zauberer als Verbündete zu gewinnen. Denn wenn diese ihre Zauberstäbe noch ein letztes Mal einsetzen würden – im Kampf für Engaland einsetzen! – , dann hatte ihre Heimat vielleicht doch eine Chance, den Ansturm des Schwarzen Landes zu überstehen. Vielleicht konnte sie ja zwischen ihrem König und den Zauberern vermitteln… Hatte der Bruder des Schlafenden Gottes nicht erklärt, dass die Zauberer nicht nur all ihre überalterten, leckgeschlagenen Hilfsmittel loswerden sollten, die für die Krankheit der Kinderlosigkeit sorgten, sondern dass sie am besten auch das zum Teil verseuchte Land verlassen würden? Nun, Engaland war groß und nicht sehr dicht besiedelt – kein Land war in diesen Tagen dicht besiedelt, dafür hatte es in den vergangenen Generationen zu viele Kriege und Krankheiten gegeben. Vielleicht ließe sich ja ein Handel arrangieren: Róge könnte den Zauberern einen Landstrich als Siedlungsgebiet überlassen – zumindest so lange, bis sie oder ihre Nachkommen wieder in die alte Heimat zurückkehren konnten. Und im Gegenzug würden die Zauberer an der Seite Engalands in den Krieg eingreifen. Nun, mal abwarten…

So strebten Ruben, Hanumann und Olav im Eilritt in Richtung Berlundel, wobei sie den Weg so wählen konnten, dass sie durch den Distrikt der Fürsten Rudgar und Ludgar – Vater und Sohn – kamen, in deren Diensten Halana bis zum Beginn ihrer abenteuerlichen Reise gestanden hatte.

Halana und Prim machten sich unterdessen mit der Kutsche auf den Weg nach Reinefreude. Dass noch immer nur zwei Pferde die schwere Kutsche völlig mühelos zogen, fiel inzwischen schon fast nicht mehr auf.

Es geschah, als die Kriegerin und der Zauberer bereits 17 Tage unterwegs waren und sie allenfalls noch zwei Tagesritte von der Grenze zu Reinefreude trennten. Am Morgen hatten sie sich in einem kleinen Dorf den Luxus einer Rast in einer anspruchslosen Schankstube gegönnt.

Am Mittag hatten sie dann einen kleinen Wald durchquert, der in ein Gelände übergegangen war, das man zwar nicht mehr Wald nennen konnte, in dem es jedoch immer wieder Gruppen dicht beieinander stehender Bäume gab. Sie näherten sich, beide auf dem Kutschbock sitzend, einer dieser Baumgruppen, um an ihr vorbeizufahren. Da hörte die Kriegerin ein ihr nur zu bekanntes pfeifendes Surren. Sie rechnete mit dem Schlimmsten und machte sich auf den Einschlag gefasst. Doch das Schlimmste blieb – vorerst wenigstens – aus. Stattdessen schlugen vier aus kurzer Distanz und mit Macht abgeschossene Pfeile in die Brustkörbe der Pferde ein. Mindestens je ein Pfeil musste in die Herzkammern eingedrungen sein. Die Tiere brachen sofort zusammen und verendeten in wenigen Augenblicken. Das nahmen Halana und Prim aber nur am Rande wahr, denn durch den abrupten Stopp wären sie fast nach vorne vom Kutschbock geschleudert worden, und als sie sich wieder gefangen hatten, mussten sie sich auf anderes konzentrieren.

Tankred Zehnköpfe kam hinter den Bäumen hervorgeschlendert, umgeben von seinen vier Spießgesellen, die mit weit gespannten Bögen auf Halana und Prim zielten. Tankred stieß einen Pfiff aus. Von weiter hinten zwischen den Bäumen kamen noch drei Kopfgeldjäger angeritten, Tankred hatte also in den vergangenen Wochen ein paar neue Halunken aufgegabelt, um seine durch Halana und Ruben dezimierte Mannschaft wieder zu verstärken. Die drei führten die Pferde der übrigen mit sich, doch nur Tankred saß auf seinem Rappen auf, während die vier Bogenschützen ihre Pfeile unablässig auf Halana und Prim gerichtet hielten. Erst jetzt sagte deren Anführer: »Zauberer, wir sollen euch lebend fangen. Aber ich schwöre dir: Ein Griff zu deinem Zauberstab, und du wirst ein paar Löcher zuviel in deinem Körper haben!«

Prim schluckte, hatte sich aber schnell wieder gefangen. Und während er vorsichtig mit der Ferse im Fußraum des Kutschbocks eine etwa zehn Zentimeter breite Latte an einer Erhebung beiseitedrückte, entgegnete er: »Sehr interessant: Irgendjemand muss dir wohl gesagt haben, dass wir unsere Zauberstäbe brauchen, um Magie für den Kampf zu wirken. Nun, derjenige, der dir diesen Tipp gegeben hat, mag die Zauberer kennen, doch *mich* offensichtlich nicht.«

»Heißt?...«, fragte Tankred misstrauisch, während Prim seinen Stiefelabsatz über die kleine Öffnung legte, die unter der Latte zum Vorschein gekommen war.

»Na ja«, antwortete Prim, »das heißt, weil Hasenfüße gerne einen Plan B haben, sollte sich Halana jetzt zurücklehnen und festhalten.«

Damit rammte er seine Ferse nach unten, und augenblicklich schoss die ganze Kutsche nach oben, wo sie in etwa drei Metern Höhe in der Luft stehen blieb, allerdings mit ziemlicher Schlagseite nach vorne, wo die toten Pferde grotesk an der langen Deichsel herabbaumelten und noch mit Kopf und Schultern auf dem Boden lagen. Halana, die sich inzwischen halb herumgeworfen hatte, klammerte sich an der Rücklehne fest und rief keuchend zu Prim: »Hatte ich nicht gesagt, das Luftfloß kommt nicht mit?«

»Ja«, entgegnete Prim, der bereits nach hinten kletterte, »deshalb hab ich mir auch besonders viel Mühe gegeben, das Ding unter einem Zwischenboden der Kutsche verschwinden zu lassen... Verdammt! Die Pferde sind zu schwer!«

Von unten kamen erschrockene Rufe, doch gleichzeitig hörten Halana und Prim Pfeile in den Wagenboden einschlagen, und so kletterte nun auch die Kriegerin eilig nach hinten, bevor unten jemand auf die Idee kam, einfach ein paar Schritte zurückzutreten, um dann aus einem günstigeren Winkel auch den Kutschbock mit Pfeilen bestreichen zu können.

Prim hielt inzwischen schon den Zauberstab in der Hand und versuchte, das Luftfloß voranzubewegen, doch es drehte sich nur gefährlich schwankend um die Pferde herum, die toten Tiere dabei im Kreis mit sich schleifend. Prim ließ schließlich den Wagen fluchend nur noch ganz langsam weiterkreisen, was immerhin das Wackeln beendete, dann begann er, die Ladung aus dem Wagen zu schleudern.

Doch Tankred war nicht dumm und erkannte, was es bedeutete, als plötzlich kleine Fässer, Kisten und ein großer Schinken herabflogen.

»Hantz, Langar! Ihr beide springt auf die toten Pferde und klammert euch fest«, rief er seinen beiden kräftigsten Begleitern zu. Denen war zwar mehr als nur mulmig zumute, doch sie wagten nicht zu widersprechen. Sie sprangen von ihren Tieren und hingen fünf Sekunden später, sich mehr schlecht als recht festklammernd, an den Kadavern.

Aber die Pferde drehten sich jetzt noch langsamer, und der schwebende Wagen bekam eine noch stärkere Neigung nach vorne.

»Verdammt, wir haben Passagiere!«, rief Halana nach einem vorsichtigen Blick aus dem Wagen, dann knurrte sie zu Prim: »Ich werde den Karren erleichtern – du musst zu deinen Leuten. Sie müssen erfahren, wie sie ihr Volk retten können.«

»Was... was hast du vor?«, wollte Prim ahnungsvoll besorgt wissen.

Doch Halana war schon in Aktion. Die Position des Wagens war günstig... Kurz zeigte sie sich vorne über der Bordwand, worauf ihr vier Pfeile um die Ohren flogen. Dann stürzte sie sich, einen Schrei ausstoßend, über den Kutschbock hinweg in die Tiefe, landete mit den Stiefelabsätzen im Genick des größten Kopfgeldjägers, der sich nun nicht mehr an dem toten Pferd festklammerte, und sprang mit einem Satz auf den Rücken eines der beiden herrenlosen Pferde. Noch während sie im Sattel landete, riss sie den Gaul auf der Hinterhand herum, dass sie nun in Richtung der sich drehenden Kadaver blickte, hieb ihrem Pferd die Fersen in die Flanken und schnellte über den verbleibenden, sich festklammernden Krieger davon, so dass er von den wirbelnde Hufen getroffen wurde und halb ohnmächtig von dem toten Tier rutschte. Tief über dem Rücken ihres Pferdes liegend jagte sie davon, wieder zurück auf den dichteren Wald zu.

Zurückblickend sah Halana, dass Prim reagiert hatte: Der fliegende Wagen strebte rückwärts und die toten Pferde hinter sich herschleifend in die entgegengesetzte Richtung davon. Zwei der fremden Krieger folgten ihm zu Pferde, doch die anderen vier, unter ihnen der wutschnaubende Anführer, hatten sich an ihre Fersen geheftet. Im Reiten versuchten sie ihre Bögen einzusetzen. Wären Halanas Verfolger Steppenreiter gewesen, die auch zu Pferde mit ihren kurzen Bögen meisterliche Schützen waren, so wäre Halana wohl verloren gewesen. Doch Langbögen waren nicht gut geeignet für den Kampf vom galoppierenden Pferd aus, und ihre Träger übten sich in der Regel erst gar nicht in dieser Kunst.

Dennoch war die Sache nicht ungefährlich für die Kriegerin. Jedenfalls zischte ein Pfeil knapp über ihren Rücken hinweg, ein zweiter blieb direkt unterhalb ihres Oberschenkels zitternd im Sattel stecken. Sie spornte ihr aufschnaubendes Pferd zu noch größerer Eile an und tauchte schon bald unter die ersten Bäume des lichten Waldes ein. Sie wollte das Pferd gerade etwas zügeln, als ihr auffiel, dass es von alleine langsamer wurde – und zu hinken begann. Halana blickte zurück...

*»Mist!«*

Ein Pfeil steckte tief im linken Oberschenkel des Tieres. So würde sie ihren Verfolgern nie entkommen. Sie zögerte nicht lange, zügelte das Pferd zum Schritttempo herunter, während sie ihr Messer zog. Sie sprang ab und versetzte dem Tier gleichzeitig einen leichten Stich ins Gesäß, so dass es aufwiehrend davongaloppierte. Schnell verbarg sich die Kriegerin hinter einem ausreichend dicken Eichenstamm, und tatsächlich: Ihre Verfolger ritten an ihr vorbei und folgten den klappernden Hufen. Doch Halana war auch klar, dass das verletzte Tier nicht mehr weit laufen und Tankred ihren Trick bald durchschauen würde.

Also machte sie sich, in der Hoffnung, keine verwertbaren Spuren zu hinterlassen, eilig in Richtung Südosten durch den hier leicht ansteigenden Wald davon. In dieser Richtung würde der Wald bald etwas lichter werden, und Halana hoffte, dann etwas schneller voranzukommen. Doch schon fünf Minuten später hörte sie dumpfes Pferdegetrappel durch den Wald hallen, noch in der Ferne, aber eindeutig näher kommend. Dass es so schnell ginge, hätte die Kriegerin nun auch wieder nicht gedacht.

Ihre Verfolger mussten gute Spurensucher sein.

Immer wieder setzte der Hufschlag für einen Moment aus. Halana war sich sicher, dass Tankred und seine Leute dann absaßen, um sich neu zu orientieren. Und wenn das Hufgetrappel erneut begann, kam es wieder ein Stückchen näher... Nun, dann würde sie eben kämpfen müssen. Vor einer Eiche stehend, drehte sie sich um und überlegte: Am besten verbarg sie sich hinter dem Stamm. Wenn ihre Verfolger heran waren, sollte es ihr möglich sein, mit einem Überraschungsangriff zwei sofort auszuschalten. Die beiden anderen... es wäre ja nicht das erste Mal in ihrem Leben, dass sie gegen zwei Gegner gleichzeitig kämpfen würde.

Dann hörte sie wieder das zischende Sirren.

Und wurde mit einem heftigen Schlag gegen die linke Schulter zurück gegen den Baum geschleudert.

Halana rührte sich nicht vom Fleck. – Was nicht verwunderlich war, denn es ist ziemlich schwierig sich zu bewegen, wenn man gerade von einem Pfeil, der unterhalb des Schlüsselbeins durch die linke Schulter gedrungen ist, an eine Eiche genagelt wurde.

Pech.

Oder Dummheit.

Jedenfalls hatte Halana nicht damit gerechnet, dass ihre Verfolger hier, trotz des dichten Baumbestandes, die Langbögen einsetzen würden. Also wohl doch Dummheit.

Teufel auch. Was so ein zierlicher Pfeil alles anrichten konnte... Aber der Knochen schien unverletzt. Das durfte man dann ja wohl als eine Art Glück im Unglück betrachten.

Halana wunderte sich nicht, dass sie keinen Schmerz spürte. Sie hatte schon zu viele Wunden davongetragen, um nicht zu wissen, dass der Schock den Schmerz für einen Augenblick betäubte.

Die Pfeilspitze steckte zu tief im Baum, um sie herausziehen zu können. Den Pfeil einfach vor ihrer Schulter abbrechen und sich nach vorne fallen lassen, hätte zu hohen Blutverlust bedeutet. Der Kampf würde mit nur einem brauchbaren Arm gegen vier Kopfgeldjäger ohnehin ungleich schwerer werden, aber zu einfach wollte sie es ihnen doch nicht machen.

Halana biss die Zähne zusammen und schob ihre Schulter zunächst nur ein paar Zentimeter vor. Jetzt spürte sie den Schmerz, während das Holz durch ihr Fleisch glitt.

Und das alles nur wegen...

...ja warum eigentlich?

Genau genommen nur wegen jener erbärmlichen Liebesnacht vor über neun Jahren, die ihr Ruff beschert und sie dadurch erpressbar gemacht hatte. Aber als sie an ihren Sohn dachte, bereute sie die Liebesnacht nicht. Und schon ihres Sohnes wegen sollte sie die ganze Sache hier besser überleben...

Sie hörte ihre Verfolger durch das Unterholz näher kommen. Also genug Zeit mit unnützen Gedanken verschwendet. Hier war nicht der richtige Platz zum Sterben. Dafür würde sie bei der Verteidigung Engalands noch bessere Möglichkeiten finden. Sie musste sich etwas verdrehen, um das Schwert hinter ihrer Schulter vorbeizuführen, doch mit einem kurzen, harten, schmerzhaften Schlag hatte sie den Pfeil durchtrennt. Dann rannte sie, Haken schlagend, zwischen die Bäume davon, während sie gleichzeitig das vorne aus ihrer Schulter ragende Pfeilende abbrach. Ihre Verfolger waren schon bedenklich nahe gekommen. Aber durch schnelle Richtungswechsel schaffte sie es, den Abstand wieder etwas zu vergrößern. Doch lange würde sie das nicht durchhalten. Vor sich sah sie eine größere Lichtung. Sie warf das Pfeilende, das sie immer noch in der Hand hielt, nach vorne auf die Lichtung hinaus und zog sich mit nur einem Arm und zusammengebissenen Zähnen auf den untersten Ast einer Buche mit tief hängenden Zweigen. Nur wenige Sekunden später kamen ihre Verfolger im langsamen Trab hinterher. Tankred deutete mit seinem Schwert auf das kleine Stück Pfeilholz am Rande der Lichtung und ritt darauf zu. Als drei der Reiter an ihrem Versteck vorbei waren und der vierte gerade unter ihr, sprang Halana hinter dem vierten Mann auf das Pferd und rammte ihm gleichzeitig ihr Schwert schräg von oben in den Rücken. Der war erledigt. Doch damit hatte sie für heute ihr Glück genug strapaziert.

Seinen letzten Schrei ausstoßend, bäumte sich der Mann in den Steigbügeln auf, kippte nach hinten vom Pferd und riss Halana mit sich. Der Aufprall mit der verletzten Schulter und der auf sie stürzende Sterbende raubten ihr schier den Atem. Und bevor sie noch die Schwärze vor ihren Augen vertreiben konnte, waren zwei ihrer Gegner über ihr, rissen sie brutal unter ihrem röchelnden Kameraden hervor, warfen sie auf den Bauch und fesselten ihr die Hände auf den Rücken. Dann zerrten sie Halana ohne Rücksicht auf ihre Verletzung oder auf den gerade sein Leben aushauchenden Krieger auf die Lichtung hinaus und warfen sie rücklings zu Boden.

Tankred stellte sich neben sie, sah lange auf seine Gefangene herunter, dann drückte er mit der Stiefelspitze nahe der Schulter gegen Halanas Oberarm. Als die Kriegerin ein schmerzhaftes Zischen nicht unterdrücken konnte, meinte der Kopfgeldjäger fast zärtlich: »Da steckt noch ein Stück vom Pfeil drin? Muss ja höllisch wehtun...«

Unvermittelt holte er aus und trat Halana mit Wucht gegen die Schulter. Der Schmerzensschrei der Kriegerin hallte weit über die Lichtung hinaus.

Als sei nichts geschehen, fuhr Tankred im Plauderton fort: »Du hast uns ganz schön auf Trab gehalten. Im Steppen-Land sind wir euch gefolgt, wobei uns auch das Fern-Seh-Rohr, das uns noch geblieben war, gute Dienste geleistet hat. Doch es waren viel zu viele von diesen verfilzten Barbaren um euch. Und dass ihr dann nachts über den Fluss und auf und davon seid... damit, muss ich zugeben, hatten wir nicht gerechnet. Es hat gedauert, bis wir eure Spur wieder gefunden hatten. Na ja, jetzt haben wir dich, und schon du allein wirst uns ein hübsches Sümmchen einbringen. Ein Sümmchen, das wir nun dank deiner Hilfe durch weniger Köpfe teilen müssen. Und wer weiß? Falls die anderen den Zauberer nicht mehr schnappen, dann kannst du uns ja vielleicht erzählen, wo wir ihn finden – wenn wir dich nur hart genug foltern.«

Die Schmerzen ignorierend, gelang Halana mit einem Ruck eine Drehung, dann rammte sie Tankred den rechten Stiefel in eine sehr empfindliche Region seines Körpers. Ein leises Ziepen ausstoßend kippte der Kopfgeldjäger nach hinten und blieb, die Knie fest umklammert, zusammengekauert liegen, während sein Körper von Keuchen und Zittern geschüttelt wurde.

Die beiden verbliebenen Kopfgeldjäger wollten sich auf die Kriegerin stürzen. Da fiel ein großer Schatten auf die Männer. Erstaunt sahen sie auf, als auch schon das rußgeschwärzte Luftfloß auf sie herabstieß. Einer der Männer konnte gerade noch zur Seite hechten, den anderen erwischte Prim am Kopf. Halana meinte, ein Knacken zu hören, während sie sich erschöpft in sitzende Position hochrappelte, um besser sehen zu können.

Während Prim das Luftgefährt wendete, hatte der verbleibende Kopfgeldjäger eine erstaunliche Reaktion gezeigt, war aufgesprungen und hatte einen Pfeil in seinen Bogen eingelegt. Der nun knapp über dem Erdboden auf ihn zurasende Zauberer bot ein gutes Ziel... Doch Prim ließ das Luftfloß vorne fast senkrecht in die Höhe schnellen, so dass der Pfeil nutzlos gegen die Unterseite des Fahrzeugs prallte. Nur eine Millisekunde später klatschte diese Unterseite mit einem satten »Whump«

gegen den Bogenschützen, schleifte ihn beim Herabsinken der Luftboot-Schnauze ein Stück mit und presste ihn dann in den weichen Erdboden der Lichtung.

Halana beobachtete Prims Angriff mit fasziniertem Staunen – und bekam in diesem Moment von hinten einen mörderischen Faustschlag seitlich gegen den Kopf, so dass sie halb bewusstlos zur Seite geschleudert wurde. Gerade noch spürte die Kriegerin, wie jemand hinter ihr kniete, sie mit dem linken Arm an sich zog und mit der rechten Faust einen Dolch an ihre Kehle setzte.

\*

Nachdem Prim den Bogenschützen in den Boden gerammt hatte und erneut wendete, musste er erschrocken feststellen, dass sich der Anführer der Kopfgeldjäger wieder aufrappelte und hinter Halana verschanzte. Ihn einfach über den Haufen zu fahren war also nicht mehr drin.

Prim landete am Rand der Lichtung, sprang vom Luftfloß und schritt mit gezogenem Zauberstab langsam auf Halana und Tankred zu, bis dieser, noch immer schwer atmend, »Keinen Schritt weiter!« zischte.

Er presste Halana die Klinge fester gegen den Hals und rief: »Wirf den Zauberstab weg, sonst stirbt die Schlampe!«

»Andererseits«, entgegnete Prim ruhig, »wenn du sie tötest, dann kann mich nichts mehr davon abhalten, dich zu pulverisieren. Hmm... sieht irgendwie danach aus, als hätten wir hier so eine Art Patt-Situation.«

Tankreds Augen verengten sich zu Schlitzen, dann sagte er langsam: »Nun gut, dann müssen wir es wohl Mann gegen Mann auskämpfen. Wirf du den Zauberstab weg, dann lasse ich den Dolch fallen, und wir sehen, wer der Stärkere ist.«

»Aber wer garantiert mir, dass du dich an die Abmachung hältst? Außerdem sitzt du auch noch auf deinem Schwert drauf.«

»Dann machen wir's Zug um Zug: Ich werfe mein Schwert weg, dann du den Zauberstab, dann ich den Dolch.«

»Na gut.«

»*Na gut?!?*«, brüllte Halana trotz anschwellender rechter Gesichtshälfte entsetzt, »Prim! Sei kein Narr und rette deine Heimat! Er wird seinen Dolch nicht wegwerfen. Und selbst wenn: Ein Reinefreudianer hat kein Chance gegen einen Kämpfer aus meiner Welt!«

»Halana, mach dir keine Sorgen. Ich bin entschlossen, es zu wagen.«

»*Ich verbiete es!*«

»Das kannst du nicht.«

Tankred konnte es sich nicht verkneifen, in Halanas Ohr zu kichern:

»Du wirst diesem Hänfling doch nicht die Chance nehmen wollen, sich zu beweisen? Verabschiede dich schon mal von ihm, bevor ich seine Eingeweide über die Lichtung verteile. Ach halt, ein wenig Anschlitzen muss leider genügen, schließlich bringt er lebend mehr Geld.«

Damit zog er sein Schwert und schleuderte es weit von sich. Und während Halana aufstöhnte, warf Prim seinen Zauberstab an den Rand der Lichtung. Nun stand Tankred auf, lächelte Prim kurz an, stieß Halana mit der Linken zur Seite und stürmte dann, einen Schrei ausstoßend, mit erhobenem Dolch auf den Zauberer zu. Der federte in die Knie, stieß sich im richtigen Moment vom Boden ab, schnellte gut einen Meter in die Höhe und trat Tankred unter den Ellbogen des rechten Arms. Der Arm schleuderte nach oben, der Dolch flog aus der Hand und landete drei Meter weiter im Gras, während Tankred ächzend ins Leere lief.

Verblüfft und sich den Ellbogen reibend starrte er den Zauberer an, der vorwurfsvoll meinte: »Hattest sicher nur vergessen, den Dolch beiseite zu legen, was?«

Halana war mindestens ebenso verblüfft wie Tankred. Dieser, vorsichtiger geworden, schritt langsam auf Prim zu, die abgewinkelte Linke als Deckung vor dem Körper, die Rechte zum Schlag bereit. In Reichweite des Zauberers täuschte er an, als wolle er mit Links zuschlagen, ließ dann jedoch die Rechte vorschnellen. Aber Prim lenkte die Faust des Gegners nicht nur mit dem linken Arm an seinem Kopf vorbei, sondern ergriff gleichzeitig mit der Rechten Tankreds rechtes Handgelenk und riss den Gegner, dessen eigenen Schwung ausnutzend, weiter nach vorne, wobei der Kopfgeldjäger über Prims ausgestrecktes Bein stolperte und unsanft zu Boden ging. Schnaubend und ohne von Prim behelligt zu werden, rappelte er sich wieder auf, zögerte einen Moment, stürzte dann aber mit aller Macht auf den Magier zu, um ihn zu umklammern und niederzuringen. Doch der Zauberer trat ihm einen großen Schritt entgegen und ging gleichzeitig in die Hocke, so dass Tankred mit dem Bauch gegen seine Schulter rannte und halb nach vorne klappte. Augenblicklich schnellte Prim empor, und der halb auf ihm liegende Gegner wurde über ihn hinweg katapultiert, legte in der Luft eine halbe Drehung hin und landete krachend auf dem Rücken.

Diesmal dauerte es zehn Sekunden, bis sich der Kopfgeldjäger wieder aufgerappelt hatte. Allerdings war er dicht neben dem Dolch gelandet, den er fahrig an sich riss und nun vor sich hielt, die Klinge schräg nach oben gerichtet. Erneut stürmte er vor, doch Prim warf sich ihm zu einer Kugel zusammengerollt vor die Füße. Tankred wurde von den Beinen gerissen, schrie auf, fiel nach vorne aufs Gesicht – und lag still.

Eilig hatte sich Prim wieder erhoben und wandte sich erneut seinem Gegner zu. Aber der rührte sich nicht. Nachdem er ihn zunächst vorsichtig mit dem Fuß angestoßen hatte, rollte Prim den Kopfgeldjäger auf den Rücken. Zwei glasige Augen starrten ihn an. Tankreds eigener Dolch steckte ihm bis zum Heft in der linken Brust. Er musste sofort tot gewesen sein.

Aufseufzend schüttelte Prim den Kopf, sammelte dann Tankreds Schwert ein, um Halana von ihren Fesseln zu befreien. Die Kriegerin starrte ihn unterdessen schon eine ganze Weile unverwandt an und nuschelte schließlich mit geschwollenen Lippen: »Du... kannscht kämpfen?«

»Tja, nicht mit dem Schwert, und so«, sagte Prim, während er sich an ihren Fesseln zu schaffen machte, »aber du weißt doch, dass ich ein Zauberer des Zweiten Gürtels bin.«

»Ja und?«, fragte Halana, als Prim nicht fortfuhr, »das hat doch wohl was mit eurer Fertigkeit als Zauberer zu tun?«

»Nein. Wie kommst du darauf ? Na ja, indirekt irgendwie schon. Es ist eigentlich ein Leistungsgrad in Yan-Zu, einer alten Kampfkunstart, gleichzeitig aber auch die Voraussetzung, eine Magier-Lehre überhaupt antreten zu dürfen. Es muss Jahrtausende her sein, dass Yan-Zu zum letzten Mal für einen echten Kampf benutzt wurde. Wer aber bei uns aus einer Zaubererfamilie kommt und selbst Zauberer werden will, der muss mindestens den Vierten Gürtel in Yan-Zu erreicht haben. Vermutlich, weil es die Konzentrationsfähigkeit fördert und vor allem das schnelle, sehr exakte Ausführen von Bewegungen lehrt.«

»Aber wieso hat das etwas mit Zaubern zu tun?«

»Man sollte zur Konzentration und ganz dringend zu exakten Bewegungen fähig sein, schon *bevor* man beginnt, mit dem Zauberstab herumzuspielen. Denn wenn man die Runen darauf in die falsche Richtung oder in der falschen Reihenfolge verschiebt – und dazu gibt es schier unendliche Möglichkeiten – , dann kann das böse Konsequenzen haben.«

»Welche Konsequenzen?«

»Na ja, manchmal geschieht auch nichts oder ganz harmloses Zeug – dass der Palast plötzlich mit rosa Licht ausgeleuchtet ist, oder so. Aber die falsche Bedienung eines Zauberstabs hat auch schon Luftflöße zum Schmelzen gebracht. Und Tanket'O, einer meiner Ausbilder, hat uns mal erzählt, dass vor sechzehn Generationen ein ganzer Wohnturm in Whistaun zusammengekracht ist, als ein Zauberstab explodierte.«

Inzwischen hatte Prim der Kriegerin aufgeholfen und stützte sie auf dem Weg zum Luftfloß. Trotz ihrer Schmerzen musste Halana dabei noch eine Frage stellen: »Also, dir ist ja auf unserer Reise sicher nicht entgangen, dass wir gewissermaßen in einem Dauer-Kampfeinsatz unterwegs waren. Meinst du nicht, es wäre ganz nützlich gewesen, wenn du schon vorher mal etwas über deine Kampfkünste verraten hättest?«

Prim lächelte schüchtern, als er antwortete: »Weiß nicht. Mir hat jedenfalls mal eine hübsche Kriegerin vor den Toren Vandars den Tipp gegeben, dass es nichts nütze, ein Ass im Ärmel zu haben, wenn es jeder kennt. Abgesehen davon: Ich habe noch nie im Leben einen echten Yan-Zu-Nahkampf um Leben und Tod gesehen, geschweige denn selbst an einem teilgenommen. Und ich konnte auch nicht wissen, ob Yan-Zu tatsächlich den Faustkampf-Techniken der Außenländler überlegen ist.

Mit anderen Worten: Ich hatte keine Ahnung, ob ich meine Yan-Zu-Künste auch überleben würde.«

»Aber du hast trotzdem gekämpft.«

Prim wurde tatsächlich rot, als er erwiderte: »Das war es auch ganz eindeutig wert.«

Das Luftfloß schwebte nur dreißig Zentimeter über dem Boden, trotzdem musste Prim Halana beim Aufsteigen helfen. Als er schon seinen Zauberstab gezogen hatte und den Befehl zum Start geben wollte, fuhr Halana hoch und rief: »Moment! Ich muss dich noch um einen Gefallen bitten: Da hinten im Wald liegt ein toter Kopfgeldjäger, dem noch Lusians Schwert im Rücken steckt...«

Prim seufzte, und Halana meinte so etwas wie » *Barbarische Welt*« zu verstehen, dennoch machte er sich auf den Weg und kam nach einigen Minuten zwar mit blassem Gesicht, aber auch mit dem Schwert in der Hand zurück.

Halana wollte wissen: »Was ist eigentlich aus deinen beiden Verfolgern geworden?«

»Sie sind tot.«

»Und wie...?«

»Bitte. Sie sind tot. Lass es dabei bewenden.«

Halana nickte, fragte jedoch noch: »Wie ist es dir gelungen, das Luftfloß so schnell aus dem Wagen hervorzuholen? Und überhaupt: Wie konntest du den Wagen ohne Zauberstab so schnell in die Höhe springen lassen?«

»Ich hab das Luftfloß gar nicht aus dem Wagen *heraus* geholt, sondern einfach das Drumherum entfernt: Ich habe den Wagen und alles andere mit einer nicht allzu heißen Feuerkugel abgefackelt. Das Luftfloß selbst, gebaut, um Jahrtausende zu überdauern, konnte dem problemlos widerstehen.

Dann bin ich zurück und hab schließlich deinen Schrei gehört... Und was deine zweite Frage betrifft: Du wirst bemerkt haben, dass wir Zauberer sehr zur Vorsicht neigen.«

»Ach was, tatsächlich?«

»Ja. Und nur für den Fall der Fälle gibt es bei diesen Flößen etwas, das wir ›die Magie des Notschlags‹ nennen: Falls doch mal überraschend ein Hindernis auftauchen sollte und das Floß nicht automatisch reagiert, lässt es ein Schlag auf irgendeine Stelle unverzüglich in die Höhe schnellen. Als Kinder fanden wir es immer besonders lustig, die vorbeikommenden

Schwebe-Fahrzeuge mit einem plötzlichen Schlag in die Luft hüpfen zu lassen. Bis wir das einmal machten, als das Luftfloß gerade unter einer Brücke war... na ja, vergessen wir's.«

Dann saß er still.

Nach einer Minute fragte Halana, die sich ganz und gar nicht gut fühlte: »Prim?«

»Ja?«

»Warum fliegen wir eigentlich nicht los?«

»Weil ich die verdammte Nummer von diesem verdammten Floß vergessen habe.«

*

»*Wer* soll mir helfen? Der Erleuchtete?« Fassungslos sah Cosa, der Schwarze Herzog, seine Großmutter an, die zusammen mit Junas von Anselm und überaus absonderlicher Begleitung nach Einbruch der Dunkelheit bei ihm erschienen war. So absonderlich war diese Begleitung, dass Cosa es vorgezogen hatte, je vier seiner Leibgardisten links und rechts von seinem Thron Aufstellung beziehen zu lassen. Immerhin: An das Gesicht dieses Krüppels hatte der Herzog noch eine vage Erinnerung. Das war einer jener Engaländer Verräter in seinen Diensten – auch wenn sich der Herzog ziemlich sicher war, dass dieser Kerl bei ihrer letzten Begegnung noch ein komplettes Gesicht und mindestens drei Gliedmaßen mehr gehabt hatte. Doch noch sonderbarer als dieses menschliche Wrack sahen seine abnormen Begleiter aus. Zwei dieser Wesen hatten Berthold auf einer schmalen Sänfte hereingetragen. Der dritte dieser nach Pilzen müffelnden Riesen mit den gigantischen Glubschaugen war ihm als »Bote des Großen Morlock« vorgestellt worden.

Sicher, Anselm hatte ihn schon im Vorfeld auf das Treffen vorbereitet. Der Berater hatte ihm die abenteuerliche Reise dieses Berthold geschildert und auch dieses sonderbare Volk der Höhlenbewohner, das weit über eine Million – was für eine Zahl! – Krieger stellen könne.

Doch obwohl Anselm dem Herzog eine anschauliche Beschreibung der Orika geliefert hatte, war es etwas ganz anderes, sie leibhaftig zu sehen. Und mit diesen scheußlichen Monstern, die in Höhlen hausten und seiner eigenen Armee an Kopfzahl um das Zehnfache überlegen waren, sollte er sich einlassen? Nun ja, Anselm hatte ihn mit einem sehr charmanten Vorschlag beruhigen können: Diese Wesen der Nacht könnten nur mit einer

Art öliger Schutzsubstanz auch bei Tage agieren. Eine Schutzsubstanz, die sie nicht selbst herstellen konnten... Wenn sie dann, fernab ihrer Höhlen, die Engaländer mit ihrer schieren Masse niedergewalzt hätten, dann bräuchte man ihnen nur jenes Mittelchen zu entziehen, und sie würden in der Sonne verbrutzeln wie ein Ei, das zu lange in der Pfanne liegt.

Allerdings, so hatte der Herzog eingewandt, sei ihm nicht bekannt, dass man in seinem Land so ein seltsames Mittel gegen die Sonneneinstrahlung bereitstellen könne. An dieser Stelle hatte Anselm sehr geheimnisvoll getan und erklärt, dass Cosa noch einen weiteren neuen Verbündeten habe, einen Verbündeten, der genau dieses Mittel in großen Mengen herstellen könne. Überraschenderweise hatte Anselm auch geschildert, dass es ausgerechnet Liebrose, der Großmutter des Herzogs, gelungen sei, mit einiger Überredungskunst jenen überaus mächtigen Mann für die Sache des Herzogs zu gewinnen. Und da es nun mal Liebrose gewesen sei, solle sie auch das Privileg haben, bei dem Treffen am Abend Cosa von jener Macht zu erzählen.

»Der Erleuchtete«, wiederholte Cosa kopfschüttelnd, »was hat der denn mit der ganzen Sache zu tun?«

Cosa hielt praktisch alles, was der Orden der Elf Gebote verbreitete, bestenfalls für Ammenmärchen, mit denen man die Masse der Leichtgläubigen beeinflussen konnte. – Und er hätte sich sehr gewundert, wenn ihm bekannt gewesen wäre, dass der Erleuchtete höchstpersönlich genauso dachte.

»Seine Große Erhabenheit ist es«, deklamierte Cosas Großmutter in verzücktem Ton, »der in seiner Wundertätigkeit das Rezept jenes Mittels ersonnen hat, das unsere, äh, Freunde, die Orika, befähigt, auch am Tage zu kämpfen. Zudem wird es unter den engalischen Anhängern der Elf Gebote für ziemliche Unruhe sorgen, wenn bekannt wird, dass der Erleuchtete und somit der Orden auf *unserer* Seite steht. Das wird König Róge eine zweite Front im eigenen Land eröffnen.«

Cosa wusste natürlich um die Vorherrschaft des Ordens in spirituellen Dingen. Sollte man das in Kampfkraft für ihn ummünzen können, würde er dies selbstverständlich für sich ausnutzen, ganz egal, wie verrückt der Erleuchtete sein mochte. Allerdings war Cosa nicht dumm, und daher hielt er den Erleuchteten nun auch wieder nicht für *so* verrückt, dass er aus heiterem Himmel die seit Jahrtausenden gewahrte Neutralität seines Ordens aufgab, um ohne Grund für den Schwarzen Herzog Partei zu ergreifen. So fragte Cosa mit einen gewissen Spott in der Stimme seine

Großmutter rundheraus: »Und was will dein Erleuchteter haben für seine Unterstützung?«

»Gar nicht viel, mein Kind, gar nicht viel. Zunächst natürlich ein paar Tausend Sklaven, und die nicht einmal für sich selbst, sondern nur, damit er das Wundermittel in ausreichenden Mengen herstellen kann.«

»Und was noch?«

»Ein Medaillon.«

»Bitte?«

Lange hatte es gedauert, doch schließlich hatte der Erleuchtete zwei und zwei zusammengezählt und erkannt, warum Halana – die sich nun leider nicht mehr in seinem direkten Machtbereich befand – über einen Schlüssel zum Reich der Zauberer verfügte. Und irgendwo musste sich doch noch einer finden lassen…

»Natürlich ist es ein ganz bestimmtes Medaillon«, fuhr Liebrose fort, »nur ein paar wenige Exemplare existieren noch davon in Engaland, und sie sind vermutlich im Besitz einfacher Leute. Sie sehen alle gleich aus. Der Erleuchtete wird eine Zeichnung anfertigen und sie durch die Kopisten des Ordens tausendfach nachzeichnen lassen. Wenn wir dann die Engaländer in ihrem eigenen Blut ertränken, muss jeder einzelne Kadaver und jede Hütte aufs Genaueste untersucht werden, bis eines dieser Medaillons auftaucht. Und wer es ihm bringt, wird eine fürstliche Belohnung erhalten. Gold für einen Schwarzländer oder...« – sie lächelte dem Botschafter der Orika huldvoll zu – »oder ein Leben lang warmes Essen, falls ein Orika das richtige Amulett findet«, ein Angebot, das die Orika veranlasste, der alten Frau ihre mit Pilzfasern behafteten Zähne zu zeigen, was wohl ein Lächeln sein sollte.

Für ihn ungewöhnlich, kam Cosa an diesem Tag aus dem Kopfschütteln nicht mehr heraus, und leise sagte er: »Ich frage mich, ob es für den Erleuchteten nicht von Vorteil gewesen wäre, wenn er selbst ein wenig von seinem Mittel gegen die Strahlen der Sonne benutzt hätte...«

»Enkel! Du wagst es...«

»Schon gut, Großmutter, schon gut... aber sag mir: Wozu braucht er denn dieses Medaillon, der Erleuchtete?«

Einen kleinen Moment sah Liebrose verwirrt aus, als sie sagte: »Ich weiß es auch nicht.« Doch dann ergänzte sie mit freudiger Arroganz, als sei es die unumstößlichste Tatsache der Welt: »Nun, die Ratschlüsse des Großen Zerstörers sind eben für uns Normalsterbliche unergründlich. Und manches offenbart sich nur seinem treuesten Diener, dem Erleuchteten.«

»So, so. Na gut, an so einem Medaillon soll es nicht liegen. Doch ich weiß dennoch nicht, ob ich einem Bundesgenossen wie dem Erleuchteten bei einem Krieg gegen das mächtige Engaland wirklich trauen kann.« Und ein kurzer Seitenblick Cosas auf die Orika besagte für Anselm, dass man diesen hässlichen Menschenfressern schon gar nicht trauen könne.

»Aber mein geliebter Junge«, sagte Liebrose nun ebenso sanft wie eindringlich und legte Cosa ihre Hand auf den Arm, was ihre mächtigste Waffe war, wenn es darum ging, Cosa von etwas zu überzeugen,

»mein lieber Junge, du *musst* es tun. Wann ergibt sich je wieder eine solche Gelegenheit? Eine, ja vielleicht sogar fast zwei Millionen muskelbepackter großer Krieger zusätzlich für dich im Feld... Du musst es tun. Du *musst* einfach!«

Einen winzigen Moment flatterten Cosas sonst so stahlharten Augen.

Dann erklärte er: »Gut. Engaland soll an seinem Blut ersticken.« Nur ganz kurz sah er ein Spott-Grübchen in Anselms linkem Mundwinkel aufzucken, und er flüsterte ihm zu: »Ich habe nicht so entschieden, weil sie es gesagt hat, sondern…«

»Ich weiß, ich weiß. Ihr habt es getan, weil es das einzig Vernünftige war. Natürlich.«

Und das Schwarze Land rüstete zum Krieg.

*

Halana erwachte, hörte Stimmen neben sich, wusste nicht so recht, wo sie war, brachte es aber nicht fertig, die Augen zu öffnen, und dämmerte gleich wieder in wilden Träume davon. Als sie das nächste Mal aufwachte, fiel ihr zuerst ein übler Geschmack im Mund auf.

»Wasser!«, krächzte die Kriegerin und hörte eine Stimme, die ihr irgendwie bekannt vorkam und die sagte: »Ah! Endlich! Sie kommt wieder zu sich!«

Wieder zu sich?

Mühsam öffnete sie die verklebten Augen und merkte, dass sie in einem weichen Bett in einem hellen Zimmer lag – und dass zwei Männer sie anstarrten. Prim und...

» *Puth'O?* « Trotz einer gewissen Übelkeit rappelte sich Halana auf ihre Ellenbogen hoch, »sind wir denn schon im Land der Zauberer?«

» *Schon* ist gut«, entgegnete Prim, während er ihr einen Becher Wasser reichte. Er lächelte sie zaghaft an und erklärte: »Deine Wunde hatte sich entzündet. Etwa eine halbe Tagesreise vor Reinefreude bist du weggetreten. Ich habe dann das Maximum aus dem Luftfloß herausgeholt.

Du hättest mal die Gesichter der Leute in jenem kleinen Dorf sehen sollen, das direkt auf der schnellsten Route lag. An der Grenze hatte ich Glück... Nein, es war kein Glück, sondern Freundschaft und Umsicht: Mein früherer Diener Timtom und Puth'O hatten dafür gesorgt, dass es ihnen nicht entgehen würde, falls wir wieder an der Grenze auftauchen sollten. Timtom kam mit dem Schlüsselstein. Wir haben dich so schnell wie möglich nach Reinefreudestadt gebracht, und wie es scheint, haben dich unsere Ärzte gerettet.«

Halana hatte den Becher in einem Zug geleert und wollte jetzt wissen: »Wie lange war ich eigentlich...?«

»Fünf Tage.«

»*Fünf Tage!*«, jetzt setzte sich Halana vollends auf.

»Na, danke, jedenfalls, Puth'O.« Sie schüttelte dem älteren Zauberer die Hand, wunderte sich, dass er, den sie als keineswegs mundfaul in Erinnerung hatte, nichts sagte, sah ihn sich genauer an und meinte:

»Dein Lächeln sieht etwas traurig aus. Was ist los?«

Puth'O und Prim sahen sich kurz an, seufzten beide, dann sagte Puth'O nur: »Sie wollen nicht.«

Verwirrt und besorgt gleichzeitig fragte Halana: »Wer will was nicht?«

»Der Konkur und der Rat der Zauberer. Die große Mehrheit in beiden Instanzen weigert sich schlicht anzuerkennen, dass wir eigentlich gar keine Zauberer sind. Ich muss zugeben, auch für mich war Prims Geschichte ein echter Schock... Und das sogar, obwohl ich und der Rest des Konkurs inzwischen Unglaubliches mit dem Schlafenden Gott erlebt hatten – ich habe Prim schon eingeweiht, er kann es dir nachher berichten.

Jedenfalls wollten manche gar nicht glauben, dass Prim mit deiner Hilfe tatsächlich den Bruder des Schlafenden Gottes gefunden hat und worum es sich dabei handelt. Es gibt sogar ein paar, die ganz eindeutig nicht einmal die Bedeutung von all dem verstanden haben... Zwischenzeitlich flüchteten sie sich in die Debatte, ob man Prim für sein Wagnis das 'O zuerkennen solle, was einer Beförderung zum Zauberer des Ersten Gürtels gleichkommt. Und das, ohne eine weitere Prüfung in Yan-Zu ablegen zu müssen. Das ist eigentlich eine sehr hohe Ehre...«

»...aber ich habe ihnen gesagt, dass sie sich das 'O meinetwegen sonst wohin schieben können, da es hier um wesentlich wichtigere Dinge, nämlich um unsere Existenz geht«, unterbrach Prim.

»Doch es nützte nichts«, fuhr Puth'O fort. »Ebenso wenig, dass ich meinen ganzen Einfluss in die Waagschale geworfen habe. Um es kurz zu machen: Wir Zauberer sind Zauderer. Der Gedanke, den Zauberstäben und allem, was damit verbunden ist, abschwören zu müssen, war einfach zuviel für sie. Die Vorstellung, nicht mehr zu einer bevorzugten Kaste zu gehören, trieb einigen die Übelkeit ins Gesicht. Und dann noch das Ansinnen, am besten gleich das ganze Land zu verlassen... wobei das mit nur *einem* erhaltenen Schlüsselstein zum Durchqueren der tödlichen Grenze ohnehin recht kompliziert werden würde. So traf die Versammlung der Ängstlichen mit großer Mehrheit die Entscheidung, dass es ›ganz eindeutig‹ besser sei, weiter nach einer anderen Lösung gegen den Fluch der Kinderlosigkeit zu suchen. Obwohl wir da seit Generationen auf der Stelle treten, und obwohl uns die Zeit davonläuft.«

»Und was sagt das Volk?«

»Du glaubst doch nicht etwa, dass die alte Herren, die doch per se alles besser wissen, das Volk gefragt haben?«

Halanas Augen leuchteten auf, als sie wissen wollte: »Aber was ist mit dem Fungus?«

Prim seufzte erneut und erwiderte: »Ja, der Bruder des Schlafenden Gottes würde sie vielleicht tatsächlich überzeugen. Doch von unserem ganz erstaunlichen glatthäutigen Freund fehlt jede Spur. Es dauert wohl seine Zeit, um ein tonnenschweres Myzelium als Ganzes fortzubewegen, und das meist unterirdisch.«

Nach drei Tagen hatte sich Halana soweit erholt, dass sie wieder aufbrechen konnte. Und so faszinierend sie das Zaubererland auch fand, so wollte sie doch schnell weg von hier, nachdem sie auch selbst vor dem Konkur gesprochen hatte und erkennen musste, dass diese Bande von Narren nicht umzustimmen war.

Zu deprimierend war es für sie, dass hier, vor ihren Augen, die Möglichkeit lag, mit der Unterstützung der Zauberer dem Schwarzen Herzog vielleicht doch die Stirn zu bieten, dass sie diese Möglichkeit aber einfach nicht greifen konnte.

Auch über Halanas Herkunft hatte Puth'O, obwohl er sich redlich darum bemüht hatte, nichts Neues herausfinden können. Noch immer waren keine Aufzeichnungen über jenes unglückselige Experiment aufgetaucht, das ihre Mutter und die anderen entführten Frauen das Leben gekostet hatte, und somit auch nicht darüber, wer Halanas schwarzländischer Vater und wer genau ihre Mutter gewesen waren.

Puth'O und Timtom würden weiter nach Informationen suchen, vor allem aber würden sie auch weiterhin ihr Bestes geben, um die Zauberer vielleicht doch noch umzustimmen, selbst mit wenig Aussicht auf Erfolg. Und sie würden natürlich sehnsüchtig auf den Bruder des Schlafenden Gottes warten, um mit seiner Hilfe die Chance zu bekommen, den Rat der Zauberer wirklich zu überzeugen.

Halana ritt nicht alleine zurück. Prim war bei ihr. Halana hatte ihn darauf hingewiesen, dass er im Schutz von Reinefreude sicher wäre, wenn die Armeen Cosas das Land überrollen würden. Doch Prim hatte jede Debatte im Keim erstickt und unmissverständlich erklärt, dass wenigstens er bei der Verteidigung Engalands helfen wolle. Halana hatte nicht allzu lange dagegen argumentiert. Dabei war ihr auch durch den Kopf geschossen, dass Prims Wunsch, ihrer Heimat zu helfen, wohl nicht der einzige Grund war, warum er jetzt an ihrer Seite ritt. Und was die Sicherheit Prims in Reinefreude betraf, so hatte er ihr einmal während eines ihrer vielen Gespräche auf dem langen Ritt erklärt: »Ich habe eine ziemlich deutliche Vermutung, dass auch die Zauberer nicht ewig hinter ihrem magischen Schutzwall in Sicherheit sind, wenn Engaland erst einmal gefallen ist.«

Darüber hinaus schien er auch gar nicht mehr so sehr auf seine eigene Sicherheit bedacht zu sein wie jener Prim, der im Jahr zuvor mit einer ihm fast unbekannten Barbarin zu ihren seltsamen Abenteuern aufgebrochen war. Er machte nicht einmal allzu viel Aufhebens darum, als sie auf ihrer Reise nach Berlundel erneut ein Badehaus besuchten.

Auch recht pragmatisch war Prim geworden. »Was ist eigentlich in dem großen Sack auf dem zweiten Packpferd?«, hatte Halana irgendwann gefragt, als ihr aufgefallen war, dass Prim dort nie etwas herausholte.

Mit lakonischem Achselzucken meinte Prim nur: »Zauberstäbe.«

»Bitte?«

»Na ja, jeder Zauberer hat nur einen. Es gab aber früher viel mehr Zauberer. Hat ein Stab keinen Herren mehr, wird er eingelagert. Schon seit meinen Streifzügen als Kind durch den Palast weiß ich, in welchem Raum sie aufbewahrt werden. In der Nacht vor unserer Abreise habe ich uns einen Sack voll organisiert.«

»Gestohlen?«

»Wieso? Ich habe bloß niemanden um Erlaubnis gefragt. Und ich wüsste nicht, dass es einem Zauberer verboten wäre, sich in dieser Kammer zu bedienen. – Es dauert zwar etliche Jahre, den Stab mit all seinen Finessen wirklich zu beherrschen, aber es sollte keine Schwierigkeit sein, einer ausgewählten Truppe eurer Krieger beizubringen, wie man den großen Kugelblitz abfeuert. Das wird den angreifenden Schwarzländern und Eulenmenschen wenigstens ein bisschen zu knabbern geben.«

»Guuuut!«, sagte Halana, fügte aber verschmitzt hinzu: »Und ich dachte, eurem einfachen Volk sei es verboten, die Zauberstäbe auch nur zu berühren?«

»Ist es ja auch. *Meinem* Volk. Aber gehören die Engaländer vielleicht zu meinem Volk?«

Halana lachte lauthals und meint: »Da bin ich ja ganz überrascht, dass du dich diesmal von deinem geliebten Luftfloß getrennt hast.«

Prim sah auffällig zur Seite.

»Wie jetzt? Nicht?«

»Na ja, du hattest fünf Tage geschlafen, und ich dachte, wer weiß, wozu es gut ist… ich habe es wieder in einen Planwagen eingebaut – hatte ja schon Erfahrung damit – , den Wagen mit allerlei möglicherweise brauchbaren Sachen bestückt und ihn in der Nacht, bevor du erwacht bist, mit Puth'Os und Timtoms Hilfe über die Grenze geschmuggelt. Im nächsten Dorf habe ich einen Fuhrmann gefunden, der die ganze Ladung für gutes Geld nach Berlundel bringt.«

»Ich fasse es nicht! Er hat es schon wieder getan!«, rief Halana kopfschüttelnd. Aber dann lachte sie erneut.

*

Fast drei Wochen voller anstrengender Tagesritte waren sie unterwegs gewesen, bevor sie Berlundel erreicht hatten. Halana wurde schon erwartet. Vom König persönlich.

Bisher hatte die Kriegerin König Róge erst zwei Mal in ihrem Leben zu Gesicht bekommen, und beide Male nur aus der Ferne, als er die Truppen während eines Kriegszuges besucht hatte. Sicher, sie und Lusian hatten diverse Aufträge für das Königshaus erledigt, doch die waren ihr natürlich nie von seiner Majestät selbst übermittelt worden.

Im Palast war sie ebenfalls noch nie gewesen, wozu sie selbst ihr nomineller Rang als Kriegsmeisterin nicht ohne Weiteres berechtigt hätte – Halana war schon im Alter von etwa 20 Jahren, nachdem sie den Truppen Herzog Ludgars bei der Schlacht am Kleinen Horn den Hintern gerettet hatte, zur mit Abstand jüngsten Kriegsmeisterin des Landes ernannt worden. Doch ein echtes Kommando hatte sie damals natürlich nicht bekommen, um die altgedienten königlichen Kriegsmeister nicht zu brüskieren.

Jedenfalls war Halana froh, dass sie sich am Morgen in dem Dorfgasthof, der ihre Bleibe für eine kurze Nacht gewesen war, noch die Haare gewaschen hatte. Erst nach Mitternacht waren sie dort angekommen und hatten einen verschlafenen Wirt aus den Federn geklopft. Das Dorf lag zwar nur noch zwei Stunden von den äußeren Bezirken Berlundels entfernt, doch Mensch und Tier waren einfach zu erschöpft gewesen, um diese Strecke auch noch zurückzulegen. Frühzeitig wieder aufgebrochen, hatten Halana und Prim schließlich, gegen 9 Uhr, die Kommandantur der königlichen Stadtgarde kurz hinter dem Südtor erreicht.

Der stellvertretende Kommandierende vor Ort war noch so freundlich gewesen dafür zu sorgen, dass sich Halana frische Kleidung von einer Kriegerin leihen konnte, die etwa ihre Größe hatte – Wäsche, braune Hose, weißes Leinenhemd und Lederwams. Und Prim hatte sogar das Kunststück fertiggebracht, aus seinem Reise-Sack noch eine letzte Garnitur unbenutzter Kleider hervorzuzaubern. Dann waren sie eiligst zum beeindruckenden Sitz des Königshauses gebracht worden.

Der aus weißem Kalkstein erbaute Palast wirkte trotz seiner Größe fast zierlich. In einem großen Park eingebettet, erstreckte sich das Hauptgebäude zwar über einen sehr ausgedehnten Grundriss, war aber nur drei bis fünf Stockwerke hoch.

Der fünfstöckige, am weitesten vorspringende Mittelteil war über einem achteckigen Grundriss errichtet. An den Mitteltrakt schlossen sich nach Norden und Süden rechteckige Gebäudeflügel an, die zu je einem weiteren achteckigen Gebäudeteil führten, das, nur vierstöckig, jeweils den Nord- und Südabschluss des Palastes bildete. Die Giebeldächer waren den Grundrissen angepasst, wobei die Dächer der Verbindungstrakte auf zierlichen, in acht Reihen angeordneten sechzehneckigen Säulen ruhten. Dadurch entstanden auf den beiden Verbindungsgebäuden überdachte Terrassen. Auch das Erdgeschoss wurde komplett von einem Säulengang umfasst, der einen den gesamten Palast umlaufenden Balkon trug.

Auf dem weitläufigen Gelände gab es zudem noch Stallungen, eine Werkstatt, zwei große Gesindehäuser, einen kleinen Tempel für den Großen Zerstörer und ein Gewächshaus. Zudem fand man hier einen zwischen Hecken eingeschlossenen Wandelgarten, sowie, etwas abseits gelegen, vier unterschiedlich große Gästehäuser und auch zwei große Schwimmteiche, von denen einer, durch Hecken geschützt, der königlichen Familie vorbehalten war. Das ganze Gelände wurde von einer zwei-einhalb Meter hohen und ebenfalls weißen Sandsteinmauer umfasst. Durchbrochen wurde die Mauer in jeder Himmelsrichtung von je einem großen Wachhaus. Diese vier Wachhäuser beherbergten auch den größten Teil der Palastwache.

Halana und Prim hätten sich alles gerne in Ruhe angesehen, doch die Kommandantur hatte ihnen einen Eilboten vorausgeschickt, und so er-wartete Prim und Halana am Südtor zum Palast-Park ein alter Bekannter der Kriegerin, den sie gerne unter angenehmeren Bedingungen wiederge-troffen hätte: Fürst Ludgar kam ihnen schon vor dem Tor entgegen und begrüßte sie kurz, aber herzlich.

Nachdem Halana ihrem Fürsten Prim vorgestellt hatte – den dieser mit kaum verhohlener Neugierde musterte – , erklärte Ludgar: »Folgt mir bei-de direkt zum König. Er hat extra ein paar Termine umstellen lassen, um euch gleich empfangen zu können. Unterwegs gebe ich euch ein paar Stichworte, was hier inzwischen geschehen ist. Hanumann und Olav – für die mein Vater und ich uns verbürgen konnten – sind zusammen mit die-sem Ruben vor gut drei Wochen hier eingetroffen. Unterwegs hatten sie schon meinen Vater und mich aufgesucht, und wir sind mit ihnen geritten. Ihr könnt euch vorstellen, dass die Berichte der Drei hier wie ein Blitz vom Großen Zerstörer persönlich eingeschlagen sind.

Die ersten Kriegsvorbereitungen laufen schon, und die Taktiker erarbei-ten Pläne, wie man einer solchen Masse von Angreifern entgegentreten könnte. Neue Truppen werden ausgehoben, die Kriegssteuer wird wieder eingeführt, und die Kaufleute und Gilden werden beliehen. Zudem sind Boten nach Norden unterwegs, um Söldner zu werben, ebenso und aus dem gleichen Grund nach Süden übers Meer nach Altengaland. Auch ver-suchen wir, unser Spionage-Netz im Schwarzen Land auszubauen.«

Ein wenig abseits des Weges rumpelte es. Prim, der dem Fürsten auf-merksam zugehört hatte, zuckte zusammen und fuhr herum. »Was ist das?«, fragte er und deutete auf eine große Ansammlung durcheinander liegender Steinblöcke, die von Arbeiter auseinandergezerrt und auf Kar-ren geladen wurden.

»Das?«, entgegnete Ludgar mit Zorn im Blick, »das war einmal der Pa-lasttempel für den Großen Zerstörer. Ein Priester der Bruderschaft der Elf Gebote hatte mit seinen zwei Gehilfen bisher im Palast gewohnt.«

»*Hatte* gewohnt?«

»Inzwischen wissen wir nicht nur aus den Berichten eurer Begleiter, dass die Bruderschaft unter der Führung des derzeitigen Erleuchteten ihre Neutralität aufgibt und sich, zu Gunsten eines Ränkespiels in eigener Sache, auf die Seite des Schwarzen Herzogs schlägt; unsere Spione haben in den vergangenen Wochen Beobachtungen gemacht, die genau darauf hindeuten. Der König hat jedenfalls den Befehl gegeben, den Tempel niederzureißen und die Steine, gut sichtbar für die Bevölkerung, zu den Katapulten zu schaffen. Wenn es nach mir gegangen wäre, hätte er den Priester ebenfalls zum Katapult schaffen können. All die Jahre hat er das Brot der königlichen Familie genommen, doch als Róge ihn aufforderte, sich eindeutig zu ihm zu bekennen, da hatte er die Frechheit besessen und erklärt, dass auch die Königsfamilie dem Erleuchteten untertan sei.«

»Und Róge? Er hat ihn wirklich nicht mit dem Katapult über die Stadtmauer geschossen?«, fragte Halana.

»Nein. Man hat bloß sein Vermögen eingezogen. Dann wurde er geteert und gefedert und aus der Stadt gejagt.«

»Na, da hat er ja noch mal Glück gehabt.«

»Wenn die Umtriebe des Erleuchteten durch deinen Bericht untermauert werden«, fuhr Ludgar fort, »dann fließt ein Großteil des Vermögens aller Tempel der Kriegskasse zu, und alle engalischen Ordensmitglieder werden aufgefordert, schriftlich zu versichern und zu schwören, dass sie sich selbst durch Drohungen des Erleuchteten nicht gegen ihr Land oder en König stellen. Wer nicht unterschreibt, muss das Land verlassen. Soll der Schwarze Herzog sie aufnehmen und schauen, wie er sie versorgt.«

»Euer König macht keine halben Sachen, oder?«, fragte Prim anerkennend.

»Ja«, entgegnete Ludgar, »Róge galt immer als ein wenig distanziert, doch offenbar ist er der richtige König für so bedrohliche Zeiten.«

»Aber was ist mit dem Volk? Da gibt es doch auch Verehrer der Bruderschaft?«

»Verehrer vor allem des Großen Zerstörers. Aber keine Angst: Spätestens in zwei Monaten, wenn feststeht, wer von der Bruderschaft zum König hält – sei es aus Treue oder gekauft – wird es einen ›wahren‹ Erleuchteten geben. Der Erleuchtete in Vandar dagegen und seine Anhänger werden von diesem Moment an Verbrecher, Zerstörer-Lästerer und Fehlgeleitete sein. Dann hat Engaland seinen eigenen, königstreuen Orden der Elf Gebote, und jeder im Land kann weiterhin ungestört seiner Spiritualität nachgehen. – Wir sind gleich da!«

Doch eine Frage gab es noch, die Halana bewegte – und schnell stellte: »Was ist eigentlich aus Ruben geworden?«

»Ah, der! Schon erstaunlich, dass er sich hierher gewagt hat... Er hat seinen Verrat an dir und dadurch auch an unserem Land gestanden und jede Einzelheit seiner Arbeit für den Schwarzen Herzog. Darauf kann eigentlich nur der Tod stehen.«

Halana schluckte deutlich sichtbar und wartete gebannt auf Ludgars weitere Worte. »Aber«, fuhr der Fürst fort, »Hanumann und Olav haben auch deutlich gemacht, wie sehr er euch später geholfen und zu eurem Überleben beigetragen hat. Somit hätten wir ohne ihn nie von den Plänen Cosas erfahren. Offenbar hat er wieder den richtigen Weg eingeschlagen. Der König hat lange überlegt. Schließlich stellte er Ruben vor die Wahl: Er könne das Land verlassen oder als Strafe 40 Peitschenhiebe akzeptieren, gelte dann aber als rehabilitiert.«

»Er wählte die Peitsche«, sagte Halana mit Gewissheit und einem Seufzer.

»Stimmt. Später wurde er dann, wie Hanumann und Olav, mit zwei Goldmünzen belohnt.«

Prim sah Halana an und sagte: »Ich bin mir nicht sicher, ob ich wirklich froh bin, dass er noch hier ist. Aber ich bin froh, dass er noch lebt.«

»Und warum sollte er nicht hier sein?«, fragte Halana, obwohl sie die Antwort kannte.

*Weil du auch hier bist,* wollte Prim erwidern, doch Ludgar unterbrach ihr Gespräch mit den Worten: »Hier sind wir!«

Ludgar hatte sie nicht zum Mittelbau des Palastes geführt, sondern zum südlichen Achteck, zu den Privatgemächern der königlichen Familie. Róge VI. erwartete sie in einem großen Beratungszimmer. Ein paar niedrige Schränke und kleine Tischchen standen hier, sowie ein großer Bücher- und Kartenschrank und natürlich etliche teils mit Fellen, teils mit Kissen belegte Stühle und Sessel. Ein Wandfresko zeigte eine gemütliche bacchantische Szene, ein weiteres, auf der gegenüberliegenden Seite, ein paar an einem Weiher tollende Quellnymphen. Im Süden ließen zwei große Fenster und eine offene Tür zum Balkon viel Licht und Luft herein.

Der König, den man in der Öffentlichkeit meist mit durchaus prunkvoller Kleidung und Insignien sah, trug hier lediglich ein weißes Leinenhemd und eine schwarze Hose mit leicht gepluderten Beinen – beides von ausgezeichneter handwerklicher Qualität, aber ansonsten ohne jede Besonderheit. Die drei oberen Bänder des Hemdes waren offen, so dass man schon ein Stück des reich behaarten Brustkorbs sah, die nackten Füße steckten in ebenfalls guten, aber schlichten Sandalen. Hinter ihm lag sein goldener Stirnreif achtlos und verkehrt herum neben einer Wasserkaraffe auf einem Schränkchen.

Der 51-jährige Monarch hatte schulterlange graue Haare, von denen sich, wenn sie nicht durch den Reif zurückgehalten waren, manchmal eine Strähne vor die Augen verirrte. Róge wirkt bei einer Größe von 1,80 Meter fast ein wenig dünn, jedoch zäh und sehnig. Sein Gesicht war lang und schmal, das Kinn kantig, die dunkle Haut von ersten Fältchen durchzogen. Der Blick der wachen braunen Augen über den hohen Wangenknochen war ernst. Doch als die neuen Gäste den Raum betraten, leuchteten diese Augen neugierig auf, während sich Róge erhob.

Halana verbeugte sich tief und wollte mit der üblichen Begrüßungsfloskel beginnen, doch der König unterbrach gleich: »Schon gut. Hier gibt's keine Tribüne, also vergeuden wir keine Zeit. Dir, Halana«, damit schüttelte er der überraschten Kriegerin kräftig die Hand, »vorab schon einmal meinen Dank für alles, was du getan hast. Sollten wir das hier überstehen – und das werden wir – , dann wird Zeit sein, deine Taten so zu würdigen, wie du es verdienst. Wenn ich dir in der Zwischenzeit einen Gefallen erweisen kann, dann lass es mich wissen.«

»Vielen Dank, Eure Hoheit«, konnte Halana gerade noch sagen, doch da hatte sich der König auch schon Prim zugewandt: »Und Ihr müsst dann der *echte* Zauberer sein? Kaum zu glauben. Und da es kaum zu glauben ist, werdet Ihr mir nachsehen, dass ich einen Beweis sehen möchte?«

»Selbstverständlich, Eure, äh, Hoheit«, erwiderte Prim mit einer leichten Verbeugung und lud die Anwesenden mit einer Handbewegung ein, ihm auf den Balkon zu folgen. Ohne Zeremonie zog er dort den Zauberstab und jagte eine große Feuerkugel etwa 50 Meter entfernt in den Boden des Parks. Mit einem satten Rumsen schlug sie ein, hinterließ ein fast einen Meter tiefes und gut einen Meter durchmessendes Loch mit rundherum versengtem Rasen. Selbst der König sog hörbar die Luft ein, und zweien seiner Begleiter entfuhr ein leiser Schrei. Aufgeregt und gestikulierend liefen unten ein paar Gärtner herbei, standen fassungslos vor dem Loch und sahen dann verstört zu den Räumen des Königs hinauf, doch der hatte sich schon wieder in den Beratungsraum begeben. Außer ihm, Halana, Prim und Ludgar war auch Ludgars Vater, Fürst Rudgar, der Tischführer des Fürstenrates anwesend, der Halana gleich bei ihrem Eintreten freundlich zugenickt hatte. Zudem waren drei Generäle dabei, ebenso der Schreiber des Königs und seine drei engsten zivilen Berater, zu denen auch seine älteste Tochter Karandra gehörte.

Die große, 32-jährige Frau mit den kurzen weißblonden Haaren und ebenmäßigen Proportionen war von fast makelloser Schönheit, die durch ihr schlichtes Kleid noch unterstrichen wurde, dessen Stoff aus weißen und dunkelbeigen Fäden gewebt war. Die sinnlichen Lippen und die hellgrünen Augen hatte sie offenbar nicht vom Vater geerbt.

Nach der kleinen Vorführung Prims dauerte es ein paar Sekunden, bis sich alle wieder gefangen hatten, dann fragte der König Prim: »Wie ich gehört habe, waren Halana und Ihr in Euer ungewöhnliches Land gereist, um die Zauberer als Verbündete für Engaland zu gewinnen. Nun seid Ihr wieder mit ihr hierher gereist. Darf ich daraus schließen, dass wir von Eurem Volk Hilfe erwarten können?«

»Aaaaah... ich befürchte, das ganze Hilfsaufgebot der Zauberer steht vor Euch, König Róge.«

»Oh. Bedauerlich.«

»Da habt Ihr Recht. Nun, ich jedenfalls werde mit Halana, ah, mit Eurem Volk kämpfen, und ein paar Tricks habe ich schon drauf. Aber vielleicht sollten wir besser alles von Anfang an erzählen...«

Die nächsten Stunden kamen der König und sein Gefolge aus dem Staunen nicht mehr heraus.

Als alles erzählt und viele Fragen beantwortet waren, war es bereits später Abend geworden. Halanas Kehle war schon ganz trocken, obwohl der König für zwei kurze Unterbrechungen mit einem kleinen Imbiss gesorgt hatte und ein Diener darauf achtete, dass ständig Karaffen mit frischem Trinkwasser im Raum standen. König Róge würde nun mit seinen Leuten noch weiter beraten, was zu tun sei. Halana und Prim sollten in den kommenden Tagen ebenfalls in die Planungen eingebunden werden. Doch fürs Erste wurden sie von einem Krieger zu den beiden kleinsten Gästehäusern geführt, zuerst Prim, nur hundert Meter entfernt stand das für Halana vorgesehene Haus.

Noch bevor sie Prims Haus erreicht hatten, wurden sie von einem keuchenden Laufburschen eingeholt, der die Kriegerin fragte: »Seid Ihr die Kriegsmeisterin Halana?«

»Ja, mein Junge, was bringst du für eine Nachricht?«

»Ein Krieger namens Ruben wartet schon seit Stunden am südlichen Wachhaus und möchte zu Euch gebracht werden. Ich soll fragen, ob Ihr das auch wünscht, denn ohne Eure Einwilligung wird er nicht auf das Palastgelände gelassen.«

»Scheint so, Halana«, sagte Prim, »dass dich nicht nur der König sehnsüchtig erwartet hat.« Dann versuchte er vergeblich, die abwartende Spannung aus seinem Gesicht zu nehmen, mit der er sie ansah.

Halana überlegte einen Moment. Schließlich bat sie den Laufburschen: »Bring Ruben bitte zu meinem Gästehaus.«

Auch jetzt konnte Prim seine Gefühle nicht verbergen. Diesmal zeigte sein Gesicht Enttäuschung, als er mit den Schultern zuckte und die restlichen Meter zu seiner neuen Bleibe ging.

Der Park lag still, denn es war schon fast Mitternacht, als Ruben kam.

Halana erwartete ihn nicht in dem Haus, das sie nur schnell inspiziert hatte, sondern auf der kleinen Terrasse vor der Tür, wo ein paar Steinbänke und -tische Sitzgelegenheiten boten.

Der Laufbursche führte Ruben heran, dann entfernte er sich wieder, während der Krieger lächelnd und ohne ein Wort neben Halana auf einer Steinbank Platz nahm.

»Wie geht es deinem Rücken?«, fragte Halana mitfühlend.

»Keine Bange«, entgegnete Ruben, »es ist schon alles wieder verheilt, ehrlich. Was daran liegen mag, dass ich Gelegenheit hatte, dem Scharfrichter ein paar Münzen zuzuschieben, damit er nicht gar so fest zuschlägt.« Nach kurzem Zögern und sich über Halanas Lächeln freuend fügte er hinzu: »Aber ich hätte auch noch eine härtere Strafe akzeptiert. Denn jetzt habe ich mein altes Leben wieder. Ich bin rehabilitiert.

Jedenfalls... jedenfalls für den König und für das Gesetz.« Dann blickte er Halana fragend an. Doch die Kriegerin sah ihm nur wortlos und nachdenklich in die Augen.

Schließlich atmete Ruben tief durch und sprach weiter: »Halana. Ich habe einige Fehler in meinem Leben gemacht. Manche kleiner, manche ganz fraglos größer. Aber der mit Abstand größte Fehler – und ich würde alles geben, um ihn rückgängig zu machen – war es, dein Vertrauen zu missbrauchen.

Als wir uns das erste Mal gesehen hatten, fand ich dich nur hübsch. Na ja, sehr hübsch... o.k., wunderschön... aber mehr nicht. Und ich hatte keine Skrupel, dich zu verführen, um einen Verrat zu begehen. Doch als ich dich kennengelernt hatte, wurde mir von Tag zu Tag klarer, was für ein Hornochse ich gewesen war. Ich konnte dich nicht mehr aus meinem Kopf bekommen. Und ich wollte es auch gar nicht.

Als wir dann gemeinsam zu diesen Eulenmenschen vorgedrungen sind und gemeinsam auf Reisen waren, da habe ich, trotz aller Gefahren, jeden einzelnen Tag genossen. Und als du dann mit Prim ohne mich zu den Zauberern gereist bist, da war ich eifersüchtig. Und ich habe dich jeden einzelnen Tag vermisst. Halana..., ich liebe dich.«

Wieder schwieg Halana eine Weile. Und sie lächelte dabei. Das Lächeln war ein wenig traurig. Dann erklärte sie: »Ich denke, du wolltest wirklich nicht Lusians Tod. Und ich kann es nicht verleugnen: Ja, ich begehre dich. Ich würde so gerne deine Haut an meiner spüren, deine Hände, wie sie über meinen Körper wandern...« Sie seufzte.

Ruben flüsterte sanft und betrübt zugleich: »Du *würdest* es gerne tun. Das heißt aber, du tust es nicht. Der König hat mir vergeben. Aber du wirst mir, ganz tief in dir drin, nie die endgültige Vergebung gewähren können. Jedes Mal, wenn ich dich küssen, wenn ich dich lieben oder auch nur berühren würde, dann würdest du *ihr* Gesicht sehen. Halana, was auch immer ich getan habe, du weißt, ich liebe dich wirklich. Ich liebe dich so wie nie wieder eine Frau vor dir oder nach dir.«

»Ja, das weiß ich. Und ich würde dich gerne genauso lieben.«

»Aber Lusian lässt es nicht zu.«

»Nein. Niemals.«

»Keine Chance?«

»Auf gewisse Weise habe ich dir vergeben. Und ich bin dir dankbar – ehrlich und von Herzen dankbar für alles, was du auf unserer langen Reise für mich und Ruff getan hast. Ja, ich glaube sogar, dass der Krieger Ruben den Verräter Ruben inzwischen besiegt, der Mut die Feigheit geschlagen und die Freundschaft die Gier vernichtet hat. Krieger, ich sage dir: Deine Ehre ist wiederhergestellt. Aber ich werde dich nie so lieben können wie in jenen ersten Tagen. Lusians Tod würde immer zwischen uns stehen.«

Einen Moment sah es so aus, als wolle Ruben noch etwas sagen, als wolle er sie noch ein letztes Mal in die Arme nehmen, ein letztes Mal küssen. Doch es wurde nur ein langer Blick in die Tiefe ihrer Augen, eine kurze, sachte Berührung ihrer Wange. Dann wandte sich Ruben ohne ein weiteres Wort um und ging davon.

Noch lange sah Halana an jene Stelle in die Nacht hinaus, an der der Krieger in die Dunkelheit verschwunden war. Sie dachte an ihre tote Schwertschwester und hatte Angst, dass sie nun Wut auf Lusian empfinden würde. Doch sie tat es nicht, und das war gut. Sie dachte, dass sie sich nun ganz fürchterlich betrinken sollte. Doch auch das tat sie nicht, und das war gut. Sie wollte nachdenken, doch dazu musste sie erst die Bilder von Ruben und Lusian aus ihren Gedanken lösen, die nicht weichen wollten.

Sie ging zu einem der unter dem Sternenlicht liegenden Teiche, legte ihre Kleider ab und schwamm und tauchte so lange, bis sie schließlich erschöpft schnaubte und prustete und die Kühle des Wassers und der Nacht sie freier atmen ließen. Schließlich zog sie sich wieder an, behielt nur die Stiefel in der Hand und ging, das Haar noch feucht, ohne Ziel durch die Nacht. Bis sie merkte, dass ihre Beine wohl doch ein Ziel hatten. Sie stand vor Prims Gästehaus.

Und auch das war gut.

Bevor sie es sich anders überlegen konnte, klopfte sie heftig gegen die Tür.

Es dauerte zwei Minuten, bis ihr der Zauberer öffnete. Prim, nur mit einer Hose bekleidet und sich noch verschlafen die Augen reibend, war sofort hellwach, als er verwundert Halana erkannte. Überrascht stellte er fest: »Du…. Du bist nicht bei Ruben?«

»Doch, natürlich bin ich bei Ruben, deswegen steh ich ja auch gerade vor deiner Tür… Willst du mich jetzt verdammt noch mal reinlassen, oder was?« Dabei hatte sie sich allerdings schon an ihm vorbeigedrängt, stand nun mitten in dem von zwei Kerzen spärlich beleuchteten Zimmer und wartete, bis Prim die Tür geschlossen und sich ihr zugewandt hatte.

Er ließ sie nicht aus den Augen, als er langsam auf sie zukam und fast ein wenig misstrauisch fragte: »Nicht, dass ich etwas dagegen hätte, keineswegs. Aber was willst du hier? Mitten in der Nacht?«

Halanas Brustkorb hob und senkte sich. Dann sagte sie: »Ich kann wirklich nicht leugnen, dass mein Körper Rubens Körper begehrt. Er ist ein stattlicher und geschickter Krieger.«

»Wie bitte? Na, ganz toll. Ich bin wirklich begeistert, dass du mich aus dem Bett klopfst, um mir das zu sagen!«

»Schön, dass es dich freut. Aber ich war noch nicht fertig. Es stimmt, ich finde Ruben begehrenswert. Aber dich…«

*»Aber mich…???«*

»Weißt du noch, dieser sonderbare Tag, an dem wir uns zum ersten Mal begegnet sind…«

»Den werde ich bis zum Ende meiner Tage nicht vergessen…«

»Halt die Klappe! An jenem Tag hast du mir die Freiheit geschenkt, ohne mich zu kennen und obwohl ich dich nur kurz zuvor überfallen hatte. Du hast mir vertraut. Jeden einzelnen Tag. Du hast mir geholfen, meinen Sohn zu finden. Du bist mit mir in den Turm des Herzogs eingedrungen, obwohl du Angst hattest. Sogar das Reiten hast du gelernt, um zu deinem Wort stehen zu können – und, Mann!, was hattest du für eine lächerliche Figur auf deinem Pferd abgegeben. Jetzt hast du dein Land verlassen, um Engaland und mir beizustehen, ohne irgendetwas zu fordern und obwohl du ständig Ruben um mich herum gesehen hattest. Und du bist unbeholfen.«

*»Ich bin unbeholfen?«*

»Ja, unbeholfen. Und manchmal lustig. Und einfallsreich. Und naiv. Und klug. Und du magst Kinder. Und Ruff.«

»Danke. Das waren viele Komplimente. Das Meiste jedenfalls. Glaub ich. Aber was heißt das jetzt?«

»Das heißt, dass ich zwar Ruben begehren kann, aber dich, dich kann ich lieben – wenn du es mir erlaubst.«

»Halana!«

Polternd fielen die Stiefel zu Boden. Zart und langsam fuhr die Kriegerin Prim mit der linken Handfläche über den Brustkorb. Die Fingerspitzen ihrer rechten Hand strichen sachte seinen Rücken hinauf und verharrten in seinem Nacken. Ihre Nasenflügel weiteten sich, sie sog seinen Geruch ein, als sie sich streckte, den Hals reckte, ihren Mund seinem Ohr näherte und flüsterte: »Zauberer, hat dir eigentlich schon mal jemand gesagt, dass du eine sehr schöne Haut hast? Oh… und Gänsehaut. *Mmmmh.* Ich dagegen habe eine ganze Menge Narben. Fast überall. Komm, ich zeig sie dir.«

Erst zwei Stunden später, kurz vor der Morgenröte, schliefen sie dicht aneinandergeschmiegt ein.

Schon im Halbschlaf, lachte Halana noch einmal leise und murmelte Prim ins Ohr: »Immerhin, mein bezaubernder Zauberer: Bei dem kleinen Problem, das die Männer deines Volkes haben, kann ich mir wenigstens in einer Sache sicher sein: Diesmal werde ich nicht schwanger sein.«

Neun Monate, zwölf Tage, zwei Stunden und dreiundzwanzig Minuten später kam Ruffs Bruder Wolf zur Welt. Dreieinhalb Minuten danach seine Schwester Lusan.

# 9. STAHL UND WEHEN
## Geburt, Tod, und ein Wolf im Schafspelz

Es war keine einfache Geburt.

Nicht aus medizinischer Sicht, da lief alles wunderbar glatt. Allerdings ist es nicht einfach, zwei Kindern das Leben zu schenken, während man sich im Kampf befindet.

Geplant war das nicht.

Vor etwa drei Monaten – die pralle Kugel, zu der sich Halanas Bauch entwickelte, war schon lange nicht mehr zu übersehen – hatte sich Prim endlich durchgesetzt. An diesem Morgen war ihr ziemlich übel gewesen, und so hatte Prim Halana doch noch davon überzeugen können, endlich etwas kürzerzutreten. Bis dahin hatte sie unermüdlich bei den umfangreichen Kriegsvorbereitungen mitgeholfen und war auch nicht vor weiten Ritten zurückgeschreckt. Nun sollte sie bis zur Geburt des Kindes in Berlundel bleiben und sich nicht unnötig irgendwelchen Gefahren aussetzen.

Gerade jetzt vermisste Halana ihre mütterliche Freundin Giula sehr.

Die Hebamme hätte ihr sicher erklären können, warum sie sich mit Prims Kind in ihrem Bauch so viel stärker aufgebläht fühlte als in jenen Monaten, in denen Ruff in ihr herangewachsen war. An manchen Tagen schien die oder der Kleine da drin ungeniert mit der Inneneinrichtung beschäftigt – Halana kam es jedenfalls so vor, als würden Magen und Gedärme immer wieder hin und her gerückt. Und auch der ständige Drang, die Latrine aufzusuchen, war für eine Kriegerin ziemlich hinderlich.

Wenigstens konnten Halana und Prim den Luxus genießen, inmitten der größten Stadt des Reiches ein ruhiges Plätzchen ergattert zu haben: König Róge hatte ihnen das kleine Gästehaus im Palastpark überlassen, in dem Prim schon nach seiner Ankunft untergebracht worden war. Und Prinzessin Karandra persönlich war so freundlich gewesen, Halana eine Hebamme zu besorgen. Die sich leider als keine sehr große Hilfe erwies: Hebamme Astride, eine Frau Mitte Dreißig, war selbst von einer ständigen und immer stärker werdenden Übelkeit geplagt, so dass Halana schließlich nichts anderes übrig blieb, als sie von ihrem Dienst zu entbinden.

Immerhin hatte Astride noch selbst für Ersatz gesorgt, doch so recht glücklich waren Halana und Prim auch mit der Neuen nicht geworden: Verina hatte langes, glattes, kastanienbraunes Haar und ein blasses Gesicht, sie trug niemals Schmuck, bevorzugte schlichte Kleider und wirkte noch etwas jugendlich schlaksig. Die neue Hebamme war gut zehn Jahre jünger als ihre Vorgängerin und damit noch recht unerfahren in der Profession des Kinderholens. Vor allem aber: sie flüsterte.

Verina zeigte sich zwar sehr eifrig und sparte nicht mit Tipps, doch Halana ging es gehörig auf die Nerven, dass sie ständig im leisen Flüsterton und mit aufreizend klarer Betonung sprach.

Irgendwann, als es ihr gerade mal wieder ziemlich übel war, platzte Halana der Kragen und sie fuhr die junge Frau an: »Verdammt noch mal! Kannst du nicht normal mit mir reden? Ich liege nicht auf dem Sterbebett und bin auch kein bisschen krank – ich bekomme bloß ein Kind!«

Im ersten Moment hatte Verina sie nur erschrocken angestarrt, doch als ihr klar geworden war, was Halana meinte, hatte sie mit einer gewissen Hochnäsigkeit und besonders leise geantwortet: »Ihr mögt eine berühmte Kriegerin sein, aber ich bin hier die Hebamme. Eine Hebamme, wie ich mit Stolz hinzufügen darf, die ihre Ausbildung bei den Hebammen der Bruderschaft erhalten hat – das sind die besten! Und dort habe ich gelernt, dass wir in Gegenwart des ungeborenen Kindes nur leise und sanft reden dürfen, denn ungebührlich lautes Benehmen könnte den Eindruck der Aggressivität erwecken, und das wiederum könnte die Aufmerksamkeit des Großen Zerstörers in einer unvorteilhaften Art und Weise auf das Kind lenken – und das wollen wir doch tunlichst vermeiden, oder?«

»Ach so«, seufzte Halana, »daher weht also der Wind... Na, dann sag mir mal, von wie vielen Geburten du schon gehört hast, bei denen der Große Zerstörer mit übler Laune aufgetaucht ist, weil die Mutter vorher nicht dauerbeflüstert wurde?«

»Ähhhh...«

»Dacht ich mir.«

Plötzlich war die Stimme der jungen Hebamme gar nicht mehr so leise, als sie Halana entgegenschleuderte: »Ihr lästert den Großen Zerstörer! Das ist nicht nur im höchsten Maße ungebührlich, sondern Ihr setzt damit auch Euer Kind der Gefahr aus, dass es bei der Geburt...«

Doch da unterbrach sie Halana, der ein nicht zu vernachlässigender Gedanke gekommen war: »Verina – dir ist schon klar, dass der Erleuchtete... der *ehemalige* Erleuchtete, der sich aber im Schwarzen Land noch immer huldigen lässt, ein Feind Engalands ist? Sieh mir in die Augen und sag es rundheraus: Fühlst du dich diesem Verräter noch immer verbunden oder akzeptierst du den neuen, den – hm – den *echten* Erleuchteten der Bruderschaft von Engaland, der König Róge die Treue geschworen hat?«

Verina sah sie überrascht an und antwortete: »Na, selbstverständlich ist der neue Erleuchtete hier in Berlundel der echte Erleuchtete.«

»Warum bist du dir da so sicher?«

»Wieso ich…? Aber meine Oberen hier im Orden haben es mir doch so gesagt!«

»Und das genügt dir als Grund?«

»Natürlich! – Schließlich – was verstehe ich schon vom großen Ganzen der Ordensführung? Das muss ich schon den Brüdern meiner Ordensleitung hier in Berlundel überlassen.«

»Warum?«

»Natürlich weil das Männer sind, und ich nur eine Frau.«

Halana war einen Moment sprachlos, bevor sie antwortete: »Das... das hast du jetzt nicht wirklich so gemeint? – Doch, ich befürchte, das hast du.« Dann seufzte Halana tief und ergänzte: »Na, wenigstens kann ich sicher sein, dass uns von dir keine Gefahr droht.«

Vollkommen verwirrt fragte Verina: »Wieso sollte dir von mir Gefahr drohen?«

»Ach... schon gut. Übrigens: Eigentlich hast du eine ganz angenehme Stimme, wenn du nicht flüsterst. Bitte rede weiterhin mit deiner normalen Stimme zu mir. Das Risiko, Besuch vom Großen Zerstörer zu bekommen, nehme ich gerne auf mich. Dafür werde ich dir dann ab und an etwas über die Arbeit einer Kriegerin erzählen – eine Arbeit, für die Unterwürfigkeit nicht die ideale Voraussetzung ist.«

»Äh – warum sagt Ihr das jetzt?«

»Oh Großer Zerstörer! – Das wird ein hartes Stück Arbeit!«

*

Wie es der Zufall so wollte, war genau im gleichen Moment, als Halana jenes Gespräch über den Großen Zerstörer führte, auch Puth'O im Land der Zauberer in ein Gespräch über den Gott des Landes verwickelt. Der Gott in Reinefreude war zwar ein anderer als der in Engaland, das Gespräch an sich war jedoch mindestens genauso unerquicklich.

Das Loch im neunten Kopf des Schlafenden Gottes war das Geheimnis der 29 überlebenden Zauberer des Konkur geblieben. Selbst wenn sie sich nur untereinander trafen, taten sie so, als habe es den Vorfall nicht gegeben. Und musste doch einmal die Rede darauf kommen, dann nannten sie es »das Ereignis«. Nur Puth'O rieb den anderen Zauberern in schöner

Regelmäßigkeit »das Ereignis« unter die Nase, was ihm allerdings, abgesehen von einer gewissen Genugtuung, lediglich böse Blicke einbrachte.

Rottelt'Os Tod war den Führenden Zauberern immerhin ganz gelegen gekommen, um dem Volk den Fehlschlag des pompös angekündigten Experimentes zu erklären: Leider sei der große Rottelt'O im Dienste an seinem geliebten Volk verstorben, bevor er die Beschwörung abschließen konnte. Wissend um die Risiken, habe er seinen alten Körper dennoch den Gefahren des kräftezehrenden Rituals ausgesetzt und es leider nicht durchgestanden. Was besonders tragisch sei, weil man doch schon so kurz davor gestanden habe, den göttlichen Schläfer wieder zu erwecken. – Was aber bestimmt bald gelingen werde.

Für seine heldenhafte Tat war Rottelt'O ein Ehrenbegräbnis zuteilgeworden, bei dem ihn Tausende zu seiner letzten Ruhe geleitet hatten.

Allerdings hätte man unter den Ehrenjungfrauen, die in tiefer Trauer den Zug begleiteten, vergeblich nach einem jener Mädchen Ausschau gehalten, die den noch lebenden Rottelt'O in den Thronsaal begleitet hatten. Das war allerdings niemandem aufgefallen.

Nun hatte sich Puth'O mit den beiden Zauberern des Konkur getroffen, die er für die vernünftigsten hielt. Rundheraus sagte er zu Beral'O und Gripsa'O: »Mag sein, dass unser Volk so oder so nicht überleben wird – aber wenn wir weiterhin so tun, als könnten wir Rettung durch den Schlafenden Gott erfahren, dann ist unser Aussterben besiegelt.

Doch vielleicht haben wir noch eine Chance, wenn nicht nur wir wenigen Zauberer nach einer Lösung suchen, sondern wenn wir unser Volk miteinbeziehen.«

Der kräftige Zauberer und die Zauberin mit den langen grauen Locken sahen sich kurz an, dann widersprach Beral'O zwar immerhin nicht sofort, fragte aber: »Und wie willst du das anstellen?«

»Vielleicht sollten wir ganz einfach damit anfangen, unseren Leuten klar zu machen, dass wir Zauberer sehr weit davon entfernt sind, wirklich mächtig zu sein. Und dann sollten sie auch erfahren, wie es wirklich um den Schlafenden Gott bestellt ist – oder vielleicht sollte ich besser sagen: um den toten Gott.«

An dieser Stelle waren die beiden anderen merklich zusammengezuckt. Doch schließlich sagte Gripsa'O mit einer Stimme, die für eine Frau ihrer Größe sehr zart erschien: »Puth'O, nehmen wir mal an, du hast wirklich Recht und der... äh... die Existenz unseres Gottes ist nihiliert. Was würde es bringen, unser Volk damit aufzuschrecken? Und würde man uns das überhaupt glauben? Eher nicht. Und wenn doch, dann würdest du dem Volk nur ein Stück Hoffnung nehmen.«

»Es wäre aber eine unberechtigte Hoffnung, die verschwände. Und hätten wir die falsche Hoffnung erst einmal abgeschüttelt, könnten wir unsere Energie, statt sie zu vergeuden, wieder für sinnvolle Dinge einsetzen.«

»Oder für Chaos und Unmoral«, warf Beral'O düster ein.

»Ha, ist das denn moralisch, was wir in diesem Augenblick tun? Ein Reich auf der Basis einer großen Lüge direkt in den Untergang führen?«

»Nun, dann ist es wenigstens die gewohnte, die vertraute, die heimelige Unmoral. Und wenn wir wirklich untergehen, dann in Geborgenheit, in Ruhe und in Frieden.«

Puth'O wurde blass, ließ sich in seinem Sitz zurückfallen und murmelte: »Alles zu spät. Sie haben schon aufgegeben!«

Beschämt erhoben sich die beiden anderen aus ihren Sitzen und verließen ohne ein weiteres Wort Puth'Os Haus, während der sich fragte, ob es das nun gewesen war. Vielleicht sollte er ja auch einfach resignieren, nur der Einfachheit halber. Dann könnte er in Ruhe den Rest seines Lebens damit verbringen, sich die Welt schönzusaufen. Er fing gleich schon mal damit an und leerte, in seinem weichen Sessel sitzend, in nur 35 Minuten drei Flaschen Wein. Dann sank sein Kopf langsam herunter.

\*

Mäuschens Kopf fuhr in die Höhe.

Da war er wieder, dieser Geruch, der einfach nicht hierher gehörte.

Am deutlichsten konnte Mäuschen hier natürlich das riechen, was sie am meisten liebte: den Geruch ihres neuen Leittieres, denn die junge Wölfin schlief zu dessen Füßen. Es war schon ein paar Wochen her, als man ihr eine alte Decke neben das Lager ihrer zweibeinigen Rudel-Führerin gelegt hatte. Seither war sie jede Nacht dort gelegen und wollte keinen anderen Platz mehr.

Neben diesem stark dominierenden Geruch ihrer Herrin konnte die Wölfin mit ihrer feinen Nase aber noch viele andere Dinge erkennen. So lag natürlich ständig der Geschmack von Pferden in der Luft, jener sonderbaren Tiere, die noch immer vor Mäuschen zurückschreckten, obwohl sie doch schon seit Tagen keinen Versuch mehr unternommen hatte, eines von ihnen zu fressen. Na gut, zugegeben, so ganz leicht fiel ihr das noch immer nicht... Aber ihre zweibeinige Leitwölfin hatte offenbar etwas dagegen, dass sie sich selbst ihr Essen suchte. Mäuschen verstand das zwar nicht so recht, doch das musste sie ja auch nicht. Sie hatte ihre Führerin akzeptiert und damit auch deren Willen – und nicht zu vergessen war, dass diese zweibeinige Wölfin stets dafür sorgte, dass ihr Rudel – na ja, ihr wirklich, wirklich kleines Rudel – immer genug zu fressen hatte.

Aus weiter Ferne wehte dann noch, kaum mehr wahrnehmbar, der Geruch dieser Rinder bis in das Zelt hinein. Mit diesen Viechern verhielt es sich ganz ähnlich wie mit den Pferden.

Auch die unterschiedlichsten Gerüche der Steppe erreichten Mäuschens Nase. So glaubte sie, dass sich nahe des Lagers ein paar Erdhörnchen herumtrieben, und frisches Mäuseblut lag ebenfalls in der Luft.

Die alte Eule, die Mäuschen vorige Nacht gerochen hatte, war also offenbar auch noch in der Nähe. Und selbstverständlich witterte die junge Wölfin all die Zweibeiner, die in den anderen Zelten schliefen – viele von ihnen konnte sie inzwischen sogar schon auseinanderhalten. Und der Geruch, der sie jetzt irritierte, war so ein Zweibeiner-Geruch. Schon die beiden vorangegangenen Nächte hatte er sich dem Zelt genähert.

Vermutlich wäre der Geruch Mäuschen unter dem all der anderen Zweibeiner gar nicht aufgefallen, doch etwas machte ihn verdächtig: Dieser Zweibeiner hatte Angst!

O.K., Angst hatte die Wölfin zunächst auch bei vielen der anderen Zweibeiner riechen können, als sie noch neu in diesem sonderbaren Mehrfach-Rudel gewesen war. Ganz dunkel hatte sie noch das Gefühl, dass dies eine unangenehme Zeit gewesen war, aber dieses Gefühl verblasste von Tag zu Tag mehr. Und inzwischen hatte man sie offenbar akzeptiert, denn keiner fürchtete sich mehr vor der Wölfin, deren Pfote mittlerweile wieder ganz geheilt war.

Ob ihr nun der Zweibeiner, der sich mit Angst dem Zelt näherte, tatsächlich verdächtig vorkam, oder ob der Angst-Geruch einfach die Lust auf Beute in ihr entfachte: Die Wölfin ließ ein leises, rollendes Knurren hören.

Rrrricka erwachte, setzte sich schlaftrunken auf, streichelte der Wölfin über den Kopf und murmelte: »Was'n los, Mäuschen? Musst du mich jetzt jede Nacht wecken? Komm, gib Ruhe, bin viel zu müde, um jetzt mit dir zu spielen...« Bei ihren letzten Worten hatte sich Rrrricka schon wieder zurücksinken lassen und war bereits Sekunden später erneut tief und fest eingeschlafen.

Die Wölfin dagegen hatte ihren Kopf nach wie vor erhoben, gab nun allerdings keinen Laut mehr von sich. Nachdem sie geknurrt hatte, war dieser Duft nach Angst nicht mehr nähergekommen, sondern hatte sich recht schnell entfernt. Dennoch roch und horchte Rrrrickas Wölfin noch eine Weile weiter reglos in die Nacht hinaus, bis sie wirklich sicher war, dass sich da nicht länger irgendetwas Ungewöhnliches herumtrieb, das ihrer Herrin näherkam. Erst dann legte sie sich wieder zum Schlafen nieder. Ein Ohr blieb aufgerichtet.

Am nächsten Morgen konnte es Mrrr Drack, der oberste Schamane des Stammes, kaum abwarten, bis er mit dem jungen Dorf-Mrrr unter vier Augen sprechen konnte – man musste da sehr vorsichtig sein, denn die Zeltwände hatten manchmal Ohren (na ja, ganz besonders im Stammeszelt). Eines war Drack aber auch schon vor dem Gespräch klar: Tatock, dieser dämliche Trottel, hatte schon wieder versagt. Wäre es anders, dann hätte es der oberste Mrrr längst erfahren.

Als seine Ungeduld schließlich zu groß wurde, schickte der ältere Mrrr den jüngeren ganz einfach los, vor dem Dorf bestimmte Kräuter zu sammeln. Dann folgte er ihm, um ihn draußen zur Rede zu stellen.

»Was war es diesmal?«, fauchte der kleine dicke Mann, »war es wieder dieses blöde Vieh?«

»Dieses ›blöde Vieh‹ ist immerhin ein Wolf«, wagte der junge Mann einzuwenden, »und bevor du es mir auch diesmal wieder vorwirfst: Ja, ich hatte Angst! Hast du mal die Zähne von diesem Biest gesehen…?«

»Aber wenn du dich schon zwei Mal nachts nicht anschleichen konntest, warum versuchst du es überhaupt noch ein drittes Mal? Fast frage ich mich, ob du deine Aufgabe überhaupt erfüllen willst. Lass dir gefälligst etwas Neues einfallen!«

Na, der war gut, wagte der junge Mrrr zu denken, außerdem… »Muss das Mädchen wirklich sterben? Sie ist noch so jung. Fast noch ein Kind.«

»Haben wir das nicht schon ausführlich besprochen?« Doch Mrrr Drack bemühte sich nun, Zorn und Hochmut aus seiner Stimme zu verbannen. Es hatte lange genug gedauert, diesen Tölpel weichzukochen, er sollte jetzt nicht wieder abspringen. Nun gut, dann würde der oberste Mrrr nun mal zeigen, mit welcher Fähigkeit er zum obersten Mrrr geworden war.

»Also gut, mein lieber Tatock, ich werde es dir nochmals sagen«, sprach der Mrrr mit Würde und Autorität, das Feuer in seinen Worten langsam steigernd, »wenn du diese Fremde für mich… für unseren Stamm zu ihren unwürdigen Ahnen schickst, dann ist das nichts, was dein

Gewissen belasten kann. Denn wisse: Ich habe meine ganze Kraft als Mrrr meines geliebten Stammes eingesetzt, um die richtigen Ahnen, um *unsere* Ahnen zu befragen, und deshalb weiß ich mit Gewissheit, dass diese kleine Betrügerin in ihrer gottlosen Schändlichkeit Unheil und Verderben über unser Volk bringt, sollte sie tatsächlich die Volljährigkeit erreichen und neuer Häuptling werden. Daher also sage ich dir: Unsere Ahnen sehen es mit großem Wohlwollen, wenn dieses Mädchen, wenn diese Schlange aus unserer Welt entfernt wird. Wenn es aber unseren weisen Ahnen gefällt, ist es dann nicht unumstößlich, dass es eine gute Tat ist? – Eine Tat zum Wohlgefallen aller guten Kräfte in unserer Welt?

Und siehe: Ist diese ahnenlose Schlange, boshaft getarnt in der Gestalt eines unschuldigen Mädchens, nicht in Begleitung jenes scheußlichen Albinos in unsere Heimstatt eingedrungen? Jenes von den Ahnen ob seiner Falschheit gezeichneten Mannes, der von seinem eigenen Vater und Häuptling in weiser Voraussicht davongejagt wurde? Und war die Verderbte, die es wagt zu behaupten, die Tochter unseres geliebten Häuptlings zu sein, war diese Verderbte nicht über Jahre hinter dicken Mauern eingekerkert? – Ich sage dir: Nur um die Menschen vor ihr zu beschützen, war dies geschehen! Und welche Bosheit muss in ihr ruhen, dass sie schon als kleines Kind zu einer solchen Gefahr wurde, dass man sie in den höchsten Turm sperrte! Ich weiß schon: Sie ist jung und hübsch und scheint freundlich. Und in ihrer Niedertracht ist es ihr gelungen, sich in die Herzen unserer armen, unwissenden Stammesbrüder einzuschleichen.

Doch du und ich, wir beide sind Mrrr, wir sind Wissende. Und deshalb kann sie uns nichts vormachen: In ihrem Inneren ist sie böse. Sie ist wie der Apfel, der außen eine rosige Schale trägt, innen aber, durch übles Gewürm zerfressen, Fäulnis und Verderbtheit in sich verbirgt. – Und was macht man mit einem faulen Apfel? Man nimmt ihn aus dem Korb, damit er die anderen nicht ansteckt. Möchtest du etwa, dass dieses unreine Mädchen unseren ganzen Stamm vergiftet?

Nein, das möchtest du nicht. Und deshalb wirst du sie töten! Glaube mir, ich würde es nur zu gerne selbst tun, aber dieser räudige Barrkaron und die Irregeleiteten, die neuerdings glauben, seine Freundschaft suchen zu müssen, behalten mich ständig im Auge. Außerdem: Auf mir lastet die schwere Bürde, den Stamm zu führen, so lange der Geist unseres armen Häuptlings in der Anderswelt weilt. Also musst du mein starker Arm sein! Du musst sie töten, und wenn es dich das Leben kostet! Tu es für mich! Tu es für deinen Stamm! Tu es für deine Überzeugung! Die Dankbarkeit selbst der Ahnen wird dir gewiss sein – und sie werden dir mit Freuden einen Ehrenplatz an ihrer Seite geben!«

Und Tatock erkannte die Wahrheit in den Worten des Mrrr. Auch wenn er sich darüber wunderte, dass er überhaupt dazu in der Lage war, diese Wahrheit zu erkennen. Denn um einer anderen Wahrheit die Ehre zu geben: Tatock hatte am Ende seiner Jugend nicht gerade mit überschwänglicher Begeisterung die Laufbahn eines Mrrr eingeschlagen.

Es war vielmehr der Vorschlag seiner Mutter gewesen. Auf diesen Vorschlag einzugehen hatte damals aber immerhin den Vorteil gehabt, die Stammesgemeinschaft für die Zeit der Ausbildung verlassen zu können.

Denn er hatte es, als junger Mann, nicht leicht in seinem Stamm gehabt. Er war sehr schmächtig gewesen und war es auch heute noch, was leider auch sein Bart nicht kaschieren konnte. So hatte er immer eine gewisse Scheu gegenüber den anderen jungen Leuten empfunden. Und dass die meisten von ihnen ihn bestenfalls links liegen ließen, schlimmstenfalls auch mal ihren Schabernack mit ihm trieben, hatte es nicht gerade einfacher gemacht. So hatte Tatock zwar nicht unbedingt seinen Beruf, aber doch die Stellung seines Berufes schätzen gelernt: Nachdem er als Dorf-Mrrr zurückgekehrt war, hatte niemand mehr Scherze mit ihm getrieben, und es wurde auch nicht mehr von ihm erwartet, dass er zu Jagden gehen und sich in sportlichen Wettkämpfen messen würde.

Und dieses Eine, das ihm ganz besonders schwer gefallen war, wurde auch nicht mehr von ihm erwartet... Ein Mrrr war zwar keineswegs gezwungen, ohne Gefährtin zu leben, doch manche taten es.

Aber vielleicht verbarg sich in all dem ein tieferer Sinn. Vielleicht war er ja gar nicht bedeutungslos, sondern in seinem Inneren ein wahrer Mrrr? Vielleicht... vielleicht ruhte der Blick der Ahnen wirklich auf ihm, und alles, selbst seine Einsamkeit, war dazu bestimmt gewesen, ihn hierher, genau an diesen Punkt zu führen? Damit er Großes, damit er Bedeutendes vollbringen sollte. Damit er diese böse Schlange, die sich im Körper eines hübschen Mädchens verbarg, bekämpfen konnte. Und töten.

Diese dumme Wölfin war ihm jetzt egal. Seinen unsinnigen Plan, sich nachts anzuschleichen, hatte er dennoch aufgegeben. Denn natürlich würde ihn dann diese Bestie anfallen. Nicht, dass er noch Angst davor gehabt hätte. Aber er befürchtete, dass er trotz seines festen Glaubens nicht mehr nahe genug an diese Teufelin herankäme, wenn sich die Wölfin erst einmal in ihn verbissen hätte. Er musste sie also irgendwie treffen, wenn dieses Tier nicht in unmittelbarer Nähe war.

Den Wolf vergiften? Wäre durchaus eine Möglichkeit, könnte aber den Verdacht auf den wahren Kräuterkundigen, den großen Mrrr lenken, den diese Ungläubigen ja nur zu gerne verdächtigten.

Nun, natürlich hatte der Stammes-Mrrr Recht: Eine große Tat verlangt große Opfer. Sollten es doch alle wissen, dass er es gewesen war… sollten sie ihn doch hinrichten, damit würden sie das, was wirklich zählte, auch nicht ungeschehen machen. Also Schluss mit nächtlichem Rumgeschleiche! Er würde eine ganz einfache und somit sichere Methode wählen: Wenn der Wolf nicht in Reichweite war, dann würde er, ganz freundlich, das Gespräch mit ihr suchen. Und dann würde er es aus nächster Nähe tun. Mit dem Messer.

*

Zitternd bohrte sich das Messer tief in sie hinein, mitten in ihr Herz
– ins Herz der Zielscheibe, das exakt in deren Zentrum aufgemalt war.

Der Herzog hatte das Messer geschleudert. Er traf fast immer, bei seinen Übungen. Der Erleuchtete tat, als würde er Herzog Cosa interessiert zusehen, fragte sich aber gleichzeitig, was dieses stumpfsinnige Gehabe sollte. Musste der Kerl denn seine Messerkünste zur Schau stellen wie irgend so ein tumber Gockel, der eine Magd beeindrucken will?

Dabei war es doch der Erleuchtete, der hier stand, vom Herzog um eine Unterredung gebeten – so sah es jedenfalls der Erleuchtete selbst, während er aus Cosas Sicht ganz einfach herbeibefohlen worden war.

Schließlich, als auch das zehnte und letzte Messer sein Ziel gefunden hatte, warf der Herzog noch einen letzten, befriedigten Blick auf die Scheibe und wandte sich dann seinem Gast zu. Während er sich von einem Diener eine Schüssel halten ließ, um sich die Hände zu waschen, kam er gleich zur Sache: »Wir werden Engaland überrennen. Aber es kann nichts schaden, das Königshaus schon vorher zu schwächen.

Außerdem passt es mir nicht, dass diese Halana noch immer atmet…

Nun, meine Spione berichten mir jedenfalls interessante Geschichten aus Berlundel. Deswegen meine Frage: Habt Ihr dort Leute im Orden, auf die Ihr Euch fest verlassen könnt? Selbst wenn sie gegen ihren eigenen König handeln müssten?«

Der Erleuchtete musste nicht lange überlegen: »Ja, da ist sicher der ein oder andere.«

»Auch in Positionen, die es ihnen ermöglichen, an diese Schlampe heranzukommen?«

»An diese Halana? – Nun, warum nicht? Das sollte sich machen lassen. Aber was habt Ihr vor?«

»Na, sterben soll sie, was sonst? Allerdings so, dass dem König das Blut in den Adern gefriert.«

*

Die Wölfin war unruhig. Dieser Zweibeiner, der heute schon mehrfach wie zufällig an ihrem Leittier vorbeigekommen war, roch beinahe so wie jenes Wesen, das sie nachts so aufgeregt hatte. Allerdings fehlte etwas ganz Entscheidendes: die Angst! Ja, Aufregung, die konnte Mäuschen riechen, deutlich sogar. Aber Aufregung war doch ganz eindeutig anders als Furcht, wie sie etwa aus der Spur eines Beutetiers hervorstach. Da sich die Wölfin also nicht ganz sicher war, ob es sich wirklich um denselben Zweibeiner handelte, begnügte sie sich mit einem leichten Fletschen der Zähne, wenn Tatock in der Nähe war.

Am Nachmittag, als Rrrricka von ihrem täglichen Besuch bei ihrer Mutter kam, lief ihr wieder Drron über den Weg, während sie gerade über einen freien Platz zwischen mehreren Zelten ging. Komisch, dachte das Mädchen, irgendwie geschah es recht häufig, dass sich ihre Wege kreuzten. Der junge Lrrrk war drei Jahre älter als sie. Er war es auch gewesen, der mit ihrem Onkel Barrkaron zum Ahnensee hinabgestiegen war, um Mäuschen zu retten. Später, als die Wölfin gezähmt war, hatte er sich bei Rrrricka angeboten, das Tier ab und an mitzunehmen, wenn er aus dem Lager ritt, damit es Bewegung bekam. Irgendwie hatte Rrrricka damals den Eindruck gehabt, als hätte sich der Junge zu diesem Angebot überwinden müssen – was angesichts des sanften Knurrens und der spitzen Fangzähne von Mäuschen ja durchaus verständlich war. Aber warum hatte er ihr dann das Angebot überhaupt gemacht?

»Natürlich, um dich zu beeindrucken, was denkst du denn?«, hatte ihr Onkel Barrkaron auf ihre Frage hin geantwortet. Offenbar hatte sie wohl doch noch einiges zu lernen, in ihrem Leben in Freiheit. So, so, sie beeindrucken… das war wohl so ein Männer-Ding. Vermutlich was Dummes. Hatte sich aber doch irgendwie ganz angenehm angefühlt, dass Drron an sie dachte…

Jedenfalls hatte der junge Krieger Mäuschen nun mitgenommen, nachdem Rrrricka der Wölfin ihr Einverständnis signalisiert hatte. Kurz hatte das Tier gezögert und mit zuckender Nase an Drron vorbeigeschaut, wo sich ganz in der Nähe Mrrr Tatock mit einer älteren Frau unterhielt. Doch dann war die Wölfin Drron schnell hinterhergelaufen, ihre Unruhe verdrängt durch die freudige Erregung, dass sie gleich neben dem Pferd dieses Zweibeiners durch die Steppe rennen konnte.

Versonnen sah Rrrricka den Beiden hinterher. Oder sah sie eher nur einem von ihnen hinterher? Na ja, war ja auch ein hübscher Junge, dieser Drron. Äh… hatte sie gerade »hübscher Junge« gedacht?

So in ihre Gedanken versunken, bemerkte es das Mädchen gar nicht, dass Tatock ganz plötzlich die verdutzte Lrrrk-Frau stehen ließ, mit der er sich gerade noch unterhalten hatte, und nun zielstrebig, mit schnellen Schritten auf Rrrricka zuging. Allerdings bemerkte sie ihn um so deutlicher, als er nur noch vier Meter von ihr entfernt war, ein langes Messer aus seinem Gürtel riss, die Waffe hob und mit dem Schrei »Dreckige Hure!« auf sie zusprang.

Sie zuckte herum, sah diese schrecklichen, weit aufgerissenen glasigen Augen, wusste, dass sie keine Chance haben würde, dem blitzenden Messer irgendetwas entgegenzusetzen, und wie ein Blitz durchfuhr sie die Gewissheit, dass sie sterben würde, ohne überhaupt zu wissen warum, dann schlugen zwei Pfeile in Tatocks Bauch ein und ein weiterer in seine rechte Schulter.

Der junge Mrrr wurde von der Wucht der Geschosse regelrecht umgehauen – dagegen konnte auch sein heiliger Zorn nichts ausrichten.

Es war so schnell gegangen, dass erst jetzt, da alles vorbei war, die Angst durch Rrrrickas Körper flutete, während sie sich gehetzt umblickte – und Barrkaron sowie drei seiner Freunde aus umliegenden Zelten hervortreten sah. Alle vier hielten die kurzen Kampfbögen der Steppenreiter in den Händen, einer auch noch einen Pfeil, und dieser Mann rief erklärend zu Barrkaron hinüber: »Tut mir leid, hatte kein freies Schussfeld…«

Barrkaron eilte so schnell wie möglich zu seiner Nichte, nahm sie in die Arme und sagte sanft: »Es ist vorbei. Er kann dir nichts mehr tun.

Du bist hier in Sicherheit, in deinem Stamm. Bei deinen Freunden, die dich lieben und schützen.«

Rrrricka starrte nun fassungslos auf Tatock hinab, der mit rasselndem Atem und stöhnend nur drei Schritte von ihr entfernt auf dem Boden lag. Auch die drei anderen Krieger waren schnell hinzugetreten, und einer nahm vorsorglich Tatocks Messer auf, obwohl der Dorf-Mrrr nicht den Eindruck machte, als würde er es jemals wieder benutzen.

Rrrricka riss ihren Blick gewaltsam von dem schwer Verletzten los und wandte sich, ihr Zittern nicht ganz verbergen könnend, an Barrkaron: »Würdest... würdest du mir erklären...?«

»Es ist eigentlich ganz einfach«, sagte ihr Onkel, der nun seinerseits auf Tatock hinuntersah, der noch bei Bewusstsein war und jedes Wort verstehen sollte, »seit dieser Geschichte in der Schwitzhütte haben wir noch besser auf dich geachtet. Dorfhäuptling Kerrick und ich waren uns sicher, dass Mrrr Drack nicht aufgeben würde. Wir dachten, in der Öffentlichkeit wärst du vor direkten Anschlägen sicher, aber in deinem Zelt... Du hast sie nie zu Gesicht bekommen, aber in einem der Nachbarzelte waren ständig Wächter, die auf dich aufgepasst haben.«

»Aber warum hast du nicht einfach Wachen vor meinem Zelt aufgestellt?... Oh! Ich verstehe! Das war eine Falle, nicht? Mit mir als Lockvogel? Na, danke auch... Und ich vermute mal, ihr habt gerade eben auch nicht aus Zufall mit Pfeil und Bogen in den Zelten hier gewartet?«

»Schlaues Köpfchen! Jedenfalls ist zweien der Wächter, Drron und...«

»Moment mal! Drron gehörte auch zu den Wächtern? Er hat in manchen Nächten nur ein paar Meter weiter in einem Zelt Wache geschoben, während ich geschlafen habe?«

»Ja. Was stört dich daran?«

»Oh, red weiter...«

»Die Wachen waren jedenfalls aufmerksam, und ihnen ist das Knurren deiner Wölfin nicht entgangen. Als das eine Nacht später wieder passierte, haben sie sich vorsichtig umgesehen und gerade noch bemerkt, wie sich der Dorf-Mrrr davongemacht hat. In der nächsten Nacht haben wir schon auf der Lauer gelegen, und Tatock ist tatsächlich wieder aufgetaucht. Doch Mäuschen – was für ein Name! – hat ihn mit ihrem Knurren wieder vertrieben.

Wir hätten ihn natürlich schnappen können, aber mit welcher Begründung? Weil er nachts gerne draußen rumläuft? Und er ist immerhin der Dorf-Mrrr. Die kommende Nacht kam er nicht mehr – offenbar störte ihn der Wolf nun zu sehr – , aber wir behielten ihn natürlich im Auge und beobachteten, wie er mit Mrrr Drack sprach. Mit wem auch sonst? Wir waren sicher: Irgendwann würde Tatock einen Angriff starten. Daher wollten wir es so einrichten, dass dieser Angriff nicht überraschend, sondern zu unseren Bedingungen käme.«

Rrrricka ergänzte »Also habt ihr dafür gesorgt, dass Drron – wieder der! – mit meinem Wolf verschwindet, so dass ich scheinbar alleine bin, während in Wirklichkeit um mich herum vier Männer darauf warten, dass Tatock seinen Zug macht?«

»Ganz genau so war es.« Dann sah Barrkaron Tatock in die halb geschlossenen Augen und sagte mit eisiger Stimme zu ihm: »Du Narr hattest nie eine Chance, an die Tochter des Häuptlings heranzukommen.« Der Angesprochene, das Gesicht schweißnass, die Zähne zusammengebissen und die Hände um die Pfeile auf seinen Bauch gepresst, starrte mit schmerz- und wutverzerrter Mine zurück, während Barrkaron fortfuhr: »Und was hast du nun von deiner Dummheit? In spätestens drei, vier Tagen hat dich diese Bauchverletzung umgebracht. Aber um dich geht es hier eigentlich gar nicht. Sondern um den, dem du in deiner Torheit vertraut hast. Wenn du uns das gestehst, sodass wir ihn loswerden können, dann verspreche ich dir einen anständigen Tod.«

Tatock zitterte vor Schmerz, doch es flog blutiger Geifer von seinen Lippen, als er zurückzischte: »Du weiße Schande! Du und die kleine Hure, ihr könnt mir überhaupt nichts anbieten. Und wage es nicht zu sagen, dass es hier nicht um mich geht, denn ich werde – *ARGH!*«

Der Tritt eines Kriegers hatte ihn in die Seite getroffen, sodass er sich vor Schmerz krümmte, während der Steppenreiter düster sagte: »Beleidige nicht den künftigen Häuptling deines Stammes.«

Rrrricka wurde schlecht.

Barrkaron zögerte einen Moment, doch dann sagte er zu dem am Boden Liegenden: »Wenn du noch zwei, drei Tage durchhältst, dann ist das mehr als genug Zeit für uns… Du *wirst* mir sagen, wieso du Rrrricka töten wolltest – und vor allem: Wer dich auf diese Idee gebracht hat. – Rrrricka, du gehst jetzt bitte.«

»Wie? Aber ihr könnt doch nicht…«

»*Aaaargh!*« – Von einem zornigen, verzweifelten Schrei wurden sie unterbrochen. Tatock hatte es in seiner Wut und Angst geschafft, sich trotz verletzter Schulter auf den linken Ellenbogen zu stützen, dann röchelte er: »Von mir werdet ihr kein Wort erfahren, ihr abscheulichen Verderber – und ich *habe* Bedeutung. Auf mich warten meine Ahnen, die mich belohnen…« Und unter den entsetzten Augen selbst der Krieger riss er sich mit einem dröhnenden Schmerzensschrei einen Pfeil aus dem Bauch, hielt ihn so, dass das Schaftende auf dem Boden aufsaß und die Spitze nach oben zeigte, dann rammte er mit einem irren Lachen seinen Kopf nach unten.

Der Pfeil durchstieß Tatocks linkes Auge und bohrte sich tief in sein Hirn hinein. Fassungslos sahen die vier Männer auf den Leichnam hinunter, während Rrrricka hemmungslos weinte und von Barrkaron gestützt werden musste.

Schließlich, es waren schon etliche Sekunden vergangen, sagte Barrkaron leise und ohne Wut zu dem Toten: »Du armer Narr. Du hast keine Bedeutung gefunden. – Nur den Tod.«

Dann bat er einen der Krieger, Rrrricka zu ihrem Zelt zu führen, einen anderen schickte er zu Rrrrickas einstiger Amme Lakte, um sie zu bitten, sich um das Mädchen zu kümmern. Barrkaron selbst machte sich mit dem dritten Krieger auf die Suche nach Mrrr Drack.

Vor Dracks großem Zelt angekommen, bat Barrkaron den Krieger:

»Sorge dafür, dass niemand hineinkommt.« Dann trat er ein.

Barrkaron fand den obersten Mrrr des Stammes auf dem Boden sitzend. Murmelnd rührte er in einem kleinen Topf, der mit leisem Blubbern auf der Feuerstelle stand.

Erschrocken blickte der Mrrr hoch, als Barrkaron sagte: »Rrrricka ist...« – die Augen des Mrrr leuchteten auf – »...nicht tot.«

Der Mrrr schluckte, riss sich aber zusammen und meinte: »Natürlich nicht. Wieso sollte sie auch?«

»Weil dein Dorf-Mrrr gerade versucht hat, sie zu ermorden.«

»Tatock?«, nun erschienen Schweißperlen auf des Mrrrs Stirn, und er ergänzte mit schlecht gespielter Überraschung: »Das… das ist ja kaum zu glauben – wer konnte ahnen, dass er zu so etwas fähig ist? Habt ihr… habt ihr ihn gefangen?«

»Oh, du kannst beruhigt sein. Er ist tot und wird dich nicht verraten.«

»T… tot?«, tatsächlich konnte Drack seine Erleichterung nicht ganz verbergen, »armer Kerl. Wie ist er denn gestorben?«

»Er wurde vergiftet.«

Jetzt war die Überraschung des Mrrr echt: »Vergiftet? Wie…?«

»Mit Worten. Er wurde mit Worten vergiftet.«

Dann packte Barrkaron blitzschnell zu, hatte den Mrrr mit der linken Hand unterm Kinn, mit der rechten im Genick gepackt und drückte seinen Kopf unbarmherzig über den brodelnden Topf. Und während er Dracks Gesicht ganz langsam immer tiefer in den heißen Dampf schob, sagte er leise und deutlich: »Ja, der arme Tor kann dich nicht mehr verraten. Aber das ändert nichts daran: Du bist nur noch wegen deines Amtes am Leben, das einmal, vor deiner Zeit, ein Amt der Würde gewesen war. Aber sollte es noch ein einziges Mal auch nur das geringste Anzeichen geben, dass dem Mädchen Gefahr droht, dann wird dir auch dein Amt nicht mehr helfen. Und du solltest all deine wunderhübschen Amulette anflehen, dass Rrrricka nicht durch irgendeinen dummen Zufall einen Unfall hat, denn auch das wäre dein Tod.« Damit riss er den kleinen Mann zurück, schleuderte ihn zu Boden und verließ das Zelt.

Wimmernd kroch der Stammes-Mrrr zu dem bauchigen Tonkrug, in dem sich sein Trinkwasser befand, schlug mit einer zitternden Bewegung den Deckel herunter und tauchte sein krebsrotes Gesicht in das kühle Wasser. Nachdem er diese Prozedur mehrmals wiederholt und schließlich gemerkt hatte, dass die Verbrennungen wohl doch nicht so schwerwiegend wie befürchtet waren, ließ er sich aufstöhnend auf den Rücken fallen. Dann durchströmten Selbstmitleid und Rachefantasien seinen Kopf, die immer wilder und abenteuerlicher wurden.

Doch schließlich, nachdem er sein Gesicht noch ein paar Mal im Wasser gekühlt hatte, kam er nicht umhin, auch seinen Verstand zu benutzen. Er wusste durchaus, dass sein Rückhalt, den er noch unter den Kriegern der Lrrrk genoss, inzwischen praktisch nicht mehr vorhanden war. Das Einzige, was ihn noch schützte, war sein Amt als oberster Mrrr und dass ihn Häuptling Nuré, bevor ihr Geist endgültig entschwunden war, zu ihrem Stellvertreter ernannt hatte. Was er, bei genauer Betrachtung, ohnehin nur nominell war, denn die wirklichen Amtsgeschäfte hatte er nur zu gerne anderen überlassen… Es half alles nichts: Tatock war seine letzte Chance gewesen, diese kleine Schlampe loszuwerden, und dieser Tropf hatte versagt. Als ihn diese Erkenntnis traf, war der Mrrr drauf und dran, die vielen Münzen, die ihm sein Amt im Laufe der Zeit beschert hatte, gleich zu nehmen und ins Schwarze Land zu gehen.

Aber als er an die Münzen dachte und daran, dass noch einige hinzukommen könnten, entschloss er sich doch, noch auszuharren. Erst wenn dieser Rrrricka nur noch ein halbes Jahr bis zur Volljährigkeit fehlen würde, erst dann würde er sein Gold und Silber holen und sich aus dem Staub machen. Wer weiß? Vielleicht würde er ja den Rest seines Lebens damit verbringen, das Gold und Silber wieder auszugeben – für angenehme Dinge in irgendeiner größeren Stadt des Schwarzen Landes.

Und auf gewisse Weise bekäme er durch sein Ausharren sogar seine Rache. Denn auch wenn er seine Gedanken kaum einmal in die Ferne lenkte, so wusste er doch um den Konflikt zwischen dem Schwarzen Land und Engaland, der möglicherweise Krieg bedeuten würde. Und er wusste auch, dass Barrkaron und Rrrricka nur zu gerne mit dem Heer der Lrrrk zugunsten Engalands in diesen Konflikt eingreifen würden – auch wenn er nicht wirklich verstand, warum sie das wollten. Hauptsache aber war, dass sie nicht losschlagen konnten, solange er hier noch der offizielle Stellvertreter Nurés war. Denn deren Tochter war nun mal noch nicht volljährig. Und dieses Problem, da war sich Mrrr Drack sicher, konnten Barrkaron und Rrrricka einfach nicht knacken.

Lakte war zwar nicht wirklich eine Kräuterkundige, doch verstand sie genug davon, um Rrrricka einen Tee zu brauen, der als leichtes Beruhigungsmittel wirkte und ihr einen tiefen Schlaf schenkte. Und inzwischen traute sich Lakte sogar schon ohne Weiteres an diesem Wolfstier vorbei. So schlief das Mädchen schon tief und fest, als Barrkaron kurz nach seinem Gespräch mit Mrrr Drack in ihr Zelt schaute. Nur der Wolf, der vor ihrem Lager döste, hob kurz den Kopf, um den Eintretenden misstrauisch zu beäugen. Doch als er den Albino erkannte, schlug er zwei Mal kurz mit der Rute und setzte seine Beschäftigung des angestrengten Nichtstuns nicht ungern fort.

Erst am Vormittag des nächsten Tages wachte Rrrricka wieder auf, und als Barrkaron kurz darauf erneut nach ihr sah, hatte sie schon wieder eine viel gesündere Gesichtsfarbe.

»Na, wie geht's dir heute?«, wollte Barrkaron wissen.

»Ich sollte wohl lieber fragen, wie es dir geht«, antwortete Rrrricka und deutete stirnrunzelnd auf seine linke Hand, »wieso ist die verbunden?«

»Oh, ist nichts Ernstes, nur eine leichte Verbrennung.«

»Verbrennung? Wie…«

»Frag nicht. Aber ich denke, wenigstens eine Sorge sind wir los: Der Mrrr hat nicht mehr den Mumm zu einem weiteren Attentat.«

»Das Attentat….«, Rrrricka blickte ihrem Onkel in die Augen, dann sagte sie: »Danke. Wenn du und deine Freunde nicht gewesen wärt…«

»Und Drron«, warf Barrkaron augenzwinkernd ein.

»Jaaa, der auch«, grinste Rrrricka mit einem leichten Anflug von Röte zurück, »also, wenn du, deine Freunde und Drron nicht auf mich aufgepasst hättet, dann wäre mein Leben in Freiheit ziemlich schnell wieder beendet gewesen.«

»Und wenn du nicht dein Herz am rechten Fleck hättest«, nickte Barrkaron mit einem Lächeln.

»Danke! Aber wieso…?«

»Wenn du nicht darauf bestanden hättest, die verletzte Wölfin zu retten, und wenn du nicht diese verrückte Idee gehabt hättest, eben diese Wölfin zu einem Haustier zu machen, wer weiß? – Dann hätte Tatock vielleicht Erfolg gehabt.«

»Aber natürlich«, lachte Rrrricka jetzt und kraulte das Tier sanft im Nacken, »Mäuschen ist die Allerbeste! Nicht wahr, Mäuschen? Du bist so tapfer und mutig wie 100 Drachen. Ach was: so tapfer wie 110 Drachen!«

»Na«, lachte nun auch Barrkaron, »glaubst du nicht, dass du da ein ganz klein wenig übertreibst?«

»Meinst du? Na gut, dann ist sie eben so mutig wie 109 Drachen, aber das ist mein letztes Wort. – He! Stell dir mal vor, nachdem das mit Mäuschen so gut geklappt hat, fangen wir noch einen Wolf dazu, und dann züchten wir, zu unserem Schutz und zum Schutz der Herden, eine ganz neue Sorte von Haustieren… dann wäre das doch ein toller Name für diese Rasse!«

»Was? Was wäre ein guter Name?«

»Na, ›Hundert und Neun Drachen‹ natürlich.«

»Äh… ist das nicht etwas lang?«

»Zu lang? Na gut, dann nehmen wir halt eine Abkürzung.«

*

Autsch!

Noch mal Autsch! Und diesmal mit einem ganz langen, gefühlt unendlichen U. Das fühlte sich jetzt ganz anders an, als die Tritte, die Halana sonst in ihrem Bauch… Großer Zerstörer! Es war soweit! Die Kriegerin erinnerte sich mit einem Schlag wieder daran, wie es mit Ruff gewesen war, als die Wehen eingesetzt hatten. Komisch, all die Jahre hatte sie das vollkommen vergessen, doch nun meinte sie, es sei gestern gewesen.

»Verina«, sagte sie zu der jungen Frau, mit der sie in den vergangenen Wochen, als für sie nicht viel zu tun gewesen war, ein paar lange Gespräche geführt hatte, »ich denke, es geht los…«

»Oh! Dann beherzigt, was ich Euch gesagt habe, und es wird alles gut gehen. Ihr braucht nicht nervös zu sein.«

»Ich bin nicht nervös.«

»Hm? Ja, gut, umso besser.«

Dann rief sie nach der alten Dienerin, die Prinzessin Karandra in Halanas Dienste gestellt hatte, als deren Bauch immer runder geworden war.

»Eile dich, und lass nach Medicus Brenno schicken, wie es abgesprochen war«, sagte Verina zu der alten Frau, die Halana ein wissendes Lächeln schenkte und sich dann, so schnell sie noch konnte, auf den Weg machte.

Während die Wehen etwas nachließen, dachte Halana daran zurück, wie Giula die Geburt von Ruff ohne die Unterstützung eines Arztes gemeistert hatte, und so fragte sie: »Ist das denn wirklich nötig, dass dieser Medicus kommt?«

»Aber ja – und das hatten wir doch alles schon geklärt – , es ist…«

»Ich weiß, ich weiß«, seufzte Halana, »es ist deine Pflicht, einen Arzt zur Geburt zu rufen, weil es genau das ist, was du gelernt hast. – Na, wenigstens flüsterst du nicht mehr.« Doch plötzlich ergänzte sie mit schmerzverzerrtem Gesicht: »Sei aber nicht enttäuscht, wenn dein Arzt nicht rechtzeitig da ist.«

Da kamen die Wehen schon wieder. Und heftiger als zuvor.

»Hilf mir bitte in den Schlafraum«, bat Halana.

Das kleine Gästehaus, abseits im Palastpark gelegen, war nur zweigeschossig, mit einem flachen Giebeldach. Im Erdgeschoss gab es einen größeren Wohnraum mit offenem Kamin, zudem nach hinten einen kleinen Raum mit gemauerter Kochstelle und einen großzügigen Wasserraum. Der Raum mit der Kochstelle musste nicht groß sein, da von den Gästen des Hofes ohnehin erwartet wurde, dass sie im Palast speisten. Der Wasserraum dagegen war ein echter Luxus, mit dem die Königsfamilie ihre Gäste verwöhnte: Selbst in der Hauptstadt hatten nur die Reichen Wohnungen mit fließendem Wasser. Doch hier, im Wasserraum, gab es eine eigene Pumpe, und niemand musste sich auf den Weg zu einem Brunnen oder einer öffentlichen Pumpvorrichtung machen.

Der Wasserspeier, der zu der Pumpe gehörte, besaß zudem eine raffinierte Technik: Er ließ sich schwenken. Schwenkte man ihn nach links, dann ragte er über ein flaches, etwa 50 Zentimeter breites und auf einem schweren Eichentisch ruhendes Granitbecken mit einem Abfluss durch die Hauswand hindurch, das man statt einer Waschschüssel benutzen konnte. Schwenkte man den Wasserspeier dagegen nach rechts, konnte man Wasser in einen großen Kessel pumpen, der in einen Backsteinofen eingemauert war, welcher nur dazu diente, das Wasser in diesem Kessel zu erhitzen. Und rechts neben dem Kessel stand das, was Halana in diesem Raum mit seinem Steinboden und den hübsch gekachelten Wänden ganz eindeutig am besten gefiel und das sie in den vergangenen Wochen ausgiebig genutzt hatte: eine Badewanne. Sie war aus einem einzigen Stück eines mächtigen Eichenstammes herausgearbeitet worden und ruhte in einem schweren Kupfergestell. Und das Wunderbarste: Öffnete man einen Hahn an der Seite des großen Kessels, dann floss herrlich heißes Wasser direkt in die Wanne hinein. Es hatte Tage gegeben, da hatte Prim Halana nur durch das Androhen heftigster Strafen wieder aus dieser Wanne gebracht, zum Beispiel der, dass er ihr am Abend nicht die angeschwollenen Füße massieren würde, wenn sie weiterhin im Wasser bleiben würde.

Der Wohnraum war sehr hoch und reichte bis unter das Dach des Hauses, über dem Koch- und dem Wasserraum gab es dagegen noch ein großes und ein sehr kleines Schlafgemach. An der linken Seite des Wohnraumes führte eine steile Treppe aus Eichenbohlen direkt zur Tür des größeren Raumes, in dem sich Halana und Prim eingerichtet hatten.

Von dem größeren führte eine Tür in das kleine Zimmer, das gegebenenfalls einem Diener vorbehalten sein mochte, nun aber unbewohnt war.

Verina half Halana aus ihrem gut gepolsterten Sessel hoch und stützte sie auf dem Weg zur Treppe. An deren Fuß blieb die Kriegerin stehen, hielt sich ihren Bauch und warf einen skeptischen Blick nach oben.

Plötzlich lachte sie leise, was aber schnell zu einem gepressten Stöhnen wurde.

»Was habt Ihr?«, fragte Verina.

»Weißt du«, kam es erschöpft zurück, »meine Schwertschwester Lusian und ich hatten bei der Schlacht am Kleinen Horn ganz alleine eine Horde von Schwarzländern angegriffen, und dann haben wir gemeinsam mit ein paar Köchen eine Wagenburg gegen eine haushohe Übermacht verteidigt. Später bin ich in das Land der Zauberer eingedrungen, in den Turm des Schwarzen Herzogs eingebrochen, durch den Wald des Gelb geritten, in Höhlen von Menschenfressern geklettert… und nun habe ich Angst, eine Treppe hochzugehen!«

Verina legte ihr die Hand auf die Schulter und entgegnete lächelnd:

»Na ja, große Kriegerin, diesmal geht's halt nicht nur um Euch, sondern auch um Euer Kleines, da drin. – Keine Bange, ich gehe hinter Euch, dann fallt Ihr weich.«

Vorsichtig, sich gut am Geländer festhaltend, stieg Halana langsam die Stufen hinauf, öffnete die Tür und betrat das Zimmer. Die ursprüngliche Einrichtung bestand nur aus einer großen Bettstatt, einem Schrank und einem kleinen Tisch mit zwei Stühlen, jedoch alles von ausgezeichneter

Handwerks-Qualität – ebenso wie die Kinderwiege, die hier neuerdings ebenfalls stand, nachdem Prim sie vor ein paar Tagen freudestrahlend mitgebracht hatte. Nahe der Wiege lehnten in einer Ecke Halanas Schwerter und ihr Schild, zudem in einem ziemlich schrägen Winkel ihre Reiterlanze, da das Zimmer viel zu niedrig war, um sie gerade hinzustellen. Außerdem gab es seit knapp zwei Monaten ein neues Einrichtungsteil, wenn man so wollte: Von zwei Zimmerleuten mit Haken befestigt, verlief kurz unter der Decke quer durch das Zimmer eine Gebärstange, an der die beiden obligatorischen kurzen Riemen mit Schlaufen hingen. Als Halana die Stange sah und die nächsten Wehen einsetzten, wurde ihr doch etwas mulmig.

Verina half ihr, sich fürs Erste auf dem Bett niederzulegen, dann eilte sie hinunter, um ein Feuer im Kessel unten im Wasserraum anzufachen – wirklich praktisch das Ding, auch wenn man nur eine kleinere Menge kochendes Wasser brauchte. Halana rief ihr hinterher: »Ich wär nicht böse, wenn du dich beeilen könntest…«

Alle Achtung! Ihr Bauchinhalt schien es ganz schön eilig zu haben.

Die Wehen kamen schon recht schnell hintereinander und dauerten immer länger. Halana hatte jedenfalls das deutliche Gefühl, dass es diesmal viel schneller als bei Ruff gehen würde.

Die Kriegerin hatte noch nie einen Rock zu ihren Besitztümern gezählt, doch vor zwei Monaten hatte sie sich einen von ihrer Hebamme besorgen lassen – ihr Bauch und Hosen passten einfach nicht mehr zusammen, und das An- und Ausziehen war auch viel einfacher.

Sie löste den – inzwischen recht langen – Lederriemen, der als Gürtel diente. Ihre alten Gürtel passten schon lange nicht mehr. Dann schälte sie sich mühsam aus dem Rock und trug nur noch ein langes, bis über die Knie fallendes Leinenhemd. Verina hatte sich tatsächlich beeilt und kam gleich wieder zurück.

»Na, dann kann's ja losgehen«, murmelte Halana, ließ sich beim Aufstehen helfen und unter die Gebärstange führen.

Halana fühlte sich, als hätte sie einen Kürbis verschluckt, während sie ihre Hände durch die Schlaufen schob, aber noch war es nicht ganz so weit.

Verina sah unterdessen immer wieder nervös aus dem Fenster, doch schließlich seufzte sie erleichtert: »Ah! Endlich! – Da hinten kommt Medicus Brenno. Hm… Seltsam.«

Halana hatte es kaum gehört, doch dann war Verinas letztes Wort doch noch in ihr Bewusstsein gedrungen, und trotz einer heftigen Wehe fragte die Kriegerin in ihr: »Was – Ahhh! Verdammt! – was ist seltsam?«

»Na, dass Brenno noch vier Männer dabei hat. Gut, sie bringen eine Trage…, aber es war doch klar, dass Ihr Euer Kind hier bekommen würdet.«

Halana lief es eiskalt den Rücken hinunter, als sie möglichst ruhig fragte: »Dieser Medicus… du wurdest durch den Orden der Elf Gebote ausgebildet, er auch?«

»Ja, klar.«

»Und deine Vorgängerin hier bei mir, die krank geworden ist… Brenno wusste, dass ihr befreundet seid und dass sie dich als Ersatz vorschlagen könnte?«

»Weiß nicht… doch, ich denke schon. Aber worauf…?«

»Verina! Die Fünf da unten kommen nicht, um Leben auf die Welt zu holen, sondern um Leben zu nehmen!«

»Was… redest du da?«

»Dein Medicus ist noch immer Anhänger des Erleuchteten in Vandar, und die anderen Männer sind entweder auch aus dem Orden oder vom Schwarzen Herzog bezahlt. Renn runter und verriegele die Tür! – Sofort!«

Die Tür hier oben hatte keinen Riegel. Verina stand wie erstarrt. Und dann hörte Halana auch schon, wie unten die schwere Eichentüre aufgestoßen wurde.

»Nein! – Nicht – Jetzt!«, knirschte Halana, während sie sich wieder aus den Schlaufen löste, eine Hand vor ihren Bauch legte und mit gesenktem Kopf und zusammengebissenen Zähnen zu ihrer Lanze ging.

Glücklicherweise ließen die Wehen etwas nach, als sie die Waffe anhob und, so schnell sie konnte, zurückeilte. Sie stieß die Tür mit der Lanzenspitze auf und trat hinaus. Unten an der Treppe standen vier Gestalten mit gezogenen Messern – langen Messer – , hinter ihnen trippelte ein sehr nervöser und unbewaffneter langer Kerl, der angstvoll hinauf starrte.

Doch kaum dass die vier Bewaffneten Halana gesehen hatten, kamen sie schon die Treppe hinaufgestürmt. Auch die nächsten Wehen kamen. Heftig.

Halana stützte sich auf der Lanze ab, atmete tief ein. Eigentlich war das hier ja unmöglich. Sie wartete, bis die Angreifer nahe genug waren.

Nahezu unmöglich. Dann ließ sie die Lanzenspitze nach vorne schwingen, legte die ganze Qual der Wehen in diesen einen Stoß und rammte den Speer mit einem Schmerzensschrei nach vorne.

Sie durchbohrte den vordersten Angreifer und verletzte den dritten noch an der Schulter, und als Nummer Eins und Drei, die Lanze mit sich reißend, schreiend die Treppe hinunterpolterten, nahmen sie Nummer Vier auch noch mit. Doch der zweite Mann, ein kleiner Kerl von etwa 40 Jahren, mit fettigen schwarzen Haaren, einer langen Narbe unter dem linken Auge und einem Glücksamulett um den Hals, hatte sich rechtzeitig zur Seite gedreht, so dass er weder verletzt noch mitgerissen wurde. Und fast schien es Halana, die sich vor Schmerzen krümmte, dass Narbengesicht seinen Spaß hatte, als er hinaufrief: »Das wird dir auch nichts nützen.«

Halana stützte sich schwer am Geländer ab und schrie zurück: »Verdammt, ihr dämlichen Idioten, jetzt ist die Fruchtblase geplatzt!«

Am Gesichtsausdruck des Amulettträgers war zu erkennen, dass er nicht wirklich verstanden hatte, was diese Kriegerin da sagte – und sich schon gar nicht davon aufhalten ließ. Er merkte nur, dass diese Frau praktisch wehrlos war und stürmte weiter nach oben.

Halana konnte noch erstickt rufen konnte: »Tür verrammeln!«, als sie auch schon von dem Kerl angesprungen wurde, mit ihm gemeinsam nach hinten, zurück in das Zimmer taumelte und Mühe hatte, die sich von oben nähernde Messerhand des Angreifers mit beiden Händen festzuhalten.

»Tja, Schätzchen«, sagte der Mann ölig, »ich habe noch eine Hand frei. Und wohin werde ich damit wohl schlagen?« – Und dann tätschelte er tatsächlich ihren Bauch. Das hätte er besser nicht gemacht.

Mit einem Ruck zerrte Halana den Arm des Mannes vor ihren Mund und biss mit aller Kraft zu. Ein schriller Schmerzensschrei ertönte, das Messer fiel klappernd zu Boden, und Halana fürchtete, ihre Zähne zu verlieren, als der Kerl seine Hand zurückreißen wollte. Doch sie hielt das Handgelenk eisern gepackt und schmeckte Blut, während sie Narbengesicht umarmte, sich drehte und seitlich aufs Bett fallen ließ, den Schwung nutzend, um ihm die Stirn kräftig über das Nasenbein zu schlagen.

Vom Schmerz benebelt verfluchte der Mann Halana, während diese, ebenso kaum noch Herrin ihrer Sinne, schrie: »Es kommt, es kommt!«

Gleichzeitig griff sie ihren noch auf dem Bett liegenden Ersatzgürtel, zog ihn unter dem Lederband des Amulettes hindurch, nahm dann beide Enden des Gürtels zwischen die Zähne und biss kräftig drauf – das machte die Wehen irgendwie erträglicher.

Der Nebel vor den Augen des Angreifers verschwand langsam, und wütend drückte er sich wieder vom Bett hoch, während sich dieses stöhnende Weib an ihn klammerte und von ihm mit hochziehen ließ.

Freundlicherweise hatte ihr dieser Kerl vom Bett hochgeholfen. Es wurde auch allerhöchste Zeit. Noch immer hielt sie ihn umklammert.

Als er sich nach hinten losreißen wollte, verwandelte sie diese Bewegung, heftig keuchend, in einen drehenden Tanzschritt, so dass Narbengesicht nun unter der Gebärstange stand, wo sie ihm erneut einen Kopfstoß verpasste. Dann erst ließ sie ihn los, zog aber in derselben Bewegung beide Enden des Gürtelriemens über die Gebärstange, packte die Enden wieder und warf sich aufstöhnend nach vorne. An Narbengesicht, der nun hinter ihr in der Luft zappelte, dachte sie schon gar nicht mehr, denn während sie mit Macht an den beiden Seilenden zog, als seien sie die Schlaufen der Gebärstange, brüllte sie: »Mein Kind kommt!«

Dann bemerkte Halana, dass jemand vor ihr kniete und etwas sagte.

Durch einen Nebel aus Adrenalin, Endorphin und Schmerz erkannte sie schließlich Verina, die zitterte, doch auf dem Posten war und nun laut und deutlich wiederholte: »Pressen! Du musst pressen!«

Halana tat wie geheißen, und als es beim dritten Mal Pressen, während sie besonders heftig am Seil zog, hinter ihr knackte und das Zappeln aufhörte, merkte sie es gar nicht. Nach dem vierten Mal Pressen fühlte sie sich plötzlich unendlich erleichtert, hörte ein Neugeborenes schreien und Verina sagen: »Es ist ein Junge!«

Von einem Augenblick zum anderen konnte Halana das Seil nicht mehr halten. Hinter ihr fiel etwas Schweres polternd zu Boden, während sie nach vorne taumelte, sich kraftlos aufs Bett sinken ließ und kaum merkte, wie Verina eilig die Nabelschnur durchtrennte. Schwerfällig wälzte sich Halana schließlich herum und erwartete irgendwie, dass ihr Verina ihren Jungen bringen würde. Stattdessen hörte sie ein heftiges Rumsen. Verina legte das leise krähende Neugeborene eilig in die Wiege und deckte es zu, während sie ängstlich zur Tür sah. Von dort kam ein erneuter Rums.

Halana schüttelte den Kopf, um ihn wieder klar zu bekommen, und sah genauer hin. Die Tür öffnete nach außen, der schwere eiserne Türgriff ragte an der Innenseite kaum über den Türrahmen heraus. Verina hatte eines von Halanas Schwertern von oben quer hinter den großen Türgriff geschoben und dann die Klinge gewaltsam vor den Türrahmen gepresst, sodass die Tür verkeilt war. Und draußen standen immer noch zwei Männer des Herzogs oder des Erleuchteten und versuchten, die Tür aufzubrechen.

»Großer Zerstörer!«, seufzte Halana erschöpft, dann sagte sie zu Verina: »Hilf mir auf und gib mir mein – Aaaaarrrr! – Tut das weh!«

»Was…. Was ist?«

»Wie kann es nach der Geburt noch so heftige Wehen geben?«

»Gibt es auch nicht… – Oh alle Ahnen! Da steckt noch eines drin! Los, ich helfe dir zur Stange.«

» *Was?* Großer… – Zu spät!«

Und so brachte die Kriegerin ihr nächstes Kind im Liegen zur Welt.

»Ein Mädchen«, sagte Verina. Und sie sagte es ganz leise.

»Ich… ich höre sie gar nicht?«

Und traurig flüsterte die Hebamme: »Sie rührt sich nicht.«

In diesem Moment gab es erneut ein Krachen, und donnernd flog die Tür auf. Im Türrahmen standen ein heftig keuchender rothaariger Bartträger und ein nicht minder keuchender Glatzkopf, der aus einem tiefen Stich in der linken Schulter blutete.

Sachte legte Verina das reglose Baby neben Halana, dann brüllte sie die Männer außer sich vor Zorn an: »Wie könnt ihr es wagen, den Großen Zerstörer zu einem neuen Leben zu führen?«

Und mit einem gewaltigen Wutschrei stürmte sie auf die Männer zu und sprang den Rothaarigen so heftig an, dass sie beide zur Tür hinausstürzten und Halana zwei Körper ungebremst die Treppe hinunterfallen hörte.

Aber Glatzkopf war noch da. Wenigstens ohne Messer, das er beim Treppensturz verloren hatte. Doch er war stark. Und Halana, ohnehin unendlich erschöpft, schien auch den letzten Rest ihrer Kraft verloren zu haben. Ihr Mädchen rührte sich nicht. Halana fühlte sich erschlagen, zu müde, sich zu wehren. Der Angreifer legte seine Hände um ihren Hals und drückte zu. Die Kriegerin machte einen kaum halbherzigen Versuch, die Hände beiseite zu ziehen. Der Mann drückte fester zu. Neben Halana kreischte ein Baby auf, schrill und laut – oh, so wunderbar laut! Augenblicklich ging es Halana besser, und der Glatzkopf war einen kurzen Moment abgelenkt, schaute irritiert zur Seite. Es reichte, um ihm einen Zeigefinger ins linke Auge zu stoßen.

Mit einem Aufschrei zuckte der Attentäter zur Seite und fiel vom Bett. Doch wütend grunzend rappelte er sich wieder hoch und sah die Waffe seines toten Kumpanen vor dem Bett liegen. Mit zwei Schritten stand er bei dem Messer, hob es auf und wandte sich wutschnaubend zu Halana um. Während er sie hasserfüllt anstarrte, kam hinter ihm Verina ins Zimmer gehumpelt, einen Topf mit kochendem Wasser in der Hand, den sie mit Schwung über der Glatze ausleerte. Und als der Mann schreiend herumfuhr, schlug sie mit dem Topf zu, mit aller Kraft. Obwohl er noch stand, hatte Verina den Eindruck, dass der Kerl schon k.o. war. Aber er stand halt noch… nach dem zweiten Schlag nicht mehr.

Halana konnte es nicht fassen. Sie lebte. Auch wenn sie sich so müde und zerschlagen wie noch nie im Leben fühlte: Sie lebte! Und Verina lebte. Und die Kinder! Beide weinten jetzt leise und quäkend.

»Was haben sie denn?«, fragte Halana.

»Na, Hunger, würde ich sagen«, antwortete die junge Hebamme, den Topf noch immer in der Hand.

»Hunger?«, Halana sah an sich herunter, »was ein Glück, dass ich zwei davon habe…«

Verina begann hysterisch zu lachen, dann fiel ihr der Topf aus der Hand, und sie ließ sich schluchzend neben Halana aufs Bett sinken. Die legte einen Arm um ihre Schulter und sagte beruhigend: »Schh, schh, du warst wirklich ganz fantastisch. Und du hast gar nicht geflüstert.

Und dass du wieder hochgekommen bist, um mir zu helfen… was ist eigentlich aus dem Rothaarigen geworden?«

»Genick gebrochen.«

»Saubere Arbeit.«

»Ist… ist aber nicht mein Aufgabengebiet.«

»Ja, ich weiß, es ist schlimm… Und der Medicus?«

»Ist ein Feigling. Hat mich nur groß angestarrt. Selbst nachdem ich ihm im Vorbeigehen eins auf die Nase gegeben hab, weil er mich so reingelegt und benutzt hat.«

»Eins auf die Nase? Du wirst mir immer sympathischer. Aber jetzt denk an deine Arbeit. Du musst mir Wolf bringen, damit ich ihn zusammen mit Lusan füttern kann.«

»Wie? Natürlich…«

Verina wischte sich mit dem Handrücken über die Augen und brachte Halana ihren Jungen. Und als beide Kinder, in saubere Laken gewickelt, die im Schrank bereitgelegen hatten, friedlich die erste Mahlzeit ihres Lebens einnahmen, fragte Verina: »Wolf und Lusan…?«

»Ja, wie sonst? Wolf, weil er im Kampf zur Welt gekommen ist, – ich denke, das passt. Und Lusan… Schon mit ihrem ersten Atemzug hat sie entscheidend in eine Schlacht eingegriffen. Was liegt näher als ein Name, der an eine große Kriegerin erinnert?«

»Warum dann nicht gleich Lusian?«

»Es gab nur eine Lusian. Und ich möchte nicht, dass ich später einmal von meiner Tochter verlange, so zu werden wie… na ja, sie soll ihr eigenes Leben führen und nicht denken, dass sie irgendwelche Erwartungen erfüllen oder sich an irgendjemandem messen muss. Sie soll ganz einfach sie selbst sein.«

»Das finde ich – Rauch!«

»Auch?«

»Rauch! Ich rieche Rauch!«

Halana, die nur Augen für Wolf und Lusan gehabt hatte, bemerkte den Geruch nun ebenfalls. Und jetzt sah man den Rauch sogar schon zur Tür hereinkommen. »Verdammt!«, fluchte Halana, »Medicus Brenno war wohl nicht zu feige, das Haus anzuzünden!«

Verina rannte zur Tür und rief nach einem kurzen Blick hinaus über die Schulter zurück: »Der Dreckskerl hat einfach die Stühle unter der Treppe aufgehäuft und angezündet. Gleich wird das ganze Haus in Flammen stehen. Ich fürchte, wir müssen zum Fenster raus. – Schaffst du das?«

»Natürlich schafft sie das«, sagte Prim vom Fenster her, dann rief er: »Oh! Zwei!! – Es sind zwei!!!! – Ich komme zu spät!«

»In mehrfacher Hinsicht – aber rechtzeitig, um uns hier rauszuholen«, seufzte Halana, während die junge Hebamme den Magier anstarrte, von dem man nur den Oberkörper sah, und stammelte: »Er… er schwebt vor dem Fenster!«

»Aber nein, er steht auf dem Luftfloß. Erklär ich dir später. Jetzt gib ihm die Kinder, dann hilf mir. Schnell. Das Rauchen hier ist ungesund für die Kleinen.«

Prim, der zunächst nur Augen für seine Kinder gehabt hatte, sah jetzt erst die beiden leblosen Gestalten auf dem Boden und fragte entsetzt: »Was war hier los?«

»Na, das erklär ich *dir* später! Nun raus hier!«

Verina nahm die beiden Neugeborenen und reichte sie dem Vater hinaus, während sie gleichzeitig mit großen Augen das Luftfloß anstarrte, dann half sie Halana beim Aufstehen – inzwischen wurde der Rauch schon beißend. Verina wollte die Kriegerin, der sie die Decke umgelegt hatte, gleich zum Fenster führen, doch Halana lenkte sie so, dass sie noch die beiden Schwerter einsammeln konnte. Als ihr endlich Prim von der einen, Verina von der anderen Seite über die Fensterbank halfen, sah sie, dass auf dem Floß noch eine Gestalt lag. »Das ist doch unser verräterischer Medicus? Wie kommt der hierher?«

»Na, das wird dann dir später erklärt.«

Als Halana schließlich auf dem Floß saß und Prim schon ablegen wollte, war aus dem inzwischen stark verrauchten Zimmer ein klägliches Stöhnen und Husten zu hören.

»Großer Zerstörer! Der Glatzkopf!«, rief die Amme, »er wird verbrennen!«

Halana sah Prim an und sagte: »Er wird einiges erzählen können.«

Aufseufzend stieg Prim wieder in das Zimmer zurück, zu Halanas Überraschung gefolgt von Verina. Sekunden später schleppten sie, heftig hustend, den Glatzkopf zum Fenster und wuchteten ihn hinaus, dann machten sie sich davon, während das Haus in Flammen aufging und nun erst Wachen und Bedienstete des Königs anrückten, die durch den Rauch angelockt worden waren.

König Róge war die ganze Sache ziemlich peinlich – ein Gast mitten im Palastpark, im königlichen Gästehaus, von Attentätern überfallen!

Und weil er es hasste, peinlich berührt zu sein, war er dementsprechend königlich wütend. Ob dies nun ausschlaggebend war oder doch eher die Inneneinrichtung des Kerkers: Die beiden Gefangenen zeigten sich derart kooperativ, dass sie alle Fragen fast schon beantwortet hatten, bevor sie überhaupt gestellt waren.

Es war, wie es Halana vermutet hatte: Nicht alle Ordensleute oder deren Anhänger, die noch in der Hauptstadt weilten, hatten es wirklich so gemeint, als sie ihre Treue dem »echten Erleuchteten« in Berlundel und dem Königshaus geschworen hatten – ganz nach dem Motto: Einzig die eigene Sache ist die gute Sache, und somit kann auch ein Meineid im Dienste der guten Sache nicht schlecht sein.

Der Medicus selbst war nicht der Rädelsführer gewesen, sondern ein hochrangiger alter Ordensbruder namens Tadraus, Stellvertretender Oberer des Ersten Tempels von Berlundel.

Für Tadraus und einige andere stand es vollkommen außer Frage, dass es ein Frevel gegen den Großen Zerstörer selbst war, für Engaland einen eigenen, selbstverständlich falschen Erleuchteten einzusetzen.

Sie waren so überzeugt davon, dass die alte Ordnung um jeden Preis aufrechterhalten werden müsse, dass es sie seltsamerweise nicht mal zu interessieren schien, mit wem ihr »echter Erleuchteter« in Vandar gemeinsame Sache machte. Denn dass dieser Erleuchtete inzwischen praktisch offiziell den Schwarzen Herzog und die Feinde Engalands unterstützte, war natürlich auch den Ordensleuten in Berlundel bekannt.

Als Tadraus die geheime Nachricht vom »einzig wahren Erleuchteten« aus Vandar bekommen hatte, da hatte er eifrig nach einer Gelegenheit Ausschau gehalten, diesen Plan in die Tat umzusetzen: jene berühmte, aber ach so üble Kriegerin, auf die der verräterische König Róge so große Stücke hielt, zu den Ahnen zu schicken. Und das möglichst spektakulär, um den König zu demütigen und die Macht seines Hauses zu destabilisieren. Und wie könnte das besser geschehen, als diese böse Frau auf dem Palastgelände zu töten, praktisch unter den Augen des Königs? So würde jeder wissen, dass die Macht ihres Erleuchteten und die des Schwarzen Herzogs bis in den Palast von Berlundel reichten.

Wie überall klatschten die Leute auch in Berlundel gerne, und so war natürlich schnell bekannt geworden, dass diese Halana ein Kind erwartete – sicher ein Balg von diesem widernatürlichen Zauberer! Aber das machte sie auch verletzlich.

In Tadraus' Haus hatten sowohl Medicus Brenno als auch die Hebamme Verina ihre Ausbildung erhalten, und Brenno war später sogar Hausmedicus des Ersten Tempels geworden. Tadraus hatte seine Fühler ausgestreckt, hatte Verbindungen geprüft, und in ihm war ein Plan gereift…

Eine Schwägerin der ersten Hebamme Halanas war einem Getreuen Tadraus' verpflichtet, und obendrein konnte sie die Frau ihres Bruders ohnehin nicht leiden. So wechselten ein paar Münzen und ein Pülverchen den Besitzer, kurz darauf erkrankte die Hebamme und Verina trat an ihre Stelle, die, wenn es um die Geburt eines Kindes ging, mit Medicus Brenno zusammenarbeitete, den sie aus dem Tempel kannte. Das dumme Weib würde man natürlich nicht einweihen, doch von Brenno wusste Tadraus, das auch dessen Herz dem einzig echten Erleuchteten gehörte. Gut, Brenno war ein Hasenfuß, aber ein paar ernste Gespräche und ein paar kaum verhohlene Drohungen ließen ihn dann schließlich einwilligen.

Der Schwarze Herzog hatte inzwischen zwei seiner Handlanger geschickt, zwei Totschläger, nicht sehr helle, aber geeignet für diese Angelegenheit. In Berlundel taten sie sich mit dem Medicus und zwei Agenten des Herzogs zusammen, die bereits seit Jahren in der Hauptstadt Engalands lebten und auf ihren Einsatz warteten – der nun kam: Wenn die Geburt des Balges kurz bevorstand, dann würde die Hebamme, wie üblich, nach dem Medicus schicken. Die Palastwachen wussten darüber Bescheid und würden keine Schwierigkeiten machen – auch nicht, wenn der Medicus – »rein vorsorglich, man kann ja nie wissen, ob es Komplikationen gibt« – vier Bahrenträger bei sich hatte.

Die tödliche Überraschung würde perfekt, die Kriegerin hilflos wie nie sein. Nun, was den letzten Punkt betraf, hatte sich Tadraus bekanntermaßen geirrt.

Natürlich hätte der Zauberer gleich mit dran glauben sollen, falls er da gewesen wäre, doch der war unermüdlich für die Verteidigung Engalands unterwegs. Was Tadraus nicht wissen konnte: Halana hatte mit der alten Dienerin abgemacht, dass sie, wenn es mit dem Kind so weit wäre, nicht nur nach dem Medicus, sondern auch nach dem Vater schicken würde. Nur leider hatte der Bote, der zum Medicus geritten war, seine Aufgabe deutlich schneller erfüllt.

Das Luftfloß, das Prim im Boden einer Kutsche aus dem Zaubererland herausgeschmuggelt hatte, war in einem Stall beim Nordeingang zum Palastgelände abgestellt. Der König hatte Prim gebeten, es nicht zu benutzen, um seine Untertanen nicht unnötig zu erschrecken. Doch als er an jenem Tag nichts anderes im Kopf gehabt hatte, als so schnell wie möglich zu Halana zu gelangen, um bei der Geburt seines Kindes dabei zu sein, da hatte er – Pardon, Róge – auf die Bitte des Königs gepfiffen, war im Stall vom Pferd auf das fliegende Floß gesprungen und so schnell es ging zu dem Gästehaus gerast, das Halana und er bewohnten.

Dort hatte er Rauch aus dem unteren Stockwerk hervorquellen sehen und zudem einen Mann, der gerade versuchte, an einer Außenwand aufgeschichtete Holzscheite zu entzünden. Doch als sich Prim näherte, hatte der Mann nur stocksteif das Luftfloß angestarrt, und der Magier hatte keine Schwierigkeiten gehabt, den Kerl zu überwältigen. Der Rest ist Geschichte.

Eine Geschichte allerdings, die Engaland immerhin einen nicht zu unterschätzenden Vorteil im verdeckten Kampf brachte: Durch die Aussagen der Gefangenen konnten insgesamt 23 Agenten des Schwarzen Herzogs enttarnt werden, und es hatte den Anschein, dass man tatsächlich alle erwischt hatte. Und auch in der Bruderschaft der Elf Gebote wurden weitere Männer entdeckt, die doppeltes Spiel gespielt hatten.

Leider war es Tadraus gelungen, sich rechtzeitig ins Schwarze Land abzusetzen, dennoch würden es so schnell kein Ordensanhänger in Berlundel wagen, gemeinsame Sache mit dem Feind zu machen.

Die gefangenen Agenten wurde dem Henker übergeben. Die gefangenen Ordensanhänger wurden, nachdem ihre Vermögen beschlagnahmt waren, in die Verbannung geschickt – sollte sie der Schwarze Herzog durchfüttern.

Halana hatte jedoch von all dem, zumindest in den ersten Tagen, kaum etwas mitbekommen. Denn der König höchstpersönlich hatte ihr strikte Ruhe verordnet – und Prim tat es auch. Aber dieses eine Mal ließ sie sich gerne sagen, was sie zu tun hatte und freute sich über die Tage der Ruhe, während derer die Schmerzen infolge von Geburt und Kampf nach und nach verschwanden und sie ihre Kinder halten konnte. Sie wünschte sich nur, Ruff und Giula könnten die beiden sehen – Ruff würde sich sehr über seine kleinen Geschwister freuen, da war sie sich sicher.

König Róge ließ es seinen Gästen an nichts mangeln, und Halana hatte sich entschlossen, es wenigstens für ein paar Tage – wer weiß, vielleicht sogar für drei köstliche Wochen? – zu genießen, von allen Seiten umsorgt zu werden. Und bald konnte sie sogar, obwohl sie es noch immer ziemlich peinlich fand, über diese eine Sache lachen, die ihr durch den Kopf geschossen war, kurz nachdem Prim sie aus dem brennenden Haus geholt hatte. Glücklich war sie gewesen, dass Wolf und Lusan lebten und dass sie gesiegt hatten, doch gleichzeitig war sie so erschöpft und so voller Schmerzen, dass es ihr kaum gelungen war, bei Besinnung zu bleiben. Und dann hatte sie wie aus heiterem Himmel eine große Traurigkeit überfallen. Eine Traurigkeit darüber, dass diese wunderbare Badewanne ein Raub der Flammen geworden war.

Doch sie hätte sich darüber keine Gedanken machen müssen. Wie sich herausstellte, verfügte auch das zweite Gästehaus der königlichen Familie über eine mindestens ebenso fantastische Badewanne.

# 10. STAHL UND KRIEG I
## Die letzte Verteidigung

Halana und Prim standen, im Osten der Hauptstadt, auf der Stadtmauer Berlundels und blickten dem fast endlos erscheinendem Strom von Kindern und ein paar erwachsenen Begleitern hinterher, der sich aus dem Stadttor heraus ergoss und sich schon fast bis zum Horizont zog. Mit der Ruhe großer Traurigkeit sagte Halana: »Sie werden sich nicht einmal an uns erinnern können.«

Prim brauchte nicht zu fragen, was sie meinte. Irgendwo da unten in dem Zug ritten auch Petrina, Giulas einstige Gehilfin, und Hebamme Verina – die sich inzwischen ganz vom Orden der Elf Gebote abgewandt und sich auch die letzten Reste ihres Flüsterns abgewöhnt hatte.

Und in je einem großen Korb an den Seiten ihrer Pferde schliefen Wolf und Lusan, deren erster Geburtstag noch gar nicht so lange zurücklag. – Auch Petrina und Verina würden in Sicherheit sein, denn da die Zauberer in Sorge gewesen waren, ob denn alle aus ihrem Volk auch mit Kindern umgehen könnten – schließlich fehlte hier ganz eindeutig Erfahrung – , waren sie schließlich auch bereit gewesen, etliche Hebammen und Kinderfrauen bei sich aufzunehmen. Jedenfalls würden die Frauen ziemlich große Augen machen, wenn sie in Reinefreudestadt einritten. »Und schöne Grüße an Skrumps«, hatte Halana beim Abschied zu Verina gesagt.

»Wer ist Skrumps?«

»Wirst schon sehen…«

Schweigend hatten Halana und der Zauberer dem Zug hinterhergeblickt. Doch plötzlich wandte sie sich abrupt zu Prim herum. Sie sah ihm flehend in die Augen und beschwor ihn: »Geh mit ihnen! Damit sie wenigstens ihren Vater haben! Dich wird man ohne Zweifel einlassen.«

Prim schüttelte sachte den Kopf und erwiderte: »Ich weiß, dass du das sagen musstest. Und ich habe mir so sehr Kinder gewünscht... hätte gedacht, dass ausgerechnet ich zu den wenigen Männern in Reinefreude gehöre, die noch Leben geben können? Und wie gerne würde ich unsere Kinder aufwachsen sehen. Aber du weißt auch, dass ich nicht mitgehen kann, während du hier bist und kämpfst.«

Der Krieg lief nicht gut. Gar nicht gut. Die Übermacht war einfach zu groß. Und der Schwarze Herzog hatte sich nicht allein auf diese Übermacht durch die Anzahl seiner sonderbaren Verbündeten verlassen. Ihm war zum Beispiel klar gewesen, dass Bögen selbstverständlich eine weitaus größere Reichweite als geschleuderte Steine haben. Und so hatte er die Orika in die Kunst des Bogenschießens einweihen lassen.

Keiner dieser Keulenschwinger brachte es mit seinen plumpen Fingern auch nur annähernd zu einer erwähnenswerten Fertigkeit mit dieser Waffe. Doch das war auch gar nicht nötig. Der Einzelne muss nicht gut schießen können, wenn die Masse der Schützen dafür sorgt, dass man den Himmel nicht mehr sieht, wenn sich eine schwarze Pfeil-Wolke zischend herabsenkt.

Wie gut hätte Engaland die Bogenschützen der Steppe als Antwort auf die Pfeilhagel der Eulenmenschen gebrauchen können. Doch auch hier hatte der Herzog zum einen vorgesorgt, zum anderen zeigte sich, dass das Glück keineswegs immer auf der Seite der Rechtschaffenen steht.

Sssnrk und seine Steppenreiter waren zwar bereit, gegen den Herzog und die Eulenmänner in den Krieg zu ziehen, zumal es dem Häuptling der Chrrrr klar war, dass nach einer Niederlage Engalands auch die Nomadenvölker nicht länger sicher wären. Doch Herzog Cosa verstand es, alte Feindschaften unter den Stämmen zu seinen Gunsten zu nutzen.

Chrrrr und Zzzzzt vertrugen sich nicht sonderlich gut, und so hatte der Schwarze Herzog keine allzu große Mühe gehabt, den Stamm der Zzzzzt gegen die Reiter der Chrrrr auszuspielen. Das Land der Zzzzzt grenzte im östlichen und mittleren Bereich an das Schwarze Land, wo es dichter besiedelt und zivilisiert war, während die Steppe der Chrrrr nur im dünn besiedelten und wilderen Westen an Cosas Reich anstieß.

Im Laufe der Generationen waren die Zzzzzt und vor allem deren Herrscherfamilie immer weniger abgeneigt gewesen, das Gold Cosas zu nehmen und auch die eine oder andere Annehmlichkeit der Zivilisation zu nutzen. So war K'zzzz, der Häuptling der Zzzzzt, der erste und einzige Anführer eines Steppenvolks, der sesshaft geworden war und in einer Art Palast mitten in der Steppe lebte – wenn auch zum Missfallen vieler seiner Stammesgenossen.

Jedenfalls hatte Cosa einen hübsch schweren Beutel Gold an K'zzzz übersandt. Und daraufhin hatte der dem Häuptling der Chrrrr ganz unmissverständlich zwei Dinge klar gemacht: Erstens würde er nicht im Traum daran denken, gegen den Schwarzen Herzog zu ziehen. Aber Sssnrk könne dies ja gerne tun und mit seinen Reitern aufbrechen, denn dann würden die Zzzzzt zweitens keinen Tag zögern und sich sofort das ungeschützte Land der Chrrrr unter den Nagel reißen.

Die Reiternomaden der Chrrrr und der Zzzzzt neutralisierten sich damit gegenseitig. Und beim zahlenmäßig größten Stamm, den Lrrrk, war Cosa das Glück gewogen. Über eine Brieftaube von den Chrrrr hatten es Halana und Prim erfahren: Barrkaron und Rrrricka wären nur zu gerne bereit gewesen, Engaland zu unterstützen, doch noch war Rrrricka nicht volljährig, und noch immer blockierte Mrrr Drack, der höchste Schamane der Lrrrk, jedes Handeln. Und das, ohne vom Schwarzen Herzog auch nur eine Kupfermünze erhalten zu haben.

Dem dicken, dummen Mann war nicht einmal klar, was er anrichtete, indem er seine Freude an ein paar Annehmlichkeiten und seine Lust an der Macht eines Häuptlings, die er zu besitzen glaubte, über das Schicksal seines Volkes stellte. Immerhin hatten Rrrricka und Barrkaron den Eindruck, dass es Rrrrickas Mutter, der eigentlichen Herrscherin über die Lrrrk, ganz langsam etwas besser ging, seit sie dem Einfluss des Schamanen entzogen war. Doch daran, dass sie wieder die Befehlsgewalt übernehmen könnte, war überhaupt nicht zu denken. Und Rrrricka trennten noch immer fast drei Jahre von der Volljährigkeit.

Abgesehen von ein paar kleineren Nomadenstämmen blieb somit nur noch der Stamm der M'c übrig, jedoch allenfalls in der Theorie. Die M'c waren das wildeste Reitervolk, das ganz im Süden der Steppe siedelte, und somit am weitesten weg von der Zivilisation Engalands oder des Schwarzen Landes. So zeigten die M'c nicht das geringste Interesse, als einziger Stamm der Steppe mit Engaland in einen aussichtslosen Krieg zu ziehen. Die M'c mochten furchtlos sein, doch bescheuert waren sie nicht.

Und noch etwas machte König Róge und seinen Strategen zu schaffen: Sie hatten mit einer längeren Schonfrist gerechnet, um ihre Verteidigung aufzubauen. Doch der Schwarze Herzog war schneller als erwartet in den Krieg gezogen. Cosa hatte seine halbe Armee in den Westen des Schwarzen Landes verlegt, dorthin, wo sein Einflussgebiet bis an die östlichen Ausläufer des Roten Gebirges heranreichte. Und dort hatte er auch die meisten Großmanufakturen errichten lassen, in denen tonnenweise jenes Wundermittel nach dem Rezept des Erleuchteten hergestellt wurde, das die Haut der Eulenmenschen vor den Strahlen der Sonne schützte.

Die Eulenmenschen selbst hatten sich keineswegs die Mühe gemacht, an dem Gletscher ihr unterirdisches Reich zu verlassen, über den Halana zu ihren Höhlen vorgestoßen war. Von diesem südlichen Bereich aus hätten sie erst einmal Hunderte Kilometer in den Reichen der Steppenvölker durchqueren müssen, um zum Schwarzen Land zu gelangen.

Doch nicht nur im Süden gab es Ausgänge aus den Gedärmen des Roten Gebirges. Die bewaffneten Männer der Orika waren einfach unterirdisch zu den östlichen Ausgängen gewandert, wo sie schon von staunenden Einheiten des Herzogs mit großen Wagenladungen des Wundermittels erwartet wurden.

Durch Spione und gekaufte Informationen hatte das Königreich von dem Vorgehen Cosas erfahren. Stoßtrupps des Königs, einige unter der Führung Halanas, war es unter hohen Verlusten gelungen, ein paar Lager zu zerstören, in denen dieses schmierige Zeug gesammelt wurde, und ebenso eine Handvoll der Produktionsstätten. Doch die waren offenbar nicht schwer zu bauen, denn unter Anleitung einiger Leute des Erleuchteten sorgten die Arbeiter des Herzogs schnell für Ersatz. So brachten die Angriffe der Einheiten Halanas und anderer Kriegsmeister außer vielen Toten auf der eigenen Seite allenfalls ein paar Tage Zeitgewinn. Und mit jeder Kolonne Orika, die sich den Truppen des Herzogs anschloss, wurde es schwerer, in das Land einzudringen, bis es schließlich vollkommen unmöglich war, wenn man nicht Selbstmord begehen wollte.

Auch dass Orika-Augen kein Sonnenlicht ertrugen und sie ihre Augäpfel wohl schwerlich mit der Schutz-Paste einreiben konnten, war nur ein kleines Hindernis in den Plänen des Herzogs gewesen, denn der Erleuchtete hatte einen speziellen Helm ersonnen, der die Orika schützte: In den Schmieden des Herzogs hatte es Tag und Nacht geglüht, und die Glasmacher waren mit Münzen und Drohungen zu Höchstleistungen angetrieben worden. Vermutlich war es ihnen auch ein Ansporn gewesen, dass zwei Schmiede und ein Glasmacher, die sich widersetzt hatten, zu Tode geschleift und ihre Familien enthauptet worden waren, um sie anschließend den Küchenmeistern der Orika zu übergeben.

Jedenfalls trugen die Kämpfer der Eulenmenschen nun äußerst hässliche Helme auf ihren Schädeln, die zwar das Sichtfeld einengten, ihre Aufgabe aber recht effektiv erfüllten: Es waren Eisenhauben in Form halbierter Zuckermelonen, die bis an die Oberlippe heranreichten. In Augenhöhe war aus dieser Haube ein schmales Rechteck herausgeschnitten, aus dem ein schmaler, rechteckiger Kasten nach vorne ragte – ein Kasten mit einer Frontklappe aus dunklem Glas, der in der Nacht nach oben geklappt werden konnte. Für die flachen Nasen der Orika war einfach in der Mitte, unterhalb des Augen-Kastens, ein Loch gelassen worden.

Und dann war der Tag gekommen. Es war der 3. April des Jahres 11808, als die Truppen des Herzogs und der Orika erstmals gemeinsam den Boden Engalands betreten hatten. Es war ein sehr ernüchternder Tag für das Königreich gewesen. Selbst die befestigten Grenzorte hatten sich nur ein paar Stunden halten können. Und wären die feindlichen Truppen wie Soldaten zivilisierter Völker vorgerückt, sie wären schon vor Monaten an den Toren Berlundels angelangt. Doch die Orika hatten keine Reiterei. Und sie hatten immer Hunger. Jede kleine Eroberung wurde wie ein großer Sieg gefeiert. Die Menschen-Krieger des Herzogs sahen schnell, dass sie sich keine Gedanken darüber machen mussten, was mit all den erschlagenen Männern, Frauen und Kindern der Grenzorte geschehen sollte. Und sie wandten sich mit Grausen ab.

Die Orika jedoch nutzten alles Holz, dessen sie habhaft werden konnten, entzündeten große Feuer und hielten ein Freudenfest – mit warmem Schmaus für alle.

Der König gab nun Befehl, dass jeder einzelne Ort zwischen der Grenze und Berlundel von der Zivilbevölkerung geräumt werden solle. Eine logistische Meisterleistung, die aber viele Kräfte band, die nun nicht mehr an den Vorbereitungen für die weitere Verteidigung mitwirken konnten.

Schon bald platzte die Hauptstadt trotz ihrer Größe aus allen Nähten und konnte beim besten Willen keine Flüchtlinge mehr aufnehmen, die somit weiter nach Norden ziehen mussten. Dann hatte Prim, an seine eigenen Kinder denkend, die Idee gehabt, wie man für etwas mehr Platz sorgen und wenigstens einen Großteil der Kinder retten könnte.

»Ich lege meine Hand dafür ins Feuer, dass sie es nur zu gerne tun werden«, hatte er zu König Róge gesagt und Recht behalten.

Für alle Eltern war es eine sehr schmerzhafte Entscheidung gewesen, und überall sah man weinende Kinder, die nicht weg wollten. Doch wer sein Kind liebte, der schickt es in die Fremde – ins Land der Zauberer.

Prim selbst war nochmals nach Reinefreude zurückgekehrt und hatte seine Bitte vor dem Rat der Magier vorgetragen. Die Entscheidung war ohne Gegenstimme gefallen. Einige der älteren Zauberer hatten sogar geweint. Endlich, endlich würde es wieder Kinder in Reinefreude geben. Auch wenn es nicht die eigenen waren, so schien doch wieder eine Zukunft ins Land zu kommen, das seinen Namen, so hofften es die Zauberer inständig, nun wieder verdient haben würde.

Jede einzelne Familie in Reinefreude würde Kinder aus Engaland aufnehmen, so viele wie nur irgend möglich. Es kam sogar die Diskussion auf, welche der verlassenen Städte man am besten wiederbeleben würde, da der Platz in Reinfreudestadt allein kaum ausreichen dürfte, zumal nicht nur Berlundel seine Kinder und die der Flüchtlinge schicken würde. Auch in den noch freien Norden des Landes würde man Eilboten entsenden, um Kinderkarawanen zusammenstellen zulassen.

*

Als im Großen Rat der Zauberer die Entscheidung fiel, die Kinder aufzunehmen, da herrschte einen Augenblick so ein freudiges Tohuwabohu im Saal, dass zunächst keiner merkte, wie sich Puth'O räuspernd Gehör zu verschaffen suchte. Erst nachdem er schließlich einen Stiefel ausgezogen hatte, damit auf sein Pult hämmerte und laut »Ruhe!« brüllte, wandte sich die Aufmerksamkeit nach und nach ihm zu.

»Es tut mir ja leid, den Freudentaumel ein klein wenig stören zu müssen«, rief er und hatte damit endgültig die ungeteilte und bange Aufmerksamkeit aller, »aber hat schon mal einer darüber nachgedacht, wie wir die Kinder überhaupt ins Land bringen sollen? – Wir haben einen einzigen Schlüsselstein, um Menschen unbeschadet durch unsere Feuergrenze zu bringen. Doch wie viele Kinder mögen es sein, die zu uns kommen? Zweihunderttausend? Dreihunderttausend? Oder noch mehr? Wie, um des Schlafenden Gottes willen, sollen wir die alle durch die Grenze bringen? Sollen wir den Grenzstein 300000 Mal hin und her werfen?«

Einen Moment lang hätte man einer Stecknadel beim Fallen zuhören können. Dann setzte ein noch aufgeregteres Redegewirr ein, das Puth'O aber, mit dem Stiefel klopfend, schnell wieder unterband, während er fast schrie: »Ich habe eine Lösung! – Ja, da seid ihr baff und glotzt mich groß an, was? Aber hättet ihr Prim, als er uns seine Geschichte erzählt hat, genauso gut zugehört wie ich, wüsstet ihr die Lösung vielleicht auch... Wir werden das Grenzfeuer einfach abschalten, wenn wir einen Konvoi Kinder durchlassen müssen.«

»Du machst Witze?«, fragte Belac'O in die Stille hinein.

»Nein, sicher nicht. Aber ich weiß, dass das Wachfeuer von der – äh – magischen Kraft gespeist wird, die vom Berg Yumo zu uns herunterkommt Ich werde hingehen und sie so beeinflussen, dass man sie abschalten kann.«

»Du willst auf den *Heiligen Berg?* Selbst wenn du könntest, was du wolltest: Dir ist doch klar, dass du damit einen schrecklichen Frevel begehen würdest? Kein Mensch, nicht einmal ein Zauberer, darf den Berg betreten!«

»Na ja«, antwortete Puth'O leichthin, »unser Schlafender Gott, wie es sein Name schon sagt, schläft nun mal. Und er wird schon nicht aufstehen und mich mit einem Blitz erschlagen, wenn ich seinen Berg betrete. Ich verspreche auch, dass ich mir vorher die Schuhe abputze.«

Zwischenrufe wie »Unerhört« und »Lass diesen Frevel!« waren zu hören. Doch Puth'O spielte seinen Trumpf aus: »Ihr wollt also doch nicht, dass die Kinder ins Land kommen?«

Den Heiligen Berg betreten... Hätte man dies einem der Zauberer nur einen Tag zuvor gesagt, er hätte es bestenfalls für einen schlechten Witz gehalten. Doch fast ohne Debatte gab eine überwältigende Mehrheit die Zustimmung, dass in einer für die ganze Nation so wichtigen Angelegenheit der Heilige Berg wohl nichts dagegen haben könne, wenn er von einem Zauberer betreten werde. Ein besonders alter Zauberer setzte allerdings noch den Zusatz durch, dass Puth'O sich, wie versprochen, auch ganz bestimmt vorher die Schuhe abtreten müsse.

*

Wenn der Damm erst einmal gebrochen ist... Da man es nun schon mal einem Zauberer gestattete, den Heiligen Berg zu betreten, dann, so hatte es Puth'O für Prim durchgesetzt, könne man ruhig auch in Sachen Transportmittel eine Ausnahme machen: Prim war es gestattet worden, für den Rückweg nach Berlundel ein Luftfloß mit in die Außenwelt zu nehmen. Mag sein, dass die Entscheidung der Zauberer dadurch beeinflusst war, dass Puth'O darauf aufmerksam gemacht hatte, dass diese Eulen-Barbaren jeden Tag näher an Berlundel heranrückten und der Zeitplan für die Rettung der Kinder immer enger würde.

Neue Nachrichten über Halanas Herkunft konnte Prim allerdings auch diesmal nicht mitnehmen. Er war schon längst mit voller Geschwindigkeit wieder unterwegs nach Berlundel, als sich in Reinefreude Puth'O auf den Weg zum Heiligen Berg Yumo machte, um eine Möglichkeit zu finden, das Grenzfeuer abzuschalten.

Konnte er diese Aufgabe wirklich bewältigen? Puth'O war sich da keineswegs so sicher, wie er getan hatte. Aber immerhin musste er nicht alleine gehen. Nur Prim gegenüber hatte er seine Bedenken geäußert, ob er den Gipfel des Yumo überhaupt erreichen könnte. Und wie weit ein Luftfloß den Berg hinaufkommen würde, konnte auch niemand sagen. Eine Karte gab es ohnehin nicht.

Woher denn auch, nachdem ein paar Tausend Jahre lang niemand mehr den Berg betreten hatte?

So hatte Prim einen seiner alten Freunde als Begleiter für Puth'O empfohlen. Einen großen Freund. Einen *sehr* großen Freund, den Puth'O ja inzwischen bei einem Eimer Wein schon kennengelernt hatte.

Skrumps, der D'Goristi, war ohne das geringste Zeichen der Ermüdung neben dem Luftfloß von Puth'O her gelaufen. Und das, obwohl er dabei einen sonderbaren Rucksack auf dem Rücken trug, der ein wenig wie ein riesiges Ei aussah, dem aber ein großer Teil der Spitze fehlte.

Am Fuße des Berges hatte Puth'O einen kurzen Moment angehalten und gezögert. Schließlich kann selbst ein alter Zyniker ins Grübeln kommen, wenn er kurz davor steht, ein Jahrtausende altes Tabu zu brechen. Doch dann war er entschlossen und ohne zu Staub zu zerfallen in das verbotene Gebiet eingefahren. Die erste Überraschung, die er dort erlebte, war keineswegs magischer Natur, sondern kam von Skrumps, als dieser den Zauberer plötzlich stoppte und erklärte: »Du willst doch zum Gipfel? Dann solltest du nicht hier rechts um die Felsnase herumgleiten, auch wenn's von hier aus leichter aussieht, sondern da links entlang.«

Erstaunt entgegnete Puth'O: »Und woher, bitte, willst du das wissen?«

»Na, weil ich schon oben war. Woher denn sonst?«

» *Du?* Warst auf dem *Heiligen Berg?* «

»Schon oft. Und alle anderen D'Goristi auch schon. Für euch Zauberer mag es ein Heiliger Berg sein, uns hat man allerdings nie beigebracht, es so zu sehen. Und es hat sich auch nie jemand die Mühe gemacht, es uns zu verbieten. Eigentlich eher im Gegenteil...«

»Im Gegenteil? Wie ist das jetzt wieder zu verstehen?«

»Na ja, nachdem wir D'Goristi als Verteidiger nicht mehr wirklich gebraucht wurden, weil es ja nun den magischen Feuerschutz gab, kamen ein paar deiner Vorväter auf die Idee, uns eine neue Aufgabe zu übertragen. Wir sollten auf die Spiegel aufpassen.«

»Spiegel? Welche Spiegel?«

»Komisch, wie schlecht ihr euren eigenen Heiligen Berg kennt... habt ihr euch eigentlich nie über dieses ständige helle Funkeln auf seiner Spitze gewundert?«

»Äh, Schnee...?«

»Ach was, so hoch ist der Berg doch gar nicht. Und wenn es oben wirklich mal geschneit hat, so sind wir hoch und haben den Schnee von den Spiegeln geholt.«

»Und wozu sind diese verdammten Spiegel gut?«

»Woher soll ich das wissen? Ich bin doch nur ein D'Goristi.«

»Hm... Der Bruder des Schlafenden Gottes, so hat jedenfalls Prim erzählt, habe gesagt, dass auf dem Gipfel des Yumo die Kraft für das tödliche Grenzfeuer und die Holo-Wächter eingefangen wird. Es muss wohl
etwas damit zu tun haben...«

»Na, wenn du meinst.«

Auch die nächste Überraschung kam von Skrumps. Als es nämlich mit
dem Luftfloß an einem steilen Felshang nicht mehr weiterging, sagte er:
»So, ab hier steigst du am besten auf, sonst kommen wir nie hoch.«

»Aufsteigen? Auf dir? Soll ich etwa in deinen Rucksack krabbeln?«

»Rucksack? Falls du das Ding auf meinem Rücken meinst, das ist ein
Kampfsattel. Pass mal auf...«

Skrumps ging in die Hocke und stützte sich gleichzeitig mit Ellbogen
und Handfläche auf der Erde ab, so dass sein Rücken nun parallel zum
Boden verlief. Ganz offensichtlich war der »Rucksack« beweglich gelagert. Denn das, was in aufrechter Position des D'Goristi oben gewesen
war, drehte sich, noch während sich Skrumps vorbeugte, um 90 Grad und
war nun auch wieder oben. Und Puth'O konnte jetzt hineinsehen, denn
was er für einen Rucksack gehalten hatte, war oben offen. Der Zauberer
blickte gewissermaßen in ein hohes, rundherum geschlossenes ovales Ge-
fäß, in dem sich eine gepolsterte Sitzbank mit einem Gürtel zum Fest-
schnallen befand.

»Na, wenn das nicht der Tag der Überraschungen ist«, rief Puth'O, kletterte vorsichtig hinein und fragte: »Wie kommt es, dass die D'Goristi
nach all diesen Tausenden von Jahren ohne Kämpfe noch Kriegssättel haben?«

Skrumps machte den Eindruck, als sei er verwundert, dass der Zauberer
diese Frage überhaupt stellen konnte, er erklärte jedoch: »Ganz einfach:
Deine Vorfahren haben meinen Vorfahren gesagt, dass wir unsere Ausrüstung immer in Ordnung halten sollen. Also haben wir das getan. Schließlich hat ja niemand gesagt, dass wir es nicht mehr tun sollen.«

»Aber das Teil hier sieht nicht gerade aus, als sei es uralt!?«

»Aber nein. Die ersten Kampfsättel sind längst hinüber. Doch wir haben sie immer wieder nachgebaut – das war wohl zunächst sehr schwierig. Aber seit ihr nicht mehr alle Städte bewohnt, finden wir viel leichter
passendes Material. Unsere Rüstungen haben wir aus den Wandplatten
der Häuser geschnitten – die sind sogar noch härter, als die ersten...«

»Moment mal... sagtest du Rüstungen? Wozu braucht ihr die denn heutzutage noch?«

»Wer sagt, dass wir sie brauchen? Aber wir sollten doch unsere Ausrüstung...«

»Ah ja, ich weiß: immer in Schuss halten.«

Dann stand das Zwitterwesen aus Riesenaffe, Stier und Mensch wieder auf, und zu Puth'Os Überraschung passte sich sein sonderbarer Sattel ohne Geschaukel und in einer einzigen sanften Bewegung dem D'Goristi an. Selbst als Skrumps ein kleines Stück an einer Felswand hochkletterte oder auch mal an einem Steilhang nach vorne gebeugt auf allen Vieren lief: Immer war der Sattel in aufrechter Position.

Allzu lange dauerte die Reise nicht, zumal Skrumps eine ziemliche Geschwindigkeit an den Tag legte.

Das Ende des Aufstiegs hielt für Puth'O eine weitere dicke Überraschung bereit, noch ein gutes Stück dicker als die vorangegangenen: Der Schnee, der, von unten betrachtet, schon etwa 150 Meter unterhalb der abgeflachten Spitze begann, war gar kein Schnee. Es war, so schien es Puth'O im ersten Moment, eine glatte, strahlend weiße Farbe, flächendeckend über den Fels gestrichen. Allerdings konnte man dort, wo diese sonderbare Farbschicht begann, erkennen, dass dieses Material fast ein Zentimeter dick aufgetragen war, was Puth'O doch etwas dick für gewöhnliche Farbe erschien...

Puth'O war von Skrumps heruntergeklettert, um das Material zu untersuchen, und er fragte sich laut: »Wozu soll das gut sein?«

Die Frage hatte zwar nicht dem D'Goristi gegolten, dennoch antwortete der gemütlich: »Woher soll ich das wissen? Du bist doch der weise Mann. Allerdings: Von unten sieht es wie Schnee aus, und dann, glaub ich, soll es auch genau das tun.«

»Was?«

»Na, wie Schnee aussehen.«

Puth'O überlegte nur kurz und entgegnete dann: »Du hast natürlich Recht. Wenn es eine einfache, naheliegende Lösung gibt, dann ist die sehr viel wahrscheinlicher als irgendeine wilde Theorie. Wobei sich hier allerdings eine zweite Frage ergibt: Warum wollten unsere Vorfahren, dass die Menschen im Tal denken, die obere Region des Yumo sei ständig mit Schnee bedeckt? Hmmm. Auch hier gibt es eine naheliegende Erklärung: Es soll die Menschen gleich in mehrfacher Hinsicht davon abhalten, auf den Berg zu steigen. Zum Ersten: Weshalb sollte man hier hochkommen, wenn man auf dem Gipfel ohnehin nichts weiter als Schnee vorfinden würde? Zum Zweiten: Da es keine anderen Berge im Umland gibt, lässt die falsche Schneekuppe den Yumo höher erscheinen, weil man ja annehmen muss, dass er selbst im Sommer bis über die Schneegrenze hinausreicht – was jedoch offensichtlich nicht der Fall ist. Wenn aber unsere Vorfahren nicht wollten, dass jemand auf den Berg hochkommt, dann schließe ich zwei weitere Dinge daraus.«

»Nämlich?«, fragte Skrumps mit mildem Interesse.

»Erstens: Es gibt da oben wirklich etwas zu entdecken. Und zweitens: Der Yumo ist genauso wenig ein heiliger Berg, wie wir Zauberer echte Zauberer sind. Diesen ganzen Heiliger-Berg-Mist haben meine Vorfahren nur in die Welt gesetzt, um einen Grund zu erfinden, das Besteigen dieses Steinhaufens zu verbieten. Und damit die Menschen auch Angst davor bekommen sollten, es zu tun. Na, nun bin ich aber wirklich gespannt, was wir da oben entdecken.«

»Du.«

»Was?«

»Was *du* da oben entdeckst. Wir D'Goristi kommen ja öfter hoch.«

»Stimmt. Du sagtest es ja. Also bitte, was ist denn nun da oben?«

»Keine Ahnung.«

»Aber du hast doch gerade gesagt...?«

»Ich weiß nur, wie es aussieht, habe aber nicht die geringste Vorstellung, wozu es gut sein soll.«

»Hat dir eigentlich mal jemand gesagt, dass Unterhaltungen mit dir recht anstrengend sein können? Na gut, wir sind ja gleich da. Dann lass ich mich halt überraschen.«

Damit stieg Puth'O wieder in den Tragekorb, und sie legten die restlichen 150 Meter zurück.

Als sie oben angekommen waren, vergaß Puth'O erst einmal vor lauter Staunen das Aussteigen und ließ seine Blicke minutenlang ohne ein Wort über den Gipfel gleiten. Dann sagt er leise: »Jetzt weiß ich einen dritten Grund für den falschen Schnee: So glaubt jeder, das Glitzern und Funkeln, das von hier ausgeht, kommt von den Schneekristallen – andernfalls wäre vielleicht doch mal jemand auf die Idee gekommen, hier nachzusehen...«

Auf dem Gipfel des Yumo gab es keineswegs ein Plateau, wie Puth'O und all die anderen vermutet hatten. Vielmehr war es ein Krater, sehr gleichmäßig allerdings und nicht allzu steil – etwa so wie eine flache

Schüssel. Und das Innere des Kraters war über und über mit großen Spiegeln bedeckt, die das Sonnenlicht funkelnd reflektierten. Zwei Wege führten, sich gegenüber liegend, in den Krater hinunter, von ihnen zweigten fast kreisrunde Wege ab, die zwischen den Reihen der Spiegel hindurchführten.

»Dieses Wesen... der Bruder des Schlafenden Gottes hat, so scheint's, die Wahrheit gesagt. Und Prim auch. Wie sie es genau machen, ist mir ein Rätsel. Aber mit Hilfe dieser Spiegel haben unsere Vorfahren offenbar die Kraft für ihre – hm – ›magischen‹ Einrichtungen gewonnen. Und da das Einzige, was diese Spiegel spiegeln, der Himmel und die Sonne sind, muss ich vermuten, dass sie das Feuer der Sonne einfangen…

höchst erstaunlich.«

»Na, wenn du meinst...«, brummte Skrumps.

»Und sie funktionieren nach all diesen Jahrtausenden noch immer«, flüsterte Puth'O andächtig.

»Oh nein«, stellte der D'Goristi fest, »das tun sie nicht. Jedenfalls nicht alle. An jedem Spiegel brennt rechts unten in der Ecke ein kleines Licht. Wenn dieses Licht aus ist, dann wissen wir, dass es Zeit ist, den Spiegel zu ersetzen.«

»Zu ersetzen? Ihr?«

»Ja. Sagte ich doch, oder? Siehst du da unten im Krater diese eine Stelle, an der keine Spiegel stehen? Diesen Eingang in den Berg? Dort geht es zu einem mehrere Kilometer langen Stollen, in dem Tausende dieser Spiegel aufgereiht stehen. Und immer wenn einer hier draußen kaputt ist, dann stemmen ihn zwei von uns aus seiner Verankerung, tragen ihn in den Stollen und tauschen ihn durch einen ganzen Spiegel aus.

Außerdem ölen wir zwei Mal im Jahr die Stellen, an denen die Spiegel in ihre Halterungen gesteckt werden.«

»Aber warum tut ihr das?«

»Weil es deine Vorfahren meinen Vorfahren gesagt haben? – Wenn du meinst, dass wir jetzt damit aufhören können, brauchst du es nur zu sagen. Wir sind ohnehin bald am Anfang des Stollens angekommen.«

»Was soll das heißen?«

»Ah. Wir D'Goristi sind nicht gut mit Zahlen, und mit Zählen auch nicht... aber es sind höchstens noch zwei-, dreihundert Meter Stollen mit ganzen Spiegeln übrig.«

Puth'O dachte eine ganze Weile nach, dann fragte er: »Kannst du mir auch sagen, wo man das alles hier abschalten kann?«

Erstaunt fragte der D'Goristi: »Abschalten? Wenn ich dich richtig verstanden habe, funktioniert wegen dieser Spiegel hier die unsichtbare Feuergrenze, die Reinefreude schützt?«

»Stimmt.«

»So gesehen scheint es mir ganz gut, dass ich dir sagen muss: Hier gibt es keine Möglichkeit zum ›Abschalten‹, wie du es nennst.«

»Gibt es hier gar nichts Ungewöhnliches? Etwas, das zeigt, wie die hier gesammelte Kraft weiterfließt?«

Skrumps dachte angestrengt nach und sagte schließlich: »Direkt hinter dem Eingang des Stollens ist noch eine kleine Kammer. Dort versammeln sich seltsame Seile.«

»Seltsame Seile? Die möchte ich sehen.«

Zwanzig Minuten später stand Puth'O in der Kammer, die ihm eigentlich gar nicht so klein erschien, der D'Goristi musste allerdings in gebückter Haltung darin verharren, und auch das ging nur, nachdem er den Kampfsattel draußen abgelegt hatte.

Aus der Wand links des Eingangs sowie aus der gegenüberliegenden Wand kamen eine Unmenge eigentümlicher, gut daumendicker Seile heraus. Sie waren hellgrau und ganz glatt, und sie wirkten so, als seien sie recht unflexibel. All diese Seile endeten an drei unterschiedlich großen, an den Wänden montierten Kästen, von denen wiederum je ein besonders dickes dieser Seile herausführte und in der felsigen Wand verschwand.

Puth'O sah sich die Kästen genauer an. Auf jedem gab es eine kleine, verblassende Zeichnung zu sehen: Eine zeigte einen Zauberer in traditioneller Kleidung. Er stand auf einem Podest und schoss gerade einen Feuerball aus seinem Zauberstab ab. »Die Wächter«, murmelte Puth'O.

Die nächste Zeichnung zeigte in einem kleinen Kreis eine weit entfernte stilisierte Landschaft, ein Pfeil zeigte von dem kleinen auf einen größeren Kreis, in dem ein Ausschnitt jener Landschaft viel größer und somit näher zu sehen war. »Die Ho-Nebel«, sagte Puth'O jetzt.

Die Zeichnung auf dem dritten Kasten war dreigeteilt: Im ersten Feld schritt ein Mann auf den Zwischenraum zwischen zwei Wächterfiguren zu. Im zweiten Feld befand er sich zwischen den Figuren – und stand in Flammen. Im dritten Abschnitt war der Mann ganz verschwunden und an seiner Stelle lag etwas zwischen den Wächterfiguren, das ein Aschehäufchen sein konnte. »Und hier muss wohl die Kraft für das magische Grenzfeuer durchlaufen«, sagte Puth'O. Dann betrachtete er stumm das dicke Seil, das aus dem Kasten herauskam. Schließlich seufzte er, zog seinen Zauberstab, lächelte Skrumps kurz an und erklärte: »Bevor ich mir's anders überlege...« Und er schoss einen kleinen Feuerball auf das dicke Seil, in dem es plötzlich eine gut zwanzig Zentimeter große Lücke gab.

Nun betrachteten beide andächtig die Lücke, bis Skrumps schließlich sagte: »Du machst keine halben Sachen, oder? Ich meine, wenn ich das Ganze hier jetzt richtig verstehe, dann gibt es das magische Schutzfeuer nun nicht mehr, und jeder kann ganz nach Belieben die Grenze zu Reinefreude überschreiten?«

»Ja, schon«, sagte Puth'O, »aber das weiß ja keiner, oder? – Und außerdem gibt es doch noch die Grenzwächter, die wir nach wie vor zum Feuern bringen können. Hoffe ich.«

\*

Für seinen Geschmack kam ihn die verrückte Alte in letzter Zeit etwas zu oft besuchen. Und dann auch noch manchmal in Begleitung von diesem abscheulichen Krüppel, an dem sie einen Narren gefressen zu haben schien. Andererseits: Sie war ihm ja schon recht nützlich gewesen bisher, oder? Seufzend nickte der Erleuchtete seinem Diener zu, der gerade vorgetragen hatte, dass die Großmutter des Herzogs, Liebrose von Burgis, ganz dringend begehre, vorgelassen zu werden.

Man merkte Liebrose ihr greises Alter kaum an, denn sie schien geradezu beschwingt in das kleine Empfangsgemach des Erleuchteten zu schweben, und das, obwohl ihre verschmutzte Reisekleidung und ihr zerzaustes Haar darauf schließen ließen, dass sie anstrengende Tage hinter sich hatte. Noch nie war sie bisher so kühn gewesen, ihn anzusprechen, bevor sie seine Aufforderung dazu erhalten hatte. Doch diesmal sprudelte sie geradezu über: »Oh Erleuchteter! Oh Meister! Ich habe fantastische Nachrichten. Ihr hattet Recht! Oh, Ihr hattet Recht...«

Nun musste der Erleuchtete doch beinahe lachen, als er Liebrose aufforderte: »Setzt Euch doch erst einmal, meine treue Dienerin, und dann seid so gut und erzählt der Reihe nach, damit ich aus Euren Worte auch schlau werden kann.«

»Oh! Verzeiht! Verzeiht! Aber ich weiß gar nicht, wo ich anfangen soll... Ich habe es selbst getan! Mit meinen eigenen Händen! Oh! Ich bin ja so aufgeregt!«

Trotz des Gestammels der Alten wurde der Erleuchtete doch langsam neugierig. »Nun, nun, mäßigt Euch und beginnt einfach...«

»Na gut, Eure Erhabenheit, na gut! Also: Ihr wart doch davon ausgegangen, dass jener böse Zauberer in Begleitung dieser schrecklichen Kriegerin auf der Suche nach irgendetwas oder irgendjemandem war.

Eure Erhabenheit hat es richtig gesehen, er suchte *jemanden*.«

Jetzt hatte Liebrose definitiv die Aufmerksamkeit des Erleuchteten.

»So redet weiter!«, drängte er, als die alte Frau ein triumphierendes Schweigen folgen ließ. Und sie berichtete: »Dass dieser Zauberer noch hinter den Ländern der Steppenreiter bis in die Finsternis des Roten Gebirges vorgedrungen ist, wo er auf die Orika stieß, das war uns ja inzwischen bekannt. Allerdings nicht, warum er dort eingedrungen ist.«

Das Warum konnte sich der Erleuchtete durchaus denken, aber nicht, ob dieser Prim auch erfolgreich gewesen war, und wenn ja, was genau er zu Tage gefördert hatte.

»Doch jetzt weiß ich alles!«, fuhr Liebrose fort und erklärte: »Ihr kennt meinen nicht mehr ganz vollständigen Vasallen? – Ganz erstaunlich, was ein Mensch, der hasst, alles überleben kann! – Jedenfalls hat mich Berthold diesen faszinierend scheußlichen Wesen vorgestellt und ihrem Anführer, der sich Großer Morlock nennt. Groß an Körper, doch klein an Geist sind sie, diese Orika. Und so hat dieser Morlock erst jetzt erzählt, was er für wenig bedeutend gehalten hatte: Sie hatten jenen Zauberer schon gefangen gehabt, doch er wurde befreit. Und seine Wächter hatten berichtet, dass ihn ein ganz sonderbares Wesen befreit habe, das direkt aus dem Fels heraus gekommen sei. Ein Wesen in der Gestalt eines Menschen, das jedoch komplett mit einer Art hellbrauner, glänzender Haut überzogen war, und das sich bewegte, obwohl die Beine fest mit dem Boden verwurzelt schienen. Dieses Wesen habe deutlich nach Pilzen gerochen. Und dann sagte der Morlock noch, dass ihn diese Beschreibung, die ihm der Wächter gab, bevor er in die Kühlkammer kam – keine Ahnung, was das bedeuten sollte – an etwas aus der Geschichte seines Volkes erinnere: an die Beschreibung jenes Gottes, den sein Vorfahre, der allererste Große Morlock, besiegt und getötet hätte.«

Jetzt konnte selbst der Erleuchtete seine Erregung, trotz Maske, kaum noch verbergen. Doch dann verblüffte ihn Liebrose mit einer Frage, die zeigte, dass er die Schärfe ihres Verstandes unterschätzt hatte:

»Ich gehe davon aus, Erleuchteter, dass jenes Wesen selbst eine Art Zauberer ist? Dass es vielleicht schon einmal eine Verbindung zwischen unseren verfluchten Nachbarn aus dem Reich der Magier und jenem sonderbaren Wesen gegeben hat? Sagt mir, ist er ein Zauberer?«

»In gewisser Weise schon... genau genommen, ganz bestimmt sogar.«

»Ah! Nun weiß ich, dass ich richtig gehandelt habe!«

»Was habt Ihr gemacht?«

»Ich habe ihn mir geschnappt!«

»WA...!?!?!«

Der Erleuchtete war so heftig aus seinem Stuhl hochgesprungen, dass dieser fast nach hinten gekippt wäre. Es durchströmte ihn wie ein heißes Feuer, das von den Freuden kommender Macht und kommender Rache kündete. Er wusste noch nicht, wie diese Frau das fertiggebracht haben mochte, doch sie hatte ihm damit den größten nur denkbaren Trumpf in die Hände gespielt.

»Tochter«, schrie er fast, »wie ist dir das gelungen?«

»Ich muss gestehen, ich war selbst überrascht, dass es eigentlich überhaupt nicht schwer gewesen war. Auf Euren Ratschluss hin hatte unser Berater Anselm meinem Enkel empfohlen, die besten Kopfgeldjäger nach Prim und Halana Ausschau halten zu lassen. Diese Männer hatten tatsächlich die Spur der Beiden aufgenommen, später jedoch wieder verloren. Zwischendurch hatten sie, wie vereinbart, Boten mit Nachrichten über den Fortgang ihrer Suche geschickt. Und ich habe diese Nachrichten noch vor meinem Enkel zu lesen bekommen.

Jedenfalls hatten die Kopfjäger ja jenes fantastische Fern-Seh-Rohr dabei, das Ihr ihnen zukommen ließet. Sie hatten aus der Ferne das Zeltdorf der Steppen-Barbaren beobachtet, in dem sich auch dieser Zauberer Prim aufhielt. Und an jenem Tag, als er wieder aus dem Dorf abreiste, war kurz zuvor auch ein sonderbares Wesen aufgebrochen, bei dem es sich um genau jenen glatthäutigen Zauberer handelte. Was die Boten mir dann erzählten, wollte ich zuerst ins Reich der Fabeln verweisen, von den Kopfgeldjägern ersonnen, um von ihrem Versagen abzulenken.

Aber wenn es ja ein Zauberer ist... Dieser erstaunliche Mann schien sich in mehrere Teile seiner selbst zu teilen, und dann tauchte er ins Erdreich ein, um gleich darauf ein Stückchen weiter wieder aufzutauchen und erneut einzutauchen. Er schien geradezu mitten durch das Erdreich hindurch zu schwimmen. Ich bat jedenfalls die Orika, Augen und Ohren offenzuhalten, falls dieses Wesen auf seinem Weg – ich vermute zum Reich der Zauberer – auch hier durchkommen sollte. Berthold empfahl mir, dem Finder als Belohnung reichlich warmes Essen zu bieten – seltsam, aber daraufhin haben sie mir tatsächlich versprochen, sich umzusehen. Und vor gut einem Monat war es wirklich soweit. Ich glaube, sein

Pilzgeruch war es, der diese gefräßigen Orika zuerst darauf aufmerksam machte, dass sich hier irgendetwas bewegte.

Jedenfalls beobachteten einige bei Nacht, wie er und weitere seiner Ichs aus dem Boden auf- und wieder eintauchten. Doch sie fürchteten sich vor ihm und wussten wohl auch nicht, was sie nun tun sollten. Aber sie schickten sofort einen Boten – glücklicherweise einen Menschen zu Pferde –, der mich holen sollte. Ich bin sogleich aufgebrochen und war vor zwei Wochen dort, wo er sich inzwischen aufhielt – schon nahe beim Grenzgebiet zu Engaland. Und dann habe ich mir überlegt, dass ich mich ihm ganz alleine nähern würde. Bei einer Horde Orika oder Krieger mochte er in der Erde verschwinden und dort bleiben, doch wenn nur eine alte Frau zu ihm käme...«

»Du..., du hast tatsächlich mit ihm gesprochen?«

»Oh ja. Das habe ich. Ich habe ihn einfach gefragt, ob er das zauberische Wesen aus den Höhlen im Roten Gebirge sei.«

»Und... und er?«

»Er hat mit einer gewissen Neugier und, wie ich zugeben muss, nicht unfreundlich gefragt, woher ich das wisse.«

Der Erleuchtete konnte kaum noch atmen, er presste hervor: »Und dann?«

»Dann«, sagte Liebrose mit leuchtenden Augen, »dann habe ich es getan.«

»Du hast ihn tatsächlich gefangen genommen?«

»Aber nein. Wie hätte ich das denn tun sollen?«

»Aber... du sagtest doch gerade, du hättest ihn geschnappt?«, fragte der Erleuchtete verwirrt.

»Das habe ich ja auch – aber nicht gefangen genommen.«

»Was dann!?!«

»Na, ich hab ihn natürlich umgebracht. Was denn sonst?«

Das Herz des Erleuchteten setzte einen Schlag aus.

Hätte er seinen Schrecken, hätte er seinen Zorn in diesem Augenblick in Bewegung umsetzen können, ein einziger Faustschlag von ihm hätte der Alten den Schädel zertrümmert. Stattdessen stand er starr, dann kippte er mit einem röchelnden Geräusch zurück in seinen Lehnstuhl.

»Ha! Das hat sogar den Erleuchteten umgehauen«, dachte Liebrose und lachte triumphierend: »Ich sagte doch, dass ich eine wunderbare Nachricht für Euch habe! Nachdem Ihr damals zu mir gesagt hattet, dass auch und gerade die Zauberer dran glauben müssen, war mir sofort klar, dass ich diese Gelegenheit nicht ungenutzt verstreichen lassen durfte!«

»Wie...?«, krächzte der Erleuchtete.

»Wie ich ihn getötet habe? Eigentlich ganz einfach: Berthold hatte mir einen Becher von diesem Zeug besorgt, mit dem die Orika ihre gelben Schleim-Sklaven in Schach halten. Ich habe es dem Wesen direkt ins Gesicht gekippt. Sein Todeskampf allerdings...«, die Alte hüstelte mädchenhaft verlegen und fuhr dann fort: »Was diesen Todeskampf betrifft, so sollten mein Enkel und dieser Ober-Orika besser nicht erfahren, dass ich dafür verantwortlich war. Überall in der Umgebung schossen stalagmitenartige Ausformungen aus dem Boden und ballten sich wahllos um alle Orika-Kämpfer zusammen, deren sie habhaft werden konnten, manchmal um bis zu zehn auf einmal... Ein paar Hundert, na ja, eher noch ein paar Tausend hat es als Ruhekissen mitgenommen – erdrückt oder erstickt.

Aber es gibt ja wohl genug von diesen madenhäutigen Wesen, oder?

Später wurde mir berichtet, dass es noch in mehreren hundert Metern Entfernung Tote gegeben hatte. Und ganz im Norden hat dieses Zauberer-Wesen noch einige Dutzend Orika zerquetscht, die gerade ein paar von diesen widerlichen Sipp schlachten wollten, die ihnen als Speise zugeführt worden waren. So konnten diese Gefangenen auch noch entkommen. Na, alles in allem wird das den Angriff meines Enkels um ein paar Tage verzögern... bis sich die Orika wieder beruhigt und alle ihre Toten aufgefressen haben – bei einigen haben sie immerhin das Pürieren gespart – , aber...«

»Liebrose...?«

»Ja?«, antwortete die Alte, begierig und in zitternder Erwartung auf lobende Worte des Erleuchteten.

»Liebrose. Geht. Jetzt. *Sofort.*«

Verwirrt verließ die alte Frau den Empfangsraum, während in dem Erleuchteten trotz seiner immensen Erschöpfung der Gedanke reifte, dass er nun wohl doch seinen Tempel verlassen und ins Zentrum des Geschehens reisen musste, um weitere Katastrophen zu verhindern. Eigentlich mochte er die schützenden Mauern so gar nicht verlassen. Und er hatte eine Höllenangst davor, übers Land zu reisen und all diesen Menschen zu begegnen, die dort wohnten. Doch er würde es tun.

\*

Als Prim mit dem Luftboot wieder in Berlundel angekommen war, wäre es äußerst untertrieben gewesen zu behaupten, dass dieses Fahrzeug für einige Verwirrung unter denen gesorgt hatte, die seiner ansichtig wurden. Doch so erstaunlich dieses Gefährt den Engaländern auch erscheinen mochte, so gab es doch dieser Tage sogar Wichtigeres, als sich von magischen Fahrzeugen ablenken zu lassen: Die Truppen des Schwarzen Herzogs und seiner grausamen Verbündeten rückten näher, und die Zeit wurde verdammt knapp.

Noch am selben Tag, als Prim wieder eingetroffen war und von der Bereitschaft des Zaubererlandes berichtet hatte, so vielen Kindern wie möglich Zuflucht zu gewähren, waren die ersten Karawanen auf die Reise gegangen. Es folgten in den nächsten Tagen noch viele weitere. Petrina und Verina waren mit Lusan und Wolf in der letzten Karawane aufgebrochen.

*

Als sich das Tor hinter den letzten Kindern geschlossen hatte, standen Halana und Prim noch immer oben auf der Stadtmauer, schweigend und eng beieinander, den Arm um die Schulter des anderen gelegt.

Schließlich sagte Halana, und Prim hatte ihre Stimme noch nie so verbittert gehört: »Was haben wir nicht alles getan. Gekämpft haben wir – und gelitten. Und wie hatte ich Närrin die meiste Zeit gedacht, dass ich es sei, die das Heft des Handelns fest in Händen hielt. Schien es nicht so, als hätten wir einen Sieg nach dem anderen errungen? In das Land der Zauberer bin ich eingedrungen, wir haben Rrrricka gegen jede Chance aus dem Turm des Schwarzen Herzogs befreit, zwei Mal haben wir die Kopfgeldjäger besiegt, ja selbst das Unmögliche haben wir geschafft und den Bruder des Schlafenden Gottes gefunden. Aber dennoch ist es nun der Schwarze Herzog, der seinem Triumph entgegengeht. Was sag ich? Er ist dabei, uns gegen die Wand zu rammen.

Und das sogar gerade *wegen* unserer Mission: Hätten wir diesen Götter-Bruder nicht gesucht, wäre dieser unselige Berthold nie zu den Eulenmenschen gekommen, und Herzog Cosa hätte kein zusätzliches Millionen-Heer zur Verfügung.«

»Halana, mach dir keine Vorwürfe«, sagte Prim sanft und schloss sie in die Arme, »schließlich war ich es, der dich zu dieser Suche angestiftet hat, oder? Außerdem sind wir noch nicht verloren. Noch leben wir, und die Mauern Berlundels sind stark und hoch.«

Zudem hatte man dem Feind in den vergangenen Monaten durchaus hohe Verluste beigebracht: Nachdem klar war, dass diese Eulen-Barbaren nur über Infanterie verfügten, hatten die Taktiker des Königs eine recht praktikable Vorgehensweise ersonnen, um die Reihen der Eulenmenschen zu dezimieren: Reiter des Königs und seiner Herzöge stießen plötzlich vor, feuerten eine Pfeilsalve ab und verschwanden wieder.

Dabei kam es sogar zu überraschend wenig Scharmützeln mit der Reiterei des Schwarzen Landes. Denn gleich zu Beginn hatte man 500 berittene Krieger Cosas, die dem königlichen Stoßtrupp hinterhergeprescht waren, in eine Falle gelockt. Und irgendwie schienen die Reiter Cosas grundsätzlich nicht wirklich Lust zu verspüren, für diese Furcht einflößenden Kannibalen in die Bresche zu springen, die sich andauernd mit so einer komischen öligen Flüssigkeit einrieben und die ihre riesigen Augen am Tag ständig hinter dunklem Glas verbargen.

Immerhin war es so gelungen, den Vormarsch der Armeen Cosas und des Morlock etwas zu verzögern. Wobei nicht ganz klar war, ob dies mehr an den Angriffen selbst lag oder doch eher daran, dass diese Orika, wenn es um ihren Mittagstisch ging, keinen Unterschied zwischen Freund und Feind machten: Auch wenn nur ihre eigenen Leute gefallen waren, gab es anschließend ein großes Schmausen, bei dem die toten Kameraden eine durchaus zentrale Rolle spielten.

Doch natürlich waren es nicht nur Eulenmenschen und Schwarzländer, die gestorben waren. Immer wieder hatte es auch Krieger des Königs getroffen. Und dann war auch noch diese eine Nachricht gekommen, eine Nachricht, die jenen Tag zum ersten Tag in Halanas Leben gemacht hatte, an dem sie sich beinahe ihrer Verzweiflung hingegeben hätte. Denn es war der Tag gewesen, an dem ihnen ihre letzte Hoffnung genommen wurde.

Gute Freunde hatten die schreckliche Nachricht gebracht. Die Nachricht, die erklärte, warum der Bruder des Schlafenden Gottes bisher nicht gekommen war – und warum er auch nie kommen würde. Er war tot.

Zu ihrer großen Freude hatte Halana schon kurz nach ihrer Ankunft in Berlundel die Familie Gupp und auch die anderen Sipp wieder getroffen. Sie selbst hatte beim König die Bitte eingereicht, die Sipp wegen ihrer Verdienste als vollwertige Bürger Engalands anzuerkennen.

Doch der König ließ sich in dieser Sache Zeit mit seiner Antwort – entweder, weil es derzeit in seinen Augen Wichtigeres zu tun gab, oder einfach deshalb, weil er in so schweren Zeiten nicht auch noch einen Teil seiner Untertanen verärgern wollte, die ihre liebgewonnenen und nicht gerade schmeichelhaften Ansichten über die Sipp sicher nicht einfach auf Befehl des Königs ändern würden.

Dennoch hatten sich die Gupp-Brüder als Kundschafter verdingt, und über Kanäle zu Verwandten im Schwarzen Land hatten sie zu den Letzten gehört, die noch die ein oder andere Nachricht aus dem Herzogtum Cosas bekommen hatten. Und dann hatten die Gupp-Brüder zwei Sipp-Familien getroffen, die sich heimlich auf fast unbekannten Pfaden in Richtung Berlundel durchschlugen. Einer von ihnen hatte die merkwürdige Geschichte ihrer Rettung vor den Kochtöpfen der Orika erzählt: Wie aus dem Nichts schossen riesige Klauen aus dem Boden, die ihre Häscher packten und zermalmten. Und dann war da dieser sonderbare Mann erschienen, der eigentlich gar kein richtiger Mann war, sondern nur die Form eines Mannes. Dessen Haut war so seltsam und so schön glatt gewesen.

Doch noch während dieses sonderbare Wesen hastig sprach, wurde seine Haut an immer mehr Stellen dunkel und schwarz und brüchig. Das Wesen bat die Sipp, den Zauberer Prim oder die Kriegerin Halana zu suchen und auszurichten, dass der Fungus leider nicht kommen könne, da ihn eine alte Frau vergiftet habe und er diese Existenz nun aufgeben müsse. Er wünsche ihnen alles Gute, und seine Ichs hätten sie gerne noch mal getroffen. Außerdem könne es im Kampf gegen diese schändlichen Pilzfresser hilfreich sein, wenn Prim seinen Zauberstab singen lasse, denn die Helme der Orika...

Bevor das Wesen, das inzwischen schon ganz schwarz und porös und trocken war, zu Ende sprechen konnte, war es einfach umgekippt und in sich zusammengefallen, eine kleine Staubwolke hinterlassend, die schnell vom Wind vertrieben wurde.

*

Ruff war inzwischen neun Jahre alt. Es war über ein Jahr her, dass er seine Mutter zum letzten Mal gesehen hatte. Seither war fast kein Tag vergangen, an dem er Häuptling Sssnrk, dem Mann seiner geliebten Ohm Giula, nicht in den Ohren gelegen hatte, dass die Reiter der Chrrr aufbrechen müssten. Aufbrechen, um in den Kampf zu ziehen gegen den Schwarzen Herzog, damit Engaland und seine Mutter Hilfe bekämen. Denn die Nachrichten, die aus Berlundel kamen, waren nicht gut.

Doch abgesehen davon, dass sie allein nicht viel gegen Cosa und die Eulenmenschen ausrichten konnten, bestand nach wie vor das Problem, dass das Steppenvolk der Chrrrr durch ihr Brudervolk der Zzzzzt in Schach gehalten wurde: Wenn die Chrrrr mit allen Kriegern in den Kampf zögen – und mit weniger brauchten sie gar nicht erst anzufangen –, dann stünden die Zzzzzt schon bereit, um über ihr Land herzufallen. Andererseits war Sssnrk klar, dass auch sein Volk nicht lange überleben würde, wenn Engaland untergegangen war und sich die Scharen Cosas in Ruhe neue Gegner suchen konnten.

Als schließlich die Nachrichten aus Berlundel immer schlechter wurden, hatte sich der Stammeshäuptling schweren Herzens und mit wenig Hoffnung für eine Taktik entschieden, die ihm wenigstens eine kleine Chance zu bieten schien, die Zzzzzt zu übertölpeln.

Alles musste zeitlich gut koordiniert sein, um seine Nachbarn möglichst spät Verdacht schöpfen zu lassen. Normalerweise sammelten die Steppenvölker ihre Krieger, bevor sie zu einem Kriegszug aufbrachen.

Doch diesmal schickte Sssnrk nur Boten in alle Dörfer, wann die Krieger aufzubrechen hätten und wo das Ziel sei. Gleichzeitig würden die Alten, Frauen und Kinder die Dörfer abbauen und erst nach Süden, dann nach Westen ziehen, in das unwirtliche und fast menschenleere Gebiet hinter den Südausläufern des Roten Gebirges. Dort wären sie einigermaßen sicher, falls die Zzzzzt tatsächlich einfallen sollten. Die Zzzzzt würden sich nämlich erst einmal an den Viehherden bedienen.

Denn all ihr Vieh – ihren wertvollsten Besitz – konnten weder die Krieger beim Angriff noch der Tross der Flüchtlinge mitnehmen.

Schließlich war der Tag gekommen, an dem mit Beginn der Dunkelheit an Hunderten Stellen kleine Gruppen von Chrrrr-Reitern in einem schnellen Nachtritt tief in das Gebiet der Zzzzzt eindrangen, sich am Tag möglichst verborgen hielten und in der nächsten Nacht weiterritten.

Natürlich blieben nicht alle Gruppen ungesehen. Doch man hielt es für die üblichen Aktivitäten von Pferde- und Viehdieben. Bis es den ersten auffiel, dass es sich um ungewöhnlich viele solcher Aktivitäten an vielen verschiedenen Orten handelte, hatten sich die Chrrrr schon bis auf vier Tagesritte an den »Palast« von Häuptling K'zzzz angenähert.

Mitten in der Steppe hatte der oberste Stammes-Häuptling seinen kleinen Palast errichten lassen, umgeben von einer traditionell anmutenden Zeltstadt, die das Wandern jedoch aufgegeben hatte. In diesem permanenten Zeltdorf lebte der größere Teil von K'zzzzs eigenem Dorf.

Dank dieses festen Palastes wusste Sssnrk, wo er den Häuptling der Zzzzzt und dessen geliebten Luxus finden – und treffen – konnte.

Sssnrks Plan war es, mit einer so großen Übermacht vor K'zzzzs Dorf zu erscheinen, dass er den Palast ohne große Probleme einnehmen könnte. Auf diese Weise bedroht, seines ganzen Stolzes beraubt zu werden, sollte K'zzzz zum Einlenken gezwungen werden.

Doch der Plan von Sssnrk ging nicht ganz auf. Die Krieger der Nomadenvölker mochten unerschrockene Kämpfer sein, aber gut koordiniertes Vorgehen war nicht ihre Stärke. Als Sssnrk schließlich mit knapp 20000 Kriegern in Sichtweite des Palastes erschien, waren noch gut 10000 seiner Reiter etwa drei Tagesritte hinter ihm. Zudem war es K'zzzz inzwischen gelungen, etwa 10000 *seiner* Krieger zusammenzuziehen, und mit jedem Tag des Abwartens würden es deutlich mehr werden. Hinzu kam, dass K'zzzz nicht nur klein und untersetzt, mit einem schrecklichen Schnauzbart und Goldketten geschmückt war, sondern obendrein noch ausgesprochen cholerisch. So dachte er im rasenden Zorn gar nicht daran, Verhandlungen aufzunehmen oder gar einzulenken, sondern ließ Signal geben, dass sich seine Leute zum Angriff formieren sollten.

»Das wird hart«, seufzte Sssnrk. Er hatte zwar keinen Zweifel, dass er den Palast einnehmen und dann vermutlich auch die nach und nach eintreffenden Gruppen der Zzzzzt niederwerfen könnte. Doch um welchen Preis? Er würde Tausende seiner Männer und Freunde verlieren und hätte wohl schon nach diesem Tag bei Weitem nicht mehr genug Krieger übrig, um für das Riesen-Heer des Herzogs auch nur den Hauch einer Bedrohung darzustellen.

Und in einer weiteren Sache hatte sich Sssnrk ebenfalls verrechnet.

Zum Angriff bereit, lagen sich beide Reiter-Heere in weniger als 200 Meter Abstand gegenüber. Da sah Sssnrk weitere Reiter von der Seite im schnellen Galopp angeprescht kommen. Und er glaubte, seinen Augen nicht zu trauen.

»Was zum Teufel...?«

*

An der Spitze ihrer 500 Krieger erreichte Halana das große Südtor Berlundels. Vor der Zugbrücke hatte Prim auf sie gewartet. Sie stieg ab, und beide sahen schweigend zu, wie die 500 über die Brücke ritten und durch das Stadttor verschwanden. Dann wandten sie sich um und warfen noch einen langen Blick ins freie Land hinaus. Schließlich gingen auch sie über die Zugbrücke und traten, als Letzte, durch das Tor. Knarrend schlossen sich die beiden Torflügel hinter ihnen, und sie hörten das Rasseln der Ketten, mit denen die Brücke hochgezogen wurde.

»So, das war's«, sagte Halana, während sie den etwa zwanzig Meter langen Weg zwischen den Mauern des Tor-Kastells auf das zweite Tor zugingen. Prim wusste genau, was sie meinte. Nun würde es kein Verlassen der Stadt mehr geben. Der Schwarze Herzog war im Anmarsch, seine Vorhut – die Halana mit ihren Leuten am Morgen noch etwas dezimiert hatte – folgte der Kriegerin in allenfalls einer Stunde Abstand.

Was die Stadt bis jetzt nicht zur Vorbereitung ihrer Verteidigung getan hatte, das würde man nun nicht mehr nachholen können. Und immerhin: Es war in den zurückliegenden 13 Monaten einiges geschehen.

Die komplette Staatskasse war drauf gegangen und ebenso das Privatvermögen der königlichen Familie.

Seine Berater hatten Róge VI. anfangs noch zugesetzt, dass er selbst die Stadt verlassen solle. Doch der König hatte kategorisch abgelehnt:

»Ich werde es euch dieses eine Mal erklären, und dann will ich kein Wort mehr darüber hören! Erstens und vor allem ist Berlundel *meine* Stadt und das Herz des Reiches, und deswegen lasse ich mich nicht vertreiben. Zweites ist euch natürlich klar, welche Wirkung es auf unsere Leute hätte, wenn ihr König sie jetzt verlässt. Welche Hoffnung hätten sie, Berlundel zu halten, wenn nicht einmal ihr eigener Regent daran glaubt? Und drittens verschaffen wir so vielleicht Kunrier, Balat, Trakan und den anderen Städten im Norden, meinetwegen sogar dem Vogtland eine Chance, den Krieg zu überstehen.«

Auf die fragenden Blicke seiner Berater hatte Róge erklärt: »Selbstverständlich hat Cosa nach wie vor Spione bei uns, und er wird wissen, dass ich und auch« – kurz schluckte der König – »und auch meine Tochter Karandra hierbleiben. Und er wird seine ganze Kraft auf die Eroberung Berlundels konzentrieren. Aber ganz Engaland muss nicht mit Berlundel untergehen. Vielleicht können wir Cosa und seinen HöhlenMaden wenigstens so hohe Verluste zufügen, dass sie nicht mehr genug Kraft haben, um alle Städte im Norden einzunehmen.« Dort waren jetzt die meisten Frauen und auch die Kinder, die nicht ins Land der Zauberer geflüchtet waren. Und der Fürst von Trakan, der zweitgrößten Stadt des Reiches, war Róges Bruder Trond. Zu ihm war auch, abgesehen von Karandra, der Rest der königlichen Familie »gereist«, wie es offiziell hieß.

Die Hauptstadt selbst war zu einem riesigen Heerlager geworden, wobei das Heer inzwischen nicht mehr nur aus den Berufssoldaten bestand: Die männlichen Bürger der Stadt zwischen 16 und 60 sowie viele der männlichen Flüchtlinge aus dem Süden hatten in den vergangenen Monaten eine militärische Grundausbildung erhalten und waren bewaffnet worden. Die Vorratskammern waren zum Bersten voll, und auch in den Kellern der Häuser und in improvisierten Lagern stapelten sich die Kornsäcke – zum Teil teuer eingekauft aus Ländern im Norden, zu einem Teil aber auch eine überraschende, jedoch gerne angenommene Unterstützung aus dem Reich der Zauberer – Puth'O war es wenigstens gelungen, den Großen Rat dahingehend zu überzeugen, dass man nun den immensen Getreideüberschuss der vergangenen Jahre endlich einmal sinnvoll loswerden könnte. Auch neue Zisternen waren in Berlundel angelegt und zehn weitere Brunnen gegraben worden, zudem gab es jetzt in jeder Straße ein kleines Löschwasserbecken.

Berlundel hatte nur eine Stadtmauer. Die Stadt war natürlich nicht von Anfang an so groß gewesen, doch die früheren Stadtmauern waren im Laufe der Zeit immer wieder geschleift worden, um Platz für neue Gebäude und Straße zu erhalten und um die Steine als günstiges Baumaterial zu verwenden. Hatte der Feind also erst einmal die Mauer überwunden, dann gäbe es kein Halten mehr. Eine zweite Mauer um die erste herum zu bauen, dazu hatte die Zeit nicht gereicht. Aber man hatte die gut zwölf Meter hohe Mauer unter verschiedenen Gesichtspunkten verbessert: 120 kreisrunde Vorkastelle waren nun – zusätzlich zu einigen bereits existierenden vorgelagerten Zitadellen – rings um die Stadt platziert. Zu erreichen waren sie von der Stadtmauer aus über gut geschützte Laufgänge, die von dicken Brückenbögen getragen wurden.

Jedes Kastell lag in Schussweite zu den beiden Nachbarn, so dass man sich gegenseitig und natürlich auch die Stadtmauer decken konnte.

Noch zwei Jahre zuvor hatten zwölf Stadttore nach Berlundel hineingeführt. Ein Tor war aber immer ein Schwachpunkt einer Verteidigungsanlage, so gut es auch geschützt sein mochte. Daher war man auf den besten Schutz gekommen, den es für ein Tor geben konnte: Alle bis auf das südliche Haupttor waren zugemauert worden. Ansonsten gab es nur noch ein paar Ausfalltüren und schmale Schlupfgänge, die unter der Mauer hindurchführten und von denen aus man auch nach unterirdischen Aktivitäten des Feindes horchen würde. Der Ein- und der Ausfluss des Berlund blieben natürlich Schwachstellen, die durch zusätzliche Gitter und Wachmannschaften gesichert worden waren.

Um die ganze Stadt einschließlich der Kastelle war ein Graben gezogen worden, gespeist vom Wasser des Berlund. Wenn Cosa die Wasserzufuhr abgraben ließe – und er würde es tun – , dann wartete in dem Graben ein Verhau von Eisendornen und Spießen. Zudem war die Außenwand des Wassergrabens senkrecht gebaut, die Innenseite jedoch nur steil ansteigend, so dass der Graben von der Stadtmauer aus einsehbar blieb und die Bogen- und Armbrustschützen leichtes Zielen hatten.

Der Laufgang auf der Mauer war von einem schmalen, aber komplett mit Eisenblech bedeckten Holzdach vor den erwarteten Pfeilregen geschützt worden.

An der Innenseite der Mauer hatte man – sehr zum Missfallen einiger Haus- und Lagerschuppenbesitzer – 120 freie Plätze geschaffen, auf denen elf Meter hohe künstliche Hügel aus Steinen und Erdreich aufgetürmt worden waren, indem man nach oben kleiner werdende kreisrunde Terrassen aufeinandergetürmt hatte. Auf jedem dieser Hügel thronten je eine der mächtigsten Steinschleudern, die für Geld und gute Handwerkskunst zu haben waren. Sie hatten vor allem die Aufgabe, Stein- und Brandschleudern des Feindes auszuschalten. Mit großen Ballisten auf den kleinen Türmen, die etwa alle 300 Meter aus der Stadtmauer herausragten, wollte man Belagerungstürme und Wurfmaschinen Cosas in Brand schießen.

Auch für das Innere der Stadt waren einige Vorbereitungen getroffen worden: Die älteren Männer und die ganz jungen – hier waren sogar Vierzehnjährige dabei – hatte man zu Gruppen von Brandbekämpfern zusammengefasst, um so der Gefahr durch den Beschuss mit Brandpfeilen zu begegnen. Seinen Regierungssitz hatte der König mit erheblicher psychologischer Außenwirkung verlegt: Seine Räume befanden sich nun in dem kleinen innenliegenden Torkastell an dem einzigen noch nicht vermauerten Tor. Der Palast dagegen war zum Lazarett umfunktioniert worden, im Palast-Park weideten Pferde der Reiterei. In allen Gärten und Grünanlagen wurde jede freie Stelle genutzt, um schnell wachsende Gemüsesorten anzubauen, und in den Straßen standen Hochwachs-Kisten für Erdknollen.

Leiter der Verteidigung auf der Südmauer war Fürst Ludgar. Als Halana dies erfahren hatte, musste sie zunächst heftig schlucken, weil sie an Ludgars nicht gerade rühmliche Rolle während der Schlacht am Kleinen Horn zurückdachte, als er zu ungestüm gewesen und dem Feind in eine Falle getappt war. Andererseits waren seit jener Zeit einige Jahre vergangen, und wenn Ludgar damals seine Lektion gelernt hatte, würde er sich nicht mehr so leicht von einem gegnerischen General ins Boxhorn jagen lassen.

Man konnte davon ausgehen, dass das Südtor – da als einziges nicht zugemauert – am heftigsten umkämpft werden würde. In diesem Bereich war Kriegsmeisterin Halana die Leitung der Verteidigung übertragen worden, was sie durchaus mit Stolz zur Kenntnis nahm. Ihr waren besonders erfahrene Kriegerinnen und Krieger unterstellt. Und diese hatten sich nicht schlecht gewundert, nachdem Halana noch am Tag ihrer Ernennung einige eher ungewöhnliche Leute in ihre Mannschaft berief: einen älteren einbeinigen Krieger, von dem es hieß, dass er bis vor kurzem noch Koch gewesen sei, einen langen dünnen Späher, der auch jetzt sein Lederwams nicht gegen ein Kettenhemd, seine dicke Kappe nicht gegen einen Helm tauschen mochte, und vor allem eine ganze Gruppe von Sipp. Letzteres hatte für das ein oder andere Murren gesorgt. Aber Halana hatte verbreiten lassen, wie die Sipp eine Furt unter Einsatz ihres Lebens gegen eine Übermacht gehalten hatten, was den Kriegern Respekt abnötigte. Und dass diese Gupp-Brüder ständig Witze rissen, tat in der angespannten Situation durchaus gut – ebenso wie das überaus gefällige Äußere ihrer Schwester.

Prim hatte betrübt feststellen müssen, dass unter all den »Zauberstäben«, mit denen er aus Reinefreude nach Berlundel gekommen war, nur noch 32 funktionstüchtig waren. So hatte er 192 besonnene Frauen und Männer ausgewählt und sie das Abschießen von Kugelblitzen gelehrt. Auf diese Weise konnten die Stab-Schützen viermal am Tag ausgetauscht werden, und es gab jeweils noch zwei in Reserve, die gebraucht werden würden, wenn die ersten ihrer Vorgänger starben.

Gemächlich stiegen Halana und Prim die steinernen Treppen hinauf, bis sie den besonders breiten Laufgang über dem von zwei kleinen Türmen flankierten Tor erreichten. Die komplette Stadtmauer war bereits mit Kriegerinnen und Kriegern besetzt. Mitten über dem Tor fanden sie Fürst Ludgar und einen Krieger mit Holzbein in einer angeregten Unterhaltung.

Der Fürst winkte die Neuankömmlinge heran und erklärte: »Halana, du hast ganz richtig getan, Hanumann zu berufen. Und ich denke darüber nach, ob nicht jeder meiner Krieger zwischendurch auch mal das Kochhandwerk erlernen sollte. Das bringt nützliche Ideen – und Beziehungen... Sieh nur, was er mitgebracht hat.«

Damit deutete er auf eine Zinne, auf der ein großer Weinkrug und ein paar Becher standen. Dann schenkte er selbst Prim und Halana einen Becher ein.

Es war ein schöner, milder Tag im Sonnenschein mit einer angenehmen Brise. Sie plauderten und tauschten Erinnerungen aus, während jeder ab und zu an seinem Becher nippte – allerdings nicht nachschenkte.

Ein paar Meter weiter übten die Gupp-Brüder und die schöne Lugta. Sie hatten Kettenhemden und Helme abgelegt und schienen ganz auf eine Jonglagenummer mit bunten Holzkugeln konzentriert.

Nach etwa einer halben Stunde waren von den Kriegern rundherum aufgeregtes Murmeln und vereinzelte Rufe zu hören. Doch Ludgar, Halana, Prim und Hanumann schienen sich nicht darum zu kümmern.

Nach ein paar weiteren Sekunden trat ein jüngerer Krieger an Ludgar heran und meinte: »Mein Fürst... äh... wir denken... *sie* kommen.«

Die Vier sahen kurz über die Mauer. Am Horizont zeigten sich einige wenige, abwartende Gestalten, große zu Fuß und ein paar kleinere zu Pferde.

»Ah, ja«, sagte Ludgar, bat den Krieger, sich doch auch einen Becher Wein zu nehmen, dann hörten sie sich noch Hanumanns Geschichte zu Ende an, der gerade schilderte, wie er mal mit Hilfe von ein paar Schnäpsen einem deunischen Koch ein ganz exzellentes Rezept für Hase im Kräuterteigmantel abgeschwatzt hatte.

Jedenfalls wussten die Krieger jetzt, dass Ludgar inzwischen nicht mehr zu überstürztem Handeln neigte, als er sich schließlich umwandte und mit den anderen dicht an die Zinnen trat. Mittlerweile waren die Gestalten in der Ferne schon deutlich mehr geworden. Und der Strom, der neue Schwarzländer und Orika anspülte, wurde immer breiter, bekam bald Gesellschaft durch weitere Ströme, die sich allmählich zu einem Kreis vereinten, der sich langsam um Berlundel schloss. Und auch nach vier Stunden war der Zustrom in diesen Kreis ungebrochen.

»Es sind schon eine ganze Menge, oder?«, meinte Hanumann und spuckte zwischen zwei Zinnen hindurch.

»Ja, was ein Glück«, ergänzte Halana, »sonst hätten wir ja all die anderen Stadttore umsonst zugemauert. Aber bei so vielen Gegnern können wir ohnehin nicht durchbrechen, um da draußen etwas aufzuräumen – nicht wirklich, zumindest.«

»Nun, ein paar Leute haben wir ja auch schon draußen.«

Halana nickte. Kleine Stoßtrupps mit schnellen Pferden waren im Hinterland versteckt und sollten Cosa nachts ein wenig ärgern, vielleicht die eine oder andere Pferdeherde vertreiben und hier und da ein bisschen Feuer legen. Es war jedenfalls ein höllisch gefährliches Unterfangen für die Männer und Frauen da draußen. »Der letzte unserer kleinen Sabotage-Trupps hat erst heute Morgen, als Halana mit ihrem eigenen Auftrag unterwegs war, das Lager verlassen. Ihr Anführer, der sich freiwillig gemeldet hatte, war ein gewisser Ruben. Ich glaube, Halana, du kennst ihn?«

Kurz sahen sich Halana und Prim an. Es war das erste Mal seit jener Nacht, in der sie sich für Prim entschieden hatte, dass sie wieder etwas von Ruben hörte. Sie sagte: »Ich hoffe, er schafft es.«

»Ja, ich auch.« Das war Prim gewesen.

Der Ring um die riesige Stadt hatte sich nun komplett geschlossen.

»Sie denken sicher, dass wir hier wie die Mäuse liegen und bibbern«, meinte der jüngere Soldat düster.

»Na, dann sollten wir sie doch lieber eines Besseren belehren, oder?«, meldete sich eine Stimme von hinten. Der Krieger drehte sich um, bekam große Augen und stammelte: »Majestät!«

»Nur keine Umstände«, entgegnete der König, der ein silbernes Kettenhemd trug und einen silbernen Helm, aus dem oben ein Kranz von Zacken herauswuchs, der an eine Krone erinnerte, »spart euch eure Kräfte ganz für die da draußen. – Ah! Ist da noch ein Schlückchen Wein für mich drin? Danke. Nun, mein lieber Ludgar, wollen wir loslegen?«

»Ich denke, sie sind nahe genug dran. Halana?«

»Gebt mir ein paar Sekunden, bis ich bei meinen Reitern bin.« Damit schritt sie die steinerne Stufen wieder hinunter.

\*

Sssnrk und seine Leute trauten ihren Augen nicht. Ebenso wenig die Krieger der Zzzzzt, die in vorderster Linie standen: Es waren gut 100 Kinder, die, teils auf Pferden, teils sogar auf Ponys, im gestreckten Galopp zwischen die feindlichen Reihen ritten, dort anhielten, abstiegen und sich in einer langen Reihe verteilten.

Diesmal waren Ruff und Tingli schlauer gewesen.

Giula und einige andere inzwischen medizinkundige Frauen begleiteten den Feldzug der Chrrrr ganz offiziell, um Verwundeten zu helfen. Die Kinder hatte man natürlich mit dem Flucht-Tross nach Norden geschickt.

Es hatte zwar ein wenig schauspielerisches Talent erfordert, doch die Kinder des Häuptlings-Dorfes hatten es geschafft, dass der erste Teil des Fluchttrosses sie bei den Nachzüglern wähnte, während die Chrrrr in den zuletzt startenden Wagen sicher waren, dass sich die Kinder schon weiter vorne befänden.

Diesmal würden sich Ruff und Tingli nicht abschütteln lassen, und sie hatten begeisterte Unterstützung bei ihren Freunden gefunden. Was Ruff bei seinem Plan half, war jenes wundersame Rohr, mit dem man in die Ferne blicken konnte. Einer der getöteten Kopfgeldjäger hatte es in seiner Satteltasche gehabt. Es war Sssnrk übergeben worden, der es auch ganz erstaunlich fand, jedoch, wie die meisten Steppenreiter, kein wirkliches Interesse für solche Spielereien aufbringen und deren Bedeutung nicht würdigen konnte. So war es dem Häuptling nicht einmal aufgefallen, dass sich Ruff dieses sonderbare Gerät ausgeliehen hatte.

Natürlich ohne Sssnrks Wissen.

Die Kinder waren Sssnrks Gruppe in genügend großem Abstand gefolgt, um nicht gesehen zu werden. – Auch wenn es an den ersten beiden Tagen ziemliche Streitereien darum gegeben hatte, wer durch das Wunderrohr blicken durfte.

Eigentlich hatten Ruff, Tingli und ihre Freunde bei dieser Auseinandersetzung einfach nur dabei sein wollen, bei der sie natürlich einen Sieg ihres Stammes erwarteten. Doch dann war ihnen klar geworden, dass Sssnrks Krieger keineswegs ganz problemlos in den Palast der Zzzzt hereinspazieren konnten: Die feindlichen Reiter formierten sich, es würde heftige Gegenwehr und viele Tote geben. Und sollte das geschehen, dann würde dies auch die Rettung von Ruffs Mutter nahezu unmöglich machen. Da hatten sie beschlossen, dass es an der Zeit sei, sich einzumischen.

Einen richtigen Plan gab es dabei nicht, sondern eher eine diffuse Vorstellung: Ruff hatte sich an seine und Tinglis Furcht einflößende Begegnung mit Berthold und dessen Zzzzt-Söldnern erinnert. Damals war es Ruff ganz erstaunlich erschienen, dass es die Zzzzt-Krieger in Bertholds Diensten trotz dessen Befehl ganz kategorisch abgelehnt hatten, Tingli zu töten, ja, dass es in ihrer Vorstellungswelt selbst im Krieg etwas absolut Unvorstellbares war, das Leben von Kindern aufs Spiel zu setzen.

Ruff kannte den Ausdruck nicht, aber er hatte tatsächlich ein Tabu der Steppenvölker entdeckt. Indem sich die Kinder zwischen die feindlichen Linien begaben, würden sie – jedenfalls fürs Erste – ein Gemetzel zwischen den Erwachsenen verhindern. Besser, die Chrrrr zögen sich zurück und die Krieger behielten ihr Leben. Tote Krieger würden jedenfalls Ruffs Mutter und Engaland keine Hilfe bringen.

Ruff und Tingli hatten sich allerdings ganz eindeutig verkalkuliert.

Sie hatten ihre Rechnung ohne K'zzzz, den Stammeshäuptling der Zzzzzt, gemacht. Umgeben von einigen Dorfhäuptlingen und seinen beiden Brüdern starrte K'zzzz wütend von seinem Pferd aus auf die Reihe der Kinder. Dann rief er: »Scheiße – was soll's«, und brüllte: »Angriff!«

*

Noch weiter in der Ferne, hinter dem Ring der Angreifer, konnte man von der Stadtmauer Berlundels aus die Bewegung von wirklich großen Dingen erahnen – die ersten Belagerungsmaschinen, die herangeschafft wurden. Schließlich nickte der König Ludgar zu, der wiederum gab einem Hornisten ein Zeichen. Der Krieger blies drei Mal kräftig in sein Instrument, und wie ein Lauffeuer sprang das Signal in Windeseile von Turm zu Turm um die ganze Stadt.

Auf der freien Fläche zwischen dem Wassergraben und dem Ring der Belagerer tat sich Erstaunliches: Rund um die Stadt verschwanden an zwanzig Stellen mit Gras bewachsene Abdeckungen von kreisrunden, knapp zwei Meter tiefen Gruben. In den Gruben befanden sich flache Katapulte. Die hatten zwar eine deutlich geringere Reichweite als die riesigen Wurfmaschinen in der Stadt, doch von ihrer Position aus genügte es. Die löffelartigen Enden der Wurfarme waren mit je 50 faustgroßen Eisenkugeln bestückt, aus denen fünf Zentimeter lange Dornen ragten. Zwanzig große Holzhämmer schlugen auf 20 Haltebolzen, 1000 mörderische Eisensterne stiegen in einer nicht zu flachen Parabel empor und regneten ein paar Sekunden später auf die Reihen der Feinde hernieder.

Auf die gigantische Größe des Belagerungs-Ringes betrachtet, war diese Attacke allenfalls ein Mückenstich – allerdings ein schmerzhafter.

Die Schwerfälligkeit der Angreifer-Masse gab den Mannschaften an den Katapulten die Möglichkeit, erneut zu spannen, nachzuladen und noch eine Salve abzufeuern. Erst dann bekam der Belagerungsring erste Dellen, als sich die Orika und die Krieger des Schwarzen Herzogs von den Einschlag-Regionen weiter zurückzogen. So wurden die Katapulte etwas gedreht, und es gab weitere Dellen. Es dauerte fast eine Stunde, bis sich der komplette Angreifer-Kreis aus der Reichweite der Schleudern zurückgezogen hatte – was den Kreis natürlich größer und somit dünner machte. Und in dieser Stunde hatten es die Generäle des Herzogs genau so versucht, wie es Halana erhofft hatte: Ein Reiterangriff sollte die Katapulte stoppen. Aber kaum dass die Reiter des Herzogs ihre Reihen verlassen hatten, war die Zugbrücke heruntergerasselt und die Reiterei des Königs war hervorgeprescht.

Halana hatte mit ihren 400 Mann auf den besten Pferden die längste Strecke zurückzulegen, denn sie übernahm den Schutz des Katapultes im Norden, auf der anderen Seite der Stadt. Fast hätte sie es nicht rechtzeitig geschafft. Doch unüblicherweise hatten jeder Reiter nicht nur Lanze und Schwert, sondern in einem Futteral an der Seite des Pferdes auch eine gespannte Armbrust dabei. Als die ersten Reiter Cosas die Katapult-Grube beinahe erreicht hatten, zügelte Halanas Truppe ihre Pferde, legte an, und die Reiter Cosas erreichten nur noch als tote Körper den Erdboden. Erst gegen die zweite Welle ging es auf klassische Weise Speer gegen Speer. Dabei konnte man sehen, dass es den Kampfeswillen sehr unterschiedlich beflügelt, wenn es auf der einen Seite um die eigene Stadt und die letzte Rückzugsmöglichkeit geht, während auf der anderen Seite ein Rückzug in die eigene Reihen noch möglich ist...

Kurz hatte Halana daran gedacht, den Gegnern und den eigenen Truppen ein kleines Schauspiel zu bieten und die Reiter des Herzogs auf deren überaus flottem Rückzug bis zu deren Reihen zu verfolgen.

Doch man soll das Glück nicht überstrapazieren. Stattdessen ließ sie die eigenen Toten bergen, die gefallenen Gegner plündern – man würde die kommenden Monate alles gebrauchen können, dessen man habhaft wurde – und auch die Pferde der gefallenen Schwarzländer einsammeln. Wegen der Futter-Frage war die Zahl der Pferde in der Stadt natürlich begrenzt worden, doch diese hier würden heute Abend noch ein paar sehr ordentliche Braten abgeben – , für etliche Soldaten die Möglichkeit, sich noch einmal so richtig an Fleisch satt zu essen.

Halana war klar, dass der Katapult-Vorposten letztlich nur ein kleiner Willkommensgruß für Cosa gewesen war, den man schon in wenigen Stunden würde aufgeben müssen. Das Ganze hatte nur funktioniert, weil das Riesenheer des Schwarzen Herzogs gerade erst angekommen, noch nicht geordnet und überrascht worden war. Hatte Cosa erst einmal seine Lager aufgeschlagen und den Überblick gewonnen, dann musste er nur auf jede Katapultgruppe ein paar hundert gut geschützte Orika zumarschieren lassen – vielleicht hinter großen Holzwänden auf Rädern – , und die Leute an den Katapulten wären ruckzuck erledigt. Deshalb gab es ja

auch von jeder Grube aus einen versteckten Laufgang (mit ein paar ein-
bauten Überraschungen) bis zum Wassergraben. Beim Angriff der Orika
würden die Katapulte noch ein paar Salven abschießen und dann in Flammen aufgehen, während sich die Besatzungen zurückzogen und schließlich durch den Graben schwammen.

Immerhin, so dachte Halana, war der erste Punkt an die Mannschaft des
Königs gegangen. Gleichzeitig befürchtete sie, dass dies wohl für lange
Zeit der letzte richtige Punkt bleiben würde.

Sie sollte Recht behalten.

\*

K'zzzz hieb seinem Pferd die Fersen in die Seite und preschte mit gezogenem Schwert vor, direkt auf die Kinder zu.

Doch der Stammeshäuptling der Zzzzzt stellte nach wenigen Metern erstaunt fest, dass er keineswegs das Donnern Tausender Hufe um sich herum hörte. Er zügelte seinen Rappen und sah sich um. Die Pferde seiner
Krieger tänzelten zwar nervös. Aber niemand war ihm gefolgt. Erzürnt
über diese Ungeheuerlichkeit ritt K'zzzz zurück und brüllte die Dorfhäuptlinge an: »Habt ihr Rübenwurz in den Ohren?! Das war ein Befehl
zum Angriff!«

Ganz verblüfft entgegnete der älteste Dorfhäuptling, der mit seinen
Männern erst eine Stunde zuvor aus dem Süden eingetroffen war: »Aber
mein Häuptling... siehst Du das denn nicht? Da sind *Kinder* im Weg.«

»Was interessieren mich diese Chrrrr-Bälger? Reitet sie über den Haufen! Und jagt die Eindringlinge davon, bevor sie unseren schönen Palast
in Schutt und Asche legen!«

»Wieso *unser* Palast?«, murrte ein anderer Häuptling, aber so, dass es
auch im Umkreis zu hören war. Und dem älteren Häuptling stand nun
wirklich das Entsetzen im Gesicht, als er K'zzzz entgegnete: »Dein seltsames Riesenzelt, das sich noch nicht einmal vom Platz bewegen lässt, ist
dir wichtiger als das Leben von Kindern? – K'zzzz, du magst mein Stammeshäuptling sein, aber ich sage dir, es gibt Dinge, mit denen man keinen
Scherz treibt!«

»Scherz?«, brüllte der Stammeshäuptling zurück, »natürlich ist mein
herrlicher Palast mehr wert als diese ungewaschenen Bälger!«

Der so Angeschriene starrte drei Sekunden wortlos seinen Häuptling an,
dann wendete er sein Pferd und ritt davon.

»Was....? Ich verbiete dir...! Wo willst du hin?«, brüllte K'zzzz ihm hinterher.

Einmal noch wandte sich der alte Dorfhäuptling um und sagte: »Meine drei jüngsten Enkel sind auch so alt wie diese ›ungewaschenen Bälger‹. Ich hole jetzt meine Krieger und reite nach Hause.«

»Das ist Meuterei!«, und zu den anderen gewandt tobte er: »Ihr traut euch nicht wegen dieser Kinder? Ich werde euch zeigen, was man mit diesen verfilzten Missgeburten tun muss!«

Damit zog er seinen kurzen Bogen aus dem seitlich am Sattel hängenden Futteral, nahm von der anderen Seite einen Pfeil aus dem Köcher, spannte und zielte wahllos auf eines der Kinder. Doch bevor er die Sehne loslassen konnte, wurde ihm der Bogen aus der Hand gerissen.

Brzzzz, sein jüngster Bruder, hatte sein Pferd dicht an den Rappen des Stammeshäuptlings gedrängt, hielt nun dessen Bogen in der Hand und starrte ihn mit einer Mischung aus Entsetzen, Wut und Übelkeit an, während es wie ein Lauffeuer durch die Reihen der Zzzzt-Reiter raunte: »Der Häuptling... er wollte auf die Kinder schießen!«

Schließlich sagte Brzzzz fast tonlos zu K'zzzz: »Du, der du mein Bruder warst, du hast oft über unseren Großvater gelacht. Und ich muss beschämt gestehen, dass ich es auch manchmal tat. Doch er hatte Recht: Wir beginnen, wie die Menschen aus dem Norden zu werden. Und wir übernehmen nicht ihre besten Eigenschaften.«

»Wie kannst du es wagen...?«, keifte K'zzzz, »*ich* bin der Stammeshäuptling!«

»Nicht mehr«, sagte sein Bruder und erntete zustimmendes Gemurmel von den Dorfhäuptlingen. Kurz war K'zzzz sprachlos, dann brüllte er: »Ihr könnt mich nicht absetzen! Dazu habt ihr kein Recht!«

»Nun, das stimmt«, sagte einer der Dorfhäuptlinge, »aber wir haben dich ja auch gar nicht abgesetzt. Das hast du selbst getan.«

Der Bruder des Häuptlings bat den Sprecher: »Würdest du bitte zu Sssnrk hinüberreiten und ihm sagen, dass ein Angriff nicht mehr nötig ist. Wir werden gleich eine Delegation zu ihm schicken, und dann müssen wir reden. Aber erst muss ich noch etwas erledigen.«

Er drehte sich im Sattel um und blickte durch die Flucht zwischen den Zelten, die wie die Karikatur einer Prachtstraße direkt auf den Palast K'zzzzs zuführte. Laut sagte er dann: »So ein abscheuliches, unbewegliches Ding! Ich mochte es noch nie leiden. Das passt einfach nicht in die Steppe...« Dann wendete er sein Pferd und ritt auf den Palast zu.

»Was hast du vor?«, brüllte sein Bruder und wollte ihm hinterher, doch die Dorfhäuptlinge verstellten ihm den Weg, während Brzzzz nach einem kurzen Galopp schon an dem kleinen Palast angelangt war, sich gar nicht erst die Mühe machte abzusteigen, sondern durch die offene zweiflügelige Tür mitten hineinritt. Kurz darauf sah man ein paar Bedienstete herauslaufen, und dann stieg von dort, wo sich die Küche befand, dichter Rauch aus den Fenstern auf. Als Brzzzz schließlich wieder ins Freie ritt, schlugen weiter hinten schon die ersten Flammen aus dem Dach dieses Furunkels in der Steppe. Erst jetzt gaben die anderen ihrem ehemaligen Anführer den Weg frei. Der, kreidebleich geworden, trieb sein Pferd an, sprang vor dem brennenden Palast aus dem Sattel und schrie die Zzzzzt um ihn herum an: »Löscht! Löscht! Euer Häuptling befiehlt es! Ihr Narren! Da drin verbrennen echte Seidenvorhänge! Und meine gekachelte Badewanne, die ich erst vor zwei Monaten bekommen habe! Und der Bankett-Tisch aus Rosenwurzelholz...«

Er zeterte noch lange weiter, doch es war, als sei er nicht mehr da.

Niemand schenkte ihm auch nur die geringste Beachtung. Stattdessen begannen überall im Dorf die Frauen und Alten wie auf ein geheimes Kommando, die Zelte abzubauen.

Als sich die Reihen der Zzzzt-Krieger aufzulösen begannen – die aus dem Häuptlingsdorf halfen ihren Familien beim Abbauen der Zelte, die anderen sammelten sich, nach Dörfern geordnet, ein gutes Stück weiter östlich – brachen die Kinder in laute Jubelrufe aus. Sie wussten zwar nicht wirklich, was da gerade geschehen war, aber auf jeden Fall hatten sie einen weitaus durchschlagenderen Erfolg gehabt, als sie es sich je zu träumen gewagt hätten. Lachend und schwatzend ritten sie zurück, ins Zentrum der Chrrrr-Reihen.

Sie waren noch einige Meter entfernt, da schallte ihnen schon der Ruf entgegen: »Ruff, Tingli, Bronn! Zu mir, aber sofort!«

Wie geheißen ritten die Gerufenen zu Sssnrk, stiegen ab und versuchten, möglichst zerknirscht dreinzublicken, konnten es aber nicht ganz vermeiden, dass darunter noch ein Grinsen durchschimmerte. Das schien aber auch hinter Sssnrks strengem Blick zu lauern, als er sagte: »Warum wundere ich mich eigentlich gar nicht, gerade euch hier zu sehen? Wessen Idee war das? Ruffs oder Tinglis?«

»Meine«, sagten beide gleichzeitig im Brustton der Überzeugung.

»Großer Zerstörer!«, seufzte Sssnrk, »man sollte euch gründlich übers Knie legen. Oder noch besser, ich haue mir selbst ein paar runter. Weil ich

Tinglis Pate bin und weil ich so schrumpfhirnig war, Ruff in unserem Stamm aufzunehmen! Kinder, euch da vorne zwischen die feindlichen Linie reiten zu sehen, das bringt meine Haut mindestens ein Jahr früher in die Wand des Ahnenzeltes. Und wenn euch etwas passiert wäre, dann würde sie Giula noch heute und höchstpersönlich dort einnähen – während der Rest von mir noch drinsteckt. Wie geht's euch? Ist euch wirklich nichts passiert? Nein? Gut, dann kommt her und lasst euch umarmen.«

Später am Tag gab es auf freiem Feld eine große Beratung. Einige Felle waren auf dem Steppengras ausgebreitet, ein paar Sitzkissen herangebracht worden. Zu jeder Delegation gehörten sechs Leute, bei den Chrrrr waren es neben Sssnrk noch drei Dorfhäuptlinge, Giula und Unold von Fels. Bei den Zzzzzt waren es ebenfalls vier Dorfhäuptlinge und die beiden Brüder des ehemaligen Stammeshäuptlings. Dafür, dass sich die beiden Stämme noch vor wenigen Stunden gegenseitig an die Kehle gehen wollten, verliefen die Gespräche in ausgesprochen entspannter Atmosphäre. Gerade wollte Brzzzz etwas sagen. Doch sein Mund blieb offen stehen, seine Augen wurden immer größer, während er über die Schultern der Chrrrr hinweg etwas anstarrte, das sich in deren Rücken näherte. Sssnrk wandte sich um – und war augenblicklich aufgesprungen.

»Großer Zerstörer!«, rief er, »was ist *das* denn!?«

Brzzzz stammelte: »Ist das...? Das... das ist ein Floß, oder? Aber... es fliegt ja!«

*

Vier Monate waren ins Land gezogen, seit der Herzog vor den Toren der Stadt erschienen war, und Berlundel hielt stand. Noch. Doch der Feind griff Tag und Nacht an.

Tatsächlich war es mit Hilfe der großen, erhöht stehenden Steinschleuder gelungen, immer wieder die riesigen Belagerungsmaschinen Cosas auszuschalten. Doch er hatte immer neue bauen lassen, und so mancher Treffer war nicht zu verhindern gewesen. Dabei waren die großen Steinbrocken, die gegen die Mauer krachten, gar nicht mal das Schlimmste – die Mauer war stabil. Schrecklich war es jedoch, wenn ein Feuerregen aus unzähligen kleinen Brandgeschossen herniederprasselte. Die Menschen gaben ihr Bestes bei den Löscharbeiten, doch ganze Stadtviertel Berlundels waren inzwischen abgebrannt. Die Zahl der Toten und Verletzten... nun, man hatte sie lieber nicht gezählt.

Der Wassergraben war längst an mehreren Stellen zugeschüttet. Den Berlund hatten die mit Grabe-Arbeiten erfahrenen Orika in nicht einmal drei Wochen umgeleitet gehabt. Er floss jetzt, ein gutes Stück weiter im Norden, in eine zwei Kilometer westlich gelegene Senke, wo er sich einen neuen Weg bahnen musste. Die Überflutungen, die er dabei anrichtete, scherten Cosa nicht. Die Verteidiger hatten die nun trockenen Einflussöffnungen und den Ausfluss des Berlund in der Stadtmauer eilends mit großen Steinblöcken und vielen Kübeln Mörtel verschlossen.

Auf der anderen Seite hatten sich die Angreifer, sehr zum Leidwesen der Belagerten, eine sehr effektive Methode einfallen lassen, um den trockengelegten Graben wieder aufzufüllen: Mit Hilfe von gepanzerten Karren und Laufgängen hatte Cosa, auf Anraten Junas', zunächst an verschiedenen Stellen drei Meter dicke, nach vorne schräg abfallende Mauern direkt vor dem Graben bauen lassen. Dann hatten Tausende Arbeiter Erde und Geröll durch die Gänge herbeigeschafft und einfach über die Mauer gekippt.

Die Schützen auf der Stadtmauer Berlundels hatten es jetzt auch nicht mehr so leicht, denn hinter den Mauern Cosas warteten nun mit Armbrüsten bewaffnete Scharfschützen des Herzogs ebenfalls auf eine günstige Gelegenheit, und man belauerte sich gegenseitig.

An drei Stellen war es den Armeen Cosas schließlich unter erheblichen Verlusten gelungen, mächtige Eisendächer auf doppelmannsdicken Eichenbalken direkt an der Stadtmauer aufzustellen. Unter den Dächern hingen an dicken Tauen fünf Meter lange Eichenstämme, die, von 20 Orika bewegt, fast zwei Tage lang ununterbrochen gegen die Stadtmauer hämmerten. Erst Massen von brennendem Holz, von oben heruntergeworfen bis es fast die gesamten Mauerbrecher-Konstruktionen einhüllte, hatten die Orika vertrieben. Dann waren sechs Hundertschaften aus kleinen Ausfallpforten herausgestürmt, um den Konstruktionen komplett den Garaus zu machen. Immerhin 54 der Kriegerinnen und Krieger schafften es auch wieder zurück.

Doch weitaus gefährlicher als die Rammen waren für die Bewohner Berlundels die unterirdischen Aktivitäten: Von allen Seiten trieben die Orika Stollen voran, um unter der Stadtmauer hindurch und nach Berlundel hinein zu gelangen. Wenigstens stand die Hauptstadt zum überwiegenden Teil auf felsigem Grund, durch den selbst diese fetten Höhlenmaden nicht so schnell vorankamen. Und die Engaländer hatten Prim in ihren Reihen. Er hatte ein einfaches seismisches Messgerät ersonnen, das ziemlich genau zeigte, aus welcher Richtung ein Tunnel an die Stadt herangetrieben wurde: In unterirdischen Kammern vor der Stadtmauer, durch kleine Gänge zu erreichen, standen – absolut eben – , mit Sand bestreute Tischchen. Im Zentrum der Tischplatte stand eine winzige Säule mit ebener Oberfläche, auf der eine kleine Kugel ruhte. Stürzte die Kugel herab und zog eine Linie durch den Sand, konnte man davon ausgehen, dass die Linie in entgegengesetzter Richtung auf unterirdische Aktivitäten zeigte. Dann wurde eilends ein eigener Stollen quer zu dem der Angreifer durch den Boden getrieben. Doch das andauernde Rammen der Mauerbrecher hatte für solche Vibrationen gesorgt, dass die Kugeln ständig von ihren Säulchen gefallen und somit völlig nutzlos gewesen waren. Gerade noch rechtzeitig waren die Rammen zerstört worden, um einen Tunnel zu orten, der sich sogar schon ein paar Meter innerhalb der Stadt befand.

Bei Tunnelkämpfen Mann gegen Mann hätte die Masse der Angreifer, die einen Gefallenen schnell ersetzten konnte, sicher für Zermürbung gesorgt, hätten die Kämpfer des Königs nicht die Zauberstab-Schützen gehabt. Ein paar Feuerbälle in den Angreifer-Tunnel geschossen ließen einige geröstete Orika zurück und brachten die Tunnel zum Einstürzen. Nach ein paar Monaten Belagerung würde die vormals ziemlich gleichmäßige Ebene um Berlundel durchlöchert sein wie ein Vogtländer Käse.

Natürlich starteten die Feinde auch immer wieder ganz traditionelle Angriffe mit Sturmleitern und rollenden Belagerungstürmen. Aber die Leitern wurden zurückgestoßen, die Türme in Brand geschossen, und bisher hatte noch kein Mann Cosas auch nur einen Fuß auf die Stadtmauer gesetzt. Doch kosteten die Angriffe auch die Engaländer hohen Blutzoll. Die Krieger, die oben mit Stangen, Lanzen und Sichelhaken kämpften, wurden zwar von anderen mit Schilden gedeckt, dennoch fanden immer wieder Pfeile ihr Ziel.

Besonders gerne kamen die Orika in der Nacht, wenn sie die beengenden Visiere an ihren Helmen nicht brauchten. Zudem konnten sich die Zauberstab-Schützen, die tagsüber für viele Verluste unter den Angreifern sorgten, nachts kaum an den Kämpfen beteiligen. Denn in der Nacht waren sie ununterbrochen damit beschäftigt, hellrot leuchtende Sterne in den Himmel vor der Stadtmauer zu feuern, damit die Verteidiger sehen konnten, wo und wie sich die Feinde näherten.

Man hätte meinen können, dass das Gelände vor der Stadt irgendwann über und über mit gefallenen Orika bedeckt sein müsste. Doch die Eulenmenschen waren überaus fürsorglich zu ihren Toten: Viele Orika in der hintersten Reihe einer neuen Angriffswelle trugen kräftige Fleischerhaken mit sich, von denen ein dünnes, aber starkes Seil bis hinter die Linien reichte. Den gefallenen Kameraden wurden die Haken in Arme oder Beine geschlagen, dann wurden die toten (oder ziemlich toten) Körper zurück über die Schutzmauern gezerrt.

Das machte die Logistik für Cosa um einiges einfacher. Denn so musste er nur Nahrung für seine eigenen Soldaten heranschaffen, während die Orika Fleisch fast im Überfluss hatten. Je nachdem, wie der Wind stand, roch man manchmal noch auf der Stadtmauer den Bratenduft, der sanft von den Lagern der Orika herüberwehte. Immerhin brachte das für die Verteidigung einen gewissen psychologischen Vorteil. Da jeder einzelne Kämpfer nur zu gut wusste, was ihn im Falle einer Niederlage erwartete, würde jeder von ihnen bis zum letzten Blutstropfen kämpfen. Wer wollte schon gerne durch den Verdauungstrakt eines Orika wandern?

Während die Stadtmauer selbst noch kein Orika-Fuß betreten hatte, war es den Orika-Stollengräbern schließlich doch gelungen, zwei der mächtigen Bögen einer Verbindungsbrücke zwischen Stadt und einer im Westen vorgelagerten Zitadelle zu unterminieren: In einer gewaltigen Staubwolke stürzten die Brücke und der Laufgang, den sie trug, in sich zusammen. Sofort konzentrierte sich ein massiver Vorstoß Hunderter Angreifer auf die abgeschnittene Zitadelle. Trotz erbitterter Gegenwehr und ununterbrochener Pfeilhagel von den Nachbar-Zitadellen war das Gemäuer nach drei Stunden eingenommen. Das hätte Cosa einen Stützpunkt in Augenhöhe mit den Verteidigern der Stadtmauer gebracht – wenn die Taktiker des Königs nicht vorgesorgt hätten. Bis in eine Höhe von gut fünf Metern waren die kleinen Zitadellen aus massivem Stein. Darüber folgte eine hohe Kammer, die mit schweren Holzbohlen abgedeckt war. Auf den Holzbohlen lagen wiederum flache Steinplatten, die den Boden massiv erscheinen ließen. Die Kammer selbst war mit Holz, Stroh und Teerkrügen gefüllt. Die letzten Verteidiger hatten, bevor sie sich ihren Ahnen stellten, an den richtigen Stellen ein paar Kerzenstummel entzündet...

Kurz nachdem die gefallene Zitadelle mit Orika und ein paar Schwarzländern besetzt war, ging sie in lodernden Flammen auf. Zunächst jubelten die Verteidiger auf der Stadtmauer über diesen wenigstens kleinen Sieg. Doch am nächsten Tag, nach einem halben Jahr ununterbrochenen Kampfes, geschah etwas, das Halana und jeden in Berlundel, der noch seine fünf Sinne beisammen hatte, aufs äußerste beunruhigte.

Die Angriffe hörten auf.

Von einem Augenblick zum anderen riss das ständige Dröhnen der Kriegstrommeln ab, die die Orika in den Kampf getrieben hatten. Keine Sturmleitern wurden mehr aus den Gräben gewuchtet, keine Kompanien unter schweren Eisenschilden näherten sich mehr der Mauer. Nicht ein einziger Feind ließ sich blicken.

»Ich habe den Eindruck«, murmelte Hanumann zu Halana, »wir hätten die Jungs des Herzogs hie und da mal über die Mauer lassen sollen.«

»Da magst du Recht haben. Doch jetzt scheint Cosa kein großes Vertrauen mehr in seine bisherige Kriegsführung zu setzen. Was immer er auch vorhat, es wird uns nicht gefallen.«

Auch diesmal sollte Halana Recht behalten.

Einen guten Monat lang blieb es ruhig mit Ausnahme einer hässlichen Episode nach etwa drei Wochen: Kurz nach Morgengrauen rasten drei Reiter und ein paar herrenlose Pferde auf die Stadt zu – verfolgt von gut zweihundert Kriegern des Herzogs. Noch bevor vier Hundertschaften der Reiterei des Königs ganz ausgerückt waren, lebte nur noch einer der Reiter, die anderen beiden waren mit Pfeilen im Rücken von ihren Pferden gefallen. Auch der Überlebende blutete aus einer Wunde an der Schläfe, von seinem Ross flogen Schweiß- und schäumende Speicheltropfen.

Kurz bevor die Reihen der Kavallerie beider Seiten mit Kriegsschreien und lautem Klirren der Waffen aufeinandertrafen, hatten die vordersten Männer des Herzogs den Flüchtling eingeholt, und ein Speer bohrte sich in seinen Rücken. Fast alle Kämpfer des Herzogs blieben auf dem Feld, ebenso viele des Königs. Die Überlebenden bargen den Flüchtling, der noch lebte und etwas sagen wollte. Doch noch bevor sie die Stadtmauer erreichten, war auch er zu seinen Ahnen gegangen.

Halana hatte das schreckliche Schauspiel von einem der Tor-Türme aus verfolgt. Und ihr war klar, was es bedeutete. Ein paar Krieger aus einem der bisher überlebenden Sabotage-Trupps hatten versucht, sich bis zur Stadt durchzuschlagen. Und wenn sie dieses Risiko gegen jede Chance auf sich genommen hatten, dann mussten sie etwas wirklich Wichtiges zu berichten haben. Böse Vorahnungen schlichen sich ein, als sie die Treppe hinunterstieg, um zu den überlebenden Reitern zu gelangen.

Halana hielt den Reiter an, der vor sich den toten Kundschafter quer über dem Pferderücken liegen hatte. Sein Kopf baumelte nach unten.

Vorsichtig griff sie unter sein Kinn, hob den Kopf an, um in das blutige Gesicht zu sehen... Erleichtert atmete sie die seit fünf Sekunden angehaltene Luft aus. Es war nicht Ruben. Aber vielleicht war er einer der Beiden da draußen? Oder schon längst bei einer anderen Gelegenheit getötet worden? Dann schämte sie sich, dass sie solche Erleichterung empfunden hatte, denn dieser tapfere Mann hier hätte auch noch gerne gelebt.

Ein Anführer einer Kavallerie-Hundertschaft hatte etwas abseits gewartet, um zu sehen, ob die Kriegsmeisterin Befehle hätte. Halana winkte ihn heran und sagte: »Legt ihn nicht in eines der Massengräber. Gebt ihm ein eigenes Grab, er hat es verdient.«

»Haben wir das nicht alle?«

»Du hast Recht. Trotzdem...«

»Wie Ihr wünscht, Kriegsmeisterin.«

Leise flüsterte sie dem Toten hinterher: »Was wolltest du uns sagen?«

»Es steht zu befürchten, dass wir es erfahren werden«, sagte Prim, der unbemerkt an ihre Seite getreten war.

An einem frühen Montagmorgen, etwa eine Woche nach dem Zwischenfall, tauchten die Angreifer wieder vor der Stadtmauer auf – beinahe wäre Halana erleichtert gewesen. Mehrere Schildkröten-Kolonnen schwer gepanzerter Eulenmenschen rückten unter lautem Trommelschlagen in geraden Linien auf die Stadt zu, und zwar genau zwischen den beiden Zitadellen, die, aus Sicht der Verteidiger, rechts vom Stadttor lagen.

Die Verteidiger machten sich bereit, um Sturmleitern zurückzustoßen und die Seile von geschleuderten Enterhaken abzutrennen. Doch es wurden keine Leitern angelegt und keine Haken geworfen. Lediglich ein paar Pfeile wurden hinter ein paar Schilden hervor abgeschossen, dann zogen sich die Orika, ihre Toten mitnehmend, wieder zurück.

»Kannst du mir sagen, was das jetzt gerade sollte?«, fragte Ludgar verwundert Halana.

»Ich habe wirklich nicht den blassesten Schimmer... Da! Da kommen schon die Nächsten!«

Die abrückenden Orika waren noch kein 500 Meter entfernt, als auch schon die nächsten Kolonnen auftauchten. Und es ging den ganzen Tag ohne Unterlass so weiter. Manche dieser Kolonnen schritten sogar unter hohen Verlusten im Halbkreis um eine der beiden Zitadellen herum und erst auf der anderen Seite wieder zurück.

Auch bei Einbruch der Dunkelheit nahm das Dröhnen, Trommeln und Marschieren kein Ende. Irgendwann kam einer der Mauer-Läufer vorbei, die Nachrichten von den anderen Abschnitten der Stadtmauer brachten. Die ersten Monate waren die jungen Frauen und Männer ständig hin und her gerannt, doch im letzten Monat hatte es nichts zu berichten gegeben.

Aber jetzt erfuhren Halana und Ludgar, dass es im Westen und Norden neue Angriffe mit Sturmleitern gab, kurz darauf wurde Gleiches aus dem Osten der Stadt berichtet. Halana stutzte und fragte den Boten: »Wann haben die Angriffe begonnen?«

»Kurz nach dem Einsetzen der Dämmerung.«

»Das habe ich befürchtet.«

»Warum...?«, fragte Ludgar.

»Weil sie von irgendetwas ablenken wollen, das sie erst im Schutze der Nacht ausüben können. Und ich vermute, es ist irgendetwas, das sie hier, direkt unter unserer Nase treiben.« Zu dem Boten sagte sie: »Der Zauberer Prim inspiziert gerade die unterirdischen Wachkammern im mittleren Süd-Abschnitt, hol ihn sofort her, er soll ein Dutzend Zauberstab-Schützen mitbringen.«

Der Bote eilte davon, während Halana die beiden am nächsten postierten Stab-Schützen herbeirufen ließ, die schon ihren Nachtdienst versahen und Leuchtsterne in den Himmel schossen. Als sie herangekommen waren, befahl sie: »Schickt die leuchtenden Kugeln nicht hoch in den Himmel, sondern nach unten, dort, wo die Orika-Kolonnen laufen. Wir müssen besser sehen, was da auf dem Boden vor sich geht.«

Die beiden taten wie geheißen und bestrichen den Boden, zwischen den Zinnen heraus feuernd, mit den leuchtenden Kugeln. Zuerst sah Halana nichts, dann... »Da ist irgendwas... Schickt das Licht direkt an den Fuß der Zitadelle dort im Westen.«

Sekunden später leuchtete das steinerne Rund der Zitadelle in flackerndem Rot. Ludgar sah es auch: »Da kommt eine Linie aus dem Süden – direkt auf dem Boden – und läuft um die Zitadelle herum... nur zu erkennen, weil sie jetzt ein paar Schatten wirft, und weil... Sie bewegt sich ja!«

»Großer Zerstörer!«, rief Halana, »das ist eine Kette! Mit gewaltigen Gliedern! Rasch, leuchtet auch den Boden vor der Zitadelle im Osten aus!«

Schnell war auch dort der Fuß des runden Steinbaus in flackerndes Rot getaucht. Gupp, der Jüngere, der ebenfalls Dienst hatte und nun herangetreten war, sagte besorgt: »Da ist es auch.«

»Sicher?«, fragte Ludgar, »das ist weiter weg von unserem Standort.«

»Wenn Gupp es sieht, dann ist es dort«, sagte Halana, die die guten Augen des Sipp kannte.

»Verdammt«, fluchte Ludgar, »diese Maden müssen unter unseren Augen Seile um die Zitadellen gelegt und dann die Ketten nachgezogen haben. Das ständige Dröhnen ihrer Kriegstrommeln übertönt das Schleifen der Kettenglieder. Aber was bezwecken sie damit? Sie werden ja wohl kaum die Zitadellen einreißen wollen?«

»Nein. Es ist viel schlimmer«, sagte Halana. »Ich vermute, die Idee kommt von Junas – ganz schön gerissen. Sie benutzen unsere eigenen Zitadellen als Drehpunkte, um irgendetwas verdammt Schweres heranzuziehen. Irgendwo da draußen im Süden, in der Dunkelheit, zerren jetzt Hunderte von Eulenmenschen an den einen Enden dieser Riesen-Ketten. Die anderen Enden der Ketten sind an etwas befestigt. Und dieses Etwas wird irgendwann genau hier vor uns, zwischen unseren beiden Zitadellen auftauchen. Dieses ständige Hin- und Her-Getrampel der Orika-Kolonnen den ganzen Tag... sie haben nichts weiter getan, als den Boden zu planieren. Ich bin sicher, von ihrer Schutzmauer jenseits des zugeschütteten Grabens besteht in diesem Abschnitt nur noch eine Fassade als Tarnung, die dann sehr schnell eingerissen ist...«

»Aber diese riesigen Kettenglieder«, sagte Gupp ohne jeden Funken seines sonst so bekannten Humors, » ... *was* hängt da dran?«

Ludgar sagte: »Womöglich eine gigantische Ramme, die unsere Stadtmauer doch noch knacken soll.«

»Nein«, sagte Halana, »keine Ramme. Es ist eine Rampe. Wir sollten den König verständigen und vor allen Dingen überlegen, wie wir das Ding aufhalten.«

»Eine Rampe?«, rief Ludgar ungläubig, »die müsste ja zwölf Meter hoch sein? Unmöglich.«

»Ihr werdet es sehen. Zwölf Meter und noch ein bisschen drauf – so dass sie von oben angreifen können. Außerdem ist das Ding mindestens 50 Meter breit. Wenn sie nicht durch die Mauer brechen können, dann kommen sie eben zu uns hoch, wenn uns nicht ganz schnell etwas einfällt. Denn wenn sie Angesicht zu Angesicht mit uns stehen und der Kampf Mann gegen Mann beginnt, dann überrollen sie uns einfach.«

In zweieinhalb Kilometer Entfernung, hinter einem kleinen Wäldchen, dröhnte die Luft vom gleichmäßigen Schlagen riesiger Pauken, hallte wider von beständigem Stöhnen und Keuchen aus Tausenden Kehlen, roch es nach strengem Schweiß und Pilzen.

Durch das Wäldchen war eine breite Schneise geschlagen worden, nur noch die vordersten Bäume standen, als Schutz gegen mögliche Späher-Blicke aus Berlundel. Zwischen diesen vorderen Bäumen hindurch kamen die vier riesigen Kettenstränge hervor. Die beiden mittleren waren an einem monströsen Gestell verankert, die äußeren liefen links und rechts daran vorbei, auf das Stöhnen und Keuchen zu: An den 25 ersten Gliedern jeder Kette waren 50 dicke und unterschiedlich lange Seile befestigt. Jedes dieser Seile war mit 100 Zuggeschirren verbunden – 50 an jeder Seite. Somit waren es 10000 Orika, die an den gewaltigen Ketten zerrten. Doch das war noch nicht alles. Hinter den ersten 25 Kettengliedern waren, mit je zweieinhalb Meter Abstand, 12 Meter lange Balken durch je ein Kettenglied geschoben. Je 14 Eulenmenschen hatten die Balken angehoben und drückten, 14 weitere waren davor gespannt und zerrten. 20 Balken waren es inzwischen, und somit 560 Orika. Und mit jeden zweieinhalb Metern, die die Ketten weiter nach vorne gezerrt wurden, kamen zwei neue Balken und 28 weitere Eulenmenschen hinzu.

Nur ein paar Fackeln brannten. Zu viel Licht hätte die Orika irritiert, die hier ohne Rüstung und Schutzhelme in der Nacht schufteten. Doch trotz der schwachen Beleuchtung war die gewaltige Konstruktion kaum zu übersehen, die sich hier Zentimeter um Zentimeter nach vorne schob.

Der Schwarze Herzog, Junas von Anselm und der Morlock standen etwas abseits und betrachteten fasziniert, wie sich ihr Plan in Wirklichkeit verwandelte. Der Erleuchtete und Liebrose hatten sich dagegen schon vor einer ganzen Weile zurückgezogen, denn dem Erleuchteten war durch die Ausdünstungen Tausender schwitzender Orika-Körper übel geworden. Anselm hielt sich ein Seidentuch vor die Nase, den Großen Morlock schien es nicht zu stören. Er hatte ganz offensichtlich auch nichts dagegen, dass seine Arbeiter von eigenen Leuten mit Hilfe langer Peitschen motiviert wurden, sich nur tüchtig ins Zeug zu legen. Für ihn zählte nur, dass es nun doch voranging, um endlich dieses riesige Nahrungslager zu erschließen, dessen Schlachtvieh sich bisher so beharrlich allen Angriffen widersetzt hatte.

Nach den ersten Wochen vergeblicher Belagerung hatten Cosa und Anselm schon darüber beraten, was man wohl machen könne, wenn es dem Morlock zuviel werden würde. Seit Beginn des Krieges waren schon gut 300000 Eulenmenschen ums Leben gekommen, die weitaus meisten davon während der Belagerung Berlundels. Mittlerweile gab es sogar mehr Tote, als die Armeen der Orika auffressen konnten. Und das wollte wahrlich etwas heißen, denn wenn sie die Gelegenheit hatten, dann konnte jede dieser Höhlenmaden gewaltige Portionen verdrücken.

Die Orika hatten damit begonnen, an ein paar luftigen Plätzen, die von den Schwarzländern bald aufs Peinlichste gemieden wurden, hohe Gestelle zu errichten, an denen Fleischstreifen auf Vorrat im Wind dörrten.

Doch Cosa und Anselm hatten sich umsonst gesorgt. Den Großen Morlock schien es nicht im Allergeringsten zu stören, dass seine einst fast zwei Millionen Mann starke Truppe so dezimiert worden war. Im Gegenteil: Er hatte inzwischen Transporte organisiert, um von dem überschüssigen Dörrfleisch ein paar Ladungen in seine Heimat-Höhlen bringen zu lassen, und er war sehr erfreut, dass er sich dort auf diese Weise mit seinen »großen Siegen« brüsten konnte. Dass die Verluste der Schwarzländer-Krieger weitaus geringer waren als die der Orika und dass die Eulenmenschen ganz offensichtlich als Kanonenfutter dienten, schien der Morlock nicht einmal zu bemerken.

Erst kurz bevor Anselm und der Erleuchtete die Idee mit der Riesen-Rampe entwickelt hatten, war der Morlock schließlich doch noch zu Cosa gekommen und hatte zu wissen verlangt, wann man denn dieses Berlundel endlich wie versprochen einnehmen würde. Doch auch das hatte nichts mit den inzwischen fast 500000 toten Orika zu tun. Der Große Morlock war schlicht ungeduldig geworden, wie ein kleines Kind, das einfach nicht länger warten will und das Interesse an einer Sache zu verlieren beginnt.

Gerade rechtzeitig war da der Plan mit der Rampe gekommen, die sich nun hier vor den Augen Cosas, Anselms und des Morlock zu den Sternen empor zu erheben schien. Halana hatte Unrecht gehabt mit ihrer Schätzung, dass die Rampe 50 Meter breit sein könnte. Sie war 100 Meter breit. An der Front war die Rampe 13 Meter hoch, so würde sie die Stadtmauer noch um einen Meter überragen, und Cosas Leute könnten den Angriff von oben nach unten führen. Oben war die Rampe nicht nur 100 Meter breit, sondern auch 15 Meter tief, so dass mehrere Reihen Angreifer hintereinander stehen konnten. Zudem wurde diese Plattform über die gesamte Breite von einer Galerie überspannt, auf der bequem 130 Bogenschützen Platz fanden.

Sicher würden die Verteidiger Berlundels über kurz oder lang merken, was da auf sie zurollte und vielleicht auf die Idee kommen, Steine und Schutt die Stadtmauer hinunterzuwerfen, damit die Rampe nicht bis an die Mauer heranrollen könnte. Doch das war auch gar nicht nötig.

Vorne an der Plattform ragten zehn jeweils zehn Meter breite und dreieinhalb Meter lange Zugbrücken in die Höhe – mit ein paar Öffnungen darin, durch die Armbrustschützen schon während der Annäherung feuern konnten. Die Bedienungsmannschaften für die Zugbrücken waren unterhalb der Plattform untergebracht. Nach vorne war die Mannschaft auf der

Plattform bei der Annäherung durch die hochgefahrenen Zugbrücken geschützt, zu den Seiten gab es zwei Meter hohe Schutzwände.

Direkt über dem Boden war die Rampe 100 Meter breit und 45 Meter tief, so dass eine knapp 47 Meter lange Schräge zur Angriffsplattform hinaufführte, über die beständig Nachschub geschickt werden konnte.

Die komplette Front und die Seiten der Riesen-Rampe waren mit Eisenplatten verkleidet, die dick genug waren, um selbst dem Beschuss durch diese Zauber-Waffen standzuhalten. Das innere Tragegerüst war aus schweren Balken gezimmert. Das ganze Gerüst rollte auf 420 riesigen Holzringen, die von starken, genoppten Eisenbändern umfasst waren.

Über diesen Rädern gab es auch noch riesige Laufräder, in denen allerdings statt kleiner Hamster große Orika schwitzten, um den Rädern mit Hilfe von Zahnkränzen zusätzlichen Antrieb zu geben.

Zuerst versuchten die Verteidiger, die Ketten mit Hilfe der Feuerkugeln aus den Zauberstäben zu zersprengen. Doch ein Treffer genügte nicht, um die mächtigen Kettenglieder zu zerstören. Und da die Ketten zwar sehr langsam, aber dennoch ständig in Bewegung waren, gab es auch nicht mehrere Treffer an derselben Stelle. Dann beschossen die Engaländer die Ketten von den Türmen aus mit Ballisten, ebenso von den beiden betroffenen Zitadellen, von denen aus sie mit Hilfe einer waghalsigen Konstruktion senkrecht nach unten zielten. Manchmal traf eine Lanze aus den Speerschleudern sogar tatsächlich durch ein Kettenglied hindurch. Doch jede auf diese Weise ins Erdreich gerammte Lanze konnte die Kette keine Sekunde aufhalten und brach sofort.

Schließlich band man dicke Taue an die Zinnen der Kastelle und versah die anderen Enden mit Mauerhaken. Tatsächlich gelang es so, ein paar der Kettenglieder an den Haken zu nehmen – und diesmal hielt man den Vormarsch der Rampe etwas länger auf. Nämlich zwei Sekunden. Dann rissen die Seile. Als schließlich die Vermörtelung einer Zinne nicht mehr hielt, die schweren Steine einfach nach vorne von der Mauer gezogen wurden und zwölf Meter tiefer in einer Staubwolke auf den Boden krachten, gab man auch diese Versuche auf.

»Es hilft nichts«, seufzte Ludgar und erklärte schweren Herzens: »Wir müssen es wohl mit einem direkten Angriff versuchen – Halana?«

Die Kriegerin nickte nur und machte sich, gefolgt von Prim, der inzwischen eingetroffen war, auf den Weg, um in aller Eile einen Ausfall-Trupp zusammenzustellen. Wenn sie nur eine Kette sprengen könnte...

Eine knappe Stunde später war es so weit. Und sie hielten sich diesmal nicht mit dem mühsamen Weg durch die Ausfallpforten auf. Die Zugbrücke krachte herunter. An der Spitze von 500 Reitern stürmte Halana hinaus, dicht gefolgt von Prim.

Darauf hatten Cosas Truppen gewartet.

Immer mehr Einheiten der Eulenmenschen marschierten aus der Dunkelheit heran, und ein wahrer Pfeilhagel, der auch keine Rücksicht auf die eigenen Leute nahm, deckte die Reiter ein. Dennoch gelang es den Kriegern, eine Schneise für 1000 Mann der Infanterie zu schaffen, die den Reitern hinterherstürmten.

Etwa 100 Reiter und 600 Fußkämpfer erreichten tatsächlich die erste Kette, die allerdings erbittert von großen Eulen-Kriegern mit breiten Schilden verteidigt wurde. Schließlich sah man unter all den Toten die Kette kaum noch, und Prim, der mitten im Getümmel steckte, hatte gerade mal Gelegenheit zwei Schüsse aus nächster Nähe auf die Kette zu feuern, weil er ansonsten vollauf damit beschäftigt war, die allernächste Umgebung frei von Angreifern zu halten. Aber es kam noch schlimmer: Cosas General Narsus ließ sich die Gelegenheit der heruntergelassenen Zugbrücke nicht entgehen und startete einen massiven Angriff.

Zehn Minuten lang versuchte eine Kompanie des Königs mit großen Schilden, die Zugbrücke für Halana und ihre Leute offen zu halten, doch als zwischen den Reitern große Orika mit Rammen heranstürmten und Breschen in den Schildwall schlugen, blieb nichts anderes übrig, als die Zugbrücke wieder hochzuziehen.

Schließlich hatte sich Halana mit grade mal 200 Überlebenden am Fuße der Zitadelle hinter toten Pferde-, Menschen- und Orika-Leibern, sowie hinter einem halbrunden Schilderwall verschanzt. Vor lauter Stechen, Schlagen und Abwehren wurden ihre Arme schon schwer. Da wurden von der Zitadelle aus Seile und Strickleitern herabgelassen, und sowohl von der Stadt- als auch von der Zitadellenmauer versuchten die Krieger des Königs, die Eingeschlossenen mit Pfeilsalven und massivem Beschuss aus den Zauberstäben zu entlasten und zu decken, während sie die zwölf Meter emporkletterten. Etwa 50 kamen oben an – als Letzte, fast zu Tode erschöpft, aber unverletzt, Prim und Halana. Sie gönnten sich nur eine Verschnaufpause von wenigen Sekunden, dann gingen sie über den noch intakten Laufgang zurück auf die Stadtmauer. Auf halbem Weg nahm Prim Halana bei der Hand, und sie meinte matt: »Bei uns ist schon ein bisschen mehr los als in Reinefreude, oder? Würdest du es wieder tun?«

»Was?«

»Bei mir bleiben.«

»Jederzeit.«

Immerhin kamen sie nun endlich dazu, wieder etwas Kraft zu schöpfen. Denn Ludgar und auch der König, der selbst auf die Stadtmauer gekommen war, um den Angriff zu beobachten, gingen nicht davon aus, dass ein weiterer Angriff dieser Art Erfolg haben könnte.

Nun wurde es die Nacht der Handwerker, insbesondere der Zimmerleute: An der Innenseite der Stadtmauer wurde in aller Eile ein Gerüst gezimmert, das oben eine große Plattform bekommen sollte. So wollte man den Gegner wenigstens mit einer mehrere Reihen starken Kompanie Krieger empfangen können. Zudem würde die Rampe Cosas sicher etwas höher als die Stadtmauer sein, das gedachten die Taktiker des Königs mit Hilfe des Gerüsts auszugleichen. Halana, die an ihre so viele Jahre zurückliegende Schlacht am Kleinen Horn und die Tricks ihrer damaligen Gegner dachte, gab den Planern des Königs noch einen Tipp, wie sie dem Schwarzen Herzog eine kleine Überraschung bereiten könnten, dann zog sie sich mit Prim in ihr Quartier zurück.

Als Kriegsmeisterin stand Halana auch jetzt, da die meisten Soldaten in der Stadt zusammenrücken mussten, ein eigener Raum zur Verfügung. So hatten sie und Prim Quartier in einem Haus nur einen Steinwurf entfernt vom Stadttor bezogen. Trotz ihrer Erschöpfung wollten sie in stiller Übereinkunft diese Nacht zu einer Liebesnacht machen, da es womöglich ihre letzte Nacht auf Erden wäre. Doch dann waren sie einfach eng aneinander geschmiegt eingeschlafen. Selbst die Rufe von der nahen Stadtmauer und das entfernte Trommel-Dröhnen konnten sie nicht wecken.

# 11. STAHL UND KRIEG II
## Der letzte Tag

Was Halana und Prim schließlich weckte, war ein heftiges Pochen an der Tür. Als Halana aus einem wirren Traum in die Wirklichkeit zurückfand, fühlte sie sich noch immer wie gerädert, obwohl ihr das Licht, das durchs Fenster fiel, sagte, dass der Tag nicht mehr ganz jung war. Während nun auch Prim neben ihr mit einem Grunzen zu sich kam, zog Halana schließlich ihre Decke bis zum Hals hoch und rief: »Kommt herein!«

Sehr übernächtigt aussehend betrat Gupp, der ganz Junge, den Raum und meinte: »Schöne Grüße von Ludgar – er ist schon seit zwei Stunden wieder auf den Beinen –, und er hätte euch ja gerne noch ruhen lassen, aber ihr solltet wohl besser in einer dreiviertel Stunde auf der Mauer erscheinen. Die Rampe dieser verfluchten Schwarzländer nähert sich.«

Jetzt waren Halana und Prim hellwach.

Prim wollte wissen: »Ist sie wirklich so groß wie befürchtet?«

»Größer. Ich war auf der Mauer, als die Sonne aufging. Da konnte man sie schon in der Ferne sehen. Und im ersten Moment dachte jeder, sie müsse wohl schon näher heran sein, als sie es tatsächlich war. Weil keiner diese Größe für möglich gehalten hätte. Ihr werdet es sehen.«

Halana und Prim sahen sich alarmiert an, während Gupp sagte: »Wenn die weiter in diesem Tempo näherkommen, werden sie gegen zwei, drei Uhr angriffsbereit sein. Ich werde jetzt gut frühstücken und mich dann noch vier Stündchen hinlegen. Falls mich heute der Große Zerstörer holt – was sehr wahrscheinlich ist – , dann will ich wenigstens keinen leeren Magen haben und ausgeschlafen sein. Bis dann.« Doch im Hinausgehen blieb er unter der Tür noch einmal stehen, wandte sich um und sagte bedrückt: »Das Letzte, was er gesagt hat, war ›Hrmpf‹.«

»Was...?«

»Gampa. Bei einem Ablenkungsangriff...« – Gampa war der Possenreißer und Ansager der Gauklertruppe – »Er hatte es sich in den vergangenen Wochen angewöhnt, nach und nach die verschiedenen Abschnitte auf der Mauer zu besuchen und die Krieger mit ein paar Geschichten aufzumuntern. Der Starke Errit war bei ihm. Bei einem der Ablenkungsangriffe auf die Nordmauer hat Gampa einen Pfeil abbekommen und ist kurz darauf in Errits Armen gestorben. Wenigstens muss er kurz zuvor noch ein paar echte Knaller an Witzen losgelassen haben.«

»Tut mir leid«, sagte Halana, »er war ein ausgezeichneter Mann.«

»Ja, das war er. Und meine Schwester...«

Halana schreckte hoch: »Was ist mit Lugta?«

»Als ihr versucht habt, die große Kette zu zerstören, war sie bei den Bogenschützen in der Zitadelle, die euren Angriff deckten. Ganz schön verrückt! Es war nicht einmal ein Gegner! Sie hatte mit einer Speerschleuder drei Orika anvisiert, doch der Dauereinsatz der letzten Monate... Der Spannbogen der Balliste ist gerissen, die Sehne ist gegen ihren Oberarm geschlagen und hat eine tiefe Wunde geschnitten. Meine Schwester hat viel Blut verloren... Unser Bruder ist bei ihr.«

»Wird... wird sie's überstehen?«

Gupp zuckte mit den Schultern und meinte: »Das wissen wir noch nicht. Und ehrlich gesagt, weiß ich nicht mal, ob wir ihr das wünschen sollen, wenn ich an diese Eulenmenschen da draußen und an ihre Tischsitten denke.«

»Du solltest wünschen, dass sie wieder gesund wird. Noch können wir kämpfen, Gupp.«

»Ja«, seufzte der junge Mann, »das können wir wohl noch.«

Damit verließ er das Zimmer.

Halana und Prim hatten das Gefühl, dass sie diesen Tag nicht mit unwürdiger Hast beginnen sollten. Sie wuschen sich in Ruhe an der großen Waschschüssel, kleideten sich sorgfältig und halfen sich schließlich gegenseitig in die Kettenhemden. Dann küssten sie sich lange, gürteten ihre Schwerter, nahmen die Helme unter den Arm und verließen das Zimmer. Unterwegs machten sie noch einen kurzen Halt an einer Ausgabestelle für Essen, tranken jeder eine große Tasse warmen Tee und aßen zwei Scheiben geröstetes Brot, das erste mit etwas Honig, das zweite mit ein wenig Käse. Erst dann legten sie die restliche Strecke zur Stadtmauer zurück.

»Beeindruckend«, meinte Prim, als sie zwischen der letzten Häuserreihe hervorgetreten waren. Das Gerüst, das die Verteidiger an der Innenseite der Stadtmauer errichteten, war schon fast bis zur Mauerkrone emporgewachsen, ja, an der Nordecke hatten die Zimmerleute schon damit begonnen, die Planken für die Plattform zu verlegen.

»Scheint so, als würden sie rechtzeitig fertig werden«, ergänzte Halana. Dann liefen sie unter dem Gerüst hindurch zum nächsten Aufgang und stiegen wieder auf die Stadtmauer hinauf.

Als sie von oben ins Land hinausblickten, sagte erst einmal keiner ein Wort. Schließlich meinte Prim: »*Das* ist allerdings beeindruckend.«

Eine dunkle Front aus grauem Eisen schien ihnen entgegenzurücken. Noch war sie etwa 800 Meter entfernt. Alle Steinschleudern in der Stadt, die auch nur annähernd in Reichweite waren, feuerten so schnell die Mannschaften spannen und nachladen konnten auf diese im doppelten Sinne massive Bedrohung. Immer wieder schlugen gigantische Steinbrocken gegen die Hülle der Rampe, das metallische Dröhnen und Vibrieren war lautstark noch bis zur Stadt zu hören. Aber die Eisenplatten hielten. Und wenn doch einmal eine durch einen Treffer gelöst wurde und herabstürzte, wurde sofort eine neue Platte von oben herabgelassen und von an Seilen hängenden Arbeitern befestigt. Und wenn dann mal ein Arbeiter von einem Stein zerquetscht wurde... nun, es gab ja genug davon.

Die schwitzenden Orika, die im Inneren des Rampen-Kolosses keuchend in den Tretmühlen liefen, hatten sich schon längst Stofffetzen in die großen Ohren gestopft, um nicht durch die scheppernden Aufschläge der Stein-Geschosse zu ertauben. Immer wieder wurden die Tretmühlen-Läufer in kleinen Gruppen gegen frische Männer ausgetauscht.

Einmal war einer der Männer, der gerade hastig sein Laufrad auf der zweiten Ebene verlassen wollte, durch die Vibrationen eines Aufschlags ins Stolpern geraten und schreiend hinabgestürzt. Abgesehen davon, dass das Riesen-Gefährt so schnell nicht zu stoppen war, hatte sich auch niemand die Mühe gemacht, es überhaupt erst zu versuchen. Der Verunglückte geriet unter die Räder. Was schließlich übrigblieb, als die Rampe endlich über ihn hinweggerollt war, taugte nicht mal mehr als Beilagen-Püree für die Orika.

Selbst die herabstürzenden Steine, die sich zwischen Boden und Unterkannte der Rampe verkeilten, konnten das Gefährt nicht lange aufhalten. Von Schildträgern geschützte Arbeiter stemmten die Geschosse in Windeseile auf flache Schlepp-Schlitten und zerrten sie aus der Bahn. Trotz des Schutzes durch die Schilde gab es dabei unter den Eulenmenschen viele Tote – mit steigender Tendenz, je näher sie an die Mauern Berlundels heranrückten. Doch die Toten ließen sie einfach liegen, denn weder Fleisch noch Knochen hatten den schweren Rädern der Rampe viel entgegenzusetzen. Ein etwas abseitiger Historiker würde später dazu schreiben, dies sei bei den Orika die Geburtsstunde des Brotaufstrichs gewesen.

Gegen halb elf kam König Róge VI. auf die Stadtmauer. Lange besah er sich still die näher kommende Rampe, dann fragte er den Befehlshaber: »Man sagte mir, dass Cosa mit seinem Spielzeug so gegen ein Uhr bei uns anklopfen wird?«

»Ja, mein König«, antwortete Ludgar, »vielleicht ein paar Minuten später, aber nicht viele.«

»Und mit unserer Verteidigungs-Plattform... Meine Taktiker sagen, mit deren Hilfe werden wir den Feind aus der Stadt fernhalten können. Und meine Taktiker sind gute Leute. Aber keine Soldaten. Euer Vater, Fürst Rudgar, hat sich mir gegenüber im Vier-Augen-Gespräch skeptischer geäußert. Was ist Eure ehrliche Meinung als Befehlshaber?«

Ludgar sah seinem König in die Augen und entgegnete: »Wir werden sie aufhalten. Ein paar Stunden. Und wer weiß? Da wir gute Leute haben, vielleicht sogar ein paar Tage. Doch sie können ständig für Nachschub sorgen. Wir können sie zwar auf unserer Plattform mit acht, neun Reihen Kriegern erwarten, aber sie sind in der Lage, fast beliebig viele Reihen die Rampe hinaufmarschieren lassen.«

»Wir werden also alle sterben?«

»Ja.«

Wieder sah der König eine halbe Minute schweigend über das Land.

Dann sagte er: »Ich vermute mal, dass mir meine Taktiker empfehlen werden, das lieber nicht publik zu machen.«

Von der Seite war ein Räuspern zu hören. Róge VI. wandte den Kopf und blickte Halana fragend an.

»Darf ich etwas dazu sagen, mein König?«

»Bitte. Sprich.«

»Ich denke, die Menschen haben ein Recht darauf zu erfahren, dass der Tod nahe ist. Sie sollen die Chance bekommen, sich darauf vorzubereiten. Und die Chance, so viele von Cosas Leuten wie nur möglich mitzunehmen.«

Der König entgegnete lächelnd: »Genau das, meine Tochter, denke ich auch. Dass diese Bergmaden Cosas keine Gefangenen machen, werde ich niemandem erklären müssen. Ich werde die Empfehlung verbreiten lassen, dass sich jeder, der sich noch in der Stadt befindet, bewaffnen soll – und sei es mit Bratspießen. Die Leute des Schwarzen Herzogs sollen in jeder Straße, durch die sie kommen, in jedem Haus, das sie betreten, Blutzoll bezahlen. Und jeder von uns, der das überlebt, soll sich kämpfend bis in den Palast zurückziehen. Der Mitteltrakt ist so angelegt, dass man ihn gut verteidigen kann. Es wird mir beim Sterben eine angenehme Vorstellung sein, dass dort der letzte Widerstand stattfindet.

Außerdem werden ein paar Dutzend Krieger die Order bekommen, sich an den Rändern der Stadt einzugraben. Die Löschwasser-Becken in den

Straßen werde ich zerschlagen lassen. Wenn Cosa Berlundel eingenommen hat und die Stadt gefüllt ist mit Schwarzländern und Höhlenmaden, dann werden unsere Männer aus ihren Verstecken kommen und die Stadt anzünden. Wer weiß? Vielleicht schaffen wir es ja doch noch, unsere Städte im Norden zu retten? – Schade nur, dass wir es nicht mehr erleben werden.«

Damit wandte er sich wieder zum Gehen, stutzte aber, als sein Blick auf Gupp, den Chef der Artistentruppe, und dessen jüngeren Sohn fiel, die gemeinsam mit dem Starken Errit in der Nähe standen. Dann wandte er sich nochmals an Halana und fragte: »Hattest du nicht darum gebeten, dass die Sipp offiziell zu vollwertigen Bürgern Engalands erklärt werden?«

»Ja, mein König.«

»Haben sie sich gut geschlagen?«

»Oh ja. Erst gestern haben sie einen der Ihren verloren, und die Tochter jenes Mannes dort, die auch die Schwester des Jüngeren ist, ringt mit dem Tode.«

»He, ihr Drei! Kommt her!«

Überrascht traten die Sipp auf den König zu und verbeugten sich.

Róge musterte sie nur kurz und fragte dann: »Wollt ihr immer noch anerkannte Bürger meines Reiches werden? Auch wenn es das vielleicht nur noch ein paar Stunden gibt?«

»Aber ja!«, konnte der ältere Gupp nur verblüfft antworten, als der König auch schon fortfuhr: »Gut. So sei es. Schreiber, halte fest: Vom heutigen Tage an und mit sofortiger Wirkung sind alle Sipp vollwertige Bürger des Reiches, mit allen Pflichten und Rechten. Jedwede Schmähung ihrer Personen ist vor unseren Gerichten wie eine Beleidigung einer jeden anderen Person im Reich zu behandeln. Alle Einschränkungen, die ihnen in personam bisher auferlegt waren, sind hiermit ungültig.

Hast du alles notiert? Gut, dann lass ein paar Aushänge schreiben und verteilen – aus gegebenem Anlass möchte ich hinzufügen: Beeil dich damit.«

Damit verließ der König endgültig den Schauplatz, auf dem er drei lachende Sipp zurückließ. Schließlich rief Gupp, der Ältere, Halana gut gelaunt zu: »Ist das nicht ein herrlicher Tag zum Sterben? Lugta wird übrigens überleben – jedenfalls bis Cosas Leute beim Hospital im Palast angekommen sind. Und wir sind Bürger Engalands! Das muss ich meiner Tochter erzählen – sie muss es unbedingt wissen, bevor wir sterben. Fürst Ludgar...?«

»Ja«, lachte nun auch der Fürst, »ja, Bürger Engalands, du hast die Erlaubnis, deinen Platz auf der Mauer zu verlassen und den Palast aufzusuchen. Nimm deinen Sohn ruhig mit. Aber nehmt Pferde, damit ihr rechtzeitig wieder zurück seid. Nicht, dass ihr noch das Beste verpasst.«

*

Es war 14 Uhr, und schon zwei Mal hatte die Mannschaft Halanas die Armee des Schwarzen Herzogs zurückschlagen müssen. Um 13 Uhr und 12 Minuten waren die Zugbrücken der Riesen-Rampe auf die Stadtmauern niedergekracht. Allerdings hatte es bei diesem ersten Angriff tatsächlich eine Überraschung gegeben – für die Angreifer.

Direkt unterhalb der Verteidiger-Plattform hatten im Holzgerüst 100 Krieger mit gezogenen Schwertern gewartet. Nur zwanzig Sekunden bevor die Rampe in Reichweite der Mauern angelangt war, hatte Halana mit einem kleinen, sehr hohen und durchdringenden Ton erzeugenden Silberhorn ein Signal gegeben. Unter der Plattform hatten sich 100 Schwerter viermal bewegt, und 400 starke, engmaschige und mit schweren Steinen gefüllte Netze waren an Seilen in die Tiefe entschwunden. Über Rollen bewegten die Seile 40 gut zwei Meter lange Balken, die an Scharnieren befestigt waren. Die Balken richteten sich auf und hoben so die Plattform der Verteidiger in Sekunden auf ihre endgültige Höhe. Während die Hälfte der Männer unter der Plattform die Balken noch zusätzlich sicherten, strömten oben von den Seiten bereits die Krieger auf die Plattform.

Nach zehn Sekunden war die vorderste Reihe mit Lanzenträgern gefüllt, nach 15 Sekunden dann auch die zweite Reihe, deren Kämpfer noch längere Lanzen hatten, mit denen sie bis nach vorne durchstoßen konnten.

Die Plattform ragte jetzt sogar ein Stück über die Stadtmauer hinaus, um so zu verhindern, dass die Zugbrücken der feindlichen Rampe auf den Zinnen der tiefer liegenden Stadtmauer auflegen konnten. Vorne hatte die Plattform, etwa einen halben Meter hinter dem Rand, eine 120 Zentimeter hohe, eisenverstärkte Palisade, aus der dem Gegner lange Dornen entgegenstarrten.

Während die Lanzenträger im Schutze ihrer Schilde Stellung bezogen, traten unter der Plattform nochmals 50 Schwerter in Aktion, die 200 weitere Seile durchtrennten. Diesmal ließ das Gewicht der mit Steinen gefüllten Netze hinter der ersten Plattform einen Laufgang in die Höhe wachsen, der die hölzerne Verteidigungsebene noch zweieinhalb Meter überragte. Vor allem aber war diese zweite, brückenähnliche Kampfplattform über ihre komplette Länge mit Armbrustschützen besetzt, die sofort die Bogenschützen auf der Rampe des Herzogs ins Visier nahmen und nach dem ersten Schuss gleich zu einer zweiten Waffe griffen. Hinter den Schützen knieten weitere Krieger, die unablässig damit beschäftigt waren, die Armbrüste nachzuladen.

Schon bevor die Rampe des Schwarzen Herzogs angelegt hatte, hatten rund um die Stadt auch wieder die Angriffe der Orika mit Sturmleitern begonnen, was insbesondere dazu dienen sollte, dass diese gefährlichen, aber offenbar nur in geringer Zahl verfügbaren Feuerkugel-Werfer auch an anderen Orten gebunden waren und nicht alle am Platz des Hauptgeschehens zum Einsatz kommen konnten.

Gut gesichert hinter Eisenplatten führte General Narsus für Cosa den Angriff auf der Rampe an. Als er hinter Berlundels Stadtmauer plötzlich die Plattform der Engaländer heraufwachsen sah und die ersten Schreie seiner getroffenen Bogenschützen von der Brücke über ihm herunterhallten, war es viel zu spät, den Angriff noch zu stoppen.

Die ersten Reihen der Angreifer – eine Mischung aus Schwert- und Lanzenträgern – bestanden aus Elitetruppen des Schwarzen Herzogs, die eigentlich ohne Umschweife eine Bresche in den vermuteten Schildwall von höchstens zwei, drei Reihen Engaländer Krieger schlagen wollten. Doch stattdessen mussten sie drei Meter die nun schräg stehenden Zugbrücken hinauftürmen, wo dann auch noch eine unangenehme Barriere und dahinter inzwischen vier Reihen von Lanzenträgern warteten. Keiner der Schwarzländer aus der ersten Reihe überlebte den Angriff, aus der zweiten Reihe nur ein Dutzend.

Recht schnell wurde, unter allgemeinem Gelächter der Engaländer, zum Rückzug geblasen, was gar nicht so einfach war, da gleichzeitig schon weitere Krieger die Schräge der großen Rampe hinaufdrängen wollten.

In diesem Augenblick dachte Halana, inmitten ihrer Leute stehend, an jenen Tag zurück, als nur Lusian und sie ihr von Schwarzländern besetztes Lager am Kleinen Horn angegriffen hatten. Und einen Moment verspürte sie große Lust, über die Balustrade zu springen und den Kriegern Cosas hinterherzustürmen. Doch sie stand hier nicht als die junge Kriegerin von einst, die ungestüm ihrem Schwert folgen konnte. Hier war sie Kriegsmeisterin und hatte besonnen ein schwieriges Kommando zu führen. Und Lusian war tot.

Die zweite Angriffswelle zurückzuschlagen, war schon wesentlich schwieriger gewesen. General Narsus hatte diesmal wieder auf Masse statt auf zweifelhafte Klasse gesetzt: Zug um Zug waren die Orika heranmarschiert – wesentlich schlechtere Kämpfer und schlechter bewaffnet als die Schwarzländer zwar, doch groß und stark, mit langer Reichweite der Arme. Und aus nächster Nähe waren diese sonderbaren Orika den Engaländern noch unheimlicher als aus der Ferne. Dass man hinter den dunklen Scheiben ihrer seltsamen Helme ihre Augen nicht sehen konnte, machte die Sache auch nicht besser.

Schließlich türmten sich die erschlagenen Eulenmenschen bis auf die Höhe der Balustrade, und an zwei Stellen konnten ein paar dieser Höhlenmaden, die über die toten Leiber ihrer Kameraden geklettert waren, mit wuchtigen Keulenhieben in die Reihen der Engaländer eindringen, bevor ihnen kleine Kugelblitze und vier aus dem Hintergrund geschleuderte Speere den Garaus machten.

Der Angriff war schließlich nur deswegen ins Stocken geraten, weil das Marschieren über die weichen Leiber der eigenen Leute einen zu unsicheren Untergrund für den Vormarsch bot. Als diesmal das Signal zum Rückzug kam, lachten die Engaländer nicht mehr.

Beide Seiten hatten inzwischen keine Unterstützung mehr von höher platzierten Bogen- oder Armbrustschützen. Zwei Zauberstab-Träger auf der Armbrust-Brücke der Verteidiger hatten sich ganz auf die feindliche Brücke der Bogenschützen konzentriert und deren schwächere Panzerung schließlich doch durchdrungen und die gesamte Brücke zum Einsturz gebracht, was General Narsus fast das Leben gekostet hätte. Die Brücke der Armbrustschützen hatte allerdings auch schon ihren Teil abbekommen gehabt: Obwohl sie mit nassen Fellen behängt worden war, hatte ihr Tragegerüst unter dem Beschuss mit Brandpfeilen gelitten.

Das Feuer konnte zwar gelöscht werden, aber ein unglücklicher Treffer durch eine Speerschleuder an einem Verbindungsstück ließ schließlich die ganze geschwächte Konstruktion langsam nach hinten kippen.

Nicht alle der Armbrustschützen hatten den Absprung nach vorne auf die rettende Plattform geschafft. Viele Krieger waren 16 Meter in die Tiefe gestürzt, darunter auch die beiden Stabschützen, deren Waffen den Absturz genauso wenig überstanden hatten wie ihre Träger.

Dann mussten die Verteidiger auf der Plattform aus nächster Nähe mit ansehen, wie weitere Orika, mit schweren Eisengestellen gedeckt, die Toten beiseiteräumten, um den nächsten Angriff starten zu können.

Immerhin konnte Halana die Verschnaufpause nutzen, um ihre Mannschaft gegen ausgeruhte Krieger auszutauschen. Doch wie oft würde sie das noch können?

Prim war die ganze Zeit nicht von Halanas Seite gewichen. Hanumann wäre auch sehr gerne bei ihr geblieben, aber er hatte den Befehl über die nächstgelegene Zitadelle östlich der Rampe erhalten, von der aus, wie auch von ihrem Pendant im Westen, ein ständiger Pfeil- und Blitz-Regen auf die riesige Rampe und die anmarschierenden Orika prasselte.

Während der Austausch der Mannschaften vonstatten ging, nahm Prim Halana kurz in den Arm und gab ihr, was mit den Helmen gar nicht so einfach war, einen sanften Kuss. Dann sagte er: »Ich bedaure, dass wir letzte Nacht zu müde waren... Wenn ich schon nicht mit dir alt werden kann, dann hätte ich dich wenigstens gerne noch ein letztes Mal in den Armen gehalten.«

»Ja«, seufzte Halana, den Kuss erwidernd, »wir hatten nicht allzu viele Gelegenheiten für ein paar romantische Abende.«

»Hmmm... erst ein kleiner Spaziergang...«

»...dann möglicherweise der Besuch eines Theaters...«

»...dann gutes Essen in einer Schankstube...«

»...mit netter Musik.«

Als Halana »Musik« sagte, stieß Prim sie mit großen Augen abrupt zurück.

Erschrocken sah sich die Kriegerin um, ob sie vielleicht den Beginn des dritten Angriffs verpasst hätte. Doch nein, die Orika waren noch damit beschäftigt, ihre Toten von der Rampe zu werfen.

»Was ist los?«, fragte sie Prim, der sie noch immer so starr ansah.

»Wir haben was vergessen!«

»Was?«

»Keine Zeit für Erklärungen, ich muss sofort los... haltet durch, bis ich zurück bin.« Damit stürzte Prim auch schon davon.

»Wo willst du hin?«, rief ihm Halana noch hinterher.

Als Antwort glaubte sie noch zu verstehen: »Einen Musiker suchen!«, aber das konnte ja wohl nicht stimmen.

Nach zwanzig Minuten war Prim noch immer nicht zurück. Dafür kamen die Orika wieder, diesmal durchsetzt mit Kriegern des Schwarzen Landes.

»Begrüßen wir sie!«, rief Halana und stieß den Kriegsschrei Engalands aus. Ihre Krieger folgten ihrem Beispiel. Dann sprach wieder der Stahl.

Unablässig stürmten Cosas Kämpfer heran, warfen diesmal die eigenen Gefallenen noch während des Angriffs von der Rampe und durchbrachen schließlich an zwei Stellen den Wall der Verteidiger, der sich immer mehr aufzulösen begann. Schon waren hektische Schwertkämpfe auf dem zentralen Bereich der Plattform entbrannt. Gerade riss Halana ihr Schwert aus dem Leib eines Soldaten Cosas heraus und blockte in der gleichen Bewegung den Hieb eines Orika. Doch dann konnte sie sich nicht mehr rechtzeitig gegen einen weiteren, Säbel schwingenden Orika wenden... der aber plötzlich mit aus dem Hals spritzendem Blut zu Boden sank, nachdem ihm etwas spitz Gezacktes unter seinem ungeschützten Kinn getroffen hatte. – Das war doch eine Krone gewesen?

Eine Sekunde später stand der König neben Halana und streckte, als sei er auf der Übungsplanche, mit einem weiten Ausfallschritt einen weiteren Gegner nieder, während seine zehn Leibgardisten und Fürst Ludgar nach beiden Seiten etwas Platz schafften. Halana schrie: »Krieger Engalands! Der König ist hier! Ihr wollt euch doch jetzt nicht blamieren?«

Noch einmal wurden Schilde gehoben, schlossen sich Schultern zusammen, sogar die Arbeiter, die unter der Plattform mit ihren Schwertern ausgeharrt hatten, kletterten an den Seiten empor – und mit einer gewaltigen Kraftanstrengung wurden die Angreifer des Schwarzen Herzogs ein letztes Mal über die Balustrade zurückgeworfen.

»Kämpfen können sie, die Hunde«, murmelte General Narsus fast bewundernd, als er zum Rückzug und zum Sammeln blasen ließ, »aber es wird ihnen letztlich nichts nützen.«

Die überlebenden Verteidiger waren schweißgebadet und erschöpft.

Halana, der es nicht besser ging, ließ eilends die Toten und Verwundeten von der Plattform schaffen und neue Krieger Aufstellung beziehen. Dann sah sie etwas auf dem Boden liegen, hob es auf und trat auf König Róge zu, der wie ein Blasebalg keuchte und mit einem leicht verzerrtem Lächeln im Gesicht zu Halana sagte: »Scheint, ich werde langsam zu alt, um bei solchen Sachen persönlich mitzumischen.«

»Oh, Ihr habt auf jeden Fall noch einen ganz ausgezeichneten Wurfarm – danke auch, und ich glaube, die hier gehört Euch.« Damit gab sie Róge VI. seine Krone zurück.

»Ach, da ist sie ja wieder, da war das alte Ding ja mal wirklich zu etwas nütze.«

Dann rief ein Krieger: »Sie formieren sich wieder!«

»Na, war ja diesmal keine lange Verschnaufpause.«

Halana und Róge traten weiter nach vorne, die Krieger hatten schon ihre Speere gesenkt, um den nächsten Angriff der Orika zu erwarten, die bereits in einer geschlossenen Front vorrückten.

»*Ich hab's, ich hab's, ich hab's! – Platz da!*«, kreischte von hinten die Stimme Prims, der schnaufend herangerannt kam, während zwei weitere Zauberstab-Träger hinter ihm herhasteten.

Als er neben Halana stand, keuchte er: »Die Zauberstäbe – hallo, König –, wir sollen sie singen lassen, hatte der Bruder des Schlafenden Gottes noch im Tode gesagt...«

Damit verschob Prim die Runen auf seinem Zauberstab, hielt ihn in die Höhe und ließ ihn über die Köpfe der Orika hin und her schwingen, die beiden Zauberstab-Träger taten es ihm gleich.

Augenblicklich ertönte ein kaum wahrnehmbares, schrilles Pfeifen in der Luft, das, obwohl kaum zu hören, Freund und Feind durch Mark und Bein ging. Alle zuckten zusammen, selbst der Angriff stockte.

»Was soll das?«, fragte Fürst Ludgar und hielt sich die Ohren zu.

»Wartet, es muss gleich losgehen...«

Und da begann es. Zunächst waren es nur zwei Orika aus der vordersten Reihe der Angreifer, die erst markerschütternde Schreie ausstießen und dann brüllten: »Meine Augen! Meine Augen!« Dazwischen hörte man plötzlich immer öfter und ganz fein das Geräusch von zerspringendem Glas heranwehen, und von Mal zu Mal fielen mehr Eulenmenschen in die Schreie ein.

Noch immer keuchend erklärte Prim: »Der Ton lässt Glas zerspringen. All diese dunklen Gläser an den Orika-Helmen in der näheren Umgebung zerspringen – und Sonnenlicht mögen Höhlen-Eulen bekanntlich ganz und gar nicht.«

Fassungslos stieß Halana hervor: »Sie sind blind!«

»Wenn sie nicht rechtzeitig einen Arm vor die Augen gehoben haben... aber auch dann können sie wohl kaum noch kämpfen. Ich war übrigens so frei, die Reiterei am Tor sammeln zu lassen. Und ich habe Boten die Stadtmauer entlang geschickt, um den anderen Stab-Trägern Bescheid sagen zu lassen. Die Runen-Bewegung ist vergleichsweise einfach, ich hoffe, sie sprengen sich nicht selbst in die Luft.«

»Ha! Jetzt legen wir die Rampe in Schutt und Asche!«, rief Halana – und an ihre Männer gewandt: »Die Maden sind blind! Wir greifen an! König...?«

»Los! Ich trommele Nachschub zusammen!«

Fürst Ludgar war bereits losgerannt und ließ sich am Rande der Plattform einfach an einem Seil hinunterrutschen – er wollte die Reiterei persönlich anführen. Halana sprang diesmal tatsächlich über die Palisade,
hinter ihr formierten sich ihre Krieger, senkten die Speere und marschierten los.

Die Männer des Herzogs konnten sich zwischen den blind umhertap-
penden und jammernden Orika nicht zusammenschließen und suchten ihr
Heil in der Flucht – was nur wenigen gelang. General Narsus, der ein vorsichtiger Mann und für alle Eventualitäten gerüstet war, seilte sich im
wahren Wortsinn ab – am Fuß der Rampe wartete ein Pferd auf ihn.

Was inzwischen auf der Rampe geschah, hatte nicht mehr viel mit
Kämpfen zu tun. Halanas Magen wollte sich schon bald umdrehen, und
sie musste sich immer wieder sagen, dass sie jetzt vielleicht eine kleine
Chance hatten, ihr Land zu retten und dass den Eulenmenschen das Wort
»Gnade« fremd war.

Als Halanas Einheit schließlich den Fuß der Rampe erreichte, türmten
sich zu beiden Seiten die erschlagenen Eulenmenschen, und aus dem
Stadttor strömten die Reste der Armeen Engalands, um so viele Orika wie
möglich zu erledigen, die, viele blindlings um sich schlagend und eigene
Leute treffend, orientierungslos umherirrten.

Auch an anderen Enden der Stadt waren Krieger in kleinen Verbänden
aus den Ausfalltoren gestürmt oder hatten sich sogar die Stadtmauer herabgelassen, um unter den Menschenfressern aufzuräumen.

Doch die reichste Ernte wurde hier im Süden gehalten.

Vielleicht hätte dieser Tag sogar die Wende bringen können, wenn die
Truppen des Königs nicht schon so stark dezimiert, geschwächt und ausgelaugt gewesen wären. Aber inzwischen waren schon allein die eigenen
Truppen Cosas – die sich in diesem Krieg doch meist sehr geschont hatten – so deutlich in der Überzahl, dass sich die Armee des Königs wieder
in die Stadt zurückziehen musste, nachdem sich Cosas Krieger von der
Überraschung erholt und auf die neue Situation eingestellt hatten.

Doch über eine dreiviertel Stunde lang hatten sich die Krieger des Königs auf Orika-Jagd begeben können, dann erst rückte die geballte Reiterei Cosas heran, gefolgt von großen Einheiten der Infanterie. Die Rampe
gab es bis dahin nicht mehr.

Gleich nachdem die Rampe selbst und ihre Umgebung unter Kontrolle
waren, fanden Halana und ihre Krieger problemlos einige große Türen ins
Innere – auch dort galt es noch, ein paar Orika zu erledigen.

Im Licht von Fackeln betrachteten Halana und Prim schließlich fasziniert das hölzerne Innenleben der Rampe. Lediglich das letzte Stück unter der Schräge war nochmals durch eine hier nur noch drei Meter hohe, mit Eisenplatten verkleidete Wand abgetrennt, der Rest war – bis auf die Eisenringe um die Räder – reines Holz. Prim ließ es in Flammen aufgehen.

Draußen gelang es dem Magier endlich, in Ruhe und aus nächster Nähe die mächtigen Eisenketten zu zerteilen. Dann mussten sich auch Halana, Prim und ihre Krieger wieder in die Stadt zurückziehen. Doch seit langer Zeit gab es nun in Berlundel wieder den ersten Hoffnungsschimmer. Und als die Verteidiger von den Stadtmauern aus sahen, dass der durchgehende Belagerungsring aufgelöst wurde, war der Jubel groß.

Allerdings bedeutete das Auflösen des Belagerungsringes keineswegs, dass sich Cosa zurückziehen würde. Er hatte nur nicht mehr genug Krieger unter seinem Befehl, um die Stadt in einem einzigen Ring einzuschließen. So zog er seine Truppen in Heerlagern zusammen, die in regelmäßigen Abständen und in Sichtweite voneinander um die Stadt herum verteilt waren und zwischen denen Wachmannschaften patrouillierten.

*

Gemeinsam mit Fürst Ludgar, Halana und Prim stand König Róge zwischen seinen Kriegern auf der Stadtmauer über dem Südtor. »Man könnte fast glauben, wir haben nun tatsächlich eine Chance, diese Belagerung zu überstehen«, sagte der König.

»Ja«, bestätigte Ludgar zögernd, »es scheint, als haben wir sie jetzt recht ordentlich bluten lassen. Und das Beste: Diese schrecklichen Orika können jetzt nur noch nachts angreifen, weil sie nicht mehr damit rechnen dürfen, dass ihre Helme sie vor der Sonne schützen. So können wir wenigstens tagsüber verschnaufen. Die Mauern Berlundels stehen und sind stark wie eh und je, die Vorratskammern sind noch immer ziemlich gut gefüllt. Wenn dem Feind also nicht noch mal so ein Rampenbau gelingt – und jetzt sind wir vorgewarnt – , sollten wir eigentlich in der Lage sein, die Stadt noch Monate, wenn nicht sogar Jahre zu halten. Und irgendwann wird selbst der Schwarze Herzog doch mal aufgeben müssen.«

»Und ich werde mir jetzt ein wenig Schlaf genehmigen müssen«, sagte der König, das erste Mal seit Monaten mit ein wenig Erleichterung in der Stimme. Dann dankte er allen Umstehenden für den guten Kampf und zog sich mit seinen Leibgardisten zurück.

Prim hatte dem Gespräch zugehört, aber auch Halana beobachtet, die zu den Resten der Rampe hinüberstarrte. Der weitaus größte Teil war in sich zusammengebrochen. Noch immer glosten zwischen den durcheinandergewürfelten Eisenplatten die Reste des Feuers. Nur der etwa drei Meter hohe Anfang der Rampe stand noch hinter den Trümmern. Leise flüsterte Prim Halana zu: »Dein nachdenklicher Blick gefällt mir nicht.

Was ist los? Denkst du, Ludgar irrt sich?«

»Das ist es nicht. Ich habe nur das Gefühl, dass wir irgendetwas übersehen haben. Etwas Wichtiges.«

Prim sah nun auch zu den Resten der Rampe hinüber und meinte: »Aber damit können die jetzt sicher nichts mehr anfangen.«

Es war inzwischen später Nachmittag, und Halana war zum Umfallen müde. Also zuckte sie schließlich mit den Schultern, nahm Prim am Arm und wollte mit ihm zu ihrem Quartier gehen. Aber nach zwei Schritten blieb sie doch wieder stehen und wandte sich an Prim: »Sollte eine Kriegerin im Kampf auf ihre Instinkte hören?«

»Wenn diese Kriegerin Halana heißt, auf jeden Fall.«

»Dann lass uns hierbleiben. In einer guten Stunde geht die Sonne unter. Außerdem sollen zehn Stab-Träger herkommen und sich bereithalten.«

»Zehn Zauberstäbe von ihren Stellungen abziehen? Wo sie sind, werden sie eigentlich auch gebraucht.«

»Tu es.«

»Gut, wie du meinst.«

Dann bat Halana Fürst Ludgar, dass er noch zusätzlich zur Besatzung der Stadtmauer 1000 Krieger in Alarmbereitschaft versetzen und sie auf den Platz vor dem Südtor beordern solle. Überrascht fragte der Fürst nach dem Grund – wo doch jetzt jedem Krieger etwas Ruhe guttäte.

»Wahrscheinlich ist es nichts«, sagte Halana, »aber ich bitte Euch: Tut es. Lieber ein paar Stunden um die Ohren geschlagen, als...«

»Als?«

»Ich weiß es nicht.«

Nur einen kurzen Moment zögerte Ludgar, dann sagte er: »Hätte jemand anderes diese Bitte mit so einer ›Begründung‹ an mich herangetragen, ich würde es mir zehnmal überlegen. Aber so...« Dann gab er zwei Unterkriegsmeistern den Befehl, 15 Hundertschaften der königlichen Infanterie kampfbereit auf dem Platz vor dem Südtor antreten zu lassen, dazu fünf Hundertschaften Bogenschützen.

Kurz bevor die Sonne unterging, machten sich rund um die Stadt wieder große Einheiten der Orika in Begleitung kleinerer Einheiten von Schwarzländern zum Angriff bereit. Natürlich außerhalb der Reichweite der singenden Zauberstäbe.

»Eines muss man ihnen lassen: Sie sind nicht so schnell zu entmutigen«, fluchte Fürst Ludgar.

»Ja«, entgegnete Halana, »wenn es ganz dunkel wird, dann legen die Orika ihre Visiere ab, und los geht's. – Was auch immer.«

\*

Kaum war die Sonne hinter dem Horizont verschwunden, setzten sich die Einheiten Cosas in Bewegung. Die Zauberstäbe begannen, Leuchtsterne abzufeuern. Im roten Licht der kleinen Sterne rückte der Feind näher und ließ sich, gedeckt hinter großen Schilden, auch durch den Pfeilhagel von der Stadtmauer und den Kastellen nur wenig beeindrucken.

Prim deutete in die Ferne und sagte: »Da hinten... da marschieren wenigstens fünf, sechs gepanzerte Einheiten nicht in gerader Linie auf die Stadt zu wie all die anderen Einheiten. Und in jeder dieser Einheiten sind wenigstens 200 Mann.«

»Du hast Recht«, entgegnete Halana. »Warte mal... Wenn man die Linien dieser Truppen verlängert, dann treffen sie sich mit einer siebten, die geradeaus marschiert. Und zwar genau an den Resten ihrer Rampe.«

»Aber was wollen die da?«, fragte Fürst Ludgar und konnte eine gewisse Nervosität nicht verbergen.

»Großer Zerstörer!«, rief Halana, »die haben noch einen zweiten Plan in der Hinterhand! Als wir heute im Bauch dieser Rampe steckten, da war ganz hinten eine etwa drei Meter hohe Trennwand gezogen, die mit Eisenplatten verkleidet war. Deshalb hat das Feuer auch nicht auf den hintersten Teil dieser Rampe übergegriffen. Und genau das war es auch, was mich gestört hat: Warum sollten die im Inneren ihrer Rampe noch eine eiserne Schutzwand einziehen? Das ergibt überhaupt keinen Sinn. Es sei denn natürlich...«

Prim fluchte: »Da steckt noch was dahinter!«

»Ja. Irgendetwas ist noch im hinteren Teil der Rampe verborgen. Und was immer es auch sein mag, es wird uns bestimmt nicht gefallen.«

»Ich lasse sofort die Mauer und unsere Plattform mit weiteren Kriegern besetzen!«

»Nein. Ganz im Gegenteil«, entgegnete Halana. Und ohne Ludgars Genehmigung einzuholen, rief sie zwei Kriegern zu: »Lauft! Lasst die Mauer gegenüber der Rampe und die Plattform sofort räumen! Sofort! Na los!« Dann befahl sie vier weiteren Kriegern: »Ihr rennt nach unten und lasst den Bereich hinter der Mauer abriegeln, da darf sich niemand mehr aufhalten. Und die Häuser, die sich hinter der Mauer befinden, müssen sofort geräumt werden, – das gilt für die nächsten zwei, nein, besser für die nächsten drei Häuserreihen, schnell!«

Als die Krieger davongehastet waren, fragte Halana den staunend dreinblickenden Fürsten: »Wer hat den Befehl über die Truppen am Tor?«

»Hanumann, soviel ich weiß, aber was....?«

Ludgar ignorierend trat Halana auf einen Unterkriegsmeister zu und erklärte: »Lauft zu den wartenden Einheiten am Südtor und sagt Hanumann, er muss im Eilschritt anrücken, je die Hälfte seiner Leute soll an der Innenseite der Mauer links und rechts der Rampe Aufstellung beziehen – es wird gleich zum Kampf kommen.«

»Innerhalb der Stadt?«, rief Ludgar entgeistert.

»Ich befürchte«, entgegnete Halana mit zitternder Stimme, »unsere Stadtmauer wird es hier gleich nicht mehr geben.«

»Na, renn los!«, fauchte Ludgar den verblüfften Unterkriegsmeister an und sagte einem zweiten: »Lass weitere Einheiten anrücken.«

»Darf ich auch mal?«, fragte Prim, dann schickte er vier Krieger, die gerade von dem bedrohten Mauerabschnitt heruntergerannt kamen, in die Stadt. Sie sollten augenblicklich verbreiten, dass alles brennbare Material, das aufzutreiben war, zu der neuen Plattform geschafft werden solle.

Als auch diese Krieger davongehastet waren, trennten die Einheiten Cosas keine 200 Meter mehr von den Resten der Rampe. Auf diese Distanz konnten Bogen- und Armbrustschützen die Reihen der Angreifer ein wenig verkleinern, allerdings nicht wesentlich.

Schließlich hatten die Schwarzländer und Orika ihr Ziel erreicht.

Einige stiegen sofort die verbliebene Steigung der Rampe hinauf und verschwanden so aus dem Sichtfeld Halanas und der Anderen, doch gleich war das Dröhnen schwerer Hämmer auf Eisen, dann laut schleifendes Rattern zu hören.

»Die entfernen die Eisenplatten!«, rief Prim und gab neun der Stabschützen den Befehl, keine Leuchtsterne mehr abzuschießen, sondern ihre ganze Feuerkraft auf und seitlich über die Rampe zu lenken. Er selbst trat dichter an die Zinnen heran und eröffnete als Erster das Feuer.

Das Hämmern und Schleifen erstarb. Dann hörte man Schreie der ersten getroffenen Orika und Schwarzländer.

Doch dann übertönte eine kräftige Stimme alles andere, und die Stimme brüllte: »Aaaachtung! ... Fertig! ... Jetzt!«

Das Dröhnen mächtiger Holzhämmer war wie ein einziger Schlag zu hören. Dann schnellten 65 gewaltige Schleuderbalken riesiger Katapulte nach vorne, schlugen krachend gegen den Querbalken, so dass die verbliebenen Eisenplatten nach allen Seiten davonflogen, und schickten ihre zentnerschwere Last gegen die Stadtmauer: 65 Felsbrocken, jeder einzelne gut 110 Kilo schwer, krachten aus nur 60 Meter Entfernung gegen die Steine.

Die Erschütterung war in jeder Richtung noch einen Kilometer weiter auf der Stadtmauer zu spüren. Dennoch sah es einen winzigen Moment so aus, als würde die Mauer halten. Kurz stand sie noch, und kein Loch war zu sehen. Doch es gab Risse und mächtige Ausbuchtungen, die ins Innere der Stadt zeigten. Und die zu schwer waren. Mit einem gewaltigen Krachen stürzte die Mauer auf einer Länge von über 100 Metern in sich zusammen, ebenso das riesige Holzgerüst hinter der Mauer. Im roten Licht der Leuchtsterne schraubte sich ein Staubpilz gut 100 Meter in die Höhe, an seinem Fuß war er so dicht, dass man die Bresche in der Mauer noch gar nicht sehen konnte. Dennoch bewegten sich sofort von allen Seiten die Truppen Cosas auf diese Stelle zu.

Überraschenderweise war es Prim, der sich als Erster von seinem Schock erholt hatte. Hustend wies er fünf der Stabschützen an: »Feuert nach unten in die Staubwolke. Zwischen den Steinen müssen Massen von Holz von unserem Verteidigungs-Gerüst liegen. Bringt es zum Brennen!«

Mit den anderen Schützen wandte er sich den großen Steinschleudern und dem Rest der Rampe zu. Da die meisten Eisenplatten beim Aufprall der Schleuderbalken durch die heftige Erschütterung abgefallen waren, gelang es schließlich, auch diesen kleineren Teil der Rampe in Brand zu setzen und schon einige der Katapulte schussunfähig zu machen, bevor diese erneut mit ihrer zerstörerischen Fracht beladen waren. Doch den Katapult-Mannschaften Cosas gelang es noch, 24 der riesigen Waffen ein weiteres Mal abzufeuern, so vergrößerten sie den Schaden der ersten Salve noch. Und das nicht nur an der Mauer: Fünfzehn Häuser hinter der Stadtmauer wurden derart getroffen, dass sie wie Kartenhäuser in sich zusammenstürzten, noch zehn weitere in der zweiten Reihe waren dem Einsturz nahe.

Nur zwanzig Meter von Halanas Füßen entfernt war die Mauer verschwunden. »Prim, lass hier nicht die falschen Leute hochkommen!«, sagte sie noch, dann trat sie nach vorne und kletterte, gefolgt von Ludgar, die Abbruchkante hinunter. Unten tobte bereits der Kampf zwischen den vordersten der Angreifer, die vorhin schon bis zur nahen Rampe vorgedrungen waren, und den Kriegern des Königs. Halana kam gerade rechtzeitig unten an, um zwei Soldaten zu helfen, die es ganz am Rande der Bresche kaum schafften, fünf Orika abzuwehren, die die Schutthalde emporgeklettert kamen. Immerhin loderte das Feuer von der Mitte der Bresche her immer höher auf und verkleinerte so die Linie, die verteidigt werden musste. Was Halana nicht sehen konnte: Immer mehr Städter waren herangeströmt mit Feuerholz, Stühlen, Bänken und Tischen, die sie in die Flammen warfen, dazu kamen alle Balken und alles Holz der Häuser, die Cosas Katapulte zusammengeschossen hatten.

Die beiden Lücken zwischen dem Feuer und den Abbruchkanten der Stadtmauer wurden immer kleiner. Zudem mochten die Orika die hell lodernden Flammen überhaupt nicht. Schließlich war es in den verbleibenden Spalten so heiß geworden, dass sich sowohl Angreifer als auch Verteidiger zurückziehen mussten. Die Angreifer bliesen zum Abmarsch, hielten sich aber etwas weiter entfernt bereit, um gleich wieder anzugreifen, sobald das Feuer heruntergebrannt wäre.

Halana, die sich als eine der Letzten vor der Gluthitze zurückgezogen hatte, war in Schweiß gebadet. Müde machte sie sich auf den Weg, um zur nächsten Treppe zu gelangen, die beim Tor-Kastell auf die Mauer hinaufführte. Doch da sah sie, nur etwas weiter entfernt, im Schein der Flammen den König in einer Gruppe von Kriegern stehen, unter ihnen auch Hanumann, der keuchend und zitternd sein blutiges Schwert am Griff gepackt hielt, als wolle er es zerdrücken. Sie alle sahen auf etwas herunter, das zwischen ihnen auf dem Boden lag. Halana trat hinzu.

Es war Fürst Ludgar, den sie kurz nach ihrem Abstieg aus den Augen verloren hatte. Er war tot. Der Helm fehlte, seine linke Schädelhälfte war zertrümmert. In der Nähe lagen sieben gefallene Orika. Es waren also doch ein paar durchgedrungen...

Der König kniete nieder und schloss seinem Fürsten die Augen.

Dann blickte er sich um, nahm Ludgars ganz nahe liegendes blutiges Schwert auf, legte es der Länge nach auf den Körper des Toten und faltete dessen Hände über dem Griff. Schließlich richtete sich Róge mit den müden Bewegungen eines alten Greises wieder auf. Er sah Halana in der

Nähe und winkte sie heran. Die Kriegerin, der gerade bewusst wurde, dass dort nicht nur ihr Herr, sondern auch ein guter Freund tot am Boden lag, fragte den König: »Weiß es sein Vater, Fürst Rudgar, schon?«

Langsam schüttelte der König den Kopf, dann erklärte er: »Nein, er weiß es nicht, und er wird es auch nie erfahren. Glücklicherweise, hätte ich fast gesagt.«

»Was?«

»Auch Rudgar ist gefallen. Heute Nachmittag, kurz bevor wir die Orika zurückwerfen konnten, hat ihn ein Pfeil ins linke Auge getroffen. Wenige Minuten später ist er verstorben, ohne nochmals das Bewusstsein zu erlangen. Ich habe es auch erst erfahren...«

»Dann wusste Ludgar nicht, dass sein Vater...?«

»Nein.«

»Großer Zerstörer!«

Dann wies der König fünf Krieger seiner Garde an: »Bestattet ihn gemeinsam mit seinem Vater im Palastgarten. Aber so, dass man das Grab nicht erkennen kann. Nicht, dass diese Eulenmenschen, wenn sie hier einfallen, auf dumme Gedanken kommen.«

Als die Krieger mit dem Leichnam davongezogen waren, wandte sich der König an Halana und seufzte: »Ob wohl noch jemand da sein wird, um uns zu bestatten? Halana, du weißt, was der Tod Ludgars bedeutet?«

Düster antwortete die Kriegerin: »Zuerst einmal, dass wir einen Freund verloren haben. Zum Zweiten, dass uns ein kluger Führer und eine starke Hand fehlen, wenn wir sie am nötigsten brauchen.«

»Ja, mein Kind. Aber es bedeutet noch etwas.«

Halana sah ihn fragend an.

»Es bedeutet, dass du, Halana, ab sofort im Rang eines Generals stehst, weil du nämlich von nun an die Verantwortung für die Verteidigung der Südmauer trägst – oder dessen, was von ihr übrig ist.«

Halana schluckte. Dann entgegnete sie: »Wenn es Euer Wunsch ist. Aber, mein König, Ihr wisst, dass die Bresche nicht lange zu halten ist? Und dass auch ich daran scheitern werde?«

»Ja, das weiß ich. Und ich bedaure es sehr, dass ich dir das aufbürden muss. Doch einer muss der Letzte sein, oder?«

»Ja. So ist es wohl.«

»Außerdem: Jede Minute, die wir die Bresche länger halten, bedeutet ein paar erschlagene Feinde mehr. Und jeder Feind, den wir hier erledigen, ist ein Feind weniger, der weiter nach Norden ziehen kann. Und wenn nicht du, wer sonst sollte dann noch ein paar zusätzliche ehrenhafte Minuten für mich herausschlagen?«

»Bis zum letzten Atemzug.«

»Ich hätte auch nicht weniger erwartet.«

Ein Unterkriegsmeister kam herangeeilt und rief: »Verzeiht, mein König, aber das Holz geht zur Neige. Ein Feuer von über 100 Metern Länge am Lodern zu halten, das verschlingt Unmengen an Brennstoff! Was sollen wir tun?«

Róge VI. deutete auf Halana und erklärte dem Unterkriegsmeister: »Frag nicht mich, ich bin nur der König. Frag sie. Halana hat jetzt hier im Süden das Sagen.« Dann betrachtete er abwartend die Kriegerin.

Halana musste sich erst einmal räuspern, dann erklärte sie: »Die Brandbekämpfer haben im Augenblick nichts zu tun. Ergänzt sie um 200 Krieger, dann sollen sie die Bäume in den Alleen und Parks fällen und hierher schaffen. Als erstes schickst du Leute zur Südallee, die ist am nächsten, und jeder gefällte Baum soll sofort an Pferde gehängt und hergeschleift werden, macht euch gar nicht erst die Mühe, die Äste abzuschlagen.«

»Wie?«, fragte der König Halana, »die Bäume in der Südallee hat schon Róge I. wachsen sehen. Du willst wirklich meine Prachtallee ihres stolzen Schmuckes berauben?«

»Ja.«

»Ich wusste doch, dass du die Richtige für die Aufgabe bist. Ich schätze, du hast uns gerade die Nacht gerettet. Und da diese Höhlenmaden tagsüber wohl kaum noch zu einem Angriff zu bewegen sind, auch noch den Tag. So, jetzt muss ich noch überlegen, wer den Oberbefehl an Stelle von Fürst Rudgar an der Nordmauer übernimmt. Du!

Hanumann! Obwohl du nur ein Bein hast, sehe ich dich immer dort, wo das Getümmel am dichtesten ist. Und mein Freund Rudgar hatte mir bei ein paar Gläsern Wein interessante Geschichten von Halana und ihren Leuten erzählt. General Hanumann, was machst du noch hier? Die Mauer im Süden braucht ihren Anführer. Und nimm diesen Unterkriegsmeister mit, damit er meinen Befehl bestätigt. Ich muss jetzt etwas schlafen. Aber weck mich, wenn's ans Sterben geht.«

Damit wandte sich der König um und ging, während Hanumann Halana verdattert fragte: »Das hat er ernst gemeint, nicht?«

Die antwortete nur: »Gratuliere zur Beförderung, General Hanumann.«

»Ja, äh, danke, General Halana. Vom Koch zum General... unglaublich! Ja, dann muss ich wohl los.«

Er wollte sich schon umwenden, ergriff dann aber beherzt Halanas Hand und erklärte: »Es war mir eine Freude, dein Freund und der Freund Lusians und von Prim gewesen zu sein, grüße ihn von mir. Und du brauchst keinen Boten vergeuden... Wenn die ersten Orika in meinem Rücken auftauchen, weiß ich, dass ihr hier euer Bestes gegeben habt.«

»Und ich weiß, dass ich mir keine Sorgen machen muss, dass uns Cosas Leute aus dem Süden in den Rücken fallen. Danke, Freund, für alles.«

Das Holz der Bäume, ergänzt um Balken einiger zerstörter Häuser, die im Laufe des Krieges nur halb abgebrannt oder von Steingeschossen getroffen worden waren, reichte tatsächlich bis zum Morgen. Die Zeit wollte genutzt sein.

Wieder eine neue Mauer zu errichten, war in der verbleibenden Frist völlig unmöglich. Aber Wälle aus Schutt und Trümmern zu errichten, das würde funktionieren. Nach nur kurzer Besprechung mit Prim und Taktikern des Königs war man übereingekommen, dass man bis zum nächsten Abend vielleicht zwei Wälle von ausreichender Höhe schaffen könnte.

Der erste sollte direkt in der Bresche entstehen, dort, wo noch am Abend zuvor die Mauer gestanden hatte. Eine hohe Schuttanhäufung gab es hier ohnehin schon, die der Gegner erst einmal erklimmen musste. Die sollte oben begradigt werden, um einen guten Stand zu haben, dann sollte aus den Bruchsteinen eine etwa einen Meter hohe, breite Mauer entstehen, in der Mitte von dieser nochmals eine einen Meter hohe, schmälere Mauer. So mussten die Angreifer erst den Schutthügel hinaufstürmen und würden Ziele für Pfeile und geschleuderte Lanzen bieten – überzählige Lanzen waren inzwischen nur allzu viele da. Dann mussten die Angreifer eine einen Meter hohe Stufe erklimmen, was den Verteidigern gute Gelegenheiten für Speerstöße böte. Mit dem Bau dieser Schutzmauer konnte man allerdings erst beginnen, wenn das Feuer heruntergebrannt war.

Der Bau des zweiten Walls konnte dagegen noch in der Nacht starten: Wie ein sehr flach gedrückter Halbkreis sollte er innerhalb der Stadtmauer die Bresche und somit auch den dort geplanten Wall umfassen. Er würde sicher kein Meisterwerk der Baukunst werden: Schutt wurde von überall her herangekarrt und aufgehäuft – es gab ja inzwischen genug davon.

Eine Mauer würde man oben nicht mehr errichten, nur noch eine Mauer aus Schilden, wenn es soweit war. Allerdings spickte man den Wall auf der Außenseite mit schräg stehenden Spießen und angespitzten, im Feuer gehärteten Pfählen. Nur zwei Durchgänge wurden gelassen. Wenn der vordere Wall eingenommen war, könnten sich die überlebenden Krieger durch sie zurückziehen, hinter den Kämpfern würde man dann große Gestelle mit Sand und Geröll zusammenbrechen lassen, um auch diese Lücken zu schließen.

Die letzte Schlacht, an diesem Schutt-Wall ausgefochten, würde schon innerhalb der Stadt geschlagen. So ließ Halana Bogen- und Armbrustschützen auswählen, die sich an den Fenstern und auf den Dächern der umliegenden Häuser postieren würden.

Als etwa eine Stunde nach Sonnenaufgang auch die Restglut des Feuers so weit abgekühlt war, dass man mit dem Bau am vorderen Schutzwall beginnen konnte, war der Fuß des hinteren Walls schon auf eine Höhe von etwa einem Meter gewachsen. Das sah zwar noch nicht nach sehr viel aus, doch je höher man kam, um so schmaler würde der Damm werden, und Halana hoffte, bis zum Abend eine Höhe von gut drei Metern zu erreichen. An den beiden Bruchkanten der Stadtmauer ließ Halana die unteren Steine abtragen, Zwischenräume ausmauern und alles glatt verfugen, damit hier niemand hochklettern konnte.

Zudem wurden an den beiden Enden der Wehrgänge kleine Schutzmauern errichtet und je zwei Stab-Schützen postiert.

Nachdem auch der Bau des vorderen Schutzwalls angelaufen war, übergab Halana die Aufsicht an zwei Unterkriegsmeister, schärfte ihnen nochmals ein, die arbeitenden Krieger alle drei Stunden auszutauschen und sich auch selbst auswechseln zu lassen, dann zog sie sich mit Prim zurück, um noch ein paar Stunden auszuruhen.

Sie waren müde, und sie wussten, wie es um die Verteidigung der Stadt stand. So sprachen sie über Ruff und Giula, über Prims Familie, über Rrrricka und Barrkaron, selbst über Ruben und natürlich über ihre Zwillinge. Dann liebten sie sich und fanden tatsächlich eng umschlungen noch drei Stunden Schlaf. Zu ihrer Freude war es diesmal Lugta, die sie weckte, noch ein wenig blass, aber ansonsten offenbar wieder wohlauf und recht aufgekratzt, als sie in die Hände klatschte und fröhlich rief: »Aus den Federn mit euch, wenn ihr noch mal die Sonne sehen wollt!«

Sie trug bereits ihr Kettenhemd, ein Schwert, sowie einen großen Bogen und einen prall gefüllten Köcher. Zudem hatte sie beim Eintreten einen großen und offenbar schweren Sack an der Tür abgestellt.

»Was ist denn da drin?«, wollte Halana wissen.

»Auch Pfeile.«

»Scheint, du hast heute noch was vor, Bürgerin?«

Lugta grinste und erklärte: »Als Artistin bin ich ja wohl auch am besten dazu geeignet, auf einem der Hausdächer Stellung zu beziehen! Und ich will nicht, dass mir da oben der Pfeilvorrat ausgeht. Falls die Schwarzländer wirklich blöde genug sind, aufs Dach zu steigen statt das Haus abzufackeln – und ich schätze, wenn sie mich sehen, dann werden sie so blöd sein«, dabei machte sie eine Bewegung, als wolle sie ein imaginäres Hemd aufknöpfen, schlug dann aber auf ihr Schwert und fuhr fort: »Ich bin, in aller Bescheidenheit, eine sehr gute Seiltänzerin und kann sicher noch ein paar von diesen Jungs mitnehmen, bevor ich meine letzte Flugnummer in die Tiefe antrete.

In meiner Familie haben wir uns schon alle voneinander verabschiedet. Schade ist nur, dass ich eigentlich ganz gerne eine eigene Familie gegründet hätte. Es gab Gelegenheiten dazu, aber ihr wisst ja, man nennt mich immer ›die Schöne‹, und vermutlich dachte ich, es sei keiner gut genug für mich, und warum erzähle ich euch hier eigentlich meine Lebensgeschichte? Na ja, es war jedenfalls ein schönes Leben. Nun aber los, raus jetzt mit euch, bevor ich euch noch weiter zuquatsche. Die Sonne geht in einer Stunde unter.«

*

Drei Stunden hatte der vordere Schutzwall gehalten, dann hatten sich die Leiber der gefallenen Feinde so hoch davor aufgetürmt, dass die Orika sie wie eine Rampe benutzten.

Auch in diesen ersten drei Stunden war es den Truppen Cosas vier Mal an verschiedenen Stellen gelungen, den ersten Wall zu überwinden.

Doch im Zwischenraum zwischen den beiden Wällen standen mehrere vierzig Mann starke Einheiten bereit, die sich sofort auf die Eindringlinge gestürzt, sie in die Zange genommen und erschlagen hatten.

Als nach drei Stunden eine große Welle der Feinde wie in einer einzigen breiten Woge über die Mauer schwappte, ergriffen die Krieger des Königs nicht heillos die Flucht. Ihre Männer dabei immer wieder zu kurzen Vorstößen antreibend, sorgte Halana für einen geordneten Rückzug zum zweiten Wall – das letzte Hindernis, das den Feind noch von der Stadt trennte.

Pfeil auf Pfeil schoss aus den umliegenden Häusern in die Angreifer, doch Welle um Welle von Orika brandete heran und schien mit jedem Mal weiter den Hügel hinaufzuschwappen. Fünf Mal ließ Halana fünf

Keilformationen nach vorne und den Hügel hinunterpreschen, um die Reihen der Feinde durcheinanderzuwirbeln und den Angriff abzubremsen. Jedes Mal stand sie selbst an der Spitze des mittleren Keils.

Doch schließlich drang im Westen der Bresche eine Eliteeinheit des Herzogs in die Reihen der Verteidiger, wurde von nachdrängenden Kriegern verstärkt und begann, den Kriegern des Königs in die Seite fallend, sich weiter nach Osten vorzukämpfen. Dann zeigten sich die ersten Strahlen der Sonne am Horizont, und die Orika zogen sich zurück. Einen Augenblick zögerten die Krieger des Schwarzen Herzogs, ob sie nun alleine weiterkämpfen sollten. Doch dann bliesen auch sie zum Abrücken.

»Ich kann es nicht fassen!«, keuchte Halana zu Prim. Beide standen auf dem Wall, wo sie den Eindringlingen gerade noch entgegengelaufen waren, bevor sich diese zurückgezogen hatten. Prim machte allerdings einen etwas benommenen Eindruck und blutete aus einem üblen Schnitt an der Schläfe, seinen Helm hatte er verloren. Nun ließ Halana erschöpft ihren Schwertarm sinken und ergänzte: »Hätte der Schwarze Herzog seine Leute jetzt nachrücken lassen, wären wir am Arsch gewesen.«

»Das sagt ein General aber anders«, keuchte Prim.

»Gut, wir wären erledigt gewesen. He, du!«, sprach sie dann einen noch unverletzten jungen Krieger an, »da drüben kommen die Amputierer und Verbinder vom Verbandsplatz. Hol mir einen Verbinder her, damit er Prim einen Kopfverband anlegen kann, und sag ihm, der General schickt dich.«

Zu Prim gewandt meinte sie: »Irgendeinen Vorteil muss es ja haben, wenn man der Boss ist. Oh verdammt! Wo ist unser vorderer Wall geblieben?«

In den Stunden, in denen am zweiten Wall gekämpft wurde, hatten andere Kolonnen von Orika den ersten Wall zum großen Teil abgetragen, die Steine beiseitegeschafft und sogar große Mengen Schutt abtransportiert und den Rest eingeebnet.

»Verdammt!«, knurrte Halana nochmals, »das können wir...« Da wurde sie von einer Stimme unterbrochen, die rief: »He! Hallo! Halana, Prim! Hier unten!«

Sie drehten sich um und sahen den Damm hinunter. Es war Lugta, die ein paar Meter vom Fuß des Walls entfernt stand und mit der linken Hand zu ihnen heraufwinkte, während sie mit der Rechten die Hand eines seltsam lächelnden jungen Kriegers mit Kopfverband hielt, den sie offenbar hinter sich hergeschleift hatte.

»Ah. Hallo, Lugta«, rief Halana zurück, »war wohl noch nichts mit der Flugübung. Wie kann ich dir helfen?«

Laut rief Lugta, sich nicht um die umstehenden Soldaten kümmernd, herauf: »Also, ich habe doch nur einen Platz in einer Unterkunft mit mehreren Kriegerinnen zusammen, und ihr beide habt hier in der Nähe euer Zimmer. Dürfte ich das mal benutzen?«

»Ich versteh nicht... wozu?«

»Na, stell dir vor, ich, die große Seiltänzerin, bin doch tatsächlich heute Morgen auf diesem beschissenen Hausdach abgerutscht. Aber dieser nette Bogenschütze... äh, wie heißt du? Krim? Also, Krim hat mich gehalten und mir das Leben gerettet. Und den Angriff haben wir auch abgewehrt! Da habe ich mir gedacht, wenn uns der Große Zerstörer doch noch einen weiteren Tag zugesteht, dann will ich ihn nutzen, weil ich verdammt noch mal nicht als Jungfrau sterben möchte. Und da mir der Junge hier...«

»Krim?«

»Ja, richtig, Krim. Da also Krim mir das Leben gerettet hat, und da er auch noch hübsch aussieht, habe ich ihn gefragt, ob er mir da nicht helfen wolle. Und stellt euch vor, er hat ja gesagt!«

»Na so was! Ein echtes Opfer!«

Der junge Krieger grinste nun fast einen Hauch blöde, während Lugta ungeduldig nach oben rief: »Also, was ist nun?«

»Aber klar«, rief Halana lachend zurück, »ihr könnt das Zimmer haben. Wir sind hier sicher noch gut vier Stunden beschäftigt. Und wenn wir kommen, werden wir anklopfen.«

»Danke!« Dann zog Lugta Krim hinter sich her, und Halana hörte noch ein »Oh Mann!« des jungen Kriegers, nachdem seine Begleiterin ihm zugerufen hatte: »Na los, beeil dich, wir haben nur vier Stunden!«

Gerade als Prims Kopfverband fertig war, kam der König in aller Ruhe den Wall entlang spaziert. Zu Halanas Erstaunen trug auch er einen Verband: Sein linker Unterarm war bandagiert und an einer Stelle fleckig, wo sich Blut durchzudrücken schien.

Róge sah Halanas Blick und bemerkte: »Ach das! Ich hatte sonst nichts zu tun und habe selbst ein wenig mitgemischt. Ich war östlich vom Tor auf der Mauer, als ein paar Krieger Cosas über Sturmleitern hereinstiegen. Aber wir haben sie wieder runtergeworfen. Doch viel wichtiger ist jetzt etwas anderes: Du hast es tatsächlich geschafft! Ich hätte wirklich nicht gedacht, dass ich diesen Sonnenaufgang noch erleben würde. Ihr habt eure Sache jedenfalls mehr als nur gut gemacht. – Kommt, Prim und

Halana, ich lade euch zum Frühstück ein«, damit deutete er über seine Schulter zurück, und Halanas Überraschung wuchs noch weiter, als sie sah, dass gerade mitten auf dem Wall, gut sichtbar für Freund und Feind, ein Tisch aufgestellt und gedeckt wurde, auch vier Stühle standen bereit.

Eilig gab Halana einem Unterkriegsmeister noch ein paar Anweisungen, dann folgte sie dem Monarchen.

Karandra, des Königs älteste Tochter, wartete schon und begrüßte Prim und Halana: »Ich danke euch. Vielleicht sollte ich das jetzt nicht verraten, aber mein Vater ist ungeheuer stolz auf das, was ihr und die Krieger vollbracht habt. Und ich freue mich, dass ich noch ein gemeinsames Frühstück mit Papa habe. Aber so setzt euch doch.«

Ohne Überraschung bemerkte Halana, dass auch Karandra ein Schwert umgegürtet hatte – sie war sicher die Letzte, die Cosa lebend in die Hände fallen wollte. Róges persönlicher Diener und dessen Helfer hatten ebenfalls Schwerter in den Scheiden stecken.

Es gab frische Brötchen – auch König zu sein hat eben so manche Vorteile – , frisch geschlagene cremige Butter, Eier, vorzügliche Marmelade, dunkles Brot, teuren Käse und etwas kalten Bratenaufschnitt.

Zur Abrundung ein wenig Gebäck und Rotwein.

Während sie aßen – Halana musste nicht ermuntert werden, ihr Magen hing ihr schon in den Knien –, ließ sich der König ausführlich von den Kämpfen der Nacht berichten. Zwischendurch kamen Boten von den anderen Abschnitten, um Bericht zu erstatten. Im Osten und Norden waren die Angriffe auf die Mauer abgeschmettert worden, im nördlichen Bereich der Westmauer hatte jedoch eine Horde Eulenmenschen die Mauer erklimmen und einen Brückenkopf bilden können. Etwa eine Hundertschaft des Herzogs war schließlich schon in die Stadt hinuntergestiegen. Doch aus den umliegenden Häusern waren plötzlich an die 300 schwarz gekleidete Gestalten gestürmt, mit schwarz bemalten Gesichtern und kaum zu sehen, andere waren aus den Fenstern den Angreifern direkt auf den Rücken gesprungen. Gleichzeitig war oben auf der Mauer, angeführt von einem Einbeinigen, Verstärkung vom Nordabschnitt gekommen, und Cosas Leute waren wieder zurückgeworfen worden.

»Und wer waren die schwarz Gekleideten?«, wollte der König wissen.

»Nun«, entgegnete der Krieger, der die Nachricht überbracht hatte, »offenbar leben in Berlundel ziemlich viele dieser Sipp. Es sollen alles Sipp gewesen sein, die sich mit langen Messern und akrobatischen Sprüngen auf die Angreifer stürzten und sie erledigten. Man mag es kaum glauben.«

»Ich glaube es sofort«, sagte Halana nur.

Nachdem der Bote wieder abgezogen war, bemerkte Karandra nach einem schnellen Blick aus der Stadt heraus beiläufig: »Ihr werdet es sicher auch bemerkt haben... ich schätze, der Herzog will es heute Abend wissen.«

Weit entfernt sammelten sich immer neue Krieger, die Cosa von anderen Stellen abgezogen hatte, gegenüber der Bresche.

Als niemand etwas sagte, ergänzte die Prinzessin: »Ich gehe mal davon aus, dass wir Cosas Armee kommende Nacht nicht noch einmal zurückwerfen können?«

»Da habt Ihr Recht«, antwortete Halana, »schon in der letzten Nacht grenzte es an ein Wunder. Wie Ihr seht, wird der erste Wall gerade wieder von unseren Leuten aufgeschüttet. Aber gestern hatten wir das schon vorhandene Trümmerfeld, auf dem wir aufbauen konnten, zudem Steinblöcke für die kleine Mauer auf dem Wall. Heute müssen wir fast auf der flachen Ebene anfangen. Und unsere Leute sind ausgelaugt. Das wird diesmal allenfalls ein zwei Meter hohes Hügelchen. Auch wenn eingegrabene Spieße und Pfähle dafür sorgen, dass sie nicht so ohne Weiteres mit der Kavallerie heraufpreschen können, so glaube ich nicht, dass wir sie da vorne länger als eine halbe Stunde aufhalten. Die Zahl unserer Toten ist kontinuierlich gestiegen, der Palast kann die Verwundeten schon lange nicht mehr fassen, und selbst in der kämpfenden Truppe hat inzwischen fast die Hälfte der Frauen und Männer irgendeine Verletzung davongetragen. Und alle sind sie müde und wissen, dass der Kampf verloren ist.

Der zweite Wall wird etwas länger halten.

Sagen wir mal, eineinhalb Stunden. Mit Glück.«

Sie speisten ohne Hast zu Ende, dann inspizierte Halana die Arbeiten und die Truppen, klärte die Aufstellung für den Abend und zog sich schließlich mit Prim zurück.

Als sie in ihr Zimmer kamen, waren sie im ersten Moment überrascht, zwei tief und fest schlafende Gestalten in ihrem Bett zu finden. Dann fiel ihnen die Geschichte mit Lugta und... wem auch immer wieder ein. Leise verließen sie den Raum, und Halana quartierte schnell einen Unterkriegsmeister um, der sich nun einen Raum mit drei anderen Unterkriegsmeistern teilen musste – wie gesagt: General zu sein bot auch Vorteile.

Am Nachmittag machten sie sich nochmals auf den Weg zur Mauerbresche. Auch der König und Karandra waren wieder hierher gekommen, und sie luden die beiden zu einem Tee ein, der erneut auf dem zweiten

Schutzwall serviert wurde. Der Tisch und die Stühle standen noch an der gleichen Stelle wie am Morgen.

»Ganz exzellenter Tee!«, sagte Prim.

»Ja«, erklärte der König, »und wie ich gestehen muss, sündhaft teuer. Ich denke, im Großen und Ganzen hat sich meine Dynastie mit ausuferndem Luxus zurückgehalten – wenn man mal von Torge II. absieht, vielleicht –, aber Tee, das ist meine Schwäche, und ich bin hier und da der Versuchung erlegen. Ach, bevor ich's vergesse: Meine Tochter und ich würden uns heute Abend gerne in deine Truppen einreihen. Jeder von uns hat zwar auch eine kleine Phiole dabei, aber im Kampf zu fallen, wäre uns entschieden angenehmer.«

»Es wird mir eine große Ehre sein.«

Dann wurde es ruhig am Tisch, und jeder hing eine Weile seinen Gedanken nach, bis Karandra sagte: »Eigentlich ist heute ein schöner Tag. Ich meine, mal abgesehen davon, dass wir sterben werden. Aber ich hatte heute meinen Vater fast einen ganzen Tag für mich – was schon ewig nicht mehr vorgekommen ist. Und das Wetter ist wundervoll. Seht euch nur diesen blauen Himmel an.«

»Ja, es ist ein betörendes Blau«, sagte Prim, »aber merkt ihr es? Da ist kein einziger Vogel am Himmel. Sie spüren wohl die Ruhe vor dem Sturm.«

Alle sahen nun nach oben und suchten den Himmel mit ihren Blicken ab. Dann deutete Karandra, plötzlich ganz aufgeregt, in südwestliche Richtung in den Himmel und rief: »Doch! Seht nur, da! Noch kaum zu erkennen! Ein weißer Vogel. Und er hält direkt auf Berlundel zu.«

Halana beschattete ihre Augen mit der Hand und bestätigte: »Stimmt. Das ist eine Taube. Aber sie flattert so seltsam und sackt immer wieder durch. Das Tier kann sich kaum noch in der Luft halten.«

Sie folgten dem Vogel mit ihren Blicken und der König sagte: »Wenn mich nicht alles täuscht, dann ist das eine Brieftaube. Auf ihrer Fluglinie befindet sich, ein gutes Stück hinter uns, der Taubenturm der Stadt.«

Da sackte der Vogel endgültig durch, legte schließlich die Flügel an und krachte aus zwei Meter Höhe auf den Boden – etwa 100 Meter vor der ehemaligen Stadtmauer.

Kurz wechselte der König einen Blick mit Halana, und die meinte: »Es kann jedenfalls nichts schaden...« Dann lief sie den Wall hinunter und rannte los, überrascht beäugt von den Arbeitern, die damit beschäftigt waren, den vorderen Wall wieder aufzuschütten. Keine fünfzig Sekunden später stand die Kriegerin im Niemandsland zwischen der Stadt und den feindlichen Lagern und blickte auf eine Taube hinab, die sich ängstlich und verstört zentimeterweise über den Boden schleppte.

Es war tatsächlich eine Brieftaube. Es musste fünf Wochen her sein, dass zuletzt eine Brieftaube Berlundel erreicht hatte. Halana nahm den verletzten Vogel auf. Ein Pfeil hatte die Spitze seines linken Flügels getroffen, und wenn das in Höhe der feindlichen Lager geschehen war, so grenzte es an ein Wunder, dass das Tier den Weg bis hierher überhaupt geschafft hatte.

Der Pfeil musste aus einem ziemlich schrägen Winkel eingedrungen sein, denn auch das winzige hölzerne Transportröhrchen war zerfetzt, die Überreste baumelten gerade noch an zwei Fädchen am Fuß der Taube. Halana eilte mit dem Tier zurück und nahm ihm schon im Laufen die Reste des Holzröhrchens vom Fuß.

Als die Kriegerin, nach Atem ringend, wieder bei ihrer sonderbaren Teegesellschaft angekommen war, starrten ihr schon drei Augenpaare neugierig entgegen.

»Es ist wirklich eine Brieftaube«, keuchte sie, während sie sich auf ihren Stuhl fallen ließ und dann vorsichtig die zerfaserten Reste eines kleinen Pergamentstücks aus dem zerstörten Transportröhrchen löste.

Alle lehnten sich gespannt nach vorne, während Halana zuerst leise las, aufsah, nochmals las und dann erklärte: »Es ist offensichtlich nur noch das Ende einer längeren Botschaft, nicht mal ein ganzer Satz.«

»Aber was steht da?«, konnte Prim nicht mehr an sich halten.

Und Halana las vor: »...*haltet also um jeden Preis durch bis Mitternacht. Dann kommen wir.*«

Alle blickten sich nun mehrere Sekunden starr und schweigend an.

Schließlich stellte König Róge die Frage, die allen durch den Kopf ging: »Aber wer kommt um Mitternacht?«

Halana sah sich das Pergament nochmals gründlich an, zuckte schließlich mit den Schultern und erklärte: »Lässt sich beim besten Willen nicht sagen.«

Dann warf Prim ein: »Und bedeutet es überhaupt das, was wir hoffen? Oder glauben wir es nur, weil wir es hoffen? Ich meine: Vielleicht ist die Taube schon Wochen unterwegs, und das Ganze galt irgendeinem Kaufmann, der Gläubiger im Nacken und verzweifelt auf eine Handelskarawane gewartet hatte, oder so was?«

Wieder sahen sich alle an, dann meinte Karandra: »Nein. Auch wenn es nur eine verstümmelte Nachricht ist, so hört sie sich doch zu sehr nach unserer Lage an, um sich auf irgendetwas anderes zu beziehen. Allerdings fällt mir wirklich niemand ein, der mächtig genug ist, um uns mit einem Entsatzangriff wirkungsvoll zu entlasten.«

Halana überlegte laut: »Das Letzte, was wir von den beiden mit uns befreundeten Steppenvölkern gehört hatten, war jedenfalls nicht besonders ermutigend: Die Chrrr konnten ihre Gebiete nicht verlassen, weil sie ihr Land sonst den Zzzzt preisgegeben hätten. Und die Lrrrk... Häuptling Nuré ist ihrer Macht beraubt, solange sie krank ist; ihre Tochter Rrrricka – sie müsste jetzt 16 sein – ist noch minderjährig, und dieser verfluchte, dämliche Mrrr hat noch immer als Stellvertreter Nurés das Sagen. Doch wer könnte es außer den Steppenreitern noch sein? Puth'O hatte wirklich alles versucht, um die Zauberer zu überreden, dass sie uns unterstützen. Aber es war vergeblich gewesen. Ob es vielleicht Sssnrk doch irgendwie gelungen ist, einige Hundertschaften, vielleicht ein paar Tausend seiner Reiter zu uns zu senden?

Ich meine, in einem sind wir uns ja wohl einig: Wer auch immer hier sein Kommen angekündigt hat, der wird wohl kaum mit einer so großen Macht vor den Toren Berlundels erscheinen, dass er die kompletten Armeen des Schwarzen Herzogs zum Teufel jagen kann. Es wird eher darum gehen, dass, wer auch immer, mit einer Streitmacht durch die Reihen des Feindes bricht, so dass wir endlich wieder unverletzte Verteidiger in ausreichender Zahl in der Stadt haben.

Mit genügend Leuten, die uns hier im Süden Cosas Männer etwas vom Leib halten, könnten wir auch die Bresche in der Stadtmauer wieder einigermaßen schließen.«

»Vielleicht ist es aber auch Unterstützung von einer ganz anderen Seite«, warf nun König Róge ein, »die Reste meiner Armeen im Norden und die Besatzungen der nördlichen Städte haben natürlich durch Kundschafter im Auge behalten, wie es um Berlundel bestellt ist. Und ihr müsst bedenken, dass wir die Stadt nun schon sieben Monate halten und die Truppen Cosas erheblich dezimiert haben. Vielleicht hat mein Bruder ja, entgegen meiner Befehle, ein paar Tausend Krieger von den verbliebenen Nord-Einheiten abgezwackt? Oder sie haben doch noch, irgendwo in den Nordländern, Söldner auftreiben können?«

Wieder herrschte Schweigen. Dann fragte Karandra: »Haben wir... haben wir Hoffnung?«

Prim entgegnete: »Wenn ich eines in den Außen-Ländern gelernt habe, dann ist es dies, dass man auch bloße Möglichkeiten zur Hoffnung nicht ungenutzt verstreichen lassen sollte.«

»Gut«, sagte der König entschlossen, »dann haben wir also Hoffnung.« Doch plötzlich stutzte er und fügte hinzu: »Natürlich nur, wenn auch tatsächlich die nächste Mitternacht gemeint ist. Was, wenn irgendwo weiter vorne in der Botschaft stand, dass es um morgen geht? Oder um irgendein Datum nächste oder übernächste Woche?«

»Dann«, seufzte Halana, »wären wir endgültig am A... ah!, in Gegenwart eines Königs sage ich es nicht, aber ihr wisst auch so, was ich sagen wollte. Und deshalb gehen wir jetzt einfach davon aus, dass die heutige Mitternacht gemeint ist, und nichts anderes.«

»Einverstanden«, sagte der König.

»Bleibt also nur noch ein Problem«, meinte Prim, und sein Gesicht verdüsterte sich. »Wenn unsere Berechnung stimmt, dann werden wir heute allenfalls bis 22 Uhr durchhalten, bevor wir überrannt werden.«

»Tja«, sagte Halana, »es scheint, wir sollten irgendwie noch zwei Stunden draufpacken, oder?«

»Aber wie?«

Nur kurz zögerte Halana, dann sagte sie: »Motivation. Alle Tricks haben wir schon aus dem Ärmel gezogen. Was uns bleibt, ist die Kraft unserer Kriegerinnen und Krieger – die müde, ausgelaugt und abgekämpft sind. Wir müssen sie dazu bringen, sich noch einmal aufzuraffen, noch ein letztes Mal mehr als alles zu geben.«

»Aber wie sollen wir das schaffen?«, fragte Karandra.

»Mit genau dem, was wir haben: mit Hoffnung. Wir lassen die Nachricht der Taube verbreiten. Wir berichten, dass Rettung kommt, dass Berlundel und das Reich überleben werden, wenn wir den Feind noch bis Mitternacht aufhalten.«

»Gut«, sagte Prim, »nur ist die Botschaft etwas unkonkret. Wenn unsere Krieger an die Rettung glauben sollen, müssen sie auch wissen, wer um Mitternacht kommt.«

»Also gut«, sagte Halana mit grimmigem Lächeln, »dann werden wir wohl etwas schwindeln müssen. Entscheidet Ihr, mein König. Wen sollen wir kommen lassen?«

»Ich soll meine Untertanen belügen?«

»Ja.«

»Na dann. Also, wenn unsere Leute die Macht der Zauberer hinter sich wüssten, würden sie vermutlich geradezu euphorisch werden.«

»Damit wäre dies beschlossene Sache: Wir lassen heute die Zauberer aufmarschieren. Bin mal gespannt, wer wirklich kommt.«

»Ja. Wenn wir es erleben.«

»Wenn wir es erleben.«

Geistesabwesend hatte Halana die verletzte Taube gestreichelt. Der König sah das Tier an, dann rief er einen Krieger herbei und befahl: »Bring den Vogel zum Taubenturm. Sag dem Taubenmeister – falls er noch da ist –, er soll versuchen, das Tier zu retten. Und vergiss nicht zu erwähnen, dass es ein Befehl des Königs ist.«

Es blieb zwar nicht mehr allzu viel Zeit bis zum Sonnenuntergang, doch die Nachricht raste wie ein Lauffeuer durch die Stadt: Die Zauberer hatten es sich anders überlegt! Sie würden mit all ihrer Macht kommen, um dem König beizustehen! Um Mitternacht würden sie da sein, um den verhassten Schwarzen Fürsten zu zermalmen.

Zuerst war es mit Unglauben aufgenommen worden. Aber manchmal – wenn auch nur sehr, sehr selten – ist es eben doch gut, dass die Menschen dazu neigen, genau das für bare Münze zu nehmen, was sie gerne glauben wollen. Und plötzlich schien es wie eine Art Fieber über der ganzen Stadt zu liegen: Das Leben mochte doch noch weitergehen, das Reich könnte dem Untergang entgehen...

Krieger, die sich aufgegeben hatten, bekamen wieder Glanz in die Augen. Schwerter, seit Tagen nicht mehr gepflegt, wurden geschliffen.

Müdigkeit und schmerzende Muskeln schienen kein Problem mehr zu sein. Pfeile der Feinde, die in großer Zahl vor und hinter der Stadtmauer lagen, wurden gesammelt, gebündelt und auf die Mauer sowie zu den Häusern hinter der Bresche geschafft. Die vielen mittlerweile herrenlos gewordenen Armbrüste wurden eingesammelt, gespannt und geladen und auf den Laufgängen der Stadtmauer aufgereiht. In den zahlreichen Krankenstationen erhoben sich Verwundete, die eigentlich noch nicht wieder kampffähig waren, und ließen sich auf die Stadtmauern bringen, denn als Bogenschützen, so sagten sie, könnten sie ja wohl durchaus schon ihre Pflicht tun. So mit neuen Leuten besetzt, gaben die Mauern im Westen, Norden und Osten Krieger ab, die sich eilends auf den Weg machten, um mit ihren Schilden, Schwertern und Muskeln die Front im Süden zu verstärken, und plötzlich hatte Halana zwei komplette

Mannschaften mehr, um die Erschöpften oder Gefallenen in der Bresche abzulösen.

Und schließlich war die Sonne hinter den Horizont gesunken.

*

Cosa hatte die Schnauze voll. Diese Nacht würde Berlundel fallen, koste es, was es wolle. Dieser schwachsinnige Morlock lag ihm inzwischen ständig in den Ohren, und der bescheuerte »Erleuchtete« spielte mit seinem Leben, indem er inzwischen des Öfteren süffisante Bemerkungen über Cosas »Erfolge« fallen ließ. Der Schwarze Herzog hätte ihn längst eigenhändig erschlagen, hätte seine Großmutter nicht so einen Narren an diesem maskierten Zausel gefressen.

Der Herrscher des Schwarzen Landes hatte für diese Nacht aus all seinen Kriegslagern um Berlundel Truppen abgezogen und zu sich beordert. Seine Hauptstreitmacht im Süden war damit um das Vierfache angewachsen. In den anderen Lagern blieben aber noch genug Leute, um die notwendigen Angriffe zu starten und die engaländer Kräfte auf den West-, Nord- und Ost-Mauern zu binden.

Gleich beim ersten Angriff setzte Cosa aus allen Richtungen so viele Einheiten in Marsch, dass sie sich bei der Annäherung an die Bresche schon fast gegenseitig behinderten. Weit hinter der Front stand der Herzog auf einem gut geschützten Podest, um den Angriff unter dem Licht der Zauber-Sterne zu beobachten und mit Hilfe reitender Boten zu dirigieren. Heute würde er sie zermalmen...

»Oh! Sieht aus, als greifen sie an!«

»Was?«, fragte Cosa, aus seinen Gedanken aufschreckend, unwirsch seine Großmutter, die neben ihm stand. Dann blickte er selbst nach vorne. Das durfte doch nicht... Wie konnten sie es wagen?

Das heranstapfende Heer Tausender Orika und Infanteristen des Schwarzen Landes war noch gut 600 Meter von der Bresche entfernt, als sich an deren Rändern Hunderte Lanzenreiter aus der Stadt ergossen, sich zu drei Keilen formierten und fast ungebremst nahezu 50 Meter tief in die Reihen der Feinde vorstießen, ihre Pferde herumrissen und auch auf dem Rückweg noch eine Schneise schlugen.

Der Angriff der herzoglichen Armee war ins Stocken geraten, als die Anführer der Kolonnen, nachdem es längst zu spät war, einen Schildwall befahlen, der dann aber, aus Angst vor einem zweiten Angriff der Reiterei des Königs, aufrechterhalten wurde, bis die durcheinandergewirbelten Truppen neu aufgestellt waren.

»Na, geht doch!«, sagte der König zu seiner Tochter, »das hat uns alles in allem mindestens schon mal zwanzig Minuten gebracht – Oh! Sogar mehr! Sieh mal, im Hintergrund lässt Cosa nun seine Reiterei aufziehen.

Hätte er mal besser früher gemacht. Bis die fertig sind, zieht auch wieder Zeit ins Land.«

Seltsamerweise hatte niemand daran gedacht, den Tisch und die Stühle vom zweiten Wall herunterzunehmen, und genau dort saßen der König und die Prinzessin, um die Gelegenheit zu nutzen und ihre müden Muskeln etwas auszuruhen. Und da trotz Belagerung und Tod noch ein Funke Zivilisation in Berlundel vorhanden war, hatte ein Diener in stoischer Ruhe einen kleinen Krug Wein und Becher auf den Tisch gestellt. Die Leibgarde des Königs war allerdings nicht mehr bei ihm. Sie hatte sich unter die Krieger am ersten Wall gereiht, um den ersten Ansturm der Feinde in Empfang zu nehmen. Dort war inzwischen, von Prim nervös erwartet, auch Halana wieder angekommen. An der Spitze des mittleren Keils hatte sie den Angriff angeführt, war aber, abgesehen von zwei kleineren Schrammen am Bein, wohlbehalten zurückgekehrt.

Doch schließlich hatten sich die Schwarzen wieder sortiert und stapften, in Keil- und Schildkröten-Formationen, entschlossen voran und bald schon den ersten Wall hinauf. Einige ließen ihr Leben an den Spießen, von den eigenen Leute hineingedrückt, andere verloren es durch den Pfeilhagel, der unentwegt über die Köpfe der Verteidiger hinweg auf sie zuzischte, doch die Meisten kamen oben an, und Lanzen rasselten an Lanzen, Schilde stießen gegen Schilde. Fast wäre schon die erste Welle der Angreifer über den Wall geschwappt, doch schließlich ertönte der Kriegsschrei Engalands immer lauter, zuletzt wie ein einziger Schrei. Immer heftiger wurde mit roher Kraft gegen die anbrandenden Schilde gedrückt, bis die vorderste Reihe der Schwarzen wieder den Wall hinunterpurzelte und gegen die Nachfolgenden stieß, und auch dieser Angriff kam ins Stocken.

Doch beim nächsten Versuch gelangten die Angreifer über den ersten Wall. Hinter dem zweiten Wall stürmten die Reiter des Königs hervor und warfen die Angreifer wieder zurück, während der vordere Wall von den Seiten her neu besetzt wurde.

Beim dritten Mal allerdings überwanden die Angreifer – wenn auch unter hohen Verlusten – die ausgedünnten Reihen der Verteidiger, setzten sich endgültig hinter dem ersten Wall fest und begannen mit den Angriffen auf das letzte Hindernis vor den Straßen Berlundels.

Der König und Karandra hatten sich ruhig erhoben, hatten ihre Schilde aufgenommen und warteten hinter dem Tisch auf die ersten Angreifer, die den Schildwall der Soldaten vor ihnen durchbrechen würden.

Immer wieder rannte der Feind an – und immer wieder wurde er zurückgeworfen, egal, ob die Reiterei oder die Fußeinheiten heranstürmten. Doch jedes Mal blieben mehr und mehr tote Verteidiger auf dem Schlachtfeld zurück, und irgendwann gab es keine Reserve mehr, und die Schwertarme Engalands wurden immer schwerer.

Vor dem Tisch des Königs lag ein toter Orika, der vor wenigen Augenblicken mit erhobener Keule auf den Tisch gesprungen war, jedoch die Klinge Karandras unter das Brustbein bekommen hatte. Und halb auf dem Tisch, in dem mehrere Pfeile steckten, hing ein Elitesoldat Cosas, den der König nach kurzem Schlagabtausch selbst erwischt hatte.

Als wollte er gerade einen Schluck nehmen, lag seine ausgestreckte Hand neben dem Weinkrug, der seltsamerweise noch immer nicht umgekippt war.

Die Angreifer hatten sich gerade wieder einige Meter zurückgezogen, um mit neuen Leuten einen neuen Anlauf zu nehmen. Halana und Prim, aus kleineren Wunden blutend, schritten die Linie der Verteidiger ab, um sie nochmals zum Durchhalten aufzufordern. Als sie sich dem König näherten, rief er ihnen mit einem Blick zum Sternenhimmel zu: »Ich wollte, es wäre Mitternacht, oder die... wer auch immer käme.«

Schließlich wanderte sein Blick über den Horizont, stockte, als er im Südwesten angelangt war – und dann brüllte der König aus vollem Halse, wie es sich für einen König sicher nicht geziemte, doch die Historiker würden ihm verzeihen: »Sie kommen! Sie kommen! Haltet durch! Sie kommen!«

Dann sprang er mit erhobenem Schwert gefährlich weit vor die Reihen seiner Soldaten, deutete mit der Waffe nach Südwest und brüllte lachend immer weiter: »Sie kommen!«

Die Worte rasten wie eine Springflut die Front entlang, und jeder wagte es, kurz den Blick vom Feind zu nehmen, um in die angegebene Richtung zu schauen. Und plötzlich war alle Müdigkeit, waren alle Wunden vergessen, und ein so ungeheurer Jubel brach auf dem fast erstürmten Wall aus, dass die Angreifer verstört in ihren Vorbereitungen innehielten und sich selbst umsahen. Und was sie sahen, gefiel ihnen nicht.

Dort, wo weit entfernt ihre Lager im Südwesten lagen, regnete ein Hagel Tausender feuriger Punkte hernieder. Das mussten Brandpfeile sein. Bald flackerte es auch am Boden. Und dann ertönten die Signalhörner des Schwarzen Landes und riefen zum eiligen Sammeln.

Irritiert gehorchten die Reihen der Angreifer dem Befehl und marschierten im Eilschritt ab, während Halana sofort bis zu den Resten des vorderen Verteidigungswalls nachrücken ließ. Und dort wurde ihnen ein faszinierendes Schauspiel geboten.

»Was ist das für ein seltsamer Wind, in der Ferne?«, fragte der König.

»Das ist kein Wind. Das sind Pferdehufe, allerdings in etwa zwei Kilometern Entfernung.«

»Zwei Kilometer? Aber die kann man doch unmöglich bis hierher hören?«

»Schon. Wenn es Tausende sind.«

Schließlich war es wie ein Dröhnen zu hören, und immer wieder stiegen Tausende jetzt klar als Brandpfeile zu erkennende Punkte in die Luft oder zischten quer über den Boden, um ein Ziel zu finden.

Doch das Dröhnen nahm ab, der Pfeilhagel hörte auf. Kurz drauf tauchte eine Formation Reiter aus der Dunkelheit auf, die immer größer und größer wurde. Es mochten schließlich etwa 5000 Krieger zu Pferde sein, die in fünf-, sechshundert Metern Entfernung in einem mehrere Reihen tiefen Halbkreis wie ein weiterer Schutzwall vor der Bresche Aufstellung bezogen. Aus der Schar dieser Reiter löste sich eine größere Gruppe und kam auf die Verteidiger zugeritten, vier Banner ragten aus ihrer Mitte in den Himmel.

Der König, die Prinzessin, Halana, Prim und drei Überlebende aus der Garde des Königs schritten den Ankömmlingen entgegen.

Halana sagte aufgeregt: »Diese Banner! Es sind die Steppenvölker, aber nicht nur Sssnrks Chrrrr und die Lrrrk Rrrrickas! Da ist auch das Banner der Zzzzzt. Das vierte habe ich noch nie gesehen, doch es muss wohl das der M'c sein.«

Dann waren die Reiter heran. Eine eher kleinere Kriegerin von zierlicher Gestalt, die, mit blutiger Lanze, neben dem Bannerträger der Lrrrk geritten und deren Gesicht noch von einem Gitter-Visier verdeckt war, sprang von ihrem Pferd herunter.

»Nuré muss wieder gesund sein!«, sagte Halana erstaunt zu Prim, der aber im selben Augenblick nicht minder erstaunt zu Halana sagte: „Das kann ja wohl nicht… da läuft ein Wolf neben der Frau!«

Doch zu weiteren Überlegungen kamen die Beiden nicht, denn da hatte die Reiterin auch schon ihre Lanze ins Gras fallen lassen, eilte, mit einer jungen Stimme lachend, auf Halana zu und schloss die überraschte Kriegerin stürmisch in die Arme. Erst dann klappte sie ihr Visier hoch.

»Rrrricka! Du?!?«

Halanas Verblüffung hätte nicht größer sein können.

Die junge Frau plapperte aufgeregt drauf los: »Hättest du wohl nicht gedacht, was? Ha! Der Rat der Häuptlinge konnte zwar den Mrrr als Vertreter des Stammeshäuptlings nicht direkt absetzen, doch mein Wachtraum aus der Schwitzhütte, dass man dieses Stammesgesetz umgehen könnte, brachte Barrkaron schließlich auf den rettenden Einfall: Der Rat der Häuptlinge ist nämlich berechtigt, das Alter der Volljährigkeit zu bestimmen. Und neuerdings ist man bei den Lrrrk schon mit 16 mündig! Stell dir vor, jetzt bin ich Stammeshäuptling! Barrkaron hat ganz schön geflucht, als er feststellte, dass er es mir dann auch nicht mehr verbieten konnte, den Angriff mitzureiten. Ich denke, das mit der Volljährigkeit ab 16 werde ich beibehalten, und...«

»He, Häuptling, meinst du nicht, dass es im Augenblick Wichtigeres gibt?«, kam es lachend vom Bannerträger. Es war Barrkaron, der, vom Pferd springend, das Banner in die Erde rammte und dann ebenfalls Halana und Prim herzlich umarmte. Schließlich war eine weitere bekannte Stimme zu hören: »So, jetzt bin ich dran!«, sagte Sssnrk, der auf Helm und Visier verzichtet hatte und allen, auch dem König und seinen drei überraschten Gardisten, erfreut die Hand schüttelte. Sein Engal hatte sich, dank Giula, in den vergangenen Monaten erheblich verbessert.

Halana stellte die Prinzessin und den König vor, woraufhin Sssnrk, mit Blick auf einen kleinen Schnitt in der Wange Róges und auf seinen zerfetzten rechten Ärmel meinte: »König hat selbst gekämpft. Gut. Gutes Zeichen für Bündnispartner.«

Dann stellte er Brzzzz vor, der die Kontingente der Zzzzt anführte, sowie Häuptling NrrM'c, Heerführer der M'c. Die M'c waren fasziniert davon gewesen, dass es die anderen drei Hauptstämme der Steppenreiter tatsächlich geschafft hatten, sich zusammenzuraufen. Nach recht zügiger Beratung hatten sich daher auch die M'c bereitgefunden, eine Einheit aller Steppenvölker herzustellen (dass man ihnen einen ordentlichen Anteil Beute versprach, hatte die Sache beschleunigt). So hatten sich schließlich auch 20000 Reiter der wilden M'c an dem Kriegszug beteiligt, zudem noch etwa 6000 Reiter verschiedener kleinerer Stämme.

Insgesamt umfasste das Heer der vereinigten Steppenvölker fast 160000 Krieger – das mit Abstand größte Heer der Steppe, das die Welt bisher gesehen hatte.

»Und Ruff...?«, fragte Halana und hoffte, nicht ängstlich zu klingen.

Sssnrk antwortete: »Der hat eine wichtige Rolle beim Frieden zwischen uns und den Zzzzzt gespielt – erkläre ich später. Jetzt sind er und Tingli beim Versorgungstross, der unserem Zug folgt. Ich vermute mal, Giula musste die beiden inzwischen fesseln, damit sie unserem Angriff nicht heimlich folgen konnten. He, sagt mal, stehen da hinten auf eurem zweiten Wall ein Tisch und ein paar Stühle? Ihr habt es euch wohl so richtig gemütlich gemacht, bis wir gekommen sind?«

»Na, um die Wahrheit zu sagen«, entgegnete der König, »viel später hättet ihr nicht kommen dürfen. Aber wie geht es jetzt weiter? Ihr seid mit 160000 Kriegern angerückt, und das ist absolut fantastisch. Doch obwohl wir diese Höhlenmaden inzwischen bestimmt um fast die Hälfte dezimiert haben und Cosas eigene Armee um ein ordentliches Viertel, ist der Feind noch immer klar in der Überzahl. Wollt ihr in die Stadt einrücken?«

»Von den Mauern aus kämpfen? Nehmt's mir nicht übel, aber, bah, nein. Dafür sind wir wirklich nicht geschaffen. Ich vermisse jetzt schon meine Steppe. Nein, die Sache wird in dieser Nacht beendet. Lasst eure Pferde kommen, dann könnt ihr zusehen.«

Der König schickte die Gardisten los, um ihnen Pferde zu besorgen.

Halana nutzte die Gelegenheit und fragte Rrrricka: »Was ist aus dem Mrrr geworden?«

»Der? Na ja, als er aus dem Dorf gejagt wurde, da hat er statt seines Goldes nur Federn mitgenommen.«

»Federn? Wieso sollte er Federn mitnehmen?«

»Ging nicht anders. Wegen des Teers…«

Während die Pferde herangeführt wurden, erklärte nun Barrkaron dem König und den anderen: »Unsere Steppen-Armee stellt sich da hinten, im Westen auf. Östlich davon beziehen jetzt ganz hastig die Armeen Cosas ihre Aufstellung – auf unsere Reiter hin ausgerichtet. Cosas Leute aus den Lagern im Osten und Norden stoßen zu seiner Hauptmacht. Die Soldaten des Schwarzen Herzogs aus den Lagern im Westen werden versuchen, die Stadt zu umgehen, um Cosas Reihen zu verstärken. Oder, ganz nach Blickwinkel, um sich in die Reihen der Hauptstreitmacht zu flüchten.

Dabei werden sie aber vom Western her von 15000 unserer Reiter angetrieben, und im Osten werden sie erstaunlicherweise auf gut 10000 Mann

Engaländer Truppen stoßen. Euer Bruder hat sie zusammengestellt, König Róge. Unsere und ihre Kundschafter hatten vor ein paar Tagen Kontakt miteinander aufgenommen.«

Ein stolzes Lächeln zuckte über das Gesicht des Königs, aber er sagte: »Das wird immer noch nicht genügen.«

»Nein, aber... ah! Da kommen eure Pferde. Folgt mir nach vorne vor unseren Reiter-Schutzwall, dann werdet ihr es sehen. Wenn sich die Truppen des Herzogs nach Westen ausgerichtet haben, dann kommen aus dem Osten unsere Verbündeten.«

»Noch mehr Verbündete?«

Nachdem sie, Rrrricka nun dicht an Halanas Seite, durch die Reihen der Steppenkrieger geritten waren, brauchten sie nicht mehr lange zu warten. Und was sie nun zu sehen bekamen, ließ selbst die Anführer der Steppenreiter daran zweifeln, was sie mit eigenen Augen sahen, obwohl sie doch wussten, was kommen sollte.

Im Osten schien plötzlich mitten in der Nacht die Sonne aufzugehen, als unvermittelt ein riesiger weißer Lichtteppich am Firmament emporwuchs und dort stehen blieb. Natürlich erkannte Prim als Erster, was dieser Lichtteppich war, und ungläubig, ja fassungslos flüsterte er dem König zu: »Majestät, Ihr habt Eure Untertanen nicht belogen. Sie kommen wirklich! Meine Zauberer kommen!«

»Wieso meinst du...?«

»Das Licht! Das sind nicht nur ein paar armselige leuchtende Kugeln, wie wir sie von der Stadtmauer aus abfeuern, das sind Hunderte Leuchtsterne aus Hunderten von Zauberstäben!«

Der Lichtteppich, der über dem Himmel schwebte, kam immer näher.

Inzwischen konnte man erkennen, dass sich die östlichen Truppen des Herzogs panisch umwandten, um sich auf diese neue Bedrohung einzustellen.

Doch gegen das, was da in sie hineinkrachte, hatten sie nicht den Hauch einer Chance. Fast 4000 mit hellen Schutzplatten verkleidete Luftflöße stießen in die Truppen Cosas hinein, und jedes einzelne Floß war mit acht Männern in weißen Rüstungen besetzt, die Cosas Armeen mit einem Dauerbeschuss aus ihren schrecklichen Waffen regelrecht zersprengten.

Was aber Cosas Soldaten und die Orika vollends in Panik stürzte, waren diese riesigen, unheimlichen Wesen, die, eingehüllt in mächtige Rüstungen, zwischen ihnen wüteten. Dabei trugen die über vier Meter großen Gestalten nicht einmal Waffen, sondern sie selbst waren die Waffe: Mit ihren gigantischen Pranken, geschützt durch Glieder-Handschuhe aus einem undurchdringlichen Material, ließen sie mit jedem Hieb mehrere Orika schreiend durch die Luft wirbeln und mit gebrochenen Knochen zu Boden krachen. Zudem ragten tatsächlich aus Öffnungen in ihren Helmen breite Hörner heraus, und so ließen sie sich immer wieder mit den Oberkörpern nach vorne sinken und stürmten, nun auf allen Vieren rennend, mit gesenktem Kopf mitten unter die Gegner. Und fassungslos mussten Cosas Soldaten mitansehen, dass diese wilden Bestien offenbar unter der Kontrolle ihrer neuen Gegner aus dem Osten standen, denn einige dieser Riesen trugen tatsächlich Reiter auf ihren breiten Rücken, die in seltsamen Gestellen saßen und tödliche Blitze nach allen Richtungen schickten.

Als aus dem Osten die Armee der Zauberer über Cosas Leute hereingebrochen war, hatten sich im Westen auch die Steppenreiter wieder in Bewegung gesetzt, deckten die Krieger des Schwarzen Herzogs erst mit Tausenden Brandpfeilen ein und, in deren Licht, mit herkömmlichen Geschossen, bevor sie mit gesenkten Lanzen zum Angriff ritten.

Cosas noch immer fast eine halbe Millionen Mann zählende Armee war innerhalb von Minuten in heilloser Auflösung begriffen. Von geordnetem Rückzug konnte keine Rede sein, ja, viele der Orika erschlugen in ihrer nackten Panik eigene Leute oder fielen sich gegenseitig an.

»Wir werden wieder zu unseren Kriegern stoßen«, erklärte Sssnrk, »aber für den Fall, dass sich doch noch ein paar Einheiten des Feindes hierher verirren, lassen wir zum Schutz der Stadt 3000 Lrrrk-Reiter unter Rrrrickas Führung zurück.«

»Ha! ›Unter Rrrrickas Führung‹«, lachte das Mädchen, »als ob ich nicht wüsste, dass ihr alten Häuptlinge nur deshalb dafür gestimmt habt, damit ich bei den nächsten Angriffen nicht mehr mitmischen kann!«

»Ja, mein Kind«, entgegnete Sssnrk, »nachdem, was mir mein Freund Barrkaron erzählt hat, verdienst du es, geschützt zu werden. Und das, was jetzt folgt, ist ganz sicher nicht für deine junge Seele bestimmt.«

Damit ritten die Anführer der Steppen-Armee eilig dem Kampfgetöse hinterher, das sich langsam in südöstliche Richtung entfernte.

Halana hatte das starke Bedürfnis, mit ihnen zu reiten, um an der Seite von Barrkaron und Sssnrk auch diese letzte Schlacht zu schlagen. Doch nachdem sie vier Stunden ununterbrochen im Kampf gestanden hatte – ganz zu schweigen von all den Kämpfen der vergangenen Monate –, war sie derart müde, dass sie das Kämpfen dieses eine Mal dankbar anderen überließ.

Und Halana war damit nicht die einzige. Die ganze Stadt war so erschöpft, dass der Jubel über die Rettung ein stiller war. Einige Menschen lagen sich schweigend in den Armen, manche weinten vor Erleichterung, andere vor Trauer über gefallene Freunde und Angehörige. – Trauer, für die sie jetzt endlich Zeit hatten. Aber trotz allem wusste man in Berlundel noch immer, was sich gehört, und so kamen viele Hundert Menschen mit Speisen und Getränken vor die Stadt, um die Lrrrk-Krieger, die zu beiden Seiten der Mauerbresche Aufstellung genommen hatten, zu bewirten und ihnen die Hände zu schütteln. Zwar verstand man nicht die Worte des anderen, doch diese Sprache war universell.

Halana, Prim und Rrrricka – neben der eine dösende Wölfin auf dem Boden lag –, sowie der König und seine Tochter warteten vor dem zweiten Wall auf Neuigkeiten. Die kündigten sich an, als alle Gespräche verstummten und dann ein ehrfürchtiges Raunen durch die Reihen der Krieger ging. Vom freien Feld her näherte sich jemand. Und dieser Jemand war über vier Meter groß.

Erst als der Riese gemächlich durch die Maueröffnung getrottet war, merkten Halana und die anderen, dass auf dessen Rücken jemand zu sitzen schien. Es sprach für die königliche Familie, dass weder Róge noch Karandra zurückwichen, als der Riese direkt auf sie zuhielt, dann aber auf alle Viere niederging, wobei ein älterer Mann, der seinen Helm schon abgelegt hatte, steifbeinig und stöhnend aus einem seltsam beweglichen Rückentornister des Riesen kletterte, zu Boden sprang, dabei allerdings strauchelte und keuchend auf dem Allerwertesten landete.

Prim reichte ihm die Hand, zog ihn hoch, schloss ihn in die Arme und sagte: »Puth'O! Wie bin ich froh, dich zu sehen! – Eh, aus der Nähe betrachtet sieht deine Rüstung gar nicht mehr so edel aus, sondern ziemlich zusammengeschustert. Sag mal, die besteht doch nicht etwa aus zugeschnittenen Platten von unseren Häusern?«

»Doch. Wir mussten etwas improvisieren. Die Dinger schützen gut, sind aber verdammt steif und unbequem. Argh! Helft mir mal!«

Schließlich war Puth'O aus seiner Rüstung geschält, dann fiel sein Blick auf den Schutzwall. »He! Steht da oben ein Tisch? Mit einem Weinkrug drauf? Ich bin so durchgeschüttelt, ich könnte einen Schluck gebrauchen.«

»Aber gerne doch«, sagte Róge, »und wenn ich mich vorstellen darf: Ich bin der König hier. Glaub ich wenigstens.«

»Oh, verzeiht«, entfuhr es Prim, der dann eilig die Vorstellung übernahm und zuletzt auch auf das riesige Geschöpf deutete, das in Ruhe abwartend hinter Puth'O kauerte, und erklärte: »Das ist mein Freund Skrumps vom Volk der D'Goristi.«

Und zum Erstaunen aller, die ihn nicht kannten, antwortete das Wesen tatsächlich mit tiefer, ruhiger Stimme: »Hallo König. Sehr angenehm.« Dann nahm er den Helm ab und konnte gewiss sein, dass die Blicke aller Umstehenden auf seinem Fell und den Hörnern ruhten.

Immerhin schaffte es der König zu antworten: »Ah. Ebenfalls angenehm, Herr Skrumps.«

»Oh! *Herr* Skrumps hat er mich genannt. Sehr höflich, der König. Könnten sich die Zauberer ruhig ein Beispiel dran nehmen. Ach bitte, eine Frage hätte ich da allerdings noch...« – die Umstehenden sahen den freundlichen Riesen erwartungsvoll an – »diese feindlichen Krieger da draußen und diese teigigen Maden versuchten alle vor mir zu entkommen, wenn ich auf sie zustürmte. Nur ein einziger von diesen sonderbaren Eulenmenschen, der ist wirklich stehen geblieben und hat mich sogar erbost angeschrien. Das hat mich so erstaunt, dass ich tatsächlich einen kurzen Moment innehielt. Aber dann habe ich ihn doch mit einem Fausthieb zerschmettert. War das falsch?«

»Was hat er denn geschrien?«, wollte Halana wissen.

»Es war ziemlich sonderbar. Aber ich glaube nicht, dass ich mich verhört habe. Er brüllte, dass ich ihm nichts tun dürfe, weil er derjenige sei, der immer warmes Essen bekommt. – Komisch, oder?«

»Ja«, entgegnete Halana, »sehr. Aber du musst dir nichts dabei denken. Er war niemand Besonderes.«

Schließlich saß Puth'O mit den anderen – natürlich abgesehen von Skrumps – am Tisch, nahm einen tiefen Schluck aus einem Humpen, bis er schließlich von Prim bedrängt wurde: »Nun sag endlich: Wieso haben es sich die Zauberer doch noch anders überlegt und sind Berlundel zur Hilfe gekommen? Konntest du sie zu guter Letzt überzeugen?«

»Ich? Nein. So beliebt bin ich offenbar nicht. Es waren die Kinder.«

»Die Kinder?«

»Ja. All die Flüchtlingskinder, die Reinefreude aufgenommen hatte. Welche Freude war es zuerst gewesen, dass wir endlich wieder Kinder um uns hatten! Doch es waren Kinder ohne Lachen. Die kleinen weinten immer wieder nach ihren Eltern, die etwas älteren verzehrten sich in Sorge um ihre Angehörigen. Unser Volk leidet schrecklich darunter, dass kaum noch Kinder geboren werden, und wir vermissen sie so sehr, obwohl wir sie nicht einmal kennen. Wie viel schlimmer muss es da für diese Kinder sein, die ihren Eltern aus den Armen gerissen wurden?

Und die Menschen meines Volkes, denen die Kinder anvertraut waren und die sie zu lieben begannen, fühlten immer mehr mit ihnen.

*Herr* Skrumps hier und meine Wenigkeit hatten ja bekanntlich inzwischen einen Weg gefunden, wie wir auch in großer Zahl unser Land verlassen konnten. So entschieden sich die Zauberer endlich doch noch für den schweren, aber den richtigen Weg. Wir unterrichteten tatsächlich Männer und Frauen aus dem einfachen Volk in ein paar Tricks mit den überzähligen Zauberstäben, um unsere Luftboote bemannen zu können. Und ich wurde als Bote zu den Steppenvölkern geschickt, um unser Vorgehen miteinander abzustimmen. Und wie ihr seht, hat es funktioniert.«

»Ich fasse es nicht! Dann wird sich mein Volk auch retten lassen?«, entfuhr es Prim.

»Sieht so aus. Nachdem wir endlich wieder Kinder um uns hatten, wollten das die meisten nicht mehr missen. Wir werden die bittere Pille also schlucken. Dieser Krieg ist der letzte Einsatz für unsere Luftfahrzeuge und unsere Zauberstäbe. Dann werden wir sie und alle weiteren ›Zauber‹-Geräte irgendwo fernab von Menschen verrotten lassen. Und eigentlich« – dabei sah Puth'O den König an – »eigentlich würden wir unser Land gerne für mindestens zwei, drei Generationen verlassen, um sicherzugehen, dass auch wir noch Nachwuchs bekommen können.«

»Wie groß ist denn euer Volk?«, fragte der König.

»Leider nicht einmal mehr als 200000 Menschen.«

Róge erklärte seufzend: »Ich befürchte, mein Reich hat in diesem Krieg schon weitaus mehr Menschen verloren. Wir werden einen Platz für euch finden. Es sind sicher noch viele Einzelheiten zu klären, aber was wären wir für Schufte, wenn wir unseren Rettern keine Zuflucht bieten wollten? – Mal abgesehen davon, dass wir sicher, auch wenn ihr keine echten Zauberer seid, eine ganze Menge von euch lernen können.«

»Ja, und wir von euch«, warf Prim lachend ein, »ich bin jedenfalls schon sehr gespannt darauf, wie es wird, wenn meine Leute mit ihrer eigenen Hände Kraft Äcker bestellen und Kühe melken sollen. Das wird lustig.« Dann wurde Prim wieder ernst, als er Puth'O fragte: »Habt ihr in Halanas Angelegenheit inzwischen etwas herausfinden können?«

»Nein«, schüttelte Puth'O bedauernd den Kopf und wandte sich direkt an die gespannt auf die Antwort wartende Kriegerin, »Timtom ist nach wie vor in den Archiven auf der Suche. Aber bisher wissen wir weder Genaueres über deine Mutter und erst recht nicht, wer dein Vater war – aber wir suchen weiter.«

Noch immer konnten sich Halana und Prim nicht zur Ruhe begeben.

Denn jetzt traf eine Kolonne Planwagen ein – und endlich, endlich konnte die Kriegerin Ruff und auch Tingli wieder in ihre Arme schließen – »Großer Zerstörer! Was seid ihr groß geworden!«

Ebenso umarmte sie Giula, die aber mit einer großen Zahl Helferinnen gleich weiter in die Stadt zog, um bei der Versorgung der zahlreichen Verwundeten zur Hand zu gehen und noch so manches Leben zu retten. Halana und Prim konnten unterdessen den Redeschwall von Tingli und Ruff, der schon sehr gespannt auf seine Geschwister war, fast die ganze Nacht nicht stoppen. Aber das wollten sie auch gar nicht.

*

Der Krieg ging in dieser Nacht ohne Halana weiter. Die Armee der Zauberer und das Heer der Steppenkrieger hatten die heillos flüchtenden Krieger des Schwarzen Herzogs in die Zange genommen und trieben sie vor sich her nach Südosten. Einige Tausend berittene Krieger konnten entkommen, doch die Fußtruppen hatten keine Chance gegen die viel schnelleren Verfolger. Schließlich taten die meisten der überlebenden Krieger des Herzogs das Einzige, was ihnen zu tun übrig blieb: Sie warfen ihre Waffen weg und ergaben sich auf Gedeih und Verderb.

Fast 70000 Gefangene wurden in jener Nacht gemacht – alles Krieger des Schwarzen Landes. Die Orika dagegen würden, abgesehen von ein paar, die man noch brauchte, ihre Höhlen nicht wiedersehen.

Der Sieg war beinahe vollkommen. Es gab nur einen Wermutstropfen: Unter denjenigen, denen die Flucht geglückt war, befand sich auch der Schwarze Herzog selbst. Außerdem, und sie musste sich eingestehen, dass ihr dies einen nicht ganz so kleinen Stich versetzte, erfuhr Halana trotz Nachforschungen nicht, was aus Ruben geworden war. Lag er in irgendeinem Massengrab? War er… *aufgegessen?* Oder einfach weitergezogen? Und wenn er noch lebte, war dann sein Herz noch schwer, weil Halana ihn abgewiesen hatte? Nun, eines Tages würde es wieder leichter werden. Vielleicht wäre er dann noch einige Zeit traurig, weil er es nicht glauben wollte, dass ihr Bild in seinen Gedanken zu verblassen begann.

Doch dann würde er eine andere finden. Das hoffte Halana jedenfalls. Genauso, wie sie hoffte, dass auch Rubens Bild in ihren Gedanken irgendwann ganz verblasst wäre. Die Kriegerin musste sich allerdings bald einer ganz anderen Sache zuwenden. Einem Strafgericht. Der Herzog selbst war entkommen. Auch den Führer seiner Leibgarde konnte man nicht richten: General Eisenhand würde niemandem mehr die Zunge heraustrennen, er war am Morgen nach der letzten Schlacht, den Körper von mehreren Pfeilen durchbohrt, tot aufgefunden worden. Doch in den nächsten Tagen waren den Steppenkriegern einige andere sehr interessante Fische ins Netz gegangen, die am achten Tag nach der Befreiung Berlundels vor den König geführt, beziehungsweise geschoben wurden. Halana, Prim, Rrrricka und Puth'O waren als Gäste der Krone dabei.

Die Gefangenen waren Berthold, Junas von Anselm, Cosas Großmutter Liebrose von Burgis und nicht zuletzt der Mann, den der Orden der Elf Gebote als Erleuchteten verehrt hatte. Dem Ordensführer, der als freier Mann nur mit Schnabelmaske in Erscheinung getreten war, hatte man seine Maske längst abgenommen. Jetzt versuchte er krampfhaft, sein Gesicht hinter den gefesselten Händen zu verbergen.

»Schämst du dich etwa, du, der du vorgabst, ein Erleuchteter zu sein?«, fragte der König barsch.

»Nein«, entgegnete statt seiner Prim, »denn Scham ist diesem Manne gänzlich unbekannt. Er hat nur Angst, dass Puth'O ihn erkennt. Aber gib dir keine Mühe. Nach all dem, was Puth'O mir erzählt hat und was ich auf meiner Wanderschaft erfahren habe...«

»...sind wir durchaus in der Lage, zwei und zwei zusammenzuzählen«, ergänzte Puth'O, »wir wissen längst, dass du es bist, Fulk'O – das heißt, das ,O' darf man sich inzwischen getrost schenken.«

»Fulk'O?«, rief Halana überrascht, »aber das ist doch...«

»Ja«, sagte Puth'O, »bedauerlicherweise ein Zauberer und jener Mann, den ich vor 26 Jahren aus unserem Land hinausgeworfen hatte, für das er ohne den geringsten Skrupel zum Mörder geworden war. Jener Mann, der deine Mutter, zudem die Mutter meines Kindes und all jene anderen Frauen vergiftet hat, die in der Todzone so elend ums Leben gekommen sind. Jener Mann, der all die vergangenen Jahre in der ihm so verhassten Außenwelt leben musste und dessen Angst, Zorn und Bosheit nur das eine Ziel kannten, diese Außenwelt in ihrem eigenen Blut ertrinken zu lassen, und am besten die Zauberer noch mit. Ich muss aber leider zugeben, dass ich seine vom Hass angestachelte Zähigkeit unterschätzt hatte. Ich dachte, er würde außerhalb von Reinefreude zu Grunde gehen. Doch er nutzte seine Kenntnisse, um sich zum Herrn über diese armen Naiven im Orden aufzuschwingen. Und mit seiner Hilfe hat der Schwarze Herzog die Welt mit Blut und Zerstörung überzogen. Aber gewonnen hat er nicht.«

»Jaaaa!«, brüllte da Fulk und riss seine Hände von seinem vor Zorn und Panik rot gefärbten Gesicht, »ja! Im Blute ihres Gezüchts sollten sie ertrinken, diese schmutzigen, verlausten Barbarenländer, deren Herrscher es nicht würdig sind, die Schuhe eines Zauberers zu küssen! Und wenn all die Untermenschen, die diese Länder bevölkern, beiseitegeschafft wären, dann könnte ich wenigstens wieder frei atmen, ohne ihren Schweiß und Gestank ertragen zu müssen! Und wenn ich schon nicht an den Errungenschaften des Schlafenden Gottes in meinem gelobten Land teilhaben kann, dann sollen all die anderen Zauberer auch in ihrem Blute ersaufen!«

»Du hast da was verpasst, Fulk«, sagte Prim eisig, »wie sich herausgestellt hat, sind wir in Wirklichkeit keine Zauberer, sondern haben all die Jahrtausende von technischem Schnickschnack unserer Vorfahren profitiert, der allerdings zusehends verfällt und uns obendrein unsere fast vollständige Kinderlosigkeit beschert hat, gegen die du einst – leider mit skrupellosen Methoden – so vehement angekämpft hattest.«

»Du redest Unsinn!«

»Keineswegs«, sagte nun Puth'O, »und ich werde mir dieser Tage sogar die Mühe machen, es dir in deiner Zelle genau zu erklären. Nur um in deine Augen zu sehen, wenn deine Welt zusammenbricht.«

»Die Gelegenheit wirst du nicht haben«, sagte der König düster, »er wird hingerichtet. Noch heute.«

»Dürfte ich was Besseres vorschlagen, König Róge?«, warf Puth'O ein.

»Da bin ich gespannt. Sprich.«

»Wir lassen ihn wieder in sein geliebtes Land der Zauberer.«

»Bitte? Das meinst du nicht ernst«, sagte der König, während Fulk stammelte: »Das... das willst du wirklich?«

»Oh ja. Allerdings erst, wenn mein Volk bis auf den letzten Mann das Land verlassen hat. Wenn jedes einzelne ›magische‹ Utensil in das tiefste Loch geworfen wurde, das wir finden können. Wenn kein Korn mehr automatisch geerntet wird, wenn kein magisches Licht mehr brennt, wenn die Bibliothek vollständig nach Berlundel überführt wurde. Dann hast du Platz, dich in deinem geliebten Land auszubreiten, dann kannst du meinetwegen den ganzen Tag vor dem Schlafenden Gott auf den Knien liegen, ihn streicheln und anwinseln, doch bitte wieder aufzuwachen. Nur die magische Todes-Grenze wird dann noch funktionieren, sodass du nie wieder hinaus kannst, so sehr du dich auch danach sehnst.«

Halana flüsterte Prim verstohlen zu: »Ich dachte, der Grenzschutz funktioniert nicht mehr?«

»Schon, aber das weiß er ja nicht. Außerdem können die D'Goristi ein Auge auf ihn haben.«

»D... Das ist eine Prüfung«, kam es da hysterisch von einer gebrechlichen alten Stimme. Es war Liebrose von Burgis, die nun stammelte: »Der Erleuchtete hasst Zauberer. Also kann er kein Zauberer sein. Der Erleuchtete sorgt dafür, dass die Welt im Blut versinkt, um das Elfte Gebot des Großen Zerstörers zu erfüllen, so dass *ich* an seiner Seite sitzen kann!«

»Du blöde stinkende alte Schachtel«, kreischte Fulk, »wenn du nicht so dämlich gewesen wärst, den Bruder des Schlafenden Gottes abzumurksen, dann hätte ich jetzt unendliche Macht und die Welt längst von all diesen Ratten befreit.« Zwei Wachen mussten Fulk zurückhalten, damit er Liebrose nicht an die Gurgel gehen konnte, die nun wieder verzückt erklärte: »Ja! Eine Prüfung! Und dann werde *ich* an der Seite des Großen Zerstörers sitzen, wenn er das Elfte Gebot erfüllt.«

Jetzt überschlug sich Fulks Stimme fast, als er losjammerte: »Oh Schlafender Gott! Du dämliche Schabracke, das Elfte Gebot mit Blut und Untergang hab ich doch nur frei erfunden! Das echte Elfte Gebot ist noch viel dämlicher – die Ordensführung denkt, mit geheimen Ritualen den Großen Zerstörer dazu zu bringen, dass er die Welt eben nicht zerstört, und die alten Deppen sonnen sich in dem Glauben, dass sie es seien, die einen Ausgleich zum Chaos schaffen und so die Welt am Leben halten.«

»Ja«, sang Liebrose jetzt fast, an der Fulks Worte abgeprallt waren, »eine Prüfung... Viel Blut! ... Ich bestehe sie... Oh du göttlicher Erleuchteter, ich bestehe die Prüfung – für dich!«

»Himmel! So richtet mich doch hin oder stopft der dämlichen Ziege endlich die Klappe!«

»Schafft sie weg!«, rief der König, »aber vorerst in getrennte Zellen. Allerdings denke ich, dass wir hier eine treue Begleiterin für Fulk gefunden haben, wenn wir ihn ins leere Land der Zauberer werfen.«

Ein langgezogenen »Neiiiiin!!!!« war das Letzte, was sie von Fulk hörten, während er hinausgeschleift wurde.

König Róge war einige Zeit still, dann meinte er ehrlich erschüttert: »Wie ist es möglich, dass zwei solche Witzfiguren mitverantwortlich sind für so viel Tod und Zerstörung?«

Prim antwortete: »Nach allem, was ich auf meinen Reisen mit Halana gelernt habe, werden Witzfiguren dann gefährlich, wenn andere Menschen auf sie zu hören beginnen. Wenn erst einmal genug Menschen freudig aufs Denken verzichten, dann wird die Masse kritisch.«

»Bleiben also zwei«, sagte Róge schließlich und blickte zwischen Junas von Anselm und Berthold hin und her. Berthold saß blass und verschwitzt in einer Schlepp-Sänfte, immer wieder zuckte sein Blick zu Halana. Anselm hatte nichts mehr von der Eleganz an sich, mit der er in Vandar auftrat war. Seine Kleider hatten Risse, und manchmal konnte er ein leichtes Zittern nicht unterdrücken.

Langsam zog Halana die Klinge aus ihrer Scheide. Nicht das Schwert an ihrer Seite, sondern das zweite, das sie auf dem Rücken trug. Nachdenklich die Waffe betrachtend, trat sie vor Berthold hin, hob den Griff der Waffe vor ihr Gesicht, tat einen tiefen Atemzug und meinte: »Die Leder-Umwicklung trägt noch immer den Geruch von Lusian in sich.

Weißt du eigentlich, dass es ihr letzter Wunsch an mich war, dass ich dich umbringe? Ich hatte ihr Schwert seither immer bei mir, um jenen Mann zu töten, der ihr feige und hinterhältig seine Klinge in den Rücken gestoßen hat. Aber wenn sie jetzt hier bei mir wäre – und auf gewisse Weise ist sie immer bei mir –, dann würde sie verstehen, dass ich dich nicht einfach niederstrecken kann. Trotz all deiner Bosheit und allem, was du ihr und mir, was du Ruff und Giula und all deinen anderen Opfern angetan hast.«

»Du bist edelmütig, Halana, und ich verstehe dich«, sagt Róge, »doch meine Pflicht als König ist es, mein Volk vor jedem weiteren Gift dieses Verräters zu schützen, der durch seine Taten hunderttausendfach Tod und Verderben über sein eigenes Volk gebracht hat.

Aber auch ich will gnädig sein, Berthold. Ich lasse dir die Wahl zwischen zwei Möglichkeiten. Du musst dich sofort entscheiden: Entweder du wirst von diesem Raum aus augenblicklich dem Henker überstellt, dem wir Lusians Schwert leihen werden, um dir auch noch deinen Kopf zu nehmen, oder... Nun, eine Handvoll deiner eulengesichtigen Verbündeten haben wir am Leben gelassen, denn wir haben Gründe, sie zurück in ihre Höhlen zu schicken. Und wie ich gehört habe, hatten dich die Orika als ›Gast‹ bei sich aufgenommen. Du kannst mit ihnen ziehen, um in ewiger Verbannung mit ihnen in ihren Höhlen zu leben – und ich werde den Orika sogar auferlegen, dass sie dich nicht aufessen. Wie entscheidest du dich?«

Kurz sah Berthold dorthin, wo einmal seine Beine gewesen waren, dann auf seinen Armstumpf. Danach warf er Halana einen hasserfüllten Blick zu und zischte schließlich den König an: »Ich wähle den Henker.«

Mit Eiseskälte im Blick erklärte der König: »Somit ist es beschlossen: Du wirst mit den Eulenmenschen in die Verbannung gehen.«

»Was!? Aber ich... Neiiiiin!!!!«

Und während der schreiende Körper hinausgetragen wurde, sagte Róge VI. düster: »Manchmal tut es gut, niemandem Rechenschaft ablegen zu müssen.«

Einen langen Moment herrschte Schweigen im Raum, das schließlich von Rrrricka mit der Frage unterbrochen wurde: »Wozu haben wir denn eigentlich ein paar dieser Höhlenmaden am Leben gelassen?«

»Da gibt es mehrere Gründe«, erklärte der König. »Erstens sollen sie in ihrer Heimat von der Vernichtung des ›Großen Morlock‹ und seines Heeres berichten und erzählen, dass man sich lieber nicht mit den freien Völkern jenseits der Höhlen anlegt. Zweitens werden sie Nachrichten überbringen, wie man uns Sieger etwas gnädiger stimmen kann: Das Land der Zauberer muss ja, wie wir wissen, entrümpelt werden. Und die Orika könnten viele dieser interessanten – und unbrauchbar gemachten – Sachen in ihren jetzt zahlreichen leeren Höhlen lagern.«

»Ich vermute, es gehört nicht zum Plan ihnen zu sagen, dass ihre Männer dann bald kaum noch Kinder zeugen können?«

»Du hast es erfasst. Außerdem wollen wir mit einer Abordnung ihrer Weibchen, äh, Frauen verhandeln. Vielleicht können wir ihnen klarmachen, dass sich die Orika-Frauen, jetzt, wo die Zahl der Männer so dezimiert ist, sich nicht mehr alles von ihren ›Herren‹ gefallen lassen müssen?«

»Wunderbare Idee.«

»Und zuletzt – aber erst ganz zuletzt – können wir sie vielleicht mit gelegentlichen Gaben jenes sonderbaren Einreibe-Zaubers tatsächlich innerhalb von zwei, drei Generationen wieder ans Sonnenlicht gewöhnen und der Gesellschaft der Menschen eingliedern.«

»König, Ihr seid zu gut«, sagte Prim, »wobei mir einfällt, dass wir hier noch immer einen Gefangenen haben.«

Alle Blicke richteten sich nun auf Anselm, der jetzt zitterte und dem Halana erklärte: »Hatte ich dir nicht gesagt, dass ich dich töten würde? Und du hast deine Hände noch. König Róge, darf ich Euch bitten, diesem Mann die Fesseln lösen zu lassen und ihm ein Schwert zu geben?«

»Wenn du es wünschst, meine Kriegerin.«

»Nein!«, schrie Anselm hektisch, »ich bin ein Mann des Geistes! Ich kann nicht kämpfen! Es ist... ja, genau, als hätte auch ich keine Arme.«

»Keine Ausflüchte, Mann der Intrigen!«

Anselms Fesseln wurden gelöst, dann drückte ihm eine Wache ein Schwert in die Hand. Doch Anselm ließ es sofort fallen, als hätte es einen glühenden Griff, und hob beide Arme in die Höhe.

»Wie erbärmlich«, begann Halana, wurde aber von Rrrricka unterbrochen: »Das ist der Mann, den meine jahrelange Gefangenschaft nicht nur kaltließ, sondern der meine Folter auch noch in seine Pläne für Cosa verwoben hat? Nun, Anselm, Mann des Geistes, ich bin erst sechzehn Jahre alt und hatte nur zwei Jahre Zeit, mich im Kampf zu üben.

Traust du dich wenigstens, gegen mich anzutreten?«

»Nein«, sagte Halana entschieden, »lass das, Rrrricka.«

Während Anselm gleichzeitig seine Lippen leckte, das Mädchen abschätzend ansah, das Schwert aufhob und fragte: »Und wenn ich gewinne... bin ich dann frei?«

»Nicht zu fassen!«, rief Prim, »diese Ratte würde tatsächlich mit dem Mädchen kämpfen!«

»Sie wird«, sagte Rrrricka, »denn ihr vergesst, dass ich Häuptling aller Lrrrk bin und ein Recht auf diesen Kampf habe.«

Und noch bevor jemand etwas erwidern konnte, hatte sie plötzlich ein kurzes Schwert in der Hand, machte einen Satz nach vorne – und hatte nach nur zweimaligem Schlagabtausch Anselm an der Schwerthand getroffen, so dass dessen Waffe zu Boden polterte und er entsetzt Rrrricka anstarrte, die drohend und mit stoßbereiter Klinge vor ihm stand. Dann sank Anselm tatsächlich auf die Knie und begann zu schluchzen.

Rrrricka sah kurz auf ihn hinab, und die Entschlossenheit in ihrem Blick wich Ekel, als sie zwei Schritte zurücktrat und erklärte: »Nein, wirklich, das kann ich nicht.«

»Du wirst ein guter Häuptling werden«, prophezeite König Róge, während Prim nun seinen Sinn fürs Praktische bewies: »Wenn ich etwas vorschlagen dürfte? Soweit ich weiß, hat der Krieg die Schatzkammer des Reiches und auch die Schatulle der Dynastie geleert? Dabei wäre doch für den anstehenden Wiederaufbau jedes Kupferstück willkommen?«

»Allerdings«, sagte Róge.

»Also, ich habe ein wenig nachgeforscht. Unter den Gefangenen war auch einer der Männer Anselms, der sich sehr gesprächsbereit für ein klein wenig Erleichterung seiner Haft zeigte. Anselm war als Berater wirklich ein gefragter Mann. Gut, sein Lebensstil war aufwändig, doch er hat sich eine ganze Menge Güter und Rücklagen zulegen können.

Etwa eine ordentlich Gewinn abwerfende Pferdezucht im Deunischen Städtebündnis und ein paar Ländereien im Vogtland. Wenn er all seine Besitztümer zu Geld macht, sollte er, einschließlich seiner Kassenreserven, auf mindestens 6000 Goldstücke kommen.«

»Aber soviel ist das niemals wert!«, rief Anselm, der plötzlich entsetzt zu schluchzen aufhörte.

»Gut«, sagte wiederum der König, »Anselm, du hast ein Jahr Zeit, einen Boten zu schicken, der all deine Besitzungen zu Geld macht. Für 6000 Goldstücke wirst du dich freikaufen können. Ansonsten wirst du dem Henker übergeben.«

Die Wachen schafften den blassen Anselm hinaus, der noch etwas von »Bettelstab« stöhnte. Prim sah ihm hinterher und meinte: »Damit wird er Recht haben. Nach dieser Schlappe Cosas wird niemand mehr Anselms Beraterdienste in Anspruch nehmen wollen.«

»Diese üble Pflicht wäre also erledigt«, erklärte Róge, »bleibt noch der Schwarze Herzog selbst.«

Sechs Wochen später stand ein 50000 Mann starkes Heer vor den Toren Vandars. Das mochte auf den ersten Blick klein erscheinen, wenn man bedachte, dass sich der Schwarze Herzog mit über 110000 Kriegern in der Stadt verschanzt hielt, nachdem er fast die halbe Zivilbevölkerung hinausgeworfen hatte. Doch bestand das vereinigte Heer der Angreifer nicht nur aus Kriegern Engalands und Steppenreitern, sondern auch aus 6000 Kämpfern aus dem Zauberer-Volk und aus 2000 D'Goristi.

Schon beim Anmarsch hatten sich ihnen die Tore aller Ansiedlungen und kleineren Städte geöffnet, denen Cosa ohnehin kaum Krieger zum Schutz gelassen hatte. Sehr zur Erleichterung der Bevölkerung enthielt sich die Allianz aber aller Zerstörungen und rückte nicht mal in die Städte ein, sondern verlangte nur maßvoll die Versorgung des Heeres.

Und wie staunte die Bevölkerung Vandars erst, und welches Entsetzen löste es bei den Kriegern Cosas aus, als nur einen Tag nach Ankunft des feindlichen Heeres 5000 Kämpfer der Allianz plötzlich mitten in der Stadt auftauchten, ohne dass an der Stadtmauer auch nur eine Klinge gekreuzt worden war.

»Siehst du«, sagte Halana zu Barrkaron, »jetzt hat sich der Stadtplan, den du in deiner Zeit als Hofnarr gezeichnet hattest, doch noch bezahlt gemacht.« Die 5000 hatten sich rund um eine kleine Wach-Zitadelle verschanzt, aus deren Keller sie unvermutet aufgetaucht waren. Und es genügte, drei benachbarte Häuser in einem Atemzug in Schutt und Asche zu legen, dass sich etwa 3000 der Verteidiger in die Burg Vand flüchteten, die meisten aber schlichtweg aufgaben, zumal sie gehört hatten, dass ihre Landsleute außerhalb der Stadt vor Gräuel- und Rachetaten verschont geblieben waren.

So war es der Allianz in nur einem Tag gelungen, ohne dabei einen einzigen Mann zu verlieren, die Hauptstadt des schwarzen Landes einzunehmen – abgesehen von der Burg Vand, die noch immer von 9000 Männern des Herzogs gehalten wurde.

∗

Seit Wochen konnte der Schwarze Herzog vor brodelnder Wut kaum denken. Doch dann wurde er von der Nachricht eines Boten so schockiert, dass selbst seine Wut für einige Augenblicke durchbrochen wurde: Die Allianz wollte doch tatsächlich verhandeln!

Cosa erwartete die Unterhändler im Thronsaal. Bei ihm waren der zwergenwüchsige General Narsus, Berater Telio, Finanzverwalter Klenko sowie, aus alter Gewohnheit, Cosas Hausphilosoph Simedi. Dazu Wachhauptmann Sorna und natürlich ein paar Krieger der Leibgarde.

Die Abgesandten der Allianz hatten die Burg im Geleitschutz von 50 Zauberern betreten, die allerdings vor dem Thronsaal zurückblieben.

Überrascht stellte Cosa fest, dass es sich bei den »Abgesandten« um all jene handelte, von denen der Herzog nichts anderes als den Tod erwarten konnte: die Kriegerin, deren Sohn er entführt hatte, der Zauberer, der für ihn gefangengenommen werden sollte, der Dichter, dem er die Zunge genommen hatte, seine Nichte, die wegen ihm Jahre im Kerker verbracht und deren Vater er getötet hatte, ein Häuptling des Reitervolks, das er bedroht hatte, und sogar König Róge VI. persönlich war gekommen. Selbst Karandra, die Tochter des Königs, war dabei, der er immer wieder zwanghaft verwirrte Blicke zuwarf.

Waren sie alle gekommen, um seinem Untergang beizuwohnen? Er knurrte die Delegation an: »Was wollt ihr? Denkt ihr, ich gebe auf?«

»Wir befürchten eher, du wirst es nicht tun. Du solltest es aber«, sagte König Róge, »denn dir ist klar, dass wir deine Burg stürmen könnten.

Aber wir haben genug vom Blutvergießen. Wenn du uns die Burg übergibst, bekommst du freies Geleit, und...«

»Niemals!«, unterbrach Cosa wütend, sprang auf und brüllte: »Ja, ihr könnt meine Burg vielleicht erobern. Aber die Mauern Vands sind stark genug – auch gegen den Firlefanz dieser falschen Zauberer. Und wenn ihr angreift, wird es euch Ströme von Blut kosten, bis ihr hier in meinem Thronsaal steht!«

»Mein Herzog«, wandte General Narsus zögernd ein, »wollt Ihr es Euch nicht wenigstens nochmals überlegen, ob...«

»Halte den Mund!«, brüllte Cosa, »du und deine Leute und alle in der Burg werden mit mir in den Untergang gehen! Ich allein bin der Herrscher des Schwarzen Landes! Und ihr werdet gehorchen!«

»Nun«, stellte Prim die Frage in den Raum, »wäre es nicht langsam an der Zeit, Herzog Cosa abzulösen?«

»Ha«, lachte der Herzog böse, »wenn mich meine Untertanen tatsächlich absetzen wollten, müsste ein anderes Mitglied meiner engsten Familie meinen Platz einnehmen – aber ich habe weder Eltern noch Geschwister noch Kinder.«

»Wobei du bei deinem Vater und deinem Bruder ein wenig nachgeholfen hast«, sagte Halana düster, »doch solltest du...« Eilig über den Steinboden heranstapfende Stiefelschritte unterbrachen die Kriegerin.

Ein Krieger des Herzogs durchquerte schnellen Schrittes den Raum und flüsterte Cosa etwas ins Ohr. Der sah auf und meinte: »Noch einer von euch. Ein Bote aus dem Land der Zauberer, der meint, Halana unbedingt eine Nachricht übergeben zu müssen.« Der Herzog zögerte, grollte aber schließlich: »Na gut, er soll seine Botschaft übergeben, damit wir diese Farce endlich beenden können.«

Der Krieger eilte nochmals davon, betrat aber nach ein paar Minuten wieder den Raum, und ihm auf dem Fuß folgte...

»Timtom!«, riefen Halana und Prim überrascht, dann erklärte Halana, während sie dem Neuankömmling herzlich die Hand schüttelte: »Timtom war Prims Diener in Reinefreude und der erste Bürger des Zaubererlandes, den ich, neben Prim, kennengelernt hatte. Wir hatten ein paar Anlaufschwierigkeiten, zumal ich ihn zunächst für den Zauberer gehalten hatte, aber ich muss sagen, Timtom ist...«

»Hallo?!«, brüllte der Herzog dazwischen, »würdet ihr euer Plauderstündchen vielleicht auf später verschieben? Er soll seine verdammte Nachricht endlich übergeben!«

Halana sah Cosa grimmig an, nahm dann aber das versiegelte Pergament aus Timtoms Hand, brach es auf und las es. Plötzlich versteifte sie sich, ihr Blick schnellte nach oben und schien sekundenlang in eine weit entfernte, unendliche Leere zu starren. Doch genauso schnell und unvermittelt kam die Kriegerin wieder zu sich, schüttelte unwirsch den Kopf, las den Brief nochmals und dann ein drittes Mal. Als sie ihn auch noch ein viertes Mal gelesen hatte, stieg zuerst ein leises Kichern aus ihrer Kehle hoch, das Kichern wurde zum mühsam unterdrückten Glucksen, dann zum nicht mehr zu unterdrückenden Lachen, das von Sekunde zu Sekunde anschwoll, bis Halana Tränen über die Wangen liefen, während sie sich schließlich einfach auf den Boden plumpsen ließ, und, von Lachkrämpfen geschüttelt, keuchend nach Luft japste.

Der Herzog und seine Leute sahen mit großen Augen auf sie herunter, und auch ihre Freunde tauschten inzwischen besorgte Blicke aus.

Schließlich ging Prim neben ihr in die Hocke und fragte: »Was ist los? Kann ich dir helfen?«

Halana holte tief Luft, hielt sie gewaltsam an und hatte sich nach ein paar Sekunden wieder soweit unter Kontrolle, dass sie nur noch sachte kicherte und schnaufte, als Prim ihr wieder auf die Beine half.

Schließlich wischte sie sich die Lachtränen aus den Augen, räusperte sich und erklärte: »Ich bitte um Verzeihung. Aber gerade ist eines unserer Probleme gelöst worden.« Dann wandte sie sich direkt an den Herzog und erklärte: »Du erinnerst dich an unsere nette Plauderei damals im Kerker-Turm, als ich dir sagte, dass ich eigentlich von Geburt her Schwarzländerin bin? Dass meine Mutter und ich von den Söldnern Fulk'Os ins Reich der Zauberer verschleppt worden waren? Dass meine Mutter aber ihre genaue Herkunft selbst vor ihren Mitgefangenen geheimgehalten hatte, und dass erst recht nicht bekannt war, wer mein Vater ist?«

»Ja, ja, ja«, erwiderte der Herzog unwirsch, »aber ich wüsste nicht, was mich deine verdammte Familiengeschichte angeht!«

»*Unsere* Familiengeschichte... *Papa!* – Unsere Familiengeschichte.«

»Hast du... Hast du mich gerade Papa genannt?«

»Ja. Erschreckend, nicht wahr?«

Halana hielt das Pergament hoch und erklärte: »Endlich ist man, bei den Ausräumarbeiten in der großen Bibliothek der Zauberer, doch noch auf eine Namensliste jener unglücklichen Frauen und Kinder gestoßen, die damals nach Reinefreude verschleppt wurden. Und wie es aussieht, ist meine Mutter in Wirklichkeit niemand anderes als die arme Silin.«

Alle Köpfe von Cosas Leuten flogen herum und starrten den Herzog an, der mit offenem Mund in seinen Thron zurückgesunken war und seinerseits Halana anstarrte. Die fuhr fort: »Ja, der Name kommt euch bekannt vor, was?« Ihren Freunden erklärte sie: »Kasim III., Cosas Vater, hatte gehofft, die Gewalttätigkeit und ungestüme Aggression seines Zweitgeborenen zügeln zu können, indem er ihn schon mit sechzehn Jahren verheiratete. Doch seine junge Frau, meine bedauernswerte Mutter, hielt es nur ein paar Monate in der Burg Vand aus. Wer wollte es ihr verdenken? Dann ist sie geflohen. Und bei ihrer Flucht Söldnern Fulk'Os in die Arme gelaufen.«

»Das kann nicht sein!«, rief jetzt Cosa, »ich hatte dieser Schlampe, die es gewagt hatte, mir... Ich hatte ihr damals Fährtensucher hinterhergeschickt. Mit einem ganz klaren Auftrag.«

»Sie sollten sie umbringen? Und die Fährtensucher haben dir dann auch erzählt, dass sie genau das getan hätten? Nun, *Vater,* was hättest du denn an ihre Stelle getan? Jemandem wie dir sagen, dass sie den Auftrag in den Sand gesetzt hatten? Oder vielleicht doch eher ein wenig schwindeln? Zumal wenn man auch noch herausgefunden hat, dass Silin ohnehin entführt worden war?«

Einige Gesichter im Raum sahen geschockt aus, und alle Augen richteten sich auf den Herzog. Der sagte erst einmal gar nichts, dann blaffte er Halana an: »Mag sein, dass du meine Tochter bist. Aber ich scheiß drauf! Du wirst doch nicht so bescheuert sein zu glauben, nur weil du mein Balg bist, werde ich dich debil lächelnd in die Arme schließen und die Burg kampflos aufgeben?«

»Der Große Zerstörer behüte, nein, das glaube ich nicht. Aber das wird auch gar nicht nötig sein.« Dann wandte sich Halana der Gruppe neben Cosas Thron zu und erklärte: »General Narsus, Telio und... Klenko und Simedi, richtig? Und ihr Krieger des Schwarzen Landes. Ich bin bereit.«

Nachdem für ein paar Sekunden Ruhe den Raum beherrschte, weil jeder vergeblich zu verstehen versuchte, was Halana meinte, fragte General Narsus schließlich: »Äh. Wozu seid Ihr bereit?«

»Na, hat es Cosa nicht gerade erklärt? Wenn der amtierende Herzog abgelöst werden soll, dann muss das durch einen nahen Verwandten geschehen. Ich bin seine Tochter. Und näher verwandt geht ja wohl nicht.«

»*Du* willst Herzogin werden? *Du* willst mich ablösen?«, sagte der Herzog und vergaß vor lauter Fassungslosigkeit das Brüllen, »das ist ja wohl das Lächerlichste, was ich in meinem Leben gehört habe!«

»Hrm«, räusperte sich Telio leise, der schon ein Berater von Cosas Vater gewesen war, »dass ein Herzog oder eine Herzogin von einem Mitglied der eigenen Familie abgelöst werden kann, wurde vor gut fünfhundert Jahren in die Gesetze geschrieben, nachdem Herzog Tulplem IX. derart senil geworden war, dass er das halbe Reich ins Chaos stürzte. Aber es wurde nicht ins Gesetz geschrieben, dass das Ablösen eines Herzogs zu Lebzeiten ausschließlich im Falle von Senilität möglich sei.« Und während er das leise berichtete, bewegte er sich, kaum merklich und ganz langsam, aus der Gruppe um den Herzog heraus und von seinem Gebieter weg. Klenko und Simedi rückten Zentimeter um Zentimeter nach.

»Sehr interessant«, sagte Halana und fuhr fort: »Außerdem, *mein* General Narsus und ihr anderen, solltet ihr bedenken, dass meine persönlichen Beziehungen zum Herrscher von Engaland« – sie lächelte den König kurz an – »ganz ausgezeichnet sind, ebenso meine Beziehungen zu den Chrrrr und den Lrrrk« – Barrkaron, Rrrricka und Sssnrk nickten zustimmend – »das wird den anstehenden Friedensgesprächen eine günstige Wende geben. Ihr wisst, dass das Schwarze Land geschlagen ist. Doch mit mir als Herrscherin wird keine Unterwerfung nötig sein. Sicher werden wir Reparationen leisten müssen, aber sie werden uns nicht vernichten.«

»So wird es sein«, erklärte König Róge, »das freie Geleit wäre Cosa allerdings nur gewährt worden, wenn er von sich aus aufgegeben hätte – diese Chance hat er vertan. Halana, ich muss darauf bestehen, dass – äh – dein Vater seiner gerechten Strafe zugeführt wird.«

»Mir blutet das Herz. Aber wenn's halt sein muss...«

»Moment mal!«, brüllte der Herzog, »Narsus, du wirst diesen Unsinn ja wohl nicht mitmachen?«

Der kleine General überlegte einen Moment.

Halana sagte: »Narsus?«

»Ja?«

»Ihr habt gerade zu lange überlegt. Das wird er Euch nie verzeihen.«

Kurz sah der zwergenwüchsige Mann in die giftgefüllten Augen des Herzogs, dann meinte er: »Nun, wenn es unser Gesetz erlaubt... Mal abgesehen davon, dass Cosa sein Land in noch tieferes Chaos gestürzt hat als sein seniler Vorfahre. Was also wünscht Ihr, dass wir tun sollen, Herzogin Halana?«

»Das ist Verrat!«, donnerte Cosa und hieb mit der rechten Faust kraftvoll in die Mitte der rechten Armlehne seines Throns.

Der Thron schwang um 180 Grad herum, während gleichzeitig hinter ihm zwei große Wandpaneele beiseiteglitten und eine Öffnung freigaben. Cosa sprang mit einem Satz hindurch, hinter ihm schloss sich die Öffnung wieder.

Fast alle aus der Delegation der Allianz sprangen auf die Wand zu und versuchten fieberhaft, die Paneele wieder beiseitezudrücken, konnten aber keinen Mechanismus oder Ansatzpunkt finden. Plötzlich rief Prim: »Wo ist Halana?«

Timtom sagte: »Gleich als dieser komische Ex-Herzog verschwand, ist sie auch schon aus dem Saal gestürmt. Und ihr sollt bitte in den Vorhof vor das Burgtor kommen.«

*

Zehn Zimmer weiter nördlich von der Rückseite des Thronsaals befand sich der kleine und selten genutzte Lesesaal der herzoglichen Familie. Außer einem großen Schreibtisch, ein paar Sesseln, dicken Teppichen auf dem Boden und Bücherregalen an den Wänden gab es auch einen kleinen Kamin, neben dem links und rechts große gusseiserne Wappenplatten an der Wand angebracht waren. Plötzlich schwang eine der Platten quietschend beiseite, Cosa hastete gebückt durch die niedrige Öffnung, schlug sogleich einen Teppich zurück und griff nach dem Ring einer Falltür, die sich darunter verbarg.

»Wohin so eilig?«

Cosa schnellte erschrocken herum.

Halana lehnte mit verschränkten Armen und nur etwas außer Atem auf der anderen Seite des Kamins an der Wand.

»Woher...?!«, fragte Cosa verblüfft.

»Die Karte des Hofnarren. Ihr Studium hat sich gelohnt.«

Dann stieß sie sich von der Wand ab und zog das Schwert aus der Rücken-Scheide.

Schnell zuckten die Augen des Herzogs nach links und rechts, und er stellte befriedigt fest, dass Halana allein war, während auch er sein Schwert blank zog.

Sie begannen sich langsam in der Mitte des Raumes zu umkreisen.

Cosa, die Augen zu Schlitzen verengt, erklärte: »Ich weiß, dass du eine gute Kriegerin bist. Aber wie kannst du nur einen Moment glauben, dass du – alleine – mich besiegen kannst?«

»Und ich verstehe nicht, wie du auch nur eine Sekunde denken konntest, dass du auf Dauer davonkommst? Wie konntest du denken, dass ich den Mörder jage, aber den eigentlichen Täter, der den Mörder angestiftet hat, verschonen würde?«

»Wovon, um des Großen Zerstörers Willen, redest du eigentlich?«

»Berthold war nur dein Arm, doch du warst die Stoßkraft hinter diesem Arm, die Lusian umgebracht hat.«

»Wer zum Teufel ist Lusian?«

Nur einen Moment sah Halana den Herzog fassungslos an, doch dann verstand sie, und sie hatte große Mühe, sich in ihrem Zorn keine Blöße zu geben und einfach wie ein Tier über Cosa herzufallen. Stattdessen zischte sie: »Natürlich. Du kennst nicht einmal ihren Namen, weißt nicht, dass sie starb und nicht, dass es sie überhaupt gab. Ein hoher Herr hat eine Entscheidung getroffen, was spielt es da für eine Rolle, wer lebt oder stirbt?«

»Verdammtes Weib! Tausende sind in meinen Kriegszügen gestorben, denkst du etwa, ich sollte mir jeden Namen merken und um jeden weinen?«

»Genau genommen… ja, das sollte jeder Herrscher tun.«

»Du Närrin. Ich habe meinen eigenen Vater von einem Turm gestoßen, was glaubst du, schert mich diese Schlampe…«

*SSSZZZT!*

Entsetzt sprang Cosa einen Schritt zurück und wischte mit seiner Linken über den haarfeinen, blutenden Schnitt unter seinem linken Auge.

Halanas Stimme triefte vor Kälte: »Lusian war meine Schwertschwester. Sie war eine glänzende Kriegerin. Sie zögerte keinen Moment, nur mit einer weiteren Kriegerin 200 Feinde anzugreifen. Sie hätte ihr Leben für mich oder meinen Sohn gegeben – was sag ich… sie hat es für uns gegeben. Lusian war tapfer und großzügig, sie stand zu ihren Freunden, sie hatte Humor, und…«

Nachdem Halana dem Herzog fünf Sekunden ruhig in die Augen gestarrt hatte, rief dieser entnervt: »Was!?«

»…und Lusian war der eine Mensch zuviel, den du getötet hast. – Mach dich bereit!«

Dann stürzte sie unvermittelt mit einem Schrei auf Cosa zu, der gerade noch sein Schwert hochreißen konnte, um sie abzuwehren. Wütend schlug er zurück, bekam jedoch keinen Stich gegen die flinke Kriegerin. Nach einem nur kurzen, heftigen Schlagabtausch hatte Cosa schon zwei leichte Schnitte im linken Arm. Er warf einen sehnsüchtigen Blick auf die Falltür, an die er nicht mehr gelangen konnte, dann fegte er mit der linken Hand eine Reihe Bücher aus einem Regal, genau auf Halana zu, sodass sie zurückspringen musste und Cosa Gelegenheit hatte, die Tür des Lesesaals aufzureißen und hinauszustürmen. Doch Halana war schon wieder hinter ihm, als er sich kurz gehetzt umsah. So rannte er weiter durch den seltsamerweise menschenleeren Gang, bis er das Portal zum Vorhof erreicht hatte – da bogen weiter vorne drei dieser verflixten falschen Zauberer mit ihren dennoch so schrecklichen Waffen um die Ecke. Cosa blieb nichts anderes übrig, als abzudrehen und durch das Portal zu stürmen.

Draußen blieb er abrupt stehen.

Alle waren sie hier versammelt, von diesem blödsinnigen Zauberer-Diener bis zum Herrscher des Engaländer Reiches. Und alle schienen sie nur auf ihn gewartet zu haben. Aber... sie hatten tatsächlich ein Spalier gelassen, diese Narren, und als er die Schritte der Kriegerin hinter sich hörte, rannte er wieder los, auf das – nein wirklich! – auf das tatsächlich offene Tor zu.

»Mal gespannt, wie weit er kommt«, hörte er die Stimme seines ehemaligen Hofnarren herüberwehen.

Im vollen Lauf stoppte Cosa und sah Barrkaron mit großen Augen an. Der entgegnete im Plauderton: »Meinst du nicht auch, dass es sich wie ein Lauffeuer herumgesprochen hat, dass du hier nichts mehr zu sagen hast? Oder siehst du hier vielleicht auch nur einen deiner ehemaligen Soldaten einen Finger für dich rühren? Und wenn du nur jedem tausendsten Bürger deiner Stadt ein Tausendstel von dem Unrecht zugefügt hast, das wir wegen dir erleiden mussten, dann wirst du keine zehn Straßenzüge weit kommen, bevor sie dich zerreißen.«

Unschlüssig sah Cosa zum Tor hinaus, dann wieder zurück. Die freie Gasse hinter ihm hatte sich geschlossen. Oder besser gesagt: verlagert.

Nun führte sie zu dem längst wiederhergestellten Turm, in dem Rrrricka so viele Jahre angekettet in einsamer Gefangenschaft verbracht hatte.

Blindlings rannte der ehemalige Herzog darauf zu.

Und verschwand darin.

Rrrricka lehnte sich an Barrkarons Schulter und brach in stille Tränen der Erleichterung aus. Halana sah General Narsus an und meinte: »Würdet Ihr bitte einen Schmied und drei Maurer kommen lassen?«

Narsus antwortete lächelnd: »Ich habe schon nach ihnen geschickt, Herzogin.«

Nur leicht überrascht sah sie den kleinen Mann an, dann ergänzte sie noch: »Er wird natürlich jeden Tag drei Mahlzeiten bekommen, allerdings... nun, ich hatte ihm hier in diesem Turm einst ein Versprechen gegeben. Deshalb wird es jedes Mal Schweinefutter sein, das man ihm hochschickt.«

»Es wird geschehen.«

Simedi, der Philosoph der Herzoglichen Familie, starrte gedankenverloren zum Turm empor und murmelte: »Und es passiert doch!«

»Was meinst du?«, fragte Halana, die ihn gehört hatte.

»Nichts weiter. Ich dachte nur gerade an eine, na, sagen wir mal recht schmerzhafte philosophische Debatte, die ich einst mit dem Herzog... dem *ehemaligen* Herzog hatte. Es ging im Prinzip darum, ob etwas überhaupt wirklich stattfindet, wenn es niemand merkt. Cosa hatte sich für das ›Nein‹ entschieden – und es zu Beginn seiner Tyrannen-Karriere, als er noch Entschuldigungen brauchte, auch auf die Moral angewandt: Eine böse Tat, die niemand bemerkt, ist auch keine böse Tat. Aber er hat sich geirrt. Entweder Moral ist da, oder sie ist nicht da. Und wenn sie da ist, dann ist sie da, auch wenn man sie nicht messen kann. Denn Moral hat nichts mit Mathematik gemeinsam.«

»Oh doch«, sagte Halana mit einem leisem Lachen.

»Was?«

»Na, beides fängt mit einem ›M‹ an.«

# Epilog
# DAS SCHWEIGEN DES GENERALS
## ... ganz ohne Stahl

Sieben Wochen nach der Eroberung Vandars und der Burg Vand, die so kurios gewesen war, dass eigentlich kein Mensch von Eroberung sprach, hatten sich Halana und Prim wieder einmal mit Barrkaron und Rrrricka getroffen. Gemeinsam saßen sie auf einer hölzernen Bank im Garten von Halanas und Prims Haus in Vandar, der Hauptstadt des Grünen Landes.

Ihre zweite Amtshandlung als Herzogin (in ihrer ersten hatte sie die Sipp zu gleichwertigen Bürgern ernannt – ganz egal, ob sie auch schon Engaländer waren oder nicht) war es gewesen, einen neuen Namen für ihr Reich zu suchen. »Schwarzes Land« klinge viel zu düster, außerdem sei die dunkle Bewaldung des Landes ohnehin seit Generationen verschwunden und habe einem satten Grün Platz gemacht, so passe der Name »Grünes Land« doch viel besser und sei auch eine ganze Ecke freundlicher.

Dass der tatsächliche Grund für die Namenswahl darin bestanden hatte, dass Grün die Lieblingsfarbe von Ruff war, wussten außer Halana nur noch Prim, Ruff und Tingli. Die beiden Kinder saßen jetzt ganz in der Nähe auf einer großen Decke, spielten mit den Zwillingen Lusan und Wolf (während ein echter Wolf nur drei Meter weiter in der Sonne döste) und kicherten mit ihnen um die Wette.

Sssnrk, der es ohne seine Steppe nicht lange ausgehalten hatte, Giula und die Chrrrr waren, mit vielen Brieftauben im Gepäck, schon wieder abgereist. Nur Tingli hatte darum gebeten, bei Halana in der Stadt bleiben zu dürfen. Zumindest eine Weile. Mal sehen.

In der Burg wollten weder Prim noch Halana mit ihrer Familie wohnen. In der Stadt würde ein kleiner Palast – eher eine Villa – entstehen: Seufzend hatte Halana akzeptieren müssen, dass sie als Herzogin eine repräsentative Heimstatt haben sollte. Denn andernfalls würden all die vielen Leute, die nicht nach Leistung, sondern nach Äußerlichkeiten urteilten, sie über kurz oder lang nicht mehr ernst nehmen. Und das würde bedeuten, Zeit mit unnötigen Scherereien zu verplempern, die man für Wichtigeres brauchte.

Probleme gab es jedenfalls zuhauf beim Aufräumen mit den alten Strukturen des Landes. Für Halana und Prim ergab sich dazu noch ein persönliches Problem, mit dem niemand gerechnet hatte, das aber außer ihnen auch noch etliche Tausend Menschen in Engaland und aus dem Volk der Zauberer betraf.

Voller Vorfreude und Aufregung hatten Halana, Prim und auch Ruff zwei Wochen zuvor die Ankunft der Zwillinge erwartet. Ein nicht mehr ganz junges Ehepaar aus Reinefreude, Rani und Karlu, beide selbst keine Zauberer, hatten schließlich die Zwillinge ihren strahlenden Eltern wieder in die Arme gedrückt – und waren in Tränen ausgebrochen, ebenso wie Lusan und Wolf. Nur einen winzigen Moment hatten sich Halana und Prim überrascht angesehen, dann hatten sie erschrocken verstanden: Für Lusan und Wolf, die ihre leiblichen Eltern als Kleinkinder verlassen mussten, war inzwischen dieses Ehepaar zu ihren Eltern geworden, und Rani und Karlu hatten die Zwillinge wie ihre eigenen Kinder angenommen und lieben gelernt.

Obwohl es Halana und Prim schwer gefallen war, hatten sie den beiden Pflegeeltern, die ihnen doch völlig unbekannt waren, angeboten, bei ihnen zu bleiben. Ihre Heimat mussten sie ohnehin verlassen, da könnten sie ihr neues Leben auch in Vandar beginnen. Sie würden Räume im neuen Palast bekommen (der plötzlich schon etwas größer wurde) und könnten so bei den Zwillingen leben. Die Zeiten hatten so viel Neues gebracht, warum also nicht auch Kinder mit zwei Elternpaaren – selbst wenn das garantiert noch einige Komplikationen mit sich bringen würde.

Einerseits hätten Rani und Karlu das Angebot gerne sofort angenommen, andererseits fürchteten sie sich, die einzigen Zauberland-Stämmigen im Grünen Land zu sein, fernab der Zauberer-Kolonie, die in Engaland entstehen würde, weit weg von ihren Freunden und Verwandten. Außerdem hatte Rani noch einen alten Vater zu versorgen.

Das Ende vom Lied war, dass der alte Vater nachgeholt wurde und dass sich einige Zauberer-Familien in Vandar niederließen.

Im Augenblick waren Rani und Karlu, nach wie vor mit staunenden Augen, in der Stadt unterwegs.

Für die Burg Vand hatte Halana eine ganz neue Funktion im Kopf: Den Thronsaal könnte man mit benachbarten Räumen zusammenlegen und ein großes Theater daraus machen. Es war ihr nicht allzu schwer gefallen, die Familie Gupp für das Projekt zu gewinnen. »Aber du weißt, wir sind Sipp, wir werden dir also einen verteufelt überhöhten Preis dafür abknöpfen«, hatte Gupp, der Jüngere, gesagt. Gupp, der Ältere, hatte berichtet, dass seine Tochter Lugta ein Kind von einem jungen Bogenschützen erwarte und ihn geheiratet habe. Sein Schwiegersohn sei auch ganz nett, nur könne er sich gerade nicht an dessen Namen erinnern. Halana konnte sich schon vorstellen, dass die ersten Vorführungen nicht gerade klassisches Theater sein würden. Und sie freute sich bereits sehr darauf.

Über dem Theater sollte Schritt um Schritt eine große öffentliche Bücherei entstehen, König Róge hatte zugesagt, dass sie Kopisten in die Bibliotheken Berlundels schicken dürfte. Und an der Südseite der Burg sollten größere Fenster gebrochen und ein großes Badehaus eingerichtet werden. Nur der Turm im Vorhof würde unverändert und bewacht bleiben.

Rrrricka war ein wenig schwer ums Herz, denn sie würde den Tag des Abschieds von Halana und Prim nicht viel länger herausschieben können. Schließlich war sie der Häuptling ihres Stammes – wenn auch fürs Erste wohl nur vorübergehend, wie sie vermutete. Und natürlich wollte sie bei ihrer Mutter sein und hoffte, dass deren Genesung noch weitere Fortschritte machen würde, in den nun anbrechenden friedlichen Zeiten und ohne den Mrrr.

Falls und sobald Nuré das Amt des Häuptlings wieder übernehmen könnte, dann, so drohte Rrrricka, sollten Halana und Prim gar nicht erst versuchen sie davon abzuhalten, sich ab und an ein paar Monate bei ihnen einzunisten.

Und dann gestand Rrrricka ihnen etwas verlegen, dass sie nicht nur für Nuré und Barrkaron, sondern auch für Halana und Prim empfinde, als seien sie eine Familie. Doch da stutzte die junge Frau plötzlich, sah Halana mit weit aufgerissenen Augen an und stellte überrascht fest: »Moment mal! Bin ich ein Trottel, oder was? Wir *sind* ja eine Familie! Warum ist mir das nicht früher aufgefallen? Wir beide sind verwandt! Ich meine, da ich die Tochter von Kasim IV. bin und du, Halana, die Tochter von Kasims Bruder Cosa, dann sind wir eindeutig Cousinen, oder?«

»Hmm, das wäre ein schöner Gedanke«, meinte Halana mit einem Lächeln zu der jungen Frau, »doch ich befürchte, es ist nicht so.«

»Aber warum denn nicht?«

»Weil ich nach wie vor nicht die geringste Ahnung habe, wer mein Vater ist. Cosa jedenfalls nicht – hoffe ich zumindest inbrünstig.«

»Wie? Was? Aber der wichtige Brief, den dir Timtom überbracht hatte...?«

»Na ja, eine Nachricht von Petrina, Giulas früherer Gehilfin. Sie hatte geschrieben, dass die Zwillinge ihre ersten Zähne bekommen, und das ganz ohne Geschrei! Ist doch eine wirklich tolle Nachricht, oder?«

Mit einem Grinsen ergänzte Prim: »Was meinst du, wie froh ich war, als mir Halana erklärte, dass sie keinesfalls die Tochter des Schwarzen Herzogs ist. Wenn ich mir vorstelle, ich hätte bei ihm um ihre Hand anhalten müssen...«

Rrrricka lachte: »Halana, du bist wunderbar!«

»Und du eigentlich eine Doppel-Herrscherin.«

»Was?«

»Ist das wirklich keinem aufgefallen außer mir? Du bist Cosas Nichte und damit tatsächlich eine enge Verwandte von ihm.«

»Ooooh nein!«, wehrte Rrrricka kategorisch ab, »Häuptling eines Steppenvolkes zu sein, reicht mir vollauf! Auch noch Herrscherin des Schwarzen... des Grünen Landes? Nein danke! Ich war wirklich lange genug eingesperrt. Tut mir leid, aber das hier ist jetzt dein Job – und du wirst ihn gut machen.«

»Hmp-hm!«, kam ein auffälliges, etwas quietschendes Räuspern von schräg hinten. Alle wandten sich um und sahen General Narsus zwischen zwei Büschen stehen. Der kleine Mann erklärte lächelnd: »Eigentlich wollte ich nur berichten, dass die ersten Grenzstationen zu Engaland hin, wie Ihr wünschet, abgebaut wurden. Aber ich gestehe, dass ich nicht umhin konnte, eurem Gespräch zuzuhören.«

»So«, sagte Halana gelassen, »dann weißt du jetzt also, dass ich nicht Cosas Tochter bin?«

»Ja. Aber das wusste ich auch vorher schon.«

»Ach!« Jetzt war Halana doch überrascht, »und woher?«

»Na hört mal! Denkt Ihr, ich bin General wegen meines guten Aussehens oder meiner überragenden Körperkräfte geworden? Die ganze Geschichte ist einfach zu unglaubwürdig: Gerade wenn wir einen Thronfolger brauchen könnten, taucht – zack – einer auf, wie das Kaninchen aus dem Zaubererhut. Und dann ist es auch noch ausgerechnet eine Anführerin der gegnerischen Allianz! Das kann doch einfach niemand glauben. Schreibe so etwas in einem Roman, und jeder Leser, der noch alle Waffeln im Ofen hat, wird sich zu Recht an den Kopf greifen.«

»Aber wenn das wirklich so offensichtlich ist«, sagte Halana, »warum hat das dann bisher noch kein kluger Kopf, so wie du einer bist, lauthals herausposaunt?«

»Ist das nicht genauso klar? Unter Cosa gab es ständig Kriege und Willkür. Kaum eine Familie, die nicht einen Verlust zu betrauern hat.

Und jetzt auch noch dieser desaströs verlorene Krieg... Das alles mag ja für einen General gerade noch angehen, aber wenn dann die Krieger vor den eigenen Verbündeten mehr Angst als vor dem Feind haben...

Großer Zerstörer! Lässt sich der Wahnsinnige mit Menschenfressern ein! Cosa bedeutet für die Menschen Krieg und Leid, du, Halana, bedeutest für sie Sicherheit. Und die Kleine hier hat Recht: Das hier ist jetzt deine Aufgabe, und du wirst deine Arbeit sehr gut machen. Außerdem...«

»Was?«

»Der Herzog ging mir so was von auf den Sack«, dann verbeugte sich Narsus, sagte »Herzogin« und zog sich zurück.


»Na so was!«, sagte Prim, »mal abgesehen davon, dass bei mir zu Hause noch nie ein Zauberer ein Kaninchen aus irgendeinem Hut gezogen hat, scheint es, als hätten wir es letztlich doch irgendwie geschafft, oder? Und das, obwohl ich meine Aufgabe in der ganzen Geschichte nur halb lösen konnte. Ich meine: Wir haben den Bruder des Schlafenden Gottes zwar gefunden, aber...« Prims Blick verdüsterte sich, »...aber wir haben es nicht geschafft, ihn auch wirklich zu uns zu holen. Er hat uns das Leben gerettet, aber wir konnten ihn nicht retten. Was hätten wir, mit etwas Zeit, alles von ihm lernen können? Wie viel ungeheures Wissen, wie viele Geschichten hätte er für uns gehabt! Doch jetzt ist das alles verloren. Dieses unglaubliche Wesen ist tot.«

»Aber nein! Was redest du da, Prim?« Das war Tingli gewesen, die von der Decke hochgesprungen war und nun eilig zu ihnen herübergestapft kam, Prim entsetzt anstarrte und sagte: »Fungus soll tot sein?«

»Oh, tut mir leid, mein Mädchen«, sagte Prim zerknirscht, »ich weiß, dass du ihn mochtest, als er damals nach unserer Rettung aus den Höhlen in euer Dorf kam. Und ich dachte, du wüsstest schon von seinem Tod, und was ihm diese schreckliche alte Frau angetan hat...«

»Ach so, das«, sagte Tingli erleichtert, »das wusste ich. Und ich dachte schon, ihm wäre noch was passiert.«

»Tingli, könntest du vielleicht ein bisschen genauer erklären, was du da gerade sagst?«, bat Halana.

»Na, das ist halt so... ach, ich zeig's euch am besten.«

Damit stürzte das Mädchen los, rannte ins Haus, ein paar sich verwirrt ansehende Erwachsene zurücklassend, kam aber schon nach einer Minute wieder zurück. Sie trug dabei eine große, leicht ramponierte Kiste, die sie gerade so eben halten konnte, und ließ sie vor den anderen krachend zu

Boden plumpsen. Dann öffnete sie den knarzenden Deckel, und ein leichter Geruch nach Pferdemist entströmte nach oben. Gespannt sahen die anderen hinein. Aus einem Gemisch aus Sand und etwas Mist lugten ein paar kleine Pilze hervor. »Das meiste steckt aber unter der Erde, so ein fasriges Gewirr«, erklärte Tingli leichthin.

»Was ist das?«, fragte Halana, die es allerdings schon ahnte.

»Du meinst, *wer* ist das«, rief Ruff von der Decke herüber, auf der er gerade Wolf umherrollte, während Lusan glucksend zusah.

»Du wusstest davon?«

»Klar, Mama, was hast du denn gedacht?«

»Tingli, das hier ist...?«

»...der Fungus. Na ja, in einer etwas anderen Form. Als er bei uns war, und nachdem er mir wieder so eine schöne Geschichte erzählt hatte, da hat er irgendwie ein kleines Stück von sich vorgestülpt – sah lustig aus – und hat mich gebeten, das Stück auf eine bestimmte Art abzuschneiden. Und dann hat er mir erklärt, wie ich es aufbewahren und versorgen sollte, und dass er selbst und all die Ichs in ihm in diesem winzigen Stück von sich drinstecken würden. Ulkig, was? Ich habe ihm damals auch versprochen, gut auf ihn aufzupassen. Ein wenig ist er seither schon gewachsen.«

Mit großen Augen beugte sich Prim noch tiefer über die Kiste und sagte vorsichtig: »Äh, hallo, Bruder des Schlafenden Gottes, äh, Fungus, wie geht's denn so?«

»Was tust du da?«, fragte Tingli erstaunt.

»Na, mit ihm reden...?«

»Quatschkopf. Das geht doch nicht. Dazu ist er doch noch viel zu klein. Er hat gesagt, dass seine zweite Existenz erst wachsen muss. Bis er reden kann und alles Wissen in ihm genau so ist wie an dem Tag, als er sich von uns getrennt hat, werden Jahre vergehen.«

»Hat er zufällig auch gesagt, wie viele Jahre bis dahin vergehen werden, Tingli?«, fragte Rrrricka.

»Ja. So vierzig bis sechzig etwa.«

»Auweia«, sagte Halana und konnte seltsamerweise ein leises Lachen nicht vermeiden, als sie Prim auf die Wange küsste und sagte: »Da haben wir jetzt all dieses Wissen vor uns in einer Kiste mit Sand und Pferdemist, können nur leider nichts damit anfangen. Na ja, wenn wir drauf aufpassen, dann wenigstens unsere Enkel oder Urenkel.«

»Oh«, sagte Tingli, »euch ist an dem ganzen Wissen gelegen, das diese Ichs, von denen er erzählt hat, einst in ihn reingetan haben? Also das müssten wir auch von seiner Schwester bekommen können.«

»Schwester?«, fragte Prim, »welche Schwester?«

»Na ja, die des Fungus.«

»Dass ich das richtig verstehe«, wollte Halana sichergehen, als sie sich von ihrer Sprachlosigkeit erholt hatte: »Es gibt eine Schwester des Bruders des Schlafenden Gottes?«

»Oh ja«, sagte Tingli, »das hat er jedenfalls erzählt. Aber sie sei so ganz anders als er selbst, so gar nicht mit ihm oder seinem Bruder zu vergleichen.«

»Und er hat dir nicht zufällig auch erzählt, wo wir diese Schwester finden?«

»Doch, schon. Sie lebt weit im Westen, jenseits des Roten Gebirges.

– Sehr weit im Westen. Und die Reise dahin...«

»Ja?«

»...wird verdammt gefährlich.«


# ENDE

# NACHWORT

## Warnung!

Falls Sie zu den Menschen gehören, die zuerst einmal das Nachwort eines Romans lesen, so tun Sie es in diesem Fall bitte NICHT! Sie würden sich wirklich um ein paar nette Überraschungen bringen – und das wäre doch schade, oder? Sollten Sie das Buch aber schon gelesen haben: Seien Sie herzlich willkommen.

**Das gibt's tatsächlich:** Die Welt der Fantasy kann ganz schön fantastisch sein, oder? Mit all den unglaublichen Dingen, die sich da tummeln. Was allerdings noch fantastischer ist: Bei genauerem Hinsehen steht unsere reale Welt der Fantasy kaum nach. Mir hat es jedenfalls großes Vergnügen bereitet, ein paar Fantasy-Elemente auf Dingen aufzubauen, die es tatsächlich gibt. So stellt sich der »Bruder des Schlafenden Gottes« als eine Art Bio-Computer heraus – und an diesen Dingern, auch DNA-Computer genannt, wird tatsächlich geforscht. Statt mit Bits und Bytes arbeiten sie mit künstlich hergestellter DNA, also schlicht mit den Bausteinen des Lebens. Noch scheitert die Realisierung eines echten DNA-Computers an technischen Problemen. Doch schon 1994 stellte der US-amerikanische Informatiker und Molekularbiologe Leonard Adleman einen ersten Prototyp vor, der mit Hilfe von 100 Mikrolitern DNA-Lösung in einem Reagenzglas einfache mathematische Aufgaben lösen konnte.

Ein echter DNA-Computer könnte gigantische Datenmengen parallel verarbeiten, wodurch er – rein theoretisch natürlich – Hunderttausende Mal schneller wie ein heutiger Computer wäre. Ein Konkurrent des DNA-Computers im Wettlauf um die Zukunft ist der Quantencomputer, der ähnliche Leistungen verspricht – falls er je realisiert werden kann.

Zudem habe ich auch für unsere Augen scheinbar stinklangweiligen Gesellen eine wichtige Rolle gegeben – Pilzen. Allerdings haben diese leckeren bis tödlichen Lebensformen tatsächlich faszinierende Eigenschaften. So stimmt es, dass ein simpler Pilz eines der größten (womöglich das größte) und eines der ältesten Lebewesen der Welt ist: Im Jahr 2000 wurde im Malheur National Forrest in Oregon (USA) das Pilz-Myzel einer Hallimasch-Art entdeckt, das sich über 880 Hektar ausdehnt, mindestens 2400 Jahre alt ist und etwa 600 Tonnen auf die Wage bringen würde, könnte man sein Geflecht zusammenknäulen und auf eine Waage packen.

Die Geschichte mit dem Schleimpilz stimmt ebenfalls. Na ja, zugegeben, in unserer Welt laufen Schleimpilze definitiv nicht durch die Gegend und versuchen, kleine Kinder zu fressen. Allerdings kann sich tatsächlich eine Vielzahl winzigster Schleimpilze einer bestimmten Sorte zu einem wie eine kleine Nacktschnecke aussehenden Lebewesen zusammenfügen und dann unglaublicherweise auch wie ein einziges Lebewesen handeln, zum Beispiel sich zielgerichtet und schneller als ein Einzel-Schleimpilz in eine Richtung bewegen. Man könnte also sagen, den wahren Kommunismus gibt es nur unter Schleimpilzen. Ein Schleimpilz bleibt, auch wenn er sich mit anderen zusammenschließt, immer ein Einzeller, dann allerdings mit mehreren Zellkernen. Und er ernährt sich tatsächlich, indem er sich über sein Fressen »stülpt«. Experimente haben auch gezeigt, dass Schleimpilze in der Lage sind, sich exakt so auszudehnen, dass sie auf dem kürzesten Weg durch ein kleines Labyrinth »schleimen«.

Zugegeben: Ich war schon ein bisschen stolz darauf, mir als »Monster« einen genetisch manipulierten Schleimpilz ausgedacht zu haben, der in menschlicher Silhouette auftreten kann und über einen rudimentären Verstand verfügt. Doch dann musste ich im Zuge meiner Recherchen feststellen, dass es eine ähnlich verrückte (?) Idee tatsächlich schon in der Realität gibt – natürlich in England, wo sonst? Professor Andy Adamatzky von der University of the West of England (UWE) in Bristol startete den Versuch, Schleimpilze zu einer Art amorphen biologischen Roboter zu entwickeln. Sollte Adamatzky Erfolg haben, dann werden sich zum ersten Mal in der Geschichte der Menschheit auch Maschinen einschleimen können. Der Schleimpilz (»Plasmobot«), der über eingebettete Rechenfähigkeiten verfügen soll (er »berechnet« etwa den kürzesten Weg zur Nahrung), könnte – so die Idee – dazu gebracht werden, kleine Objekte an vorprogrammierten Routen entlang zu transportieren. Ein Anwendungsgebiet könnte der Zusammenbau von Mikro-Maschinen sein.

Offenbar wird auch daran gedacht, Schleimpilze als Steuerelemente für Roboter einzusetzen; hier ein Zitat aus »Bild der Wissenschaft« vom 15. Februar 2006 (www.wissenschaft.de), der Bericht befasst sich mit Forschern: »Ein britischjapanisches Forscherteam hat einen lichtscheuen Roboter mit sechs Beinen entwickelt, der sich (…) in dunklen Ecken versteckt. Zu verdanken hat die Maschine dieses ungewöhnliche Verhalten einer noch ungewöhnlicheren Kontrolleinheit: Sie wird nicht von Sensoren, sondern von einem leuchtend gelben Schleimpilz der Art Physarum polycephalum gesteuert.« Diese Organismen könnten über einen Meter groß werden. Sie zeigen Reaktionen auf Umweltreize, indem sie sich zu Futter oder Licht hin oder davon weg bewegen. Diese Reaktion soll nun, ferngesteuert, auf einen kleinen Roboter übertragen werden.

Und nochmals Pilze: Auch die Sache mit den fluoreszierenden Pilzen, mit denen die Orika ihre Höhlen beleuchten, stimmt im Ansatz: Weltweit gibt es etwa 40 biolumineszente Pilzarten. So kann ein Stück Holz, das mit dem Myzel eines Hallimaschs durchwuchert ist, ein durch einen chemischen Prozess hervorgerufenes kaltes Leuchten erzeugen, das stark genug ist, um es in völliger Dunkelheit mit bloßem Auge zu erkennen. Der »Leuchtende Ölbaumpilz« trägt das Biolumineszieren sogar im Namen. Allerdings reicht die unmanipulierte Leuchtkraft von Pilzen in Wirklichkeit nicht aus, um Höhlen zu beleuchten.

Mit dem Phosphor aus eingedampftem Urin kann man übrigens auch ein Leuchten erzeugen. Ich hatte mir schon überlegt, meine Höhlenbewohner auf diese Art Lampen bauen zu lassen, der Pilz hatte aber besser in den Zusammenhang gepasst. Na ja, vielleicht verwende ich das mit dem Urin noch in einem anderen Buch.

Wer übrigens die Eroberung einer Stadt mit Hilfe einer riesigen Rampe für ein Fantasy-Element hält, der sollte mal nachlesen, wie zum Beispiel römische Legionen die Felsenfestung Massada erobert haben. Allerdings wurden Rampen nie aus der Ferne herangeschleppt, sondern immer im Angesicht des Feindes und von Schilden geschützt aufgeschüttet.

Ein Letztes sei noch angemerkt, das definitiv nicht stimmt, obwohl es realistisch scheint: Halanas mütterliche Freundin Giula entledigt sich in Band 1 »Halana und der Turm des Schwarzen Herzogs« ihrer Entführer, indem sie bestimmte Pflanzen sammelt und daraus ein Gift herstellt, während sie gleichzeitig aus anderen Pflanzen ein Gegengift entwickelt. Die genannten Pflanzen enthalten tatsächlich Gifte oder Gegengifte, diese sind aber in ihrer Wirkung nicht so durchschlagend und sicher, wie im Roman dargestellt. Mit anderen Worten: Probieren Sie's lieber nicht aus. Um Ihren Erbonkel loszuwerden, wären diese Gifte sicher nicht die erste Wahl, also bitte Finger weg!

Und ansonsten: Halten Sie einfach die Augen auf, dann gibt es viel Fantastisches zu entdecken.

…und da noch etwas Platz auf dieser Seite ist: Einen besonderen Dank posthum an Schiller, unseren grau getigerten Kater mit Hängebauch und Schlitz im Ohr, für viele Stunden mal schlafender, mal maulender Begleitung beim Schreiben.

# Der Anfang

Wie die Abenteuer um Halana und ihre Gefährten beginnen, ist nachzulesen in Halana und der Bruder des Schlafenden Gottes, dem 1. Band des Zweiteilers:

Wie fängt man einen Zauberer? Ein nicht ganz alltägliches Problem, das die junge Kriegerin Halana lösen muss – wenn auch keineswegs freiwillig. Halanas Feinde sind der mächtige Herzog Cosa, die blutrünstige Bruderschaft der elf Gebote – und Verrat. Ihre Verbündeten sind ein schüchterner Zauberer auf der Suche nach dem Bruder des Schlafenden Gottes, ein einbeiniger Koch, eine Hebamme, ein paar Gaukler und ein falscher Hofnarr. Eine ideale Truppe also, um zwei Nationen und ein Kind zu retten – und um dorthin zu gelangen, wo niemand sein will: in den Turm des Schwarzen Herzogs.

# Der Autor

Marco R. J. L. Reuther wurde 1963 in Saarbrücken geboren und testete dort diverse Schulen. In Trier studierte er Politik, Kunstgeschichte, Ethnologie und Wirtschaften. Heute ist er Lokalredakteur der Saarbrücker Zeitung. Mit Frau und Tochter sowie den Katern Lupin und Winston lebt er in einer saarländischen Kleinstadt. In seinen Romane kommt es ihm auf Abenteuer, ausgeklügelte Geschichten, Humor, starke Charaktere und ein  wenig Hinterlist an. Erschienen ist neben den im Armbrustverlag veröffentlichten Romanen auch der Saarland-Fantasyroman »Der Lemmes – Das Saarland hat ein Geheimnis« (Uli Burger Verlag/UBV), in den auch ein Hauch Familienbiographie eingeflossen ist.

Ebenfalls von Marco Reuther im Armbrustverlag erschienen:

**- Des Königs Verräter – Die Entführung**

Eine Prophezeiung erfüllen? Alter Hut! – Aber ein Orakel erpressen, damit es die gewünschten Voraussagen trifft und sich dabei so richtig schön in die Sch... zu reiten,das ist neu!

**- Des Königs Verräter – Meerfeuer**

Während Peter dem Waldstamm mit einem verwegenen Plan gegen die Piraten beistehen will, ist ein erbarmungsloser Mörder vom Clan der Attentäter Prinz Rétep in unsere Welt gefolgt und bringt auch Peters Schwester in Gefahr. Prinzessin Ky lernt unterdessen ihr wahres Ich kennen, und Tulpe muss unter Lebensgefahr den *Stein des Greisen* finden, um mit seinem Freund in der Sagenwelt Kontakt aufzunehmen.


- Für junge und jung gebliebene Leser:

**Klara Plotzky und der Elfenvampir**

Verwegen und furchtlos geht die zwölfjährige Klara dem gefährlichen Rätsel von Schloss Tunkelhagen auf den Grund und legt sich sogar mit Vampirelfen an! Und wenn es sein muss, erträgt sie sogar Elfenvampire.

Dass Klara in ihrem Kampf auch ein paar sehr seltsame magische Fähigkeiten verpasst bekommt, die mitunter nach hinten losgehen, macht es ihr und ihren Freunden nicht eben leichter, ein Elfenreich zu retten …

Impressum

Halana und der Bruder des Schlafenden Gottes
  (auch als E-Book erhältlich)
Alle Rechte vorbehalten
© 2017 Armbrustverlag, Püttlingen
Zweite, überarbeitete Auflage (die erste
Auflage war im Gollenstein Verlag erschienen)
www.armbrustbverlag.de
Herstellung: BoD – Books on Demand, Norderstedt
Covergestaltung: Armbrustverlag
Fotos: Bildagentur 123RF
- Urheber Kriegerin (Cover und 1. Innenblatt): Zoomteam
- Urheber Eishöhle (Cover): Vladimirs Poplavskis
- Urheber „Gelbe Gestalt" (Cover): Valerii Sidelnykov
- Urheber  Burg (1. Innenblatt): isoga
- Original-Illustration Armbrust (im Logo):
  Mikhail Avdeev (Bildagentur 123RF)
Satz: Armbrustverlag
Schrift: Times New Roman

Bibliografische Informationen der Deutschen Nationalbibliothek:
Die Deutsche Nationalbibliothek verzeichnet diese Publikation in der
Deutschen Nationalbibliografie, detaillierte bibliografische Daten sind
im Internet über http//:dnb.dnb.de abrufbar.

ISBN: 978-3-946966-02-9